ULRIKE DRAESNER, 1962 in München geboren, wurde für ihre Romane und Gedichte vielfach ausgezeichnet, unter anderem mit dem Großen Preis des Deutschen Literaturfonds, dem Deutschen Preis für Nature Writing und dem Preis der LiteraTour Nord. Für *Schwitters* erhielt sie 2020 den Bayerischen Buchpreis. Von 2015 bis 2017 lebte Draesner in Oxford, seit April 2018 ist sie Professorin am Deutschen Literaturinstitut Leipzig. Dort und in Berlin wohnt und schreibt sie – neben Romanen und Gedichten auch Erzählungen und Essays. Im Penguin Verlag erschien zuletzt das Langgedicht *doggerland*, für das Draesner den Gertrud-Kolmar-Preis für Lyrik erhielt.

Spiele in der Presse:

»Draesner hat einen Entwicklungsroman im besten Sinne vorgelegt: intelligent, vielschichtig, spannend, humorvoll.« *Falter*

»Ulrike Draesner ist eine der bedeutendsten deutschen Schriftstellerinnen der Gegenwart.« *Times Literary Supplement*

Besuchen Sie uns auf www.penguin-verlag.de und Facebook.

ULRIKE DRAESNER

SPIELE

ROMAN

Penguin Random House Verlagsgruppe FSC® N001967

1. Auflage 2022
Copyright © 2005 by Luchterhand Literaturverlag München
Copyright © 2022 dieser Taschenbuchausgabe by Penguin Verlag
in der Penguin Random House Verlagsgruppe GmbH,
Neumarkter Straße 28, 81673 München
Umschlaggestaltung: Sabine Kwauka
Umschlagabbildungen: © ullstein bild – Lehnartz
Satz: Filmsatz Schröter, München
Druck und Bindung: GGP Media GmbH, Pößneck
Printed in Germany
ISBN 978-3-328-10912-9
www.penguin-verlag.de

In einigen Monaten, in ein paar Jahren, ja vielleicht erst in Jahrzehnten wird man sagen, dass München ein zeitgeschichtliches Ereignis war, das mit seiner ganzen Tragik, seiner Wirrnis und der Unreife die Probleme deutlich gemacht hat, mit denen wir in dieser Welt von heute leben müssen.

> Willi Daume, Präsident des NOC Deutschland,
> am Tag der Abschlussfeier der Spiele der
> XX. Olympiade München 1972

In our assessment, and in light of the result, we have made one of the best achievements of Palestinian commando action. A bomb in the White House, a mine in the Vatican, the death of Mao Tsetung, an earthquake in Paris could not have echoed through the consciousness of every man in the world like the operation at Munich. The Olympiad arouses the people's interest and attention more than anything else in the world. The choice of the Olympics, from the purely propagandistic view-point, was 100 per cent successful. It was like painting the name of Palestine on a mountain that can be seen from the four corners of the earth.

> Teil eines Kommuniqués, vermutlich verfasst
> von Führungskräften des *Schwarzen September.*
> Veröffentlicht in der Beiruter Zeitung *Al-Sayad,*
> eine Woche nach dem Anschlag

Leben ist nicht der Kampf zwischen Drache
und Ritter, es ist die Jungfrau.

Gunnar Ekelöf, aus *Fährgesang*

Spirale

Knüllte die Atemmaske in die Tasche, sprang leichtfüßig die Stufen hinab – Katja, wie von einer Schleuder geschnellt.

Jetzt hielt keiner sie mehr auf.

Betonstufen, immer blank gewischt, darauf achtete man, die Rolltreppen oft außer Betrieb, dafür hatte man kein Geld, am Abgang zur U-Bahn Nussbäume, frisch gepflanzt, das sollte tröstlich sein. Darüber thronte riesig, glitzernd wie ein hochkant gestellter Schokoriegel in Stanniol, das Krankenhaus. Es spiegelte so sehr, dass es jeden zwang, vor ihm die Augen zu senken. War man darin, senkte man die Augen von selbst. Auf dem Dach landeten Hubschrauber. In den Kellern wurde entsorgt, was nicht zu entsorgen war. Die Keller lagen auf Höhe der Bahn.

Eine U6 fuhr ein.

Katja, ins Fenster des kleinen Kiosks im Zwischengeschoss gebeugt, strich das Wechselgeld für die Handykarte zusammen, beeilte sich. Unten lief, aufmerksam in jeden Waggon blickend, ein Angestellter in der blauen Uniform des MVV den Bahnsteig ab. Der menschenleere Zug verschwand im Tunnel, erst Minuten später fuhr er wieder vor, um die Strecke zurückzukehren, auf der anderen Seite der Tunnelwand, als gleite er zwei Gehirnhälften ab. Katja setzte die Karte ein. Ihre Gehirnhälften kamen ihr auch ganz gespalten vor, vor fünf Minuten noch mit Atemmaske, nun ohne, vor fünf Minuten noch hochgiftig, nun normal, vor fünf Minuten noch todkrank, nun »pumperlgesund« (Edgar am Telefon).

Ihre Finger tasteten nervös. Kalt und schweißig zugleich. Das Display blinkte rosa, die Schrift hellblau. Auskunft, zehn Sekunden, sein Name, seine Nummer – so einfach konnte es sein –, eine helle Stimme fragte, wollen Sie gleich verbunden werden?, erschrocken legte Katja auf.

Sie stand an der Tür der Bahn, starrte hinaus, sie fuhren schon, der Netzbalken im Handy blieb. Anrufen, ein paar Sekunden, verbunden mit Max, nach 30 Jahren, so einfach konnte es sein. Säulen, grau wie der Elefant im Hongkonger Zoo beim Schlammbad, Einfahrt in die nächste Station. Der Elefant hatte gelacht, aber vielleicht war es bereits das Fieber gewesen, das ihr vorgaukelte, man könne mit Stoßzähnen lachen, schmal und entschieden stand Max' Nummer im Display. Katja seufzte leise, der Mann, ihr gegenüber an die Trennwand zu den ersten Sitzen gelehnt, reagierte nicht. Auf der Titelseite seiner Zeitung erkannte sie die Fotos aus Asien, Masken-Menschen auf Straßen, gehüllt in weiße Schutzanzüge, die an Raumfahrer erinnerten. Wie sie mit Max davon geträumt hatte, zum Mond zu fliegen, wenn sie erwachsen wären, miteinander verheiratet, ihre drei Kinder winkten vom Boden. Max. Nicht nur der Anzüge wegen fiel er ihr ein. Nicht nur im Krankenhaus hatte sie sich erinnert. All die Monate zuvor hatte sie an ihn gedacht, immer wieder seit jenem verflucht schmerzvollen Morgen auf der Nelkenfarm, zwischen Bananenstauden und indischen Kuckucks, als die Erinnerung an Max sich hochstieß in ihr – warm und voller Bedauern, von den Hüften, den Lenden, der Taille (Max' Hände darauf beim Tanzen) nach oben und aus den Fingern (Katjas Hände auf Max) über Arme und Schultern nach innen – bis alles sich zusammenballte in ihrem Herzen, das heftig pulste, wie jetzt. Bestimmt hatten die Ärzte noch im EKG wilde Extraspitzen gesehen, Spitzen wie die Dolomiten oben auf den Himalaja gestellt. Ein Herz, hörte sie einen von ihnen sagen, wie bei einem Krokodil, das gerade nach Beute schnappt; schade darum, meinte ein anderer, doch der erste lachte, Herzen, eins wie's andere, was macht das schon?

Eine Kette von Pfeilen leuchtete auf, bewegte sich.

Was willst du, sagte er, seine Stimme klang neutral, dann lachte er laut, meine Güte, Katja, ich bin verheiratet und habe eine kleine Tochter, was soll denn das jetzt? Er hatte sie sofort erkannt. Katjas Blut sauste, ihr Bauch wurde warm, verheiratet, Tochter, das wusste sie schon. Ich weiß, sagte sie, um Zeit zu gewinnen, du klingst aber nicht so, antwortete er überlegen, bitterer als sie wollte, hörte Katja sich fragen: wie denn?

Max. Nicht begeistert über ihren Anruf, er hatte gute Gründe, nicht begeistert zu sein, Katja starrte zur Tür hinaus, die Tunnelwand rauschte vorbei. Sie tauschten ein paar Floskeln, woher?, wohin?, was ist das für ein Lärm bei dir?, rief er, doch die Verbindung blieb stabil, allmählich erkannte Katja sogar seinen Tonfall wieder, da sagte er schon, was rufst du mich an, willst mich wieder aufscheuchen, ja?

Welch blödsinnige Situation, so ein überstürzter Anruf – bei Max. Den ganzen Winter in München hatte sie darüber nachgedacht, von wo aus, was sagen, sich in Ruhe auf die Couch setzen, etwas zu trinken bereitstellen, einen Zettel mit Notizen, dann die Nummer wählen – und hatte es nicht fertig gebracht. Die einzige Chance, es zu tun, war, sich selbst stolpernd zu überholen.

Ja. Nein. Ja! Ihr Herz wurde langsamer. Erinnerst du dich, wie gern mein Großvater von *Heemte* sprach, stotterte sie. Natürlich, antwortete Max sofort, das weiß ich wahrscheinlich noch, wenn ich auf dem Totenbett liege, er zögerte, und Jozef, er … Max' Stimme war milder geworden, das freute Katja – und tat ihr weh.

Katjas Großvater hatte Max geliebt. Wenn es so weitergeht, adoptiert er ihn noch, ärgerte sich Katjas Vater, kaum sah er die beiden. Die U-Bahn bremste, Katja drückte das Handy ans Ohr. Jozef erzählte uns doch immer, Heemte sei blau, flüsterte sie, und trug nur blaue Hemden. Max schwieg, Katja wurde sicherer, Rosa hasste er, sieht aus wie Schweineangst, wie Zickzack an einer Grenze, wie Kaninchenherz, rief er gern. Ich weiß, antwortete Max, und exakt das, Zickzack, versuchst du jetzt mit mir, er lachte auf: schon wieder! Bin gespannt, wie du diesmal die Kurve kratzst – Katja Kaninchenherz.

Fünf Minuten, Punkt für Max.

Katja spürte, wie ihr das Blut ins Gesicht stieg. Es stimmte. Sie zögerte, sprach Zickzack. 31 Jahre war ihr gemeinsamer Sommer her. Eine Ewigkeit: sie 12, er 17. Er der Schachschüler ihres Großvaters, sie jahrelang über beide Ohren verliebt in ihn, dann auch er in sie, endlich, die große Liebe, was sonst, Ewigkeit garantiert. Ist wohl üblich so, beim ersten Mal.

Nicht üblich war ihr Vertrauen ineinander, und Katjas Gefühl von Zugehörigkeit. Daheim sein, bei Max. Eine Erinnerung also an ein Nest – ausgelegt mit pubertären Träumen, gewiss, doch weiß, unschuldig geradezu. Allein, die Federkiele waren spitz und scharf, mit einem Mal standen sie überall heraus, alles flog auseinander, an einem Abend nur. Katja lockte Max an. Max tanzte, und wie. Alles in Katja tanzte mit. Zwei Stunden später, nach bösem Indianergeheul und einem Lauf durchs Dorf ohne Jeans, ohne Schuhe, ohne Unterhose, schmiss Max die Schule und beschloss, zur Münchner Polizei zu gehen.

Rosa ist hier nichts, rief Katja, wir täuschten uns, sagte sie zu Max, kühl jetzt, wie sie fand, Heemte heißt nicht Hemd, Heemte heißt Heimat.

Die U-Bahn stand, die Wandkacheln der Station spiegelten, sie wusste nicht, wo sie waren, egal. Und die suchst du jetzt, Heimat?, fragte Max beschwichtigt, Katja drückte sich gegen die Trennwand vor den Sitzen und sagte, vielleicht, obwohl sie es besser wusste, und dann sagte sie, ja, holte Luft, ja doch, ja.

Und du gehörst dazu. Doch das dachte sie nur.

Wieder schnurrte der Motor, als ziehe allein das Geräusch den Zug über die Gleise. Ich bin in der U-Bahn, sagte Katja, um

Zeit zu gewinnen, wer hat dir verraten, dass ich dich suche? Das müsstest du selbst am besten wissen, lachte er, ihr Anruf schien ihn plötzlich zu amüsieren, oder hast du so viele nach mir gefragt?

Die Geschichte mit dir gehört dazu. Du. Doch das hörte nur sie. Endlich war es ihr klar.

Im Glas der Tür stand eine Frau, Arme, Rumpf, den Kopf fragend zur Seite geneigt, sie selbst.

Wir haben uns zufällig am Bus getroffen, dein Vater und ich, sagte Max, er hat gleich gefragt, ob du dich schon bei mir gemeldet hast, du habest dich angelegentlich erkundigt.

»Angelegentlich«, eindeutig Edgar, Katja wunderte sich, dass er Max sofort erkannt hatte, typisch, sagte sie, so redet er immer noch, aber Zufall – nein, Max, Zufall ist doch nur der Ort, an dem die eigene Angst sich versteckt.

Bilder huschten durch Katjas Kopf, Flugzeuge, Flughäfen, glasige Ein- und Ausgänge, das ewige Einpacken, Auspacken ihrer Koffer, ihrer Kameras.

Verstehe ich nicht, sagte Max, wie kommst du jetzt auf Zufall?, ich habe nicht von Zufall gesprochen. Doch, antwortete Katja, nein, sagte er, mit Zufall hatte das damals nichts zu tun, wenn es darum geht, hänge ich sofort ein. Ich meine nicht damals, du hast eben Zufall gesagt, ach, egal …, und er stöhnte, es wäre besser, wir hätten uns gar nicht erst kennen gelernt!

Nicht, dass sie das nicht selbst schon gedacht hatte. Nicht nur einmal.

Nicht, dass es sie jetzt nicht traf.

Ihr Spiegelbild sah blass aus, sie war schmaler geworden (es stand ihr), sie drehte sich weg.

Katja …,

Max …,

gleichzeitig hatten sie eingesetzt, gleichzeitig brachen sie ab. Katja hörte Max atmen, im Hintergrund schrie ein Kind. Immerhin hatte er nicht sofort aufgelegt, immerhin war seine Stimme nicht mehr ganz so reserviert. Sie strich sich über die Stirn. Die Bahn hatte sich gefüllt, doch jeder saß für sich allein. Es war erstaunlich still.

Tja, Heemte, sagte Max nachdenklich, wir täuschten uns ständig. Sie hörte Schritte, eine Tür schlug, das Kindergeschrei verschwand. Er schien nun allein, seine Stimme kam näher. Genug Geplänkel!, sagte er entschieden, als habe er sich im Gehen eine Strategie überlegt, als habe das Gehen ihn an etwas erinnert, was willst du von mir?

Katja erinnerte sein Gehen an etwas. Sie lauschte dem Geräusch der Schritte nach, eine leichte Asymmetrie, ein Schlurfen, die Langsamkeit, doch sie hörte nichts, hoffte für eine Sekunde gegen alle Vernunft, es habe sich gebessert, obwohl sie von Edgar wusste, dass dem nicht so war. Max' zweiter Tanz, der nie hätte stattfinden sollen, bei Nacht und Feuerschein, Max, eben 18 Jahre alt, gesund – sprang, rannte, fiel. Drei Schüsse ins Bein, einen in die Lunge, das war, als Nachrichtenmeldung, eine halbe Zeile lang: junger Polizist, verwundet in Fürstenfeldbruck. Das Ende der Geiselnahme von München. Katja, hinter einen Mauervorsprung gedrückt, hatte Max ein halbes Jahr später in die Berufsoberschule hinken sehen, in der er fürs Abi nachlernte. Sich unendlich geschämt. Nicht gewagt, ihn anzusprechen. Sie schämte sich noch. Ich gebe dir fünf Sekunden, sagte Max, exakt fünf, und du rückst damit heraus oder lässt mich ein für allemal in Ruhe.

Los, befahl sie sich, kniff die Augen zusammen, als werde so alles schärfer, du hast keine Wahl! Max, ihre schlimmsten Erinnerungen und ihre schönste. Max und Fragen, Ärger und Schuld – Max. Jetzt oder nie. Die Türen der U-Bahn klackten auf, zwei dicke Frauen schoben sich herein, Katja riss die Lider hoch, schön, stieß sie hervor, wenn es dir Spaß macht, hat dieser Anruf ja wenigstens sein Gutes, als Ausgleich für damals,

damals …, exakt!, sagte er. All das …, presste sie hervor, mitten ins Quietschen der schon wieder anfahrenden Bahn, es tut mir Leid.

Wie aus der Pistole geschossen antwortete er, das reicht nicht, Tinka, das reicht nicht, und da war es, eine Brücke, etwas von früher schwang in seiner Stimme mit, ihr alter Name, es machte es einfacher und schwerer, ich wollte mich … ich muss mich …, erneut saugte der Tunnel die Bahn ein, … entschuldige bitte, flüsterte Katja, und Max schwieg, sie dachte an den süßen und dann bitteren Geschmack von Jozefs alten Zuckerstücken, ich entschuldige mich, sagte sie lauter, Max, für alles, was nach dem Nachmittag in deinem Garten passiert ist, und vor allem für das … die … – und Max schwieg, er kam ihr nicht zu Hilfe, sie hörte sein Schweigen, sein Warten, sie an seiner Stelle hätte sich auch nicht geholfen, glücklicher Max, dachte sie, doch jetzt hatte sie damit angefangen –, für den Verrat, verzeih mir, sagte sie und holte Luft – er schwieg, er ließ sie kriechen – nichts war Zufall, gab Katja zu, damals auf der Party und auch die Razz…

Die Max-Razzia, sagte er erstaunlich gelassen, Jagd auf Max, da haben wir es. Ich dachte mir, dass du es wusstest.

Das Wort war von mir, Katja leckte sich einen Schweißtropfen von den Lippen, und …, und … die Idee auch.

Und die Küsse?, das warst doch auch du, ich erinnere mich an deine Küsse, antwortete er bitter, du brauchst es nicht weiter auszuführen, ich erinnere mich bestens, sagte er, wie du dir vorstellen kannst, und du meinst, wenn du heute Entschuldigung sagst, ist es aus der Welt? Nein, ja, du hast Recht, gab sie bereitwillig nach, so billig bekomme ich es nicht, dachte sie und verzog das Gesicht, als erwische sie sich selbst beim Bonbonstehlen, und schon sagte auch er, so billig nicht, Katja, was bildest du dir ein, und wieder lachte er wie einer, der stärker ist, weil er weiß, wie etwas schmerzt.

Es fühlte sich schlimm an, weil es die Wahrheit war, der Boden der Flasche, bitterer Saft, endlich ausgetrunken, hatte sie gedacht, und er sagte, du maßt dir etwas an, wenn du glaubst, für mein Leben verantwortlich zu sein, ganz die Alte, unverändert arrogant. Sie hätte »nein nein« rufen wollen, und es wäre das Beste gewesen, aber wie jedesmal mit Max wurde alles kompliziert. Das Glas der Abtrennwand drückte kühl in Katjas Rücken, ein dünner junger Mann mit modischem Kinnbart musterte sie, Katja rückte zur Seite, reckte sich. Ja, sagte sie, ich störe dich wieder auf, ja, ich will wieder etwas zerstören, du hast es erfasst. Den alten Max, die alte Geschichte, rief sie, sollte der Nachbar hören, was er wollte, zerstören, damit du aus der Flasche herauskommst, in die ich dich gesteckt habe, um alles aufhören zu lassen, um ihn zu zerstören, flüsternd, doch mit sicherer Stimme, den hündischen Blick zerstören, den ich nie mehr sehen will, bei keinem Menschen, Max. Ah, sagte er leise, so also hast du mich in Erinnerung, mit hündischem Blick?

Eine fast noch junge Frau, die Wangen gerötet, auf einer der grauen Drahtbänke der Station Implerstraße. Über ihr Gesicht zieht ein halbes Lächeln, schmerzlich, ein Lächeln, das hinter den glänzenden, angedeuteten Zähnen Schrammen, Fehler und Einsamkeit versteckt. Ungeschickt hält sie ein erstaunlich poppiges Handy zwischen den Fingern, starrt darauf. Sie trägt einen weit geschnittenen Mantel, dessen beiges Braun die Helligkeit ihres Teints unterstreicht. Hohe Wangenknochen, eine feine Nase, die Atemlöcher exakt wie dunkle Kommas hineingesetzt. Die Haut klar. Das gibt ihr etwas Kindliches, unterstrichen noch durch die aus dem hellen Gesicht mit überraschender Offenheit leuchtenden Augen. Grün. Sattgrün. Lindgrün. Drachengrün – so konnten sie aufglimmen, wenn Katja zu einer neuen Reise aufbrach, etwas entschied oder sich ärgerte, wie jetzt, für einen Augenblick, doch die Ränder der Iris blieben dunkel, moosig und weich. Ruhig saß sie da, die runden Schultern nach vorn gezogen. Ein Passant fragte sie nach der Uhrzeit, sie streckte ihm die Hand entgegen, ihre Uhr ging sechs Stunden vor, ach so, sagte sie, fuhr sich abwesend in das kurze braune Haar.

Max: ich will dein Mitleid nicht!

Max: es war meine Entscheidung, nach eurer Razzia zur Polizei zu gehen.

Max: was weißt du schon davon, wie es in Fürstenfeldbruck wirklich war.

Sie hatte recherchiert. Sie wusste, was es zu wissen gab. Die sogenannte Befreiung der neun israelischen Geiseln in Fürstenfeldbruck, die zu einer Geiselermordung geworden war. Ein dilettantisches Schlachthaus, so die internationale Presse im September '72. Von der Bundesrepublik danach nicht ungern »vergessen«. Doch auf dem Brucker Flugfeld Max, so schwer verwundet, dass man wochenlang nicht wusste, ob er überleben würde, und wenn ja, wie – dieses grausame, mechanistische »wenn ja, wie«. Jahrelang hatte es Katja verfolgt. Und doch hatte er Recht. Was wusste sie schon?

Nur eines: dass er in der Nacht des 5. September als auszubildender Polizist mitten im Kugelhagel zwischen Scharfschützen und Geiselnehmern über das Flugfeld rannte, hin und her wie ein aufgescheuchter Hase, eine vom Licht der brennenden Hubschrauber hell beleuchtete Gestalt, der drei vier Schatten folgten wie einem Sportler im Stadion, war weder einfach nur Zufall noch Pech. Max, dunkel auf einer Seite, grell beleuchtet auf der anderen, Max, von Licht zweigeteilt, sichtbar gemacht. Gezwungen in einen wilden, vom Rhythmus der Schüsse und des hochlodernden Feuers diktierten Tanz. Max zuckend auch in seinen Schatten, groß und vom Feuer verzerrt auf den Boden geworfen, ein Flackern, noch eines, noch eines, über Patronenhülsen, Löschschaum und Blut hinweg. Dass er lebend herauskam, war pures Glück.

Katjas Lippen spannten sich, sie fröstelte, kroch tiefer in den Mantel hinein.

Max: aber euer Familienmantra, das ging mir nicht mehr aus dem Kopf.

Jozefs Allheilmittel! Bereitwillig hatte Katja soufliert, »die große und kleine Geschichte kümmern sich nicht umeinander, sie durchdringen sich bloß«.

Das werde sie noch auf dem Sterbebett wissen, hatte sie unnötigerweise hinzugefügt.

Max: umso besser, dann schließt sich ja der Kreis.

Sehr gut, hatte sie geantwortet. Dumm. Nichtsahnend.

Max: wie bei uns. Unsere Leben haben sich berührt und jetzt endgültig getrennt.

Sie strich sich mit der Hand über die Augen. Was sich berührt, durchdringt sich nicht unbedingt, doch was sich durchdringt, berührt sich – jetzt und jetzt, und später noch immer. Vielleicht war das der Preis. Dass sie nicht voneinander lassen konnten, ohne verändert zu sein.

Und die Liebe war ein Krokodil.

Wer hatte das gesagt? Für Liebe zahlt man immer den höchsten Preis. Das mit dem Krokodil hatte Max gesagt, früher. Sie lächelte, kurz. Ein weiches Lächeln jetzt, die schön geschwungenen Lippen blass. Im Drei-Minuten-Takt fuhren die Bahnen ein, U3 und U6 kreuzten sich, ihre Türen schnappten auf, klackten zu, schnappten wieder auf, als wären sie Krokodile, als wollten sie mitmachen, als liebten auch sie.

Olympia 1

1

(U-Bahn)

Ein weißer flatternder Ball, der in die Luft sprang, nach unten fiel, der – fluffig geplustert – mit zu kleinen Flügeln mehr federte als flog, eine verzerrte Form, ganz Gackern und Kreischen, ein Schrei. Einige im Waggon lachten, andere schüttelten den Kopf, alle versuchten, dem panischen Körper auszuweichen, doch der prallte wieder und wieder gegen die schmutzigen Leisten, gegen die laminatverklebten Seitenwände, die dem Wagen den Wohnzimmercharme des Vorpop verliehen. Dünne, krank aussehende Daunen klebten auf dem Fußboden, selbst die Stursten ließen nun die Zeitungen mit den Sportberichten sinken, da sah sie sein Auge. Schwarzpoliert, umgeben von einem roten Rand, saß es inmitten zitternder Federn. Klein, rund, stillgestellt. Das Auge einer Puppe. Nur der zugehörige Körper zickzackte als Federball, flog hüpfte flatterte den Gang zwischen den Sitzreihen hinunter, kopflos, blind, stob auf, fiel herab, wahnsinnig vor Angst, aus Angst zu allem entschlossen, ein panisches, laut schreiendes, dann wieder verstummendes, um sein Leben kämpfendes – Huhn.

Ein schreiendes weißes Huhn. In der nagelneuen, neu riechenden und neu riechenden Fahrtwind vor sich herschiebenden U-Bahn. Der starre Schnabel, die lidlosen Augen. So etwas zeigt keinen Schmerz. Zumindest nicht so, dass Menschen, gewöhnt an die Beweglichkeit von Gesichtern, ihn erkennen. Doch der Schmerz war zu riechen, als schwitze das Huhn ihn aus, er hing in der Luft, ein Gemisch aus Drüsensekret und elektrischer Spannung, die Todesangst des Tiers.

Aufmerksam wurde der Kampf des Huhns mit seinem Schicksal verfolgt. Für das Huhn hatte das Schicksal die Form eines U-Bahnwaggons. Für die Leute war es ein Kampf des Huhns mit sich selbst. Seine Angst roch überraschend, fast gut. Jedenfalls nicht unangenehm. Die Titelzeile der BILD, »Huhn kackt neue U-Bahn voll«, gab das nicht wieder. In einer anderen Ausgabe hieß es: »Münchner U-Bahn total bek(n)ackt«.

Du Sauhuhn, rief einer, er trug keinen Gamsbart am Hut, vermutlich trug er gar keinen Hut, denn es war zu heiß dafür in diesem August, aber so sitzt er nun da: in gewürfeltem, breitkragigem Hemd mit Filzhut und Gamsbart, du dreckertes Huhn!, versaust no an goanzn Wogn! Es hatte tatsächlich etwas weißgräulichen Kot fallen lassen, ein paar Federn taumelten hinter ihm durch die Luft. Komisch, und ein bisschen peinlich war es auch: in der neuen U-Bahn, die der Stadt endlich Großstadtflair verhieß, ja etwas Weltmännisches verlieh, gackerte, kackte und rannte ein Bauerntier, weiß und nervös, und fangen ließ es sich nicht.

Seit fünfzehn Minuten blockierte die Bahn den nachfolgenden Verkehr. Jetzt werden sie gleich kommen, sagte Jozef und griff im Reflex nach Katjas Hand, nicht dass die Enkelin ihm zur Tür hinausrannte, was natürlich das Huhn hätte tun sollen. Doch noch immer sprang es durch den Wagen. Ein paar Jungen jagten hinter ihm her, zwei Frauen – die Handtaschen mit beiden Armen fest auf die Schöße gepresst, zum Schutz gegen das wahnsinnige Tier – riefen ihnen aufmunternd altbayerische Jagdschreie zu, ein Gastarbeiter, der wie aus dem Bilderbuch an einem dicken schwarzen Schnauzbart als Gastarbeiter zu erkennen war, nickte versonnen, da schnauften die beiden Polizisten herein. Sie schwitzten; dick hingen die Pistolen an ihren Polizeigürteln, die Polizeibäuche hingen darüber. Man machte ihnen Platz, was natürlich zugleich Platz für das Huhn war, das den Freiraum nutzte. Mit letzter Kraft, wie Katja schien. Vor Schreck zog sie Jozef am Jackenärmel – das Huhn raste, geduckt und ganz klein, ein weißer wilder Tennisball mit irrsinniger Beschleunigung und wahnsinnigem Dreh, zur Tür. Die einer der Jungen noch an ihrem metallischen Griff zuzuziehen versuchte. Eine Polizeikappe lag auf dem Boden. Katja schaute in den leuchtend orangefarbenen Bahnhof hinaus, denn schon war das Huhn, das sich keineswegs als dumm erwies (BILD: wie sonst auch wäre es der Händlerin am Viktualienmarkt entwischt, als sie ihm eben die Kehle durchschneiden wollte), zur Tür hinausgestürzt. Laut fluchend stürzte die bayerische Polizei hinterher. Der nach Plastik, Tunnel und Kabel riechende Abfahrtwind der endlich befreiten U-Bahn blies den Beamten in den Nacken. Eine Polizeikappe wurde wieder aufgesetzt, eine andere zurechtgerückt, jetzt blies der Wind auch Katja und Jozef an, sie hatten sich in die Menge auf dem Bahnsteig gedrängt.

Ah, seufzte Jozef, nun endgültig nach Katjas Hand tastend, die er nahm, um seine Enkelin nicht zu verlieren, tatsächlich aber, um sich ein wenig auf sie zu stützen, ein Gefühl, das Katja mochte, sie war 12, eher klein für ihr Alter, aber kräftig, so dass Jozef, in dessen linkem Bein eine Kugel aus einem der Kriege steckte, sich auf sie stützen konnte, ohne es zugeben zu müssen. Derart zusammengespannt, machten sie sich an den Aufstieg in jene frische Luft, die in der kleinen geduckten Stadt, als die München Katja später erscheinen sollte, stets etwas von den Bergen in sich trug, einen Geruch von Gletschereis schon im August, den ersten frisch gefallenen Schnee im September.

Aber jetzt! Das Thermometer stieg. Etwas Großes lag in der Luft. Hart, wie gehämmert hing der Himmel über den Türmen der Stadt. Gehämmert aus blauen und weißen Blechen, aus denen man Spiele würde machen können. Nicht mit Brettern, Plastikhütchen und Würfeln, gefügig, willig, Spiele, die man verlieren konnte, ohne verloren zu gehen. Nein. Diese Spiele würden anders sein. Erwachsene hatten sie sich ausgedacht. Für Erwachsene waren sie gemacht. Große Spiele.

Spiele aus Gerät, Tier und Mensch.

Katja drückte Jozefs Hand, Jozef Katjas, sie wussten, dass sie das Gleiche dachten: hoffentlich schafft es das Huhn.

Doch Jozef wusste nicht, dass Katja dachte: wie das Huhn bin ich nach der Razzia auf Max vor ihm und den anderen davongerannt.

Das Starren in Bauröhren, für Jahre. Unendliche Staus. Das Ende der Autofreiheit auf dem Marienplatz, für immer. Da war die U-Bahn noch gar nicht da, alle aber hatten schon ein Gefühl dazu. Offiziell: reinstes Wohlgefallen. Schon im Herbst hatte Katja einen Schulaufsatz zum Thema *Meine erste U-Bahnfahrt* schreiben müssen. Also musste Katja U-Bahn fahren, Edgar begleitete sie, es gab sogar einen Bus zum Goetheplatz, doch schon der Bahnhof war eine Enttäuschung – ein blaugrünes Aquarium, das nach Kachelkleber und Plastik roch. Edgar kaufte eine Tüte Orangen-Sunkist für Katja allein, denn die Zeiten, in denen sie es mit ihrer Mutter teilte, waren vorbei. Laut saugte Katja, während die U3 auf quietschenden Bremsen einfuhr, saugte mit dem Strohhalm gegen die Sunkist-Traurigkeit an, doch Edgar hörte das selten, und im Geräusch der eintreffenden Bahn hörte er es gar nicht. Katjas Rock bauschte sich vom Wind im Bahnhof, sie trug immer Röcke, wenn die Möglichkeit bestand, dass Jozef sie sehen würde. Er verabscheute Hosen an Frauen, neumodisches Zeug, doch für Katja war Mode so oder so etwas Neues, das heißt, so neu oder alt wie Sunkist, die großen glänzenden Kacheln der U-Bahnhöfe, die Frauentürme der Stadt und ihr Föhn.

Schwellen, Kabel, Säulengänge, durchflackert von Licht, ein paar Sekunden nur. Der Wagen war voll; das Gefühl, dennoch allein zu sein, gefiel Katja nicht. Niemand sprach, selbst ihr Vater schwieg. Auch alles andere wollte Katja nicht gefallen. Während allen anderen alles gefiel, was mit Olympia zu tun hatte, und schon lange feststand, dass auch die Ferien, in deren Ende die olympischen Spiele eingeschlossen lagen wie eine Biene in Bernstein, jene großen Ferien werden würden, die allen am besten gefallen hatten. Der Streckenplan in der Zugtür gefiel ihr sofort, immerhin. Was für eine gerade und überschaubare Stadt! Nichts zu spüren von den Kurven oben, dem verwirrenden Gewinkel der Häuser, den Krümmungen der Wege.

Olympiazentrum, Endstation. Der Zug wendete, Edgar und Katja wollten gleich wieder zurückfahren, brauchten aber neue Fahrkarten. Edgar hinterher stürmte Katja die Rolltreppe hinauf, warf hektisch Geld in den Automaten, ihre Karte rosa, seine blau, knipsen nicht vergessen, richtig herum. Schon der kleinste Fehler kostete 20 Mark, schon der kleinste Fehler wurde geahndet. Als sie wieder am Bahnsteig ankamen, stand ihr Zug hundert Meter entfernt im Tunnel, Wendestation; Katja sah, wie die roten Rücklichter erloschen, nach einiger Zeit flammten an derselben Stelle gelbe Scheinwerfer auf.

Kaum waren sie abgefahren, ging es los. Kommandos, der Wagen besetzt, ein Gefängnis, ein Überfall. Wie eine Waffe zückte der Kontrolleur seinen Ausweis, das Foto verschwommen, der Mann nicht wiederzuerkennen (Jahre jünger, geschönt, verzerrt). Edgar zeigte seine Karte. Und sie? Die Kontrolle deutete mit dem Finger auf Katja. Auch Kinder zwangen sie, das erhöhte Beförderungsgeld zu bezahlen, die volle Summe. Edgar grinste. Die Bäuerin im Sonntagsdirndl auf dem Sitz neben ihnen, mit fleischigen Bäckchen, die an die krummen Äpfel ihres Gartens denken ließen, zuckte. Hier, sagte Edgar, und streckte dem Kontrolleur nun auch das rosa Billet entgegen. Sie haben die Fahrtrichtung gewechselt, rief der Mann empört. Ja, sagte Edgar, genau. Er zog das richtige, frisch gestempelte Billet aus der Tasche, zufrieden mit sich.

Wortlos drehte der Kontrolleur ab. Er war in zivil. Straßenkleidung war zivil. Als Edgar und Katja am Marienplatz ausstiegen, saß ein Mann mit nur einem Bein auf dem Schwerbehindertensitz neben der Tür. Edgar seufzte, und für Sekunden glaubte Katja eine Entspannung seiner Züge zu bemerken, als sei er froh, nicht selbst noch im Krieg gewesen zu sein. Die hat es erwischt, sagte man, und Jozef, wenn er schlimm hinkte, weil er den Föhn spürte, sagte, da hat es mich erwischt, und fühlte am Bein nach dem Splitter. Überall, sagte Edgar, als sie die Treppen hinauffuhren, diese Geschädigten! In seiner Stimme schwangen Schadenfreude und Scham, und Katja wusste nicht, ob es ihm missfiel, ihnen zu begegnen, oder behagte. Zweifelnd schaute sie an ihm hoch. War es möglich, dass ihr Vater sich selbst als Geschädigten empfand? Einmal hatte er gesagt: einer ohne Heimat, wie entzweigeschnitten sei der. Nur dass keiner es sehe. Sie wollte nicht danach fragen, ob Edgar sich auch so fühlte, sie hatte Angst, dass er, wenn sie das Wort »Heimat« oder auch nur »Zuhause« einmal ihrerseits in den Mund nähme, von ihrer Mutter anfinge.

Im Zwischengeschoss, bei den Kiosken, erwähnte Edgar lachend die Razzien. Zeigte Katja, wie die harmlos aussehenden Kioske mit den an allen Ecken verstreuten Entwerterautomaten ein Karree bildeten. Absichtlich so gebaut, sagte er, Kontrolleure blockieren die Zwischenräume, die Bahnbenutzer kommen von unten angerannt wie Ratten von einem sinkendem Schiff, keiner kann mehr raus, man braucht eine Fahrkarte, er lachte erneut, um ins »normale Leben« zurückzukehren. Edgar fuhr jeden Tag mit der U-Bahn in seine Kanzlei, er hatte es erlebt. Razzia, sagte er, die dürfen das. Was ist das für ein Wort, fragte Katja. Klingt italienisch, sagte Edgar, wie Pizza.

Zu Hause schauten sie im Duden nach. *Razzia, die*, frz. razzia < arab. (algerisch) ġāziya[h], zu: ġazwa[h] = Kriegszug.

Später dachte Katja: Alles war da. Von Anfang an.

Doch wer nahm es schon wahr.

Samstag, 26. August. Erster olympischer Samstag. Jozef und Katja hatten die Razziakioske erreicht. An Kontrollen war nicht zu denken. Alle Kontrollen, die noch versucht worden waren, waren zusammengebrochen. Die Kontrolleure steckten in der Menschenmenge fest. Katja lachte und dachte an das Huhn. Sie hatten erst gar keine Fahrkarte gekauft. Auf listige Weise spitzte Jozef den Mund. Von oben war das Summen, Schlurfen, Schreien der olympischen Menge zu hören. Er berührte Katjas Schulter und bugsierte seine Enkelin an den Bullaugen der Kioske vorbei. Bald war das Kind so groß wie er, also nicht riesig wie etwa Elsbeth, das Faktotum seines Sohnes, immer musste er aufschauen zu ihr. Bis dahin war noch Zeit, erst um drei sollten sie in Edgars Kanzlei in einer der Seitenstraßen der neuen Fußgängerzone eintreffen. Den Mund spitzte Jozef, um ein Geheimnis anzukündigen, etwas Ausgehecktes, doch Katja sah es nicht. Sie gingen langsam (das hieß entweder Splitter, Föhn oder ichhabenichts, aber heute hieß es: zumTeufeldamit). Vor den Kiosken hatten sich lange Schlangen nach Brezen gebildet, wie im Osten, dachte Jozef, wie dort.

Das Summen der auf dem Marienplatz drängend schiebend stoßend sich amüsierenden Menge wuchs von Minute zu Minute. Aus allen Aufgängen, Ritzen, Löchern sickerte Lustigkeit, ein gedämpft unheimliches Brodeln, ins Zwischengeschoss. Dort streckten die Kaufhäuser ihre noch ganz neu glänzenden Rolltreppenbeine aus, sie benutzten sie als elektrische Schaufeln. Links Beck, rechts Kaufhof, oder auch andersherum, ständig verwechselte Katja die Eingänge, es war ihr auch unmöglich, den Standort der Mariensäule auf dem unterirdischen Doppelgänger des Platzes anzugeben – schon der Gedanke, dass dies möglich sein sollte, schien ihr absurd. Da, die Rolltreppe, ganz leer, Jozef erstaunlich beweglich voran, Katja, überrascht, sprang nach, er, eine Stufe über ihr, drehte sich um und entspannte den Mund zu jenem Grinsen, das ihn – weiße Haarmähne um großen Kopf auf kurzem Hals – aussehen ließ wie den durchtriebenen kleinen Bruder Rübezahls: jetzt kaufen wir es ihm!

Samstag, 13.51 Uhr. Samstag, Olympia. Wie geschickt die beiden gerade noch von unten in den Kaufhof schlüpften, dessen Kunden im Erdgeschoss durch Lautsprecher bereits zum Verlassen des Gebäudes aufgefordert wurden. Wie alle schließen wollten, weil alle fernsehen wollten, wie sie aufgeregt waren, wie Katja und Jozef vier weitere Rolltreppen hinaufhasteten in den vierten Stock, wie sie die Verkäuferin eben noch erwischten, als sie die Vitrine schon zusperrte, wie sie dastanden, der alte Mann und das halbgroße Kind mit vor Aufregung geröteten Backen, wie die Verkäuferin sie schon von weitem entdeckt und noch gewartet hatte, wie sie lachte, als Mann und Mädchen wie aus einem Mund prusteten »Ein Fernglas, ein großes«, wie Katja nachschob »für Vater, damit er die Olympiade besser sieht«, wie die Verkäuferin sagte »na dann«, und das Geschenk in eine braune Lederbox steckte, diese in Seidenpapier einschlug und mit raschen Bewegungen in ein rotes Kästchen verpackte, das sie Katja in die Hand drückte, während Jozef bezahlte, wie sie als letzte aus dem Kaufhof kamen, wie auf dem Marienplatz Fahnen wehten, Fahnen über Fahnen, sie verdeckten das Rathaus, die Mariensäule, fluteten den Platz, weiß blau grün, bedruckt mit der Strahlenspirale und den fünf Ringen, fluteten den Himmel und den Platz. Wie der altneue Föhn das Licht weit machte und stahlhart, wie das Huhn, so hoffte Jozef, noch immer rannte, schnell und fröhlich gackernd unter die Stände und lachenden Menschen geduckt, wie stolz Katja die rote Box an ihrer Schnur hielt, wie sie nun auch von ihr aus endlich und wirklich anfangen konnten, »sie«, die seit Monaten nur einen Namen hatten, bei dem alle sie riefen wie etwas Vertrautes, aber auch Ehrfurchterregendes, ein Jahrhundertereignis, einmalig, groß, unendlich verheißungsvoll, endlich, es, sie, da – die lange erwarteten Spiele, das Spiel.

Fröhlicher, gigantischer, friedlicher, gelungener denn je.

Nur mit den Augen dirigierte Jozef seine Enkelin nun. Katja fand es gerecht, dass sie Edgar etwas gekauft hatten, denn er hatte doch nur noch sie und die Haushälterin, und sie war schließlich ein Kind, gut, er hatte auch die Kanzlei und die Krügerin, die bei ihm arbeitete, und eine Menge Kunden, nur keine Frau mehr, und dass sie, Katja, noch immer als Kind galt, ärgerte sie. Wie das Gedränge hier. So erreichten sie die Kanzlei nie. Alles um sie herum schob, redete, schubste, schrie, boxte, wollte nach vorn. Jozef stöhnte über den Föhn, doch schlimmer waren die Menschen um ihn herum. Nur seiner Enkelin machte der Föhn nichts aus, vielleicht einer der Vorteile davon, nahe der Berge aufzuwachsen, nie Kopfschmerzen von diesem Wind, weder im Winter noch Sommer, wenn er warm von den Alpen blies und, mit dem Eisgrün der Isar spielend, ihr Wasser gegen die Fließrichtung kräuselte, so dass sie im Handumdrehen weiß und bitter schäumte, da kommt, sagte Jozef, die wahre Natur dieses Flusses heraus. Auf dem großen Bildschirm, an dessen Fuß sie eingekeilt standen, spielte der Föhn mit dem Wasser des neuen Olympiasees. Am Schuttberg. Jozefs und Lindas Wohnung lag nur zwei Kilometer davon entfernt, manchmal war er mit Katja dorthin gegangen, vor kurzem noch Oberwiesenfeld, Müllecke, Waffendeponie, schwarzes Eck. Jozef hatte '47, als er München erreichte, die Schuttwägen dorthinaus fahren sehen, das Aufschütten des Berges verfolgt, stinkend, voller Staub, stinkendem Staub. Jetzt *Olympiagelände*, Mulden und Hügel, ausgehoben und hochbetoniert, kiesige, nassschwere Erde, fremde Männer, schmallippig, baggerten sie. Jetzt sahen sie es im Film: ein Alter, wacklig auf seiner Leiter, malte Ringe auf einen der silbrig rauen Trägermasten des Daches – orange, zitronengelb, lindgrün, hellblau, lila, moos. Helden der Arbeit, auch hier, murmelte Jozef und schüttelte den Kopf. Olympia, dachte Katja, in der Schule hatten sie gelernt, dass es ein Ort war, und gesehen, wo er lag, klein, trocken, kaputt. Auch von Katjas Augenhöhe aus, gleich neben den unter die Achseln geklemmten bunten Taschen der Frauen, ließen sich nun die Alpen auf den Bildschirmen erkennen: hinter den olympischen Anlagen leuchteten sie gegen einen rosagelben, hochgezogenen Himmel. Fette, geradezu dauerträchtige Kühe lagen auf grellgrünen Matten, Computer Golym, gestiftet von Siemens, monatelang von Hunderten von Wissenschaftlern gefüttert, zeigte Olympisches aus den Archiven der Welt (Berlin '36 ließ man weg), Ludwigsschlösser, hellblaue Bergseen, Segeljachten und Joppen. Unter einem Bildschirm, 10 Meter weiter in die Fußgängerzone hinein, sang eine Gruppe Schnaderhüpferer:

der Türk und der Russ
de zwoa gegn mi nix o
wann i noa mit da Gret
koan Kreagshandl ho

Immerhin, die nächste Druckbewegung schob Katja und Jozef zu einer Würstchenbude, fast fiel Katja auf ein großes gelbes Hüpfkissen, fragende, wütende (das ist mein Fuß!), erheiterte Gesichter taumelten um sie wie Ballons, Achtung, heiß!, rief Jozef, Katja staunte über all die Turbane, Saris, afrikanischen Röcke, bunten Togen (Jozef: wie im Fasching!), die mokkabraunen, kaffeedunklen, hellbeigen und umbrafarbenen Häute (Katja: begrüßte die wenigen Gastarbeiter, die trotz des Sommers da waren, mit geradezu frohem Wiedererkennen im Blick), beinahe rempelten sie gegen ein Metallgerüst, rochen Pommes, Frankfurter und Cola – die Träume, Hoffnungen, Enttäuschungen, kleinen und großen Alltage der um sie in Minischritten Weitergeschobenen, ab morgen würde man auf den bereitgestellten Schirmen die Spiele verfolgen können, staunen über die Turnerin Olga Korbut oder den Schwimmer Mark Spitz, der mit öligen, lang nach hinten geklatschten Haaren robbenartig durchs Wasser schoss, metallisch scharrten Stühle, ein paar Töne des Glockenspiels hingen noch in der Luft, Achtung, heiß!, rief Jozef erneut, um sich Platz zu schaffen, sie lernten, mit der Menge zu gleiten, nicht gegen sie, benutzten ihre Wellen, ja unterschlichen sie, mäanderten an dem Springbrunnen vorbei, dessen Wasserstrahlen angeblich wie Gitarrensaiten vibrierten, bogen gegen den Strom, fast taumelnd, aber doch! – scharf nach rechts und läuteten – endlich – an der kleinen, von einem glattpolierten Metallrahmen gehaltenen Tür, an der sich das Firmenschild befand: Edgar Berewski, Rechtsanwalt.

2

(26. August 1972, 15.00 Uhr MEZ)

Sie starb bei einem Autounfall, mit einem ganz frischen Führerschein, wie Edgar immer wieder betonte, als verstehe er gerade dies nicht. Katja war fünf. Sie erinnerte sich an ihre Mutter, aber wusste dabei oft nicht, ob diese Erinnerungen – das großblumige Muster eines Kleides, eine Aussicht von ihrem (?) Arm – nicht Fälschungen waren, gebildet in Katjas Kopf nach den schwarzweißen Fotos aus Marlenes Leben, vor allem jener Aufnahme auf dem Wohnzimmerschrank neben dem Fernseher. Das Bild zeigte auch Edgar, rund und glücklich, so wie er immer glücklich war mit Marlene, sagte er, die glücklichsten Jahre, ungetrübt. Zwölf Monate später, auf dem Foto von Katjas Einschulung, stand ein Mann mit grauen Schläfen, die Wangen von Bartstoppeln dunkelgefleckt. Groß und schlank, die Augen von hellem Blau, hell auch Edgars Haut, was die Höhlen der Augen betonte, nicht unheimlich, nur scharf. Wenn er von seinem Glück mit Marlene sprach, beneidete Katja ihn, er hatte wenigstens das, sie hatte nichts, abgesehen von ein paar Aufnahmen, auf den meisten fehlte sie, deswegen schaute sie sie stundenlang an. Auf dem Bild von der Einschulung schwebte Katjas Gesicht weiß und aufgeregt über einem dunkel geblümten Kleid; Edgar lächelte nicht.

Der Tod seiner Frau hatte ihn als Juristen kämpferischer gemacht, so sagte man, so lobte man ihn, so focht er für die Heimat anderer, Geld war ihm wichtig, für andere klagte er es ein, Geld ist Heimat, sagte er, und seine Klienten glaubten ihm, weil er es oft genug wiederholte, und gaben ihm Geld dafür, dass er sagte, Geld ist Heimat, er sagte es gern, und wenn man sie als

Erbe nicht haben kann, als den von Rechts wegen zustehenden Besitz, dann wenigstens als neues Eigentum, das man erwirbt und erhält und verteidigt, denn Heimat ist Geld, sagte er, weil ihm die zweite Heimat mit der Frau weggestorben war, sagte er leiser hinterher, und seine Klienten glaubten ihm, da er es stets wiederholte, und irgendwann glaubte er sich selbst. Geld, Heimat, Gerechtigkeit. Das Blau in Edgars Augen wurde glatt, wie Eis, seine Gegner sagten, ja, der Habicht, der ist mit Habgier verwandt, tatsächlich ähnelte Rechtsanwalt Berewski mit der dünngratigen Nase und dem scharfen Blick manchmal einem Raubvogel, der auf einem Felsen die Flügel spreizt. Doch nicht Habgier trieb ihn an, eher der Versuch, ein Nest zu bauen für andere und sich. Gerechtigkeit sowie Heimat bildeten das Neststroh, Geld den Klebstoff, der das reichlich fragile Gebilde zusammenhielt. Die Rolladressei auf seinem Schreibtisch wuchs, der Klang beim Umklappen ähnelte dem Kippgeräusch der Buchstaben in den U-Bahnanzeigen. Bald standen da zwei Adressrollen, bei jedem Besuch versuchte Katja, sie simultan zu bewegen, mit der linken und der rechten Hand, sie bewegte sie schnell, das klang wie das Revolverfeuer in *Bonanza*, sie half nach, mit dem Mund, tschak-tschak, tschak-tschak, tschak!

An diesem Samstag stürmte sie daran vorbei, gelber Rock, fliegender Pferdeschwanz, Olympia. Frau Krüger rief noch, aber Kindchen!, zu spät. Die Dauerwellen wobbelten, mitunter sprang dazu die Goldrahmenbrille an der goldenen Kette über dem ausgeprägten Krüger-Busen auf und ab. Elsbeth Krüger war eine Bekannte der Großeltern und von Onkel Franz; seit Marlenes Tod arbeitete sie bei Edgar, für Katja war es immer schon so. Auch Edgars Sekretärin kam aus dem Osten, wie alle aus Katjas Familie – bis auf Katja. Während die Berewskis eher kurz waren, bis auf Edgar, war an Frau Krüger alles lang: die Füße, die Beine, die Arme, die Nase, ja selbst die Ohrläppchen (mit großen Ohrringen) und die stets sorgfältig rosa lackierten Fingernägel, die sich krümmten wie oft bei älteren Frauen. Mit diesen Händen bewachte Elsbeth das größte, bestgefüllte Bonbonglas, das Katja kannte, bewachte es besser als Alberich den Schatz der Nibelungen. Ich bin ja auch größer als Alberich und weiblich, also schlauer, sagte Elsbeth lachend. Von den Nibelungen hatte man Katja erzählt, auch ihnen war es um Heimat in der Fremde zu tun, Katja zog die Nase kraus und schielte die Bonbons an.

Loewe-Opta, 66 cm Farb-Großbildröhre, Kompaktbedienungsfeld, 17,92 Mark die Woche im TELERENT-Mietsystem, kleiner Bildschirm, Plastikleiste mit Firmenname und Knöpfen links, unten vier gespreizte Füßchen, lief und glänzte, glänzte sehr. Edgar hatte gewusst, dass er das Wochenende würde arbeiten müssen. Doch den gesamten Olympiabeginn versäumen? Der Kompromiss: die Krügerin, Jozef und Katja kamen in die Kanzlei, ein Fernseher wurde ausgeliehen. Großmutter Linda, eine kleine, wuselige Frau, sagte, danke, ohne mich, Sport hasse ich sowieso, olympischen erst recht. Also standen vier Klientensessel vor dem Apparat, es gab Salzstangen, das Fernglas lag ausgepackt auf dem Schreibtisch, Edgar lachte, zog sich die Krawatte auf, in letzter Minute hatte auch das Wetter sich »gemausert«, ein klarer, erstaunlich warmer Nachmittag, Wetter?, sagte Jozef verächtlich, Föhn!

15.00 Uhr, weltzeittechnisch günstig, Tokio 23.00 Uhr, 8.00 Uhr New York, überall saß der Mensch wach am Fernseher, mit glänzenden Augen und einem Gehirn, jahrelang angefüttert mit Sport und noch mehr Sport. Joachim Fuchsberger, Elsbeth Krüger erkannte die Stimme sofort, rief durchs Stadion »noch eine Minute«, der Fernsehsprecher räusperte sich, sein Kollege flüsterte, »wir sind drauf«, Fuchsberger verhallte, der Räusperer fragte den Kollegen, wie die Feier wohl aussehen werde, »Grüß Gott, meine Damen und Herren«. Es beginne die einzige Stunde des Spiels, der Rest sei Sport, meinte der ältere, die einzige Gelegenheit zur Selbstdarstellung, ergänzte der erste, was wird München tun, wie zeigt es sich?

Schon marschierten die Griechen durchs Marathontor, gefolgt von Afghanistan, Albanien, Algerien, Katja gurgelte an einem Glas Hohes C, stattliche Kampfverbände in dichtgeschlossenen Kolonnen, behauptete der erste, jüngere Reporter, doch Katja sah Pluderhosen, Turbane, Feze und Togen. Ausgerechnet die Mädchen der DDR nicht uniformiert, sondern in eleganten Hosenanzügen, orange, lindgrün, türkis, flieder und gelb, rief der ältere Kommentator, als sähen die Zuschauer es nicht selbst. So ein Kommentar wird denen in Ostberlin gefallen!, antwortete Edgar, die Krügerin nickte und schaute Katja tadelnd an, die dem Fernseher die Zunge herausstreckte. Elsbeth Krüger konnte das, nicken und tadeln zugleich.

Ausgerechnet die DDR-Mannschaft, als eigenständiges Team zum ersten Mal dabei, überholte nun möglicherweise bereits modisch das eigene Deutschland. Frau Krüger sagte mehrfach »zum ersten Mal« und »Bundesrepublik«, Jozef, der sie nicht mochte, unterstützte sie ausnahmsweise. Beide benutzten häufig das Wort »Zone«, es stand auch auf den U-Bahnfahrkarten, dort bedeutete es mehr Geld oder weniger Geld, das bedeutet es stets, lachte Jozef böse, das konnte er. Schon kamen die Polen, die SOV genannten Russen, es kamen Vietnam, Obervolta, Jugoslawien, Zaire, und es kam, als Gastgeber zuletzt, die bundesdeutsche Mannschaft, genannt »Wir«. Die Frauen in butterblumengelben Röcken, Jacken mit großen Revers, gelben Hüten, sonnig sollte es sein. Die Männer klassisch schwarz-weiß, doch darüber chemieblaue Sakkos, doppelreihig golden geknöpft. Jeder trug einen schwarzen scharfgesichtigen Adler überm Herzen. Auch hier, stellte Edgar schmunzelnd fest, schießt die DDR schon jetzt den Vogel ab. Tatsächlich waren die Ost-Männer in derselben Grundausstattung erschienen, doch wirkten ihre Sakkos, Hemden und Krawatten eleganter. Elsbeth Krüger war aufgeregt. Seit Jahren überlege sie, ob sie nach Berlin reisen sollte. Bis '39 hatte sie im Osten der Stadt gelebt. Liefen die dort jetzt so bunt herum? Gedankenverloren fischte sie ein Bonbon aus ihrer Rocktasche. Manchmal fragte das Kind eines Klienten nach einem »Gutti«, sie gab ihm dann zwei, das arme Ding!, nicht einmal richtig sprechen lernte es. Doch, wenn sie ehrlich war, »Gutti« klang schön, nach Süßigkeit im Mund und dem Zuzeln daran. Elsbeth zuzelte. Eine Frau über 50 muss entscheiden, ob sie Ziege wird oder Schwein, belehrte sie jeden, ob er es wissen wollte oder nicht. Ziege, damit war sie zufrieden, Bonbons konnte sie essen, so viele sie wollte. Dumm nur, dass ihr Rücken ständig wehtat, überhaupt: ihr ganzes, schiefes Gestell!

Katja nippte das zweite Glas Saft. Alte Stars, etwa Jesse Owens, der amerikanische Sieger-Läufer von 1936, sitzen dabei, neue werden geboren, rief der jüngere Reporter, Könige wollen und werden sie werden. Die Kamera fand keinen König, schwenkte ersatzweise auf Waldheim, Brandt, Goppel, Scheel und, immerhin, den Kronprinzen Carl Gustav von Schweden. 80 000, fuhr der ältere Kommentator mit leichtem Räuspern fort, seit Wochen, nein Monaten ausverkauft, 80 000 mucksmäuschenstill, 80 000 genießen das Privileg, live dabei zu sein.

Haha, rief Jozef, und wir sind die Deppen auf der Fernsehcouch oder wie?

Auch der jüngere Journalist, er hieß nicht Hagen, aber so ähnlich, hatte den Fauxpas des Kollegen bemerkt, großartige Technik, lenkte er ab, alle Daten über den Fernsehturm, 4/10 Sekunden, schon ist das Bild am Bestimmungsort – seine Stimme wurde zuversichtlich – täglich 24 Stunden Programm, rund um die Uhr, rund um die Welt!

Im Stadion tanzten hellblau und gelb gekleidete Kinder zu Carl Orff, Jozef summte lateinisch mit, aus den Augenwinkeln beobachtete er seinen Sohn. Auch der saß entspannt vor dem Fernseher, nicht so getrieben wie sonst. Woher er seinen Ehrgeiz nur hatte? Linda sagte, auf der Flucht habe sie zum ersten Mal diese wilde empörte Entschlossenheit an Eddi bemerkt, ob sie damals nur zum Vorschein gekommen war oder sich überhaupt erst gebildet hatte, wisse auch sie, die Mutter, nicht.

Da!, ein riesiger …, unterbrach aufgeregt der ältere Berichterstatter, wohl um seinen Fehler gutzumachen, … ein riesiger Kopf! Suchend schwenkte die Kamera zur Osthälfte des Stadions, die glitzernd und bloß in der Sonne lag. Hier wehten die Länderfahnen, hier stand der Fernsehturm – hier erschien Jozefs Schutt im Bild. Doch da war kein Grün mehr, kein Berg, da wuchsen Menschen zu einem Kopf, aus vielen kleinen zusammengesetzt. Der Trümmerberg, unheimlich belebt, schaute die Kanzlerrunde an. Kommentator Hager (oder so ähnlich) lachte laut, doch auch verlegen: die ganz Gewieften! Die bayerischen Schlaumeier! Schauen sich die Eröffnungsfeier von da oben an, ohne zu bezahlen.

Katja fixierte Krügers goldgelbe Bonbondose. Die gelben und hellblauen Kinder tanzten, als wären sie aufgezogen. Jozef summte ununterbrochen. Edgar schaute auf. Sein Vater überraschte ihn immer wieder. Listig, schelmisch, erstaunlich heiter, dabei ein Sprücheklopfer von Gottes Gnaden, am liebsten über menschliche Köpfe – rund, damit man immer dasselbe denken kann! – und Geschichte. Nie gab er zu, woher die Sprüche kamen, alles selbstgebacken, rief er, lächelte, lenkte ab (was haben die Geschichte und ich gemeinsam? Die Zähne. Alle falsch), rief sogleich, ich habe keine Ahnung, mit welchen Waffen im 3. Weltkrieg gekämpft werden wird, aber im 4. werden sie mit Stöcken und Steinen aufeinander einschlagen, war stolz auf sein Mantra, belehrte die Studenten auf der Straße: Geschichte ist alles, was man nicht versteht, fragen Sie ruhig! Edgar rechnete, sieben Jahre, dann hatte auch Katja Abitur, er war erleichtert, sieben Jahre, noch lange hin. Doch: sie veränderte sich so schnell. Nach den Ferien würde sie Latein lernen, das freute ihn, Antikes mochte er; andererseits: all diese Berichte von Kriegen und Intrigen – na ja.

Das erste Mal, dass bei einer Olympiade alles elektronisch gemessen wird, sagte die Krügerin. Sie saß neben Jozef, sah zufrieden aus. ARD und ZDF blendeten das Olympiaemblem ein, eine Spirale aus schwarz-weißen Streifen, die sich von innen nach außen dicker umeinander wanden, um außen wieder ganz klein zu werden – ein perfekter Kreis. Leise schwebte der Deckel vom Bonbonglas. Kommt Franz, fragte Edgar, oder warum riechen Sie heute so gut, Elsbeth? Sie lachte, das wüsste ich auch gern!, Katja fixierte ihren hellbeigen Twinset, leise, sehr leise griff ihre Hand nach dem knisternden Gold.

Franz. Der Name erschreckte Katja, freudig. Er war der einzige Verwandte ihrer Mutter, den sie kannten. Der einzige, den Marlene jemals eingeführt hatte. Manchmal besuchte er sie. Sie besuchten ihn nicht, das wollte er nicht, Franz arbeitete in Pullach beim BND, eine Bürokraft, sagte er, ich bin ein kleiner Fisch. An anderen Tagen lachte er laut, rief, ich fahre um Afrika, und tänzelte durch die Kanzlei. Franz, klein und fest, wuschelige Haare, älter als Edgar, doch ganz Bewegung, rollte jeden Schritt aus der Schulter links, mit etwas Verzögerung dann rechts, den Rücken hinunter in seine schmalen Hüften, elegant federnd, so dass man hinschaute, ob man wollte oder nicht. Selbst wenn er stand, machte er sich noch wichtig, hob zum Sprechen die Arme, drehte die Hände, kaum jemals hielt Franz sich ruhig, und wenn alles ruhig war, bewegte sich die Zunge eben allein. Afrika verstand Katja inzwischen. Früher hatte sie geglaubt, Franz umkreise den Kontinent ständig mit einem Schiff. Das glaubte sie nicht mehr. Er fuhr um eine Karte. Er fuhr im Kopf. In seinem Büro hing eine Karte von Nordostafrika. Sagte Edgar. Keiner hatte Franz' Büro je betreten. Außer der Krügerin.

Elsbeth stand auf, ihre Füße waren wirklich schrecklich groß, meist trug sie Männerschuhe, zwei steckerldünne Waden darüber, und obenauf dieser für eine Ziege wirklich erstaunlich große runde Busen. Gerade!, beste Elsbeth, mahnte auch schon Edgar, sie antwortete, schreiben oder was?, das gab Katja Zeit, leise, äußerst leise, glitt der Deckel auf das Glas zurück.

Früher hatte Katja sich gewundert, wie die Krügerin von ihrem großen Busen nicht vornüber kippte, dass Männer das schön fanden, war ihr seit der Max-Razzia klar. Jozef krauste die Stirn. Dass man nun messen konnte, was kein menschliches Auge sah, fand er unschön. Linda, Großmutter, fand den gesamten Sport abscheulich: Fernsehen schade den Augen. Und was den Augen schade, schade dem Hirn. Also dem Hirn und den Augen, und am Ende dem Herzen und der Hand. Daher saß sie lieber mit einer Freundin zu Hause, gebeugt über ihr immer rotes Stickzeug – sie stickte mit Vorliebe auf großen rosa Stoffen mit dünnen roten Garnen. Wenn sie stickte, war es verboten, das Wort »Auge« auch nur zu erwähnen. Als Katja, zwei Bonbons fest in der Hand, von hinten zu Alberich Krüger sagte, das heißt nicht Olympiade, sondern Olympische Spiele, runzelte Jozef die große Stirn so heftig, dass sie nurmehr aus Falten bestand. Er achtete auf Umgangsformen, Grenzen. Selbst ein Grenzverletzter, mit bitterem Lachen, dachte Edgar, einem Lachen nur in den Mundwinkeln, als wehrte es sich. Auch Katja sah das, doch wusste nicht, wogegen ihr Großvater sich schützen wollte. Sie stand neben Krügers Glas, Olympiade ist die Zeit zwischen den Spielen, vier Jahre, flötete sie, Olympiade 1972 ist Quatsch. Edgar rief, Katja!, Elsbeth Krüger drehte sich um, überrascht, angepikst, aber die Bonbons in Katjas Hand, das Bonbon in Katjas Mund, konnte sie nicht sehen.

Alle setzten sich wieder. Das Mädchen, das den Eid der Sportler schwören sollte, griff so zittrig nach der Fahne der Bundesrepublik, dass das gesamte Fernsehbild mitzitterte. Zum ersten Mal spricht eine Dame das Gelöbnis, betonte der ältere Reporter, Edgar nickte, auch Jozef schien einverstanden, denn die Frau trug einen Rock. Da die DDR-Frauen in Hosen einmarschiert waren, hatten sie auch heute bei ihm verloren, aber darauf kam es nicht mehr an, denn die DDR war schon so klein bei ihm, kleiner konnte sie gar nicht mehr werden, eine Laus, ein Floh, ein Bakterium, ein Virus, ein böses Nichts. Nachts aber schien sie in seinen Träumen heimlich zu wachsen, morgens jedenfalls war sie wieder da, dann sagte er »Zone« und ärgerte sich. Millionen von Menschen haben jetzt diese Bilder gesehen, stellte der jüngere Kommentator befriedigt fest. Ein Viertel aller auf der Erde lebenden Menschen hatte also die DDR gesehen. Kann man da hinfahren, fragte Katja – vorsichtig, damit man nicht hörte, dass sie ein Bonbon lutschte. Für Sekunden ballten sich weiße Wolken über dem Stadion wie riesige Blumen. Edgar lachte, jetzt dieser Mummenschanz, doch das war nicht die Antwort auf die Frage nach der DDR, vom Olympiaberg donnerten Böllerschüsse. Schuttberg!, rief Jozef wütend, 1300 Meter lang, über 70 Luftangriffe auf München, das sollten Sie sich vorstellen, Herr Hager: Schutt pur, Schutt absolut, auf Trümmern stehen die Bürger! Jozef rief, als könnten die Kommentatoren ihn hören, er verstand nicht, wie Fernsehen ging, Katja war das peinlich, sie schaute weg.

Die zu den Schüssen aus ihren Kästen gejagten Tauben flatterten müde, ein friedliches Zeichen, verkündete der ältere Kommentator stolz, Avery Brundage, der weise Präsident des IOC, habe geraten, erst die Schüsse abzufeuern, dann die Tauben freizugeben, sonst ließen sie erschreckt noch etwas auf die Zuschauer fallen. Edgar grinste, Olympia der kurzen Wege!, nun lachte auch Elsbeth Krüger, zog ein Bonbon aus der Rocktasche, hielt es hoch ins Licht, ließ es funkeln, nur Jozef schüttelte den Kopf, schaut mal, flüsterte er, das haben sie auch behalten von '36, das auch.

Unheimlich lang scheint die Treppe zu sein, er läuft auf sie zu, Juniorenmeister über 1500 Meter, nur hier darf er starten, zusammen mit vier anderen, sie sollen Kontinente sein, laufen wie Kontinente, jetzt fängt die Treppe an, er keucht, die anderen fallen zurück, nun ist er allein, x-mal geprobt, doch das volle Stadion verändert jeden Schritt. Der gelbe Teppich auf den Stufen blendet selbst im Bildschirm, vielleicht hätte der Läufer eine Sonnenbrille gebraucht, das Licht seiner Fackel ist nicht mehr zu sehen, er aber spürt das Feuer, die Gier des Publikums, seine Neugier, seine Gnadenlosigkeit, es trägt ihn und will ihn fallen sehen, abstürzen in das brodelnde Meer aus Armen und Mündern und der Lust daran, dass einer stolpert, alles vermasselt, stirbt vor Scham. Ordner in hellblauen Anzügen säumen den Treppenrand, keiner mehr zählt die Schritte, der blonde, schmale, ganz in weiß gekleidete Junge biegt nach rechts auf die dünne Brettbühne, weit über dem Stadion unter freiem Himmel, läuft in Stille, streckt den Arm mit der Fackel an die Schale. Man sieht ihn Atem holen, er versucht, gleichwohl möglichst ruhig zu stehen, alles schweigt, wartet – doch das Feuer springt nicht über. Die Kamera starrt auf die drehbaren Gelenke am Rand, das Gas kommt nicht, alle warten, zittern, da, endlich, geht das Feuer doch noch auf, zischend, und greift sofort nach der ganzen Schale, nach der heißen Luft.

Jozef entfuhr ein kleines »ah«, er war froh, dass München die Eröffnungsfeier gelungen war, auch Elsbeth neben ihm seufzte erleichtert, kurz schauten sie sich an, man identifizierte sich eben mit der Stadt, in der man lebte, Föhn hin oder her. Edgar stand auf, so fängt es also an, sagte er, mit der Heiterkeit, den kurzen Wegen.

Ein paar Böllerschüsse hallten nach, einige Tauben hatten doch etwas auf Zuschauer fallen lassen, selbst der Olympiaberg, grummelte der ältere Reporter hörbar zufrieden, leert sich. Bayerische Schlaumeier, hakte der jüngere noch einmal, fast ungläubig, nach. Im Bild funkelten die Terrassen des olympischen Dorfes, Fahnen wehten davor. Alberich rief, was sind das für

Fettfinger auf meinem Bonbonglas?, Edgar richtete das Fernglas auf Katja und antwortete, sagen Sie nicht noch mal, dass ich Fettfinger hätte, sonst müssen Sie zum Fernsehen und über junge, unerreichbare Fackelträger berichten – so fing es an, mit den kurzen Wegen, der Heiterkeit.

Katja dachte noch immer an Franz. Bei seinem letzten Besuch, vor zwei Wochen, war sie auf dem Klo, als er sich verabschiedete. Das WC lag dem Kanzleieingang fast gegenüber; eben dort hielten Franz und Edgar inne.

… hartnäckige Erinnerung, hörte das Mädchen Franz sagen, als es sich das T-Shirt in die Hose stopfen wollte, und erstarrte in der Bewegung. Sie rief mich an, murmelte Franz, um sich zu verabschieden, ich muss es dir endlich erzählen. Ihre Stimme war so gelöst, er stockte, lachte leise, aber traurig, ich dachte fast, sie hat sich betrunken.

Aber das war es nicht, flüsterte Edgar.

Nein. Sie sagte leichthin, wir haben einen Nachbarn mit nur einem Bein. Der hüpft munter durch den Garten. Dem habe ich gestern zugerufen »meine Eltern haben nicht so viel Glück gehabt, der Vater in Russland geblieben, die Mutter mit 45 an einer Blutkrankheit verstorben. Vererblich!« Und?, sagte Franz, und?, habe ich gesagt. Marlene lachte, der Nachbar habe gerufen, »die haben Sie aber nicht«. Sie habe daraufhin »gute Nacht« gesagt, und »keine Sorge, daran sterbe ich nicht«.

Franz, hörte Katja ihren Vater seufzen. Sie strich sich das T-Shirt glatt, leise, sehr leise.

Vielleich hätte …, sagte Franz und seine Stimme klang ernst, ohne Spielerei, hätte, wenn ich sie weiter in ein Gespräch verwickelt hätte, sie wollte vielleicht reden … dann … wäre sie vielleicht nicht losgefahren.

Edgar schaltete den Fernseher aus. Wäre Franz jetzt dagewesen, Katja hätte ihn nach Marlene gefragt. Wo steckte er nur wieder? Sie lief zum Rezeptionstisch, wenigstens Linda wollte sie anrufen, damit sie aufhörte, diese roten Blumen zu sticken, groß und hellrot, orange, seidig, manchmal rau, manchmal dunkel wie Rubin. Zu Wolken geballt, trieben sie über die polnischen Felder, von denen Linda träumte, über Mohn und Korn. Die Felder, zwischen denen Katja aufwuchs, waren bayerisch braun, grün und weiß, gesprenkelt, gefurcht, auch sie hätten ein hübsches Tischtuch ergeben, gänseblümchenhell, nicht so rot, nicht so warm, so hitzig, so beängstigend. Doch jedes Tischtuch war sinnlos, Linda konnte es niemandem schenken, seit Marlene nicht mehr da war. Katja hatte eine ganze Menge bestickter Tischtücher zu Hause ganz hinten im Schrank entdeckt, doch Edgar bekam nie eines, also waren sie alle Geschenke an Marlene gewesen, Edgar bekam nur umhäkelte Taschentücher mit Monogramm, Jozef, Linda und Katja ebenso, zusammen ergab das »KEIL«. Marlenes Buchstabe hatte da gar keinen Platz, es war, als sollte sie vergessen sein. Katja wählte Lindas Nummer, es läutete, eine der gestickten Wolken blies durch Katjas Kopf, wild, niemand hob ab, für Sekunden sah Katja etwas Lockeres, Blasiges, das immer dichter wurde, sie streckte die Hand aus, das Läuten, das Läuten, griff etwas Rundes, hielt sich fest.

Der Krach riss sie zurück. Da waren das Zimmer, die Sonne, der Nachmittag, Jozefs und der Krügerin und Edgars Kopf, zu ihr gedreht, und da war, am Boden, das Bonbonglas, in tausend Teile zersprungen. Die Scherben glitzerten, die goldgelb umwickelten Bonbons, Katja stand in einem Meer aus Splittern und Folien, erschreckend schön. Jetzt erst stöhnte die Krügerin auf, Edgar stand schon vor Katja, die Augenbrauen zusammengezogen, was war los?, und dann sagte er, mach dir keine Sorgen, sie ist bestimmt nur kurz rausgegangen, er überlegte, mit dem Müll, sagte er, in zehn Minuten ist sie wieder da, wir rufen in zehn Minuten wieder an, o.k.?, sagte er und tätschelte Katjas Wange, sie geht nicht einfach weg, sagte er leise, sie ist nicht tot.

Und das war, warum er ihr Vater war. Katja mochte Jozef lieber, er fühlte sich wärmer an als Edgar, doch Edgar war der Einzige, der sie jetzt verstand. Es gab etwas, das nur sie beide kannten. Marlenes Tod verband sie wie eine Wurzel, die zwei Kerne umschließt.

3

(Stadion, Stadion)

»Wi schade das ich nicht nach Munich raihse in disen Herbst aber Ma ist auh trourich davon. Wirr wurdn so gärn mit euch gebleaben sein. Später wollen wirr haben ein Idee von eure Besuch in die Olympics, und vielleicht ich kan dir auch ouff den TV sehn.«

Die Postkarte flappte müde hin und her, denn durch das gekippte Oberfenster der U-Bahn strich nicht mehr als eine Brise, selbst bei voller Fahrt. Katja konnte Rickis Handschrift betrachten, der Skorpion auf der Vorderseite der Karte aber starrte Edgar an. »Striped californian« stand in gelber geschwungener Schrift unter dem Tier. Gut, dass der kalifornische Haufen nicht angerückt ist, sagte Edgar, nie hätten wir so viele Karten gekriegt. Katja nickte, halb überzeugt. Ricki, Teil des Haufens, wäre ihr hier, heute, gerade recht gewesen. Ein Puffer gegen Maxgedanken. Ricki, die Überraschung des letzten Winters. Da hast du jahrelang keinen Verwandten in deinem Alter, und dann gibt es plötzlich eine ganze Familie, die so weit weg wohnt, dass man nie mit ihr streiten muss, außerdem wohnt sie in Kalifornien, wo es selbst Weihnachten warm ist, so dass du braun gebrannt in die Schule zurückkehrst, und alle dich beneiden. Darüber hinaus stößt du dort auf einen hübschen, zwei Jahre älteren Cousin, entdeckst die Wonnen privaten Sprachunterrichts sowie giftige Pflanzen an harmlos herumstehenden Bäumen – deine Tante Annie schreit auf, als du hinlangst –, und eines Abends stößt ein Skorpion auf dich. Edgar wühlte in seiner Hemdtasche, dann im Jutebeutel mit den Jacken für den Abend, Wasser und Fernglas, hast du deine Karte?, fragte er. Nein, die hast du. Endlich, in der Hosentasche fand er die Tickets, 14.30 Uhr Vorstellungsbeginn, Leichtathletik, steckte sie befriedigt wieder ein. Wir müssen uns bei Linda bedanken, sagte Edgar, er vermied das Wort Mutter in Katjas Gegenwart, sie hat uns doch die Karten besorgt, stell dir vor: über Hartmut, der sie umschwänzelt wie ein alter Pfau, er lachte, sah seine Mutter vor sich, Puder auf der hellen, in tausend Falten zerknitterten Haut, ein Gesicht wie ein zusammengelegter Lampion, aber strahlend blaue Augen unter den weißen Brauen. Linda war ein stiller Mensch, auf dieselbe Weise, wie große Felsen direkt vor der Küste still sind; Wellen donnern dagegen, Algen hängen daran fest und obenauf versammeln sich die Vögel. Wenn Edgar daran dachte, tat seine Tochter ihm weh, so mutterlos sah sie im Sitz gegenüber aus, ohne Küste, ohne Meer, ohne Sicherheit, Edgar seufzte und legte Katja aufmunternd die Hand aufs Knie. Es munterte ihn auf.

Katja bemerkte die Hand kaum. Der Skorpion auf der Karte sah exakt aus wie jener, der kurz nach Weihnachten aus ihrem Schuh geschossen war. Der Schuh stand unter dem Bett, Katja saß auf dem Bett, im Zwischenraum blitzte das rennende Tier wie ein Pfeil. Katja schrie, Edgar eilte herbei, ließ sich hastig erklären, was los war, und rief Neill, Annies Angestellten. Schon schoben sie das Bett von der Wand, Feuchtigkeitsflecken wurden sichtbar, Staubflocken wirbelten hoch. Dazwischen der Skorpion, so bunt, so jäh getroffen von Licht, Schwanz in die Höhe gereckt. Neill sagte, oh, it's such a drama queen, Edgar neugierig, what does that mean, vom Gestell des Bettes blätterte der Lack, Katja stand auf den Zehen, verpassen wollte sie nichts, auf keinen Fall.

Dass die Empfindung der Neuheit der Welt irgendwann vergeht, ahnte sie nicht. Ebensowenig, dass diese Empfindung es ist, aufbewahrt in Kleinigkeiten, an die man sich später mit Sehnsucht erinnert, wenn man an Kindheit denkt. Später – als sie ihre alten Kinderspiele fotografierte, jedes Detail, für eine Ausstellung. Später, als sie spürte, dass erinnerte Kindheit selbst ist wie ein Skorpion, bunt und scheu, der stechen kann und rückwärts geht, je näher man kommt.

Wenn sie glauben, dass sie keine Chance mehr haben, sagte Neill, töten sie sich lieber mit dem eigenen Stachel, als dem Gegner den Triumph zu lassen, sie umzubringen. Auch so eine deutsche Idiotie, antwortete Markus. Dass Katja ins Bett gehen sollte, war vergessen, alle saßen im Wohnzimmer, Ricki und Katja tranken Orangensaft, die Erwachsenen Wein, auf den Tod des Skorpions. Markus war Rickis Vater sowie der Sohn des Bruders von Katjas Großvater – Katja schaute verwirrt. Dein Vater ist Markus' Cousin, das ist dasselbe, sagte Annie, deren Deutsch einen amerikanischen Akzent hatte, so sehr wollte sie kalifornisch sein. Neill, der Jäger, saß auf dem Sofa zwischen Markus und Annie und somit auch zwischen den beiden, von Linda mit dem schlesischen Wappen bestickten Kissen, Edgars und Katjas Weihnachtsgeschenk an den kalifornischen Familienteil. Die Kissen sahen hübsch aus in Neills Händen, Katja fand, dass der feine silberne Halbmond in der dunklen Adlerbrust, den Linda stets mit größter Sorgfalt stickte, besonders gut zu ihm passte. In der Fremde sitzt ständig was unter deinem Bett und sticht, sagte Edgar zu Annie, schaute aber Markus dabei an, nein, in deinem Bett. Leave my bed alone!, drohte Annie mit dem Finger, Markus lachte: such dir lieber selbst 'ne Neue, aber nicht hier! Ricki und Katja kauten, die amerikanischen Brötchen hatten ein Loch in der Mitte, durch das die Butter tropfte, schmeckten aber himmlisch, Katja stach da nichts. »Heimlisch«, sagte Ricki, und sie lachte, schon seit zwei Wochen übte er, »himmlisch, heimlich«, alles eins aus seinem Mund. Nein, rief Edgar, »heimisch« musst du sagen, darauf kommt es an, von heimisch werden ist hier die Rede, aber Ricki und Katja lachten noch mehr, wie komisch all diese Wörter waren, o Gott, sagte Edgar, ich glaube, sie ist schon in der Pubertät.

Da: die olympische Betonsonne schien im Tunnelbeton der Station, Edgar stieß Katja an, raus!, Katja dachte, dass sie Ricki »unheimlich« hätte beibringen sollen, unheimlich war das Gedrängel auf dem Bahnsteig, Hunderte quollen aus dem Zug, Katja und Edgar mitten darin. Ein Klumpen schwitzender Körper, endlich wurden sie auf der Rolltreppe nach oben geschoben, endlich frische Luft. Mühelos übertönte das Poltern und Trampeln der Menge den Verkehr vom Stadtring, zwischen Beinen und Rücken blitzten ein paar Autos auf. Vom Stadion war nichts zu sehen, nichts von den Sporthallen, vom Olympiadorf, einzig der Fernsehturm schob sich über einen der künstlichen Hügel, die sich aufstülpten wie von Schnüren umschlossene Waden, als liege einer hier auf dem Boden, die Nase in die Erde gesteckt und lache sich krank über jeden, der kam.

Die Menge summte, schwoll an, brachte die Hitze der Stadt ins Dorf, kramte Flaschen aus Beuteln, suchte nach Geldstücken, hielt Kinder fest, der Weg wölbte sich nach oben, man sollte den Eindruck haben, zum Stadion hinaufzusteigen – Frauen in kurzen Röcken und Männer in enganliegenden Shirts über engen Hosen, schnelle Sätze auf den Lippen – und alle auf dem Weg zu einem Spiel. Für Menschen, aus Menschen gemacht.

Endlich, verästelt, kroch funkelndes Glas über Hügel und Mulden, ein Drache, zersplitterte, war doch wieder da, glänzend lebendig als Schlange: das Dach. Billig kalkuliert, teuer gebaut, auf einen Schlag nah. Dabei erreichten Katja und Edgar erst seine Spitzen, steil gewölbtes, wie Stoff von metallisch glänzenden Stangen hängendes Glas. Auf allen Seiten zugleich floss Licht daran herab, denn das Dach winkelte sich ständig um sich selbst. Stieg an, fiel ab, lag dem Besucher zu Füßen, dann wieder hing es hoch über dem Erdboden, als tanze es, wolle sehen, doch auch berührt werden, also beugte es sich erneut, küsste, wo es sich festhielt, hakte ein, und kroch immer weiter hinein ins Gras. Ein

Dach, verrückt geworden an seiner eigenen Dachigkeit, die es heiter zerbrach, hin und her warf wie ein Jongleur. Ein Dach, das sich streckte und dabei blendete, so fasste es nach Edgar, Katja und dem Kartenskorpion. Die Flamme des Feuerschluckers übertrumpfte es spielend, jemand rief Brezen aus, eine Frau nur im Bikinihöschen, am ganzen Körper mit Bronzepaste eingeschmiert, kam entgegen, Verkäufer von Herzen schrien: Du bist meine kleine Welt. Katja entdeckte Fähnchen, Feuerzeuge, Autoschilder, Tassen, dick, bunt, die Strahlenspirale darauf, nur Max entdeckte sie nicht. Sie wusste, dass bei den Spielen nicht Polizisten, sondern Helfer in hellblauen Anzügen eingesetzt wurden. Überall wuselten sie herum. Doch war man wirklich so streng? Kein Polizist, nicht einmal an der U-Bahn oder hier an den Kassen? Tatsächlich. Sie war enttäuscht, schaute auf die Herden weißer Luftballons überm See, doch die hingen auch nur wie übergroße, entfärbte Trauben da.

Edgar kramte erneut in seiner Hemdtasche, Schilder starrten sie an: »suche Karte«, »biete jeden Preis!« Katja kaufte ein Spielzeug für Ricki, es hatte die Form eines Fernsehers, mit Knopf, funktionierte aber wie ein Diaprojektor: durchs Guckloch sah man olympische Bildchen, die Akropolis in Athen, eine Luftaufnahme des olympischen Dorfes, das Innere der Schwimmhalle, und natürlich das Münchner Dach. Darüber spannte der Himmel sich wie eine Folie blau nach oben, man hätte nach ihm greifen und ihn zerknittern wollen, um sein Rascheln zu hören, doch Katja hörte nur ein Brodeln und Zischen. Es dampfte aus den engen Ritzen und Fenstern der Kartenhäuschen. Wie die Ventile eines riesigen Kochtopfes klebten sie an der Hügelflanke, die das Stadion verbarg. Es war schon gefüllt, mit Menschen, Hitze, Luft. Tausende mussten bereits darin sitzen, Tausende schoben hinein. Block G, Sitz 24, sogar eine Uhr war abgedruckt, die Zeiger auf halb drei. Eine Stunde noch, was tun?, Edgar schlenkerte unentschlossen mit der Einkaufstasche, in der er das Fernglas trug, Katja wurde klar, dass auch er noch nie olympische Spiele besucht hatte, er besaß keinerlei Vorsprung vor ihr, erleichtert sagte er sofort ja, als sie vorschlug: kauf dir doch erst mal ein Bier.

Mit dem Bier und einer Cola für Katja gingen sie zum See. Edgar ließ sich mit einem Seufzer nieder, er saß gern, das war gut in seinem Beruf. Wenn er sich nicht vorsah, bekam er noch einen breiten Hintern, auch egal, er nahm einen Schluck, war müde, endlich hatte er einen Samstag frei. Katja saß, die Arme um die angezogenen Knie geschlungen, still neben ihm. Am Ufer wedelten aus Blech geschnittene Figuren, wie Kinderspielzeuge, doch die Bleche waren groß und dick, jede Figur trug das Olympiaemblem auf der Brust. Zwischen den ebenfalls aus Metall geschnittenen Blumen in gelb, grün und rot warfen die Figuren lange Schatten – weiß und dunkel, manchmal im Wind bewegt, manchmal still.

Neben den Blechen lagen weiße Körper, die Beine nach vorn gestreckt, flach und spillrig.

Ein Hund mit Schlappohren zog ein Stück Presssack von einem Teller. Katja lachte leise, schaute zu Edgar, doch der schlief.

Das Seewasser durfte man nicht berühren, angeblich floss Starkstrom darin.

Olympia.

Der Himmel knisterndblau, die Sonne aus Beton. Edgar, ausgestreckt im Gras. Katja, warm und wach, behütete ihn. Es war einer der Augenblicke, die blieben.

Überwältigend grün, ovalrund, tief, auf den Tribünen gesprenkelt bunt. Hoch, eine Überraschung, obwohl im Fernsehen schon oft gezeigt, lag es nun da, lange verborgen, endlich enthüllt. Mit seinem Dach schien der Wind gespielt zu haben, ein ganz neues Spiel, nie zuvor gesehen. Das Stadion selbst hingegen war alt und neu in einem, seine Rundheit schloss alles ein, wer eintrat, gehörte dazu. Die Plätze in Edgars und Katjas Reihe waren schon besetzt, bis auf einen. Weit über, weit unter ihnen eroberten Menschenpünktchen die Stühle – Gruppen, Familien, Paare, Einzelne. Katja sog auf, was sie sah, hörte, fühlte, roch. Aufmerksam, die dünnen Beine in einer Jeans mit weitem Schlag, an den sie unten einen Blümchensaum gesetzt hatte, damit die Beine in Clogs länger wirkten, saß sie neben Edgar. In das braune schulterlange Haar hatte sie links eine pinkfarbene Spange gesteckt. Nachgerade rosig sah sie aus, aber wusste es nicht; ihre Zähne, regelmäßig und groß, glänzten wie Milchreis (die Spange nahm sie nurmehr nachts). Edgar wunderte sich, dass sie das pinkfarbene T-Shirt, den Renner vom letzten Sommer (im Hals geknotet, der Rücken frei) nicht mehr anziehen wollte. Katja trug jetzt immer einen BH. So etwas kaufte sie sich selbst, dafür war er ihr dankbar, ebenso dafür, dass sie ohne seine Hilfe gelernt hatte, Tampons zu verwenden, er sah nur die Schachteln im Bad.

Betongänge führten zwischen Sitzblöcken hoch wie in einem Konzertsaal, doch im Stadion war alles größer, breiter, bunter und – am wichtigsten – statt einer Decke war Himmel darüber gespannt. Grün strahlte sein Licht von den Sitzen, unregelmäßig gefleckt, flimmernd heiß. Gesichter, zu schwitzenden Masken verzogen, mit zusammengekniffenen Augen drehten sich, sehnsüchtig, aufgeregt. Einem niedergegangenen Teppich gleich lag Gras in seiner Mitte, eckig beschnitten, gedüngt, gehegt. Die glänzend rote Laufbahn umschloss den Rasen wie ein zum Atmen weit geöffneter Mund.

Eine Reihe grün gekleideter Männer marschierte ein, sie sahen aus wie Turnlehrer, Gastwirte, Diplomingenieure, sie waren Turnlehrer, Gastwirte, Diplomingenieure, jetzt olympisches Bodenpersonal. Gleichschritt, Gänsemarsch. Zuschauer pfiffen, andere lachten. Die Schiedsrichter klappten die mitgeführten Klappstühle auf. An der Bande lehnten weiße Gatter für den

Hürdenlauf, der Drahtkäfig der Hammerwerfer blinkte im Licht, acht Männer schleppten eine blaue Matte herbei.

Alles Eunuchen!

Wie bitte? Edgar klang erstaunt, der Dicke neben ihm grinste. Eunuchen, ja, wissen, wie's geht, aber können's nicht. Seine Oberschenkel quollen zu beiden Seiten über den Sitz. Er war jünger als Edgar, schicker (Schnauzer, schulterlanges Haar, Strickmütze mit Rentieren). Breit standen seine Füße auf dem Boden, lässig hielt er die Bierdose in der Hand.

Die Longines Uhr zeigte kurz vor halb drei, auf der großen schwarzen Anzeigetafel flammte die Strahlenspirale auf. Katja holte das Fernglas aus der Tasche. Hinter den Glasscheiben der Fernseh- und Radiokabinen hingen die Gesichter der Journalisten wie Zwiebeln an einer Schnur. Eine Frau setzte sich wortlos auf den freien Platz neben Katja, stellte einen geflochtenen Korb auf den Boden und begann darin zu wühlen. Silbrige Satinhose, bunt gestreiftes T-Shirt, die Hände hell. Edgars Nachbar versuchte, sich ein weißes Tuch möglichst elegant mit einer Schnur um den Kopf zu binden. Die Rentiermütze lag in seinem Schoß. Das machen wir im Stadion immer so, murmelte er, und dann, mit aufmunterndem Blick an Edgar vorbei zu Katja: und wer bist du?

Katja drückte sich tiefer in ihren Sitz, was schwierig war, denn hinten stieß sie an die Knie des Mannes in der Reihe über ihr. Der Rentiermann hatte dicke Schweißflecken unter den Achseln, das Hemd spannte über seinem Bauch. Mit offenem Mund saß er nun da. Starrte an Katja vorbei, auf die Nachbarin. Katja musste nicht antworten, Glück gehabt. Schon stiegen die ersten Sportler aus dem Boden, mitten im Grün, als kämen sie aus dem Bauch des Stadions, vom Aufwärmen, sagte Edgar zu seiner Tochter und drehte sich ebenfalls um. Silbern lag das aus dem Korb gewühlte Radio im silbernen Schoß der Nachbarin. Die nackten Füße in halbtransparenten, gestreiften Sandalen waren braun wie die zwischen Hose und T-Shirt entblößte Haut. Konzentriert drehte die eben Angekommene an der Senderwahl, bis sie wie Katja die Stimme des Reporters erkannte, der die ganze Woche bereits aus dem Stadion berichtet hatte. Um die Blicke der Männer kümmerte sie sich nicht. Ohne die Stimme fiel es ihr schwer, das Stadion für real zu halten. Sie brauchte Zeit anzukommen, vor einer Stunde stand sie noch im OP. Erst seit ein paar Wochen hatte sie die Stelle. Lernte noch einmal, EKGs zu lesen, lernte Hautschatten einzuschätzen, Pupillenweiten, sah Patienten bleich werden oder rot, sah sie zucken, hörte, wie sie aufhörten zu atmen, und begann, bis zehn zu zählen, schon wie im Schlaf, dabei war sie hellwach, dosierte die Narkose nach, lernte stundenlang zu stehen, lernte sich zu konzentrieren, ohne die Hände zu bewegen, lernte, Wimpernschläge zu interpretieren, studierte Gesichter, die tief schliefen, die nichts zeigten, auf den ersten, den zweiten, den dritten Blick, sie lernte den vierten, lernte Gedanken lesen, Gedanken nicht über den Körper, sondern aus ihm heraus, und daraus lernte sie verstehen, warum etwas passiert war, trotz aller Sicherheitsvorkehrungen, oder wie jemand noch immer lachte, trotz aller Schmerzen, weil sein Gehirn sie ausblendete für ihn, einfach fort damit. Jetzt, zu Olympia, arbeiteten sie in noch strengeren Schichten als sonst, Arbeitsolympiade, scherzten die Pfleger, mehr Fälle, weniger Freistunden, ein Wunder, dass sie diesen Nachmittag frei bekommen hatte. Der Bereitschaftsdienst war erhöht, Blutkonserven aufgestockt, Verbandszeug, schmerzstillende Mittel, jeder Schrank quoll über. Sie fragte sich, womit gerechnet wurde, auch hier im Stadion, suchend sah sie sich um, sah auf die Leute um sich her, und blickte, zwei Plätze weiter – mitten hinein in ein blaues Augenpaar über einer gebogenen vogelartigen Nase. Die Augen fingen zu strahlen an.

Die sitzen alle da drüben in Kabinen, rief Katja in diesem Augenblick ihrem Vater zu, der fragte, wer?, als wäre er plötzlich taub. Katja nahm das Fernglas. Unter den Radio- und TV-Kabinen hockten die Journalisten, die nur schrieben, einer von ihnen, schwarze Brille, Zigarette im Mundwinkel, Platz 68, hämmerte bereits auf seine Schreibmaschine ein, dabei hatte es doch noch gar nicht angefangen. Er trug ein hellblaues, seltsam formloses Hemd. Heemte, dachte Katja, es hätte Jozef gefallen.

Setzen's eahna, schrie Eddis Nachbar nervös, doch der kleine Mann vor ihnen, in Jeans und Jeansweste, blieb stehen, winkte, rief. Die Herzchentätowierungen auf seinem Oberarm sprangen vor Katjas Nase auf und ab, Gott oh Gott, murmelte Edgar, lauter Olympiairre hier, und schaute sich in gespielter Verzweiflung erneut zu Katjas Nachbarin um. Ja, wenn man's mit der Masse zu tun hat ...!, sagte das nun wieder ums Hochdeutsche bemühte Rentier. Edgar machte ein abweisendes Gesicht, doch vergebens, sind Sie öfter hier?, fragte das Rentier in Edgars Richtung, die für es zugleich die Richtung der hübschen Radiofrau war, nein, zischte Edgar, aber Sie offensichtlich. Haha, lachte der Dicke, das ist lustig, Mann. Zum ersten Mal, das Stadion ist doch ganz neu!

Klatschpäpste, Taschendiebe, Könige und Hostessen – zählte der Reporter im Radio auf, seine Stimme allein schien Katjas Nachbarin zu hören. Katja überlegte, wie eine so silbrige Satinhose wohl an ihr aussähe, dann, ob sie aufstehen sollte wie der Herzchenmann, damit Ricki sie im kalifornischen Fernsehen sah, dann, ob sie ihrem Vater das Fernglas geben sollte, damit er die Nachbarin nicht so anglubschte, dann, ob alle Kinder so peinliche Eltern hatten, dann, was die silbrige Hose wohl kostete, dann, ob sie die Nachbarin danach fragen sollte, dann »ich warte mal«.

Im Stadion wurde es lauter, ein Bassbrummen, das sich aufbaute, abebbte, stärker wiederkehrte. Da rückt eine Frau noch ihre Brille zurecht, sagte die Radiostimme, während unten der erste schon Anlauf nimmt ..., mit leisem Klick schaltete die

Hand neben Katja das Gerät aus. In Wirklichkeit lief niemand, die Sportler streiften eben ihre Trainingshosen ab, Eddi sagte über Katjas Kopf hinweg »Hallo«, biss sich aber im gleichen Augenblick auf die Lippe. Der Dicke neben ihm, der mit dem weißen Tuch, das nun zu beiden Seiten des Gesichtes herunterhing, wirklich lächerlich aussah, war aufgesprungen und hatte dabei Edgar – 'tschuldigung auch –, den Ellbogen in die Rippen gerammt, natürlich ganz aus Versehen. Nun rief er aus voller Brust, Hey, Matthias!, Hiasl, hier! Sofort fielen andere ein, tatsächlich trugen einige von ihnen ebenfalls weiße Tücher überm Kopf, bist auch umgezogen, Matthias!, riefen sie, ha, aus dem alten Stadion rübergemacht!

Edgar wurde rot und senkte die Augen, Matthias hingegen schielte herüber, Matthias balancierte kleine Stadien aus Plastik, Kerzen mit den Ringen und Fernsehtürme, die aus Aschenbechern ragten, sowie eine Batterie Chipstüten vor sich auf einem Tablett. An einem Gurt, doppelt geschlungen, tatsächlich ein Autoabschleppseil, trug er es um den Hals, an seiner rechten Schulter hing zudem eine große weiße Kühlbox. Katjas Nachbarin lächelte erfreut, Matthias lächelte gelassen zurück, gnädig, als habe er, der unter solchen Umständen das Gleichgewicht zu halten wusste, bereits eine Goldmedaille im Schrank. Die Rufer reagierten aus Reflex, wühlten in Hosentaschen, hei Hias, a Bier und a Tütn!; Münzen flogen mit Daumenschnippen davon. Matthias' Hände schienen das Metall einzuatmen, zirkusreif schnackelte er Zehnerl im Flug aus der Luft, Chipstüten segelten den Käufern direkt vor die Brust, der Nachbar griff nach seiner, zwei eisgekühlte Bier standen schon zwischen seinen Füßen, Katjas Nachbarin sagte, können Sie mir bitte ein Wasser besorgen?, das Rentier zuckte zusammen, dabei war ihre Stimme angenehm, natürlich, rief es, sprang erneut auf. Edgar lehnte sich in seinem Sitz zurück, die Nachbarin beugte sich nach vorn, Edgars Augen wanderten über ihren Rücken, Katjas Augen folgten ihnen, die Haut der Nachbarin sah geschmeidig aus, am Hosenbund saß ein kleines Muttermal, Katja roch ihr Parfum, bestimmt roch Edgar es auch.

Schon hielt sie das Wasser in der Hand, danke, sagte sie, sehr nett, und schaute Katja an, als hätte die etwas für sie getan. Edgar sagte nichts, aber nun roch Katja auch ihn, Schweiß und Rasierwasser und noch etwas, das sie nicht kannte. Offensichtlich drehte in so einem Stadion dauernd der Wind, wie komisch, so hatte sie sich das nicht vorgestellt, passt auf, sagte Edgar, da fiel schon der Schuss. Sofort wurde es still. Das ganze Stadion: nichts. Auch Matthias, ganz in ihrer Nähe, stand wie erstarrt. Das bisschen Rauschen der Stadt von fern machte das Nichts hörbar, die Stille von 75 000, kein Laut. 100 Meter Halbfinale der Frauen, das Ergebnis wird eine Meldung werden, die in die Welt hinausgeht, und sie sitzen dabei. Eine Stecknadel könnte man fallen hören, der Dicke hält seine Bierdose reglos in der Hand, die Herzchen auf den Armen vor Katja stehen ruhig, nur unten, da fliegen Beine, wirbeln Füße, reißt jemand die Arme hoch – ein Raunen geht von Kurve zu Kurve, begleitet vom Heuschreckengeknatter der ausgelösten Kameras. Gerade sind die ersten Automatischen auf dem Markt, Knopfdruck, Bild. Sekunden später erst der Applaus, als der Name der Ersten auf der großen Anzeigetafel erscheint, rhythmisch das Klatschen, doch nicht allzu stark, Sekunden nur hält solch ein Sieg.

Sekunden nur hält so ein Sieg, hat Edgar zu Katjas Nachbarin gesagt, die können lang sein, antwortet sie lächelnd, sie sitzt ganz vorn auf der Kante ihrer Plastikschale, hat sich halb umgewandt, sieht ihn an. Ihre Augen sind dunkelbraun, doch sie funkeln, es muss an dem Dach über ihnen liegen, dem Licht, das es spiegelt und fängt. Wieder riecht Katja ihr Parfum. Kommt darauf an, sagt Edgar, mit wem man sie verbringt. Nun lächelt er. Zum ersten Mal an diesem Nachmittag lächelt er wirklich, lächelt, wie als er das Fernglas bekam, überrascht, wie ein Knabe, ein Lächeln mit den Augen zuerst, doch es hört nicht auf, es wächst weiter, über die Wangen, die Stirn, das Kinn, den Hals, ein Lächeln mit dem ganzen Körper, voller Bereitwilligkeit und Neugier auf mehr.

Katja greift nach dem Fernglas, reißt es vors Gesicht. Soll Edgar tun, was er will. Sie sucht ihren Journalisten.

Der schwitzt. Der hustet, dem ist die Kehle trocken wie ihr. Obwohl er ununterbrochen trank, auch das konnte sie sehen. Bestimmt hätte er lieber ein Radler, aber das machte müde, bestimmt musste sein Artikel schnellstmöglich in die Redaktion. So ein Getue!, dachte Katja, und ihre Nr. 68 dachte wie sie. Hier passiert doch nichts, ließ sie ihn denken, während im Büro die neuesten Nachrichten über die Amerikaner aus dem Ticker kommen. Er beschloss, weniger zu trinken. Ab sofort! 2. 9. '72. Die Quersumme von Tag und Monat ergab 11. Bis zum 11. 9. nur Wasser. Zahlen halfen immer. Katja benützte sie vorm Kleiderschrank. Wenn sie nicht wusste, was sie anziehen sollte, nahm sie das Datum des Tages. War es zum Beispiel ein Elfter, dann trug sie die Kleidung vom elften Bügel von links. Auch Nr. 68 brauchte Ordnung in seinem Leben. Auch für ihn kam sie von den Zahlen, wie bei den Athleten. Ha, die lebten ja nur noch in Zahlen, die armen Kreaturen. Drei von ihnen, weiblich, saßen jetzt da unten auf dem Rasen, die eine vergrub den Kopf in den Armen, zwei Meter vor ihr hockte ein Fotograf. Unglück war gut, Drama, Tränen. Wie er das hasste. Wie er es mochte. Immerhin, der 11. war bald! Wenigstens mit den Zahlen hatte er Glück. Auf dem Stuhl neben der Heulenden döste ein Alter in Grün, mit Sonnenbrille und Hut. Viel zu heiß. Was sollte er bloß schreiben! Föhn? Der Himmel seit Tagen wie gebrannt – so stellte sie sich ihn vor, *ihren* Reporter. Während Edgar mit der Hübschen sprach, brauchte Katja jemanden für sich, das hatte Eddi davon. Kein Erlebnis verlieren, fotografieren!, johlte das Rentier, Katja ließ das Fernglas sinken und lächelte es an, souverän, wie sie fand, sollten nur alle sehen, wozu sie fähig war, die ham hier 'nen Profi-Service, säuselte das Rentier nun, es lächelte schwitzend an Katja vorbei, Kameras ausleihen, flötete der Idiot zur Radiofrau, ich hol eine, und Sie – er wandte sich zu Edgar – fotografieren mich mit ihr. Mit meiner Tochter?, rief Eddi, haha, feixte nun der Dicke, Sie sind mir 'n Spaßvogel! Bleiben Sie lieber da, sagte die Umworbene, wer weiß, ob Sie wieder rein dürfen, wenn Sie erst mal draußen sind. Der Dicke strahlte, Sie würden mich also vermissen? So würd ich das nicht sagen, antwortete Edgar. Sie hab ich auch nicht gefragt!, rief das Rentier, seine Stimme klang weich, vielleicht war das bei Dicken so, wenn sie wütend wurden, wurden sie weich wie ihr Fett und dann rollte alles auf einen los, da schaute Katja lieber wieder aufs Feld.

Kein Erlebnis verlieren, fotografieren! Katja schluckte. In der ersten Reihe saßen Sanitäter, direkt am Spielfeld jemand mit einem Hund – schon wieder dachte sie an Max. Sie suchte ihn, ja, zwar gab es keine Polizei hier, nur den Ordnungsdienst in seinem Himmelblau, aber Max' Geschwister behaupteten, ihr Bruder habe Olympiakarten bekommen, ein Dienstkontingent, einen Hund wolle er sich auch kaufen, zudem jogge er jetzt, den erkennst du gar nicht wieder!, für sein Leben gern renne er, das habe er entdeckt, der schnellste Läufer, der beste Schütze der Truppe. Wer hätte das gedacht, sagten die alten Max-Freunde, doch alle Geschwister erzählten dasselbe, ihre Augen sprühten, es war wohl echt. Mittlerer Polizeivollzugsdienst, Katja wusste bestens Bescheid: Sport, Einsatztraining, Selbstverteidigung, Waffen, Erste Hilfe, Polizei-, Straf- und Verkehrsrecht, politische Bildung und wieder Sport. Sie schaute aus nach einem vergrößerten Max, Muskeln habe er, Beine wie Oskar, gewachsen sei er zudem, nur die Haare kurz. Die Max-Geschwister barsten vor Stolz. Zumindest Katja gegenüber. Sie fragte sich, was er ihnen von ihr erzählt hatte. Zu Hause, allein, blätterte sie die

Fotos auf. Jozef und Max beim Blitzschach, bis letzten Februar. Jedesmal, wenn einer nach seinem Zug auf die Uhr drückte, drückte sie ab. Hände, die Uhr, vorgebeugte Körper, schnelle, nachdenkliche, wütende, listige, unsichere Gesichter, Jozef Max Jozef Max, beim Ansehen der Abzüge hatten sie zu dritt gelacht, und gestaunt, und erneut gelacht. Fotografiert und verloren. Schnell schwenkte sie das Fernglas auf die rote Bahn, das war jetzt!, da gehörten ihre Gedanken hin.

Matthias stand noch immer da, Pause, er zog den Kopf aus der Seilschlinge, setzte alles ab. Normalerweise arbeitete er nur alle 14 Tage im Stadion, Heimspiel Bayern, für die Sechzger arbeitete er nicht, es war eh ein Freizeitvertreib, dann hatte er samstags was vor, den Fußball bekam er kostenlos obendrein, verdiente ein Taschengeld und lief ein bisschen herum, denn die ganze Woche über saß er doch nur hinterm Lenkrad in seinem Bus. Da redeten viele mit ihm, aber keiner kannte ihn, hier kannten ihn alle, und es war einfach und klar, was sie wollten. Er hatte es, sie bekamen es, kein Verdruss, keine Verspätung. Schön kalt war sein Bier, er knackte die Flasche auf, setzte an. Olympia, Wochenend-Extraschicht. Matthias schaute – und schon ging der Starter in Position. Weiße Sportschuhe, weiße Hose, weißes Hemd zu blauer Krawatte und blauer, mit großen Taschen besetzter Jacke, vor sich zwei Mikrophone, in jeder Hand eine Pistole, da er nicht treffen muss, kann er auch links schießen, da er nur die Zeit treffen muss, braucht er nicht zu zielen. Ein Rauchfähnchen stieg auf, dann kam der Knall. Endlich: alle still. Matthias hielt die Luft an. Unten im Graben fuhren 800-mm-Objektive aus wie Geschütze, kleinere folgten wie bewegliche Stacheln, die Gelegenheit war günstig, aus dem Augenwinkel sah Katja, dass der fette Nachbar an dem Knoten nestelte, der sein Tuch hielt, während jetzt Edgar durch das Fernglas schielte, also drehte sie sich um und flüsterte zu der Hübschen neben sich: Stachel wie bei einem Skorpion. Gib nicht so an, zischte Eddi sofort, aber das stimmt!, rief Katja, die Nachbarin nickte ihr aufmunternd zu, du meinst die Objektive, nicht wahr? Der Lauf war vorbei. Interessierst du dich fürs Fotografieren? Katja kniff, ohne mit dem rechten Auge auch nur zu zucken, das linke zu, dann machte sie es andersherum. Das kann ich schon, sagte sie, ich übe Fotografieren ohne Fotoapparat. Ein Stachel ist eine Röhre wie die Pupille, sagte die Nachbarin, das meiste in unserem Körper geschieht mit Hilfe von Röhren. Katja nickte, das gefällt mir.

Und mir gefällt das mit dem Fotografieren, antwortete die Nachbarin, ich heiße Susanne, und du?

Matthias saß auf der Treppe, so sah er, wie die Frau am Rand der Reihe ein Stück vor ihm mit dem Mädchen Platz tauschte. Er reckte den Kopf, ah ja, da saß ein Mann, etwas älter als die Hübsche, wahrlich, nach einem Ehestreit sah es nicht aus, wie die beiden nun die Köpfe zusammensteckten. Auch für ihn war es Zeit, wieder aufzustehen. Er trug seinen Bauch und darauf das Tablett, sehr praktisch, breites Kreuz. Die Tüten, die verfallen waren, aß er selbst auf. Würste bekam er extra billig, seine Gefriertruhe zu Hause, ganz neu, war voll damit. Technik war eben immer gut. Wieder griff er eine Münze, zwei Mark, aus der Luft, die fing er im Schlaf, ohne Gehirn. Manchmal machte er es auch im Bus vor, die Kinder johlten, nur das Mädchen dahinten sah nun wirklich unglücklich aus. Er hatte keine Kinder, aber jede Menge Neffen und Nichten, Kinderunglück konnte er nicht sehen, schon warf er ihr eine Brezeltüte hin, schnippte in die Luft, ist gut! Sie schaute ihn erstaunt an, lachte und beugte den Kopf mit den braunen Wuschelhaaren wie eine kleine Königin.

Katja kaute langsam. Kleine Brezen, ihre Lieblingsnascherei. Nur Nr. 68 saß ganz ohne alles da. Der tippte nicht einmal. Dem fiel nichts ein. Katja schon. In Susannes Schoß sprach das Radio, aber nur Katja hörte zu. Dass sie Platz tauschten, war natürlich

Edgars Idee. Sieger und Verlierer, sagte der Reporter, und alles voller Licht. Hellgrüne Nylon-Trainingsanzüge lagen im Gras, grün auf grün, ein Biss. Manchmal schoss ein Vogel über den Rasen. Die auf Rollwägelchen geschraubten Anzeigetafeln rotierten. In der Kurve gegenüber wurde gebrüllt, dann gelacht. Katja hatte verpasst warum. Das Stadion war schwierig, hier fand alles gleichzeitig statt. Und dann war es auch noch so weit weg, dass sie kaum etwas erkannte, oder es war im Fernglas zwar nah, aber so klein, dass sie kaum etwas verstand. Sie würde Jozef sagen, dass Fernsehen einfacher ging, sogar für ihn: da kam hintereinander, was man brauchte, da kam, was man wollte, war übersichtlich und wiederholte sich, und niemand unterhielt sich neben einem so leise, dass man nichts richtig verstand.

Der Verkäufer war schon fast nicht mehr zu sehen. Und Stille – der nächste Lauf. Edgar und die neue Susanne flüsterten leiser, rückten näher zusammen dazu. Erst als der Applaus einsetzte, schaute Edgar auch seine Tochter wieder an, mit Augen, so blau, als wären sie frisch gewaschen, Katja staunte, und für eine Sekunde schien auch er erstaunt, sie hier sitzen zu sehen. Susanne hielt erst Katja, dann ihm ein Maoam hin. Als Edgar die Hand ausstreckte, fiel Katja fast vom Stuhl, erschreckt flüsterte sie, das darf er nicht, er hat Zucker!, und ihr Herz raste, solche Sorgen machte sie sich plötzlich um ihren Vater. Er griff nach dem Maoam, warf Katja einen Blick zu, als esse er statt des Fruchtgummis gleich sie, strahlte aber Sekundenbruchteile später schon wieder, was Katjas Sorgen nur vergrößerte, so war er sonst nicht, vielleicht war ihm zu heiß, vielleicht brauchte er ein Tuch wie der Nachbar, der ganz schweigsam geworden war. Macht nichts, sagte Susanne, ich bin Ärztin, wenn es ihm schlecht geht, kann ich helfen, da bin ich mir sicher, sagte Edgar und steckte sich das Maoam in den Mund, so wie er aussah, ging es ihm bestens, bloß Katja ging es schlecht. Zahnärztin sind Sie aber nicht, sagte Edgar, sonst hätten sie so was nicht dabei, Anästhesistin, antwortete sie. Also etwas gegen Schmerz, lächelte Edgar, das passt zu Ihnen, ich weiß nicht, sagte sie, so habe ich es noch nie betrachtet, doch doch, rief er, gegen Schmerz und für das Vergessen. Iiii, sagte Katja, Sie spritzen Zeug, das einen halb totmacht. Sie wusste nur ungefähr, was eine Anästhesistin tut, es reichte, wenn gemein klang, was sie sagte. Susanne aber antwortete ganz einfach, ja, so kann man es ausdrücken, und nahm sich ein zweites Maoam. Katja setzte sich das Fernglas, das Edgar achtlos im Schoß gehalten hatte, verkehrtherum vor die Augen, alle Farben leuchteten nun böse darin, neonbraun, wie Susannes Augen, und neonrot, wie ihr Mund, und neonblau, wie Edgars Augen, wenn er auf Susanne sah.

Schon brannten die Scheinwerfer, auf der roten Bahn sprinteten erneut zehn Menschen, sprinteten zwanzig Schatten, als Bild aller, Runde um Runde. Als Könige aufs Podest gestellt, ein halbes Jahr später vergessen, neues Training, neuer Wettkampf, immer von vorn. 10 000 Meter, das Publikum in einer Art Trance. Nur wenige konzentrierten sich wirklich, die junge Springerin, die die Socke noch mal hochzog am Start, der Trainer, der seinen Zögling fixierte, das zweijährige Kind, das beobachtete, wie seine Mutter eine Erdnusstüte aufriss (und es beim nächsten Mal vielleicht selbst schaffte), der Milchverkäufer aus einer Speisebar, ein Araber, der durch die noch immer Hitze abstrahlenden Plattenstraßen des Olympiadorfes joggte, auf der Männerseite (wo er hingehörte, dachte Matthias, der sein leeres Tablett und die leere Kühlbox zum Parkplatz trug). Der Araber kannte sich gut aus in der Straßburger, der Nadi- und der Conollystraße, in der gestaffelten Bauweise des Dorfes, seinen terrassierten Hochhäusern, den Betonwegen und Vorgärten, er fühlte sich wohl, war trainiert wie ein Sportler auf Augenblick und Selbstdisziplin, mittelgroß, schlank, 25 Jahre alt, hübsch, geboren in Nazareth, die Mutter jüdisch, der Vater Geschäftsmann, reich. Alle an diesem Nachmittag waren Teil eines *special services team*, Agenten, doch in verschiedenen Spielen, von deren bevorstehender Unterbrechung noch keiner wusste, keiner der Männer, die sich auf der Toilette drängten, Schulter an Schulter (er hatte zu viel Limonade getrunken), und gedankenverloren pinkelten, Edgar mitten unter ihnen, während Katja Susanne von ihrer Mutter erzählte, die in Kalifornien arbeite, wo es Skorpione gibt, und von Onkel Franz, der ständig um Afrika fuhr, dabei aber in München lebte. Susanne hörte aufmerksam zu. Als Katja ihren Vater zurückkommen sah, wechselte sie zum Aufsatz übers U-Bahn-Fahren, was erzählt sie Ihnen bloß?, fragte Eddi sofort, nichts, sagte Susanne, oder alles, wie Sie wollen. Und ich erkläre ihr gerade, was ein Eunuch ist. Oh Gott, rief Edgar, das Wort hat sie aber nicht bei mir gelernt, das brauchen Sie nicht zu denken, das hat sie vom Nachbarn, fragen Sie ruhig.

Der Nachbar wurde rot. Und wie. Dickrot. Katja gönnte es ihm. Was für ein Tag. So hatte Katja ihren Vater noch nie mit einer Frau sprechen hören. Konnte er es nicht weniger auffällig machen?

Doch Eddi schien sich zu amüsieren, seine Augen glitzerten, wenn man ein Ereignis miterlebt, das zu einer Nachrichtenmeldung wird, fühlt man sich wie ein Stückchen Geschichte, lachte er, legte den Zeigefinger spöttisch an die Lippen und zeigte mit der anderen Hand auf den kleinen Mann vor ihnen, der laut schnarchend in seiner Schale saß. Die bläulichen Herzchen auf seinen Oberarmen bebten im Atemrhythmus mit. Der Dicke hingegen hielt still.

Der schmollte.

Der war verletzt. Hatte ihm jemand ein Maoam angeboten? Dabei hätte er dankend abgelehnt. Aber wer hatte abgelehnt? Die Göre, ja, der hatten sie was angeboten, sogar mehrfach, doch die hatte ihren dämlichen Schmollmund vorgeschoben und gesagt, nein danke, ich werde sonst zu dick. Dabei hatte sie ihm einen abschätzigen Blick hingeworfen, die Kröte, aber schlimmer noch war ihr Vater mit seinen grauen Schläfen, dem vornehmen Gehabe, dem Getue mit der Nachbarin, ha, das durchschaute er. Oh je, die kleine braunlockige Hochspringerin rannte schon wieder los, die waren auch bald fertig mit ihrem Gehupfe, jetzt oder nie!, der Sport war schließlich sein Terrain, sauba, rief er, de Meinhof, da schaugst!

Meyfarth heißt die, sagte Edgar, Ulrike M-e-y-f-a-r-t-h, nicht Meinhof. Die hier ist erst 16, und Sie brauchen keine Angst vor ihr zu haben! Katja hörte Susanne glucksen, als Edgar sie augenzwinkernd ansah, lachte sie frei heraus: 16, und so ein deutsches Höschen dazu!

Die deutschen Höschen waren ganz weiß. Die ebenso weißen deutschen Trikots zeigten im roten Streifen über der Brust einen schwarzen Adler auf goldenem Grund. Das Höschen: weiß wie eine Unterhose, geschnitten wie eine Unterhose, schlimmer als jede Unterhose. Gummizüge oben, unten, überall. Jeder Po quoll darin. Wenn die Frauen im Scherenschritt sprangen, sah man, dass das Höschen zwischen den Beinen doppelt genäht war. Doch Meyfarth, das Gesicht zugewuschelt von braunen Haaren, Meyfarth sprang Flop, sprang schon wieder, Rücken voran über die Stange, hintenrum, gedreht, den Kopf in die Matte gebohrt. Das war neu, das sah aus wie die Zukunft, das war Zukunft, das flog. Selbst dem Dicken gaben die drei kurz das Fernglas hinüber. Ob sie sich als Stückchen Geschichte begreift, um die Welt geschickt?, flüsterte Edgar Susanne zu. Ob Susanne den Spott darin hörte? Geschichte ist, sagte sie ernst, was man fühlt, da geht es nicht um die Welt, das geht hier rein, und zeigte sich auf die linke Brust. Katja sah, dass ihr Vater lachte, wohin er schaute, sah sie nicht, sie glaubte, es waren Susannes Augen. Ihr wäre lieber gewesen, er hätte auf den Busen geschaut.

Der Schiedsrichter beim Stabhochsprung der Männer schüttelte den Kopf. Nr. 68 stöhnte. Der Schiedsrichter, das kleine verbissene Gewissen des Spiels – Katja las es am Montag darauf –, tippte er in die Maschine. Die Kollegen auf 67 und 69 waren schon weg. Limonade bis zum Elften! Er tippte: man sieht ihm an, dass er andere für Trickser hält, dass er es nun genießt, seine Macht auszuspielen. Seit Jahren wartet der Richter darauf, nun hat er seinen Fall. HOCHSPRUNG: SKANDAL UM MATERIAL, tippte er. Alles hing an den Hilfsmitteln. Wie in Vietnam an den Waffen. Er tippte: »die Hilfsmittel sind die Waffen dieser Spiele«. Auch das las Katja am folgenden Montag. Eben drückte der Favorit, gescheitert an 5,70 Meter, dem Schiedsrichter den Stab in die Hand. Mit seinem neuen Fiberglas hatte er nicht springen dürfen. Chancengleichheit, schrieb Nr. 68, gleiche Voraussetzungen für alle, wir wissen, dass das nicht stimmt. Ein schweratmender, dicker Mann schob sich hinter seinem Stuhl vorbei, er trug eine Rentiermütze, grummelte, Scheiße Scheiße Scheiße. Auch der Mann von der Straße, schrieb er, empfindet dies als ungerecht. Die Luft flimmerte von den Blitzlichtern nach, die eine Hälfte des Publikums buhte, die andere war schon fort.

Edgar besaß elegante beigeschwarze Visitenkarten, aber er kritzelte Namen und Telefonnummer auf einen Zettel, und sie machte es genauso, für ihn. Sie standen auf dem Marienplatz, Katja starrte auf Susannes Beine und sagte, nach dem Essen sollst du rauchen oder eine Frau gebr... Eddi warf ihr einen aufmerksamen, nicht wütenden, sondern seltsam geweiteten Blick zu. Susanne grinste, dann müssten wir erst mal was essen. Nach dem Zusehen bei olympischen Spielen ist man ja erschöpft, als wäre man selbst gerannt. Nein, meinte Edgar, im Gegenteil, belebt wie selten. Glücklich erschöpft, sagte sie leise. Diesmal hörte Katja jedes Wort, sie spürte ein Prickeln, das sie kannte, normalerweise ließ es sich durch Essen beruhigen, das Essen von Marzipan half garantiert, weißes festes Marzipan, doch jetzt fühlte der Hunger sich anders an. Zudem war sie traurig, denn sie hatte vergessen, Ricki zu winken. Wenigstens 68 war noch dagesessen, als sie gingen, eifrig tippend, eine Zigarette im Mund, ein Bier vor sich.

Edgar und Susanne standen schweigend voreinander. Das Licht der Straßenlampen fiel schräg durch das Drahtgitter der weißen Stühle an der Mariensäule, auf denen niemand mehr saß. Vorm Rathaus wehten die Olympiafahne, die Fahne Münchens und die bayerische Fahne, ihre Schnüre klirrten an den Masten, ein Echo aus dem Stadion, Susanne sagte leise: bis bald.

Das Blau des Himmels wirkte vor der aufziehenden Dämmerung noch härter als am Nachmittag. Edgar und Susanne umarmten sich scheu.

Es wurde kühl, Katja zog sich eine Jacke über ihr Shirt. Die Fahnen klirrten, und das Abendlicht schluckte, als wäre dies ein Akt der Gnade, den Rest der Stadt.

Doch das konnte man erst Tage später so sehen. Das Licht auf dem Platz war gelb und orange. Mehr nicht. In der Woche darauf aber wirkte es, als sei dies mild gewesen, und die Dunkelheit, die ihm folgte, ebenfalls. Katja hätte gedacht, es konnte nicht beides zugleich sein, ein ganz normales und ein gnädiges Abendlicht. Doch das war falsch. Man würde das Schlucken später als Gnade auffassen, im Licht dessen, was weiter geschah, denn es veränderte, was gewesen war. Zeit lief in zwei Richtungen. Die Vergangenheit erzeugte Zukunft, die Zukunft Vergangenheit. »Gnade« fiel einem dann ein, später, zu einem Licht, das beides umfasste, diese ganze Bewegung.

4

(Kommst du mir beuschen?)

Edgars strenge Regeln – während der Woche wird nicht ferngesehen, vorm Fernseher wird nicht gegessen –, seit der Eröffnungsfeier kontinuierlich dahingeschmolzen, brachen noch am Abend des Stadionbesuches endgültig ein. Plato lag, als habe er es kommen sehen, bereits in Fernsehposition auf dem Sofa, aber Katja hatte den Eindruck, dass selbst er darüber erstaunt war, wie schnell Edgar zum Apparat lief, denn blinzelnd öffnete der Kater eines seiner gelben Augen. Der Hausfrau, die in der Küche mit Geschirr klapperte, rief Edgar durch die Durchreiche zu, wir essen heute am Couchtisch. Es gebe schließlich noch andere olympische Ereignisse, sagte er mit einem aufmunternden Nicken zu Katja und ließ sich in seinen Sessel fallen. Tatsächlich gab es eine Pause und wieder einmal ein Umfeld-Interview, »Leben mit den Spielen«, Katja stöhnte, blieb aber sitzen, sie hatte Hunger. Um vier fahren wir los, berichtete ein Postbote, da sind die Spätheimkehrer am Zaun. Haha, rief Edgar, so also benutzen sie jetzt das Wort, so soll es schön harmlos sein! Die klettern dann rasch über die Maschen?, fragte der Kommentator, ja, meistens ham se ihre Sporttaschen dabei, antwortete der Briefträger aus dem Off, die san versackt. Der Kommentator, hochdeutsch: Bier in der Stadt und andere Abenteuer, darauf hat man gezählt. Was für Abenteuer?, fragte Katja, während Charlie den Couchtisch deckte, ich weiß nicht, antwortete Edgar zu schnell, ich meine, rief Katja, warum klettern die über den Zaun? Genau das meine ich auch, grinste ihr Vater, und sie sah, mehr würde er nicht sagen, zumindest nicht jetzt, obwohl sie es gern aus seinem Mund gehört hätte, andere Eltern klärten ihre Kinder schließlich auch auf. Katja war von Brigitte eingeweiht worden, Brigitte war fast 14, ihr Bruder Simon 17, die wussten, was Katja staunen ließ. Manche nehmen auch ein Taxi, sagte der Beamte, die U-Bahnen stehen ja bis fünf Uhr morgens still, schon erschien eine U-Bahn als schlafender Riesenwurm auf einem Abstellgleis, neben Schafgarben und wilden Kräutern. Gestern, fügte der Briefträger an, haben wir einer riesigen Gruppe Asiaten zugeguckt, die sich gegenseitig über den Zaun halfen, aber unsere Postsäcke sind so voll, jammerte der Bote, dass man sich nicht mal umdrehen kann, ohne vom Rad zu stürzen, er hielt inne, außerdem, sagte er, nun ebenfalls um Hochdeutsch bemüht, greifen wir nie ein, wir haben unsere Arbeit zu tun.

Eine so schöne Hochzeit, murmelte Edgar, Katja glaubte, sie höre nicht richtig. Edgar schaute sie erstaunt an, als habe er zum dritten Mal an diesem Tag ihre Gegenwart vergessen, die letzte, auf der ich war, rief er und eilte schon zu den Fotoalben, die im Regal unterm Fernseher lagen. Alle rot. Alle dick. Alle altmodisch. Alle von Katja geliebt.

Hochzeit, Edgar schob es Katja hin: Markus und Annie. Plato schnurrte, das Stadion erschien auf dem Bildschirm, doch nun lächelte Edgar versonnen das Foto an. Markus' Hand lag auf Annies, ihre Hand lag auf einem langen Messer, das aussah wie die Messer, die Charlie eben auflegte, die Torte vor ihnen stand unberührt. Ihre Zuckerblumen glänzten ölig. Die beiden frisch Vermählten blickten ernst in die Kamera. Annies Haare wellten sich dicht am Kopf; bei Markus sah man schon die Geheimratsecken. »Kommst du mir beuschen?«, hatte Ricki geschrieben.

Beuschen? Charlie schüttelte den Kopf, keine Ahnung! Sie war kantig in ihren Bewegungen, aber nicht ungeschickt. Ein bayerisches Gesicht, der Kopf rund, die Nase knubbelig, hohe Bäckchen. Am ganzen Körper die Knochen flach und in großen

Stücken aneinandergesetzt. Eine, die ein Leben lang gearbeitet hat, an ihren Augen sah man es. Charlie deckte Salat auf, Schinken, Camembert, geräucherten Fisch. Die Berewskis lebten nicht schlecht. Dass Flüchtlinge reich wurden, nein, dass sie arbeiteten, konnte sie verstehen. Charlie war einen Kopf kleiner als Berewski, aber so stur wie er. Ihre Arbeit bestimmte sie selbst. Sie roch nach Kartoffeln, immer leicht säuerlich, aber kochte hervorragend, schüttelte noch einmal den Kopf, beuschen, das klang wie Bäuche (diese Familie!), und ging, mäßig schnell, den Fernseher fest im Blick, in die Küche zurück.

Edgar, gedankenverloren, murmelte, doch dann fuhren sie gleich. Katja nahm sich ein Stück Schinken, mussten sie fliehen? Unsinn, sie wollten über den großen Teich, Tausende wollten das, Edgar nickte sich selbst zu, in dichtgedrängten Schlangen standen sie vor den Einwanderungsstellen, wie die Leute vorhin am Tickethäuschen, weißt du, bevor wir sie trafen. Seine Augen lächelten, sein Mund, aber auch die Nase, die Stirn, sogar die Ohren, es war, als habe das Gesicht sich selbständig gemacht. Susanne, natürlich. Schöne Hochzeit? War er wahnsinnig geworden?

Katja biss in ihr Brot, und während Edgar mit seiner Gabel in den geräucherten Fisch stocherte, blätterte sie die Hochzeitsfotos weg. Viel besser die nächsten Seiten: Ricki als kleiner Junge, als Pfadfinder, als Ruderer, und da, Ricki letztes Jahr, nach der Skorpionjagd. Heimlich und heimisch und vielleicht auch unheimlich, Ricki sagte canny uncanny und homely, at home, und plötzlich redete Annie viel zu laut. Eure Väter haben den Ersten und Zweiten Weltkrieg überlebt, sagte sie, eure Familie nahm das wohl als Gottesurteil – alles abgebüßt. Markus und Edgar nickten, ha, rief Annie, seht ihr, was für Idioten ihr seid! Ricki schaute erstaunt auf seine Mutter, Idioten, das Wort verstand er, weil es verboten war. Aber es stimmt, sagte Markus entschieden. Nichts als Aberglauben, rief Annie, aber ihr, ihr ...

Eines der schlesischen Kissen, schwarzer Adler auf Gold, lag neben ihr. Sie sprang auf, ... ihr meint: es reicht, als ihre Söhne geboren zu sein! Markus und Edgar nickten erneut, grinsten: allemal besser, als Tochter zu sein. Unglaublich, rief Annie, packte das Kissen, wollte es werfen, Markus schnitt eine übertriebene Grimasse, komm wir gehen. Schon verdrückten sich die beiden, Annie setzte sich wieder und fing plötzlich zu weinen an, vielleicht saßen Skorpione, alte und neue, unter dem Bett oder der Couch; als habe etwas sie gestochen, hämmerte Annie, weinend, auf das Kissen ein. Dazu zischte sie heimisch, heimisch, heimisch oder auch heimlisch, sie sprach undeutlich, des Weinens wegen, oder Katja hörte unscharf in diesem Licht, in diesem Land, auch für Katja war es höchste Zeit, sich zu verdrücken, hinter Ricki her, der sagte, she's sometimes like that. Das letzte, was Katja sah, war, wie der schlesische Adler sein Gesicht unter Annies Hieben verzog, schmerzvoll oder hämisch, wer wusste das schon. Schade, dass sie keine eigene Kamera hatte, sonst hätte sie Fotos davon gemacht, sie musste ihren Vater fragen, ob er ihr nicht endlich einen Apparat – da fiel ihr auf, wie still es war. Der Fernseher blubberte leise. Doch von Edgar kam kein Geräusch. Er aß nicht, sondern betrachtete, die leere Gabel in der Hand, lächelnd das Fernsehbild, als habe Susannes Maoam ihn für den Rest seines Lebens gesättigt. Tsch, machte Katja, Plato hob den Kopf, und, immerhin, auch ihr Vater kehrte ins Leben zurück. Zumindest ins Wohnzimmer. Hmm, räusperte er sich, dabei drehte er sich zu Katja, hielt aber mitten in der Bewegung inne, ja, saß erneut da wie eine Salzsäule – und starrte auf das Silber in seiner Hand. Katja zog die Schultern hoch, da schrie er schon nach Charlotte, sehen Sie das!?, reckte die Gabel ins Licht, als wolle er ein fliegendes Monster aufspießen, wie sieht das denn aus, wie sollen wir damit Besuch empfangen!

Auf dem Gabelgriff rankten sich die Initialen einer schlesischen Urgroßmutter, groß, kantig – und schwarz. Das Besteck kam aus dem Fluchtkoffer, dem einzigen von drei Koffern, mit dem Edgar und Linda in München eingetroffen waren, das Silberbesteck gerettet, alles andere – Pässe, Geburtsurkunden, Pullis und Decken – verloren. Vielleicht war es gut, etwas Nutzloses behalten zu haben, die großen und fremden Bestecke, alles, dachte Katja, musste in dieser verlorenen Heimat groß gewesen sein. Charlotte stand in ihrer ewigen weißen Schürze in der Tür, ich wollte gerade gehen, sagte sie, Sie putzen sofort das gesamte Besteck, zischte Edgar, ist überhaupt noch alles da? Ich will es sehen!, sofort, dazu tippte er mehrfach mit dem Zeigefinger vor sich auf den Tisch, und, mit einem Seitenblick zu Katja schob er nach: und du stellst dich nicht so an, »beuschen« heißt besuchen, das ist doch klar.

Katja aß mit der Hand weiter. Was für ein Tag.

Eine paar Minuten später erschien Charlotte wieder, die Besteckschatulle weit von sich gestreckt. Messer und Gabeln lagen wie Fischgräten auf dem roten Samt, wundersame Werkzeuge, die offensichtlich Schrauben in Menschenherzen drehten, denn Edgar ließ seine noch immer schmutzige Gabel sinken, lachte und sagte zu Charlotte, die mit ärgerlich funkelnden Augen hinter dem zwar teilweise angelaufenen, aber durchaus vollständigen Fluchtbesteck wartete, tut mir Leid! Lassen Sie den Rest der Arbeit für heute sein, gehen Sie heim und machen sich einen schönen Abend. Aber jetzt habe ich schon alles rausgesucht, grummelte sie, umso besser, antwortete er, dann müssen Sie das morgen nicht mehr tun. Etwas an seiner Stimme ließ Charlotte aufhorchen, ich wusste gar nicht, dass Sie Besuch erwarten, sagte sie neugierig, ich auch nicht, antwortete Edgar fröhlich, aber so geht es eben.

Katja bekam den Mund kaum zu. Er musste krank sein. Schob sich munter die nicht saubere Gabel zwischen die Lippen, rief, Flüchtling!, Kind, wenn man nicht aufpasst, bleibt man es ein Leben lang, und lachte geradeheraus, »beuschen«, das muss ich ihr erzählen. Woher weißt du, dass sie kommt?, fragte Katja leise, gleich würde sich zeigen, dass die Verabredung eine Lüge war, das weiß ich eben, sagte er, so was wird einem ohne Worte klar. Vielleicht sollte das rätselhaft klingen; Katja fand, es klang dämlich. Edgar aber strich sich heiter die Haare aus der Stirn, biss in sein frisch bestrichenes Brot und fragte, was ist eigentlich mit Max?, den habe ich schon seit Ewigkeiten nicht mehr gesehen, solange kann der doch gar nicht weggefahren sein.

Ewigkeiten. Der Nachmittag war Katja ewig erschienen, in Sekunden zerteilt, im Fernseher wiederholt, doch das war nichts gegen JETZT. Dieses Abendessen dauerte bereits viel zu lange, sie hätte längst gehen sollen, monatelang war Edgar die Frage nach Max nicht eingefallen, monatelang hatte Katja genau diese Frage befürchtet, monatelang hatte Edgar nichts gesagt, was Max nur im entferntesten berührt hätte, aber jetzt, an diesem Abend, als Katja nicht im entferntesten daran dachte, dass er fragen könnte, jetzt fragte er. Katja schlug das Fotoalbum zu, ich habe ihn auch nicht gesehen, sagte sie, seit Februar. Was?, Edgar drehte sich um, wie denn das? Er hat die Schule geschmissen, sagte sie leichthin, und damit Edgar nicht noch fragte, hast du etwa damit zu tun?, schob sie schnell nach, der ist jetzt bei der Olympiade. Edgar zog die Augenbrauen zusammen, wenn du schon andere korrigierst, dass das nicht Olympiade heißt, solltest du es auch nicht sagen, er holte Luft, und was macht er da? Der spielt doch besser Schach, als er laufen kann! Ich übrigens, fügte Edgar an, habe morgen, Sonntag, einen Termin. Zirkeltraining im Sportverein.

Er griff sich an die Oberschenkel, die Hüfte, zog ein sorgenvolles Gesicht. Katja musste lachen, obwohl ihr Ablenkungsmanöver gescheitert war, Mensch Papa, nicht als Sportler ist Max dabei, sondern als Bewacher!

Sie selbst hätte nun gern einen Skorpion als Bewacher gehabt, einen richtig giftigen, aber aus dem Album kam nur Staub, sie musste husten, und Edgar sagte, mehr zu sich, dass die jetzt schon Halbwüchsige nehmen? Er wird 18, dieser Tage, antwortete Katja, woraufhin ihr Vater sie so zweifelnd anschaute, als habe sie gesagt, sie werde 18. Vielleicht hielt er es einen Augenblick lang für möglich. Er war gut mit Gesetzestexten, aber mit dem Alter seiner Tochter war er schlecht. Ach so, sagte er, er ist ja der Freund von diesem älteren Bruder von dieser Freundin von dir. Auch mit Namen war er nicht gerade gut. Selbst die Krügerin zog ihn damit auf, aber Katja fand es nicht lustig, Max ist bei der Polizei, sagte sie knapp.

Ach, rief Edgar.

Ja, seit März. Sie haben ihn sofort genommen.

Aber er wohnt doch noch hier?

Bei einer Tante in der Stadt.

Man muss dir ja alles aus der Nase ziehen, was ist denn los?

Katja spürte Edgars prüfenden Blick, er wunderte sich offensichtlich, was seine Tochter hatte, bis eben schien er geglaubt zu haben, nur er sei verliebt, jetzt schien er zu glauben, Katja sei in Max verliebt, jedenfalls grinste er, wenn ich das gewusst hätte, heute Nachmittag, rief er, hätten wir ihn gesucht. Ja, schade, gab Katja mit letzter Kraft zurück, und dachte, das wäre eh sinnlos gewesen, zugleich aber pochte ihr Herz, Max treffen, mit ihrem Vater als Geleitschutz, unverfänglich, ein Zufall, doch – zu spät. Edgar schaute schon wieder auf das Olympiastadion im Fernseher, Meyfarth, rief er, aber Katja sagte, ich bin müde, das war sie wirklich, ich geh jetzt ins Bett. Es dauerte, bis er begriff, was das bedeutete, freiwillig ins Bett, in den Ferien. Die Schlafzimmer lagen im ersten Stock, Katja hatte sich bereits die halbe Treppe hochgeschleppt, da hörte sie seine überraschte Stimme, du wirst mir doch nicht krank werden?, kleine drama queen, und sie dachte, das sind die schrecklichsten Ferien, die ich je hatte, schrecklicher kann es nicht werden. Sie blieb stehen, zog Rickis

Karte aus der Hosentasche, schaute die Schrift an, das Bild, schloss die Finger darum, die Karte war groß, nicht einfach, sie mit einer Hand zu zerknüllen, drama queen – und das ihr, sie presste fester, quetschte den scharfen Karton, die Kanten schnitten in die Hand, so jammerte sie wenigstens nicht, so jammerte das Papier.

5

(Geschenke)

Alles was mit Max zu tun hatte, hatte mit Jozef zu tun.

Für Katja war das ein schlimmer Satz. Leider stimmte er. Katja lag im Bett, von unten war das Murmeln des Fernsehers zu hören. Der Satz, alles was mit Max zu tun hatte, hatte mit Katja zu tun, war leider noch schlimmer. Aber stimmte ebenso. Da fing es schon an. Überhaupt, der Anfang. Er machte Katja besondere Sorgen, dauernd dachte sie von neuem darüber nach, wo das ganze Unglück begonnen hatte. Jede einzelne Situation, Entscheidung, Handlung sah harmlos aus, jede an sich war unverfänglich, in aller Unschuld aus der vorhergehenden entstanden.

Nun ja, fast.

So zum Beispiel: Jozef und Linda Berewski reisten nicht mehr.

Sie waren 74 und 76 Jahre alt, nahmen beide ein Mittel gegen Bluthochdruck, beide das gleiche, was praktisch war. Da Jozefs Pillen höher dosiert waren als Lindas, hatte Linda gelegentlich erstaunlich hektische und Jozef wundersam geruhsame Tage. Auch das war praktisch, denn es glich sich aus. Früher war Jozef noch zu Vertriebenentreffen gefahren, begeistert zuerst, später verabredete er sich mit alten Freunden anderswo, nie mehr wollte er Stimmvieh sein. Blieben die Ausflüge mit Hartmut, vor allem an den Tegernsee. Katja war das ein Rätsel, der Tegernsee in seiner Langeweile überstieg, was man begreifen konnte. Die Großeltern aber fuhren an den Tegernsee, weil sie früher, von der Heimat aus, auch schon an den Tegernsee gefahren waren. So harmlos war es, so kompliziert.

Jozef schüttelte den Kopf, als Katja ihm von dem Skorpion erzählte. Die wilden Streifen des Tieres, der aufblitzende Schwanz, der Heldentod. Überall Deutsches (Skorpion) und Gegendeutsches (Skorpionjäger), sagte Jozef, wo soll man hinfahren, überall triffst du auf etwas, was sich über dich lustig macht. Da macht Reisen keinen Spaß, nur im eigenen Land, weg vom Föhn, zum Zucker hin. Katja nickte verständnislos. Edgar sammelte Zucker im Körper, Jozef im Schrank. Am Tegernsee war es ihm eingefallen. Noch immer harmlos.

Nun ja, fast. Zumindest für Katja, da auf dem Bett.

Nur der Zuckerstücke wegen, die ihm entgingen, bedauerte Jozef das Nichtreisen, aber als Katja erzählte, dass es in ganz Kalifornien einzig Zuckertütchen gegeben hatte, war er beruhigt. Beruhigt sammelte er in Österreich, vom Tegernsee aus nicht weit, und in Deutschland, schon die Schweiz ließ er wenig beunruhigt aus. Was soll ich mit einem Skorpion, sagte Jozef, Stacheln gibt's auch hier genug! Dennoch ärgerte er sich, als er das Skorpion am Himmel nicht fand, obwohl er mehrfach versuchte, es Katja zu zeigen, eigentlich kannte er sich mit Sternbildern aus, danach hatte er sich im Krieg orientiert. Unsinn, sagte er, wo hast du denn das wieder her?, im Krieg war es zu staubig, die meiste Zeit zu staubig und die ganze Zeit der Helm zu eng, um den Himmel zu sehen, und wenn du ihn gesehen hast, warst du tot. So was sagte Jozef gern, als Überraschung baute er es in seinen Satz, Katja schaute ihn dann brav überrascht mit großen Augen an, dabei hatte sie den Satz schon zigmal gehört, aber Jozef brauchte ihn, denn überrascht war, noch immer, er.

Tegernsee also, mit Hartmut, unerschrockenem Autofahrer seit 1936. Der ließ, auch mit 78, seinen Audi die Berge hinaufklettern, dass es nur so dröhnte. Linda mochte gerade das, Jozef hingegen schloss die Augen und dachte an den Zucker, der im Café auf ihn wartete. Dort verhandelte er mit der Kellnerin um

Extrastücke, Hartmut und Linda gingen spazieren. Alle drei erkannten den Frühling hier noch immer nur mit den Augen, nicht mit der Nase. Heemte, das Land hinter den sieben Bergen bei den sieben Zwergen, sagte Hartmut. Ma träumt mit uffna Ooga goar, lächelte Linda, 200 Meter weiter bedankte Jozef sich bei der Kellnerin, holte eine Lupe aus der Tasche, setzte sich an den Tisch unter die blühende Kastanie und begann, die neuen Zuckerstücke zu prüfen. Ein weißhaariger alter Mann, kleiner Bauch, Spazierstock an den Stuhl gelehnt, ganz in sich versunken. Leise spielte das Muster der Blätter über ihn hin.

So liebte Katja ihren Großvater. Solange sie sich erinnern konnte, saß er über dem Zucker. Solange sie sich erinnern konnte, zog sein Zucker sie an. Allein wie Jozef so ein Stück von der Untertasse klaubte. Dick und blau, in weißer Schrift *AEG*. Eine Flagge: *Norddeutscher LLoyd Bremen*. Oder gar das Gold und Blau des *Degussa*stückes, links eine Sonne, rechts ein Mond. Und *Olympia*, weiße Schreibschrift auf grünem Grund, darunter grün auf weiß *für besseres Schreiben*. Wie Jozef das Stück zwischen den Fingern befühlte, es mit einem glücklichen, ja manchmal seligen Schmunzeln – *Iglo Feinfrost* – in das eigens mitgebrachte Brillenetui schob. Wie sich in diesem Augenblick der Zucker von etwas Essbarem in ein unberührbares Ding verwandelte, wertvoll jetzt, gerettet vor Konsum und Zeit, reserviert für Vorsicht und liebenden Blick.

Schub um Schub ordentlich sortiert lagen die Stücke in einem großen, schwarz lackierten Medikamentenschrank im Flur der Großelternwohnung, gleich neben der Schlafzimmertür. Zucker, mit Grüßen von Orten, deren Namen Katja nie gehört hatte, mit Bergzacken wie aus einem Musterbuch, manchmal die Bildchen bröselig geworden, gekörnt von dem darunter liegenden, sich allmählich durchpressenden Stoff. Jozefs Sammlung begann mit dem 1.1.1950, ein klarer Anfang, Katja freute sich. Jozef war mit Linda ins Café Glockenspiel am Marienplatz gegangen, um den Beginn der neuen Jahrhunderthälfte zu feiern. Egal, dass manche sagten, diese Hälfte fange erst am 1. 1. 51 an. Man konnte das neue Jahrzehnt jetzt brauchen, die neue Jahrhunderthälfte erst recht. An dem Tag lagen drei Zuckerstücke bei seinem Kaffee. Zwei kamen in die Tasse, das übrige Stück wurde das erste seiner Sammlung: rote Weihnachtsglocken an etwas Tannengrün auf weißem Hintergrund.

Die Stückchen hatten viele Vorteile: sie kosteten nichts. Sie füllten die Zeit. Sie waren mit Bildchen bedruckt. Sie erinnerten, aber nicht schlimm. Auch Jozefs Pferd hatte pferdegemäß mit Vorliebe Zucker gefressen. Auch das Pferd im Krieg. Müde hing im Wohnzimmer der Parterrewohnung, braun und immer etwas dunkel, die Lampe von der Decke. Das alte schwarze Telefon, links auf Jozefs Schreibtisch. Rechts ein gerahmtes Foto, Jozef in Uniform auf dem Pferd. Die Beine weit vorgestreckt. Auf dem Schreibtisch breitete er anfangs einmal pro Woche alle Stücke aus. Nie mehr sollte in seinem Haus Zucker fehlen. Im ersten Jahr sammelte er 54. Der Hausflur roch nach Kartoffeln und Kohl. Wenn Jozef bei den Zuckerstücken saß, spürte er das Bein nicht.

Inzwischen legte ganz München sich bei ihm auf den Tisch: Café Botanischer Garten (grün-golden), Café-Restaurant Fahrig am Karlstor, Gasthof Zum Bögner im Tal, Café Rischart, Baumgartner, Höflinger, Café Schöberl, Jakob Angermeier, Römerschanz-Raststätten München-Grünwald, Schwabinger Burgkeller, Kustermann München, Carlton Teeraum 25 Jahre (mit Goldkranz), Ostbahnhof, einfach so »Ostbahnhof«, oder Starnberger Bahnhof München (auf Gold), Hertie München (blaue Schrift auf weißem Papier, oder weiße Schrift auf rot), schließlich eines in gelbem Papier, darauf in grüner Schrift unten »appetitlich«, oben »hygienisch«, in der Mitte auf grünem Grund in gelb »Oberpollinger«. Im Herbst 1971 tauchten die ersten olympisch gestreiften Stücke auf. Sie lagen zuoberst im

Schrank. Seine schwarze Tür rollte gut geölt mit einem leisen, zufriedenen Klappern auf, wenn man den silbernen Schlüssel drehte. Katja nahm eine Eigernordwand, ein goldenes Stück mit grüner Echse (Kasino Kornwestheim), ein Olympiastreifenstück.

Vielleicht war Max' Geschenk schuld. Vielleicht Max' Garten. Vielleicht Brigittes Faulheit. Vor zwei Jahren war sie durchgefallen und in Katjas Klasse gekommen. Vielleicht hatte es da angefangen. Katja hatte Brigittes Bruder Simon und über Simon Max kennengelernt. Bei allen wichtigen Ereignissen mit Max hatte Brigitte die Hände im Spiel. Auch dieser Satz stimmte, leider. Denn Brigittes Anwesenheit veränderte alles. Obwohl sie nie etwas tat. Oder nur etwas sehr Kleines, das unschuldig aussah. Unschuldig genug. Harmlos, geradezu.

Irgendwann schauten sie bei Katja vorbei, Brigitte, Simon und Max, Jozef war zufällig da, er und Max fanden sich sofort, saßen nach zehn Minuten beim Schach, spielten jede Woche seither. Sogar Edgar wurde eifersüchtig darauf. Max wusste von Jozefs Zuckersammlung. Katja hingegen wusste nicht viel von Max, vier Geschwister, Mutter und Vater ganztags in der Arbeit, das Haus klein, der Garten groß. Max' Großvater war ab und an im Radio zu hören, Jozef nicht, dafür war Jozef lebendig, und Max' Großvater tot. Also hatte Max Jozef als Großvater adoptiert, denn Jozef konnte man anfassen, beim Schach schlagen und mit seinen Hemden aufziehen, Heemte, hellblau oder dunkelblau. Und Jozef hatte Max adoptiert, denn Max war exakt in dem Alter, das Jozef des Krieges wegen bei Edgar nicht miterlebt hatte, das ihm fehlte bei seinem Sohn, der ihm mitunter so fremd schien, so weit weg.

Zwei Jahre. Immer öfter schaute Katja zu. Max erzählte, in der Pause zwischen den Spielen, von den Treffen in seinem Garten. Um die Platten des berühmten Max-Großvaters zu schützen, hatten Max' Eltern begonnen, Kassetten aufzunehmen.

Und Max einen Rekorder geschenkt. Damit konnte man jetzt die *Schlager der Woche*, sämtliche Rock 'n' Roll- und Beatlesaufnahmen des ältesten Maxbruders und auch den toten Großvater im grünen Gras abspielen. Im Sommer '71 lud Max auch Katja dazu, Simon, Brigitte und ein paar andere kamen schon länger.

Musik hören, lümmeln im Gras. Heimlich rauchen dabei. In ausgewaschenen Jeans, deren weiter Schlag den Kassettenrekorder fast verdeckte, stand Max im Garten, ein lässiger König, der seine Getreuen um sich schart. Hier ließen sie ihm diese Rolle, in seiner Klasse versuchte er es wohl auch, da gab es Streit. Am Ende hörten sie jedesmal ein paar Stücke Großvater, Brigitte war scharf darauf oder tat zumindest so, Max freute sich. Katja beobachtete die beiden, Max bemerkte es, schaute Katja an, kräuselte die leicht aufgeworfenen Lippen. Elvis, riefen ihretwegen die Mädchen aus Katjas Klasse ihm hinterher. Max' trotzige Lippen. Gut, dass sie das Einzige waren, was er von Elvis hatte, fand Katja, denn Elvis war uralt, fast schon tot, und sein Gesicht mochte sie nicht, aber die Lippen, bei Max, mochte sie sehr.

Die Sommerferien unterbrachen alles, aber gleich nach Schulanfang trafen sie sich wieder im Garten. Sechs Wochen lang hatte Katja Max nicht gesehen, eine Ewigkeit. Nun stand sie allein bei ihm, absichtlich war sie früher gekommen, hast du keine Uhr, fragte er, sie antwortete, heute nicht, und sah ihn glücklich an. Die Haare an der Wunde über seinem Ohr – nach dem letzten Schachturnier im Juli hatte einer vom gegnerischen Regionalverband einen Ziegel nach ihm geworfen – waren noch immer kürzer als der Rest. Max legte eine Kassette ein, beugte sich über den Rekorder, Katja auch, so berührten sie sich, so blieben sie, Katja glaubte, dass es dauern würde, aber die Zeit war fort, und wo sie Platz gemacht hatte, küssten sie sich. Anfangs erschrak Katja, weil Max sich anders anfühlte als bei ihrem ersten Kuss nach dem Turnier, und dann erschrak Max, weil er nicht wollte, dass die Freunde, deren Stimmen am Tor zu hören waren, etwas merkten, er streichelte über Katjas Wange, flüsterte, warte, und lief ins Haus. Katjas Herz hüpfte wie ein Tennisball in Katjas Kehle. Mit einer Kassette kam Max zurück, steck ein, die brauchen das nicht zu sehen.

So hatte Katja ein Geschenk von Max bekommen. Nun wollte auch sie ihm eines machen. An die Küsse denkend, stand sie vor dem geöffneten Schrank. Jozef und Linda warteten im Wohnzimmer auf sie. Katja fühlte sich schlecht, aber auch glücklich gespannt, sie tat es für Max, sollten die anderen sehen, wie nah sie ihm war. Sie hörte jedes Geräusch, ihr Herz pochte – wenn Jozef jetzt käme. Drei Stücke, zum Herzeigen nur, heiß schloss ihre Hand sich darum – etwas Kostbares, Verborgenes – ein Geschenk, das es nirgends zu kaufen gab. Sie rollte die Tür über die Magazine nach oben, der Haken schnappte zu wie ein Echsenmaul, rastete ein.

Berg, Tier, Olympia. Die Felsen spitz, der Himmel krümelig blau. Der Reptilienkörper Glied um Glied, fein gezeichnet, fast Katjas Augengrün, leuchtend wie von selbst. Die olympischen Streifen bunt. Vorsichtig in Max' Garten getragen. Der wucherte wild, keiner jätete, alles wuchs wie es wollte. Dahlien und Rittersporn standen in schiefen Beeten, die Birken am Zaun wurden schon gelb. Andere Bäume trugen Nester von Mispeln, dunkel und geballt, wie längst verbrannte Sterne, Miniluzifers, die sich verspätet hatten. Die Schatten der Gräser warfen sich hart gegen den Bretterzaun, so schräg stand die Sonne. Jede Granne zeichnete sich ab. Katjas Hand, heiß, öffnete sich.

Max beugte sich sofort darüber, seine braunen Locken berührten Katjas Finger. Seine Brust schien breiter geworden, die Stimme tief, jetzt war er nah. In der Mitte seines Batikshirts liefen weiße Strahlen zusammen, für Katja ging von Max Ruhe aus, sie wusste, wie klug er war, wie gelassen beim Schachspielen mit

Jozef, die Strahlen im Shirt betonten es. Sie spürte sein Bein an ihrem, doch auch die anderen schrien, zeig her!

Brigitte lachte, ach Zucker! Simon griff sofort nach der Eigerwand, Max nahm das gestreifte Stück und hielt es wie Schmuck an Katjas Ohr. Sie schloss die Augen. Simon erkannte die Echse als Leguan, Brigitte nölte, ich will aber die Kassette hören. Vielleicht hatte sie ihren Bruder da schon in die Seite gestoßen, vielleicht hatten sie sich da schon zugeblinzelt. Doch neben Max saß eine Katja, so fröhlich zufrieden, dass sie den Zucker vergaß.

Mann schlürft: Na, die Suppe ist heut wieder ungenießbar.

Frau: Wieso? Des is sogar heut eine ganz feine Suppn.

Mann: Das sagt ja auch niemand, dass die Suppn nicht fein ist, ich mein nur, sie ist ungenießbar, weil s' so heiß ist.

Frau: Eine Suppe muss heiß sein.

Mann: Gewiss! Aber nicht zu heiß!

Brigitte robbte durchs Gras auf Max zu. Katja sah ihren tiefen Ausschnitt, Max musste ihn noch besser sehen, er nahm Brigittes Hand, auf der ein Marienkäfer saß, zärtlich hielt er sie von unten, zog sie noch heran. Katja senkte die Augen. Max! Mit Tieren konnte man ihn immer locken. Auf den plumpesten Trick fiel er herein.

Frau: So, bin ich vielleicht der schuldige Teil?

Mann: Na, wer denn, hab ich die Suppn kocht?

Frau: Eine kochend Suppe is immer heiß.

Mann: Ja, vielleicht kochst du s' zu heiß!

Da hörte sie das Geräusch. Nicht laut, aber rhythmisch, weder Flüstern noch Lachen, ein Schmatzen, ja, leise, doch deutlich – Katja sollte es hören, jetzt spürte sie auch einen Blick – Simon, triumphierend, das zerknüllte Echsenpapier neben sich im Gras. Dazu Brigittes verschwörerisches Grinsen, der Stolz auf den Bruder, auf das Manöver mit dem Käfer, die eigene Attraktivität. Katja, eben noch blind, sah jetzt alles zugleich. Da hätte Brigitte ihre Zunge gar nicht mehr herausstrecken müssen, Olympia, abgebröckelt, doch immer noch groß, glänzte feucht. Klappe zu, Olympia tot, sagte Simon, und Max lachte. Drei Stückchen, nur eines noch da, Eigernordwand neben Max, Katja griff im Reflex danach, Simon auch, er kratzte, erst später sah Katja die Schrammen auf ihrer Hand. Brigitte schrie auf, der Käfer, ihr habt den Käfer zerquetscht, Katja hielt die Eigerwand fest, ihre Körnigkeit brannte, und es brannte Max' Blick. Max hätte Katja beschützen müssen, es war so ungerecht, so eindeutig, und er – er schaute – Brigitte an. Und suchte neben Brigitte nach dem Käfer. Und suchte auf Brigitte. Katja starrte. Max war weiter weg als jemand auf dem Mond.

Zucker lutschen, rief Simon, das darf man doch wohl! Das muss man bei Impfungen. Das ist gesund!

Die anderen saßen neugierig dabei, keiner hörte mehr auf Suppe und Hasenbraten vom Band, jetzt brieten sie Katja, die hatten sie erwischt. Die hatte erzählt, dass sie die Stücke zurückbringen musste, die hatte damit angegeben, wie geschickt sie gestohlen hatte, jetzt sollte sie sehen.

Katja sah nichts. Ein Brennen kroch ihren Arm herauf. Brigitte und Simon lachten, unschuldige Gesichter, der Sonne entgegengereckt. Doch für Katja war der Garten verschwunden, Schatten – hart, schnell – flogen zwischen Dunkel und Licht, machten Flecken auf den Boden, der sich bewegte, sie rannte, die Gesichter der anderen vor Augen, ihre neugierigen Blicke folgten Katja, ihrem Kaninchen, ihrem Versuch. Noch immer hörte sie das leise Rascheln des Papiers im Gras, sah die zerknitterte Echse, die ein Leguan war, Zucker, riefen sie ihr nach, gut für dich, riefen sie hämisch, Schutzimpfung, kicherte sogar Didi – und Max saß da wie ein Berg. Stumm. Allen gleichermaßen zu- und abgewandt. Keine Hilfe. Kein Zusammengehören. Max. Das Brennen wurde stärker. Die mit aller Absicht begangene Gemeinheit kroch in Katja hinein, doch in allem, über allem, spürte sie das Schweigen von Max. Seine seltsame Neutralität. Seine Abwesenheit. Sie verstand ihn nicht. Er saß dabei. Ließ den Dingen ihren Lauf.

Da rannte sie.

Am liebsten wäre sie von der Erde gerannt.

Charlotte wunderte sich, na, schon zurück? Katja vermochte nur zu nicken. Als sie endlich allein in ihrem Zimmer saß, kehrte das Brennen in den Augen, den Fingern, der Brust, sich um. Ein Kribbeln von vernichtender Gefügigkeit, ein weiches feuchtes Nachgeben wanderte von der Brust über Katjas Schultern. Dazu flüsterte eine Stimme: tu so, als sei nichts passiert, was war es schon? Kriech hin zu den anderen, lach mit, schleim dich ein, sag, schlimm war es nicht.

Vielleicht, denkt Katja, vielleicht. Wäre es Schwäche so nachzugeben. Oder Stärke?

Doch da saß Max. Starr wie die Eigernordwand, unbeweglich im Gras. Mit kühlem Blick. Sie sprang auf. Ihr Herz drehte sich wie ein dummes Windrad in ihrer Brust immer schneller um sich selbst. Katja japste, schluckte, Blut schoss ihr in den Kopf, sackte zurück. So heftig, fast bekam sie Angst vor sich selbst. Sie setzte sich aufs Bett. Schluchzte auf. Nur seinetwegen war es soweit gekommen, nur seinetwegen waren die Zuckerstücke überhaupt bis in den Garten gelangt. Er, er von allen, hätte ihr helfen müssen. Auch sie half ihm doch, wann immer sie konnte. Er war ihr Freund. Aber er – hatte er da nicht auch noch gelacht? Als sie ging, hatte sie doch seine Stimme gehört. Aber: mit den anderen sprach er, nicht mit ihr. Erst ließ er sie im Stich – und dann verriet er sie noch. Ihr Atem stockte. Verrat. Das war ein neues Regime. Ein kaltes Wort. Ein felsiges Wort. Ein Wort, bei dem man nicht mehr brannte. Bei dem wurde man hart. Ein Klumpen Eis.

Als Edgar aus der Kanzlei kam, sah er sofort, dass etwas nicht stimmte. Empört erzählte Katja von Max, dazu sagte Edgar nichts, empört erzählte sie von Brigitte und Simon, dazu sagte er, woher kam der Zucker? Juristenton, Katja ahnte nichts Gutes. Noch fühlte sie sich unschuldig, sie war ein besserer Mensch als Brigitte und Simon, das waren die Täter, sie hatten ihr unrecht getan. Und, sagte Edgar, wie meinst du, dass Jozef die Sache sieht?

Was sollte sie sagen? Es gab eine Vorgeschichte und Vorvorgeschichte. Das ist nicht gerecht, flüsterte Katja. Edgar lachte wie jemand, der etwas wiedererkennt. Juristenton: soll jetzt etwa Jozef an allem schuld sein, weil er Zucker sammelt? Wenn du so weitermachst, musst du noch Staatsanwältin werden.

Vorerst ging es anders aus. Katja musste Jozef anrufen und sich entschuldigen. Jetzt weißt du, wie weh es tut, wenn jemand dein Vertrauen bricht, sagte Edgar. Sie haben deines gebrochen. Du hast Großvaters gebrochen. Er saß auf der Couch, Plato schlich um seine Füße und schaute, als könne er jeden Edgarsatz nur unterstreichen. Die Dinge neigen dazu, sagte Edgar grüblerisch, Ketten zu bilden. Oft denken wir, so wie du, gar nicht daran, was unser Tun für einen anderen bedeutet. Doch was dabei herauskommt, tut weh, nicht nur dir.

Bäuchlings lag Katja auf dem Bett. Das Murmeln des Fernsehers war verstummt. Vielleicht blätterte Edgar im Fotoalbum. Träumte vom Nachmittag.

Unter dem Bett lag ein Geburtstagsgeschenk für Max, *Supertramp* von Supertramp. Auf dem Cover ein männliches, doch eher weiches Gesicht, das aus Rosenblättern wuchs. In zwei Tagen wurde Max 18. Sie hatte das Geschenk gekauft, weil es zu traurig war, nichts zu kaufen. Bestimmt machte er eine Party. Natürlich war sie nicht eingeladen. Sie sah sein Gesicht, die braunen Augen mit den hellen Einsprengseln, seine Lippen. Die Enttäuschung über ihn hatte sich in ihrem Bauch zusammengeballt. Jetzt stieg sie nach oben, hing am Brustknochen fest, neben den frischen Brüsten, dick und schmerzhaft wie ein verschlucktes Bonbon, das nicht schmolz. Ein Salzbonbon musste es sein, es machte durstig und traurig, und die Kehle war salzig, als wolle sie weinen, aber Katja konnte nicht. Wie immer in solchen Augenblicken fiel ihr ihre Mutter ein, obwohl Katja sich kaum an sie erinnerte, aber das machte nichts, das war gut so, denn Marlene kam und tröstete ihr Kind, sie war die einzige, die in jeder Not zu Katja stand, und das machte alles besser und schlimmer zugleich. Der Knoten kletterte als tiefes Schluchzen aus dem Hals, es berührte, jenseits von Wut und Schmerzen eine Einsamkeit, die Katja kannte, seit sie denken konnte.

So kam es, dass sie, nachdem sie geweint und sich die Augen mit einem feuchten Waschlappen ausgerieben hatte, das Geschenk für Max nicht wütend gegen die Wand schmetterte, sondern leise noch einmal die Treppe hinunterschlich und es ohne Aufhebens in den Mülleimer warf, worin das aus Rosenblättern geformte Gesicht des Mannes auf dem Cover – die pinkfarbenen Augen weit geöffnet, das Kinn kantig und schnell, einem modernen Elfen gleich wuchs er aus dem Inneren der Blüte hervor – mit einem satten *dack!* im restlichen Müll verschwand.

6

(Das Sammeln, der Zucker, die Heimat)

An der Münchner Freiheit hatte im östlichen U-Bahnauf-
gang, der mit sanfter Steigung ans Tageslicht führte, ein Café eröffnet, lila und pink, neben Läden für Bilderrahmen, Krimskams
und Blumen. Oben an der Bushaltestelle saßen alte Männer
zwischen großen Schachfiguren unter Kastanien. Jozef, perfekt
gebügeltes hellblaues Hemd, Anzugjacke, saß im Café. Hier gab
es die Streifenstücke in Olympiafarben. Er hatte eine Eissscho-
kolade bestellt und im voraus mehr Zucker als üblich verlangt.
Ideal – doch Jozef war nicht richtig zu erkennen. Er saß im
Schatten, weit in den Stuhl zurückgelehnt, und gut von seinem
Nachbarn verdeckt. Der Mann war zweimal so breit und fast
auch zweimal so hoch wie Jozef, ein Hüne, dessen hünenmäßiger
Koffer aus dickem, silbernem Blech Jozef zusätzlich einquetsch-
te. Dennoch sah Jozef zufrieden aus. Erstaunlich. Denn der Hüne
war nicht gerade Jozefs Typ. Jozef hasste Frauen in Hosen, allein,
das hier war schlimmer: ein Hippie! Schlimmer als ein Mann im
Rock. Lange Haare, rotes T-Shirt mit gelber Sonnenblume. Die
weißblauen abgelatschten Turnschuhe groß wie Ruderboote.

Jozef war am Hauptbahnhof gestanden, um Herrn Gillig
abzuholen. Er erwartete einen distinguierten Herren in seinen
60ern. Die Zuckerbörse hatte sie schließlich aneinander vermit-
telt, den Sammler aus München und den aus Stuttgart: Marius
Gillig würde von Jozef Berewski erfahren, welches Café am groß-
zügigsten Olympiazuckerstücke ausgab. Zudem würde er von
Jozef 30 dieser Stücke erhalten, im Tausch dafür seinerseits Jozef
einen Zucker aus Schlesien, 1935-37, überlassen, zu dem mehr
als fairen Preis von 50 Mark.

Als Jozef klar wurde, dass nur der Riese, der als letzter aus dem Waggon tappte, der Bär mit dem Blechkoffer, was, dieser junge Kerl?, Gillig sein konnte, wollte er sich schnell verdrücken. Mit so einem sprach er nicht! Aber mit zwei Riesenschritten hatte der »Hippie« ihn mühelos eingeholt. Jozef zuckte, reckte sich dann aber so gerade auf, wie er konnte, eine mit Silberringen bestückte Pranke kam ihm entgegen.

Hi, ich bin der Marius!

Jozef: Berewski.

Marius: was ist denn das für ein Vorname?

Gott, dachte Jozef, der Junge ist dümmer als groß! Und dieser Geruch. Süßlich wie ein ganzer Indienladen. Pfui Teufel!

Jozef sagte: ich bin aus dem Osten.

Marius: ach so.

Der Koffer reichte Jozef bis zur Hüfte. Marius nahm ihn, als wiege er nichts, erzählte munter aus Stuttgart. Der Kerl sah aus wie ein Zehnkämpfer, schien jedoch gutmütig. Im Café drückte sich Jozef tief in seinen Stuhl, er saß eigens im Schatten, ich Alter muss aus der Sonne, hatte er Marius gesagt, dabei hoffte er, dass niemand, der ihn kannte, vorbeikam oder ihn wenigstens, dank des Koffers, ja, stellen Sie ihn ruhig hier ab!, gnädigerweise übersah.

Nun schämte er sich, denn Marius hatte ihn arglos angestrahlt, war überhaupt die Freundlichkeit in Person, selbst als Jozef zugab, statt der versprochenen 30 Olympiastücke nur 29 dabeizuhaben. Meine Enkelin hat eines gemopst, er zuckte die Schultern und schob Marius die Tüte über den Tisch. Der nickte und zählte nicht einmal nach.

Auch Marius' Jugend klärte sich auf, er hatte die Zuckerstücke von seiner um einiges älteren Frau übernommen. Jetzt sattelten sie beide um, auf Olympia. Olympia in Deutschland, das war noch ganz unbesetzt, das sammelte keiner. Marius rauchte ununterbrochen, drückte aber nun die Zigarette aus. Seine hohe

Stirn glänzte faltenlos, die ganze Jugend seines Gegenübers sah Jozef dort versammelt, hier stimmte es einmal, die Haut war ein Spiegel, fing Frische ein. Doch erst als Marius eine lila Brille aus der Hose angelte und verlegen lächelte, war endgültig der Augenblick gekommen, in dem Jozef weich wurde. Seine Abwehr schmolz dahin, er gab sich zu: den Jungen mochte er.

Später sollte er froh sein, sich das in diesem Augenblick eingestanden zu haben – bevor Marius ihm das Geschenk machte. Aber vielleicht machte auch erst der Zusammenbruch seiner Abwehr möglich, dass er das Stück bekam? Manchmal konnte etwas zwischen Menschen so herum oder so herum passieren, von A zu B oder B zu A. Jozef wusste das sehr wohl, dachte aber nicht gern daran. Man lebte bequemer ohne dieses Wissen. Bequemer, wenn man gar nicht erst herausfand, was zuerst da war. All das verwirrte doch nur die Menschen und ihr Bild von der Welt.

Marius hievte sich aus dem Stuhl, um sein Blechschiff zu öffnen. In der Mitte der silbern schimmernden Schale, die etwa so groß war wie der Teppich unter Jozefs Schreibtisch, lag ein blaues Etui, etwa 7 auf 15 cm groß. Geradezu zärtlich legte Marius es auf den Tisch. Mit leisem Knarren klappte der Deckel auf. Gebahrt auf blauen Samt wie köstlichste Kronjuwelen, ruhte darin – ganz Schlesien.

Jozefs Hand zuckte. Doch er beherrschte sich, sonst ging der Preis noch hoch. Statt des erwarteten Stückes lagen da zwei. Weißes, noch immer sauberes Grundpapier. Darüber eine leicht vergilbte Banderole. Blaue Schrift ZUCKER – Siederei, in zwei Zeilen, dann Gutschdorf, und darunter SCHLESIEN, genauso breit gesetzt wie Gutschdorf. Was Jozef verblüffte, war der Umfang der Stücke. Fast doppelt so groß wie die, die es heute gab. Und in einem Block.

War vor dem Krieg alles süßer gewesen – selbst in diesem realen Sinn?

Und alles ungeteilt?

Marius ließ Jozef schauen. Zwei Stück. Jozef kaufte auch für sich etwas vom Heimatgeld, ein Stück Heimat für den Schrank, aber das Geld reichte nur für eines. Am linken war eine Ecke angebröckelt, beim rechten die Schrift blasser.

Als er das linke in der Hand hielt, wollte er fast weinen. Die großen schlesischen Kaffeetassen waren ihm wieder eingefallen.

Das also hieß »vor dem Krieg«. Und dies »nach dem Krieg«. Dies also hieß »klein«, und das »groß«.

Jozef blinzelte auf die Tüte mit den Olympiastücken, die noch zwischen ihm und Marius lag. Zählen Sie lieber nach, sagte er leise, es sind nur 28. Tut mir Leid.

Marius hob die Augenbrauen.

Nr. 30 geht auf Rechnung meiner Enkelin. Aber 29 ..., ich finde es nicht. Ich kann es Ihnen jetzt ersetzen, hier, mit den Stücken von heute. Schweiß stand Jozef auf der Stirn. Er schaute auf seine halb leere Eisschokolade, es ist mir ein Rätsel. Hilflos zuckte er die Schultern.

Jozef wartete, ob er sich besser fühlte. Wenigstens war er jetzt ehrlich gewesen. Besser fühlte er sich nicht. Marius klappte den Koffer zu. Legte die Olympiatüte auf den Tisch.

Zeig mal deine Hand, Berewski!

Her mit der Hand, schlägt der Lehrer drauf – Jozef nahm sich zusammen, streckte Marius die rechte entgegen, die empfindliche Innenseite nach oben. Die andere umklammerte das schlesische Stück. Marius' Pranke schloss sich um Jozefs alte Haut, legte etwas hinein, bog Jozefs Finger darum, sagte, Geschenk.

Sie schwiegen.

Eine ganze Weile lang.

Links und rechts hielt Jozef ein Stück Vergangenheit.

Schließlich lud er Marius auf eine Eisschokolade ein. Wenigstens das! Erst abends würde Marius zurückfahren, er wollte noch in den Olympiapark, Olympiadevotionalien kaufen. Der Koffer stand still und geschlossen neben Jozefs Stuhl, so groß, als sitze ein Dritter am Tisch. Die Gilligs sattelten auch deshalb von Zucker auf Olympia um, weil Zuckerstücke langfristig aussterben würden. Das fand Marius sonnenklar. Jozef fand, er habe noch nie darüber nachgedacht. Mit den neuen Eisschokoladen stießen sie an auf ihr Du. In 30 Jahren wird der Kram von heute was wert sein, sagte Marius. Dann hat das doch kaum jemand mehr. Dann wird das hier – er machte eine weite Bewegung mit dem Arm durch die Luft, die das Café, die lila Stühle, pinkfarbenen Aufschriften, Betonkübel, Kastanien und Pop-Poster einbegriff – das alles wird exotisch scheinen, wenn sie an uns zurückdenken.

Werden sie das denn tun?, fragte Jozef. Marius lachte, natürlich, das hier ist eine tolle Zeit! Für einen Augenblick wurde Jozef neidisch. Als er so alt wie Marius war, begann gerade die große Wirtschaftskrise, oder?

Ich?, sagte Marius erstaunt, 19. Meine Frau ist schon 39. Zwanzig Jahre, Mann, ein Riesenunterschied.

Jozef konnte den Unterschied kaum wahrnehmen, so klein kam er ihm vor. Und nur sechs Jahre Unterschied zwischen Katja und diesem Mann hier. Alles erstaunlich.

Wir haben aus Liebe geheiratet!, sagte Marius.

Jozef dachte, dass Marius nicht dumm war. Vorhin hatte er nur so getan, als ob Berewski Jozefs Vorname sei. Weil er überspielen wollte, dass Jozef beim Siezen blieb. Jozef einbeziehen wollte in die Art und Weise, wie sie heute sprachen, die Jungen.

Wir auch, sagte Jozef froh. Da habe ich Glück gehabt.

Nebenan wurde gebohrt. Teile der U-Bahn-Nebenbauten waren nicht fertig geworden. Höllischer Lärm. Früher, sagte Jozef, hat man gedacht, dass man bei 100 km/h platzt. Dabei sind die meisten von uns bei was ganz Anderem geplatzt, und wie, und man wusste, dass man dabei platzt. Na ja, sagte Marius, ich mach wohl besser mal ab.

Er roch nach Hasch, mit etwas gemixt, Jozef erkannte es. Im Lazarett hatten sie ihm so etwas gegeben, gleich nach seiner Verwundung. Glück im Unglück: Sommer '44, da wurde man noch einigermaßen versorgt.

Marius trabte Richtung U-Bahn davon. Der riesige Koffer baumelte locker neben seinen Beinen. Zum Abschied hatte Marius gesagt, ihre Haare möcht ich haben. Damit wären sie heute der Frauenstar! Jozef schmunzelte, tatsächlich war er gerührt. Das zweite Zuckerstück – er würde es Elsbeth schenken. Schwester Elsbeth. Dass sie ›Krüger‹ mit Nachnamen hieß, hatte er im Lazarett vielleicht gehört, aber vergessen. Leute wie ihn nahm sie nicht ernst. Nur ein Splitter im Bauch, an einer ungefährlichen Stelle. Das hatte Zeit für nach dem Krieg. Nur das eine Bein fast verloren. Nur alt. Er schlief eine Menge. Als er wieder gehen konnte, schlief er nicht mehr, sondern lief nachts herum, um seine Muskeln zu trainieren. Im Stationszimmer brannte Licht. Sie stand mit dem Rücken zu ihm über etwas Helles gebeugt. Bemerkte ihn nach einer Weile, drehte sich, starrte ihn an. Ihr Körper verdeckte, was auf dem Tisch lag. Wortlos fing sie an, sich auszuziehen. Dafür war er nicht gekommen. Aber er blieb stehen. Alles zwischen Menschen konnte so herum oder so herum passieren. Sie war hübsch. Sie war eine Frau, das hätte schon gereicht. Schwesternkittel, Bluse, weißer BH. Auch den nahm sie ab. Für einen Augenblick verharrte sie vor ihm, ruhig. Dann drehte sie sich erneut. Ihr Rücken sah aus wie ein Feld mit Hasenlöchern. Unregelmäßig, mal tief, mal flach, Gänge, Schürfwunden, Einschläge. Er wimmerte. Sie hatte bei einem Granateneinschlag im Hof gestanden. Sie zog sich wieder an. Er half ihr mit dem Bündel auf dem Tisch. Schob mit ihr den Rollwagen durch die Station.

Splitter im Bauch, im Bein. Für den Frieden. Die Splitter wanderten, aber nicht schnell. Lange schon war Frieden. Einmal im Jahr ging Jozef zum Röntgen. Gallenstein außerhalb der Galle, haha, hatte der letzte Arzt zu seinem Splitter gesagt.

Haha.

Und dazu dieser Föhn. Der Himmel weißblau. Gillig 19, nur etwas älter als Max. Manchmal kamen ihm 20 Jahre vor wie nichts. Ob er es noch erlebte, wenn Katja so alt wurde? Jozef setzte seine Sonnenbrille auf und ging. Ein altes Gesicht wirkte jünger, wenn man die alten Augen nicht sah.

Hast du meine Pillen genommen?

Wie kommst du darauf, ich nehme meine.

Bist du dir sicher?

Er griff nach der Butter.

Nur weil du ab und zu meine Pillen nimmst, mein Lieber, nehme ich noch lang nicht deine!

Doch, genau so ist es. Meine Güte, Linda, ist das Brot heute dick geschnitten.

Wenn ich deine Pillen genommen hätte, hätte ich es gar nicht geschnitten.

Eine Welt ohne Zuckerstücke wollte er sich gar nicht vorstellen. Alles schütten, alles schnell schnell, selbst im Zuckerauflösen keine Zeit.

Was?

Gar nicht geschnitten!, sagte sie extra deutlich. Dann wäre ich viel zu zappelig dafür gewesen. Das sind ja unglaubliche Pillen, die deinen.

Du solltest wirklich aufpassen, dass du sie nicht erwischst. Nicht dass du noch Zucker kriegst wie dein Sohn.

Unser Sohn.

Wenn du's sagst.

Jeder kaute. Jozef schielte zu Linda. Das Profil eines Menschen änderte sich am langsamsten. In den Augen, bisweilen in dem, was sie sagte, und in der Narbe rechts auf der Stirn (als kleines Mädchen war sie gegen einen Kachelofen gestürzt) lebte die junge Frau fort.

Ich weiß, dass du einen anderen hattest.

Du weißt nichts.

Doch, meine Beste, der zweite Knopf deiner Bluse geht übrigens gleich ab.

Welchen anderen?, fragte sie.

Sie hatten es schon hundert Mal gespielt, spielten es wieder.

Was das damals schon hieß, sagte Linda. Nicht mal einen Kuss!

Ha, sagte Jozef, Kuss, was heißt einer, tausend bestimmt. Auf der Bank am Stadtring.

Sie lachte, wurde ein bisschen rot. Die Narbe auf ihrer Stirn blieb weiß. Seit sieben Jahrzehnten trug sie sie mit sich herum, wie einen Stempel, einen Abdruck Heimat am Kopf. Er zog sie damit auf, »du dampfst wieder mal wie ein Heimatofen«, wenn sie wütend war.

Ob es die Kachel dort noch gibt, weiß man gar nicht, sagte Jozef.

Hauptsache, es gibt meinen Kopf. Das reicht mir.

Wie lange die Haut erhalten blieb, wenn man erst mal in der Grube lag?, überlegte er.

Linda, als könne sie ihn erraten, sagte, ich will verbrannt werden. Am liebsten verstreut. Sie lächelte wie zu einem kleinen hoffnungslosen Adieu.

Du hast das Stück genommen, Linda, nicht wahr?

Nein, was? Welches?

Siehst du, sagte er, du weißt gleich, worum es geht. Schon hast du dich verraten. Ich zähle sie jeden Tag. Es fehlen welche.

Sie schien zu überlegen, biss in ihr Brot, kaute.

Stimmt, sagte sie munter, als sie fertig war. Exakt. Mein Lieber. Ich mag es einfach. Auf dem Klo. Schau nicht wie ein frischgebürsteter Pudel! Ich sitze auf dem Klo, und der Mond scheint herein.

Ach, sagte er, wie merkst du denn das?

Ich mache das Licht nicht an. Den Laden auf. Und dann esse ich eines deiner Zuckerstücke. Immer, wenn man hier aufs Klo geht, kommt man ja an deinem Schrank vorbei.

Und er glänzt so schön schwarz, sagte er.

Und etwas von deiner Liebe glänzt darin, sagte sie. So einfach ist es. Ich komme vorbei, mache auf, nehme ein Stück, das du mehrfach hast oder das ich mit dir besorgt habe und ausgleichen kann, und gehe aufs Klo. Öffne den Fensterladen, setze mich auf die Schüssel, der Mond scheint herein, und der Zucker schimmert.

Rätselhaft, Frauen waren rätselhaft.

Unfug, lachte sie, froh, dass er verstand, dass sie ihn nicht hatte verletzen wollen. Das liegt doch ganz nahe. Ich fühle mich dann als Kind. Wie ein Kind, das etwas nascht. Wie schön das war, weiß man ja erst, wenn man es nicht mehr tun kann. Und damit ich es tun kann, nasche ich etwas von dir, dein Zucker ist das einzige, was ich hier naschen kann. Heimlich auf dem Klo.

Sie kam um den Tisch und lehnte sich an ihn. Ich verrate dir noch was. Der Zucker, das kleine weiße Ding in der Hand. Das Mondlicht darauf, das Stadtlicht. Das erinnert mich an die Heimat. Ans Zuhausesein. Das war kein bestimmter Ort, das waren Menschen. Und, sagte sie, an ihn gelehnt, jetzt ist Zuhause hier. Denn du bist hier.

Mitten in der Nacht wachte er auf. Er hatte von Marius' Blechkoffer geträumt, dauernd fiel er mit lautem Scheppern um, es hatte ihn beunruhigt, der junge Mann – als sei der junge Mann in Gefahr. Unsinn, murmelte Jozef, drehte die Nachttischlampe gegen die Wand, schaltete ein. Linda lag auf dem Rücken, ihr weißes Haar bildete hübsche Ranken auf dem Kissen, und schnarchte leise. Gut, dass er schlecht hörte. Da konnte sie ruhig schnarchen. Auch sie hörte nicht mehr gut. Da konnte er ruhig die Schublade seines Nachtkastens aufziehen, obwohl sie quietschte. Er zog dennoch nur so weit, dass seine Hand knapp hineinpasste. Wühlte im Dunkeln, fühlte in den Fingerspitzen. Da lagen sie, seine Sedimente. Ein Passbild von Linda 1935, ein Foto von Edgar mit zwei, im Matrosenanzug, er erinnerte sich an Edgars Gezappel im Fotoatelier, dann kleine Basteleien von Katja, ein Rosenblatt. Und seine Abschiede: ein Bild der Eltern, der Brief seines besten Freundes, der vor sieben Jahren gestorben war, eine Zeichnung seines Elternhauses, von ihm selbst mit 13 gemacht, die Postkarte von Max, Damenopfer 47.Dxg7 nebst matt in fünf Zügen – dank dir, old King. Und, da: die kleine Sau, die Edgar ihm ausgesägt hatte. 1940, als er in diesem zweiten Krieg das zweite Mal einrücken musste. Sie waren, im Herbst davor, Zickzack beim Einsatz an der polnischen Grenze gefahren statt geradeaus. Seither hießen sie Saukolonne. Die Sau sollte ihm Glück bringen. Rosa bemaltes Sperrholz, eine richtige Sau mit Zitzen und einem geringelten Schwanz, eine kleine Spirale hoch in die Luft. Es rührte ihn, wieviel Mühe Edgar sich damit gegeben hatte. Und: er, Jozef, hatte sie zurückgebracht. Sieben Jahre später. Seine Beißsau. Der Schwanz noch dran, alles dran, lachte er. Sie war dunkelbraun, abgegriffen, ein Bein fehlte der Sau, zwei Beine fehlten der Sau, drei, alle vier, Linda sah sofort die Bissspuren an ihrem Bauch, auch am Hals, denn wenn man ehrlich war, musste man sagen, der Sau fehlte der Kopf, das war nur noch der Rumpf einer Sau, dreckig, angenagt. Alles Rosafarbene weg. Doch wie Edgar damals gesägt hat. Ein Stück Holz gegen den Krieg. Das Jungengesicht sah Jozef noch immer vor sich, voller Eifer über das Sperrholz gebeugt, im honigfarbenen Licht der alten Wohnzimmerlampe. Die Wangen rot und die Stirn noch glatter als die von Marius.

Edgars Angst, den Vater zu verlieren. Das Sägen gegen die Angst. Und dann das Gesicht des Siebzehnjährigen, als Jozef zurückkam. So fremd. Bleich. Die leicht schwellende Ader auf der Stirn.

Seine Sau – Trost und trüber Stoff, Nahrung und Schmerz. Geschädigte Sau, wie sie alle, die Familie, der Sinn. Duft und Grenze und das ganze frühere Leben, die Sau.

7

(Platos Kaffeebad)

Als am Abend von Max' Geburtstag das Telefon klingelte, stürzte Katja die Treppe hinunter, dass sie fast fiel, atemlos erreichte sie den Hörer, doch seit zwei Tagen ging es so: jedesmal, wenn Katja hoffte, dass Max, oder wenigstens Simon, oder notfalls Brigitte, am Telefon wäre, war es Susanne. Ihr Vater habe am Abend eine Verabredung, schnaufte Katja, schließlich sei Montag, da mache er in der Schulzeit Mathe mit ihr und in den Ferien gingen sie ins Kino, also wegen der Verabredung, die er habe, werde er nicht kommen, aber Susanne sagte, ich weiß, er ist eben bei mir losgefahren, nach Hause zu dir.

Katja erschrak, ist er krank?, diese Susanne arbeitete schließlich als Ärztin, wir waren einen Wein trinken, lachte sie, ihm geht's gut. Dann wäre mir lieber, er wäre krank, sagte Katja schnell, es wurde still im Hörer, mir doch egal, dachte sie, wenn es jetzt Schwierigkeiten gibt, aber Susanne fragte nur, was ist los, deine Stimme klingt so anders, wirst vielleicht du krank? Nichts, sagte Katja, was soll schon los sein, nichts, was dich was angeht, dachte sie, aber schon sagte ihr Mund, ja, vielleicht einen Schnupfen, und es überraschte sie selbst, wie weinerlich ihre Stimme dabei klang, viel weinerlicher, als sie gewollt hatte. Susanne sagte auch gleich, dann mach ein Salzbad, heißes Wasser, Salz rein und inhalieren, weißt du, wie das geht? Ich bin doch nicht blöd, sagte Katja, ich bin doch kein Kleinkind mehr, und sie sagte, er wird gleich da sein, pass gut auf dich auf. Erst als Katja einhängte, wurde ihr klar, dass diese Frau angerufen hatte, obwohl sie wusste, dass Edgar nicht da war, und Katja dachte, vielleicht inhaliere ich doch, auch ohne Schnupfen, vielleicht hilft es auch gegen das.

Was machst du denn, rief Edgar, als er kam, du siehst ja ganz verquollen aus. Das kommt von dem heißen Dampf, sagte Katja, aber es ist totaler Blödsinn, hilft gegen nichts, schau mich nur an. Geht schon wieder weg, sagte ihr Vater mit beruhigender Vaterstimme, seine Augen strahlten, also schniefte Katja laut und zog die Nase hoch, du wirst doch nicht etwa krank, fragte Edgar übertrieben bedauernd, ich wollte dir nämlich gerade erlauben, die nächsten Nächte im Zelt zu schlafen. Katja schaute ihn wütend an, weil er genau wusste, dass dieses Angebot zu verlockend war, um nein zu sagen. Die ganzen Tage seit Samstag, nun gut, es waren erst zwei, hatte sie erfolgreich zu allem nein gesagt – Eis, Schokolade, Ausflug zum Zirkeltraining (fehlte gerade noch, dass sie das unterstützte) –, doch jetzt ging Edgars Rechnung auf. Katja war zu schwach, auch noch das Zelt auszuschlagen, ja, sagte sie, wütend auf sich selbst, aber dann schlafe ich gleich heute dort. Okidoki, antwortete Edgar, das war neu, Katja fand es ausnehmend dämlich, außerdem klang Edgar verdächtig froh, doch seine nächste Frage lenkte sie von diesem Gedanken ab: und wie kommst du aufs Inhalieren, hast du mit Susanne gesprochen? Ich kenne doch ihre Nummer gar nicht, sagte Katja schnell, du hast ja komische Ideen, warum sollte ich die denn anrufen, die haben wir doch nur einmal gesehen. Edgar trank seinen Nachkanzleikaffee und drehte den Fernseher an. Etwas Unterhaltung brauche ich auch, stöhnte er, den ganzen Tag nur gearbeitet, nur telefoniert. Aha, sagte Katja. Plato, froh, dass Edgar zurück war, schaute mit fern. Die olympischen Spiele spiegelten sich in seinen Augen. Dort wurden sie zu einem Schlitz.

Dann explodierten sie.

Die Taschenlampe weit vorgestreckt ging Katja auf das Zelt zu. Edgar hatte es ganz hinten im Garten aufgebaut, weit genug vom Haus entfernt, um seine Tochter glauben zu lassen, sie kampiere allein in der Wildnis, im Abenteuer. Selbst dass der Schlafsack nach Schweiß roch, gefiel ihr. Sie zog den Reißverschluss hoch und legte sich mit dem Kopf in den Eingang, um die Sterne hinter den Mücken und Faltern am Moskitonetz zu beobachten. Das feuchte Gras, die schon kühle Nacht. Die Nähe der Berge und ihrer Gletscher war zu spüren, das Wasser nicht weit unter der Erde. Tagsüber hingen Sommerfäden wie dünne silberne Haare in der Luft, abends krochen die Spinnen ans Haus. Das Knacken in Katjas Nähe konnte ein Marder sein, eine Ratte, ein Fuchs, es verschwand, kam wieder, jemand sprach, Katjas Erdkundelehrerin Scherbart, die sich üblicherweise wie ein mattes Glühwürmchen über die Statistik- und Heimatkundeseiten bewegte, stakte auf Plateauclogs durchs Klassenzimmer, gestreckt und mit ganz neuem Elan erklärte sie, dass Baron Coubertin die olympische Idee 1896 wieder belebt habe, dass 12 000 Sportler in 14 Tagen 1,1 Millionen Eier, 120 000 Semmeln und 17 000 kg Schinken zum Frühstück aßen, oh!, die armen Hühner, sagte jemand in Katjas Kopf, er sah aus wie Ricki, oh!, rechne im Kopf aus, wie viele Eier schon verspeist wurden und wie viele Hühner noch leben, Katja öffnete die Augen, Vögel zwitscherten, Tauben gurrten in den Dachsparren nebenan, oh!, diesen Lärm kannte sie, sie hatte verschlafen, musste sofort aufstehen, ab in die Schule, halt, Ferien, schon wollte sie zurücksinken, doch da war nur der Zeltboden, hart und feucht, und aufs Klo musste sie auch.

Kalt klebte das Gras an Katjas nackten Füßen, sie raffte das Nachthemd hoch. Johannisbeeren hingen in Kaskaden von poliertem Rot am Zaun, die Dahlien am Teich öffneten sich. Die Sonne, schon ein gutes Stück über den Horizont gestiegen, schien eifrig. Im Wohnzimmer war der Rollladen bereits hochgezogen, was Katja verblüffte, normalerweise machte sie das; noch mehr erstaunte sie, dass der Fernseher lief. Edgar stand im Schlafanzug davor, strubbelig, als könne auch er nicht schlafen.

Die ARD-Uhr zeigte 9.03 Uhr, der Tagesschausprecher, im Anzug wie immer, bewegte den Mund, gedankenversunken schaute Edgar darauf. Katja wunderte sich, ihr Vater noch im Schlafanzug, um neun? Das war nicht einmal olympianormal. Und Nachrichten, so früh? Edgar verschwand und erschien kurz darauf hinter der Durchreiche in die Küche wieder, von der Hüfte zur Brust. Im Fernseher zoomte die Kamera auf ein vierstöckiges Gebäude. Betontröge wölbten sich an der Fassade nach außen, in einem von ihnen stand ein Mann mit einer Zigarette in der Hand. Eine gestrickte Maske, wie Katja sie noch nie gesehen hatte, bedeckte sein Gesicht. Löcher für Augen und Mund. Katja beobachtete, wie Edgar eine Tasse Kaffee auf das Tablett in der Durchreiche stellte, seine Bewegungen kamen ihr traurig vor, warum war er noch hier?, vielleicht ging ihm ein schwieriger Fall durch den Kopf, seine Hand verschwand, kam wieder, stellte eine zweite Tasse neben die erste. Zwei Kaffeetassen, einträchtig nebeneinander in der Durchreiche. Jetzt ein Zuckerdöschen hinzu. Katja sah die Ärmel von Edgars Schlafanzug, dunkelblau mit hellgrünen Streifen. Wie beide Hände an den Rand des Tabletts griffen, sah sie, wie sie es hoben – für Sekunden waren Edgars Hüfte und ein Stück Bauch in der Durchreiche zu erkennen. Als er nach einer guten Minute noch immer nicht im Wohnzimmer aufgetaucht war, war endgültig klar, er trägt alles ins Schlafzimmer hoch, Kaffee, Zucker, zwei Becher – alles für zwei.

Der Fernseher lief weiter. Katja legte die Hand auf die Scheibe, eine Biene summte in der alten Rose neben ihr.

Später sollte Katja erzählen, dass sie an diesem Morgen sie selbst geworden war, die Kindheit zu Ende. Sie wusste, dass das eine Konstruktion war, die Konstruktion entsprach ihrem Bedürfnis nach einer klaren Grenze und Katja kam zupass, dass die Grenze ein Datum im kollektiven Gedächtnis trug, 5. September 1972, der dunkle Tag. Grenze, Schnitt: so kam sie dem drängenden Gefühl von damals nach. Ihr Vater war an diesem Morgen hinter der Wohnzimmerscheibe zwar real, aber ungreifbar, eine Art Plastik, wie der Fernsehsprecher hinter dem Bildschirmglas. Nicht anders Katja selbst, auf der Außenseite der Scheibe, für Edgar. Er sah sie nicht einmal.

Dafür sah sie noch immer überdeutlich die Biene, die – sich putzend – auf der Scheibe saß, die Pollenbeutel dick geschwollen, Katja konnte die schwarzen und gelben Haare fast einzeln erkennen. Sah noch immer den Sprecher. Noch immer den Balkontrog, die Dämmerung. Der Maskenmann zündete eine Zigarette an. Im Widerschein des Feuerzeuges glichen seine gewölbten Hände einem Lampion aus rosiger Haut. Er beugte sich über die Brüstung. Hinter ihm ging die Sonne auf, eine fahle Kameralinse. Tag und Nacht mischten sich.

Alles mischte sich. Susanne war im Haus, würde wiederkommen, Katja wollte das nicht, Susanne bemühte sich, am Ende fand Katja es nicht schlecht, dann doch wieder grässlich, eine Stiefmutter war immer böse, Susanne wurde nicht ihre Stiefmutter, aber war sie deswegen gut – für Edgar? Für sie? Böse und gut mischte sich mit schlecht und gut, überall kam ein Drittes hinzu, böse und gut und schlecht wurden Plastik, so erzählte Katja es sich später, aus dem Bedürfnis, Ereignisse zusammenzustecken, die in Wirklichkeit vielleicht ein paar Wochen auseinander gelegen hatten. Das waren, für einen Tag, viele Nachrichten auf einmal, private und öffentliche, und beide gingen sie etwas an. Katja wuchs, veränderte sich, daran, wie die Bilder nach ihr griffen, merkte sie es. Nicht nur die Tassen, auch der Fernseher, alles sagte: und was tust du?

Edgar verschwand. Der Apparat lief. Katja wurde erwachsen oder verlor die Kindheit, damals dachte sie noch, dass das das Gleiche ist, dass beides automatisch passiert, doch inzwischen wusste sie: das stimmt nur für den Verlust.

Und nicht einmal für ihn. Denn er findet nicht einfach statt, sondern wird zugefügt, und irgendwo, anderswo, ist er ein Gewinn, auch wenn das unsichtbar bleibt, oder zumindest ungreifbar, zunächst, und unbegreifbar manchmal auch. Exakt so stand der Mann im Balkon. Nichts weiter als ein Mann. Katja sah ihn, wie viele andere, wusste aber nicht, was er wollte, wer er war, was er bedeutete. Und oben lag Susanne im Bett, das sah Katja nicht, aber wusste es. Ob der Mann verlor, ob er gewann? Eine Zigarette dort; in Edgars Schlafzimmer der Kaffee. Und Katja, ohne alles, da unten im Gras: mit einem Schlag, in einem Augenblick, hat die Welt sich gedreht.

Katja erinnert: die Biene, den Balkon, die Zigarette, Edgars Hand.

Als Katja mittags mit Ute, einem jüngeren Mädchen aus der Nachbarschaft, nach Hause kam, saß Charlie vorm Fernseher. Ute begrüßte die Hausfrau mit Katjas Familiennamen. Charlie hörte, Katjas Freundinnen gegenüber, auf diesen Namen, sie war daran gewöhnt, als Frau Berewski zu gelten. Da keiner in Katjas Klasse ahnte, dass Katjas Mutter tot war, sprachen Schulfreunde Charlie automatisch so an. Bekamen die Berewskis eine neue Hausfrau, musste Katja die Freunde wechseln, das war bislang einmal passiert, es fiel mit ihrem Übertritt aufs Gymnasium zusammen, Katja machte sich damals große Sorgen, aber dann bemerkte kaum jemand die neue »Mutter«. Die Gedankenlosigkeit ihrer Mitschüler, auch deren Eltern, erstaunte Katja zuerst, verletzte sie sogar, schließlich aber freute sie sich, denn sie spürte, dass die anderen es nicht böse meinten, sie waren einfach unaufmerksam, alle waren unaufmerksam, nahmen fast alles hin, was man ihnen sagte, das wunderte Katja dann wieder, aber auf andere Art.

Charlotte zeigte ihre Besuchsmiene (»Frau Berewski«, ohne Schürze), brachte Limonade und Kekse. Auf dem Bildschirm beugte sich schon wieder oder noch immer jemand in einem gelben Rollkragenpullover, Strickmaske überm Gesicht, mit jugendlich geschmeidigen Bewegungen über die Brüstung des kastenförmigen Balkons. In der Betonschale wirkte das Gelb des Pullovers erstaunlich lebendig. Kurz nach 13.00 Uhr, Ultimaten (ein neues Wort für Katja) waren gestellt, verstrichen, neu gestellt. Die Kamera zeigte Leute, die sich hundert Meter von den Geiseln entfernt am Nadisee sonnten. Plato lag, Augen fest geschlossen, auf seinem Lieblingsplatz, die Sonne spielte in seinem Fell. In der Conollystraße näherten sich drei Männer, begleitet von zwei Köchen, die Körbe trugen, der blauen Eingangstür der Nummer 31. Der eine in Zivil war dick und groß, Genscher, sagte Charlotte, unser oberster Innenminister. Der aus Bonn, erklärte Katja für Ute. Die saß mit feierlich ernstem Gesicht vorm Bildschirm, man sah ihr nicht an, was sie verstand, was nicht. Zum ersten Mal kam Katja diese Art fernzusehen kindlich vor. Natürlich, sagte der Nachrichtensprecher, sind die Köche verkleidete Polizisten. An der Tür erschien einer der Männer vom Schwarzen September, ein Freischärler, ergänzte der Reporter, ein Fedajin, Kämpfer für Freiheit. Mitglied der Gruppe Schwarzer September, einer extremistischen Bewegung innerhalb der PLO, die heute Morgen im olympischen Dorf zugeschlagen hat. Niemand wisse, wie viele Fedajin sich in der Conollystraße 31 befänden. Von acht mindestens gehe man aber aus. Schwarzer September heiße die Gruppe im übrigen, um an den blutigen September vor zwei Jahren zu erinnern, als Hussein, König von Jordanien, einen Aufstand palästinensischer Flüchtlinge niederschlagen ließ. Der Reporter war nicht zu sehen. Der Fedajin genannte Mann trug einen hellen Leinenanzug, das Gesicht fleckig schwarz gefärbt, wie mit Kaffeesatz. Die Köche mussten die Körbe abstellen, der Nachrichtensprecher sagte, dieser Terrorist, Issa, habe die Finte anscheinend leider doch wider Erwarten oder zumindest gegen alle Hoffnung sofort durchschaut und verkündet, die Köche dürften nicht ins Haus. Zudem würden er und seine Männer nichts von der angebotenen Nahrung zu sich nehmen, sie aber gern an die Geiseln weitergeben. »Gern«, solle er gesagt haben, er spreche sehr gutes Deutsch. Katjas Deutsch war anscheinend schlechter, das Wort »Geiseln« kannte sie nur aus dem Religionsunterricht, dort war es eine Tätigkeit. Als Bezeichnung für eine Person kam das Wort ihr hässlich vor, wie »Spore« im Biologieunterricht, wie etwas Aufgegebenes, schon Verlorenes fast.

Als Ute gegangen war, begann Charlie, das Haus zu säubern. Katja hörte den Staubsauger über sich, in Edgars Schlafzimmer, und dachte an Susanne. Aus dem Fernseher zischten die Geräusche des Stadions, wie sie auch in der Straßburger- (oranger Kreis), Nadi- (lindgrünes Dreieck) und Conollystraße (hellblaue Raute) zu hören waren. Stöhnen, Rufen und Applaus. Auch alle in der Conolly 31 hörten es. Die Spiele gingen weiter. Die Sendung schaltete Volleyball Geiseln Volleyball Geiseln – die Mannschaft der DDR sei so freundlich gewesen, ihre Räume den Fernsehteams zur Verfügung zu stellen, die Freischärler hätten eine Liste mit 200 Namen von Gefangenen übergeben, auch Meinhof stand darauf, Ulrike, da kam der Name wieder – Katja dachte an Susanne. Über ihr war es still geworden, Charlotte räumte vermutlich die Tassen weg – Katja dachte an Susanne. Die Sendung schaltete Dressur Geiseln Volleyball Geiseln Dressur Geiseln Spitzinterview (Marc Spitz, schweigsam, unruhig, in einem gelben Rollkragenpullover), schaltete Weitsprung, zwei Frauen lagen sich in den Armen, die Gesichter ineinander vergraben, man konnte nicht erkennen, ob sie lachten oder weinten – Katja dachte an Susanne. Immer wieder stand da der Maskenmann im Balkon, fahles Licht hinter sich – Katja dachte an Susanne. Jedes Mal, wenn sie die erste Aufnahme sah, den schlanken Fedajin, die Zigarette, stand sie selbst erneut an der Scheibe und wucherte an dem Bild von Edgar entlang. Katja dachte an Susanne, und Charlie räumte, ganz lautlos, noch immer auf, was nicht aufzuräumen war. Susanne.

Drei, dachte Katja, Vater, Charlotte und ich. Nur wir drei. Vielleicht auch wir drei, Vater, ich, Charlie. Deren Vorgängerin hatte hervorragende Erdbeertorte gemacht, doch dann war eines Abends die kleine bunte Glasvase weg (Edgar hatte sie mit Marlene in Venedig gekauft). Die Hausfrau heulte, Edgar fluchte. Er hasste es, wenn etwas verloren ging, noch mehr hasste er, wenn etwas einfach verschwand. Das konnte es nicht geben, also durfte das auch nicht sein. Es war aber doch. Schon schwoll die Ader auf seiner Stirn. Gekrümmt wie die Donau lief sie vom Haaransatz zur Nasenwurzel. Alles in seiner Umgebung sollte bleiben wie es war. Drei, nicht mehr, dachte Katja. Auch Edgar selbst wollte sich immer weniger bewegen. Das lag wohl an der Flucht, zwar sprach er selten davon, doch sie machte ihn immer sesshafter. An Besitz dachte er, Besitz wahren und an Katja vererben. Wie eine Napfschnecke hatte er sich an die Vergangenheit geklebt. Und da war Susanne erschienen. In Katjas Gedanken sah sie aus wie eine Napfschnecke, an Edgar geklebt. Jeder Gedanke bog dorthin ab. Edgar war ohne Susanne schon gar nicht mehr zu sehen.

Die Spieler heulten, das Publikum schrie. Von oben kam noch immer kein Geräusch. Vermutlich faulenzte Charlie auf einem der Betten. Egal. Katja würde auf keinen Fall hochgehen und nachsehen. Sie versuchte jetzt, an ihren Vater und sich zu denken, nur sie zwei. Im vergangenen Herbst war Charlie einmal für eine Woche ausgefallen, weil sie ihre Schwester pflegen musste. Edgar und Katja besuchten sie in ihrem Dorf, aus Neugier, und Höflichkeit. Sie wohnte in einem geduckten Haus mit Milchschemel, eisernem Kohleofen und einem großen Kreuz in der Stube, mit Schwester, Schwager und Vater. Hühner scharrten im Hof, ein mickriger, aber laut krähender Hahn stand auf dem Mist. Es stank. Charlotte empfing sie, auf den hölzernen Stiel eines Besens gestützt, in der Tür. Die Schwester, jünger, lehnte neben ihr. Große fiebrige Augen, auf einem ein blauer Fleck. Sie hatten Felder, aber der Bauer war krumm von der Gicht; auch Kühe hielten sie kaum mehr. Neben der Schwester stand ein alter, bemalter Schrank, den Edgar taxierte, ohne etwas zu sagen. Katja und er hatten eine Torte aus der Konditorei gebracht, die hockte nun bunt und fremd auf dem Tisch. Der Schrank wäre hübsch bei Ihnen im Wohnzimmer, sagte Charlotte. Nach einer Stunde brachte sie den Besuch wieder hinaus, der Himmel war blauweiß, wie in einem Prospekt, doch aus einer der fluffigen Wolken stieg ein Jet steil nach oben. Lufthansa nach Kairo, sagte Charlotte. Sie kannte alle Maschinen auswendig, sechs Uhr abends, man konnte die ausgefahrenen Räder zählen, Katja war begeistert. Edgar sagte, vielleicht fliegen auch wir bald. Ausgeleierte Drahtseile, quer über die Straße gespannt, schaukelten im Wind. Nach dem lauten Krach war der Himmel nun wieder leer. Die weiße Spur des Kondensstreifens erschien mit beängstigender Lautlosigkeit.

An guten Tagen gehörte Plato dazu. Er lag auf dem üblichen Platz, halb den Fernseher, halb Katja im Visier. Sie hatte den Ton fast ganz heruntergedreht. Charlotte saugte jetzt im anderen Teil des Hauses. Katja tat der Kopf weh, der Hals, weh die Stelle, an der das Herz sich versteckt. Das kam vom Schlafen im Zelt. Ja, bestimmt! Wovon denn sonst! Sie setzte sich aufrecht hin. Um 4.10 Uhr, flüsterte der Sprecher ins Staubsaugergeräusch, hatten Postboten Männer beobachtet, die über den Zaun des

Olympiadorfes kletterten, eine große Gruppe, amerikanische Lautfetzen habe man gehört, Lachen. Das könne man sich vorstellen, sagte der Sprecher. Nicht vorstellen könne man sich, was dann geschehen sei oder noch geschehe. Etwa wie es in dem Zimmer aussehe, in dem die inzwischen auf neun gezählten noch lebenden Geiseln säßen. Vermutlich gefesselt. Zwei bereits erschossen. Die Zahl der Geiselnehmer sei weiterhin ungewiss. Plato stemmte die Beine gegen die Rücklehne des Sofas, atmete ruhig. Ob der Mann in der Maske schwitzte? Es war warm.

Katja klebte an den Fernsehbildern und sah doch fast nichts, denn alles wiederholte sich. Erst als Charlie hereinkam, stand sie auf. Doch auch in der Küche fand sich nichts Interessantes, Katja wollte schon gehen, da fiel ihr Blick auf die Thermoskanne. Mittags bereits brühte Charlie den Kaffee auf, den Edgar trank, wenn er aus der Kanzlei kam. Katja nahm eine der Tassen vom Morgen, sie standen zum Abtropfen neben dem Becken, füllte sie halb, warf mehrere Stücke Zucker hinein, stürzte das schwarze Gebräu hinunter, ahmte Edgar nach. Fünf Minuten später flimmerte ihr Körper von innen, aus ihrem Magen stiegen Blumen auf wie aus japanischen künstlichen Muscheln, giftig, doch schön gefärbt, ihre vor Erregung zittrigen Köpfe reckten sie nach oben, Katjas ganzer Körper zog sich zusammen, dehnte sich, fast musste sie sich übergeben, sie lief die Treppe hinauf, jetzt hatte sie den Mut dazu. Starrte auf Edgars Bett, alles wie sonst, alles anders, schlug die Tür zu, rannte zurück, setzte Wasser für einen weiteren Kaffee auf – wartete. Zischeln, zischen, brodeln. Charlotte sah fern, die kam Katja nicht in die Quere, mit leisen Rufen lockte sie Plato an. Bevor der Topf pfiff, nahm sie den Deckel ab, brühte das Pulver im Filter auf – wartete. Wartete sogar, bis die dunkelbraune Brühe nicht mehr kochendheiß war, aber noch heiß, heiß wie der Morgen in Katja, wie das Blut in Katja und dem Kater, der gierig um ihre Füße strich, das verfressene Vieh, die ganze Welt ist verändert, hatte der Reporter gesagt, eben, dachte Katja, und schüttete die heiße dunkle Brühe über Plato aus. Weil sie selbst nicht so hoch war, kam der Kaffee schnell auf dem Kater an, das spritzte nicht sehr. Eine Sekunde herrschte absolute Stille – Katja hörte das Ticken der Wanduhr, der Kaffee fiel langsam, sie sah, wie er auf das Fell traf, einsickerte, auf Platos Rücken und hinter den Kopf, jetzt erst quietschte Plato, noch leise – vor Entsetzen, Unglauben – schrie dann auf, drehte auf allen vier Pfoten, flüchtete, flüchtete panisch, heulend, zischend wie eben noch der Wasserkessel, ins Wohnzimmer, an Charlotte vorbei über den Teppich in den Vorhang an der großen Scheibe, krallte sich fauchend hinein – schrie herzzerreißend – und tropfte. Plato, normalerweise weißgrau, nun graubraun, schrie wie ein Kind. Nass und klein hing er im Stoff, umrahmt von Kaffeespuren. Tatsächlich: braune Spritzer überall, auf dem Weg von der Küche, im Vorhang. Und aus dem Kater kamen noch mehr, denn gekrallt in den Vorhang versuchte er, sich zu schütteln, und als er Katja sah, fing er noch lauter zu fauchen an. Erbärmlich, ein tropfendes Wassermonster, nur mehr halb so groß wie sonst, in den Stoff gekrallt, Katja lachte, Charlotte saß offenen Mundes auf dem Sofa, bei Katjas Lachen glomm ein erkennendes Funkeln in ihren Augen auf. Katja hielt Charlies Blick stand. Dann wussten sie es eben beide. Wie sie beide von Charlottes Art und Weise wussten, den Kater zu quälen, indem sie ihm die schönsten Leckerbissen so schnell hinwarf, dass er mit dem Fressen nicht mitkam, er überschlug sich dann fast, schlang, würgte, oft kotzte er alles wieder aus. Charlie nannte es: die Katze tanzt. Katja hatte, was daran Spaß machte, nicht wirklich verstanden. Jetzt schon. Jetzt sah sie, dass Charlotte so vorging, um es sich mit Plato nicht zu verderben. Charlotte war raffinierter als sie. Deren Quälerei durchschaute Plato nicht. Katjas schon. Darüber hatte sie vorher nicht nachgedacht. Ich räume das nicht auf, sagte Charlotte. Sie schauten sich noch immer an. Charlotte verstand mehr von Tieren;

doch Katja war hier die Tochter. Er muss nicht zum Tierarzt, sagte sie selbstsicher. Ein bisschen etwas hatte sie eben doch überlegt. Charlotte zuckte die Schultern, als wäre ihr das egal. Ich bin schweigsam, schob Katja nach, aber über Tänze reden macht mir auch Spaß.

Sieh an. Charlotte räumte auf.

Stunden später kam Plato vom Vorhang, tagelang schleckte er sich. Der leichte braune Schimmer in Fell blieb ein halbes Jahr. Kaffeetanz, sagte sich Katja, nur ein Experiment, mit etwas körperlichem Schmerz. Der Kater krallte den Vorhang kaputt, und ihr machte es Spaß. Unter normalen Umständen hätte man sich daran als »Tag, an dem der Kater den Kaffeepott umwarf« erinnert. Edgar jedenfalls. Aber Edgar erinnerte sich an diesen Tag sowieso anders. Und auch für den Rest der Welt war es ein Tag, an dem etwas wie ein plötzlich kaffeebrauner Kater einfach unterging. Eben damit hatte Katja gerechnet. So kam sie davon.

Und zahlte doch dafür.

Plato lief wochenlang weg, wenn er sie sah. Jahrelang war er vorsichtig, kaum hob sie eine Tasse. Sein Leben lang ließ er sich von Katja nur mehr streicheln, wenn sie, die leeren Hände ausgestreckt, lockend auf ihn zuging. Edgar schrieb dieses merkwürdige Verhalten der Alterssenilität des Katers zu. Charlie strich sich über die weiße Schürze (die sie trug, um auszusehen wie eine richtige Hilfe bei einem Rechtsanwalt) und schwieg. Alles was still war, gefiel ihr. Deswegen mochte sie Blumen (jedes Frühjahr quoll der Garten der Berewskis von Osterglocken fast über, weil die Frau im März gestorben war), deswegen mochte sie Katzen, deswegen mochte sie Katastrophen. Eine ordentliche Katastrophe ließ die Leute zwar mehr reden, aber innen machte sie stiller. Manchmal jahrelang. Jahrelang spürte Katja, wenn sie Plato schließlich doch berührte, die Wachsamkeit seiner Muskeln, Nerven und Knochen unter dem flauschigen, allmählich wieder weißgrauen Fell.

8

(Stummes Intermezzo, 5. September 1972, Nachmittag)

Auf den Bildschirmen der gesamten Fußgängerzone spiegeln die Betonschalen der Conollystraße von Licht. Unverschämt, mitleidlos schön. Die Kaufingerstraße enthält die Conollystraße, in der Kaufingerstraße, auf Höhe der Bildschirme, liegt die Conollystraße, in der Kaufingerstraße liegt das Haus Nr. 31, streckt und wiederholt sich, sich selbst immer gleich, alle 50 Meter, alle 50 Meter die Geiseln, die Attentäter, die Polizei, die Ratlosigkeit – bis hinauf zum Marienplatz.

Dort wehten die Fahnen wie schon seit elf Tagen, dort flutete Sonnenlicht über die Steine, von jeder Seite schien es zu kommen, durch die Schneisen der zuführenden Straßen gebündelt, zusammengefasst auf dem Platz. Ein blitzender Tag, nicht scharf, nur klar. Die Menschen, olympisch viele, schwitzten, stauten das Nachmittagslicht in sich auf, trugen es mit in Kleidungsfalten und Hüten, Taschen und Plänen. Alle Stühle an der Mariensäule waren besetzt, weiße drahtige Stühle, unbequem, doch extrem begehrt. Die Säule selbst schlicht, elf Meter hoch, ein Monolith aus rötlichem Marmor, obenauf die vergoldete Maria, mit Kind. So etwas stellte man nicht einfach auf die Erde, Maria stand auf einem Podest, das auf der roten Marmorsäule stand, die ihrerseits auf einer eckigen Säule aufsaß, die auf einem dicken altarförmigen Quader thronte, den Steinplatten ummantelten und zu guter Letzt ein Steinzaun umschloss. Lang war der Weg zur Erde hinab. Alles, was der Zaun umfasste, galt als heiliger Bezirk. Auf den Ecken des ersten Steinpodestes kämpften vier feiste Putti eine Schlange, einen Löwen, einen

Basilisken und einen Drachen nieder. Die gewundenen, in Stein gehauenen Körper der Tiere reckten sich kläglich über den Köpfen derjenigen, die einen Stuhl an der Balustrade ergattert hatten, wurden jedoch nicht beachtet. Der Mann unter dem bereits besiegten Löwen, der nur noch einen etwas hilflos wirkenden Fischschwanz reckte, hatte die Beine übereinander geschlagen und wippte ununterbrochen mit dem in der Luft hängenden Fuß. Nervös drehte er eine rote Thermosflasche auf. Alle anderen dösten, alles wirkte wie am Vortag. Allein die Bilder von den Bildschirmen sahen nicht mehr recht sportlich aus. Oder sportlich nur in einem seltsamen Sinn, denn Sportler waren zu sehen, jeder aber erkannte sofort: das war verkleidete Polizei.

Das Gold der Maria funkelte zum Himmel. Das Metall des Zauns am Olympiadorf blendete von den Bildschirmen. Ein blitzender Tag, erstaunlich warm für die Jahreszeit. Neben dem Zaun lockte das Blau des Nadisees, Badende, Lachende wurden gezeigt. Und wieder das Haus. Leute planschten mit den Füßen im Wasser, während neben ihnen die als Sportler verkleideten Polizisten auf das Dach der Nr. 31 krabbelten, Gewehre im Anschlag. Einer trug einen Cowboyhut. Das sah nicht nur dilettantisch aus.

Der Fuß wippte. Passanten, vorwiegend Frauen, einige trugen Dirndl, ein Junge kam in fransig über den Knien abgeschnittenen Jeans, legten Blumensträuße am Säulenzaun nieder, dort, wo Maria ins Tal blickte. Astern und Rosen. Die Frauen knieten halb, wie in der Kirchenbank, manche küssten das goldene Kreuz an ihrem Hals. Hier machte man sich klein, ein paar Meter weiter machte man sich länger, um »die arme Polizei« zu sehen. Wahnsinn, rief einer, die Sportler haben doch alle Fernseher im Zimmer! Eine Frau sagte, des woaß jeda, dös hams uns scho xmoi erzählt. Andere zuckten die Schultern, gehen die Spiele jetzt weiter?, nein!, ja!, was, im Oktober?, einer aß ein Eis, der nächste schimpfte, ihren Krieg da unten lassen solln's, bleiben, wo's hinghörn.

15 Minuten später wirkte das Rathaus noch immer wie ein mit der Schere ausgeschnittenes Stück seiner selbst, schief aufs Pflaster geklebt. Die Stadt hatte ein Loch. Zwei Israeli waren am Morgen bei der Geiselnahme erschossen worden, neun wurden gefangen gehalten, die Stadt hatte ein Loch. Mit jeder Minute wurde es tiefer, in jeder Minute verging das Ultimatum, irgendein Ultimatum – noch 15 Minuten, noch 10 – lief und war vorüber. Da war man froh, wenn nichts passierte, ein neues Ultimatum begann, zugleich war man bedrückt. Nun saßen die Männer auf dem Dach, alle 50 Meter die gesamte Kaufingerstraße hinauf und herunter, jeder konnte es sehen. Wie die Freiheitskämpfer im Zimmer der Geiseln auch.

Die Blumensträuße lagen auf dem Boden und hatten Durst. Blumen schauten augenlos in den Himmel. War das schlimm? War es gut? Der Mann mit der Thermosflasche steckte, als schäme er sich mit einem Mal, hastig die Kanne weg und stand auf. Alle anderen platschten ungerührt über den Platz. Ja, wie in Wasser geworfen, so dick war die mit Hitze aufgeladene Luft. Erstaunlich viele schienen nicht zu wissen, was geschehen war, Touristen, die nicht fernsahen, die Sprache nicht verstanden, nicht die Zeitungsverkäufer beachteten. Die liefen, Schlagzeilen ausrufend, eifrig umher. SZ Extra-Blatt, 10 Pfennig, News in English, Page 4, das Geschäft des Jahres. Leute, die die Ausgabe gekauft hatten, schauten zu Boden oder in die Luft, als suchten sie etwas. Die Stadt hatte ein Loch, stand und hatte ein Loch, stand und war doch umgekippt.

Der Mossad ist da, sagte einer.

Ein anderer: nie gibt Israel nach.

Schon sitzt eine dicke Frau in bunten Shorts auf dem Stuhl des Thermosmannes. Weil es ein komplizierter Tag ist, dürfen die einfachen Annahmen einmal wahr sein, Israel wird nicht nachgeben, und die Frau, die sich wundert, wie viele Zeitungsverkäufer in Old Germany über einen Platz laufen – wie in einem 30er-Jahre-Film, und ein paar Überschriften sind sogar rot gedruckt – kommt aus Carlisle / USA.

Sie wenigstens staunt die vier Steinskulpturen an, den dürren Drachen, den hühnerköpfigen Basilisken, die noch kämpfende Schlange, den Löwen. Ihn erkennt sie am besten, *symbolizes war*, steht in ihrem Reiseführer. Vielleicht findet sie jemanden, der ihr erklärt, was die Schlange bedeutet, vielleicht der mittelalte Mann, der jetzt an die Säule tritt, mit dem kleinen Strauß Veilchen, die dieselbe Farbe haben wie seine Augen. Kurz trifft sich ihr Blick, der Mann lächelt, aber sein Interesse gilt nur dem Drachen, nun geht er sogar ein paar Schritte um ihn herum, um ihn von allen Seiten zu betrachten. Einen Flügel spreizt das Tier ab, er sieht aus wie ein gefiedertes Herz, darunter sind die Rippen zu erkennen, ein peitschender Schwanz. Die Amerikanerin streckt die Beine aus. Den ganzen Tag ist sie gelaufen, nun gefällt ihr, dass die Stadt sich still um sie bewegt, obwohl doch so viele Leute reden, schauen, einkaufen. Immer wieder entdeckt sie Gruppen anderer Touristen, denen sie zuwinken kann, egal, woher sie kommen, sie winkt ihnen gern, das ist Olympia, doch jetzt schließt sie erst einmal die Augen, ruht.

Es ist Edgar, der all dies wahrgenommen hat, Edgar auf seinem blitzschnellen Weg von der Kanzlei zum Blumenladen neben der Theatinerkirche und zurück. Edgar, verliebt. Und die Welt ist hell, sonnig, präsent. Alles ist da, auch wenn es nicht schön ist. Überdeutlich das Licht, die Wärme, jedes Bild. Edgar durchblutet, aufgekratzt. Der Drache ist ihm zum ersten Mal aufgefallen. Er weiß nicht, worüber er sich mehr wundern soll: dass er ihn bislang immer übersehen hat – oder dass er ihn heute bemerkt? Wehren kann er, Edgar, sich gegen nichts. Fast hört er die Steine reden, die Luft singen, die Fahnen erzählen. Was für ein schönes Tier der Drache ist, hautig wie eine Echse. Feste große Klauen, die vierte abgestreckt, als wäre sie ein Daumen, am liebsten griffe er danach. Darüber züngelt eine schmale Zunge weit aus dem zahnbewehrten Maul.

Blumen für Susanne wollte er besorgen, doch ohne Blumen ist er zurück. Astern, Rosen liegen an der Säule, auf dem Weg in den Laden hat er es entdeckt. Da kann er ihr keine kaufen. Nicht heute. Er kommt sich unanständig vor. Er schämt sich seines Glücks. Ist trotzdem glücklich. Ist glücklich über das Glücklichsein. Und hat Angst darum. Der Junge neben ihm lutscht einen Lollie in Form der fünf olympischen Ringe. Edgar bückt sich, legt die Veilchen an die Balustrade. Klein sollte der Strauß sein, blau ist er wie die Hoffnung. Er steht rasch wieder auf, wischt sich die Hand an der Hose ab, feucht von den Blumen. Von Verlegenheit auch. Nicht, dass er gläubig wäre, nein, aber heute ..., alles scheint möglich, er musste etwas tun, keiner sieht ihn hier. Für einen Augenblick schließt er die Augen, betet vielleicht, er, der rationale Anwalt, der Mann der weltlichen Gerechtigkeit, betet, denkt an Katja, Marlene, an Susanne, an seine Eltern, holt tief Luft. Erwartet, dass es unter den geschlossenen Lidern dunkel wird, in die eigene Dunkelheit will er sich zurückziehen, für ein paar Sekunden wenigstens, aber die Sonne scheint ihm ins Gesicht, rötliche Teilchen treiben vorbei, wolkig, schlierig, er reißt die Lider wieder hoch.

Als er geht, sieht Edgar aus dem Augenwinkel, dass ein Polizist vom Dach krabbelt. Alle 50 Meter krabbelt ein Polizist vom Dach. Die Betonschalen der Conollystraße spiegeln geradezu unverschämt. Darunter laufen Kellner, Biergartenbänke und -tische sind aufgestellt, aus den Krügen regnen Dolche von Licht. Edgar beschließt, Susanne sofort aus der Kanzlei anzurufen. Erst vor drei Tagen haben sie sich hier nach dem Stadionbesuch verabschiedet! Er dreht sich auf den Platz zurück. Eine trostlose betäubte Nachmittagssonne, ein kleines, in der zweiten Hälfte des Tages schwebendes Nirwana, trifft exakt auf die Spitze der Säulenmaria. Die Vergoldung funkelt grell auf. Der Himmel darum wirkt zart und leicht verblüht.

9

(Heimôdili)

Issa, sagte Christa. Das war das erste, was Katja hörte, Linda umarmte sie, Jozefs und der Krügerin Stimmen kamen aus dem Wohnzimmer, Issa, sagten auch sie zögernd, sagten sie wütend, sagten sie mit Staunen, sagten sie einmal fast lachend, sagten sie abschätzig, sagten sie inzwischen ständig, die Bilder des Tages wiederholten die Wiederholung, Issa, rief jemand, sie duzten ihn, Issa, sangen den Namen geradezu, als wäre er ein Billett, Beweis des Verständnisses, Issa, beschworenes Pfand.

Abendessen bei den Großeltern: Edgar, Katja, Elsbeth Krüger und Christa, eine Bekannte von Linda, 20 Jahre jünger, ohne Familie. Auch im Winter trug sie kurzärmelige T-Shirts, so dass man ihre muskulösen Arme bewundern konnte, sie spannte Bizeps und Trizeps und zeigte die erdigen Finger (sie arbeitete in einer Gärtnerei). Ihren blaugrauen Käfer mit roter Haube, die sich über den Motor wölbte wie eine große herausgestreckte Zunge, fand Katja toll. Jozef lächelte seiner Enkelin zu, doch blieb traurig um den Mund. Elsbeth Krüger im Ohrensessel seufzte, stimmt, Jozef, es sind doch immer die Menschen. Schicksal ist vermutlich nichts anderes als aufgeblasener Zufall. Christa fuhr sich mit einem Tempotaschentuch ins Gesicht und murmelte etwas, das ganz wie »selber aufgeblasen« klang. Andere Frauen hatten Spiegel und Lippenstift in der Handtasche. Christa trug ein Tempo in der Hosentasche, so weit ging sie. Nur Edgar sah gut aus, geradezu erholt. Seinem Blick wich Katja aus.

Die Fenster standen halb offen, entblößte Frauenarme berührten bedeckte Männerarme, aus einer der Nachbarwohnungen hörte man Rockmusik. Jozef, hatte die Krügerin gesagt.

Doch keiner außer Katja schien das zu bemerken, nicht einmal Jozef selbst, der stand neben seinem Sohn, mit geröteten Wangen, Edgar arbeitete schließlich den ganzen Tag, und er – Jozef holte Luft –, er hatte jetzt einen Vorsprung, rief, die Aktion auf dem Dach wurde zum Glück eingestellt! Edgar hob die Augenbrauen, die Polizei wird schon wissen, was sie tut, sagte er beruhigend, Genscher ist angereist und auch jemand aus Tel Aviv. Ja, sagte Linda, der Chef des Geheimdienstes Zwi Zamir und ein Kollege. Alle, bis auf Elsbeth Krüger, die sagte, ich bin zu müde zum Essen, saßen nun am Abendtisch. Der Fernseher stand stumm auf einem kleinen Tisch unter der Wanduhr (Gold mit Pendel). In der ihm gegenüberliegenden Zimmerecke warteten Sofa, Sessel und Couchtisch. Es folgte ein kleines Bücherregal, versteckt hinter einem Vorhang und dann, in der dritten Zimmerecke, Jozefs Schreibtisch. Der Esstisch stand in der Mitte des Raums. Katja nannte das großelterliche Wohnzimmer die Tischversammlung. Auf der Couch bauschte sich Lindas rosa Stickwolle, der graue Bildschirm knisterte leise, Edgar schaute stirnrunzelnd erst seine Mutter, dann seinen Vater an: sagt mal ihr beiden, habt ihr etwa den ganzen Tag ferngesehen!?

I wo, rief Linda sofort – ein auffälliger Bavarismus aus ihrem Mund, aber vielleicht hängte manches sich fest, weil es praktisch war – ich habe Radio gehört, sagte Linda, und das beste Radio war Jozef. Sie grinste, ihre weißen Zähne, die ein bisschen wie Mäusezähne aussahen (daran war der Zahnarzt schuld) blitzten zwischen den erstaunlich glatten Lippen.

Jozef war nämlich heute Nachmittag in der Bibliothek.

Ah, sagte Edgar, da haben wir es! Auch Christa schaute auf Jozef, jetzt kam er ihnen nicht mehr aus. Ständig stritt er ab, in Bibliotheken zu gehen, angeblich wusste er nicht einmal, wo eine war. Jaja, sagte Jozef, ich war in der Stadtbibliothek, ihr fragt mich ja dauernd danach, also weiß ich, dass es sie gibt.

Edgar lachte hell auf, auch Katja musste grinsen, das war

schließlich das Familienspiel: Jozefs Mantra finden. Bisher war das niemandem gelungen, im *Büchmann* stand es jedenfalls nicht, Jozef behauptete auch steif und fest, das ist mir ganz von selbst eingefallen.

Und all die anderen Sprüche: »Geschichte möchte die ganze Zeit lehren, findet aber keine Schüler!« »Geschichte ist am schönsten, wenn man nicht daran denkt.« »Wenn wir alle Geschichte könnten, gäbe es Geschichte nicht« – auch selbst ausgedacht?

Schon gut, Jozef, sagte Christa, ich mein ja nur.

Einmal waren sie ihm auf die Schliche gekommen. Jozefs Witz »Wenn wir alle nur über die Teile von Geschichte sprächen, die wir verstehen – das Schweigen wäre erdrückend«, war Robert Lembke, leicht abgewandelt. Doch Jozef lächelte nur spitzbübisch und schwieg. Wie jetzt.

Katja stand auf, bückte sich unter den Fernseher: ja, er war warm! Was machst du?, fragte Edgar, Katja aber redete nicht mit ihm, zu Linda sagte sie, ich dachte, da liegt ein Ohrring, und stand wieder auf. Elsbeth schaute Katja an, als bemerke sie sie erst jetzt, sie wirkte müde. Ihr Sohn, sagte sie aus den Tiefen ihres Sessels zu Linda, arbeitet seit Tagen, als trinke er jeden Morgen 100 Liter Kaffee, er hat mich abgehängt, heute hat er es endgültig geschafft. Edgar schaute halb geschmeichelt, halb betroffen, Linda hakte gleich ein, du siehst wirklich so aufgeblüht aus, was hast du denn gemacht? Na, gearbeitet, antwortete er, was glaubst du, bis auf eine kurze Pause, Gang über den Marienplatz, unheimlich genug.

Christa strich noch immer die Butter auf ihrem Brot hin und her. Ich war draußen, in der Sonne, und habe es erst auf der Heimfahrt im Radio gehört.

Sie war stolz auf das Radio in ihrem VW, selbst die Countrymusik auf AFN kam mühelos herein. Moshe Weinberg und Yossef Romano sind tot, sagte sie, und die anderen heißen Gutfreund, Berger, Friedman, Springer, Spitzer. Warum wiederholst du das?, fragte Linda. Christa legte ihr Brot auf den Teller zurück, zuckte die Schultern: ihre deutschen Namen.

Dazu sagte niemand etwas. Katja verstand. Manchmal rutschte den Erwachsenen eines ihrer Gespräche in so eine Pause hinein. Kein Wunder, dass es auch heute passierte. Heute passierte alles.

Wie bei einer Kasperleaufführung, sagte Jozef, um das Schweigen zu überbrücken, und malte aus – für Edgar, den Unwissenden –, wie die Schaulustigen in der Nähe der Conollystraße und die auf dem Schuttberg am Nachmittag angefangen hatten, den Polizisten auf dem Dach taktische Ratschläge zuzuschreien. *Operation Sonnenschein*, rief Jozef empört, völlig inkompetent. Da hätte es die Fernseher, die alles verrieten, gar nicht gebraucht! Elsbeth nickte. Von Abneigung zwischen Jozef und ihr war wahrlich nichts zu spüren. Christa rief, irgendjemand bemerkte zufällig, dass *Sonnenschein* aus dem gegenüberliegenden Haus, dem DDR-Quartier, live übertragen wurde und auch die Geiselnehmer es sahen. So kam das?, sagte Edgar und stand auf. Katja war die einzige, die noch aß. Die Fernseher sind S-t-a-n-d-a-r-d-a-u-s-s-t-a-t-t-u-n-g – Christa klopfte mit dem Finger auf den Tisch – in jedem Zimmer.

Issa kam heraus und schrie, sagte Jozef.

Da waren sie wieder bei seinem Namen angekommen, als wäre er ein Schlüssel, ein Halt, ein Codewort, um teilzunehmen und etwas zu ändern, aber nichts änderte sich.

Das hat es früher nicht gegeben, murmelte Linda.

Nana, rief Edgar, der im Abendlicht am Fenster tatsächlich fünf Jahre jünger aussah, oder zehn, Katja war sich im Einschätzen des Alters bei Erwachsenen unsicher. Ihr selbst habt doch erzählt, sagte ihr Vater, wie sich die Leute am Straßenrand schubsten, wenn eine Kutsche umgefallen war, das Pferd verheddert und ordentlich Chaos und Blut!

Edgar, sagte Linda, nun übertreib mal nicht.

Edgar seufzte, ich habe den ganzen Tag gearbeitet, da tut mir Übertreiben gut. Außerdem rauche ich nicht mehr, Mutter, stell dir vor!

Den ganzen Tag gearbeitet und die Nacht nicht geschlafen, dachte Katja und schaute Edgar verstohlen an.

Seit wann denn das?, rief Linda.

12 Stunden – er wühlte in seiner Hosentasche, zog ein Tabakpäckchen heraus, aber anlangen muss ich es!

Also, mir tut er Leid, trompetete Jozef.

Was?, wer?, sagte Christa, die gedankenverloren auf die von ihr selbst mitgebrachten Blumen schaute, die Linda auf den abgeräumten Abendbrottisch zurückstellte. Weiße und rote Schmuckkörbchen, zart gefiederte, doch robuste Schnittblumen, zusammen mit Huflattich gegen Rheuma und Gicht.

Katja stupste Jozef an, er nickte, sagte, »leise«. Also schaltete sie den Fernseher ein, drehte aber den Ton aus. Man sah zwei Hubschrauber, anscheinend leer, den dunkelgrünen Anstrich konnte man in der Dämmerung eben noch erkennen. Elsbeth Krüger hatte beide Augen geschlossen. Jozef wartete, bis Linda sich neben die rosa Quadratmeter der Decke, die gerade bestickt wurde, aufs Sofa gequetscht hatte, wandte sich dann zu Christa: Issa. Der tut mir Leid. So ein junger Kerl. Seine Kumpane vermutlich auch. Und alle verloren für die Welt.

Edgar, Christa und Katja wunderten sich. Sonst war Jozef nicht so. Sonst sagte Jozef eher »kurzen Prozess«. Mit Straftätern: kurzen Prozess.

An Elsbeths Stuhl vorbei quetschte er sich zu seinem Schreibtisch. Wie übergroße Zuckerstücke lagen drei Bücher auf der makellos schwarzen Arbeitsplatte.

Also, sagte Jozef stolz, alle Bücher zu Palästina in der Bibliothek habe ich ausgeliehen.

Aber nur, widersprach Linda, Nadel und Garn in der Hand, weil ich danach gefragt habe.

Nein, weil wir eine Sendung gesehen haben, und da sagte jemand, alles sei ein Heimatproblem.

Das glaube ich aber nicht, rief Linda mit spitzen Lippen (eben wollte sie den Stickfaden ablecken), denn dann müssten wir das gut verstehen.

Ihr habt also doch ferngesehen und auch noch gestritten dabei, rief Edgar.

Ja, exakt, antwortete Jozef trocken. Und wir können gleich weiterstreiten. Ich finde, dass der Kommentator Recht hat. Hätten die Palästinenser ihre Heimat noch, würden sie das nicht tun.

Hmm, sagte Edgar, klingt ein bisschen zu einf…

Genau, die waren nie in der Heimat, für die sie jetzt kämpfen, rief Linda, die kennen die gar nicht. Das ist doch ganz was anderes als bei uns.

Katja lehnte sich gegen den stumm vor sich hin flackernden Fernseher. Niemand achtete auf die Bilder. Das wäre noch gestern anders gewesen, beim Sport. Haben die denn keine Fotos von ihrer Heimat gesehen?, fragte sie in die Runde.

Natürlich, rief Christa, und außerdem hat man ihnen davon erzählt, vermutlich ihr Leben lang. Manchmal sind Wörter mächtiger als Bilder.

Das glaubte Katja nicht. Sie hatte das Bild vom Morgen im Kopf. Edgar, die Biene, die Tassen. Alles ganz ohne Wort.

Ich frage mich, was man ihnen erzählt hat, sagte Linda. Ich sage ja auch nichts über die Blumen, die ich sticke.

Edgar schichtete Lindas Decke enger zusammen und setzte sich auf das frei werdende Ende der Couch. Hier!, rief Jozef und wedelte mit einem blau kopierten Blatt in der Luft. Die Bibliothekarin hat mich gleich verstanden, als ich gesagt habe, wie jung die Palästinenser sind. Sie hat mir die Bücher ausgesucht und dann in einem dicken Lexikon nachgeschaut. *Grimm*, sagte er, *Wörterbuch*. Ich les' euch mal vor, was Heimat heißt: früher *heimôti* oder *heimôte*. Geburtsort oder ständiger Wohnsitz.

Sehr nützlich, lachte Christa.

Katja schielte auf den Bildschirm. Ja, Polizei war zu sehen, aber auf dem Bild war es hell, es musste vom Nachmittag sein. Sie drehte den Ton höher, etwas zur Ausrüstung wurde erklärt, doch sie verstand es nicht genau, denn Jozef rief, zwei interessante Sachen habe ich noch gefunden! Schon las er wieder vor: das heutige Wort kommt aus Luthers Bibelübersetzung. Moses 24,7: der Gott des Himmels, der mich von meines Vaters Hause genommen, und von meiner Heimat.

Oh!, sagte Edgar.

Dass er bei Moses seit neuestem, seit genau 24 Stunden, an Susanne dachte, brauchte er hier nicht zu erzählen. Schade, er hätte es gern erzählt. Susanne, ein Baby im Körbchen, als Waise auf einer Narzissenwiese gefunden. Wie Moses, hatte sie gescherzt, nur nicht auserwählt, sondern ausgesetzt. Er hatte ihre Hand genommen und geküsst. Außen. Dann innen.

Elsbeth Krüger war tatsächlich eingeschlafen. Ihr Busen hob und senkte sich regelmäßig. Und das zweite?, fragte Christa stirnrunzelnd.

Das habe ich selbst entdeckt! Jozefs Augen funkelten. Heimôti, das klingt wie etwas, das mit Mut zu tun hat.

Heimôdili, rief Edgar und griff nach Jozefs Blatt, großartig! Heimat heimôdili, dideldidü. Das gefällt mir am besten.

Linda schaute auf, sag mal, Edgar, hast du getrunken? Überhaupt siehst du heute so … also nein so … wie frisch … Christas Lachen unterbrach sie: dödelidi, heimdudeldei – das gefällt mir auch! Das müsste man den Geiselnehmern vorspielen! Ich kenne von hier übrigens nur »das Hemde«, so nennt mein Kollege sein Elternhaus. Das kann man sogar verkaufen, ohne Schaden.

Heemte nicht, sagte Linda. Sie wirkte ärgerlich, zugleich besorgt.

Katja zuckte zusammen. Heemte hieß Heimat? Wie gut, dass niemand wusste, dass sie Heemte bislang für ein Hemd gehalten hatte.

Erneut schwiegen alle. Nur das Atmen der Krügerin füllte den Raum. Edgar, noch immer amüsiert, schlug vor, den Fernseher jetzt anzuschalten. Seit einer guten Stunde hatten sie nichts gehört. Es musste doch etwas geschehen sein. Hoffentlich nicht, sagte Jozef, Katja, dreh den Ton hoch und geh aus dem Bild.

Das tat sie gern. Ein Fernseher, der Geräusche machte, war den Menschen im Zimmer ähnlicher. Und: sie konnte sich endlich setzen, zwischen Jozef und die Krügerin. Von Lindas Ecke aus war der Fernseher nur durch ein Gewirr von Tischbeinen zu entdecken. Edgar, in der anderen Sofaecke, musste sich aufrichten, dann ging es. Sie sahen die unterirdischen Garagengänge des Olympiadorfes, hörten den Bus, der für den Abtransport der Geiseln und Fedajin bereitgestellt war, erhaschten einen Blick auf den Fahrer, dessen Gesicht sofort von der Spiegelung der Scheibe aufgesogen wurde, sahen und hörten den Abflug der beiden Hubschrauber nach Fürstenfeldbruck. Ihre Lichter kreisten am dunklen Himmel, verschwanden. Geiselnehmer und Geiseln flogen aus. Wie rote Ampeln hingen die Positionslichter in der Luft, wie Zeichen: STOP!

Katja spielte mit ihrem Schlüsselanhänger, einem Olympiawaldi. Sieben unterschiedlich dicke Plastikringe, die man, samt Schwanz und Ohren, drehen konnte. Waldi war bunt, wurde warm in der Hand, sie drehte und drehte, es beruhigte sie. Fünf Palästinenser, korrigierte der Reporter, nun haben wir die letzten Stunden hindurch fest an fünf geglaubt, mehr konnten doch kaum durchgeschlüpft sein, aber jetzt sind es acht, eben trifft das hier ein. Er trug lange Koteletten, einen grauen Anzug und einen großen grauschwarzen Kopfhörer am linken Ohr, acht, sagte er.

Vor zehn Minuten sind sie umgestiegen, ja, Geiseln und Geiselnehmer, man konnte sie zählen, die ganze Welt konnte das, sagte er, acht, zweifellos. Einige Zuschauer werfen sich gegen Polizeibarrikaden, berichtete er, die meisten sind aber einfach nur erschrocken, wie Geschichte sich vor ihren Augen entspinnt, hallo, rief er, ja, bitte, zurück zu Johnny Klein.

Jozef bat Katja, lauter zu drehen. Christa, die eben ins Zimmer zurückkkam, sagte noch in der Tür: manche Pflanzen sind traurig, wenn ihnen die heimische Erde fehlt, und manche, wenn ein Mensch fehlt. Sie können sich das nicht aussuchen. Aber wir sind keine Pflanzen. Wir können wählen.

Nonsens, schnaubte Jozef, unsere Herzen sind wie Pflanzen. Da kann man sich nichts aussuchen, wenn es erst mal gewachsen ist.

Edgar seufzte, ach ja Herzen, und blickte nachdenklich auf seine Tochter, die in ihrem Sessel lümmelte. Tinka, wie war's überhaupt heute in der Schule?

Katja war so erstaunt über die Frage, dass sie ihren Vater aus Versehen anschaute.

Er räusperte sich, ach so, es sind ja Ferien, aber trotzdem ..., ich, hmm, ich finde, du gehörst jetzt ins Bett.

Lass sie doch, mischte Jozef sich ein, du hörst doch: Ferien!

Linda stach in ihre Decke, als wolle sie sie akupunktieren (darüber hatte Katja vor kurzem etwas in der *Bunten* der Großeltern gelesen). Linda schien wütend. Katja dämmerte, warum.

Statt Hans Klein, genannt Johnny, Sprecher des NOK, erschien das stilisierte, über zwei weißen Balken schwebende ZDF-Doppelauge des Nachrichtenstudios, darunter stand *heute*, der Sprecher las in zwei kleine Mikros, wechselte das Blatt, es war hinten blau. Innenminister Genscher sei, in einem dritten Hubschrauber, ebenfalls aus dem Olympischen Dorf geflogen, man nehme an zu Bundeskanzler Brandt nach Feldafing. Auf ein Ausfliegen der Geiseln habe man sich nicht eingelassen. Ein neues Ultimatum gebe es nicht. Ein neuer Korrespondent wurde angerufen. Nur eine Stimme, von weit her: nein, Bilder aus dem Olympiadorf könne er nicht bieten, es sei zu dunkel, längst, zudem alles gesperrt. Die Ordnungskräfte, die meisten übrigens Polizisten, doch für die Spiele des Polizeistatus enthoben, täten weiterhin Dienst, seien jedoch vollkommen geknickt. Die Krügerin schreckte aus dem Schlaf hoch, schaute sich verwirrt um.

Sie hatte von Kinderfingern an ihrem Bauch geträumt, manchmal träumte sie davon. Manchmal glaubte sie, alle Toten seien miteinander verbunden. Die Geiseln leben doch noch, leben noch?, fragte sie leise in den Raum, nur Christa hörte es, nickte.

Elsbeth sank zurück, auch er ist ganz mitgenommen, sagte sie, wer?, fragte Edgar, doch nicht Franz, wo ist er überhaupt?, der Schatten einer Sorge zeigte sich auf seinem Gesicht, doch sie sagte, der schimpft, wie hohl alles von vornherein war, wie trügerisch. Dass man ein friedliches Zeichen setzen wollte, und nur Fehler machte, einen nach dem anderen.

Plötzlich weinte sie. Ich weiß genau, es geht nicht gut aus, flüsterte sie unter kleinen Hicksern, seit ich aufgewacht bin, weiß ich es.

Jozef stand auf, kam mit Merci-Schokolade zurück, hier, nimm! Als er glaubte, niemand sehe es, tätschelte er ihren Arm, aber Katja sah und hörte genau. Auf dem Bildschirm nickte Bundeskanzler Brandt. Das kurz vor 20.00 Uhr mit ihm geführte Studiogespräch wurde wiederholt. Edgar nahm ein Stück Merci und beobachtete seine Tochter, die sich eben zu ihrer Großmutter beugte. Ihr ins Ohr flüsterte. Ob Katja etwas von seiner Nacht mitbekommen hatte. Doch wie? Ob sie jetzt etwas davon verriet?

Unter Brandts rechtem Auge wölbte sich eine dicke Falte. Dass man alle politischen Lösungswege versuche. Dass man verhandele. Dass er sich selbst in dieser Stunde noch um einen besonderen persönlichen Kontakt bemühe. Dass die Frage aufgeworfen wurde, ob die Sicherheitsmaßnahmen ausreichend waren. Dass Versäumnisse genau geprüft werden würden. Dass die heiteren Spiele zu Ende seien.

Katja saß wieder in ihrem Sessel und drehte an Waldis Ohr. Als das Bild von Brandt zurück zum Nachrichtensprecher sprang, sah man noch die Hand, die eine neue Meldung reichte: Die Hubschrauber seien in Fürstenfeldbruck gelandet. Fünf Scharfschützen lägen dort bereit. Für fünf Fedajin. Alle acht Fedajin trügen Maschinenpistolen und Handgranaten.

Das wissen wir jetzt, sagte Christa. Sie wollte nicht fernsehen.

Auch Herr Genscher, Innenminister Merk und andere seien in Fürstenfeldbruck eingetroffen. Siehste, rief Edgar. Das Gelände sei günstig, da leer und abgesperrt, und nun die anderen Nachrichten des Tages.

Mit einem Mal hörten alle zu, selbst Linda hob den Kopf.

Rentenreform, flexible Altersgrenze, 198 000 Arbeitslose. Das Wetter: Hochdruckbrücke in Europa, Tief über Island und Portugal. Süden/Mitte: heiter bis wolkig, trocken. 20/25 Grad, Tiefsttemperaturen 11/6. Schwach windig. Die Wettertafel drehte sich in drei Säulen, Edgar rief: es ist zehn vorbei, Katja, ab ins Bett. Linda antwortete, nun hör auf damit. Verdutzt schaute Edgar seine Mutter an, die hielt sonst doch stets zu ihm. Und die Pfeife kalt. Und Susanne fern. Er seufzte, sie wird noch genug erleben, da braucht sie das hier nicht. Unfug, antwortete nun auch Jozef, sie soll die Welt kennen lernen, in die sie hineingeboren ist. Er wiegte den Kopf, nur weil ich dich geschützt habe, Eddi, musst du denselben Fehler nicht mit ihr auch machen.

Das hast du ja noch nie gesagt, rief Linda, ein Fehler!, von dir!

Nun, öfter was Neues, antwortete Jozef verlegen, man kann ja auch was lernen.

Edgar versuchte es mit Spott: du machst vielleicht Witze. Aber ich bin nicht so zäh wie du. Und sie auch nicht.

Er suchte Katjas Blick, wollte Unterstützung von ihr.

Wäre aber besser, ich wäre zäh, sagte sie, so wie du die Nächte verbringst.

Sie hatte mit einer Explosion gerechnet. Lautem Hallo. Doch nicht einmal Edgars Stirnader schwoll. Jozef nestelte an seiner Brille. Der goldene Bügel war hinten am Ohr gebrochen, die Stelle mit einem Gummi umwickelt. Christa schaute auf ihre Hände. Schließlich sagte Jozef, noch immer mit der Brille beschäftigt: siehst du! Du kannst deine Tinka nicht vor allem beschützen. Und du willst es auch gar nicht.

Weltfernsehen, sagte der Reporter.

Wahrlich, räusperte sich Elsbeth Krüger, Dummheit haben wir heute genug gesehen.

Nicht nur Dummheit! Christa legte die breiten Hände im Schoß aufeinander. Genscher hat mich beeindruckt. Der hat sich selbst zum Tausch gegen die israelischen Geiseln angeboten. Hättest du das fertig gebracht, Edgar?

Nein, antwortete er geradeheraus. Dafür bin ich zu feige. Das Leben ist zu schön. Besonders wenn man sieht, wie schnell es vorbei sein kann. Also, ich gebe nach: Tinka kann aufbleiben.

Katja zuckte die Schultern. Das sagte er jetzt, wo das interessante Fernsehprogramm vorbei war. Wo hier über Angst und Dummheit geredet wurde. Darüber wollte sie nicht nachdenken. Sie setzte sich auf Jozefs Sessellehne. Ich gehe freiwillig ins Bett!

Edgar, in seiner Sofaecke, hört es und versteht nun gar nichts mehr. Und dann versteht er schlagartig doch etwas, etwas, woran er noch nie gedacht hat. Vielleicht weil sein Blick auf Christas Blumenstrauß fällt, weil er die sich in Dunkelheit wegdrehenden Rotorblätter der Hubschrauber sieht, weil er für einen Augenblick erwartet, Musik dazu zu hören, als wäre es ein Film, weil er an die Supertrampplatte denkt, die er gestern in der Mülltonne gefunden hat – das Cover von Kaffeesatz verschmiert, er legte sie wieder zurück, eine stumme Platte, wie das Fernsehbild auch, denn es ist kein Film, was sie sehen, daran, dass die Musik fehlt, wird es ihm erst wirklich klar. Nachdenklich blickt er auf seine Tochter, er braucht sie, wenn es mit Susanne gut gehen soll, braucht Katjas Hilfe, zumindest ihr Einverständnis.

Träum was Schönes, Tinka, sagt er. Seine Stimme klingt verändert, er hört es selbst.

Ganz schön schwierig, sagt sie, nach solch einem Tag! Aufmerksam, tastend, sieht sie ihn an.

Katja machte die Runde, gute Nacht. Über den Fernsehturm, erklärte der Reporter, werde nach Europa, über die Bodenstation in Raisting in den Rest der Welt gefunkt, Programm rund um die Uhr, die Mondlandung vor drei Jahren hatten 300 Millionen gesehen, heute eine Milliarde Zuschauer, heute weltweit die Bilder der Geiselnahme ausgestrahlt! Jozef küsste Katja auf beide Wangen. Alle wurden in der vierten Wiederholung mit dem Bild der Hubschrauber bestrahlt, für Sekunden die roten Positionslichter, ein Brummen, und Schluss. Kein Bild mehr für den Tag. Obwohl die Geschichte weiterging in Fürstenfeldbruck, nur 20 Kilometer entfernt. Doch ganz ohne Bild, zum Glück, sagte Linda, zu der roten Blume auf ihrem Tuch, die fast fertig war.

Jetzt – jetzt hätte Katja das Zimmer mit Edgar, Linda, Jozef, Christa und der verschlafen aussehenden Krügerin gern fotografiert. Doch sie hatte keine eigene Kamera. Und wenn sie Jozef nach seiner fragte, zerstörte sie das Bild, bevor sie es aufnehmen konnte.

Tausende von Schaulustigen, ergänzte der Nachrichtensprecher, hätten sich auf den Weg zu dem fast vergessenen Militärflughafen der Nazis gemacht – und fast die gesamte Polizei. Alle Polizisten jetzt eingesetzt. Die Einsatzstäbe von Polizeichef Schreiber bestens koordiniert.

Diese Wörter – Polizei, Polizeichef, Polizeistäbe, Polizeieinsatz – nahm Katja mit. Auf dem Diwan, den die Meirs den Großeltern geschenkt hatten, konnte sie schlafen. Die Familie Meir wohnte über den Großeltern. »Meier«, ganz einfach geschrieben, M-e-i-r. Seit heute wusste Katja, dass man diesen Namen auch Me-ir aussprechen konnte.

Jozefs schlurfender Schritt im Gang, dann Edgars feste Schuhe. Die beiden sprachen etwas, das Katja nicht verstand. Schließlich hörte sie ihren Vater sagen, gib mir deine Brille, ich bringe sie morgen zum Optiker, da will ich sowieso hin. Danke, antwortete Jozef, räusperte sich, Edgar ..., er zögerte, ich hoffe, du hast Glück mit ihr!

Beider Schritte entfernten sich.

Katja drehte sich zur Seite. Polizei. Wo Max nun wohl war? In Einzelteilen lag Dackel Waldi auf ihrer Decke, grau jetzt im Dunkeln, doch er grinste, rannte, flog, sie sah es genau, Sportler folgten ihm, Sportler in Zeitlupe, Sportler wie Automaten, im Startblock, am Absprungbrett, sie warfen ihre Beine über die Stange, ruderten mit den Armen, holten Luft, mal langsam, mal schnell, mal in Echtzeit, mal in Wiederholung, rannten, als ginge es um ihr Leben – und ihr Leben rannte vor ihnen her, es war klein, es hatte rote blinkende Rücklichter, es sah lustig aus, es sah traurig aus, es lief Zickzack, es lief ihnen davon.

(6. September, morgens)

Er hatte es ihnen gemacht, sie hatten ihn geködert, er war ihnen eingesprungen, sie hatten ihm nicht gesagt, was ihn erwartete, sie hatten gewusst, was er tun sollte, er hatte es getan, dabei war es gut gegangen, dabei war gar nichts passiert, und was danach passiert war, das hatten auch sie nicht gewusst, das wäre eh passiert, auch wenn er sie nicht gefahren hätte, es wäre früher passiert oder an einem anderen Ort, oder ein anderer hätte sie gefahren, und jetzt war es passiert, und er beeilte sich, acht Uhr, um neun würde das Büro öffnen, er wollte der erste sein, der erste Kunde am Tag brachte Glück, das wollte er sein, Matthias, er war das, ja.

Der Holunderstrauch streckte schwarzblaue Beerenteller neben das gelbe Trafohäuschen, die Bahn wartete mit offenen Türen, als versuche sie zu lachen oder hechele schon, dabei war es noch kühl. Matthias wurde langsamer, wenn die S-Bahn so stand, war sie eben erst eingefahren, dann brauchte er sich nicht zu beeilen. Langsam war gut, für ihn. Fast 40, einen Bierbauch durfte er da haben, so lange er noch hinters Lenkrad passte. Das Lenkrad stützte sich bei ihm eben auf den Bauch. Dann flog er nicht so weit, wenn er scharf bremste. Aber das tat er sowieso kaum. Seit 19 Jahren fuhr er Bus. Unfallfrei seit zehn, nicht mal eine Schramme. Für ihn war langsam gut.

Matthias hatte das Feld erreicht. Gleich dahinter begann der Bahnhof, auf die grüne Wiese gebaut. An seinen Glasbausteinen dehnten sich jene wilden Blumen, die ihre Pflanzenherzen unter der Sense wegzuducken vermochten. Dem Überbringer einer schlechten Nachricht hackte man heutzutage nicht mehr den

Kopf ab, da half es nur, sich an die Nachricht zu gewöhnen, er war nicht der Überbringer gewesen, doch so fühlte er sich, er sagte sich, beruhige dich, du hast sie nur, alle, lebendig, zu den Hubschraubern gebracht, du bist nur einmal gefahren, ein kurzes Stück, es war still, nur der Motor, und es ist, dabei, nichts passiert.

Natürlich trank er seine Maß immer erst nach Dienst. Meistens noch in der Stadt. Dann fuhr er mit der S-Bahn heim. Den ganzen Tag schließlich steckte er im Straßenverkehr. Da wollte er abends raus aus dem Stau. Deswegen wohnte er auch an Münchens Rand. Mit der S-Bahn fuhr er, um endlich etwas von ihr zu haben. Jahrelang hatte er nur Ärger gehabt mit ihr. Es gab sie noch gar nicht, da hatte sie mit dem Ärgern schon angefangen. Wie seine Frau. Die gab es auch nicht. Und das ärgerte ihn! Dazu das S-Bahnbuddeln, das Wühlen. Und er mit dem Bus mitten darin. Erst hatte er sich aufgeregt. Dann sich gesagt, langsam, Mann. Du bist der Einzige hier im Bus, der nirgendwohin muss.

Wenigstens sind hier draußen noch Plätze frei in der Bahn. Er schaut hinaus. Heu trocknet in groben Bündeln auf den Feldern. Die leicht gewellte Landschaft liegt da wie eine alles in Gold panierende alte Bratpfanne. Ein paar Kühe stehen auf einer Weide, um die Stirn Bänder mit langen Fransen zum Schutz gegen die Bremsen. Blauer Himmel. Schon jetzt ist es wärmer als vorausgesagt. Fehlt nur noch das Meer!

Jeder, der ihn kennt, weiß, dass er von der Adria träumt. Italien. Er ist einer, der gern ja sagt, aber auch einer, der erst später merkt, was wirklich los ist. Deswegen ist er allein. Manche meinen, er sage sowieso regelmäßig nein. Dabei sagt er ja, sein Leben lang, zu Frauen, zum Essen und zum Bier; nein, das sagt das Leben zu ihm, gestern hat er wieder ja gesagt, und jetzt geht er seine Reise buchen, Italien, 300 extra haben sie ihm gezahlt, bar auf die Pranke, ja, da hat er nicht nein gesagt.

Endlich, die S-Bahn fuhr. Matthias hatte beim Frühstücken

Radio gehört. Auch alle anderen im Waggon schienen zu wissen, wie es in Fürstenfeldbruck ausgegangen war. FFB: fünf Fass Bier. Fahrer fährt blöd. Fahr fuat, Bauer! Und jetzt – Matthias schaute auf das vorbeifliegende S-Bahngebüsch. Es war, als ginge der Vortag einfach weiter, als hätten die Ereignisse der Nacht die Zeit gelöscht. Um ihn herum wurden still Zeitungen aufgeschlagen. Auf den einen prangte »Alle Geiseln gerettet«, in Rot. Auf den anderen »Alle Geiseln tot«, in Schwarz. Damit saß man sich gegenüber. Beinahe hätte er gelacht. Wenn es nicht ... ja, was ..., was war es? Er hatte sie nur zu den Helikoptern gefahren, drei oder vier Minuten, höchstens fünf.

Die S-Bahn stand in Vaterstetten. Einmal quer durch die Stadt, 20 Stationen weiter, ebenfalls auf der S4: Fürstenfeldbruck. Auf den Bahnsteigplakaten belehrte Klementine in rot-weiß gewürfelter Bluse und gestärkter weißer Schürze die Kesslerzwillinge über den Unterschied zwischen sauber und rein. Der geschniegelte Mann Matthias gegenüber beschwerte sich bei seinem Nachbarn, »sauber«, »rein« – das jetzt! Sie tuschelten. Dann wurde der erste wieder lauter, einige haben den blöden Spielen so was doch schon lange gewünscht. Beide trugen Krawatten, rochen nach Rasierwasser. Keine 30. Anzugshechte, dachte Matthias. Der Kleinere überlegte, da kämpfen aber jetzt einige um ihre Posten!, der etwas Ältere: ich kenne mich nicht mehr aus, wer da was gemacht hat. Dauernd kommen die gleichen Bilder im Fernseher wieder, dauernd wird etwas anderes dazu gesagt. Der andere: auf mich wirkt das beruhigend, je öfter man es sieht, umso harmloser kommt es an. Matthias hätte am liebsten seine Ohren ausgeschaltet. Ihn beruhigte hier nichts. Er war nahe daran zwischenzurufen, ihr Waschlappen! Nicht mal einen Bus könntet ihr anlassen! Aber ich, ich habe sie gestern gefahren.

Am Marienplatz stieg er aus, 8.46 Uhr. Die für Olympia aufgehängten Bildschirme waren schwarz, an einem baumelte ein

Schild: »Informationscomputer Golym«, von 100 Experten zwei Jahre lang mit 500 Millionen Daten gefüttert, 262 000 Zeichen gleichzeitig. Darunter ein handschriftlicher Zettel: über Palästina enthalte Golym nichts, man arbeite daran. Matthias stand zwischen all den davonhastenden Menschen, es schien ihm leerer als an anderen Tagen, doch jeder hatte es eiliger oder wollte einfach schnell weg aus dem Untergrund. Die nächste Bahn fuhr ein, Trauerflor hing zwischen den Scheinwerfern knapp über dem Stadtwappen, Münchens schwarz gekleidetem Mönch. Jetzt, mit dem Trauerband, sah Matthias das Männchen anders als sonst: etwas Traurig-Totes, überall Wiederholtes, auf gelbem Grund. Er schloss die Augen, schüttelte den Kopf. Höchste Zeit, etwas Schönes zu tun. Überall die Leute mit den Nachrichten und Zeitungen und traurigen Gesichtern, und die Nachrichten in seinem Kopf, und die Bilder von gestern überall, außerhalb von ihm, und innen in ihm, und auch da überall.

300 Mark extra. Endlich stand er auf dem Marienplatz. Und wie die Sonne schien! Und was war er für ein Idiot! Glück und Pech in einem. Die riefen ihn an, mitten an seinem freien Tag. Den ganzen Tag hockt er draußen im Garten. Wenn er frei hat, will er nichts sehen, nichts hören, sonst sitzt er den ganzen Tag im Bus, laute Leute, zu viele Autos, und ständig der Funk. Seit die Spiele angefangen haben nur mehr wilder Verkehr. Da saß er an seinem freien Tag lieber draußen, wenn er schon am Wochenende ins Stadion verkaufen ging. Wegen des Gartens wohnte er doch vor der Stadt, und gestern sammelte er also gerade noch die Schnecken ein. Sie waren langsam wie er, aber viel schädlicher. Eigentlich fand Matthias sie gar nicht langsam, sondern noch immer zu schnell. Vor allem mit dem Sex. Bis er drei Maß trank, hatten die schon dreimal das Geschlecht gewechselt. Schleimig dick, weiß-gräulich an den Unterseiten, oben braun, Glitschspuren rundum. Mit denen kannte er sich aus. Der Eimer quoll noch über, wenn das so weiterging. Sein Salat.

Seine Tomaten. Eklig, einfach nur eklig. Gift wollte er nicht nehmen. Das aß er ja dann selbst. Entzweischneiden half, das hatte er probiert. Doch dann träumte er davon. Also Handarbeit, einsammeln in den Senfeimer. Develey. Deckel drauf, aber fest, dann wegfahren. Ab auf die Müllhalde. Sollten sie verbrannt werden, sollten sie Pestizide fressen, sollten sie in Säure baden. Er gönnte es ihnen.

Matthias, Hiasl. Ein Sitzriese. Beim Bücken nach den Schnecken war das unpraktisch. Er schaute auf, schon wieder ein Flugzeug, kreuz und quer flogen die, als müsste jeden Tag das gesamte Olympiapublikum ausgetauscht werden. Das Telefon klingelte. Und er: schoss hoch, dass ihm der Rücken wehtat, nur um rechtzeitig den Hörer abzuheben. Er soll kommen! Hätte er früher angefangen zu trinken, hätte er nein sagen müssen. Aber so. Die rufen eigens an: komm! Sie brauchen einen, der einen Bus fahren kann. Einen Zivilen. Einsatz im Olympiadorf. Er wisse nicht, was los sei? Egal, nein, er solle erst gar nicht fernschauen. Uniform brauche er auch nicht, besser nicht. Er hört, wie sie beratschlagen. Er sagt nein.

Sie sagen ihm, er ist der Älteste. Er kann es machen. Er muss es machen. Ihn haben sie zuerst angerufen. Die Anderen sind ja alle auf Schicht.

Und?, fragte er, warum sollte ich das tun. Das ist mein freier Tag.

Weil du der Älteste bist. Sagten sie noch einmal. Es wird sich lohnen, Matthias, sagten sie dann.

Italien. Er nahm seine Anzugjacke und ging. Den Senfeimer mit den Schnecken griff er schon im Gehen vom Gartentisch und packte ihn in den Kofferraum.

Später erst wurde ihm klar, dass sie ihn gefragt hatten, weil er der Einzige ohne Familie war.

Italien. Matthias überquerte den Marienplatz Richtung Tal. Das Reisebüro dort kannte er von seiner Busroute. Hier einmal

im Leben etwas buchen! Und jetzt konnte er sogar 300 bar an-
zahlen. Geiseln und Geiselnehmer zum Helikopter fahren. Er
hatte nicht gewusst, wie es sein würde. Oder? 300 extra, hatte es
geheißen. Da hatte er doch gewusst, dass es eine fischige Ange-
legenheit war. Und sie hatten es ihm ja auch erklärt. In aller Offenheit. Da konnte er sich nicht beschweren. Das Risiko lag auf
der Hand. Er hatte ja gesagt. Schließlich war er schon mal da.
Eigentlich hatte ein Polizist den Bus fahren sollen. Es war ja
auch ein Bundeswehrbus. Ein mittelalter Beamter, umringt von
einer Gruppe Auszubildender, übergab ihn an Matthias. Es war
schon Abend. Zwei schwarze Labradors saßen dabei, die bernsteinfarbenen Augen aufmerksam auf ihn gerichtet. Der junge
Kerl, der sie an der Leine hielt, nahm für einen Augenblick die
Kappe ab, strich sich über die braunen Locken. Er sah müde aus,
der Ausbilder folgte Matthias' Blick, zischte, Max!, der riss sich
mit einem Lächeln zusammen und setzte die Kappe wieder auf.
Die Hunde saßen eng an seinen Füßen, einer links, einer rechts.
Als die Gruppe ging, standen sie geschmeidig auf, Max streckte
Matthias die Hand hin: machen Sie es gut!

Es wurde schon dunkel. Die Geiselnehmer seien angespannt.
Der Tag sei für alle nervenaufreibend gewesen. Seine Ausgeruht-
heit komme sehr gelegen. Es klang harmlos: ein Stück Bus fahren. Doch er wusste, was es hieß. Er setzte sein Leben aufs Spiel.
Er verdiente sich sein Extrageld redlich.

Alle Stühle um die Mariensäule waren besetzt, die Rosen von
gestern lagen verwelkt, daneben standen Leute und suchten die
Bruchstücke von Nachrichten zu etwas Sinnvollem zusammen-
zusetzen. Vor dem Schaufenster einer Bank, in dem ein Fernseher lief, drängte man sich. Ein Feuerwehrwagen fuhr vor. Die
Leiter ruckte ganz aus, dann ein Stück zurück, bis der Mann im
Korb mühelos die Fahnen erreichte. Er trug die aschfarbene Uniform städtischer Bediensteter und holte die Olympiaflaggen ein,
das fröhliche Grün, das optimistische Blau, das Weiß mit dem

Strahlenzeichen der Sonne. Als der Wagen wieder fuhr, wehten vor dem Rathaus nur mehr die Fahnen Bayerns, der Bundesrepublik und der Stadt München, auf Halbmast.

Es war windig, die ersten Herbstblätter liefen aufrecht hintereinander über den Platz, wie Ameisen, dazwischen wirbelte eine Zeitungsseite, Matthias bückte sich. Er sah die beiden Hubschrauber, der eine nur mehr ein Haufen Schrott und Asche, der andere im hinteren Teil – Schwanz, Rotor, Haube – bis ins Detail funktionstüchtig, dort aber, wo die Geiseln saßen, ebenfalls zerstört. Auf den Rest der explodierten Maschine zeigten vier, aus verschiedenen Richtungen ragende schwarze Pfeile mit den Nummern 4, 8, 10 und 11. Matthias konnte, wo sie hinzeigten, nichts erkennen. Die Silhouette des Hubschraubers, umkränzt von den Pfeilen, sah aus wie Falzkarton für Papierpuppen.

Er war im Allgäu aufgewachsen, Vater und Mutter lebten noch auf dem Hof, den der Bruder erben würde. Sollte er. Matthias konnte alles an Autos. Reparieren, mit nichts. Da bist du fürs Leben versorgt, meinte seine Mutter, um dich mache ich mir keine Gedanken. Matthias, der Stadtbub – der eine aus der Familie mit Welterfahrung. Italien, sagte er stolz zu der Jungen hinter dem Schalter. Sie lächelte, das ist groß. Meer, sagte Matthias, ich habe 300 bar. Macht nichts, sagte sie, nach ein paar Sekunden verstand Matthias und lachte auch. Eine nette Frau. Schade um die Spiele, brummelte jemand im Hintergrund, es klang wie »schade um die Milch«, wenn sie umgeschlagen ist, die junge Frau wühlte in ihren Katalogen, Matthias las die anderen Angebote, Mallorca, LaPalma, Dubrovnik, letzte Gelegenheit!, supergünstig, auch im Oktober schön, aber alle Ziele sahen gleich aus, er griff nach seinen Hundertern, tief unten im Portemonnaie. Seit 19.20 Uhr waren die Helikopter fertig gewesen. Eigentlich sollten die Terroristen mit ihren Gefangenen zu Fuß zu den Maschinen laufen. Doch sie dachten nicht daran! Um 21.00 Uhr lief das nächste Ultimatum aus. Alle waren nervös, auch die Attentäter, das konnte ein Blinder sehen. Also wollten sie einen Bus. Ein kleiner weißer fuhr hin, sie lehnten ab, verlangten einen größeren, jetzt kam Matthias zum Zug. Ein Freiwilliger wurde gesucht. Da saß er schon. Zudem mit dem richtigen Führerschein, darauf wurde geachtet. Aufgeregt war er dann auch, ja, fuhr ein paar Büsche um. Der Fahnenplatz lag verödet, nur ein paar Pollerleuchten brannten, drei Rettungswägen standen bereit. Alle Fenster verdunkelt. Langsam rollte er weiter. Gespenstisch. Er war froh, als er ins unterirdische Straßensystem bog. Kurz nach 22.00 Uhr kamen sie dann. Stanken nicht nach Schweiß oder Scheiße, waren dreckig, das schon, doch über allem rochen sie, süßlich, nach ihrer Angst. Sie schauten ihn an, beim Einsteigen, beim Aussteigen nicht. Die Geiselnehmer ebenso. Die kämpften nicht für Freiheit, für ihn waren das Mörder, Mörder von Anfang an, denen helfen, nein, er half den Geiseln, hatte den Geiseln geholfen, sagte er sich, in der Nacht noch hatte er sich gesagt, jetzt sind alle gerettet, und war zufrieden ins Bett gegangen. Da hatte er beschlossen, gleich ins Reisebüro zu fahren am Morgen, aber am Morgen war alles falsch, und er hörte das Gegenteil im Radio, und jetzt stand er doch hier. Halt, sagte Matthias, ich fliege da nicht hin, ich will in kein Flugzeug rein!, und mit dem Bus fahre ich auch nicht. Bleibt also die Bahn, sagte das Fräulein leicht verstimmt und klappte den Katalog zu, Moment. Er legte die Hunderter auf den Tisch, die Hand darauf, sah den Zündschlüssel vor sich. Der Fahrerplatz des Militärbusses war erstaunlich bequem, er hörte ihre Schritte, durfte den Kopf nicht heben, doch hörte genau, hörte wieder, wusste, so würde es bleiben. Er kannte einen Kollegen, der eine Frau überfahren hatte, der hatte ständig wieder das Bild davon, er, Matthias, hatte niemanden überfahren, andere hatten Menschen, die er gefahren hatte, zwei Stunden später erschossen, 17 Menschen, 14 erschossen, verbrannt, explodiert. In welcher Sprache hatten sie geschrien, es gab keine Sprache, in der man schrie, nie wird er ein Flugzeug besteigen, freundlich lächelt er die Reisefrau an, freundlich lächelt sie zurück, ganz Italien hängt am Schienennetz, sagt sie, kein Problem, aber ich rate ihnen ab. Zugfahren in Italien ist riskant, ständig Überfälle, ständig Pannen, und: das schönste Meer erreicht man so nicht.

Er buchte eine Reise nach Dubrovnik. Das Mädchen blätterte eifrig, tippte in die Schreibmaschine, telefonierte, war sehr zufrieden. Er auch, solange er im Reisebüro stand. Dubrovnik lag ebenfalls an der Adria, das läuft aufs selbe hinaus, wiederholte sie und strahlte ihn an. Ich habe einen freien Tag, sagte er, gehen Sie mit mir mittagessen, aber sie aß gar nicht zu Mittag, winkte freundlich zum Abschied, in drei Tagen sollte er sich die Reiseunterlagen holen, schönen Tag noch, rief sie ihm nach, doch als er sich in der Tür noch einmal umdrehte, sprach sie schon mit einem anderen.

Mittag.

Er stand in Fürstenfeldbruck. Das Grün der Amper kontrastierte mit dem ersten herbstlichen Pulverschnee auf den Bergspitzen. Matthias drückte sein Gesicht an den Maschendrahtzaun. Er war nicht der Einzige hier. Es roch nach reifen Äpfeln und Birnen, nach Gras. Zumindest bis zum Zaun. Hinter dem Zaun, Richtung Tower, roch es nach Rauch. Bitter roch es, tat den Schleimhäuten weh, biss die Brust, klemmte den Atem. Er ging am Zaun entlang zum Tor. Nach Verhandlungen ließ man ihn hinein. Er hatte ihnen schließlich gestern einen großen Dienst erwiesen. Bald waren sie gekommen, Merk, Genscher und der Anführer der Geiselnehmer, Issa, aber der hieß gar nicht so, Issa war nur sein Nomm dö Gerr, hatten sie in den Nachrichten gesagt, immer dieses französische Zeug. Und dieser Issa, junges schmächtiges Bürschlein, prüfte, rasch und präzise, jede kritische Stelle, wusste sofort wo, Matthias hatte an den Satz des jungen Polizisten gedacht, »Machen Sie es gut!« Was hieß das? Schon kamen die anderen, stießen die Geiseln vor sich her. Aneinandergefesselt taumelten sie die Stufen hoch, wurden auf die Sitze gequetscht, der Motor lief die ganze Zeit, Matthias musste auf das Lenkrad schauen, einer mit MP stand neben ihm, den Lauf sah er, den Mann fühlte er, so nah. Los, sagte der Anführer, das hätte Matthias auch von selbst gewusst. Es war kurz nach zehn. Eine Tür offen, auch während der Fahrt. Da standen sie schon vor den Hubschraubern, wieder wurde alles gecheckt. Minutenlang saß er allein im Bus mit sechs Terroristen und neun Geiseln. Den Geruch erkannte er. Matthias wagte nicht, sich umzusehen, hockte hinterm Lenkrad, Kopf geradeaus. Issa stand auf einem der Hubschrauber. In einer Hand eine starke Taschenlampe – vorbereitet, bis ins Detail – in der anderen eine Maschinenpistole. Ein kleine Figur auf dem Hubschrauberdach, alle Konturen scharf geschnitten, dunkel, hell. Matthias starrte auf die Waffe. Konnte nicht anders. Nur die Waffe. Im Krieg hatte er als Zehnjähriger einmal in einem Luftschutzkeller gesessen. Gegen die Wand gelehnt, den Kopf geradeaus. Das Nachbarhaus wurde erwischt. Er kannte den Geruch. Es war nicht nur Blut, Schweiß, etwas kam hinzu. Wie bei einer Jagd? Es roch nicht schlecht. Todesangst. Mitten in dieser Angst war es still. Der Motor lief. Dennoch war es so still. Als höre er nichts mehr, als schlage die Stille der Geiseln auf seine Ohren, als erschlage ihn etwas.

Und nun stand er hier, um mit eigenen Augen zu sehen, wo es weitergegangen war. Er brauchte ein Stück Halt, ein Stück Wirklichkeit. Sonst würde er sie ewig nur aussteigen sehen, ewig nur fortgehen, die Rücken gebeugt. Fünf in die Maschine mit dem Kennzeichen D-HAQO. Vier in D-HAQU. Kennzeichen merkte er sich immer, ganz automatisch. »D« für Deutschland. Keine der Geiseln hatte ihn angeblickt, bis auf die letzte. Matthias saß starr, als die Hubschrauber abhoben. Die roten und gelben Lichter in der Luft – ihm war, als blinkten sie ihm. Er beugte sich neben das Lenkrad und würgte. Ihm war im Herzen schlecht.

Als er Stunden später zu Hause im Bett lag, sah er noch immer die Helikopterlichter am rötlichen Nachthimmel der Stadt, hörte das Drehen der Rotoren, es wurde leise, und die Stimme des Letzten kehrte wieder, sie ließ sich nicht verscheuchen. Mit einer kaum merklichen Bewegung hob die Geisel den Kopf und sagte danke, auf Deutsch, danke, und Matthias konnte die Hoffnung darin spüren, bis unter die Haut, bis in sein Bett.

Mit der S-Bahn fuhr er nach Hause. Drei Maß und der Kauf eines Jugoslawienführers. Dubrovnik. Na ja. Wenn er jetzt darüber nachdachte. Er war doch ein Idiot. Als er auf sein Häuschen zuging, ein Reiheneckhaus mit besonders großem Garten, sah er, dass sein Auto noch draußen stand. Den ganzen Tag in der Sonne. Die Schnecken. Im Kofferraum. In ihrem Eimer. Gekocht. In ihrem Saft. Schnecken, oh Gott. Ein Klumpen. Schneckenkompott.

Er fuhr den Wagen in die Garage. Sicherheitshalber. In der linken hinteren Ecke stand sein Tragegestell. Für Mittwoch, den 20., Bayern München gegen Werder Bremen im Olympiastadion. Chipstüten in beißsicheren Kartons lagen daneben. Überall hier musste man sich gegen Tiere wehren. Was im Kofferraum los war, wollte er lieber erst gar nicht sehen.

Schon hat er den Schlüssel auf aus gedreht, hält inne. Für einen Augenblick ist möglich, was immer er will. Alles liegen und stehen lassen, einfach gehen. Sich umdrehen, verschwinden aus dem eigenen Leben. Nie mehr wird er sein Haus betreten. Die Reise fällt aus. Nie im Zug nach Dubrovnik erscheinen. Ganz frei, fort. Alles könnte passieren. Italien. Matteo. Oder ein ganz anderer Name. Ein ganz anderes Land. Am Ende schreibt er seiner Mutter eine Karte aus Afrika.

Er weiß nicht, warum er doch hineingeht. Er hat sich nicht dafür entschieden, als er es tut. Doch da steht er, vorm Fernseher, lässt sich in den Sessel fallen. Die Schnecken fressen sich noch immer gegenseitig auf, hinten, in seinem Kofferraum.

11

(Wie mächtig ein Drache ist)

Die Welt war gefährlicher geworden, doch jetzt ließ man Katja allein in die Kanzlei fahren, das Paket an das alte Dienstmädchen der Großeltern zu Füßen. Katjas Arme taten weh, das Paket war schwer. Edgar holte seine Tochter an der Mariensäule ab, Kaffee, Shampoo, Seife, Schokolade und die Olympiamünze, silbern und gewichtig, für die Spiele geprägt, trug nun er, und er schob Katja an, damit sie die Zeitungsbilder auf dem Boden nicht sah.

Vater und Tochter – einmal hager und adlerhaft, einmal dunkel und klein, zweimal wachsam – traten aus dem Aufzug vor der Kanzlei. Durch den Glasstreifen der Eingangstür war Franz zu sehen, ein Bein nach hinten gewinkelt lehnte er vertraulich über den Rezeptionstisch zur Krügerin. Als er die Tür hörte, drehte er sich sofort um: ich dachte, ich schau schnell vorbei! Ach, sagte Edgar, und seit wann läufst du mit einem Fernseher durch die Gegend? Ein kleiner Loewe-Opta, exaktes Ebenbild des Apparates, den Edgar für die Eröffnungsfeier ausgeliehen hatte, stand neben Franz auf der Rezeption. Neugierig blickte Katja dem Besucher ins Gesicht. Jetzt war er überführt! Jedes Mal log Franz, wenn es darum ging, warum er kam und woher. Diesmal war er doch eindeutig mit Absicht hier. Vorbereitet geradezu. Ich wusste eben, dass du einen wolltest, lächelte Franz, und die Krügerin lächelte ebenfalls.

Afrika-Franz! Nein, einfach Onkel Franz, Bewegung vom Kopf zu den Zehen, Franz-Floh, der immer dann erschien, wenn man nicht mit ihm rechnete, wie heute auch, doch heute war er still, geradezu eingefroren langsam, er bewegte sich kaum. Franz, nur ein Stück größer als Katja, aber dreimal so breit, die blonden Locken lang genug, um sie mit einem schnellen Ruck des Kopfes nach vorn zu werfen (Seeräuber, für dich!), neongrünes Shirt über der Jeans, Franz schlich in Zeitlupe in Edgars Büro.

Quid novi ex Africa?, fragte Edgar wie immer, Antikes gefiel ihm, das konnte man auch an Plato sehen. Edgar kniete auf dem Boden, Hintern zu Franz, und stöpselte den Fernseher ein. Das Vormittagslicht fiel in dicken sonnigen Streifen auf den hellgrauen Teppich, die weißen Stühle, den Glastisch.

Hör mir bloß damit auf, flüsterte Franz und plumpste auf einen Stuhl. Ich brauch für Jahre keine Neuigkeiten mehr!

Auch seine Stimme schien ihn halb verlassen zu haben. Er nahm die silberne Dose mit den Zigarillos vom Tisch, roch. Franztastisch, sagte er gern, aber jetzt seufzte er, schaute kurz auf Katja, flüsterte, Hey Prinzessin, wie geht's!, und sah dabei so traurig aus, dass Katja erst einmal schlucken musste. Franz bemerkte es, schien sich zusammenzureißen, klappte jedenfalls Edgar, der sich eben aufrichtete, die Hand auf den Rücken, was sagst du zu der Scheiße da draußen? Hmm, Edgar zuckte die Schultern, Frau Krüger, bringen Sie uns doch was zu essen. Da saß Franz schon wieder, ich habe ein kleines Geschenk für dich!, doch den Kugelschreiber für Edgar streckte er Katja hin: drehte man ihn auf den Kopf, zog sich die Frau auf der Kappe den gestrickten Bikini aus. Typisch Franz! Edgar schnappte den Stift sofort weg, Franz und seine Geschenke, immer ein Witz, die ganze Seefahrt, immer um Afrika herum, nichts als ein Scherz.

Katja seufzte leise. Hätte sie nur einmal im Voraus gewusst, wann Franz käme, hätte sie sich vorbereitet und ihn nach ihrer Mutter gefragt. Hätte sie ihn für sich gehabt, hätte sie Mut gefasst und ihn nach ihrer Mutter gefragt. Doch selbst dann wäre Franz vermutlich viel zu wirbelig gewesen für ein Gespräch. Nur heute nicht. Katjas Herz hüpfte, sie fühlte sich unwohl und wohl zugleich.

Elsbeth Krüger brachte Sandwiches und Kekse. Franz nickte ihr dankbar zu. Elsbeth, zehn Jahre lang Sekretärin in Pullach, dann von einem Tag auf den anderen gekündigt, diese Schnüffelei ...!, diese Versteckspielerei ...!, und wofür ...! Elsbeth: schlau, korrekt, ehemalige Geliebte, lange her. Normalerweise schmunzelte er an dieser Stelle. Heute nicht. Recht hatte sie gehabt. Nur er, Franz Vollidiot, war dort geblieben. Es brachte kein Glück. Es nützte nichts. Das sah man ja jetzt. Mit runtergelassenen Hosen standen sie da! Und er, er brachte zudem noch Pech.

Elsbeth setzte sich neben Franz, Edgar telefonierte mit einem Klienten. Mittwoch Vormittag, normalerweise war die Kanzlei um diese Zeit geschlossen, Edgar hielt sich die Stunden frei für Gerichtstermine oder Aktenarbeit. Katja war in den Flur gelaufen, Elsbeth flüsterte, vermutlich ist sie zum Bonbonglas (seit ein paar Tagen eine Dose, aus Holz). Und, sagte sie zu Franz, hast du ihn schon geschrieben?

Eben noch an der Rezeption hatten sie darüber gesprochen. Sie meinte den Brief an Katja. Schussel Franz! Er fühlte sich elend. Egal, woran er dachte, alles vermasselt. Rund um ihn – Dummheit. Rund um ihn – Blauäugigkeit. Rund um ihn – Leichtsinn. Rund um ihn: eben er selbst.

Noch bevor er Elsbeth antworten musste, legte Edgar glücklicherweise den Hörer auf. Und auch Katja kam zurück. Ihre blasse Haut. Ihre Ernsthaftigkeit. Die großen Zähne in dem perfekt geschnittenen Mund – ihre Mutter, ganz und gar. Seit Wochen träumte Franz jede Nacht von Marlene, deswegen hatte er endlich auch Edgar von ihrem letzten Telefonat erzählt. Aber noch immer nicht die ganze Wahrheit gesagt. Das saß ihm auf der Brust. Ihm, Franz, hatte Marlene den Brief geschickt. »Für Katja, wenn sie alt genug ist.« Meine Güte, wie sollte er das entscheiden? Er wusste doch nicht, was in dem Brief stand. Also hatte er den Brief weggelegt. Und jetzt fand er ihn nicht mehr.

Furchtbar. Jeden Abend suchte er, jeden Abend vergebens, jeden Abend lagen seine Nerven ein Stückchen weiter bloß. Elsbeths Vorschlag, er solle Katja schreiben und alles erklären, kam ihm auch nicht richtig vor. Aber mit ihr reden? Sie war doch noch zu klein! Wie sie nun schräg vor ihm saß, eifrig an ihrem Bonbon lutschend. Ein Profil wie ein Kind, mit ein bisschen Busen darunter. Es rührte ihn, er senkte den Blick.

Edgar hatte ein paar Mal am Fernseher herumgeschaltet, war nun auf eine Pressekonferenz gestoßen. Dieses gerollte »r«, diesen entschiedenen, wenn auch schnarrenden Ton erkannte Franz sofort: Polizeichef Schreiber.

Schreiber verlas – leicht schwitzend – eine Erklärung. Tiefe Magenfalten standen ihm zwischen Nase und Mund. Nach zwei drei Sätzen wurde unterbrochen und übersetzt, französisch, dann englisch. Vielleicht sollte es so besonders »live« wirken, besonders echt. Jemand aus der Menge rief, ich bin empört!, wurde abgewürgt. Schreiber blätterte auf dem weißen Tischtuch in seinen weißen Papieren. Alle Aktionen der bayerischen Polizei seien gefilmt. Alle Aktionen der Sportler seien gefilmt. Alle Aktionen der Terroristen seien so weit als möglich gefilmt. Der Fahndung wegen könne nichts davon gezeigt werden. Welche Fahndung, fragte Edgar, ich denke, alle Attentäter sind tot oder gefangen. Fahnden die jetzt nach Leuten aus den eigenen Reihen? Nach sich selbst? Nötig wär's!, flüsterte er, und Elsbeth Krüger nickte.

Franz sagte nichts. Er stellte sich vor, wie Schreiber sich fühlte. Wie ein Versager. Wie er. Er wenigstens musste nicht dort auf der Bühne sitzen. Da hatte er noch Glück.

Ein Helfer zeichnete etwas auf ein Clipboard, schrieb Namen an, Genscher und Merk saßen schweigend dabei, jemand hielt zwei Finger in die Kamera (»Filmrolle zwei«), doch es sah aus wie ein Victory-Zeichen. Franz, die Lippen starr, fluchte, falsch, ganz falsch.

Elsbeth, ein Keks im Mund, seufzte, sie machen die Wahrheit am Tisch. Pscht, sagte Edgar. Die Sekretärin roch gar nicht nach dem Parfum, das sie eigens für Franz im Rezeptionsschrank aufbewahrte, jetzt fiel es Katja auf. Alle so still heute. Und, mitten am Vormittag, die Whiskyflasche auf dem Tisch. Mir tun die Sportler Leid, sagte Elsbeth, jahrelang haben sie darauf hingearbeitet, sich monatelang für Olympia vorbereitet, die große Mühe, das harte Training, die tägliche Schinderei.

Elsbeth, flüsterte Franz, das gilt auch für die Fedajin. Große Mühe, hartes Training, und das Leben auf eine Karte gesetzt.

Niemand ging darauf ein.

Edgar drehte die Whiskyflasche auf und schenkte je zwei Fingerbreit in Klientengläser. Lächelte er sogar? Von Elsbeth hatte Franz schon erfahren: da gab es eine neue Frau. Deswegen Edgars Anruf gestern Morgen bei ihm schon um sieben! Franz hatte gedacht, jetzt fragt er nach Marlene, jetzt will er von mir wissen, ob sie krank war, er hat es früher schon gefragt, aber es wird ihm keine Ruhe lassen. Doch Eddi klang froh, obwohl er sagte, dreh's Radio auf, Mister Bed, das geht dich an.

Habt ihr davon gewusst?, fragte Edgar. Franz schaute zu Elsbeth, nickte, schüttelte den Kopf, flüsterte, wo denkst du hin, sagte, ja, nein, Scheiße!

Er konnte sich aufregen und Katja mittendrin zuzwinkern. Diesmal zwinkerte er nicht. Gewusst, dass etwas passieren kann, sagte Franz, natürlich. Ach, so spricht der Bundesphilosoph heute, erwiderte Edgar und drehte die Flasche zu. Es gab, sagte Franz, ich brauch noch einen – er hielt ihm das Glas hin –, das exakte Szenario. Elsbeth habe ich es schon erzählt.

Elsbeth Krüger nickte. Katja hörte aufmerksam zu. Franz' Gesicht wirkte gequält. Vielleicht deswegen auch dieser zögerliche Ton in seiner Stimme, wenn er mit der Krügerin sprach.

Dr. Georg Sieber, sagte Franz.

Kenn' ich nicht, sagte Edgar.

Aber Merk kennt ihn und Tröger und wie sie alle heißen.

Und Franz, sagte die Krügerin trocken.

Franz seufzte. Ja, ich bin ein Esel, du brauchst es mir nicht noch mal zu sagen!

Franz, was ist denn los, rief Edgar, nun erzähl doch erst mal.

Alle saßen im Rathaus, sagte Franz, im kleinen Saal, und schauten auf Siebers Plan. Im Februar schon. Polizeivertreter, Stadträte, Sicherheitsexperten des Innenministeriums, alle hörten zu, alle waren sich einig, dass der Mann – na ja, pervers dachte. Dabei ist Sieber ein renommierter Psychologe und war eigens beauftragt worden, ein Gutachten zu erstellen. Das Olympiadorf war, Franz räusperte sich, nein, ist äußerst verletzlich. Sieber malte diverse Szenarien aus, Franz zog die Nase hoch, und eines davon war exakt, was jetzt passiert ist.

Umständlich fischte er einen kleinen Zettel aus der Jackentasche und faltete ihn auf: »Ein Freischärlerkommando hat gegen fünf Uhr früh den Zaun des Olympischen Dorfes überstiegen. Die Eindringlinge haben den Wohnblock der israelischen Mannschaft besetzt. Es wurden Schüsse und Rauch gemeldet.«

Franz seufzte. Das steht in Siebers Dossier. Man kann sich nur noch schämen, jetzt. Aber im Februar fanden alle das abwegig, ich auch. Oder vielleicht war uns das Image des Landes einfach wichtiger. Siebers Voraussage wurde nicht einmal in die Schulungsunterlagen des Ordnungsdienstes aufgenommen.

Edgar nickte.

Sieber ging, fuhr Franz fort, und ein paar Witze über Psychologen wurden ausgepackt …, die Krügerin winkte, nicht jetzt, Franz! Er wurde rot, es war das erste Mal, dass Katja ihn rot werden sah.

Ich wollte keinen Witz erzählen, Elsbeth, ein Idiot bin ich zwar, aber einen Rest Gefühl habe ich noch.

Den Blick auf Katja unterdrückte er.

Entschuldige, sagte Elsbeth, als sie aufstand. Für einen Augenblick war sie sich ihres Alters, ihrer Figur, ihrer zu großen Füße, die nie unter, sondern immer vor ihr zu laufen schienen, schmerzlich bewusst.

Meine Güte, Edgar räusperte sich, bis gestern hätte doch kein Mensch an so ein Szenario geglaubt. Alle hätten euch verlacht, wenn ihr es getan hättet.

Das, sagte Franz, war aber exakt unsere Aufgabe. Schlauer als die anderen zu sein. Das Attentat war – nicht sooo fern liegend. Sozusagen, er lachte bitter, menschlich. Der menschlichen Psyche entsprechend, und sogar berechenbar. Und wir ahnungslos, wie die letzten Deppen.

Das Gefühl kenne ich, sagte Edgar unvermittelt. Immer wieder vor Gericht geht es mir so. Alle sind erstaunt, was passiert ist. Keiner hat etwas dagegen getan oder es vorher verstanden. Aber nie ist es undenkbar gewesen.

Franz schluckte. Edgars Ernst tat ihm gut. Elsbeths Entschuldigung auch. Er war in Pullach gewesen. Alles dort so popelig klein. Und so hilflos. Er hatte sich in allem selbst wieder erkannt. Warum musste Marlene ausgerechnet ihm den Brief schicken? Sie kannte ihn doch. Mit Ordnung war es bei ihm nicht weit her. Vielleicht hatte sie das in Kauf genommen. Die Fäden losgelassen. Ja, das hatte sie. Jetzt wusste er solange von den Umständen ihres Todes, doch zum ersten Mal rührte dieses Wissen an eine Stelle, an der er sich selbst sah, sich vorstellte, wer er war. Wie er sein wollte. Wie er leben konnte.

Wir waren so leichtsinnig, sagte er, aber es hätte auch gut gehen können.

Natürlich, rief Edgar, vielleicht eine Spur zu enthusiastisch. Die Olympiaspirale sieht ganz anders aus, wenn man sie jetzt anschaut. Ihr, wir alle, hätten Glück haben können, und nichts wäre passiert.

Wie eine Roulettescheibe sieht sie aus, murmelte Franz. Und bei der roten Zwölf hat sie angehalten.

Sicherheit lässt sich nie berechnen, sagte Elsbeth.

Das ist es eben, antwortete Franz. Sie ist immer ein Spiel, man kann nie sicher sein, aber so sicher wie möglich, und das darf man nicht spielen.

Komm Franz, sagte Edgar versöhnlich, du bist gut für diesen Job!

Sehr gut, sagte Elsbeth, hob ihr Glas und trank es, Franz zuprostend, auf Ex.

Doch Franz saß wieder ganz starr, wie Loths Weib, wie am Anfang des Gesprächs. Ich möchte alles hinwerfen, sagte er leise.

Der Fernseher murmelte. Von unten hörte man das Brodeln der Fußgängerzone.

Wie in Zeitlupe stand Franz auf. Ich möchte verstehen, was passiert ist. Stellt euch doch vor, was für eine ungeheuere Kraft es braucht, so etwas wirklich zu tun. Woher die kommt.

Er lehnte sich an die Wand neben dem Fenster. Sein Gesicht und Körper, in den Raum gedreht, waren dunkel.

Begreife ich nicht, flüsterte er, begreife ich nicht.

Das Licht im Zimmer schien stillzustehen, selbst die Stühle hatten zu schwingen aufgehört. Nur der Glastisch spiegelte, weil das etwas ist, wogegen nichts sich wehren kann.

Katja machte sich Sorgen um Franz. Nun wollte er sogar mit Afrika aufhören? Aber was sollte er dann tun? Endlich fiel ihr ein, was sie ihm sagen konnte. Sie stand auf, flüsterte es dem kompakten Schatten am Fenster ins Ohr. Nicht einmal mehr auf die Zehenspitzen musste sie sich dazu stellen.

Edgar beachtete wenig, was geschah. Er dachte an die drei Mitglieder des Schwarzen September, die nun in bayerischen Gefängnissen saßen. Was für ein Prozess das wohl werden würde? Ihn ärgerte, dass er da mit Gedanken an Gerechtigkeit nicht weiterkam. Die gesamte Phantasie eines Verbrechers kann man sich nie vorstellen, sagte er zu dem nun doppelt breiten Schatten am Fenster, so hieß es gestern im Radio.

Franz' Augen leuchteten auf, er kam in Bewegung, Katja löste sich von ihm und setzte sich auf Edgars Schreibtischstuhl, als übernehme jetzt sie das Kommando. Leise klickte sie die Rolladressei, tschak-tschak, und Franz stürmte geradezu, das heißt, er wurde wieder so schnell wie sonst, zu Edgar, rief, Bullshit, und seine Augen funkelten.

»Phantasie eines Verbrechers.« Diese Idioten, zischte er, diese inkompetenten, harmlosen, purzeligen Polizeiidioten hier. Als ob das ein Einzelner wäre! Als ob das »Verbrecher« wären, mir nichts dir nichts, vor einem quasi ewigen Gesetz. Als ob das nur die Phantasie wäre, er schlug sich an den Kopf, setzte sich, holte Luft und sprach erstaunlich sachlich weiter: das sind Netze, nicht einzelne.

Katja war erleichtert. Franz-wütend – das war so viel eher Franz als Franz-reglos, wie eben noch. Auch die Krügerin nickte und goss reihum Whisky nach. Sie sah keineswegs mehr nach einer Frau aus, die sich Gedanken über Ziege oder Schwein macht, eher nach einer mit einer Pistole in der Handtasche.

Mädchen, was meinst du zu all dem?, fragte Franz und nickte Katja auffordernd zu.

Ich möchte keine Verbrecherin sein, antwortete Katja sofort.

Siehst du, rief Franz, deine Tochter ist klüger als du! Ihr Satz drückt exakt aus, dass jeder Mensch ein Verbrecher sein könnte.

Edgar schaute Katja zweifelnd an, so hat sie das bestimmt nicht gemeint, und überhaupt, lass sie aus dem Spiel.

Stimmt, sagte Franz, als habe er genau darauf gewartet, sie meint es nicht so, es ist noch besser: sie sagt es, weil ihr es ihr beigebracht habt. Die Gesetze achten, die Menschen achten – das muss natürlich beigebracht werden. Weil, Franz schnaufte, jeder auch anders könnte, weil keiner ganz schwarz oder ganz weiß ist – und, mit einer weitausgreifenden Armbewegung setzte er nach, jeder x-beliebige die Phantasie eines Verbrechers hat, unsere Politiker allemal.

Ohne Klopfen schwang die Tür auf, ein Staubtuch erschien, der Kopf der Putzfrau folgte. Erstaunt hielt sie inne, normalerweise war hier mittwochvormittags keiner. Sie trug ein kariertes Kopftuch, um die Haare zu schützen. Putzeimer und Feudel, beides kräftig rot, standen im Gang. Wir gehen schon, rief Edgar, die Pressekonferenz war sowieso beendet, eine Wiederholung der wichtigsten Abschnitte der Trauerfeier im Olympiastadion wurde angekündigt. Franz, als erster im Flur, räusperte sich, Katja …, drehte sich zu ihr. Doch da erschien Edgar, zwei Aktendeckel unter den Arm geklemmt. Tut mir Leid, Tinka, sagte Franz, ich muss jetzt los, mein Urlaub ist aufgehoben, vermutlich fliege ich heute noch nach Bonn. Aber ich komme bald zurück. Er blinzelte ihr zu, nicht wahr, Prinzessin? Sie revanchierte sich, rostiger Ritter, mach's gut!

Die DDR-Mannschaft ist abgefahren, warf die Krügerin von ihrem Tisch her ein, aber nur in ein Trainingslager in Füssen. Das heißt nicht, dass sie was damit zu tun hatten, rief Edgar, deren Haus ist ja von Medienteams belagert, da wäre jede Mannschaft geflüchtet. Die haben doch die Finger drin, murmelte Franz. Edgar sagte, halthalt, Mister Schnell, keine Vorverurteilungen! O.k., Mister Right, sagte Franz und schob ein leises »danke!« hinterher.

Eine gute Gelegenheit, dachte Edgar, Franz, den heute so weichen Franz, endlich zu fragen – auf welcher Seite spielst eigentlich du das Theater mit, mein Lieber?

Doch der: auf meiner, ist das nicht klar?

Und die ist rund, fragte Katja, weil sie an Afrika dachte und dass Franz herumrollte in ihrem Leben wie eine Kugel, aber Franz lachte nur, besser: lachte zum ersten Mal an diesem Tag, rund wie mein Arsch! …, oh pardon, drehte sich zu Elsbeth, zuckte kurz mit den Schultern, warf ihr dann doch einen Handkuss zu und schimpfte, während er an der Garderobe nach seiner Aktentasche suchte, Trauerfeier, mit diesem völlig vergreisten

Brundage, gestern sind elf Stunden nach dem Tod des ersten Israeli vergangen, bis er die Spiele endlich stoppte!

Ein alter Mann, der sein Werk schützen will, ich verstehe das, sagte Edgar etwas pikiert. Franz wechselte seine Laune ja mal wieder schneller als sein Hemd.

Ah, Anwalt der Armen und Schwachen, rief Franz, halb zwischen Garderobe und Wand geklemmt, aber hier gebe ich dir nicht schon wieder nach! Avery Brundage – er betonte jede Silbe – habe ich mir genauer angeschaut, ganz offiziell. Mein Liebling. Hat er doch sichergestellt, dass die USA die Nazispiele '36 nicht boykottierten. Zum Dank wurde er ins IOC gewählt, ha, und ließ '48 – das muss man sich auf der Zunge zergehen lassen, '48 – Leni Riefenstahl ein *olympic diploma* zukommen. Franz hob seine Tasche auf. Und gestern, rief die Krügerin am Bonbonkästchen, hat er Druck auf die bayerischen Behörden gemacht, dass Geiseln und Terroristen schnellstmöglich aus dem Dorf verschwinden. Ihre Wangen waren rot. Du sagst es Elsbeth, antwortete Franz. Sie stockte, ich habe die Trauerfeier im Radio gehört, als ich hier ankam. Wieder Brundage. Am Ende rief er, obwohl das Komitee noch nicht entschieden hat, »the games must go on«.

Ihr Englisch klang wie ihr Deutsch.

Franz flüsterte, seht ihr, ihr habt Recht, man muss dringend etwas tun, drehte eine Pirouette auf seinen glänzenden schwarzen Schuhen, sagte, oh, die Funktionäre, Gott segne ihre armen kleinen Hohlköpfe!, und war, clicketi clack, durchs Foyer und heraus aus der Kanzlei.

Ebenso, wie es ihm stets gelang, vollkommen plötzlich zu erscheinen, gelang es ihm jedes Mal, plötzlich vollkommen zu verschwinden. Immer, wenn Katja ihren Vater nach Franz fragte, sagte er, *dieser* Spinner, oder, dieser *Spinner*, oder mach dir keine Sorgen, wir sind wirklich nur über fünf Ecken mit ihm verwandt. Jetzt war er fort, wie jedes Mal viel zu rasch, und wie jedes Mal hatte sie das Gefühl, wenn sie ihm hinterherginge, in ein Nichts zu treten, ja wenn sie nur den Arm durch die Tür streckte, durch die Franz eben verschwunden war, diesen Arm nie wieder zu sehen.

Er hat den Fernseher dagelassen, seufzte Edgar, wetten, wenn ich ihn zurückbringe, muss ich ihn bezahlen, ich! Kopfschüttelnd, doch auch amüsiert, stand er vor Elsbeths Terminbuch. Mehr zu sich selbst denn als Frage an die anderen murmelte er, jetzt haben wir ihn getröstet, aber was wollte er eigentlich heute hier?

Mit mir sprechen, antwortete Katja wie aus der Pistole geschossen, und zog ab, aufs Klo. Staunend sah Edgar ihr hinterher. Der rote Putzeimer leuchtete im Flur. Elsbeth Krüger schlüpfte in ihre Jacke. Sie würde Katja zu den Großeltern begleiten, Edgar hatte dort gestern Abend einen Ordner vergessen, den sollte sie zurückbringen. Als Tochter und Sekretärin fertig in der Tür standen, gab Edgar sich einen Ruck: sag mal, Tinka, was hast du Franz am Fenster ins Ohr geflüstert?

Ach nichts, sagte Katja. Ihre Augen funkelten so herausfordernd wie die von Franz. Also fragte Edgar noch einmal, sag's mir doch, bitte!, und Katja, die wie Pippi Langstrumpf auf einem Bein aus der Tür hüpfte, drehte sich tatsächlich noch einmal um. In einem eigentümlichen Singsang antwortete sie: ein Drache ist immer nur so mächtig, wie man ihm erlaubt zu sein.

12

(Erzählen)

Rosige Charlie. Dieser Herbst tat ihr gut, eine Katastrophe nach der anderen, sie blühte auf, erst Olympia, dann eine Flugzeugentführung, zugleich Tumult bei den Berewskis, diese Katastrophe allerdings bedrückte sie, das Unglück »er hat eine neue Frau«. Gegen diese Heimsuchung half auch die Fütterung Platos nach der bewährten Methode nur wenig. Das rasende Fressen des Allerschönsten machte ihn weiterhin verrückt vor Gier und Schlingen – Charlie gönnte es ihm an dem Tag, an dem sie putzte, dann waren die Spuren der Orgie auch gleich beseitigt. Im Oktober brach Plato fast zusammen, denn nun putzte Charlie jeden Tag, jeder sollte mitbekommen, wie unentbehrlich sie war. Er nahm zu, sie litt. Immerhin, während sie putzte, lief der Fernseher mit weiteren Katastrophen, wodurch die Katastrophe »neue Frau« in Schach gehalten wurde. Nachdem Edgar ihr gesagt hatte, Sie, Charlotte, können auf jeden Fall bleiben, nahm Plato in einer Woche zwei Kilo ab. Es war Mitte November. Beim nächsten Mal machte sich Charlie fein für Susannes Besuch. In einer Wolke von 47 11 erschien sie aus dem Bad, auf drei Zentimeter hohen Absätzen, auf denen sie wackelte, als wären es zehn, dann aber stand sie selbstbewusst in der Tür, um Susanne zu begrüßen, die Wangen unter den Augen gerötet wie die stolze Bäuerin eines Genrebildes aus dem 19. Jahrhundert, das Katja Jahre später in einem Museum sah.

Am nächsten Tag saß Charlie, wieder in der üblichen weißen Schürze, pfeifend am Küchentisch und ordnete die Katastrophe, die nun noch übrig war – Olympia. Katja würde sich bald umsehen, mit der neuen Frau im Haus. Mit seinen eigenen

Händen wollte das Mädchen ja keinerlei Arbeit tun! Nur für ihren Vater tat sie alles. Charlie schüttelte den Kopf und legte die Bilder von Olga Korbut obenauf. Einmal, als Katja Fieber hatte, rief sie einen ganzen Tag nach ihm, Papa Papa, lass mich nicht allein, das war ja uferlos. Gleich hinter Korbut (liegt im Einzel-Mehrkampf nach sechs von acht Übungen vorn, streift am Stufenbarren den Boden, bricht ab) legte Charlie die 800-Meter-Läuferin Gunhild Hoffmeister, die bei der EM in Helsinki im Jahr zuvor gestolpert war und die bundesdeutsche Konkurrentin mitgerissen hatte (auch davon besaß Charlie ein Bild). Im Münchner Finale traten die beiden wieder gegeneinander an, Hoffmeister lief die ganze Zeit Außenbahn (Bild), wurde aber noch Dritte; Falck, BRD, holte Gold. Egal, ob Lasse Viren stürzte (dann die 10 000 Meter aber doch gewann), die sowjetischen Basketballer in allerletzter Sekunde, nach einer umstrittenen Verlängerung, die Mannschaft der USA besiegten, der bundesdeutsche Reiter Horst Karsten beim Military ein Vollbad nahm oder die toten Israeli gezeigt wurden, jeden Zeitungsausschnitt hatte sie gesammelt. Nun sortierte sie Sport und Attentat auseinander. Hob nur Fotos der Opfer auf, keines der Geiselnehmer. Sie fand, das war gerecht.

Katja schaute ihr zu, als Edgar überraschend in der Tür stand, es war noch hell, er schon aus der Kanzlei zurück. Katja erschrak, aber er nickte sanft, ich dachte, wir essen heute zusammen, nur wir zwei, ich koche uns was.

Seit er Susanne hatte, fuhr er wieder mit dem Auto zur Arbeit, es war praktischer, um von ihr abends nach Hause zu gelangen, jetzt war er mit dem Auto noch einkaufen gewesen, Katja stand neben ihm in der Küche, als er die beiden Stücke Tiramisu in der Durchreiche vorsichtig auspackte, eine ganz neue Nachspeise, sie jedenfalls sah sie zum ersten Mal, Charlie, schon im Mantel, wünschte »na denn!«

Sie aßen im Wohnzimmer, dicke dunkle Wolken hingen am

Himmel, die Tischlampe brannte. Vor ihnen standen knusprige Brötchen, gelbglänzend und hart neben dem frisch polierten Besteck, ihre Hände lagen locker eingerollt daneben, bereit zu-zugreifen und sich wieder zu schließen. Es war selten geworden, dass sie so zu zweit aßen. Katja wartete darauf, dass Edgar end-lich mit der Sprache herausrückte, es war überdeutlich, er hatte etwas Besonderes vor, Katja war sich sicher, das Ende der Su-sanne-Katastrophe kündigte sich an. Doch Edgar schwieg, viel-leicht sammelte er während des Essens noch Mut, hatte sich vorbehalten, erst in letzter Sekunde zu entscheiden, ob er etwas sagen würde oder nicht. Über die verlockend nach Schokolade und Kaffee riechende Nachspeise hinweg schaute er seiner Toch-ter ins Gesicht. Katja lächelte ihm aufmunternd zu, nun kommt es, frohlockte sie innerlich, er hat sich von ihr getrennt, deswe-gen ist er so früh hier und bringt besonders gute Sachen mit, denn sie wollte nicht denken, jetzt kommt es, er will sie heiraten, das sagt er mir jetzt. Edgar sah nicht fröhlich aus, Katja beruhig-te sich, allerdings auch nicht richtig traurig, aber sie dachte, er ist eben auch erleichtert, sie los zu sein, schon legte Katja sich zurecht, wie erwachsen sie auf die Nachricht von Susannes Ver-schwinden reagieren würde, Edgar trösten, sagen, ich bin ja da für dich.

Erst jetzt, als sie daran dachte, wie es gewesen wäre, wenn Su-sanne geblieben wäre, erst jetzt, als sie anfing, es sich vorsichtig auszumalen, geschützt durch das sichere »Aus«, das sie gleich hören würde, denn tatsächlich schaute Edgar bekümmert auf seinen Teller, erst jetzt spürte sie, wie groß ihre Sorge tatsächlich gewesen war, er würde eines Tages eine neue Frau finden und als Vater verschwinden, nur noch als Hülse herumstehen, eine Sorge, die Katja bedrückt hatte, als wäre sie inmitten einer Horde von Räubern verpflichtet, einen Sack Diamanten zu be-wachen und wüsste nicht, wie sie es schaffen könnte. Du bist alt genug, die Wahrheit zu erfahren, fing Edgar mit einem Seufzer an, nicht ganz wie erwartet, es klang zu dramatisch für die Trennung von einer Frau, mit der er nur ein paar Wochen zusammen war, vielleicht war es falsch, räusperte er sich, dir so lange nichts davon zu erzählen, dazu drehte er die Serviette in der Hand, als sollten seine Worte aus dem Stoff herausgepresst werden, ich hoffe, du wirst es nicht so empfinden, sagte er, ich tat es, um dich zu schützen, sie, sagte er, ich …

Sie hatte sich umgebracht. Zwar einen Autounfall gehabt, doch kein zweiter Wagen war verwickelt, Marlene mit Absicht gegen eine Wand gefahren. So denkt man es sich, so ist es rekonstruiert worden, sagte Edgar, denn es gab diesen Abschiedsbrief an mich. Er flüsterte.

Doch Katja hörte überdeutlich, was er sagte, ja, es kam bei ihr an, Wort für Wort. Die Nachricht erstaunte sie nicht einmal, änderte so wenig, so viel, kam doch erst langsam an, kam an wie ein Stück Verzweiflung, änderte wenig, denn Marlene war weg, und änderte alles, Marlene hatte Katja also allein gelassen, und Katja sah Edgars Gesicht, und spürte Wut auf ihre Mutter, dass sie gegangen war, und auf ihren Vater, dass er sie nicht zurückgehalten hatte. Aus Angst vor – Edgar zuckte die Schultern, holte Luft, stotterte, sagte, den Teller von sich schiebend, es hat also nie einen Autounfall gegeben, oder doch einen Autounfall, nachts, sie hatte Tabletten genommen, das wurde im Blut festgestellt.

Es musste einen Grund gegeben haben, aber Edgar sagte, er kenne ihn nicht. Doch war da nicht eben etwas in seinen Augen aufgeglommen, etwas, das er nicht sagen wollte? Unversehens hatte Katja das Gefühl, ihren Vater klarer als je zuvor zu begreifen: auch ihn hatte Marlene verlassen, vielleicht mehr noch als sie. Denn Edgar musste sich den Vorwurf machen, nichts gemerkt zu haben, sie nicht zurückgehalten zu haben. Katjas Lippen entspannten sich, ihr Unterkiefer gab nach. Die Last, die sie sich selbst zugeschrieben hatte, lag eigentlich, doch, bei ihm.

Edgars Gesichtsausdruck wechselte im Licht. Sie waren zusammen behutsam und still. Katja fühlte sich dankbar – endlich hatte er sie eingeweiht, endlich war sie auch in seinen Augen groß genug. Und er vertraute ihr. Sie war stolz, sogar froh, und schämte sich dieser Fröhlichkeit zugleich. Grau, doch hell, jünger, wenn auch angespannt sah Edgar aus. Was stand in ihrem Brief an dich?, fragte Katja.

Er schüttelte den Kopf. Nicht jetzt, Tinka, das ist mir zuviel.

Das war ebenfalls neu. Zuviel – das hatte Katja aus Edgars Mund noch nie gehört. Sie staunte. Auch ihr Vater lebte also innen ganz für sich, geheimnisvoll. Sie wusste das, natürlich, von allen Menschen ganz allgemein. Doch es fiel ihr schwer, es sich wirklich vorzustellen bei jemandem, der so nah war. Jeder, auch Edgar, innen weich und verborgen wie sie selbst. Jeder auf einem anderen Weg.

Das Tiramisu nahm am nächsten Tag Charlie zu ihrer Schwester mit. Katja drehte sich noch immer der Kopf, die neue Wahrheit wollte ihr nicht wahrer erscheinen als das, was sie so lange geglaubt hatte. Unfall war Unfall, mit oder ohne Tabletten, eine andere Art Unfall, und Weggehen war auch ein Unfall, einer mit Absicht, wie wenn man mit Absicht gegen eine Wand fuhr. Nachts drehte sich ihr Kopf, und ihr Körper drehte sich darunter, aber in eine andere Richtung, sie schlief entsprechend, drehte wie ein Uhrzeiger im Bett, wachte müde auf. Woran sollte sie glauben, was sollte wahr sein, was zu verstehen? Wahrheit, Wahrheit – jetzt ein Monster mit tausend Armen und Beinen, hüpfte, sprang, lief, verlor sich in Teile, machte überraschende Abgänge, ebenso überraschende Auftritte, und wenn man ihr den Arm hinterherstreckte, ging er in der Dunkelheit nicht verloren, das wäre schön gewesen, nein, er spaltete sich auf in viele Arme, die in alle Richtungen greifen mussten, in der Dunkelheit hinter einer Tür, die zu keinem Raum mehr gehörte. Edgar hatte nichts gewusst, keine Vorahnung, kein Gefühl im Voraus, hatte er gesagt, nichts, ich wollte, dass du es weißt, hatte er gesagt, jetzt weißt, ihr sollt alle das Gleiche wissen!

Das war tatsächlich sein Hauptmotiv. Außerdem befürchtete er, Franz würde es Katja erzählen. Dem wollte er zuvorkommen. Andere Ideen darüber, was Franz möglicherweise mit seiner Tochter zu besprechen haben könnte, hatte er nicht.

Katja schaute, noch am Abendtisch, ihren Vater verständnislos an. Schon mal von dem antiken Philosophen Plato gehört?, fragte Edgar. Katja schüttelte den Kopf. Er hat über das Denken und unser Leben in der Gesellschaft nachgedacht, erklärte Edgar. Und über die Liebe. Dazu hatte er eine besonders schöne Idee. Die Menschen sollen ursprünglich eine Kugel gewesen sein, etwa so, wie wenn zwei Menschen Bauch an Bauch stehen und sich eng umarmen. Irgendwann sind die Menschen aber auseinander gebrochen. Und nun läuft jeder Mensch durch die Welt und sucht seine andere Kugelhälfte. Die eine, die zu ihm passt. Katja nickte. Das gefiel ihr. Das konnte sie sich vorstellen. So eine Philosophie war leicht.

Aber Liebe ist keine Kugel, sagte Edgar. Erstens! Und zweitens gibt es immer drei Hälften, oder vier, oder fünf, die zusammenpassen. Plato hat falsch gedacht. Und unser Plato heißt Plato, um uns daran zu erinnern, dass alles anders sein kann, als wir glauben.

Ein Lachen, breit und entspannt, wuchs über Edgars Mund, nicht absichtlich, das Lachen geschah wie von selbst, wie vor ein paar Wochen im Stadion – Edgars Gesicht ging auf: Susanne zieht zu uns, noch vor Weihnachten ist sie da.

Plato, der – kaffeebraun – in Edgars Schoß gelegen hatte, sprang, von der Erregung in Edgars Stimme angesteckt, hinunter. Er streckte das Hinterteil hoch, duckte die Brust über die lang gestreckten Vorderbeine, riss das Maul auf und gähnte mit einem lauten Miau. Normalerweise kniff er dabei die Augen zu, diesmal nicht. Katja spürte genau, er schaute sie glitzernd, schaute sie hämisch, triumphierend schaute er sie an.

Reisen 1

Wurzeln krochen aus der Erde wie Boas, erhoben und wanden sich, drängten zusammen, liefen auseinander, 20 Meter weiter oben im Geäst sah man sie wieder, sie züngelten in die Luft, streckten sich Vögeln entgegen, braun, behaart, derb und verschlossen, doch aufmerksam auf ihre Art. Sie tasteten, ja, schmiegten sich an einen Ast, um Ast zu werden mit ihm, kletterten wieder hinab, tauchten in die trockene braune Erde, und schon wuchs ein Stück weiter ein neuer Baum, das heißt derselbe, derselbe mit tausend Gliedern und 15 Metern Umfang, und warf seine holzigen Arme zügellos um sich aus.

Die Bäume hatten es eilig, Katja staunte, wie lebendig sie waren. Sie platzten vor Leben, schäumten geradezu. Banyans erkannte sie, Mangobäume, den Neem, Palmen, Papaya. Neben der Holzveranda wucherte einer mit Blüten, die aussahen wie Federbüsche. Weiß und dicht streckten sich zarte Blattfäden in die Höhe, in den Spitzen rosa gefärbt. Fast felllose Hunde schliefen in seinem Schatten, mit wölfischen Ohren, die Augen groß und schwarz. Über Katjas Veranda dickte Blattgrün das Licht ein, dass es fast wie Wasser wirkte, und manchmal wedelten die Blätter sogar ohne Wind, wie um die Sonne anzustacheln, an ihnen zu trinken. Auch die weißpinkfarbenen Nelken der Farm gediehen prächtig. Wie Segel schoben sich die Dächer der Gewächshäuser in die Felder, denn manche Sorten wurden im Freien gezüchtet, froschgroße Blüten oder Miniatur-Bartnelken, Nelken, die rochen und Nelken ganz ohne Duft, Nelken, die mit noch grünen Blüten geschnitten wurden, und welche, die gar nicht wegkamen, denn der Eigentümer, Katjas

Sponsor für eine Woche, Mister Wladimir Chatterpee, wollte auch etwas haben von seiner Farm.

Trotz seines halb russischen Namens, den er zu Ehren Nabokovs trug, bei dem seine Großmutter mütterlicherseits ein paar Vorlesungen über französische Romane und das Landleben gehört hatte, betrieb er den Nelkenbau nach zwei indischen Regeln, Einklang mit der Natur und strenger Vegetarismus. Ganz Vandropuraditanagarth, oder Vaindraporjutunurogorth?, arbeitete für ihn. Zwei Stunden Autofahrt von Varanasi, vermutlich nicht mehr als 70 Kilometer, doch das Taxi, das Katja brachte, ein alter weißer Ambassador, ganz ohne Stoßfedern, war auch ganz ohne Tacho gefahren, ohne Klimaanlage, ohne Glas in den Fenstern. Als sie ankamen, wankte Katja aus dem Wagen wie nach einer Atlantiküberquerung vom Schiff, ihr Rücken schmerzte; Chatterpee aber tat, als sehe sie großartig aus und führte sie gleich umher. Die Blumen wuchsen unter Dächern, die Menschen lebten im Freien, doch es gab ein paar Holzgebäude, eines davon für Katja, Schlafzimmer, Bad mit WC, Veranda. Eine große Küche bekochte alle. Morgens um vier wurden die frisch geschnittenen Blüten abgeholt und nach Varanasi gebracht, davon wusste Katja nur aus Erzählungen, sie schlief hier wie ein Stein.

Eine dicke, grünlich glimmende Spirale aus Weiß-Gott-Was glomm vor Katja auf dem Verandatisch. So ein Moontiger vertrieb tatsächlich die Mücken. Andere Insekten, vor allem kleine blaue Käfer mit schillernden Flügelpaaren, schwirrten heran. Immer wieder schrie ein Affe in den Bäumen, Blätter raschelten. Dann wieder Stille, vielleicht einmal das Stöbern einer Nase im Gebüsch neben und halb unter der Veranda. 22.00 Uhr, das war für die Arbeiter mitten in der Nacht, ebenso für Chatterpee, der stand mit der Sonne auf, und wenn sie unterging, ging er ins Bett. Katja liebte die Stunden allein auf der Veranda. Wie Marmor war die indische Dunkelheit, voller Adern und

Glätte, kühl, wenn man sich an sie lehnte, vieldeutig und träge dabei.

Vier Nächte schon in einem Bett, doch das passierte bei Katjas Reisen immer wieder, sie schlug ein Hauptlager auf, ließ dort »das schwere Gerät«, organisierte Treffen, Fahrer, Dolmetscher, suchte Orte und Menschen. Ein Auftrag begann oft mit einer großen Reise, aus der wie aus einem Schlangennest viele kleine krochen. Längst war Katja Expertin im Züchten von Bonsaigepäck, sie schlief überall, in Bussen, auf Flughafenbänken, konnte sich verteidigen, hatte Erfolg. Selbst in Provinzredaktionen kannte man sie, ihre Fotos wurden ausgestellt. Das nützte, denn immer wieder brauchte sie Genehmigungen von Regierungsstellen, inzwischen half es, wenn sie dort ihren Namen sagte.

Und nun: vier Tage, vier Nächte nichts zu tun. Ein ungewohntes Gefühl. Katja wunderte sich noch immer über den Zufall, der sie hierher verschlagen hatte. Toni, ihr Redakteur, rief an, Toni, mit dem sie seit Jahren zusammenarbeitete, Jahrzehnten, Toni, der in Hamburg thronte und Arbeit verteilte, Toni, völlig durch den Wind. Er wollte, dass sie, sofort, zur Kumbh Mela nach Allahabad fuhr. Kumbh Mela, schwärmte er, das größte religiöse Zusammentreffen der Welt, die erwarten sieben Millionen Besucher, bauen eine eigene Stadt, das ist was für dich, ich brauche es spätestens zu Weihnachten, am besten aber gleich. Katja lehnte am Balkon ihres Hotelzimmers in Singapur und lachte. Die Verbindung war klar, als sitze Toni im Zimmer nebenan, jedenfalls klarer als Toni im Kopf. Die Kumbh, stöhnte Katja, und das jetzt! Schon immer will ich da hin! Weißt du, welche Zeit wir haben? Wie aus der Pistole geschossen kam, August 2002, Sommerloch. Aha, daher wehte der Wind. Toni, rief Katja, das kann dich doch nicht überrascht haben, Sommerloch hast du jedes Jahr! Aber Sieglinde ist weg, jammerte er, Katja seufzte, das ist auch schon drei Jahre her …!, sie hat einen Neuen, die haben sogar geheiratet, sagte Toni, das ist ganz neu – aber mir auch egal. Das glaubte Katja sofort, sie sah ja, wie klar und effektiv Toni arbeitete. Redakteur seit Jahrzehnten – und vom Sommerloch übertölpelt. Dabei gleichzeitig irgendetwas mit Weihnachtsplanung. Außerdem, seit drei Jahren hörte sie bei jedem Anruf von Sieglinde. Viel mehr als in der Zeit, als die beiden noch zusammen waren. So beiläufig wie möglich sagte Katja, Allerbester, die Kumbh findet alle 12 Jahre statt, zuletzt im Januar 2001, das haben wir verschlafen, aber wie wäre es mit Varanasi? Kenn ich nicht, hatte Toni gegrummelt. Kennst du wohl, Fischkopf, Benares nannten die Engländer das.

Katja flog, wie praktisch, von Singapur nach Indien, das lag sozusagen auf dem Weg. Varanasi, religiöser Alltag am Ganges. Katja, unterwegs als journalistisches Kompaktmodul (sie schrieb auch den Bericht, aber die Fotos waren wichtiger), Katja, Fotojournalistin seit 20 Jahren, Familie und Soziales, doch spezialisiert auf Religiöses, religiöse Massenveranstaltungen, den neuen Spiritualismus. Katja, interessiert an Menschenzusammenballungen, Schuldvergebung und Reinheit, solange sie es durch die Kamera betrachtete – für andere, nicht für sich. Katja, die Fotografin, wollte Geld verdienen, gute Fotos machen, gut essen und wieder gehen, wie überall. Diese Katja war klein, wendig, kompakt. Ihren Bildern sah man ihre geringe Körpergröße nicht an, hatte aber gleich ein Gefühl von Nähe. Niemand wusste, wie sie das machte. Vielleicht hatte es doch damit zu tun, dass Katjas Augenhöhe den meisten vertraut war, irgendwann, für ein paar Monate vielleicht nur, hatten auch sie die Welt aus diesem Abstand erlebt. Ohne dass sie es wussten, rührten Katjas Fotos daran und gaben, bei aller Fremdheit, die sie zeigten, den Augen – und mehr noch dem Gefühl – einen Anhaltspunkt.

Überhaupt. Katjas Größe, 1,58 Meter, war beim Reisen praktisch. Japanische Hotelbetten, chinesische Busse: geradezu maßgeschneidert für sie. Das Grün ihrer Augen konnte braun schimmern. Den großen Busen unter dem Hemd eines Salwar Kamiz oder einem Kaftan versteckt, fiel Katja nirgends auf. Nur ihre feine Haut blieb blass; die kleinen Füße schlüpften in jeden billigen asiatischen oder arabischen Schuh. Katja staunte selbst, wie sie sich veränderte, wenn sie sich einmal schminkte, ein Kleid anzog, hohe Schuhe – verschwunden die Arbeitsbiene, und hervorkam, parfümiert und gecremt, die Haare glatt geföhnt, eine eigenwillige hübsche Frau in ihren Vierzigern, fast faltenlos. Dann erkannte Katja sich selbst beinahe nicht mehr, nur der rechte Zeigefinger war eindeutig ihrer, gekrümmt, als komme das vom Auslöser-Halten, Halten. Mühelos konnte sie noch immer das eine oder andere Auge zukneifen, ohne die Miene zu verziehen, und wenn sie müde war, passierte es ihr manchmal auch ohne Sucher am Gesicht. Das andere Auge blieb weit offen.

Seit 20 Jahren unterwegs. Dem Rest der Welt kam das schnell wie Urlaub vor, doch Katja reiste ganz ohne Urlaub, eben das war ihr recht. Zehn Jahre Glanz, Aufstieg, Erfolg, fünf Jahre Alltag, »eben normal«, und seither?

Sich fühlen wie jemand nicht außerhalb, sondern über der Welt?

Die Lippen rot nachziehen, über die Zähne spannen, sagen I see?

Transit-Girl, egal, wie alt, für immer, egal?

Manchmal das Gefühl, ich will kein Flugzeug mehr von innen sehen! Nie mehr will ich in einem Flugzeug etwas essen müssen! Nie mehr in einem Flugzeug (13 Stunden) meine Tage bekommen. Dann wieder ein Festmahl irgendwo in einem alten Stadtpalast oder ein großartiger Sonnenaufgang an Buddhas Baum. Glanz und Elend eines Reisens ohne Alternative. Denn so war es bei ihr: wohin sollte sie »heim«? Lief sie doch gerade weg vor jedem Zuhausegefühl, als stehe es ihr nicht zu; wenn es sich entwickelte, unterdrückte sie es, am besten war, es gar nicht erst aufkommen zu lassen. Als große Männerhemden Mode wurden, zog Katja sie nicht an; schade eigentlich, dass du keines hast, dachte sie oft, wenn sie wieder eine Frau darin entspannt auf einer Couch liegen sah, aber Katja lief weg von Heemte, zu viel Heimat, lief zu fremden Gesichtern und suchte in ihnen, was dort nicht zu finden war. Hätte sie es benennen sollen, sie hätte nicht gewusst, wie es hieß, und jemanden, der es das Geheimnis glücklichen Lebens genannt hätte, hätte sie ausgelacht.

In Varanasi holte es sie ein.

Katja scheuchte eines der blauen Insekten von der Lampe fort, kein Selbstmord hier auf der Veranda! Die Käfer gefielen ihr, ein Fotomotiv nach dem nächsten. Doch sie fotografierte nichts hier bei Chatterpee, das gefiel ihr noch mehr. Leise lachte Katja auf. Varanasi. Eine typische Katjaaktion: wieder zwei einander umarmende Frauen aufgenommen. Gut Geld damit verdient. Und Chatterpee kennen gelernt. Dabei hatte der Tag dunkel und kalt begonnen. Fußmarsch zum Fluss. Die Nacht war überraschend intensiv, als stehe hinter ihr eine zweite dritte zehnte Wand von reinstem Schwarz. Nicht einmal die Straße war zu sehen. Die Menschen neben sich hörte, roch, fühlte Katja nur, ermattet und aufgeregt, dem Ziel so nahe, dem Ganges, der Ganga, doch wo genau waren sie nun? Katja stolperte mit durch das unendliche Gewinkel enger Gassen, vorbei an Hütten, Mauern, Kühen, Müllhaufen, Kindern, geschlossenen Läden, Luken, Höhlen, Lumpen, kleinen brennenden Lampen, vor denen drei Schatten hockten, treppauf, treppab, durch Winkel und Ecken, im Kreis, halb zurück, manche liefen seit Wochen so, abgemagert, krank, doch bittend und froh, um endlich in den Fluss aus dem Himalaja zu steigen, sich den Staub der Straße und des Lebens abzuwaschen in den völlig verdreckten, mit Bazillen übersättigten braunschlammigen Fluten, die Leichen schluckten seit Tausenden von Jahren. Erneut eine Mauer, umkehren, kreischende Kinder, die Hände ausgestreckt, da, das Bimmeln der Gebetsglöckchen, da, endlich das Ziel.

Die Menge der blitzenden, mit Silber bestäubten Leiber am Ufer nahm Katja fast den Atem. Sie stand außerhalb, die Kamera zeigte, dass sie nur Beobachterin sein wollte, doch darum scherte sich hier keiner. Wer da war, gehörte dazu, wer da war, suchte und würde finden. Jozef hätte gesagt: die Fragen eines Lebens wählt man nicht. Sie kommen zu dir, da gehen sie im Kreis, das sieht jeder, unser Kopf ist doch rund, wie sollte es da anders sein!

Eine Scheibe hing am Himmel, erstaunlich hell, kein gewöhnliches Licht.

Das Wasser kroch grünlich und faul dahin, doch kaum stand Katja darin, spürte sie den wirklichen Fluss, er war lebhaft, hitzig, unermesslich lang. Seine Ufer rückten weg, brauner Sand, Himmel. Worte von Liedern, die Katja nicht verstand, drangen an ihr Ohr. Die Sanddünen, die im Wind flackernde Wäsche, die strohgedeckten Hütten bedeckten sich mit einer durchscheinenden Schicht pudrigen Lichts.

Aufgewirbelt von Tausenden von Füßen wurde der Ganges nicht schlammiger, sondern heller. Schwaden von Blüten und frisch gebackenen Pakoras, Räucherstäbchen und Weihrauchdampf wehten vom Ufer herbei. Katja stieß an andere, stolperte, hielt die Kamera fest, betäubt von den Düften, betaumelt von der Menge, war Teil davon, wollte es sein, drehte die Blende auf. Menschen, lachend, tauchend und nass. Allmählich entspannte Katja sich, obwohl das Wasser an ihre Hüften schlug, als wolle es mit ihren Knochen spielen. Bakterien, Dreck – egal. Katja, weiße Milchkuh in der wässrigen Heiligkeit, streckte die Brüste heraus, holte tief Luft.

Der Duft aus Schweiß, Parfum, Eselscheiße, Blumenopfern, Kerzenrauch nahm ihr erneut fast den Atem.

Da stürzte der Ganges vorwärts, die Badenden stürmten mit, fielen einer über den anderen, lachten dazu.

Die Ghats hinter den Betenden lagen in der Sonne wie ein

umgestülptes Nest. Am anderen Ufer erstreckte sich eine Insel aus gelbweißem Sand, die vom Ganges wie mit einer Schere abgeschnitten worden war.

Der Fluss war ein Nest, das Fäden zog, Katja war 42 und steckte noch immer im Nest, sie brauchte lange, für alles, im Nest war es warm, darin musste sie niemand sein.

Ein junges Mädchen zerrte mit beiden Händen seine Mutter hinter sich her, in einem Arm hielt die Gezogene einen Krug, der Sari rutschte ihr über die Knie, zitternd bewegte sie sich in der Kälte vorwärts, auf spindeldürren, fast schwarzen Beinen. Katja verlor die beiden aus den Augen, die Ganga floss hier draußen heftig, Katja fotografierte, ließ die Kamera wieder sinken. Die Uferbank gegenüber wirkte wie eine Fata Morgana, es war strahlend hell jetzt, ein Stück Fluss, ungekräuselt wie ein windstiller See, öffnete sich vor Katja, die ältere Frau von eben stand mitten im Gewühl, ihre Augenbrauen hoben, ihre Nasenflügel weiteten sich, sie öffnete den Mund, eine andere, ein paar Schritte schräg vor Katja, drehte sich um.

Es wurde das Foto, das Katjas Geldsorgen für ein Jahr löste, ein Geschenk, wie vom Himalaja geschneit: zwei Frauen, der leere, innegehaltene Blick der einen, den Bruchteil einer Sekunde ihr voraus die andere. Freude glomm in den Pupillen, den Mundwinkeln, den Wangen, gleich würden sie sich in den Armen liegen, es war der Augenblick, in dem sie sich erkannten, etwas Frohes, aber nicht nur. Der Krug der ersten hing im Wasser, halb leer, halb gefüllt, halb trocken, halb feucht. Bein und Hüfte ihrer Tochter, scharf ausgeleuchtet, waren eben noch am Bildrand zu sehen, klar und doch in einer schnellen Bewegung, da wollte jemand fort, wandte sich von den Alten ab. Blass stand der Himmel im Bild, schwarz war der Fluss.

Nachtschmetterlinge stiegen nun neben der Veranda auf, schnelle dicke Schatten. Etwas raschelte unter dem Holz, in Europa hätte Katja gedacht, ein Marder, ein Igel, doch hier? Zwei sich umarmende Frauen, als wäre sie auf das Motiv abonniert. Vielleicht war sie es tatsächlich – angeblich versuchte das Gehirn stets, bereits Bekanntes wiederzuentdecken. Und schenkte, indem es wiedererkannte, Katja jenen entscheidenden Vorsprung einer Zehntelsekunde – beim Fotografieren der Wirklichkeit muss man etwas gesehen haben, bevor es geschieht, um abdrücken zu können, wenn es geschieht.

Sie wusste, als sie auf den Auslöser drückte, wie gut das Foto werden würde; so saß Katja am Mittag des Varanasitages zufrieden im Restaurant ihres Hotels. Auftrag erledigt. Ein verfallener Maharadja-Palast begrenzte den Garten nach Süden, Schalen mit Reis und Gemüse standen als Opfergaben am Boden, Frauen trugen Ziegelstapel auf dem Kopf, eine kleine Mauer wurde eben gebaut. Drei der Trägerinnen pausierten auf der Brüstung, ihre nackten Sarirücken, die unterschiedlichen Hauttöne, ihre geflüsterten, im Wind seltsam vertrauten Stimmen, und da waren das Gras in Max' Garten, der Wind in den Birken, Wortfetzen aus dem Kassettenrekorder, Simons Kauen. Aber ich habe dir nachgerufen, sagte Max zu Katja – ein Tag im Oktober, er lehnte an der Schulmauer, sein grünblauer Schal flatterte ihm immer wieder ins Gesicht – dir nachgerufen, vor vier Wochen im Garten, flüsterte er, du hast es nicht gehört, glaub mir doch.

Und da war diese Musik, Katja schüttelte den Kopf als wolle sie eine Mücke vertreiben, doch die Klänge blieben, *I once had a girl, or should I say she once had me*, der Koch rührte im Takt von *Norwegian Wood* den Curry an, Katja musste lachen, das Lied hatte sie immer froh gemacht. Good fire, grinste auch der Kellner und setzte ihr Chicken Tikka ab, rot und scharf. Sein Schatten schaukelte über den Kiesweg davon, auf dem Gras näherte sich ein anderer. Der hoch gewachsene Inder vom Nachbartisch bat Katja in perfektem Englisch, ihre Nikon betrachten zu dürfen, normalerweise hütete sie sie wie ihren Augapfel, gab sie niemals aus der Hand, schlief darauf, jetzt antwortete sie leichthin, isn't it good?, und als er die Kamera fachmännisch drehte, sagte Katja, wollen Sie sie ausleihen? Es muss der Garten gewesen sein, das Gangesbad am Morgen, die Erinnerung an Max, *she asked me to stay,* ob er damit auf die Straße dürfe, yes, be happy, sagte Katja und legte einen Hühnchenknochen auf den Tisch.

And when I awoke I was alone.

Falsch. Katja wachte von einem Klopfen an ihrer Zimmertür auf, elegant verbeugte der Mann vom Mittag sich, reichte Kamera und Karte: Wladimir Chatterpee. Um die 30, perfekt gekleidet – Hemd, Anzug, Krawatte, ein Businessman, nur die abstehenden Ohren passten nicht. Eine halbe Stunde später saß Katja zum Abendessen am Familientisch. Zufall, *chance.* Chatterpee legte den Kopf schräg und lächelte, but chance means luck. Und schon hatte Katja Glück, schon war sie eingeladen, eine Woche auf Chatterpees Nelkenfarm zu verbringen, schon hatte sie zugesagt, obwohl ihr die Zeit fehlte, obwohl es unverschämt teuer werden würde, den Rückflug umzubuchen, obwohl sie schon hörte, wie Toni sie beschimpfte, doch jedes Obwohl schmolz vor dem Lächeln der Familie dahin – schon hatte sie, ganz out of character, ja gesagt, *i'll take my chance, and sit on your rugs!*

Der Moontiger glomm grün und kühl. Die Bäume rauschten, doch es musste hier Pflanzen geben, die sich nur nachts öffneten, die Dunkelheit roch anders jetzt, dunkelviolett. Laufkäfer huschten über den Fußboden wie bewegliche Kügelchen aus Teer. Max hätte gewusst, wie sie hießen. Katja stellte den Tiger neben ihr Bett, zog das leichte Laken über die Beine, schlief sofort ein. Ein Holzstoß brannte, doch als sie ihn endlich erreichte, war es ein Zuckerhut, jemand sang *isn't she cute, my litte brute?*, da kroch ein Krokodil herbei, tigermoongrün, als brenne auch es, und schleckte, wohlig grunzend, den Zuckerhut aus.

Am nächsten Morgen musste Katja warten, bis einer der Angestellten klopfte – alle hübsch, jung, scheu, auseinander halten konnte sie sie nicht. Die Angewohnheiten der Engländer waren auf jeden Europäer übertragen worden, zum Glück mochte Katja Tee mit Milch tatsächlich, er wurde noch vor dem Frühstück serviert. Der Junge stellte das Tablett wie üblich neben ihr Bett, Katja sagte, please help me!, und streckte vorsichtig die Hand aus, erstaunt griff er danach, zog. Schweiß brach Katja aus, Tränen saßen in den Augenwinkeln, obwohl sie das nicht wollte, auf keinen Fall, doch er sah es gleich, aber da war es ihr auch schon egal, so schnell wuchs der Schmerz.

I cannot move!

Er schien nicht zu erschrecken, legte Katja nur sanft zurück und schlug das Bettlaken auf. Katjas Beine ragten wie zwei fremde silberne Fische aus ihren Shorts, wenigstens sauber rasiert – wie lächerlich, in dieser Situation darüber froh zu sein, doch daran hielt sie sich fest, ein Rest Zivilisation, es sah doch ganz normal aus, gleich würde sie wieder gehen können, bestimmt, es war nur ein übler Scherz. Move your foot, sagte der Junge, Katja versuchte es, konnte ein Aufstöhnen nicht unterdrücken und sackte zurück. Sie kam sich vor wie eine abgestürzte Ente. Move your knee, sagte der Junge nun, das ging, wenn auch nur sehr langsam, als wäre jede Reaktion verzögert. Links. Rechts konnte sie sich bewegen. Also! Dann wollte sie jetzt auch aufstehen, you shouldn't, bedeutete der Junge ihr mit eigenartigen Rollbewegungen der Hände und des Kopfes, es sah komisch aus. Katja stemmte wenigstens den Oberkörper hoch und brachte beide Beine über den Bettrand. Doch das Sitzen erzeugte einen derartigen Schmerz mitten in der Wirbelsäule, dass sie verzweifelt die Lippen zusammenkniff. Erst nach Minuten – der Junge starrte sie ununterbrochen an – konnte sie die Tasse mit dem Tee nehmen. Daran, wie der Tee schwappte, war deutlich zu sehen, wie sie zitterte.

Wait!

Schon war er fort, schnell wie eine Echse, lautlos, aber warm und geschmeidig von einem Morgen voller Licht, der für ihn anbrach, für ihn.

Sie rechnete damit, nun länger allein zu sein. Die Bäume hier waren schnell, die Menschen langsam. Ihr war dunkel zumute, in ihrem Hals saß ein Knoten, sie konnte kaum schlucken, sie fürchtete sich. Auf keiner Reise war sie ernsthaft krank geworden, ein paar Erkältungen, Fieber, einmal ein verstauchter Fuß, einmal vom ausgeliehenen Moped gefallen, nicht lustig, aber das heilte, das verschwand, das kannte sie. Jetzt konnte sie nicht einmal den Arm mit der Tasse heben, ohne vor Pein das Gesicht zu verziehen. Der Schmerz strahlte überallhin, links und rechts nach vorn in den Bauch, die Hüften, und hinunter ins linke Bein bis in den großen Zeh.

Draußen zwitscherten die Vögel, der indische Kuckuck, ein kehliges Tacktack. Ein anderer Junge, der überhaupt kein Englisch sprach, erschien mit dem Frühstück, Katja aß, was sie vom Bett aus erreichen konnte, wartete. Ihr Körper schien sich ans Sitzen zu gewöhnen, die Schmerzen ließen etwas nach. Sehr langsam, mühsam an ein kleines Bord gestützt, stand sie auf. Was heißt stand, sie fühlte sich 50 Zentimeter kleiner als sonst, so schief und gekrümmt. Vorsichtig humpelte sie, das linke Bein nachziehend, ins Bad.

Sie lag längst wieder im Bett, als der Teejunge schließlich mit einem für die Verhältnisse des Landes schon älteren Mann zurückkehrte. Untersetzt, indische, vor 20 Jahren moderne Hose in unsäglichem Braun, dicker Schnurrbart zwischen runden Wangen, kleiner Bauch. Der Neuankömmling sah aus wie ein Verwaltungsbeamter, Körper und Seele genährt von alles erhaltender Bürokratie. Dass so jemand mit Händen und Kräutern heilen konnte, wäre einem Europäer nicht eingefallen. Katja schluckte, ihr gegenüber hoben sich wie zum Beten zusammengelegte Hände gegen den Kopf, eine Stirn senkte sich: Nilankur. Sekunden später scannten schwarze Augen mit braunen Splittern Katjas Gesicht, als habe es nie ein Geheimnis gehabt. Als der Arzt sich zu Katja beugte, konnte sie sein Frühstück riechen. Er schien eilig aufgebrochen zu sein, was sie mit Befriedigung registrierte, wenigstens als Notfall war sie anerkannt. Nilankur tastete sie ab, von hinten, im Stehen, sie musste ein Bein heben, das andere, konnte es kaum. Dabei ließ er sie erzählen, frühere Beschwerden, im Rücken, anderswo, überhaupt. Sein Englisch war exzellent.

Katja glaubte, es ist die Erschöpfung, er glaubte, es ist die Vergangenheit, Katja glaubte, es ist eine Kombination von beidem, er glaubte, es ist ein ungelebter Abschied, eine alte Trauer, denn so etwas setzt sich gern in der Lendenwirbelsäule fest, er kannte die englischen Wörter dafür, Katja lernte, indem er auf die schmerzenden Stellen griff, da ging das Lernen ganz schnell. Ileosakralgelenk, Steiß, Ischias dazwischen, verhakt. Katja glaubte, dass sie das nicht hören wollte, er wusste, dass, wenn sie nicht hören wollte, sie es eben fühlen musste. Wohl um sie abzulenken, fragte er, wie sie zum Fotografieren kam, Katja lag schon auf dem Bauch, er klopfte ihren Rücken mit heißen Ölbällchen ab, äußerst angenehm. Sie schwieg. Beinahe schlief sie schon ein, da murmelte er, Sie erzählen mir von sich – das klang kaum wie eine Frage – und Katja sagte so schnell sie konnte o. k., denn Nilankur hatte auf eine winzige Stelle in der Mitte ihres Nackens gedrückt – das brauchte er nicht noch einmal zu tun. Was sollte sie preisgeben? Mein erstes Foto, das gedruckt wurde, machte ich in Danzig, keuchte sie, Polen 1980, wissen Sie, was da los war? Aus den Augenwinkeln bemerkte sie, dass er auf indische Weise den Kopf wiegte, ein Wippen im Nacken nach vorn und hinten, links und rechts zugleich. Hübsch und undeutbar. Polnische Werftarbeiter streikten, das ganze Land in Aufruhr, sagte Katja, ich traf am dritten oder vierten Tag an der Werft ein, vor den riesigen, aus Blech geschnittenen Buchstaben Stocznia Gdanska S. A. – W. I. Lenin. Erzählen Sie nur, sagte er, ich unterbreche sie nicht. Die leeren Restaurants, erinnerte Katja, weder geöffnet noch geschlossen, denn auch die geöffneten hatten geschlossen, sie waren leer und sozialistisch real ausgebucht, zu essen gab es nichts.

The East, sagte sie.

The West, sagte er.

Immer wieder zog er an ihrem linken Bein, schüttelte es wie einen alten Teppich über dem Bett etwas aus. Das tat ihr gut. Nicht einmal das Essen war ein Grund, sich aufzuregen, sagte sie, es war sowieso besser, sich über nichts aufzuregen, mein Vater hatte sich mit seiner Partnerin gestritten, sie hatte ein sehr gutes Angebot für Stuttgart, Ärztin, sagte Katja stolz, nun sollte er mit. Damit, dass er meinetwegen nicht umziehen wollte, konnte Vater sich nicht herausreden, ich war 20, sagte Katja nachdrücklich, aber er …, sie seufzte. Ich versuchte also, mich nicht aufzuregen, da in Polen, mitten in der Heimat, home?, homeland?, in my grandparents' dream of belonging, sagte Katja, doch genau genommen stimmte es nicht, von der Küste war nie die Rede gewesen.

Katja Berewski, das Küken, überraschend mitgenommen auf diese überraschende Reise. Die Zeitung schickte ihren besten Fotografen, dem Katja, Zufall, seit ein paar Wochen assistierte, sie ordnete das Archiv, hing am Telefon, machte den Kaffee, und da sagte der Mann, Sie fahren mit, Sie helfen mir tragen, das Geld reicht für zwei.

Aus dem Danziger Bahnsteig spross Gras. Sie hatten zehn Stunden gebraucht, fünf für die Fahrt, fünf an der Grenze. Der polnische Reiseführer führte sie ab. Sofort kam ein besonderes Gefühl auf von der Luft, die sie einatmeten, den Farben, Platten und dem Staub, von den abgewandten Blicken der Leute. Plakate verdeckten den bröckelnden Putz. Bewaffnete standen an allen Ecken, Polizisten oder Soldaten, die Journalisten stiegen in einen rumpelnden grüngrauen Bus, keiner sprach ein Wort.

Vor dem weißen Tor der Werft dann die erste Enttäuschung: bis auf ein paar gemütlich aussehende Streikposten und einige betende polnische Frauen nur andere Reporter – Katjas erster journalistischer Blick auf einen realen Ort, an dem soeben etwas »Historisches« geschah: belanglos und banal. Es gab nichts zu sehen, seufzte Katja, also zog ich allein durch die Stadt, ah, sagte Nilankur, das machen Sie noch heute gern. Katja nickte, aus den Augenwinkeln versuchte sie, ihre Behandler zu beobachten, sah aber nur Nilankurs Beine und den Rücken eines der Chatterpee-Jungen, der den Riten assistierte. In einer Lampe auf dem Tisch brannte Feuer, dort wurde das Öl erhitzt, es roch nach Kräutern. Ich war damals schließlich so klein wie jetzt, sagte sie mit einem leisen Lachen, der Reiseführer blieb bei den Männern, nicht einmal eines Blickes würdigte er mich, als ich ausbüchste.

Sie erinnerte sich jetzt mit drängender Klarheit. Kaum war sie allein, schmeckte der Wind von der Ostsee nach Algen, an einem alten Backsteinspeicher klapperte ein Laden. Flaschengrün überzog die Straßen, als steige die Farbe aus dem Meer in die Stadt. Autos fuhren eine lange, ganz gerade Straße hinauf, wieder herunter, es schien endlos zu gehen, sie machte Foto um Foto, nahm einen Bus. Je weiter hinaus sie aus Danzig gelangte, umso dicker wurde die Luft, aufgeladen mit Geräuschen aus der Ferne, Hundegebell oder Lokomotivpfiffen, die sich bisweilen aus dem Hintergrund lösten, und stoßweise, aber trotz der Entfernung deutlich, vermischt mit dem schon nächtlichen Rauschen des Meeres vom Wind herbeigetragen wurden. Das Haus, an dem sie ausstieg, war dunkel, die Läden hingen schief in den Angeln, doch leise war der blecherne Klang einer Tanzkapelle zu hören. Ein paar Stufen führten nach unten in einen von gelbem Licht erleuchteten Raum, Holztische, Holzbänke, es roch nach Kartoffeln und Kraut. Katja sagte zögernd zu Nilankur: am Fuß der Treppe standen zwei Frauen. Mit einem Ausdruck ungläubigen Staunens umarmten sie sich, eine von ihnen entdeckte mich, verzog aber keine Miene. Das Kreuz an ihrem Hals blinkte; auf dem Foto reflektierte es so stark, dass es fast seine Form verlor. Doch die Frauen selbst waren dunkel wie kleine Wellen, wie die Menschen, die vor dem Tor standen, schweigsam, und auf etwas warteten, für das sie keinen Namen hatten.

Viel zu aufgeregt, vielleicht auch zu jung um zu schlafen, war Katja zum Hafen zurückgelaufen. Dort roch es nach Salz, Öl und Teer, Schweißgeräten und Menschenschweiß, nach Arbeit, Ware und Abfahrt. Ein Schiff wurde mit Kohle beladen, die Arbeiter schwarz im Widerschein der Lampen, schwarz auch das Schiff. Katja staunte, dass es nicht sank. Immer mehr Kohle wurde in es hineingeworfen. Die Menschen vor der Werft sahen schweigend zu.

Zu Nilankur sagte sie: Das Haus mit den Frauen fand ich am nächsten Tag wieder, ich verschoss drei Filme, stellte die Situation nach, besseres Licht, klarere Konturen, aber am Ende nahm ich doch das erste Foto, denn es war das einzige, auf dem zu sehen war, was die Frauen hofften – obwohl man es in nichts einzelnem sah, weder im Gesicht noch in der Körperhaltung. Die Zeitung druckte mein Bild, der Fotograf warf mich wütend raus, doch die Zeitung wollte wissen, und was haben Sie noch? Ich sagte, nichts – Katja schluckte, Nilankur klopfte ihre Schenkel jetzt mit den Handrücken ab, es tat weh –, aber ich reise gern, so fing es an oder hatte, als ich den Anfang bemerkte, schon angefangen.

Ihr Rücken glühte. Zwei sich umarmende Frauen, sagte Katja, diese Ungläubigkeit in den Gesichtern, gemischt mit einem alten Schmerz, hatte ich schon einmal gesehen, im September 1972, fast noch als Kind.

Noch während sie sprach, staunte sie. Was sie sagte, hatte sie bis vor drei Sekunden selbst nicht gewusst. Als die Witwe eines getöteten Israeli und eine Frau aus der israelischen Mannschaft sich zu Beginn der Trauerfeier im Olympiastadion in die Arme fielen, die überraschten Gebärden einiger Zuschauer im Stadion dann, all das, erklärte sie, kann ich bis heute, nein, jetzt, in aller Deutlichkeit abrufen. Warum hat es Sie so beeindruckt, fragte Nilankur, seine Stimme klang gleichgültig, ohne nachzudenken antwortete Katja, meine Mutter verschwand, als ich fünf war, die ging weg, wie es sonst nur Männer tun, die Zigaretten holen und nicht wiederkommen, dabei rauchte sie nicht, fügte sie verwirrt an, denn sie verstand nicht, warum sie ihm nicht die Wahrheit erzählte, er aber sagte laut und ohne jedes Erstaunen, Sie suchen sie, strich leicht von oben nach unten über Katjas Rücken, als kehre er dort etwas weg, blies sich in die Hände und verkündete, enough for today!

Am nächsten Morgen kam Katja allein aus dem Bett, aber jede Bewegung des linken Beines schmerzte. Doch was für ein Fortschritt! Sie saß auf der Veranda, Chatterpee hatte sie eben besucht, nun wartete Katja auf Nilankur. Die Kühe des Dorfes zogen an ihr vorüber auf eine Art Weide, abends trotteten sie einen Abzweig entlang, zur Hütte. Das war wie ein langsames lebendes Pendel. Zweimal täglich zog es an den Bananenstauden entlang, hin und zurück, und maß die Zeit. Der Kuhdung wurde zu dünnen Fladen gepresst, sie kleideten die Tandooriöfen aus, mittags erhielt Katja ein großes, noch heißes Brot. Es schmeckte wunderbar.

Nilankur schien zufrieden. I was born in '72, sagte er, drückte auf Katjas Steiß, sie sagte, not too bad, er antwortete, eifrig nachgedacht?

Warum sie ihm glauben solle, dass ihr Rücken etwas mit ihren Gedanken zu tun habe. Sehr einfach, antwortete er und berührte eine Stelle links vom Lendenwirbel. Kaum presste er, kribbelten ihr großer Zeh und leider auch ihr ganzes Bein. Sehr einfach, wiederholte er, ob sie glaube, dass das Gehirn den Menschen steuere? Sie nickte. Und wo sie meine, dass das Gehirn sich befinde? Und ob sie meine, dass es im Kopf aufhöre? Die Nerven, die in die Wirbelsäule führen, sagte er, münden ins Gehirn, so wird das für gewöhnlich ausgedrückt. Aber Röhren im Körper wirken stets in zwei Richtungen. Das hatte Katja schon einmal gehört! Halt, nicht verkrampfen, sagte Nilankur, wieder goss er erhitztes Öl auf ihren Rücken, massierte mit Kräuterballen nach. Katja roch und fühlte, schloss die Augen, sah nichts, sah anderswo.

Susanne. Den Stuttgartstreit gewann Edgar, doch die Situation wiederholte sich. Als Katja fast 30 war, zog Susanne aus, nach Freiburg, und Edgar, stur, blieb wo er war. Katja, schon auf Reisen, hörte mehr davon, als dass sie es selbst erlebte, dennoch war sie traurig. Sie mochte Susanne. Der Anfang war schwierig gewesen. Doch schon im Februar nach Susannes Einzug, am letzten Schultag vor Fasching, bekam Katja hohes Fieber. Keine anderen Symptome. Susanne nahm sich frei, machte ihr Wadenwickel, saß an ihrem Bett. Den Finger in Susannes Gürtelschlaufe gehängt, schlief Katja ein. Am Aschermittwoch dann übten sie vor dem Spiegel im Schlafzimmer gemeinsam, ein Auge zuzukneifen, ohne das andere zu bewegen, links, rechts. Es sah aus, als zwinkerten sie sich ununterbrochen zu. Ein heiteres Lachen entstand, eines dieser Lachen, die von selbst wachsen, Tränen laufen aus den Augen, danach hält man sich den Bauch und holt Luft. Glücklich, gelöst.

Susanne-im-Körbchen, selbst ohne Mutter aufgewachsen, verstand Katja. Mehr noch: sie mochte sie. Anders als Edgar, der glaubte, seine Tochter zu kennen, beobachtete sie das Mädchen. Katjas genaues Gefühl für Proportionen fiel ihr auf. Ihre Empfindsamkeit für Farben. Zum 15. Geburtstag schenkte Susanne ihrer Ziehtochter eine Eos von Canon. Einen Traum.

Susanne. Ein paar Wochen später klackten die U3-Türen mit

ihrem üblichen satten Schmatzen hinter Katja zu, doch zwischen ihnen klemmte Katjas Schulranzen, Katja riss sich den Riemen von der Schulter, da hing das Ding, halb lebendig, halb verloren, und die Eos darin. Schon fuhren sie. Der Ranzen schliff an der Tunnelwand, die Leuchtschnalle innen funkelte Katja vorwurfsvoll an (den Ranzen hatte Jozef ihr vom Staatsgeld für den verlorenen Familienbesitz gekauft – die Summe sei ein Witz, ein Schlag ins Gesicht, werde jetzt aber gebraucht und sei besser als nichts). Katja überlegte fieberhaft, wo die Kamera lag, links innen oder rechts an der Tunnelwand, oder in der Mitte, wo die Türen quetschten. Der Ranzen sah aus wie ein Gespenst, Katja schwitzte, endlich bremste die Bahn. Die Fahrt hatte ewig gedauert, doch jetzt hatte Katja Angst vor dem Augenblick, wenn sie den Ranzen öffnete. Die äußere Leuchtschnalle war abgerissen, Fetzen losen Leders hingen seitwärts vom Ranzen wie kleine Fähnchen, frisch rot, der Kamerarahmen hatte eine kleine Beule, sonst nichts. Weiß sah Katja ihr Bild in der Tür, die erneut zuklackte, das satte Schmatzen, wie immer, dann der Tunnel, das flackernde Licht.

Susanne. Als Katja nach Hause kam, saßen außer Edgar und Susanne auch die Großeltern am Tisch. Jozef schrumpfte, Susanne hatte ihm ein Herzmittel verschrieben, erst nahm er eine halbe Tablette, bald zwei. Diese Susanne hätte Jozef seinem Edgar gar nicht mehr zugetraut, der arbeitete, nur arbeitete, Jozef hatte schon gedacht, ein richtiger Mann ist das nicht, und nun das, auf die Füße gefallen, mit einer so hübschen Frau, die behagte ihm mehr als Marlene. Zum Glück kam Katja nach ihm, kleines Schlitzohr, frech und verträumt. Die Zuckerstücke vererb ich mal dir, vor ein paar Wochen hat er es ihr zugeflüstert, er muss es dringend aufschreiben, ach, der Ranzen, er erinnert sich an den Sommer vor drei Jahren, das Geld, Edgar wohl auch, denn der schimpft, Schrammen auf dem Stück Heimat, Jozef schüttelt den Kopf, nun lass! (woher dieser Sohn so cholerisch ist?, dabei sind Edgars Zuckerwerte gesunken, fast normal, alles Susanne zu verdanken, darauf hätte Jozef geschworen). Fotografieren auf dem Oberwiesenfeld?, sagte Linda, nein, im Olympiadorf, sagte Katja, Schuttberg, tadelte Jozef, Olympiaberg, verbesserte Edgar, Linda sagte, Oberwiesenfeld, das ist das Oberwiesenfeld, Tinka, was hast du denn da draußen gemacht? Die U-Bahn fährt direkt von der Schule dorthin, antwortete Katja ohne Zögern, direkt zum Schuttberg, von der Schule direkt in die Conollystraße, aber die Conollystraße kommt in der Schule nicht vor, deswegen wollte ich sie besuchen.

Klang gut, nicht wahr? Tatsächlich hatte sie es sich gerade erst ausgedacht. Als die U3 am Marienplatz einfuhr, war sie kurz entschlossen hineingesprungen. Die Schule lag anderswo. Alle am Tisch wussten das. Manchmal wunderte sich Katja, wie Lügen funktionierte. Man sagt etwas vollkommen Falsches, etwas, bei dem allen klar ist, dass es falsch ist – und keiner widerspricht. Manchmal dachte sie, alle glauben eben gern. Sie glaubte auch gern, sprang in die Bahn, klemmte den Ranzen ein. Dass die ganze Bahn voller Fußballfans war, merkte sie erst, als sie schon festhing. Dass sie ihr Angst eingejagt hatten mit ihrem Schreien und Grölen, mit ihren Bierflaschen, Pickelgesichtern und Trillerpfeifen, dass Katja das Gefühl gehabt hatte, aufzufallen wie ein Stück Zwetschgenkuchen in einem Wespenschwarm, das erzählte sie der Familie am Tisch.

Die haben mir den Schulranzen weggerissen!

Susanne schaute Katja fragend an, Edgar schüttelte den Kopf, morgen melden wir dich im Judo an.

Katja nickte. Die Fans hatten sie weder in der Bahn noch danach beachtet, laut singend rollten sie auf das Glitzern des spitzen, noch immer wagemutig wirkenden Daches zu, Katja mitten darin, bei den grünen Olympiaschildern mit ihren internationalen Lauf-, Hüpf- und Stopp-Piktogrammen, verblichen, harmlos, sinnlos, bog sie als Einzige ab.

Die Betontreppen des Dorfes, kleine Büsche auf den Balkonen der Terrassenhäuser, der Nadisee. An der Conolly 31 eine Plakette, deutsch und hebräisch. Das vierstöckige Haus. Das Klingelbrett voller Namen erstaunte sie. Keine Wohnung leer. Neben der Steinplakette wuchsen drei halb vertrocknete Sonnenblumen, die Gesichter zur Tür gewandt. Katja bückte sich, suchte einen Blickwinkel, kniete, stand auf, fand ihn nicht. Sie verknipste zwei Filme, fuhr unzufrieden zurück. Im Nadisee spiegelten sich die Wolken.

Susanne. Schaut euch mal Plato an, rief sie, bevor noch mehr Fragen nach Katjas Ausflügen gestellt wurden. Wo ist das Untier?, grummelte Jozef, Linda rief, man weiß nie, was einem Tier so einfällt! Dabei ist es oft der Mensch, dem etwas einfällt, sagte Edgar mit zweifelndem Blick auf Katja, auch der Mensch ist ja ein Tier. Susanne deutete schmunzelnd hinter den Fernsehsessel. Da saß der falsche Philosoph – und fraß ein Stück Leder, von Katjas Ranzen gerupft, Plato frisst Heimat, rief Susanne und lachte hell auf, da lachte auch Edgar mit.

Susanne. Nichts passiert einfach nur von außen, das Unglück braucht stets eine Stelle, an der es andocken kann, versuchte Katja ihr zwei Wochen später zu erklären. Susanne zog die Nase kraus (Edgar die Stirn, sie die Nase, das war gerecht verteilt), wo hast du das denn her, was bist du eigentlich für ein Kind? Ich bin kein Kind mehr, antwortete Katja, das sieht man doch. Lass mich lieber deine Fotos sehen, schlug Susanne vor, sie waren allein in der Küche, Susanne rauchte und trank einen Kaffee, und manchmal trank auch Katja einen Schluck, ohne Zucker, ohne Milch. Susanne war so viel jünger als Edgar, sie gehörte ihm nicht allein, zum Glück. Bei den Sonnenblumen zeigte Susanne, was Katja hätte fotografieren können, die Schatten und das Licht, die Buchtung des Betonkübels, die Krümmung der Stengel, die Schatten der Stengel, senkrecht zum Kübel und seinem Schatten, die Rillen im Kübel, und oben am Bildrand die untere Kante der Plakette, ohne Schatten, zwei Linien, senkrecht aufeinander gestellt. Für einen Augenblick dachte Katja an das Schwerbehindertenzeichen über den U-Bahnsitzen. Exakt, sagte Susanne, wo man etwas durch etwas anderes hindurchsieht, beginnt die Fotografie. Und stupste Katja mit dem Ellbogen an, versuch es, keine Angst. Wenn wir wüssten, was alles passieren könnte, würden wir uns nur noch fürchten, sie lachte, keiner, der alle Risiken kennt, würde sich jemals operieren lassen, alle würden an ihren unoperierten Krankheiten sterben, nein, sagte Susanne, an ihrer Furcht würden sie sterben, und so, sagte sie amüsiert, sterben nur ein paar an der Operation, und so, nickte sie Katja mit funkelnden Augen zu, musst du auch fotografieren, ohne Furcht, und wenn da etwas ist, was du nicht sehen kannst, dann machst du das Bild.

Wir machen einen Kompromiss, sagte Nilankur, als er Katja am nächsten Morgen begrüßte, er war früher gekommen als ausgemacht, Katja frühstückte noch auf der Veranda, Samosas mit süßen Pasten. Schon jetzt klebte die Hitze an ihr wie damals in der Volksschule das Faschingskostüm aus Alufolie, Erdbeer-Marie hatte Katja hineingepackt, von oben bis unten, doch kaum war Katja von Kopf bis Zeh silbernschön, fiel sie um, stöhnte, japste. Is' gut, sagte die Hausfrau, das geht vorbei, doch unter der Folie konnte Katjas Haut nicht atmen, fast wäre sie erstickt an der eigenen Idee, bis Marie endlich die Folien abriss, knisternde Kugeln, Katjas ganzes Glück. Nilankur lachte, der Körper macht keine Kompromisse, you see! Katja zuckte die Schultern (sie konnte laufen, wenn auch schief, also waren sie in ihr Zimmer gegangen). Ihr Körper erschien ihr seit zwei Tagen kompromisslos geteilt, oben hell, unten dunkel, oben rund, unten krank, der Jeansbund markierte die Grenze, oben beweglich, unten höllisch, steif. Ich kann jetzt noch nicht behandelt werden, rief Katja bei seinem Zeichen, sich aufs Bett zu legen, ich habe mir noch nichts für Sie überlegt. Sein *never mind* war das letzte, was sie hörte, er klemmte ihren Kopf unter den Arm, stemmte sich mit dem Körper gegen ihre linke Schulter, strich mit seiner freien Hand rasend schnell über ihre Wirbelsäule, und zog. Der Schmerz explodierte in Katjas Kopf, wo der Schädel auf der Wirbelsäule sitzt, ganz unten, und im Stammhirn, ganz tief in ihr drin. Sie sah nichts, die Augen waren ausgeschaltet, keine Sternchen, kein Feuer, nur Schmerz, rein, dunkel, flüssig, ein Nichts, so groß, dass es nichts anderes neben ihm gab. Wirkliches Nichts, das das Ich verändert, auslöscht, zusammenschmilzt auf einen Punkt. Nicht der Schmerz war Feuer, sie selbst, nicht der Schmerz war groß, sie selbst so klein, in eine Zeit geraten, die sich dehnte, tickte, explodierte mit ihren eigenen Nerven, von unten herauf, zurück in die Füße, als laufe ein Blitz, als sei Katja ein Blitz, elektrisch, gezackt, aber all dies konnte sie erst später denken – währenddessen dachte sie nichts. Wenn dieser Schmerz Dunkelheit war, dann war Dunkelheit ein riesiges dicht gewobenes Tuch. Es brannte, dunkel wie Kohle, und war kein Tuch, sondern etwas, in das es hineinging, tausend Wege, alle auf einmal, ein brennender zischender Schwamm, an Katjas Stelle gesetzt. Im Kopf. Und bohrte von dort mit tausend Zahnarztbohrern in allem, was war. Kopf überall, alles andere vergessen, alle Grenzen aufgelöst. Urknall, Urexplosion. Katja tot darin. Konnte nicht schreien, die Augen nicht öffnen, es gab keine Augen mehr. Sie lag bäuchlings, hielt sich am Teppich fest. Als sie zurückkehrte, aus dem Schwamm abfloss, blinzelte, spürte sie ihre Hände, tief in den Teppich gekrallt. Wie sie auf den Boden gekommen war, wusste sie nicht. Der Schmerz verschwand nicht einfach, er hatte Zacken, kam, ging, kam. Skeptisch bewegte Katja den Fuß, dann das Bein. Ja! Verstohlen wischte sie sich Speichel vom Mund.

Ihr war übel vor Schmerz.

Nilankur lächelte, der 30jährige, mit Augen, die so viel erfahrener wirkten. Zaghaft lächelte Katja zurück. Ihr Mund gehorchte. Wohlbehagen durchströmte ihren Körper. Sie hatte Durst. Jede Flüssigkeit in ihr schien in den letzten 30 Sekunden verdampft zu sein. Drei Sekunden, sagte Nilankur. Langsam stand Katja auf, stand schief, wie sie glaubte, doch als sie ging, fühlte es sich mühelos an. Mit zitternder Hand hob sie ein Glas Wasser zum Mund.

Nilankur hockte auf dem Boden und massierte ihren linken Fuß. Seine Augen waren voller Freude. Die eigenen Knochen schienen Katja so leicht, als wären sie hohl, sie musste mit ihm lachen über die Lage, in die sie geraten war, nein, sich selbst gebracht hatte. Taten hängen uns noch nach, sagte er, wenn wir sie längst vergessen haben, jede schlechte Tat kehrt zu uns zurück und zieht einen Schatten von Selbsthass hinter sich her.

Meinen Sie, antwortete Katja mit einem halb ironischen, halb dankbaren Zwinkern, was in Zukunft sein wird, ist das Ergebnis dessen, was ich heute tue? Er wiegte ernst den Kopf, guter Satz, könnte von mir sein! – und brach in ein amüsiertes Lachen aus: you European women!

Katja saß erschöpft auf dem Bett. Hitze wie ein Alukostüm. Doch sie bekam Luft, zahlte 1000 Rupien, hätte mit Freude mehr gegeben, das verbat Nilankur sich. Vergangene Wirklichkeit ist komplexer als eben erlebte, sagte er zum Abschied, zeigte auf das Nelkenfeld vor der Tür und war schon fort. Rasch rief sie ihm nach, was sein Name heiße; erstaunt drehte er sich, schon Meter entfernt, noch einmal um: blaue Saat, die bis in den Himmel reicht.

Die tropischen Bäume wucherten, der Himmel war makellos.

Präzise symmetrisch, überirdisch exakt: die Seerosen in Chatterpees Teich. Vier lange, äußere Blütenblätter, rot, jedes wie ein Kanu geformt, dazwischen ein je kürzeres, alle anderen in Spiralen um einen großen gelben Stempel gesetzt, dessen äußerer

Kranz von gelben, noch geschlossenen Blättern umstanden ist – ein Stern, ein Geschoss.

Die ganze Zeit waren die Rosen dagewesen, erst jetzt fielen sie Katja auf.

Acht Stunden nach dem Abschied von Nilankur. Katja nahm so intensiv wahr wie selten zuvor. Wie konnte es sein, dass die Behandlung nicht nur ihren Rücken veränderte, sondern auch – ihre Augen? Die Verschaltungen in ihrem Gehirn? Das machte ihr Angst. Sie fühlte sogar anders. Die Seerosen, die Nelken – kaum blickte sie darauf, sah sie nun Lindas rot treibende Tischdecken zu Hause vor sich. Blütenbüschel erklommen im Gänsemarsch den Hügel, verschwanden über den Gipfel, die Hemden der dort arbeitenden Menschen leuchteten wie Segel oder Geister und kamen herab. Nach Hause. Schnell schlüpfte der späte, noch heiße Nachmittag in die aufgespannte Wäsche, die gesprungenen Kacheln am Brunnen glänzten wie halb durchsichtiges Gold.

Ohne Rückenschmerzen saß Katja auf der Veranda. Innerhalb von zehn Minuten war es dunkel. Erneut kreiselte ein winziges metallblaues Insekt um die Lampe auf dem Tisch wie ein Astronaut in einer kleinen metallischen Kapsel um seinen Stern, Bahn auf Bahn.

Max.

Knapp ein halbes Jahr nach dem Zuckerverrat in seinem Garten gab es Zwischenzeugnisse, eine Woche Faschingsferien und Brigittes 14. Geburtstag. Ihre Eltern fuhren weg, Simon war damit betraut, auf Brigitte und das Haus aufzupassen, riesig würde die Party sein. Am letzten Schultag fing Max Katja ab, er lehnte an der Ecke des Reformhauses, mit geröteten Wangen, der Rest seines Gesichtes war bleich, kannst du mir sagen, wie spät es ist? Katja lachte hell auf, mit dir spreche ich nicht! Keiner, dachte sie, stellt sich so dumm an, keiner steht einfach auf meinem Weg herum, um mit mir allein zu sein, und wenn er es ist, fragt keiner nach der Uhrzeit, keiner fragte, die küssten gleich oder taten, was sie dafür hielten, manche griffen erst und küssten dann, und keiner machte es wie Max, der rannte davon und Katja hielt einen Zettel in der Hand:

Die Liebe hat besondre Kraft,
Und wunderbare Eigenschaft.
Denn wer sie sucht, den will sie hassen;
Und wer sie flieht,
der muss sich von ihr finden lassen.
Darum wenn man sie beschreiben will,
So sage man, sie sey ein Crocodil.

Wie blöd.
Völlig daneben.
Ein Krokodil!
Nicht einmal gut genug, um es den anderen Mädchen zu zeigen. Einfach nur peinlich. Derart peinlich, dass am Ende noch Katja verspottet werden würde, wenn sie jemanden einweihte. Max musste verrückt sein. Wenn sie ihn brauchte, glubschte er anderen Mädchen in den Ausschnitt, wenn er Zettel schrieb, stand Blödsinn darauf. Vermutlich wollte Max Komiker werden wie sein Großvater, und an ihr, Katja, probierte er es aus. Am Ende zeigte sie den Zettel nur einem, Fabio, der hatte Max noch nie gemocht. Lacoste oder was?, murmelte Intelligenzknäuel Fabio, doch dann zog ein Strahlen über sein Gesicht. Er lachte, wie sie es machten, wenn sie dreckig lachen wollten, aber aufgeregt waren. Es klang ein bisschen wie kichern, selbst bei den Jungen, nur bei Fabio nicht, er war ernster, interessanter, einige Mädchen flüsterten »verrucht«. Das war ein so lächerliches Wort wie Implerstraße oder gar Scheidplatz, man verstand nicht ganz, was es bedeutete, etwas Unanständiges, das war klar, wie konnten Erwachsene ihre Straßen so nennen, sie mussten völlig wahnsin-

nig sein, sexbesessen waren sie, und man hatte es 13 oder 14 Jahre lang nicht bemerkt, das war ein Rätsel, und demütigend war es zugleich, deswegen schämte die gesamte Klasse sich für diese Erwachsenen und für sich selbst, und kicherte bei »Scheidplatz« und dachte »verrucht«, und so lachte Fabio jetzt.

Brigitte war seit drei Stunden 14, und im Keller wummerte *Maggie May*, gefolgt von, noch besser, *Smoke on the Water*. Ja, einen Brand sollte es geben. In der Garage lagen Matratzen, die blieben nicht lange leer, trinken, essen, knutschen, kiffen, egal, Katja stand stocknüchtern vor der Gartentür. Vom Ende der Terrasse, wo es dunkel war und der Familienrasen begann, winkte Fabio, alles fertig, Film ab! Die kühle Februarluft lag angenehm auf der verschwitzten Haut, vielleicht traut er sich nicht, dachte Katja aufgeregt, denn sie hatte ihm zugeflüstert, see you in a while, crocodile, sich bei *Bridge over Troubled Water* an ihn geschmiegt, rhythmisch und eng. Es gefiel ihr trotz allem, was passiert war. Das Lied, die alte vertraute Nähe von Max. Es gefiel ihr sehr, sie musste sich nicht verstellen, und auch er verstellte sich nicht oder konnte es nicht, Katja spürte, dass er es mochte, und wo er es mochte, spürte sie auch. See you later, alligator! Jetzt wartete Katja, im Halbschatten am Fuß der kleinen Gartentreppe gegen die Brüstung gelehnt. Am Himmel nach dem Skorpion zu suchen, war unsinnig, sie erkannte das Zeichen nicht, als sie wieder herunterschaute, stand Max im Licht unter der Tür. So lockig, so fest, so braun und rot, so freudig, so geradezu glücklich im Gesicht – und erregt, lugte er in Katjas Dunkelheit, ein Blitzen in den Augen, anders als das Fabios, anders verschwörerisch, es sprang über, keine Sekunde brauchte es, griff sich Katja, hatte sie angesteckt, bevor noch Max ganz bei ihr war. Schon roch es, da wo sie standen, nach der ersten warmen Luft, der süße Alkohol schwappte im Blut, Alkohol aus Max' Augen, so nah, er nahm Katja an der Hand, zog sie von der Treppe fort, mit sich. Als er ihr seine Zunge zwischen die Lippen schob, ging ihr Mund weich auf und war viel weicher als der Inhalt des Glases, das Katja zwischen ihrem Bauch und dem seinen spürte, sie quetschten es, hatten so die Hände frei. Max schmeckte nach Alkohol und Rauch, schmeckte wie eine Nuss, schmeckte erstaunlich gut, Wärme und Feuchtigkeit fühlte Katja auf ihrem Bauch, es war ihr Cola-Rum ganz ohne Glas, und hart wie Glas war alles unter Max' Bauch. Er rieb an Katja, die Scham bis zu ihrem Nabel hinauf, zwischen den Beinen war es feucht, von selbst. Sie standen da, Katja wusste nicht wie lange, etwas brannte so schön, Smoke on the Water, alle Nerven auf einmal gespannt, gestreichelt, wie langsam fließendes Wasser, Max' Hand überall, zwischen die Schenkel, tiefer hinein, hinein. In a while, crocodile – und ja, der Plan. Sie zog Max Richtung Gebüsch, auf dem Rasen vor dem dunklen Gesträuch lag eine Decke, das sah wie Zufall aus. Was heißt »zog«, Max kam von selbst, ging vor ihr, neben ihr – sie sah die dichten funkelnden Äste, das Gras, spürte Max, flüsterte, ich will dich ausziehen, halt still. Sie lagen auf dem Boden, Max unter Katja, er schaute ihr zu. Sie hakte seinen Gürtel auf, spürte, dass er zitterte, und erneut steckte es sie an, Max' Körper war muskulös, das hatte sie nicht erwartet (seine Sportnoten fielen immer miserabel aus). Er sagte, wie schön deine Brüste sind, Katjas nackte Brüste unter der Bluse, Max war mit den Händen darunter gefahren, seine Finger lagen auf Katja, keiner konnte es sehen, Katja fühlte es umso mehr. Sein Körper, alles hier, überraschte sie, wie konnte es so hell sein, wenn sie die Augen öffnete, obwohl es doch dunkel war; wie konnte es so dunkel sein an den Händen, und sie doch mit ihnen sehen; wie konnte Max sein wie Spray, aber körperlich und fest um sie verteilt, obwohl er doch vor ihr lag; wie konnte, was sie wusste und vorhatte, so anders sein als das, was sie fühlte; wie konnte, dass er ihre Scham berührte, so intensiv, wie die Wirklichkeit so überwältigend sein; wie konnte sie hier sein und dort zugleich, dich, dich, flüsterte sie und drückte ihm die Flasche in die Hand. »Zufällig« war sie auf der Decke gelegen, du machst es mir damit, sagte Katja in Max' erstauntes Gesicht, er griff tatsächlich nach dem grünen Glas, und als sie ihn so vor sich liegen sieht, oben im Hemd, unten ganz nackt, weiß wie ein Zuckerstück, springt Katja auf, denn schon strahlt das Licht überall, hell und klar, die Taschenlampen der anderen leuchten Max ins Gesicht, doch Katja ist es, die schreit: jetzt wirst du aufgelöst!

Das Stichwort, »aufgelöst wie Zucker« – Fabio, Brigitte, Jan und ein paar andere pfeilen aus dem Gebüsch. Selbst 'ne Flasche is' besser als Max, schreit Jan, alle johlen, irgendjemand muss doch auch Max mal ranlassen, sagt Fabio lässig, Katja steht mit ihnen im Kreis um Max, der reglos auf der Decke liegt, ranlassen, aber nicht zu sehr, hämt Katja, ihr wisst schon, er ist zart besaitet, er hat einen berühmten Großvater, darauf muss man Rücksicht nehmen!, und in ihr ist alles noch weit und feucht und erregt, und keiner weiß es, außer Max. Katja sieht, wie ihn quält, was passiert, ha, Krokodil! Lass ihn bloß nicht richtig ran, hatte Fabio gefeixt, als sie alles ausheckten, du stehst doch heimlich auf ihn, tu ich nicht, hatte sie geantwortet, dann beweis es, rief Jan dazwischen und schlug die Flasche vor, Katja wusste nicht wozu, und als sie es wusste, fand sie es eklig, sagte aber o. k., wie stand sie sonst da. Wenn es so weit ist, drückst du ihm die Flasche in die Hand …, und dann war es so schön, noch immer ist sie feucht und maxweit, sie merkt, dass Max sie ansieht, mit einem irgendwie ergebenen, geradezu unterwürfigen Blick sucht er den ihren, seine dunklen Augen saugen an ihrem Gesicht, sie dreht sich weg.

Sie spürt es und kann sich nicht dagegen wehren, dass er ihr Leid tut, da hasst sie den Ausdruck seiner Augen – später dachte sie, dass sie darin sich selbst hasste, ihre eigene Schwäche, ihre eigene Wut auf den dummen Plan, auf die Gefühle von vor fünf Minuten, auf alles. Max stand auf, tappte ins Dunkel nach seiner Jeans, die hielt Fabio triumphierend in der Hand. Jan rief, na, wo ist er jetzt, dein Schniedel, hat sich wohl ganz verkrochen, das Würmchen …, hielt inne. Sie hatten sich ausgemalt, wie Max erschrecken würde, dann schrumpft er, hatten die Jungen gesagt, doch noch gerader als Max stand Max' Schwanz, im vollen Taschenlampenlicht. Prächtig stand er ihm. Brigitte sagte wow, Max wurde knallrot und sein Schwanz wurde röter und größer. Mordsding, grölte Jan, da rennt ja jede davon, sagte Fabio abschätzig, Max hat 'nen Pferdeschwengel, schrie Brigitte, hmm, gab Fabio zurück, Karriere beim Pornofilm!, und Brigitte, ganz Ballerina in rosaweißem ultrakurzem Faschingstütü, kreischte auf. Sie auch, sagte Fabio jetzt besonders abgebrüht und schaute auf Katja. Da merkte sie, was ihr die ganze Zeit schon komisch vorgekommen war, auch andere Jungen starrten sie an mit diesem glupschigen Ausdruck in den Augen, den sie bekamen, wenn sie küssten, Katja konnte ihn nicht leiden, und jetzt hatten sie ihn, weil sie auf ihren Busen starrten, dass ihnen der Sabber geradezu aus den Augenwinkeln lief. Zwei Brüste, voll, rund, rosa erregt, hingen aus der Bluse, die bis zum Bauchnabel offen stand. Max hatte Katja gestreichelt, unbemerkt alle Knöpfe geöffnet. Peinlich. Peinlicher als jedes Gedicht, jedes Krokodil, einfach fürchterlich. Jan hielt Max' Unterhose, Fabio die Jeans, ein nackter Schwanz stand waagrecht und zeigte auf Katja, Max knirschte etwas zwischen den Zähnen, drehte auf den Hacken um und ging, nackt wie er war, einfach davon. Brigitte lief ihm nach, Fabio ließ die Jeans fallen, es hat dir also doch Spaß gemacht, rief er Katja zu, die anderen grölten, genau!, Pornokati!, Pornokati! Katja hielt sich die Bluse über den Brüsten zu, großartig, das war er also, ihr »Sieg«, seither trug sie immer einen BH, immer, und zog ihn auch zum Sex nicht aus, in keinem Fall, sie schlief damit.

Nach Fasching fehlte Max in der Schule. Seine Geschwister zogen pfiffige Gesichter (»ihr habt eben Maxfastenzeit!«), doch schließlich sickerte durch, er sei zur Polizei gegangen. Die nehmen auch jeden Idioten, nölte Fabio. Max war nach München gezogen zu einer Tante, die Geschwister, bissig untereinander, stritten um die neue Zimmerverteilung im Elternhaus.

Den nächsten Tag konnte Katja ohne Schmerzen den Fuß aufsetzen, doch schon um elf Uhr stand die Luft wie Sirup über den Sandwegen und die trockene Erde riss in Adermustern. Endlich fand Katja Wladimir, ich fahre heute Nacht, sagte sie. Sie reiste soviel, damit ihr Körper lang wurde. Jetzt hörte sie auf damit. Buchte den Flug um, von Wien nach München statt Hamburg. Flog zurück, um in München zu bleiben. Chance – ein Versuch.

Kein Verandaabend, früh lag sie im Bett, um halb drei stand sie, vorsichtig, wieder auf. Endlich sah sie es, das Schneiden der Blumen. Die Schnitter gingen in Paaren. Sie trugen leichte Schuhe, Hemden und Hosen, Handschuhe, Scheren. Mit regelmäßigen, exakten Bewegungen zogen sie Reihe um Reihe voran. Das Schnappen der Scherblätter füllte das Gewächshaus, einer schnitt, der andere hob auf, band die Nelken zur Garbe, zählte die Stängel dabei. Über den Horizont kroch bereits milchiges Licht, es war drei Uhr, das Verladen begann. Ein betäubender Geruch hing in der Luft, die Schnittstellen Tausender von Nelkenpflanzen bluteten aus, saftig und schwül.

Noch im Dunkeln fuhren die Laster ab, manche von ihnen trugen bunte Hörner auf den Kühlerhauben, wie die indischen Ochsen, mit Plastiküberzug. Katja saß beim Fahrer, die Nelken hinter und über ihnen reichten fast bis in die Kabine, in Varanasi wurden sie zu religiösen Girlanden geflochten. Ihre weißen Flecken sind Licht, sagte Wladimir zum Abschied, die roten die Stimmen der Götter. Auf indische Weise wiegte er den Kopf in den Schultern. Die Dunkelheit war noch immer dicht und hintergründig, aber Katja konnte nun Gesichter darin erkennen, den Fahrer neben sich, die Schnitter. Wladimir auf der

Veranda winkte ihr nach, mitten ins Motorendröhnen rief er noch, gut fürs Auge, süß für die Seele, und zeigte erst auf die Nelken, dann auf die Nikon; sanft pendelte sie auf seiner Brust.

Katja trug die leere Kaffeetasse in die Küche und fragte, wie habt ihr euch kennen gelernt? Edgar giggelte, du warst doch dabei. Aber wie kam es, dass sie neben uns saß? Zufall, sagte er, und Katja konnte nicht hören, ob er verblüfft war oder die Frage ihm gefiel. Er bohrte nach, weißt du das wirklich nicht?, und sie sagte, mach's nicht so spannend. Eine Art Zufall, wiederholte er, sie hatte eine Freundin, die ewig um die Karte anstand, aber dann, es ist wirklich zu komisch, begegnete diese Freundin einem Guru, also keinem von diesen Orangen, du weißt schon. Hare Krishna, sagte Katja. Jaja, Hare, die mit den langen Haaren, das war doch damals der letzte Schrei, ihrer kam immerhin ganz normal daher, mit Hemd, Jacke und so, aber er war ein wirksamer Guru, hatte drei oder vier Frauen um sich, neben seiner Ehefrau, und als er der Freundin verbot, ins Stadion zu gehen, schenkte sie Susanne die Karte. Das war ja ein Bärendienst, sagte Katja fröhlich. Edgar guckte verletzt, wieso? Schließlich hat sie uns dort kennen gelernt. Dann sollte ich mich wohl fragen, wann die nächsten Spiele in Deutschland sind, nickte Katja, damit ich auch jemanden kennen lerne. Aber du kannst ja zu anderen Spielen fahren, sagte Edgar leichthin, du reist doch sowieso dauernd. Da sagte Katja, die sich fragte, wie lange ihr Vater und Susanne getrennt waren, 12 Jahre wohl, nach 18 Jahren Zusammensein, sagte, als spreche ihr Mund von selbst, ach Reisen, damit ist jetzt Schluss.

Erstaunt horchte sie den eigenen Worten nach. Edgar drehte sich um, beide Augenbrauen nach oben gezogen. Nun ja, murmelte Katja, die das mit dem Reisen nicht wirklich hatte sagen wollen, und schon gar nicht so früh, ich dachte, vielleicht bleibe ich mal etwas länger hier.

Bei mir? Edgar schaute erschrocken. Das tat ihm sofort Leid, und er schaute gleich noch erschrockener. Die Nudeln kamen zu Hilfe, man musste sie abgießen, Edgars Hände, alt und fleckig, hielten die Topfhenkel, Katja dachte, wie viel er kocht, dass er so abgehärtet ist, sein Gesicht verschwand fast im Dampf, sie griff, um zu helfen, nach dem Topfdeckel, ließ ihn scheppernd fallen. Die Henkel sind isoliert, sagte Edgar, der Deckel nicht, am besten setzt du dich einfach hin.

Die alte Küche, lindgrün, original 1975. Vor den nach oben aufklappenden Schränken musste man sich hüten, ließ man los, sausten die Türen wie Fallbeile herab. Wie die Entscheidung hier zu bleiben, in Deutschland, auf mich herabsaust, dachte Katja und hätte am liebsten sofort Toni angerufen, einen neuen Termin ausgemacht. Es war doch heller Wahnsinn, ihre Arbeit so zu unterbrechen. Und vor allem, wofür?

Auch ökonomisch der größte Schwachsinn: Geld, Beziehungen, Kontakte aufs Spiel gesetzt. Um hier allein zu sein, mit den alten Sachen konfrontiert. Vor der Durchreiche ins Wohnzimmer lehnte eine Tafel in Dackelform, die Kreide hing am Schwanz, baumelte hin und her. Die Sinnlosigkeit der Bewegung fiel Katja auf. Ein schönes Bild. Sie wusste nicht genau, warum sie es mochte. Ihre Zweitkamera lag im Koffer. Sie hatte keine Lust, sie zu holen. Verschwendung, exakt! Ökonomisch idiotisch! Vielleicht war es gerade das.

Keine Sorge, sagte sie zu Edgar, du brauchst nichts zu ändern hier.

Ach, das macht mir weniger aus als früher! Er begann, Spagetti auf die Teller zu häufen. Katja zuckte, etwas kroch über ihren Fuß. Da, Anastasia unterm Tisch. Kroch heran, um Nudeln zu fressen. Noch nie hatte Katja eine Schildkröte getroffen, die Nudeln verschlang. Dann schau sie dir genau an, antwortete Edgar stolz und hielt dem Tier eine Spagetti hin, das ist wichtig, wenn du sie fütterst. Du erbst sie mal, das ist dir klar, nicht wahr?

Manchmal, von der Seite, wenn Edgar schaute wie jetzt, halb scherzend, halb traurig, sah er Jozef verdammt ähnlich. Die Schildkröte war sein einziges, zwar lebendiges, aber sehr langsames Zuckerstück.

Eindeutig, er brauchte jemanden um sich! Katja hatte Kontakt mit Susanne, Grüße zum Geburtstag und zu Weihnachten, ab und an ein Anruf. Dann sprachen sie über die Arbeit, vor allem Katjas; das Thema Edgar vermieden sie. Es verlangte ein Gespräch von Angesicht zu Angesicht, Telefon oder Mail reichten nicht. Lange Zeit hatte Katja nicht den Eindruck gehabt, dass solch ein Gespräch fehlte.

Anastasia, Zuckerstück. Jozefs Sammlung hatte am Ende übrigens doch Edgar geerbt – und sie schleunigst weggegeben, mitsamt dem Schrank, in dem die Stücke lagen. Harmlose Zeugnisse von Alterstrost? In Reih und Glied gelegt, wie auf einem Soldatenfriedhof? Und auf jedes ein Bildchen geklebt, als wäre es die Summe eines Lebens. Katja hatte sieben behalten, Jozefs mühsam verteidigte Eigernordwand, die goldene Deutsche Industrie, olympische Streifen. Ansonsten war nur das krümelige Gefühl zwischen den Fingern geblieben, verbunden mit jenem stets leicht muffigen Geruch des raffinierten, durch und durch getrockneten Zuckers.

Kaum kam auch Edgar an den Tisch – er hatte den Nudeltopf noch unter Wasser gesetzt – rannte Anastasia mit erstaunlicher Geschwindigkeit auf ihn zu, das zarte weißliche Maul weit vorgeschoben. Katja musste lachen. Was für eine gut abgerichtete Ersatz-Susanne! Gleich nach Susannes Wegzug gekauft. Erst wuchs sie noch ein Stück. Dann wurde ihr Panzer hart, Edgars Gesicht faltig und weich. Er übergab die Kanzlei, schrieb eine Zeitlang mit an einem Zivilrechtskommentar, lebte allein. Winters schlief Anastasia, im Sommer hielt er sie im Liegestuhl unter dem Apfelbaum, der inzwischen über das Hausdach ragte, auf seinem Schoß.

Was ist aus Simon geworden, fragte Katja, du triffst hier doch beim Einkaufen all die Eltern, ihr redet doch über uns? Na ja, kaute Edgar, nehmt euch mal nicht so wichtig, aber bei Simon weiß ich es zufällig, er hat Karriere gemacht – spitzbübisch – und weißt du, was er ist? Edgar schüttelte sich, Jurist im Patentamt! Außerdem hat er eine Frau, vier Kinder und ein Wochenendhaus. Jetzt übertreibst du aber, unterbrach ihn Katja, doch Edgars gute Laune machte ihr Spaß, nein, rief ihr Vater, und im Wochenendhaus sitzt seine Schwester, wie hieß die noch mal, Katja soufflierte, Brigitte! Edgar kicherte, die passt da kaum durch die Tür, sieht aus, als wäre sie ständig schwanger, das ist dann auch schon egal, 15 Kilo sind bei der ein Tropfen auf den heißen Stein. Ach, sagte Katja, und merkte, wie sie sich freute, ausgerechnet Brigitte! Vielleicht half ihr das für den nächsten Schritt, vielleicht dachte sie, man muss sein Herz über die Hürde werfen. Und Max?, fragte sie leise. Max, kam es gedehnt von Edgar, ah, das Sorgenkind. Der spielt hier im Schachklub, er hat wieder angefangen, weißt du, im Kopf ist ihm ja nichts passiert.

Oh Gott, Edgar bewies Taktgefühl.

Er sieht sich immer gleich, sagte Edgar, man erkennt ihn sofort, natürlich auch an seinem Hinken. Katja konzentrierte sich aufs Drehen ihrer Nudeln, schmeckt gut, lobte sie, aber jetzt ließ Edgar sich nicht mehr ablenken, das rechte Bein, sagte er, zieht er nach, aber ohne Krücke oder Stock. Aber er lebt doch nicht hier? Ach wo, sagte Edgar mit vollem Mund, inscher Schtadt, mit Frau, sagte er, unsch Kinnsch. Ach, staunte Katja, denn es war ganz töricht, dass sie das so traf, es war nur natürlich, dass Max eine Partnerin hatte, ein Kind, warum nicht, sie hatte es sich nur nicht vorgestellt, oder doch vorgestellt, aber es war anders, es jetzt zu hören, eigentlich konnte sie erleichtert sein, offensichtlich war von den Verletzungen nichts sonst geblieben, nur das Hinken. Was heißt »nur« – nach den paar Tagen, an denen sie selbst nicht hatte laufen können, konnte sie sich vorstellen, was das bedeuten mochte, all die Jahre hindurch. Schlimm genug. Was ist, fragte Edgar, schmeckt es dir nicht? Katja deutete auf ihren vollen Mund, kaute übertrieben. Warum spielt der denn hier Schach? Was weiß ich, gab Edgar zurück, doch dann blitzten seine Augen auf, vielleicht besucht Max seine Eltern regelmäßig!

Aha – Katja tat, als habe sie die Spitze nicht gehört.

Was murmelst du, Tinka?, fragte Edgar, Eltern und alte Bekanntschaften muss man pflegen!

Ich weiß, das hat dir viele Aufträge gebracht, aber mir bringt es nichts, verstehst du, und Max ist keine alte Bekanntschaft, ich habe ihn seit 30 Jahren nicht mehr gesehen.

Edgar starrte sie an, die Gabel auf halber Höhe zwischen Teller und Mund, ein paar Nudeln hingen nach unten, sein Teller sah aus wie eine Schlachtplatte, überall rote Spritzer. Eddi?, sagte Katja, bist du noch da. Er grinste, gut, nicht wahr, so gebe ich den Alten. Oh Gott, murmelte Katja. Stimmt nicht, rief er entschuldigend, ich musste nur nachrechnen – dass ihr schon so alt seid, erstaunlich. Da hast du Recht, sagte Katja. Die Nudeln schmeckten hervorragend, auch ihr Teller war rundum verspritzt.

Was für eine Sauce ist denn das?

Edgar erklärte. Selbst gemacht! Er war sichtlich stolz.

Während Katja ihm zuhörte, ebbte der Maxschock allmählich ab, diese Vorstellung eines heute lebendigen Max, eines vermutlich vollkommen veränderten Max, der, ganz wie sie, 30 Jahre älter geworden war. Edgar – blaue Augen, warmer Blick – gab erst Katja, dann Anastasia einen Extralöffel Nudeln nach. Seine Zärtlichkeit drückte sich vorzugsweise auf indirekten Wegen aus, man konnte auch sagen, seine Umgebung musste sie sich in Zeichen zusammensuchen, aber Zeichen waren, ganz wie Edgars große Nase, mehrseitig, links und rechts und ein Plateau obenauf, man konnte sich hierhin oder dorthin drehen, und so war es, für Katja, auch mit Max.

Eine Viertelstunde später stand Katja am Apfelbaum und blickte auf die dunklen Wohnzimmerfenster. Edgar hatte darauf bestanden, die Spülmaschine allein einzuräumen. Vor etwa acht Jahren war er eine Zeitlang öfter zu Susanne nach Freiburg gefahren, doch Katja wusste fast nichts von dieser Zeit, wie auch, sie war ja kaum da. Der Bus auf der Hauptstraße bremste herunter, fernes Hundegebell pflanzte sich in einer Staffel der Entrüstung fort. Da der Wind aus Süden von den Bergen blies, hörte Katja das Summen der S-Bahn. Sie stellte sich vor, wie der erleuchtete Zug durch die dunkle Landschaft fuhr, an Häusern vorbei, in denen hie und da ein Licht brannte, stellte sich Max vor, mit seiner Frau in der Küche, Max beim Abwasch, Max am Bett seines Kindes, und merkte, dass sie ihn sich nicht vorstellen konnte. Eine seltsame Ruhe folgte, die Ruhe poröser Gefühle, die in Kellern oder auf Speichern versteckt gewesen sind und überraschend hervorzudringen wagen. Wenn sie Ernst machte mit dem, was sie eben so übereilt und halb an sich vorbei in der Küche behauptet hatte? Hier blieb für eine Weile?

Die Kamera einmotten. Sehen, was passiert.

Es dämmerte, über Katja erschienen ein paar Sterne, der helle Widerschein der Stadt verschluckte den Rest. Doch was sollte sie hier tun? Für einen Augenblick wurde sie wieder unsicher; sie fühlte sich, als schwimme sie in grauer Watte. Oben nichts, unten nichts, jede Richtung gleich. Immer hatte sie gewusst, wie es weitergehen würde. Und jetzt? Kein Ziel, kein Aufbruch, kein Termin.

Was ist los, fragte Edgar, ist dir schlecht? Sie hatte ihn nicht kommen hören. Du siehst angestrengt aus, Tinka. Vielleicht brauchst du mal eine Pause.

Von ihm wollte sie das nicht gesagt bekommen. Munter antwortete sie, mir geht's bestens, und dir?

Wissenschaftler behaupten, jedes Lebewesen habe in Relation zu seiner Körpermasse die exakt gleiche Lebensenergie.

Was?

Edgar: nun warte. Elefantenherzen schlagen langsam. Mäuseherzen schnell. Deswegen sterben Mäuse früher als Elefanten. Ich achte darauf, dass mein Herz langsam schlägt.

Katja lachte, deswegen also Anastasia!

Edgar räusperte sich, an dem Tag, als du geboren wurdest, waren Linda und ich von zu Hause aufgebrochen, auf den Tag 17 Jahre bevor du auf die Welt kamst.

Wollte er ablenken? Aber wovon?

Die Räumung ging schnell, fuhr er fort, meine Schildkröte ließ ich dort, es war Winter, sie schlief, lebte weiter, ein russischer Soldat wird sie gefunden haben, seinen Kindern mitgebracht, oder den Polen gegeben, die dort einzogen, und manchmal denke ich mir, wo sie nun wohl ist, noch hier oder dort draußen, sagte er und deutete ins Apfelgeäst.

Von einer Schildkröte in Edgars Kindheit hörte Katja zum ersten Mal, einen fragenden Blick warf sie ihm zu, konnte aber in der Dunkelheit sein Gesicht nur schemenhaft erkennen. Ob er Teile seiner Vergangenheit einfach erfand? Aber er war doch erst 72, sah aus wie ein Mittsechziger, das war doch kein Alter für so etwas, sagte sie sich gleich, es ist nur natürlich, dass man mehr an die Vergangenheit denkt, wenn man älter wird, das tue ich ja selbst schon.

Hast du deinen Beruf eigentlich immer gemocht?

Manchmal hing er mir zum Hals raus! Aber ..., Edgar überlegte, nun, ich hatte ja euch, dich und Susanne.

Sie schwiegen. Katja schaute in den Garten, hinten an der Mauer hatte das Zelt gestanden. Der einbeinige Nachbar war tot, in sein Haus war eine junge Familie gezogen. Auf der Terrasse ging Licht an, ein Mann erschien und rief einen Namen. Ein helles fernes Kinderja antwortete, dann war es wieder still.

Kindheit ist für jeden ein Zelt, aus dem er abreist, ohne gefragt zu werden, mit oder ohne Flucht. Bevor man sich umsieht, ist es abgebaut, sagte Katja zu Eddi, den sie jetzt gelegentlich so nannte. Welches Zelt, sagte er, du hast doch nie eines gehabt. Katja erschrak, das konnte er nicht vergessen haben, doch, sagte sie mit einem künstlichen Lachen, erinnerst du dich nicht?, und er antwortete souverän, es war nicht unser Zelt, es gehörte Verwandten der Krügerin. Jetzt fiel es auch Katja wieder ein, ich wollte auf etwas anderes hinaus, sagte sie schnell. Ich meine, diese Sehnsucht nach Kindheit beruht doch meist auf einem schlechten Gedächtnis, das miese Erfahrungen zu guten Erinnerungen macht. Und, fragte Edgar trotzig, was ist daran falsch, das hilft einem doch. Sie zuckte die Schultern. Ich habe dich damals beobachtet, nach deiner ersten Nacht mit Susanne, als du ihr den Kaffee hochbrachtest. Edgar grinste breit, und das war eine miese Erfahrung für dich? Und ich Depp wunderte mich immer, woher du es so schnell wusstest!

Am Nachbarhaus wurde erneut die Terrassentür geöffnet, diesmal erschien die Mutter, das Kind lief zu ihr, erleuchtet standen beide im Rahmen, ein größerer und ein kleinerer Schatten. Edgar und Katja schauten zu, bis Edgar sagte, du hast nie erzählt, was mit Max passierte. Aber, murmelte Katja, er wurde in Fürstenfeldbruck bei der Schießerei zwischen Attentätern und Polizei verletzt, das weißt du doch. Ihr Vater schüttelte den Kopf, was hattest du damit zu tun? Zuviel vermutlich, seufzte Katja und schwieg. Edgar kratzte an der Rinde des Apfelbaums, als gebe es dort ein dringend zu lösendes Problem, quetschte schließlich ein »kalt hier« zwischen den Zähnen hervor, blieb dann aber doch noch einmal stehen. Ich denke manchmal an Olympia, sagte er leise. Olympische Spiele inszenieren einen Traum. Als Kind merkt man das nicht, denn da sind Träume noch Wirklichkeit. Ehrlichkeit, sportlicher Wettkampf, faires Messen der Kräfte. Und da fällt Max mir ein. Der glaubte an das Gute im Menschen.

Eben, sagte Katja und lehnte sich an den Apfelstamm, umso schlimmer.

Im Haus nebenan brannten nun alle Lichter, die alte Ulme am Zaun rauschte.

Apropos, sagte Edgar mit einem Mal lebhaft, das wollte ich schon vorhin erzählen, bei dem Elefanten, aber du hast mich abgelenkt. Max ist europäischer Elefantenkoordinator geworden. Was, rief Katja, was ist denn das? Nun, er beschäftigt sich mit Tieren, wie ich. Ja, ja, sagte Katja schnell, Herzschläge und so, aber was gibt es da zu koordinieren? Er verwaltet Elefanten, wo welcher Elefant in welchem europäischen Zoo ist, welche sterben, geboren werden, wie verteilt, und wenn es sich fügt, besucht er sie auch. Ich verstehe, sagte Katja, tust du nicht, sagte Edgar, ich verstehe viel besser, was er macht, er sucht ihnen hier eine Familie, ein Zuhause, sie werden umgesiedelt und wachsen neu an, ist doch toll, sagte Edgar, die können das.

... das Gefühl des Schlüssels, den sie an einem Band um den Hals trug, wenn sie auf dem Weg zur Kanzlei in der U-Bahn saß, und wie sie im Stadion erschrak, als sie danach griff, ins Leere. Bis ihr einfiel, dass sie das Band nicht mitgenommen hatte, Edgar war ja dabei, sie hatte den Schlüssel zu ihrem Haus nicht verloren, und neben ihr saß – Susanne

... ihr Einzug ein paar Wochen später, wenige Kisten, zwei drei Autofahrten zwischen ihrer alten Wohnung und dem Haus genügten, sie arbeitete in Schichten im Krankenhaus, oft war sie am Wochenende dort, dann hatte Katja Edgar für sich allein wie zuvor, allmählich beruhigte sie sich

... Cremes im Bad, Einmalrasierer, Parfums. Susannes festes goldbraunes Fleisch bildete zwischen Arm und Brust drei fächerförmige Falten, wenn sie den Arm um Katja legte, Tinka!, sagte, was machst du denn schon hier?, weil Katja ihrer Meinung nach von einer Party zu früh nach Hause kam –

Susanne. Katja wartete geduldig. Schließlich hatte sie Zeit. Dieses Gefühl fing an, ihr zu gefallen. Ab und an schlug eine Tür, jemand pfiff, ein Radio plärrte, und immer wieder Schritte auf den Stufen. Susanne wohnte im dritten Stock. Katja, unversehens aus ihrem Lebensmuster gerissen, ohne ein neues zu haben, war froh gewesen, ein bisschen packen zu können. Eine Reise, wenn auch nur nach Freiburg. Susanne überraschen und zugleich sehen, wie die Sache zwischen Edgar und ihr so stand. Von einem neuen Freund hatte Susanne nie erzählt. Zudem: Katja brauchte jemanden, mit dem sie sprechen konnte, der sie gut kannte, aber ihr nicht zu nah war. Ein seltsames Wischgeräusch riss sie aus ihren Gedanken, ein kurzes haariges Bein erschien, ein zweites, ein Bauch. Der viereckige Dackel mühte sich die Treppe herunter, die ebenso geformte Besitzerin tat sich noch schwerer, hallo, Frau Kühlböck, wie geht's?, sagte eine vertraute Stimme ein gutes Stück weiter unten. Susanne joggte die Stufen hoch, in einer weiten Hose, grünlichem Sweatshirt, Turnschuhen und mit einer Baseballkappe, die den größten Teil ihrer blonden Haare verdeckte. Ach, Frau Doktor, sagte die Kühlböck, das sehen Sie doch, aber Susanne sah es nicht, denn sie fixierte die Gestalt auf dem Treppenabsatz, Mädchen, na so was!, stockte, äh, Katja, meine Güte, ich fass es nicht, ist was passiert?

Der Dackelzug war vorüber, sie saßen zu zweit auf dem Treppenabsatz, ich muss eine rauchen, hatte Susanne gesagt, das mach ich hier draußen. Schadet das nicht deinem Ruf als Ärztin, fragte Katja, hoffentlich, meinte Susanne und betrachtete Edgars Tochter prüfend von oben bis unten. Ich arbeite hier doch nur mehr, sagte sie, ich lebe im Krankenhaus, schau nur, wie ich herumlaufe, sie fuhr sich in die Haare, die zu einem Drittel grau waren, nicht mal zum Nachfärben habe ich Zeit, ich gehe frühmorgens, spät abends bin ich zurück, oh je, rief sie, wo kommst du überhaupt her, wie weit bist du gefahren, wie lange wartest du schon?

Fünf Minuten später stand Katja neben Susannes Kühlschrank und nahm Butter, Käse, Joghurt in Empfang, alles, was Susanne in seinen Tiefen finden konnte. Ihr Beruf sei ganz anders geworden. Sie tauchte aus dem Schrank auf. Beim Operieren fast nichts mehr zu beobachten, mikroinvasiv. Dennoch blieben Narben. Susanne schenkte Wasser in zwei Gläser, hob das ihre, schaute Katja über den Rand hinweg an. Eine Narbe entstehe, wo etwas getrennt wurde. Die Narbe aber komme nicht vom Trennen, sondern vom Wachsen. Einem so verzweifelten Zusammenwachsen, sagte Susanne und wischte sich mit dem Handrücken über den Mund, dass das Zusammengewachsene sich nicht mehr dehnen kann.

Katja nickte. Sehr logisch. Logisch auch: mit einem ihrer medico-philosophischen, in ihrer Arbeit gegründeten Sätze fing Susanne an. Sie wusste, dass Katja diese Sätze mochte. Sie handelten von Röhren, Versorgung, Wachstum, Erinnerung, Rissen, Verdauung. Verankert im Körper, wiesen sie über ihn hinaus. Susanne goss Wasser in den Kocher und nahm eine große runde Teekanne aus dem Schrank. Katja schmunzelte. Susanne war ohne etwas Flüssiges an ihrer Seite oder auf dem Weg zu ihrem Mund eben nicht vorstellbar. Dein Vater, sagte Susanne, hat gleich zwei Narben, nahe beisammen. Prüfend blickte sie ihren Gast an. Ob Katja Edgars wegen gekommen war?

Mit dem Stiel eines kleinen silbernen Löffels schnippte sie ihre englische Teedose auf. Eine dieser Narben, sagte Susanne, habe ich immer berührt, deine Mutter. Und mit dem Angebot, hier nach Freiburg umzusiedeln, auch die andere, sein Zuhause. Das war zuviel. Das Haus, der Garten, da will er nie mehr im Leben weg. Nimmst du Zucker in den Tee?

Sie waren vorsichtig mit ihrem Gespräch. Katja dachte an Max. Susanne an Edgar. Sie lehnte an der Arbeitsplatte zwischen Spüle und Herd, legte zwei dicke Käsescheiben auf ein Stück Brot und biss hinein.

Bereust du es, Sanne?

Ja, sagte Susanne noch kauend. Sie klang heiter, wie jemand, der im Sommer im hintersten Schrankeck ein Osterei findet, ja, manchmal bereue ich es. Selbst wenn er nun ein alter Mann ist. Oder?

Katja fragte sich, was sie da hörte. Hoffnung? Sorge?

Susanne dachte an Edgars Narzissengarten für Marlene. Sie, Susanne, war auf einer Narzissenwiese gefunden worden. Die Koinzidenz hatte sie immer berührt.

Falten hatte er ja damals schon, sagte Katja.

Aber nur ein paar, verteidigte Susanne ihn sofort. Lang und dünn, mit kleinem Bauch, fügte Katja hinzu, kurze Haare weißgrau. Er hat eine Schildkröte, seufzte sie, die ist oft schneller als er.

Ich würde ihm sogar Kaffee ans Bett bringen, manchmal stelle ich es mir vor und sein Alter stört mich nicht, antwortete Susanne. Der Wasserkocher zischte so laut, dass Katja die Stimme heben musste: er sitzt weniger als früher, als wolle er es mit der Sesshaftigkeit nicht mehr so übertreiben. Allerdings, sie zwinkerte Susanne zu, legt er sich stattdessen hin und pflanzt Anastasia auf seinem Bauch auf wie Armstrong die amerikanische Flagge auf dem Mond!

Susanne goss den Tee auf. Auch du hast mir gefallen, sagte sie ernst. Jetzt setz dich endlich hin.

Sie stellte Tassen auf den Tisch, die Kanne, Käse und Brot. Katja schüttelte den Kopf, sie war satt. Susanne rückte sich den Stuhl zurecht, riss einen Joghurt auf und schleckte den Aludeckel ab. Ich habe nie mehr jemanden gefunden, sagte sie, den Deckel in der Hand, mit dem ich zusammenleben wollte, Juschka. Ist das nicht komisch?

Katja zuckt zusammen. Juschka!

Ich mochte das Nest, das er bewohnte, seine Klugheit, selbst seine Erdwühlerei. Und euch beide, als Familie.

Susanne löffelte. Erdbeerjoghurt, hellrosa wie ihre Haut damals im Kästchen, Susanne, drei Monate alt, oder vier, oder fünf, in einem Kästchen am Dorfrand, ein paar Stunden wohl, nicht in der Sonne, zumindest nicht die ganze Zeit, aber im Schatten war es kühl, es war doch erst April. Später hatte sie sich aussuchen dürfen, wann sie Geburtstag haben wollte, alles zwischen August und Dezember sei denkbar, sie hatte den 1. August 1942 gewählt, den ersten möglichen Tag, einen klaren Anfang. Als Anästhesistin bewachte, beschützte sie den Schlaf eines anderen, der in einem grünen Kästchen aus Tüchern lag.

Juschka. Katja wurde warm. Edgar sagte »Tinka«, in der Arbeit hieß sie Katt, fast wie ein Mann, du bist auch mit so einem Namen noch weiblich genug, versicherten ihr die Kollegen und riefen Katt, wie der Freund, den sie gehabt hatte, als sie dort anfing, der sie aufgezogen hatte mit diesem Namen, wenn sie wieder wegreiste, ihren Rucksack packte, die festen flachen Schuhe, sie aufzog der kurzen Haare wegen, ihrer Unerschrockenheit wegen, wie er das nannte, dabei war es nur Leichtsinn gewesen, der leichte Sinn einer Flucht.

Muss man ab und an leichtsinnig sein, fragte Katja. Susanne wiegte den Kopf. Sie war satt jetzt, und müde. Die Wärme des Tees sponn sie ein – und etwas Altes, das sie mit Edgars Tochter verband. Katja dachte, wie ein Geschenk Edgars, und wunderte sich über diesen plötzlichen Gedanken, wie wenig wissen wir darüber, wie etwas, was wir tun, auf andere abstrahlt, deren Leben ändert und Folgen in alle möglichen Richtungen hat, sogar in Richtungen, die es vorher nicht gab, wie es nie einen Weg zwischen Susanne und ihr gegeben hätte ohne Edgar, und dabei war Susanne so wichtig gewesen. Katja dachte, dass sie ihr das endlich sagen sollte, hob den Kopf, streckte die Hand aus und flüsterte, ich brauche deinen Rat, deswegen bin ich hier. Du weißt, wie ich mit 12 war, du hast mich damals kennen gelernt.

Susanne zog die Nase kraus.

Sommer '72, sagte Katja und rührte heftig in ihrem Tee, alles scheint in diesem Sommer miteinander verknotet zu sein, du tauchtest auf, Max verschwand.

Max, sagte Susanne, an den Namen erinnere ich mich, du mochtest ihn, Jozef auch, aber damals war doch schon alles vorbei?

Katja nickte nur. Susanne stand auf, holte eine Packung Beukelaer, legte sie auf den Tisch. Sommer '72!, sagte sie weich, das Stadion, Olympia.

Und das Attentat!, sagte Katja.

Ich weiß noch, der Terrorist im Balkon mit seiner Maske, das eine Auge war darin viel größer als das andere, unheimlich. Aber alle übrigen Bilder sind wie hinter einem Schleier versteckt. Für mich war das eine glückliche Zeit. Euretwegen!

Glück.

Als wäre dies ihr Stichwort, als habe sie darauf gewartet, etwas so Unwahrscheinliches wie »Glück« zu hören, verbunden mit dem Sommer 1972, fing Katja zu erzählen an. Von der Razzia auf Max. Seinem Entschluss, zur Polizei zu wechseln. Es war das erste Mal, dass sie überhaupt zu jemandem davon sprach. Sie ließ nichts aus, schonte sich nicht.

Als sie endete, war die Kanne leer, Susanne stand auf, um neuen Tee zu brühen. Katja wühlte in ihrer Hosentasche nach einem Labello, hast du einen? Susanne schüttelte den Kopf, nahm aber eine Dose Penatencreme von der Spüle. Selbst das Motiv meiner besten Fotos kommt aus dieser Zeit, sagte Katja, den Dosendeckel in der Hand, als wolle sie in ihn wie in einen Spiegel schauen.

Vielleicht ließ Susanne sich noch von der Frage ablenken, deretwegen Katja hergefahren war. Herz über die Hürde, schön und gut. Und was machte man, wenn es einfach zurückhopste, bang in der Brust, so wie ihres jetzt?

Susanne ließ sich nicht ablenken, und was passierte mit Max in Fürstenfeldbruck?

Juschka, soll ich neuen Tee machen?

Katja nickte und schüttelte zugleich den Kopf, es muss indisch angemutet haben. Susanne schaute ihren Gast zweifelnd an. Tee ja, sagte Katja, Max nein. Ich weiß fast nichts von ihm, er hat eine Frau und ein Kind, erzählt Vater, Katja zuckte mit den Schultern, wie um ihre Ehrlichkeit zu unterstreichen, und setzte den Deckel auf die Dose zurück. Mit ihren nun weißen Lippen sah sie aus, als erwarte sie Sonne, Höhe, Licht. Erst mal hörte man gar nichts, fuhr sie nach einer Pause fort, den ganzen Herbst hindurch, seine Geschwister schwiegen beharrlich. Bis sich im Fasching '73, kurz vor den Ferien, seine jüngste Schwester in der Schulpause vor mir aufbaute. Sie war um einen Kopf kürzer als ich, stemmte die Hände in die Hüften und trompetete es heraus: Max humpelt. Na und?, sagte ich und dachte, mir doch egal. Für immer, rief Isabelle. Und?, fragte ich noch einmal, Katja lächelte verlegen zu Susanne hinüber, dämlich wie ich war. Statt zu verschwinden, fragte ich das, geradezu nichts ahnend, dabei war nach Weihnachten in der Schule bekannt geworden, dass Max in Fürstenfeldbruck verletzt worden war. Die Medien nannten seinen Namen nicht, aus Rücksicht auf Max' Jugend und seine Eltern. Und da frage ich seine kleine Schwester, und warum? Ich dachte, das interessiert dich nicht, sagte Isabelle hämisch und lief ein Stück davon. Ich lief ihr nach, rief, doch – jetzt schon!

Katja schluckte. Nein, es konnte keine gute Idee sein, sich mit diesen alten Dingen zu beschäftigen. Sie sollte Toni anrufen. In ihre Arbeit zurück, weiterreisen, wer brauchte schon einen Ort um zu bleiben, 20 Jahre lang hatte sie keinen gebraucht!

Stundenlang sei geschossen worden, behauptete Isabelle.

Das kann nicht stimmen! Susanne setzte sich wieder Katja gegenüber.

Doch. Max wurde dabei verletzt.

Ah, und von wem?

Wieder musste Katja die Schultern zucken. Lungenschuss und Hüfte. Susanne zog Luft durch die Vorderzähne. Katja nickte, als Isabelle mit mir sprach, bestand längst keine Lebensgefahr mehr. Nur das Bein bekamen sie nicht wieder hin, flüsterte Katja, die Hand aufs Knie gelegt, als müsse sie sich stützen. Susanne griff nach der Penatendose und bestrich sich ebenfalls die Lippen. Vielleicht um Katja näher zu sein. Aufmunternd lächelte sie ihr zu: hat Max' Schwester damals gelogen?

Irgendwann kam mir dieser Verdacht auch, antwortete Katja, eine Hoffnung. In der Schule ging rum, dass Max bei der Polizei hatte aufhören müssen und in einer Berufsoberschule fürs Abi nachlernte.

Das bewies noch nichts!

Genau, sagte Katja, also fuhr ich hin. Es war nicht schwer herauszufinden, wann sie nachmittags anfingen. Er tauchte tatsächlich auf, das rechte Bein nach außen gedreht, der rechte Schuh ein wenig höher als der linke. Es war kein richtiges Hinken, aber ein steifes, unglückliches Gehen. Sehr langsam. Ganz verändert sah er aus, flüsterte Katja, das hat mich noch mehr erschreckt und verfolgt. Sie kämpfte mit den Tränen. Ich starrte ihm auf die Lippen, dieselbe Linie wie immer, Sanne, aber aller Trotz verschwunden. Und – das war noch nicht alles. In einer der nächsten Pausen baute sich in der vollen Halle noch einmal Isabelle vor mir auf, blickte sich um, ihre Augen glommen, doch ich verstand nicht, was geschah, da schrie sie schon: Du hast dir die Max-Razzia ausgedacht. Deswegen muss er nun ein Leben lang humpeln. Du bist schuld!

Dann, murmelte Katja, brach sie in Tränen aus. Sie, nicht ich. Tagelang redete die Schule davon.

Oh je, sagte Susanne und zupfte sich am Ohrläppchen. Jetzt erinnere ich mich. Du hast damals aus heiterem Himmel ein schweres Fieber bekommen, ganz ohne sonstige Symptome. Das war es also.

Typisch Ärztin, dachte Katja, so ticken die.

Und?, fragte Susanne.

Wie, und?

Hast du nie herausgefunden, ob stimmte, was sie sagte?

Er hinkte, das hatte ich doch gesehen!

Susanne winkte ab: aber Katja, ist ja geradezu, als wärst du mit Absicht blind. Nicht ob er hinkte, ist die Frage, sondern wie war es passiert!

Wie?, fragte Katja und schluckte vor Ungeduld, das habe ich doch eben erklärt.

Susanne schüttelte den Kopf, nun mal langsam. Es waren so viele Polizisten in Fürstenfeldbruck! Einer wurde sogar erschossen, rief Katja. Susanne runzelte die Stirn, wer sagt, dass Max die Schule schmiss, weil dir die Razzia einfiel? Und dass du dann auch noch an der Verletzung schuld bist, die er sich ein halbes Jahr später zuzog. Ein halbes Jahr – da liegen viele Entscheidungen dazwischen!

Katja schaute Susanne fragend an.

Wie viele wurden überhaupt verletzt?, fragte Susanne. Katja sagte, keine Ahnung, und Susanne sagte, und warum ausgerechnet Max?, und Katja sagte, hmm. Susanne sagte, vielleicht hat er selbst einen Fehler begangen?, und Katja sagte, hmm. Susanne sagte, hat einem Befehl zuwidergehandelt? Sich dumm verhalten, unerfahren wie er war! Hmm, sagte Katja, könnte sein.

Ihre Unruhe sackte in sich zusammen wie ein angestochenes Baiser. Warum hatte sie sich nie darum gekümmert, wie der Einsatz abgelaufen war? Es hieß, Max sei direkt neben dem getöteten Polizisten gestanden. Mehr wusste sie nicht.

Liebst du ihn noch?, fragte Susanne. Fast hätte sich Katja den neu gebrühten Tee, der nach Penatencreme schmeckte, in die Luftröhre geschluckt.

Wie kommst du denn darauf, Sanker?

Weil ich mich an dich erinnere, als das Kind oder die halbe Frau, die du damals warst. Und?, fragte Katja hustend. Damals hast du ihn sehr geliebt, antwortete Susanne, auf diese Art und Weise, wie ihr in der Familie liebt – man bekommt blaue Flecken davon.

Weil du Edgar noch liebst?, fragte Katja zurück.

Susanne lachte, aha, deswegen bist du eigentlich da?

Mir hat immer sehr Leid getan, dass ihr euch getrennt habt. Aber dass du deine Arbeit nicht opfern wolltest, hat mich beeindruckt.

Susanne lächelte, um den prüfenden Blick ihrer Augen zu verbergen. Die Maxgeschichte glaubte sie, doch nur halb. Katja wirkte so zögerlich. Sie hatte erzählt, dass ihre Arbeit ihr keinen Spaß mehr mache, dass sie nicht mehr reisen wollte. Max war gewiss nicht der Grund für Katjas jahrelange Rastlosigkeit. Aber vielleicht ein Schlüssel. Wie alt war Katja jetzt? Edgars Alter, als Susanne ihn kennen lernte. Er war ihr damals alt erschienen; unglaublich, dass Katja ihr heute so jung vorkam. Fast noch immer wie ein Kind.

Juschka, sagte sie mit einer Zärtlichkeit, die sie selbst überraschte, schlaf einfach mal drüber.

Sanker, flüsterte Katja, psst! Sie stand auf, drehte den Kopf. Hier, hier piepst etwas!

Susanne zeigte auf den kleinen würfelförmigen Kasten neben dem Kühlschrank. Ich dachte, du züchtest da Hefebakterien, rief Katja, während sie vorsichtig das Tuch hob. Aus dem angerosteten Käfig blinzelte ein Vogel ins Licht. Zugeflogen, vor ein paar Wochen schon, sagte Susanne. Ich hatte das Fenster aufgelassen, nachmittags regnete es, als ich aus der Klinik kam, schwamm eine riesige Pfütze auf dem Boden und auf der Spüle saß der Vogel. Ein wasserliebender Prachtfink, grinste Katja, und da dachtest du, der passt, der bleibt hier. Susanne protestierte, ich habe

Zettel ausgehängt, aber niemand meldet sich. Sie wedelte mit dem Geschirrtuch, längst will ich einen zweiten kaufen, aber jedes Mal, wenn ich frei habe, hat der Tierladen zu.

Ich möchte auch irgendwo bleiben können, antwortete Katja leise. München ist der einzige Ort, der mir einfällt. Der Rest Deutschlands ist mir ja fremder als der Rest der Welt.

Susanne nickte. Deine Mutter stammte doch von dort? Katja stand auf, ja, aber alle in ihrer Familie starben in ihren 40ern. Nur Franz wurde älter. Reichlich gruselig. Von denen ist keiner mehr da.

Sie dachte, wie oft ist es möglich, ein Leben neu anzufangen, wie viel kann man ausprobieren?

Susanne erinnerte sich. Franz, der hatte seine Finger auch in allem Möglichen.

Vor allem in Männerärschen, sagte Katja trocken. Susanne lachte, nimm eine Auszeit und finde heraus, was in Fürstenfeldbruck passiert ist. Danach siehst du klarer. Vielleicht ist das ja die Midlife-Crisis.

Für einen Augenblick schaute Katja, als spiele ihr jemand den eigenen Lebensfilm vor, die altbekannten Bestandteile, doch anders geordnet, ein ganz neuer Film. Dann lachte sie, in meinem Männerjob wäre das kein Wunder. Jedes Jahr wachsen mir mehr Haare am Kinn. Männliche Hormone!

Mit entschiedenen Bewegungen hängte Katja das Tuch wieder über den Vogel, stand auf. Sie sucht nicht Max, sondern ihre alte Unschuld, dachte Susanne, die wird sie nie finden, aber eine neue vielleicht, während Katja sich soviel Milch in den Tee goss als wäre es tatsächlich ein Getränk für ein Kind.

Du könntest dich dann bei Max entschuldigen.

Ich bin doch keine Heilige, protestierte Katja.

Eben deswegen, Juschka!

Katja lehnte an Susannes Spüle. Ihr Gesichtsausdruck war reserviert, doch ihre Wangen glühten.

Um diese alte Sache zu beenden, beharrte Susanne und stand ebenfalls auf. Für ihn, vor allem aber für dich.

Katja kippte ihren Tee in einem herunter. Verdammt heiß!

Ich will nicht hören, was er dann sagt, murmelte sie in ihre Tasse.

Scher dich zum Teufel, zum Beispiel, schlug Susanne sachlich vor. Das könnte er sagen.

Und was mach ich dann?

Was er sagt. Du scherst dich zum Teufel, für ihn. Und er sich für dich.

Der Küchenwecker tickte. Susanne, neben Katja, drehte den Wasserhahn auf. Ich muss jetzt schlafen, morgen ist ein langer Tag, sagte sie, und dann, leiser, jeder trägt eben seinen Packen.

Du einen Vogel, sagte Katja nachdenklich und Vater eine Schildkröte. Ein breites Grinsen zog über ihr Gesicht: die könnten doch gut zusammen baden, nicht wahr?

Juschka, rief Susanne, jetzt aber Schluss! Das ist die tierischste Kuppelei, die ich je gehört habe. Ab ins Bett!

Katja, aufgewühlt, lag wach. Das Freiburger Straßenlicht fiel in dünnen Streifen auf Susannes Dielenboden, sehr gelb, sehr hell. Obwohl das Fenster gekippt stand, ließ sich nicht einmal ein Auto hören. Katja war es gewohnt, in allen möglichen Räumen zu schlafen, aber in etwas so Privatem wie diesem Zimmer? Sie machte Licht, die Regale, die Sessel neben der Couch fielen aus ihrer dunklen Lebendigkeit wieder in beruhigende Starrheit zurück. Wenn sie tat, was Susanne ihr riet: war das nicht ein klassisches Ausweichen? Sich mit der Vergangenheit beschäftigen, um vor Problemen in der Gegenwart wegzulaufen?

Hatte sie die?

Ja.

Fühlte sie sich einsam?

Ja.

Half die Begegnung mit Susanne?

Ja und nein.

Katja klopfte sich selbst ab wie ein Arzt. Irgendetwas funktionierte nicht mehr. Was? Keine Ahnung. Vielleicht lag es gar nicht an den Reisen. Vielleicht wurde sie erwachsen – mit 42? Oh je. Mit jedem Gedanken schien ihr Susannes Sofa enger, Katja stand auf, schaltete den Computer an (leise), googelte. Erst »Zufall«. Dann »Schicksal«. Sie fand viel, fand nichts, legte sich wieder hin, dachte, zähle ich eben Schäfchen, drehte sich an die Couchlehne, roch Susanne, sah Susannes Gesicht. Als ginge, einem feinen glänzenden Haar gleich, eine Perlschnur von ihm ab, erschienen auch andere Gesichter, bunte Kugeln, kleine Szenen. Das war schön, es gehörte Katja ganz allein. Jozef packte ein neues Schachspiel aus, er strahlte, meine zwei Schlaufüchse – ja, da lehnte auch Max an der Tür, lächelnd kam er auf Katja und Jozef zu.

Edgar war eifersüchtig auf die ewige Spielerei zwischen seinem Vater und dem fremden Jungen. Katja auch, aber sie wurde nicht spöttisch wie Edgar, sondern wütend, auf Max. Zaungast Max, angeschleppt von Brigitte und Simon, einer der großen Jungen, die eine Fünftklässlerin wie Katja nicht beachteten, sprach ein paar Minuten mit ihrem Großvater, schon saßen die beiden zusammen, schon spielten sie jeden Dienstag, schon nahm dieser Max Katja den Großvater weg. Da Katja sich nicht traute, gegen Max vorzugehen, wie auch?, da sie es nicht fertig brachte, Jozef zu bitten, nicht mit Max zu spielen – warum?, würde er fragen und traurig schauen –, beschloss sie, dem Spiel der beiden erst einmal zuzusehen. Im Zusehen war Katja gut, das hatte sie schon immer gern getan. Wenn sie zusah, würde ihr etwas einfallen, würde sie einen Hebel finden, um Max zu vertreiben.

Schach interessierte sie nicht. Sie schaute die Spieler an, Jozef, Max, dann wieder Jozef. Unser treuer kleiner Hund, sagte Jozef und Max lachte, freundlich. Katja wusste, dass er einen berühmten Großvater hatte, der lange schon tot war. Dieses Großvaters wegen war Max in der Schule etwas Besonderes. Er hatte Feinde und Freunde, dazwischen nichts. Was kommt er so oft zu euch, wurde Katja gefragt. Immer wieder. Ihr Blick auf Max veränderte sich. Jozefs Augen leuchteten fröhlich. Vielleicht war es ansteckend. Max' Augen spiegelten Jozefs Blick. So schaute er Katja an.

Katja gewöhnte sich an die Dienstage. Bei allen anderen Besuchen hatte sie ihren Großvater schließlich für sich. Plötzlich fand sie nicht mehr, dass Max ihn ihr wegnahm. Plötzlich fand sie, Jozef zog Max an, so hatte sie mehr. Manchmal, während im Haus oder auf der Terrasse die Partie Gestalt annahm, lief Katja auch auf die Straße, suchte andere Kinder. Einmal war sie müde und nass von draußen gekommen, sie hatte vergessen, dass Dienstag war, schoss ins Wohnzimmer, da saßen die beiden still und konzentriert und beider Augen leuchteten auf, als sie sie sahen.

Tinka, sagte Jozef, wir haben uns schon Sorgen gemacht, wo du bleibst.

»Wir«.

Fast ein halbes Jahr ging es so. Dann rief eines Montag Abends Max an, er könne am nächsten Tag nicht, Katja wunderte sich, wie tief seine Stimme im Hörer klang, wie schön. Ach Tinka, sagte er, wie Jozef es sagte, »Tinka«, ich habe eine elende Erkältung, sag Jozef Bescheid. Am nächsten Nachmittag wunderte Katja sich erneut. Jozef sagte, das ist nicht schlimm, ich bin heute eh müde. Er war nicht enttäuscht. Aber sie, Katja, sie umso mehr.

Kein Spiel mehr ließ sie aus. Einmal kamen die Großeltern frisch von einer Zuckerfahrt. Ihre Kamera hatten sie dabei. Jozef und Max spielten Blitzschach. Immer, wenn einer von ihnen auf die Uhr drückte, drückte Katja auf den Auslöser. Nur den

Mund dessen, der gezogen hatte, nahm sie auf. Jozefs, faltig, gespitzt, blassrosa. Und Max: Elvislippen, so hatte sie die älteren Mädchen tuscheln hören, gleich ein Elvisfoto gesucht. Es stimmte, fast. Nur waren Max' Lippen noch schöner. Voll geschwungen. Fast durchsichtig scheinende Zähne dahinter. Die Kante zwischen Haut und Lippe hätte Katja gern berührt. Als sie das das erste Mal dachte, schaute sie erschrocken auf ihre Finger, als hätten die Finger diese Idee gehabt. Sie fotografierte weiter, die Hände, die Füße, die Stirn links, die rechts. Jozef spielte bedächtig, Max hingegen wechselhaft, er überraschte Katja immer wieder. Blitzschach, in der Tat – zack, ein Zug, Katja sah, dass Max fast von Woche zu Woche besser wurde, und seine Augen blitzten ins Objektiv, zu ihr. Doch an manchen Tagen spielte er langsam, verträumt, mit schleirigem Blick, als wäre das Ticken der Uhr ihm egal. Katja merkte, dass er einen Fehler machte; Jozef registrierte es auch, sie kannte das Gesicht ihres Großvaters genau. Jozef gewann und sah zufrieden aus. Im Bett hatte Katja die Szene wieder vor sich. Wenn sogar sie den Schnitzer entdeckte, hatte Max ihn dann absichtlich gemacht?

Sie fing an, sein Gesicht zu studieren. Sie fand, dass es ein Gesicht zum Eintauchen war.

Inzwischen war Katja fast 13. Jozef und Max spielten, immer öfter stand es hoffnungslos für Jozef. Katja war sich nun sicher, dass Max absichtlich Fehler machte und fühlte sich hin und her gerissen, ob sie es ihrem Großvater sagen sollte. Sie entschied sich dagegen. Das war, wie sie bei der nächsten Spielrunde merkte, zugleich eine Entscheidung für Max. Er und sie hatten nun ein Geheimnis. Max wusste nichts davon. Aber Katja war stolz darauf. So gehörte Max auch zu ihr. So war es, zu dritt, perfekt. Das Licht wanderte, sie sah es deutlich auf dem Brett, sah, wie Hände sich bewegten, wie sie zärtlich zueinander waren, ohne sich zu berühren, wie sie sich begegneten, ohne Worte, im Denken, wie sie den anderen errieten, ihn sich vorstellten. Katja machte mit, auf beiden Seiten zugleich. Die ganze Woche freute sie sich darauf. Die Nachmittage hatten zu strahlen angefangen. Wie ein Sehfehler – irgendetwas wischte hell in Katjas Augenrand, blitzte auf, war vorbei und doch da. Es veränderte ihre Fotos. Nicht nur sie bemerkte den Unterschied. Sogar Edgar fand die Schachaufnahmen gut und wollte ihr endlich – vielleicht – doch – eine Kamera kaufen. Jozef war beeindruckt. Max sagte, hey, mach mehr davon.

Allerdings: Max war zu allem nett. Kroch eine Fliege über das Schachbrett, hielt er Jozef davon ab, sie zu erschlagen. An manchen Tagen spielte er schlecht, weil er lieber sehen wollte, was im Garten passierte. Oder weil er gern nachgab. Katja interpretierte es als Zärtlichkeit. Dass es mehr war, zeigte sich, als die Wespe kam. Jozef regte sich auf, warum ausgerechnet zu ihm, er hasste Wespen, sprang hoch, wedelte mit den Händen, er ist allergisch, sagte Katja zu Max, der sofort besorgt schaute, jedoch in sicherem Ton Jozef aufforderte innezuhalten, dann winkte er dem Tier seltsam langsam, geradezu getragen, es flog tatsächlich in seine Richtung, er blies es vorsichtig an, flüsterte ein Wort, das Katja nicht verstand, und die Wespe drehte ab.

Während einer der nächsten Partien wurde Linda, die stickend in der Küche saß, krank. Durchfall, Fieber. Die Großeltern wollten auf Edgar warten, damit er sie mit dem Auto heimfuhr, Linda kam auf die Couch, Decken, Tee, Jozef blieb bei ihr. Katja schaute auf das Brett, Max packte seine Sachen zusammen. Es bringt Unglück, wenn man eine Partie abbricht, oder?, sagte Katja.

Na ja, er lächelte, wird so schlimm nicht werden. Mach dir darum keine Sorgen.

Er bückte sich, um seinen Schuh neu zu schnüren. Katja zog mit einer von Jozefs Figuren. Als Max wieder hochkam, sah er die Veränderung, sofort. Sie spielten die Partie aus. Katja rettete Jozefs schlechte Lage zu einem Remis.

Ich dachte, du kannst nicht spielen!

Ich habe euch zugeschaut.

Über dem Brett schüttelten sie sich die Hände. Es war das erste Mal, dass sie sich berührten. Katja hatte nicht gedacht, dass eine menschliche Hand sich so anfühlen könnte. Sanft und fest. Und etwas hinzu.

Sie nannte es Freundschaft. Zusammengehören.

Die Woche hindurch rief Katja jeden Tag die Großeltern an, wie es Linda gehe. Sie sehnte den nächsten Dienstag herbei. Aber Linda war richtig krank, eine Grippe, gefährlich im Alter. Jozef würde den nächsten Schachdienstag ausfallen lassen. Katja überlegte, ob sie es Max sagen oder ihn einfach kommen lassen sollte. Sie rief ihn an. Seine Geschwister grölten im Hintergrund. Endlich war er am Apparat. Er sagte, ich komme trotzdem, dann spielen wir. Katjas Herz hüpfte. Sie rannte ins Bad, kämmte sich. Dabei hatte sie sich schon x-mal gekämmt an diesem Tag.

Und sie spielten.

Er machte keinen absichtlichen Fehler. Sie strengte sich an. Ihr Herz schlug in den Fingerspitzen, von dort in die Schachfiguren. Die Schachfiguren zogen zu Max. Katja war froh, dass sie nicht sprechen musste. Ein Frosch saß im Hals.

Max sagte, es ist, als spieltest du nach einem neuen Prinzip. Eine Art Schattendeckung, du folgst mir exakt, wo hast du das her?

Sie wurde rot. Ich weiß nicht.

Das stimmte. Es passierte von selbst. Als Max ging, erzählte er, dass er beim Schach-Regionalturnier im Juli den Landkreis vertreten durfte. Altersklasse 15-20. Dann lud er Katja ein, zu sich in den Garten. Mit anderen, Musik hören, im Gras. Kommst du? Ein leises Zittern in seiner Stimme. Bildete sie sich das ein?

Linda wurde gesund, Max und Jozef spielten weiter wie zuvor. Dienstags. Aber nun gab es auch den Freitag. Da spielten Katja und Max, allein. Katja lieh jedes Schachbuch aus der Bibliothek. Nach dem Spiel blieb Max oft noch da, zeigte ihr einen seltenen Käfer, der über die Terrassensteine kroch. Für Katja waren alle Käfer selten – sie hatte sie nie beachtet. Max versuchte auch ihr beizubringen, wie man mit Wespen spricht. Bei euch ist es so schön still, man kann sich konzentrieren, kleine Dinge hören: er sah glücklich aus.

Jetzt hatten sie ein zweites Geheimnis. Diesmal wusste auch Max davon.

Ein paar Wochen später fand das Turnier statt. Katja durfte hinfahren, sollte nur um neun zu Hause sein. Max schlug sich gut, verlor aber beinahe das Endspiel, weil er sich von den Fans seines Gegners ablenken ließ. Sie zogen ihn mit seinem Großvater auf. Es gab ein Remis, und eine zweite Entscheidungsrunde. Nun riefen sie Karnickelfamilie (sie wussten, dass er vier Geschwister hatte), stießen Katja an, ah, deine Mieze! Max lachte. Katja machte es ihm nach. Er gewann, aber es war spät, Max war zu Fuß, Katja mit dem Fahrrad, sie freute sich, jubelte, musste los.

Als sie in die Straße zu ihrem Vaterhaus bog, ließ ein Gefühl sie umkehren. Es dämmerte, war aber noch hell, ein heiterer Sommerabend. Am Fluss sah sie einen Jungen, den sie vom Turnier wieder erkannte. Er lief von ihr weg, sie warf das Fahrrad hin, rief Max, Max, längst hätte sie ihm doch begegnet sein müssen. Da sah sie ihn auf dem Boden, nah am Ufer, Katja schrie auf. Ihre Füße fühlten sich wie Baumstümpfe an, endlich war sie bei ihm. Er saß, aus einem Auge schaute er auf sie, das andere bedeckte sein T-Shirt, er hatte es ausgezogen. Ist schon gut, sagte er und stemmte sich auf die Knie, schon gut.

Was ist passiert? Zitternd ging Katja in die Hocke. Normalerweise wurde ihr bei fremdem Blut schlecht. Nur ein handbreiter Streifen Gras trennte sie von Max.

Er zeigte wortlos nach rechts neben seinen Fuß.

Ein Pflasterstein, nicht sehr groß. Und von Max' Schläfe zum Ohr klaffte ein Sägezahnspalt.

Du brauchst einen Verband!

Katja wunderte sich, noch während sie sprach: ihr wurde nicht schlecht.

Komm, ich bring dich heim.

Er wollte nicht. Seine Mutter würde sich nur erschrecken. Das gerinne von selbst.

Doch er sackte ins Gras zurück.

Komm, wiederholte sie ganz unsinnig, denn schon saß sie neben ihm.

Sie haben behauptet, ich hätte heimlich eine Figur verschoben!

Was?

DC5 zu …

Blödsinn, rief Katja. Sie schluckte vor Empörung, wollte aufspringen. Ich geh hin!

Er griff nach ihrem Arm und versuchte zu lächeln: es war doch nur dieser Dicke!

Mit dem weißen Shirt am Kopf sah Max verwegen aus, und zerbrechlich. Autos brausten vorüber, dennoch waren die beiden im Gras hier allein. Menschen, die in Autos saßen, sahen nichts.

Den ganzen Weg sei der Sülzkopf ihm nachgerannt, bis er ihn hier, auf der Wiese, von hinten Hilfe schreien hörte. Und hinlief.

Ich bin so blöd, sagte Max und ließ Katjas Arm wieder los.

Wir holen die Polizei.

Nein.

Doch!

Max nahm das Shirt herunter und drehte es, auf der Suche nach einer sauberen Stelle. Das Blut, das aus der Wunde quoll, sah dunkel aus. Katja presste die Lippen aufeinander, zog die grüne Stoffjacke, die sie über der Bluse trug, aus und gab sie Max. Schlecht war ihr nicht, nein, aber sie...

Ob er die wirklich nehmen könne?

Sie nickte, zog die Nase hoch.

Er schaute sie kurz an. Und als sie nichts sagte oder um ihr Zeit zu geben: Wie kommst du überhaupt hierher?

Zufall, murmelte sie.

Zufall gibt es nicht, sagte Max.

Ich bin umgekehrt – einfach so, ein Gefühl.

Für einen Augenblick schwieg nun er.

Hast du das öfter, solche Gefühle?

Sie schüttelte den Kopf. Noch nie – Katjas Lippen bewegten sich, doch lautlos, denn nun griff Max nach ihrer Hand. Für Minuten rauschten nur die Bäume, der Verkehr. Ihre Finger in seinen, das raubte Katja jedes Wort.

Er legte den Kopf schräg, als wolle er, dass die grüne Jacke von der Sonne beschienen werde, und sagte, sie solle es niemandem verraten. Er wolle sagen, er sei gestolpert und auf einen Ast gefallen.

Du spinnst, sagte Katja.

Max grinste und hielt ihre Hand, da wollte sie etwas Kluges, Überzeugendes sagen.

Und der Attentäter! Soll der einfach so davonkommen?

Da lachte der vier Jahre Ältere auf. Was für ein Wort! Lernt ihr das gerade in der Schule?

Wie gemein. Wäre er nicht verwundet gewesen, hätte Katja ihn in die Rippen geboxt – doch jetzt lagen sie plötzlich nebeneinander im Gras, Max auf dem Rücken, sie halb auf ihm, und eine ihrer Hände hob und senkte sich mit seiner Brust. Wie warm sie pochte durch sein dünnes Unterhemd.

Er drehte den Kopf zu ihr.

Was, wenn ich mich ... freue, dass es passiert ist?

Sie fragte noch »meinst du wegen ...«, doch ihr Blick war

schneller als ihr Mund. Max' Arm griff um ihre Schulter, Katjas Lippen lagen auf seinen. Ihre Hände hielten seinen Kopf, die gesunde und die blutende Seite, und als sie einmal die Lider hob, waren die seinen geschlossen, da küsste sie ihn fester, tiefer, auch wenn ihre Zungen sich nur zaghaft berührten.

Als sie innehielten, war die Jacke von der Stirn gerutscht.

Blut?, fragte Max.

Sie nickte, er seufzte und schloss erneut die Augen. Autos rauschten vorbei, der Fluss. Es wurde dunkel und kühl. Schließlich war es Katja, die sagte, komm, wir gehen.

Warte noch, eine Minute.

Da flüsterte sie ihm etwas ins Ohr.

Nein, sagte er. Und dann sagte er ja. Tinka, sagte er.

Und sein Gesicht leuchtete aus dem dunklen Gras zu ihr hinauf.

Äcker, Hecken und niedrige Anwesen schwebten in einer kernlosen Helligkeit. Katja steuerte den gemieteten Smart über die Grenze nach Frankreich, was laut Mietvertrag verboten war. In ganz Freiburg hatte sie keinen passenden Prachtfinken gefunden. Sie hatte sich geärgert, doch nichts konnte ihr heute die Laune wirklich verderben. Erholt war sie aufgewacht. Obstplantagen, krumm und trächtig, zogen zum glatten Summen aus der Motorhaube an ihr vorbei. Die Landschaft schien in einem kalten, durchscheinenden, doch schimmernden Apfelgelee zu schwimmen. Katja murmelte,

Und wer sie flieht,

der muss sich von ihr finden lassen.

Darum wenn man sie beschreiben will,

So sage man, sie sey ein Crocodil.

Gleich nach dem Frühstück mit Susanne hatte sie erneut gesurft. Und das Gedicht tatsächlich gefunden, samt Dichterin. Sidonia Zäunemann. Fiel 1740 bei einem wilden Ritt über

Stock und Stein in die Gera. Das Pferd soll auf einer vereisten Brücke gescheut haben. Sie war allein unterwegs, in Männerkleidung, ertrank. 26 Jahre alt. Eine Reisende. Was sie von Crocodilen wusste?

Der Tierladen in Colmar hatte geöffnet, in einem verschnörkelten goldenen Käfig saß, dicht aneinandergedrängt, ein Finkenpärchen, grüne Körper, rote Schnäbel. Drei vertragen sich gut, versicherte der Händler. Mit den Vögeln in einer kleinen Pappbox (Luft- und Kotlöcher), deren Transport in einem Mietwagen bestimmt ebenfalls verboten war, fuhr Katja über die leere unbewachte Grenze zurück. An den Zäunen der Weiden saß ein kleiner Nebelsaum, als sollten die Wiesen unten abgedichtet werden. Im Rückspiegel hing die Sonne als großer, roter, noch hoch stehender Ball. Katja fühlte sich zufrieden wie lange nicht mehr. Was hatte Susanne zu ihr gesagt: erwachsen wird man nicht automatisch, das muss man selbst tun. Über Katja zischten zwei Kampfjets dahin, leicht versetzt der eine hinter dem anderen, als wären auch sie ein Vogelpaar. Der Film einer Tierfangaktion fiel ihr ein. Das Boot war langsam einen breiten schlammiggrünen Fluss hinabgetockert, geschlossene Holzkisten und Käfige wankten auf seinem Deck. In den Käfigen saßen ein Schimpanse, ein kleines Felltier, ein blaugrüner Papagei. Er schnäbelte am Verschluss, zog am falschen Ende. Katja hätte ihm zurufen wollen, da zieh, da schau hin!, wie ein Kind dem Kasperle zuruft: da schau, da ist das Krokodil! Endlich, der Papagei flog heraus, grün wie Katjas Augen, wie Edgars blau.

Katja wendete auf der Stelle. Auch wir sitzen in einem Käfig, erzählte sie den Vögeln, das tröstet euch vielleicht. Bei uns heißt er Zufall oder Schicksal. Gestern hatte Katja gelesen: in den ausdifferenzierten Gesellschaften des frühen 21. Jahrhunderts werde Zufall genannt, was zu komplex sei, um verstanden zu werden. Wenn es Futter gibt, ist der Käfig Zufall, erzählte Katja den Finken, ebenso, wenn es regnet. Was sie ihnen erklärte, erklärte sie sich. Lockt aber draußen frische Luft, ist der Käfig Schicksal. Man steckt in etwas, wozu man keinen Schlüssel hat, Fink! Aber heißen muss das nichts!

In Colmar tauschte sie den Käfig gegen einen Riesenkäfig. Gemeinsam mit dem Verkäufer band Katja den silbernen Kubus auf das Dach des Mietwagens. Danach tranken sie noch einen Kaffee. Weil Katja so viel Geld bei ihm gelassen hatte, bot der Händler an, auf die Vögel aufzupassen, falls sie Grünewalds Altar ansehen wollte. Auf Religion bin ich spezialisiert, sagte Katja. Er staunte. Auf viele Menschen, Fotografie. Aber das ist nicht Religion, sagte er, doch, sagte sie, eben doch, übrigens, gibt es im Ganges Krokodile? Er lachte. Statt Grünewald zu sehen, erfuhr Katja, wie man Alligatoren von Krokodilen unterscheidet, dass ein Krokodil gut 3000 Zähne verbraucht in seinem Leben, jawohl, direkte Nachfahren der Saurier, die intelligentesten Reptilien heutzutage, leider das Gehirn dennoch nicht größer als eine Zigarre, der Magen mit zehn bis 15 Pfund Steinen gefüllt, manchmal auch mit Mensch, na ja, oder kleinerem Krokodil, aber, betonte der Tierhändler, genügsame Kaltblüter, die gern mit offenem Maul in der Sonne sitzen und dann ganz friedlich sind!

So einfach konnte es ein.

Das mit dem Riesenkäfig beladene Auto passte gerade noch unter den niedrigen Brücken des endenden Elsass und beginnenden Breisgau hindurch. Abendnebel schwappte über die Zäune. Die Dämmerung verlieh der Straße eine elastische Sanftheit, sie schien sich weiter zum Horizont zu biegen, um schnell, an der nächsten Kurve, an einen Baumstamm zu kriechen und einfach aufzuhören.

Vergnügt traf Katja in Freiburg ein. Susannes Wohnung hatte eine Doppeltür, knapp ließ der Käfig sich hindurchschieben. Glück gehabt, sagte Susanne kopfschüttelnd. Katja, schwitzend, hielt inne, stimmt! Doch das war nur der erste Streich, Sanker. Jetzt fahre ich sofort nach München. Dort habe ich noch eine kleine Wohnung, voller Umzugskisten. Sie stöhnte, die räume ich weg, da bleibe ich erst einmal. Wie kann ich dich erreichen, fragte Susanne, als Katja ins Auto stieg. Drei Dinge, sagte Katja, während sie den Sitz höher schraubte, will ich auf keinen Fall: einen Mann mit Rückenbehaarung, eine Schildkröte und ein Handy (zum Reisen hatte sie eines gehabt, es lag schon im Müll). Aber ich schaffe mir einen Festnetzanschluss an, sie zwinkerte, da in der Heimat, und rufe dich an.

Schatten, Bäume, kaum Gegenverkehr. Katja bremste, beschleunigte im Rhythmus der Straße. Sonst wurde sie gefahren, geflogen, verschifft – seit heute fuhr sie selbst. *German wood. I once had a boy or should I say he once had me.* Die Bäume hier wuchsen langsam. Doch schnell wölbten ihre schwarzen Schatten sich aus der Dunkelheit auf die Straße, das starke Licht des Wagens strich darüber, und war schon wieder fort. Katja hatte lange in Oberflächen gelebt, kühl und schnell. Selbst ein Scheinwerferlicht, der Blitz hinter der Kamera. Was sie sah, ging sie nichts an, sie fotografierte es nur, heftete es ab wie ein Buch, das man kopiert – fühlt sich an, als habe man es gelesen, also liest man es nie. Jetzt wollte sie lesen. Die große und kleine Geschichte kümmern sich nicht umeinander, die durchdringen sich bloß, hatte Jozef gern gesagt.

Doch was hieß »bloß«?

Katja beschleunigte. Wer die Geschichte der anderen vergaß, vergaß sich selbst, in ihr. Der Nebel war fort, die Dunkelheit jenseits der Scheinwerfer riesig. Nur aus ihrem Rand schoben sich haarige Büsche, knubbelige Baumstämme, um für Sekunden ein Gesicht zu imitieren. Katzenaugen glommen, die Straße, schwarz und weiß, wand sich wie eine lang gezogene Buchseite, Kurve um Kurve. Katja, auf der ersten Heimfahrt seit Jahren. Katja, hellwach, als komme sie von einer langen Wanderung. Holte ein anderer Wagen von hinten sie ein, eilte der eigene Schatten ihr für Sekunden auf dunklen Stelzen voraus.

Olympia 2

1

(»München«)

Die Trompeten quietschten, die Posaunen pfitschten, exakt hielt das Orchester den schiefen Takt, mitten hinein rief ein schwitzender Kellner »fünfmal Schwammerl«, jemand sang »wann i noa mit da Gret koan Kreagshandl ho«, mindestens drei aus der Gruppe der dunkelhaarigen jungen Männer am Tisch verstanden genug Deutsch, um sofort ein klares »hier« zu rufen, keiner trank Bier, was den Kellner nicht verwunderte, hier saßen oft türkische Gastarbeiter (die bayerische Musik aus den Lautsprechern war Programm) und natürlich jetzt während der Spiele auch muslimische Fans, muslimische Sportler, die hier hatten Cola bestellt, zehn Mal, der elfte trank Wasser. Vor den Scheiben des Restaurants schnaubten dreckige, rot-schwarze Loks, Scheinwerfer blinkten auf, verloschen, die Anzeigetafel, genau gegenüber, flatterte von den letzten Ankünften und Abfahrten des Tages. Noch immer – es war kurz vor Mitternacht – wimmelte die Bahnhofshalle von Menschen, die einen suchten den Ausgang Richtung Fußgängerzone, andere fragten unverhohlen nach sex, sexe, sex, praktisch international das Wort, andere, Kinder an der Hand, sausten zur S-Bahn. Hinten rechts befanden sich die Schließfächer, der, der Wasser trank, reichte die Schlüssel dafür unterm Tisch an seinen Nachbarn weiter. Der jüngste, fast noch ein Knabe, bestellte eine Cola nach, während zwei andere abwechselnd etwas zu erklären schienen. Zwei Ortsnamen fielen, Biri'm und Iqrit, zwei alte Dörfer christlicher Araber, 1948 von Israel zwangsevakuiert. Als die Cola serviert wurde, rührte der Junge sie lange nicht an, sondern lauschte den Erklärungen, die einer in der Runde nun schnell und leise von sich gab. Den Gesichtern seiner Zuhörer war keine Veränderung anzumerken. Nachdem die beiden Älteren geendet hatten, schoben acht der versammelten Männer ihnen, erneut dezent unterm Tisch, das Geld aus ihren Portemonnaies zu, DM und Dollars sowie ihre Pässe; in einem Zug trank der Jüngste seine Cola aus, die anderen standen schon. Acht der elf schulterten ihre Sporttaschen, der Kellner räumte die Teller fort, die Gläser, das Trinkgeld stimmte auch, er riet, das machte er bei allen, Springer waren das oder Läufer, für Schwimmer zu dünn, aus einem südlichen Land, im Fernsehen würde er nach ihnen Ausschau halten, der Jüngste, sich den letzten Schluck Cola vom Mund wischend, lief den anderen hinterher. Operation Iqrit und Biri'm. Nach einem Abstecher zu den Schließfächern gingen sie ins Eden Hotel Wolff gleich gegenüber; auch die letzten Nächte hatten sie dort verbracht. Einer schlief noch kurz, einer betete, ein anderer lag wach im dunklen Zimmer auf dem Bett und beobachtete, wie die Lichter der Reklamen über die Decke huschten. Exakt wie sie es gestern Abend taten, exakt, wie sie es morgen Abend, exakt, wie sie es für den Rest dieser Nacht tun würden, doch für ihn verlöschten sie in dem Augenblick, als er die Tür hinter sich schloss – wie auch immer es ausgehen würde, hierher kehrte keiner von ihnen jemals zurück. Es war halb vier morgens, zwei cremefarbene Mercedes-Taxis ließen die Motoren an, Issa, im ersten auf dem Sitz neben dem Fahrer, sagte in klarem Deutsch: zum Olympiadorf. Bitte.

Das stand nirgends, wo hätte es auch stehen sollen, das las sie nicht in den vergilbten Zeitungen. So viel war über das Attentat geschrieben worden, sogar noch während es geschah, doch wer schaute schon gern auf die »andere« Seite, schaute gar mit »ihrem« Blick, Täter waren sie, Ungeheuer, Monster doch. Vorsichtig blätterte Katja die alten Seiten um. Die Zeitungen waren zu 14-Tage-Stößen zusammengebunden; schmutzig grüne Pappdeckel hielten sie, jeder Band war unhandlich und schwer. Froh solle sie sein, dass sie das empfindliche Papier überhaupt berühren dürfe, wozu habe man schließlich alles auf Mikrofilm, einzig dank der Bestätigung der Redaktion mache man eine Ausnahme, man sei kooperativ, das müsse man nicht sein etc. Sie hasste Bibliotheken und von allen Bibliotheken hasste sie die Staatsbibliothek München am meisten. Schon der Geruch am hallenartigen, meist menschenleeren Eingang widerte sie an: Weißwurst. Seit Stunden vor sich hinsiedende Wurst, weißgrau wie Hirn, mit Petersilie gespreißelt. Meterlange Ketten davon. Daneben Eimer voll süßem Senf. Am ersten Morgen ihrer Recherche war sie fast enttäuscht gewesen, die Wurst- und Senfdämpfe der Studienzeit (Jura, wie Eddi, drei Semester, eine Verlegenheit) schienen verschwunden, ebenso die Cafeteria im Keller, aber zwei Stunden später, als sie am Schalter schimpfte (ich sehe auf den Mikrofilmen nichts! Dann brauchen Sie eine Brille, sagte die Zicke hinter der Trennscheibe; hab schon Linsen, säuselte Katja), hätte sie sich bereits getröstet fühlen können, wäre ihr nur im Geringsten nostalgisch zumute gewesen: Weißwurst. Weißwurst als Geruch, und ganz real in jeder Mittagspause. Die Cafeteria existierte noch, ebenso der Wurstkessel von damals, offensichtlich samt der Würste von damals. Auf Gerüche hatte Katja schon als Kind empfindlich reagiert, wütend wedelte sie mit ihrem Redaktionsausweis vor der Bibliotheksangestellten, drohte mit einer Beschwerde – und bekam, was sie wollte: Direkteinsicht.

Da saß sie also nun, im großen, rundum verglasten Lesesaal der ehrwürdigen, rundum nützlichen Staatsbibliothek. Hinter Katjas bodentiefem Fenster wiegten sich die bereits gelb und rot gefärbten Bäume des Englischen Gartens. Die Heizungen liefen, staubtrockene Luft im Saal. Milchiggrau, brüchiger als die Blätter draußen, knisterten die Seiten der SZ-Abendausgabe vom 5. 9. unter Katjas Hand. »Direkteinsicht«. Vorsichtig berührte sie das Jahr 1972, einen lange vergangenen Herbst, sich selbst – in der vagen Hoffnung, etwas von damals stecke noch in dem Papier und stoße von dort zu ihr. Denn sie steckte, nach zwei Wochen Recherche, fest. Weil sie immer mehr fand, weil sie vorankam, weil sie ertrank. Was sie fand: ein auseinanderstiebender Ameisenbau. Sie selbst rührte mit dem Stock darin, durfte sich also nicht wundern: Ameisen krochen zu Hunderten hervor, alle gleich, rannten auf sie zu, neue stießen nach. »Direkteinsicht«. Katja lachte bitter, sofort blickte die Aufsicht, nur zwei Tische von ihr entfernt, zu ihr hin.

War auch Lachen verboten?

Es verging einem doch sowieso.

Von Max war namentlich nirgends die Rede. Ein bayerischer Polizist hatte in Fürstenfeldbruck sein Leben gelassen, im »Schlachthaus«. Schlachthaus, diesen Ausdruck hatte sie gelesen, das hätte sie selbst nicht so gedacht, doch dann blieb das Wort. Eine Einsicht? Eine Polemik? Allerdings: mehrere Verletzte in der Crew der Hubschrauber und bei der Polizei, im September 1972 lief so etwas, in München, unter »Vermischtes«. Selbst der Name des getöteten Beamten wurde in nur wenigen Artikeln genannt. »Polizist tot«, das war es zumeist.

Katja hatte weitergesucht. Angeschossen worden waren ein Scharfschütze und der Pilot eines der Hubschrauber, mit dem Geiseln und Fedajin nach Fürstenfeldbruck kamen. Nur lebensgefährlich Verletzte wurden erwähnt. Zunächst hatte sie geglaubt, daran sei die Sensationslust der Medien schuld. Das glaubte sie nicht mehr. Je mehr Katja las, je mehr sie auf die Ameisen starrte, umso deutlicher wurde: dass sie kein System in den Bewegungen erkannte, hatte exakt zwei Gründe. Zum einen gab es keines, im Unterschied zu einem realen Ameisenbau. Spätestens in Fürstenfeldbruck hatte totales Chaos geherrscht. Doch sofort danach wurde ein zweites System in Kraft gesetzt, und es lieferte Grund zwei: systematisch wurde dieses Chaos verschleiert. Dass es weitere Verletzte gegeben hatte, passte weder der bayerischen

Regierung noch der Bundesregierung noch der Polizei ins Bild. Die Nachricht wurde »vergessen«.

Exakt dieser Punkt hatte angefangen, sie zu interessieren. Er war mit Max verbunden – und wies über ihn hinaus. Verbunden mit Max und ihr und dem Staat, in dessen Bibliothek sie saß. Sie streckte den Zeigefinger nach der Zeitung, tippte behutsam auf die Bildpunkte des obersten Fotos, körnig und grau: Conolly-straße. So wie ihre Hand die Vergangenheit berührte, berührte die Vergangenheit Katjas Heute. Die vergangene Hand blieb den Augen verborgen. Aber Katja spürte sie.

Es war die Geschichte ihres Zuhauses.

Falls es dieses Zuhause gab.

Wenn ja, dann fing es hier an. Sie hasste Bibliotheken und doch saß sie nun in einer, Tag um Tag, und es machte ihr zunehmend Spaß. Dafür war sie Journalistin genug – da war etwas vergraben, sie roch es, hatte den Instinkt zu suchen, die Zähigkeit durchzuhalten. Es fühlte sich an wie der Augenblick kurz vor einem Foto, er konnte Stunden, Tage, Wochen dauern. Eine Serie von Bildern war bereits in ihr entstanden, zusammengesetzt aus fremden Aufnahmen, Zeichnungen, Worten. Zu ihrer eigenen Überraschung entdeckte sie, dass sie auch hier reiste – im Kopf.

Zwei Schiedsrichterstühle vor Haus 31. Der kleine Fußweg, mutiert zum »cockpit of world events«, so die *Times*. Die einzige ins so genannte Krisenmanagement einbezogene Frau, eine untere Polizeibeamtin, aß gemeinsam mit Issa an der Tür des Geiselhauses eine Banane. Sie warfen die Schalen einfach hinter sich, kommentierte der Artikel zum Bild. Es zeigte Issa. Als die Beamtin ging, hob er die Schalen auf und versenkte sie sorgsam in den Mülleimer am Straßenrand. Er hatte fünf Jahre in Deutschland gelebt. Der Artikel nannte ihn schlicht Issa. Mit seinem weißen Hut sah er sympathisch aus. Er hätte einer der Sportler sein können. Nicht nur das Alter stimmte, trainiert wirkte er auch. Die Ordnungspolizisten am Rand des Fotos trugen graue Hemden, Sonnenbrillen. Einer hatte die Hand gehoben, winkte den herumstehenden Passanten weiterzugehen. Deutlich hob sich der Schweißfleck unter seiner Achsel ab. Das hatte etwas Tröstliches. Alle anderen Figuren wirkten wie aus Blech. Sogar die Stühle sahen lebendiger aus.

»Ereignis mit Kameras umzingelt«, erklärte die Spalte daneben. Katja erinnerte sich: Issas Bananengeste, eine Milliarde Menschen nahmen sie wahr. Bilder vom Showdown in Fürstenfeldbruck, dem finalen Schlachthaus, gab es nicht. Nur immer wieder die beiden Hubschrauber, der eine vollkommen zerstört, der andere, zumindest hinten, fast unbeschädigt, vorn jedoch ebenfalls gänzlich ausgebrannt. In der Nachtzeitung des 6. September stand: alle Geiseln gerettet, alle Terroristen tot. Die Welt war in Ordnung, gerecht beendet der Kampf zwischen Böse und Gut, High Noon. Doch schon als man das am Morgen desselben Tages las, war die Meldung schal geworden und bitter, war die Hoffnung von vor ein paar Stunden grausame Erinnerung. Low Night: alle Geiseln tot, fünf Terroristen tot, drei lebend gefangen, einer mit einer leichten Verletzung an der Hand, die beiden anderen unverletzt. Katja strich sich mit dem Finger, der eben noch auf das Bild gezeigt hatte, über die Stirn. Die Bilder wiederholten sich, geisterten, spukten, da stand Issa und warf die Bananenschale fort. Nein, räumte sie auf. Selbst an dieser kleinen Geste konnte man ablesen, wie er sich selbst sah. Er räumte auf.

Der Schlag gegen ihren Stuhl, ein gequetschtes 'tschuldigung. Katja zuckte zusammen, als habe eine der Figuren aus der Zeitung sie angestoßen. Verstohlen blickte sie sich um. Die Sonne war bis zu ihrem Platz vorgerückt, Vögel schossen draußen zwischen den Ästen, das Laub war spärlich, dünn.

Die Aufsicht, eine Dreißigjährige mit rot gefärbten Haaren, biss auf ihrem Kugelschreiber herum. Der alten Zeitungen wegen musste Katja so nah bei ihr sitzen, mühelos war der Abkaugrad ihrer Fingernägel zu beurteilen. Nicht einmal hochhalten konnte Katja die schweren Bände, um sich dahinter zu verstecken, nur das Gesicht darauf senken. Auf den Seiten aber schwammen die Tage ineinander. Es war offensichtlich unmöglich gewesen, mit den Geschehnissen Schritt zu halten. Überdeutlich: eine Wahrheit würde nicht zu finden sein. Das reizte Katja. In den zwei Wochen hier hatte sie genug gesehen, um wissen zu wollen, wie weit sie kommen konnte. Max. Wenn sie den Kontext nicht verstand, begriff sie Fürstenfeldbruck nicht. Auch wenn sie nicht an die eine Wahrheit glaubte, hatte ihre Suche doch ein Ziel. Sie hoffte, es würde sich während des Suchens zeigen. Wenn der Instinkt sich allmählich schärfte und etwas an einer Stelle wuchs, wo Begriffe nicht hinreichten.

Da standen sie: zwei leere Stühle auf einer Straße, blendend weiß.

Statt auf Max war sie auf Männer gestoßen, wenig älter als Max damals, viel jünger als sie jetzt, in einem Alter, in dem heute ihre Söhne hätten sein können, hätte sie welche gehabt, acht Männer, die glaubten, sie seien im Recht, eine Mission, zielstrebig erarbeitet, hart antrainiert, geschickt getarnt, acht Männer, die Augen so unglaublich jung und doch schon – so fort.

Allmählich fiel ihr auf, was sie nicht wusste. Stach ihr ins Auge, was man 1972 nicht getan hatte. Wonach 1972 niemand fragte. Hatte wirklich keiner versucht, den deutschen Verhandlungsleitern verständlich zu machen, was die Palästinenser des Schwarzen September antrieb? Dass sie weder Spaßvögel noch Verrückte waren? Denn so wurden sie in den Zeitungen dargestellt. Am liebsten allerdings nannte man sie »Verbrecher an der Zivilisation«. Exakt diese Worte – Katja nickte, diese Worte kannte sie doch! Die ersten Reaktionen im September 2001 waren Zitate vom September 1972. Die Charakterisierungen im September 2001 exakt jene vom September 1972. 1972 formte die

Reaktionsschablonen für 2001. Verbrecher an der Zivilisation, ruchlose Mörder, fanatische Wahnsinnige, Gangster, Kriminelle, Besessene, Desperados, Guerillas, Extremisten, Barbaren. »Ungeziefer« allerdings kam erst 2001 hinzu. 1972 sah oder hörte Katja es nicht.

Das ging sie an. »München« – der erste Akt eines sich globalisierenden Terrorismus. Erst im Mai 1972 hatten verschiedene Terrorgruppen – Schwarzer September, IRA, die Rote Armee aus Japan, die deutsche RAF – in dem palästinensischen Flüchtlingslager Baddawi ein Abkommen zu gegenseitiger Unterstützung geschlossen. Terrorismus, exekutiert irgendwo, doch in Kooperation. Zudem dieses Irgendwo keineswegs beliebig, sondern nach maximaler Medienwirksamkeit ausgesucht. »München«. Damals hatte man gehofft, dass man 30 Jahre später, also exakt jetzt, die Ereignisse würde einschätzen und abschließen können. Man hatte nicht geahnt, welches Kapitel sich am 5. September '72 öffnete. »München« war ein Beginn. Die Kette entwickelte sich noch.

Nach zwei Wochen in der Bibliothek sah Katja diese Spur überdeutlich. Und kam an einer anderen Stelle nicht weiter: acht Männer im Morgengrauen, jeweils zu dritt auf die Rückbank des Taxis gequetscht, ein vierter vorn, Sporttaschen auf den Knien. Jung, so jung.

Um Rache sei es gegangen, hatte Katja gelesen. Das stimmte, und war gleichwohl falsch. Rache war immer an Vergangenheit gebunden. Aber diese jungen Männer hatten auch um ihre Würde, jetzt, und um ihre Zukunft gekämpft.

Dennoch: sie verstand sie nicht. Es war vielleicht das Beste, was sie tun konnte: sich das zugeben. Ja, Schlagworte, zur Genüge, ja: jung, aufgewachsen in Lagern, fanatisch, hoffnungslos. Allein, das täuschte hinweg über die Mauer zwischen Katja und ihnen. Und dahinter? Eine Leere, dort, wo bei anderen ein Zuhause wartete? Hatte wirklich niemand den deutschen Verhandlungsleitern zu erklären versucht, wie Sehnsucht nach Heimat sich weitergibt an eine Generation, selbst wenn die nie dort gewesen ist, wohin sie zurückkehren will? Hatte niemand davon gesprochen, wie sich eben jene Jungen einrichteten in den Traum von der Rückkehr: ihr Himmel, ihre Hölle, ihr Jüngstes Gericht, ihr Paradies? Wie Heimat gerinnt, sich festsetzt als starre und stumme Beschreibung von Hoffnung, als hoffnungsloser Sinn? Katja dachte an Jozef, an Linda. An ihren Vater. Flüchtling – entzweigeschnitten, aber so, dass man es nicht sieht. Katja schüttelte sich, als friere sie.

Bestimmt hatte man das bedacht. Doch über jeder Regung hing der Gedanke an die neun gefangenen Israeli. Bei jedem Schritt drängte die Zeit, glänzte die Angst. Glitschig machte sie alles, schob alle Gedanken vor sich her, dass sie immer schneller liefen wie Wellen, sich aufbuckelten, aufliefen auf Sand, sich überschlugen, zerbrachen. Katja hatte es da einfach. Bequem in der Bibliothek. Geradezu dankbar für Weißwurstduft. Die Kämpfer-für-Freiheit waren weit weg, in allem: männlich, jung, Araber. Sprache und Kultur Katja fremd, ebenso die Zeit, in der sie lebten, alles anders als das, was sie kannte, als sie.

Heimat ist, wo du nicht erklären musst, wer du bist. »Weil sie glauben, dich zu kennen und nicht mitkriegen, was sie nicht sehen«, hätte Katja dazu als 18jährige gesagt. »Weil sie zufrieden mit deinen Lügen sind«, hätte sie als 28jährige gesagt. »Ach«, als 38jährige. Und jetzt?

Ihren Tischrand sicherten zwei Bücherstapel: *Israelian History; The Eternal Conflict; Roots and Routes in Northeast Africa; The Arabs, Myth and Reality.* Je weiter sie eindrang, umso unklarer wurde, was geschehen war. Ein Irrgarten – immer höher die Hecken, enger die Gänge. Das Gefühl, alles miterlebt zu haben, wenn auch als halbes Kind, ging ihr vor den Zeitungen, ihrer Sprache, ihrem schwarzweißen Druckbild, verloren. Schuppenpanzer, so wollten die Seiten ihr scheinen, dicke weiße Schuppen mit Mustern bedruckt, die eher verdeckten als enthüllten. Und auch schützten, doch was? Wenn sie die Seiten anhob, lag darunter nur der blanke, glatte Tisch.

Draußen war es dunkel geworden, das Neonlicht der Bibliothek warf die Benutzer als Schatten auf Bücher, Tische, den Boden. Jetzt fühlte Katja sich heiß, ihr Hals war trocken von der Heizungsluft. Das Chronikbuch, das sie aus dem Stapel zog, um sich abzulenken, bot 1972 light: Bilder, Mode, Musik. Vom Juli schlug sie, sie dachte »wohlweislich«, gleich in den Oktober. Da Eddy Merckx bei der Tour de France auf einem unglaublich schepprigen Fahrrad, hier Hans Dietrich Genscher (»auch die Herren Politiker genießen den wohlverdienten Sommerurlaub«) in hellblauer Badehose in einem ebenso hellblauen Swimmingpool vor blau-rot-weiß gestreiftem Wasserball, da die erste Ausgabe von *Essen & Trinken*, dicker roter Teller, bis zum Rand gefüllt (»wie man das richtige Stück erwischt«), hier erweiterte EG, Vietnam-Friedensverhandlungen, Tempolimit 100 auf Landstraßen, hier auch jenes kleine Foto eines Flugzeuges, umstellt von Autos, die Einstiegsluke umdrängt. 29. Oktober, »zwei palästinensische Freischärler entführten eine Lufthansa-Boeing 727«.

Schlagartig war Katja hellwach. Die Maschine, leer bis auf sieben Mann Besatzung, flog von Damaskus nach Beirut, nahm dort nur 13 Passagiere auf, unter ihnen die beiden Entführer, die das Flugzeug über Jugoslawien unter Kontrolle brachten und die Freilassung der drei in Fürstenfeldbruck gefangenen Fedajin verlangten. Die Attentäter von München wurden daraufhin sofort mit der kleinen Maschine, deren Bild Katja sich nun einprägte, nach Zagreb gebracht, stiegen in die entführte. In Tripolis kamen Besatzung und Passagiere frei, Entführer und Attentäter konnten ebenfalls gehen. Tel Aviv protestierte aufs Schärfste gegen die deutsche Regierung, die die Fedajin entließ, ohne Israel zu benachrichtigen, und Bayerns Innenminister Merk saß, eine steile Falte auf der Stirn, wieder vor den Mikrofonen und rechtfertigte sich.

Denn, so der Artikel, sofort war der Verdacht aufgekommen, es habe sich um eine vorgetäuschte Entführung gehandelt. So auffällig schnell habe die Bundesregierung der Forderung der Entführer nachgegeben. Schnell, überschnell – als sei man froh oder gar vorbereitet gewesen. So wenige Passagiere für ein derart großes Flugzeug, fast mehr Personal als Kunden, unwirtschaftlich, das fliege kein Luftfahrtunternehmen. Seltsam wolle zudem scheinen, hieß es, dass nur Männer an Bord der Boeing gereist waren, sogar das Personal sei ausschließlich männlich gewesen, äußerst ungewöhnlich angesichts der damaligen Stewardessen-Hoheit. Abschließend wurde festgestellt: bis heute (Katja schlug nach, '97 war das Buch gedruckt) sei die Entführung ungeklärt, Staatssache, geheim.

Für einen Moment glaubte Katja, es habe angefangen zu regnen, sie mochte das Geräusch von Regen gegen Glas, schaute auf. Doch es regnete nicht, sie selbst aber tockte, klopfte, hackte, wohl schon eine Weile, mit der Spitze ihres geöffneten Tintenschreibers auf den Tisch. Was hieß Tisch – Tisch, von einem Stück Zeitung bedeckt. Jetzt hatte das Stück Flecken wie Ausschlag, Ausschlag aus kleinen blauen Punkten, eng nebeneinander gesetzt, gemasert, gelöchert, und die Punkte waren nicht still, sondern flossen auch noch aufeinander zu, daumengroß war der Fleck schon – und wuchs.

2

(Ritter und Krabben)

Erst an der Ludwigstraße atmete sie leichter. Auf drei Spuren brauste der Verkehr an ihr vorbei zum Siegestor, der trockene graue Asphalt spiegelte, es musste am Abendlicht liegen, das in München oft so irreal schien, so niedrig, so rot. Auch die Stadt kam Katja niedrig vor, niedrig die Universitätsgebäude links, die Dachrinne der grauhellen Kirche rechts, vor der die Treppe zur U-Bahn hinabführte. Der Fahrkartenautomat schluckte Katjas Zehn-Euro-Schein mit einem hämischen Surren, doch selbst das machte ihr heute nichts, sie freute sich sogar, auf Anhieb fiel die Streifenkarte in den Schlitz. Nur fort! Schluss mit der Recherche. In diese Bibliothek würden sie keine zehn Pferde mehr bekommen. Über Toni hatte sie die Fernsehaufzeichnungen vom 5. und 6. September bestellt, seit gestern stand das Paket in ihrem Kabuff, einen kleinen Fernseher besaß sie noch, fehlte nur der Videorekorder. Setzte sie die Recherche eben mit Fernsehaufzeichnungen fort, das war sowieso viel sinnvoller.

15 Minuten später lief Katja durch die frisch renovierte Halle des Hauptbahnhofs Richtung Hertie. Bis heute machte es ihr Schwierigkeiten, das Streckenschema der U-Bahn mit der Wegführung durch das reale München, schief und gewunden, in Verbindung zu bringen, sie fuhr falsch, stieg in die falsche Richtung aus, wollte der Einfachheit der Zeichnung glauben, der Leichtigkeit der unteren Wege. Ihre Wohnung lag nahe einem der U-Bahnausgänge der Münchner Freiheit, Katja dachte, auch so ein Name, als sie die Tür aufschloss. Das schmucklose Hinterhaus, zwei große Birken im Hof, die Aussicht von ihren vier Fenstern, viel Himmel, Katja mochte das. Die Küche war klein,

eigentlich der Gang zwischen den beiden Zimmern, Minispüle, Herd ohne Ofen. Brauchte Katja beim Kochen eine Ablage, klappte sie ein Brett von der Wand auf die Spüle, wollte sie allerdings dann ins Bad, musste sie unter dem Brett hindurchkriechen. Nun köchelte ein Risotto aus der Fertigpackung vor sich hin, und Katja kroch auf dem Boden ihres Hauptzimmers (Esstisch, Bett, zwei Fenster, 30 Kisten). Das Kabel passte umstandslos in ihren alten Fernseher und den Videorekorder, was sie wirklich erstaunte, allerdings passte es mit jedem Ende in jedes Gerät. Katja probierte alle Möglichkeiten, blau zu gelb, gelb zu blau, blau zu blau. Sie schwenkte die Lampe vom Schreibtisch auf die Kabelhöhlen der Fernseherrückwand, sah noch immer nichts, nur Staub. Aus der Küche roch es, sie kam rechtzeitig zum Umrühren, verkabelte rot (neu entdeckt) mit gelb zu blau, schon funktionierte es, doch nun fehlte der Ton. Nach 30 Minuten Gebrauchsanleitungsraten gab es Ton, nur kein Bild, sie wusste, sie war kurz vorm Ziel. Das verkochte Risotto al Funghi schmeckte auch eine weitere halbe Stunde später nicht viel schlechter als sonst, sie hatte ihren Nachbarn kennen gelernt, sein Kabel übertrug Bild und Ton, sie goss eine halbe Flasche Weißwein ins Risotto und machte es sich auf dem Bett bequem.

Gelernt hatte sie in den letzten beiden Stunden erstaunlich viel. Paare schlafen synchron, hatte der Fernseher ihr beigebracht, als sie den Videoton suchte. Vor allem, wenn Sex nicht mehr so wichtig ist, schlafen Paare gern wie zwei ineinander gelegte Krabben, sie vorn, er an ihren Rücken geschmiegt. Dreht er sich um, muss sie mit, zuckt sie mit dem Bein, zuckt seines. Aus einer Sendung von der Vorwoche erinnerte Katja, dass Krabben sich nur krümmten, wenn man sie bei der richtigen Temperatur kochte. Zudem mussten sie lebend in den Topf, sonst war alle Mühe verloren – aber wer wusste das schon, das von den Krabben, der Krümmung und den Paaren. Katjas Bett war bequem, aber schmal, sie übte Synchronschlafen darin, ganz für sich. Obwohl es klein war, fiel es in der kleinen Wohnung auf, kaum entdeckte man es, wollte man sich darauf setzen, es war mit Abstand der größte Gegenstand und der einzig leere, außer Katja krümmte sich darin. Die Wohnung hatte jahrelang als Zwischenlager gedient, übrig geblieben aus Studienzeiten, der Wohnung war das vermutlich egal, aber nun fühlte Katja sich in ihr, als sei sie übrig geblieben – in ihrem eigenen Leben. Ein größeres, ein sehr kleines Zimmer, Flur, Küche, Duschbad hatten gereicht für ihre sporadischen Zwischenhalte in Deutschland. Meist wohnte sie dann sowieso in Hamburg in ihrem Lieblingshotel zwischen Alster und Hauptbahnhof, vier bunte Häuser, Frühstücksgarten, Buffet bis elf. Ideal für den Jetlag, für alles. Da hatte die Münchner Wohnung sich ganz ohne Zutun in einen Stauraum für Bücher, Akten und Umzugskisten verwandelt. Jetzt staute Katja sich zwischen all den alten Sachen hier selbst.

Der Wein kühlte das Risotto auf Esstemperatur, gierig schlang Katja Reis und Gemüse in sich hinein. Sie dachte an Toni, seine Hilfe mit den Fernsehbändern und der Bibliotheksbürokratie war nützlich, aber sie hatte sie sich auch verdient. Gleich nach der Rückkehr aus Varanasi hatte sie ihn in der Redaktion angerufen: ich mache Pause, ich bin über 40, ich brauche eine neue Aufgabe. Auf seine Proteste hörte sie nicht, zu deutlich sah sie ihn vor sich, die wuscheligen, noch immer über die Ohren hängenden, inzwischen grauen Haare, das offen stehende Hemd. Er fläzte in seinem Drehstuhl, die Beine auf den Schreibtisch gelegt.

'72, ja, sagte sie, du hast recht gehört.

Kindheitssuche, zischte Toni höhnisch.

Quatsch. Es geht nicht um meine Kindheit, sondern darum, was damals, Katja stockte kurz, politisch geschah.

Er drohte, dass sie unter diesen Umständen nicht mehr fest frei für ihn arbeiten könne, sondern allenfalls frei frei, Katja schlug den Hörer hin, aber so ein Telefon piepte ja bloß noch wie ein abgewürgtes Küken, wenn man die Auflegetaste drückte, überhaupt keine Kraft mehr steckte in solch einer Geste, also drückte Katja die Taste, und dann drückte sie dieselbe Taste gleich noch mal und rief ihn erneut an. Es geht, sagte sie, um einen, den ich von früher kenne, ich muss recherchieren, was aus ihm geworden ist, dabei recherchiere ich das Attentat von '72 gleich mit, drei vier Monate brauche ich dafür, und du bekommst einen ausführlichen Bericht, mit Fotos von den Orten heute. Klingt schon besser, grummelte Toni, außerdem, antwortete Katja erregt, mache ich es mit Freude frei frei!, du wirst mich noch darum beneiden, und er sagte kühl: also, was kann ich da noch für dich tun?

Toni, dachte sie, so nennen wir einen Mann im besten Alter – und grinste, das passte zu ihm. Allerdings harkte Toni nie einen Garten auf und sammelte Äpfel nur, wenn sie an Frauen hingen, da waren ihm auch Birnen recht. Toni hatte sich vor drei Jahren scheiden lassen, die Kinder groß, es gab keinen Grund mehr etc. Seine Frau brach erst einmal zusammen, erzählte zumindest Toni, aber Katja glaubte ihm, denn seine Augen freuten sich so, wenn er davon sprach. Doch dann kehrte sich alles um, vor einem Jahr heiratete Sieglinde erneut – und Tonis Elend begann. Von überall scholl ihm entgegen, wie gut sie aussehe, wie verjüngt, was für ein Kumpel sie sei, eben das, was er ein halbes Leben lang vermisst hatte an ihr. Erst glaubte er nicht, was man ihm zuflüsterte, dann hielt er es für eine gezielte Intrige gegen sich, dann rief er Katja an, denn Sieglinde arbeitete in München, an Katjas Wohnung erinnerte Toni sich. Im April hatte Katja seinem Drängen nachgegeben – er müsse es unbedingt sehen, um seinen Seelenfrieden zu finden, hatte er tausendmal erklärt. Was soll »es« sein, fragte sie, na sie, sagte Toni, sie, ihn, das neue Glück, sie beide zusammen, Sieglinde eben und, und … ihn. Er lag Katja in den Ohren, bat, bittete, bettelte fast, es ist schlimmer, es nicht zu sehen, als das zu sehen, worauf ich durch die Berichte der anderen vorbereitet bin, flüsterte er, ich muss, wenigstens einmal, ich gönne es ihr, glaub mir, tu mir den Gefallen.

Dass Toni Sieglinde irgendetwas gönnte bezweifelte Katja, also lud sie ihn ein. Es wurde ein schöner Abend zu dritt, so dachten Sieglinde und ihr Mann, Sieglinde war wirklich lebhafter geworden, Katja hatte sie früher nicht sonderlich gemocht, jetzt wäre es leichter gewesen, hätten die beiden frisch Verheirateten nicht so glücklich miteinander gewirkt, kaum zu ertragen, zu ertragen eigentlich nur mit dem Wissen um den unglücklichen Toni in Katjas kleinem Zimmer nebenan. Kaum war das frische Paar fort, kroch Toni aus dem Kabuff, grau wie die Schwade Zigarettendunst, die ihm folgte. Katja und er leerten eine Flasche Rotwein, doch als Toni versuchte, vom Teller seiner Ex-Frau zu essen, nahm Katja ihm den Teller weg, also versuchte er es beim Teller des neuen Mannes, den nahm Katja auch. Am Spülbecken fasste Toni schließlich von hinten um Katjas Taille, sie hatten die zweite Rotweinflasche durch, jetzt wollte er bei ihr übernachten, das fehlte noch, die Sache mit ihm war mehr als zehn Jahre vorbei, exakt das sollte sie bleiben. Sie half ihm zur Tür hinaus, er konnte noch gehen, auch U-Bahnfahren, es war noch nicht einmal sonderlich spät und sein Hotel nur einen Straßenblock entfernt. Katja beobachtete, wie er die hell erleuchteten Stufen hinunterwankte, auf das dunkle Fenster im Zwischenabsatz zu. Sein Schatten ging scharf und exakt, nämlich exakt schwankend, mit ihm mit. Erleichtert schloss Katja die Tür. Sie atmete die Rauchschwaden aus dem einen Zimmer und Sieglindes Parfum aus dem anderen und wunderte sich über sich selbst, da war sie knapp über 40 und hatte so viele abgelegte Männer um sich, die abgelegte Frauen hatten, und die Abgelegten liefen einander hinterher und beobachteten sich wie die Weltmeister, da war das FBI nichts dagegen, nur sie, Katja, war nicht dabei, in diesem Spiel.

Schnell schnippte sie den Rekorder an, ein Lob auf die Arbeit! Tatsächlich verscheuchte das alte ZDF-Logo sofort jeden trüben Gedanken – Katja lachte vor Erstaunen auf, was für ein Schub Vergangenheit, ein Stück Kindheit, unvermutet, unwirklich real. Vor zwei Sekunden hätte sie nicht einmal gewusst, dass sie sich so genau an das Zeichen erinnerte: ein schwarzer Augenumriss links, einer rechts, überdimensioniert, fest über dem Sprecher angebracht. Daneben eine gigantische Uhr mit hüpfendem Sekundenzeiger. Der Sprecher kündigte an, es werde umgeschaltet, das dauerte, flimmerte. Katja hatte wahllos in Tonis Kiste gegriffen, jetzt machte sie große Augen: vier Journalisten, alle mit langen Koteletten, saßen nebeneinander in einer aus grüngrauem Plastik gegossenen Sitzreihe, wie sie beim Einchecken in dem einen oder anderen alten Flughafen noch in Gebrauch war. Zu jedem Sitz führte ein Seiteneintritt eine Stufe hinauf. Setzte man sich, wölbte sich dem eigenen Bauch eine Plastikschale als Tischchen entgegen, darauf schwankte ein grelloranges Glas O-Saft. Die vier befragten Politiker, Genscher, Merk und zwei Innenminister aus den Ländern, saßen den aufgereihten Befragern in einer ebensolchen Kunststoffinstallation gegenüber. Gleich würden Journalisten und Politiker auf ihren Plastikrossen gegeneinander reiten, um sich mit den Mikros aus dem Sattel zu stechen. Katja wartete im Schneidersitz auf ihrem Bett. Vom Fenster zog es. Die Polizeischießerei habe nur fünf Minuten gedauert, es sei zudem ausreichend Licht vorhanden gewesen, sagte der bayerische Innenminister Dr. Bruno Merk in einem für ihn erstaunlich kurzen, einfachen Satz. Der israelische Geheimdienstchef Zwi Zamir habe von Anfang an beschrieben: stockdunkel sei es gewesen, finsterste Nacht, gepaart mit finsterstem Dilettantismus, erwiderte der wortführende Journalist mit einem gekonnt harmlos wirkenden Lächeln. Dritte meldeten, hakte sofort der nächste Journalist nach – der jüngste in der Runde, rotblonder Backen- und Kinnbart, stilles Gesicht –, dass bereits zu Beginn durch einen Schuss der Attentäter ein Hauptkabel im Tower getroffen wurde, woraufhin der gesamte Strom ausfiel, mit ihm die Beleuchtung auf dem Flughafen sowie die Nachrichtenübertragung nach München. Halt, die Schießerei sei nach acht Minuten vorbei gewesen, warf Merk ein. Allerdings, rief der mittlere Journalist und schüttelte seine schwarzen Locken, habe die Obduktion ergeben, dass die Geiseln erst am 6. September, kurz nach Mitternacht, gestorben seien; nicht eher sei auch der erste Hubschrauber explodiert.

Die Säfte in den eckigen Gläsern schwappten unglaublich orange. Katja staunte, wie viel damals geraucht wurde. Zigarettenqualm vernebelte sogar die Kamera. Eine Aufnahme vom 5. 9. wurde eingeblendet: Issa mit seinem weißen Hut, das Gesicht mit Schuhcreme geschwärzt, beweglich, fast tänzelnd, neben dem schwitzenden bayerischen Innenminister, dann neben Polizeikommandant Schreiber, neben Walther Tröger, dem Bürgermeister des Olympischen Dorfes, schließlich vor Bundesinnenminister Genscher, der auf den Filmausschnitten bullig wirkte und erstaunlich groß. Dass Israel erklärt hatte, keinen einzigen Gefangenen freizugeben, somit auf die Forderung der Freischärler nicht im Geringsten eingehen würde, haben Sie also verschwiegen, eröffnete der älteste und wortführende der Journalisten die nächste Fragerunde. Natürlich, antwortete einer der polizeirechtlicher Fragen wegen geladenen Landespolitiker, man brauchte doch Zeit. Aber bedachten Sie nicht, dass die Fedajin gewiss auch für den Fall dieser nicht unwahrscheinlichen israelischen Weigerung einen Plan hatten? Katja mochte, wie kompliziert 1972 im Fernsehen gesprochen wurde. Rauch und O-Saft fand sie unübertrefflich, unübertrefflich hässlich die Koteletten der Männer.

Die Kämpfer des Schwarzen September wollten auch Ulrike Meinhof und Andreas Baader freipressen, warf der Schwarzlockige ein. Hören Sie mal, das stand doch gar nicht zur Debatte, rief jemand von der Politikerseite, den die Kamera so schnell nicht zu fassen bekam. Die Terrorgruppen arbeiten jetzt eben auch schon international zusammen, sagte der vierte der Journalisten zu seinem Kollegen, lenk nicht ab, rief der, und – Richtung Politikerbank – Sie waren also froh, dass Israel sich weigerte, seine Gefangenen auszutauschen, denn dadurch stellte sich die deutsche Frage erst gar nicht. Unverschämtheit, rief einer der Politiker, auch er nicht im Bild, was für eine Unterstellung! Beruhigen Sie sich, meine Herren, wir wollen nur aufklären, das ist unsere journalistische Pflicht. Aber die hat doch Grenzen, protestierte ein Landesinnenminister, alle anderen nickten. 1971 haben arabische Kämpfer und deutsche Terroristen ein Abkommen zu gegenseitiger Unterstützung geschlossen, fuhr der älteste Journalist sachlich fort. Katja atmete tief ein, davon hatte sie ebenfalls gelesen. Aber, sagte nun endlich Genscher, die Frage einer Auslieferung von Baader und Meinhof stellte sich nun doch wirklich nicht. An Israels Weigerung scheiterte alles bereits einen Schritt zuvor, eine Freilassung von Baader/Meinhof hätte nichts genützt. Also waren Sie froh, fragte nun der jüngste der Journalisten in ebenfalls ruhigem Ton. Die Kamera schwenkte in die Runde der Politiker, einer antwortete leise, was sollten wir tun?, und in der Stimme des schärfsten der Journalisten, er trug eine grüne Krawatte, hörte Katja zu ihrer Überraschung fast etwas wie eine Entschuldigung, als er fortfuhr. Herr Genscher, ich weiß, Sie haben den Freischärlern nicht nur Geld offeriert, Sie haben sich selbst als Geisel im Austausch gegen die israelischen Sportler angeboten, mehrfach, und dann doch – am Ende – diesem Plan zugestimmt, die Revolutionäre und ihre Geiseln nicht ausfliegen zu lassen. War das eine polizeiliche Entscheidung, die sich in den Vordergrund drängte? Sofort widersprach einer der Landespolitiker, genau andersherum sei es gewesen, das habe der Münchner Polizeipräsident Schreiber inzwischen mehrfach betont, die polizeiliche Entscheidung sei gegen einen Einsatz gewesen, längst, es war ein politischer Beschluss, Fürstenfeldbruck – eine politische Entscheidung, in Fürstenfeldbruck einzugreifen, sagte nun auch Merk, ja, und Genscher strich sich müde mit der Hand über den Kopf.

Ein kurzer vorbereiteter Bericht über Nachtsichtgeräte folgte – die Bundeswehr verfügte über solche Geräte, hatte aber die Kooperation mit dem ZDF verweigert, so dass nun amerikanische, in Deutschland stationierte Soldaten Einsatz und Wirkung vorführten. Es gab also Pausen, dann wieder Schüsse, man versuchte, zu verhandeln, schoss erneut, begann der jüngste, rotbärtige Journalist von vorn, warum ließ man sie nicht einfach ziehen? Wieder qualmte dicker Zigarettenrauch an der Kamera vorbei, so etwas hatte Katja wirklich noch nie gesehen (halt, das stimmte nicht, als Kind hatte sie es natürlich gesehen, nur damals fiel es nicht auf). Nachtsichtgeräte, sagte der Journalist mit der grünen Krawatte, sichtlich um Neutralität bemüht, standen in Fürstenfeldbruck nicht zur Verfügung. Warum? Es folgte ein Geplänkel über die verfassungsrechtliche Struktur Westdeutschlands, Militär habe sich nicht einmischen dürfen, zudem, nicht zu vergessen, die gebotene Eile. Ja, sagte Genscher, nicht ausfliegen, sondern eingreifen, eine politische, keineswegs eine polizeiliche Entscheidung, wenn er darauf noch einmal zurückkommen dürfe. Es habe keine Alternative gegeben, aus prinzipiellen Gründen – ein Staat dürfe sich nicht erpressen lassen, er müsse entschieden auftreten, so die Doktrin der Moderne, nicht nur in Deutschland. Der Staat müsse den Griff gegen Terroristen, Anarchisten, Aufständische verstärken, müsse selbst den Anspruch auf größtmögliche Macht erheben – aus prinzipiellen, nicht aus pragmatischen Gründen. Er beugte sich nach vorn, soweit die Sitzinstallation und seine füllige Gestalt dies zuließen: hätten Sie, meine Herren, verantwortet, die Besatzung eines ganzen Flugzeuges den Fedajin zusätzlich in die Hände zu liefern? Pause. Wir hatten im Übrigen gar keine solche Besatzung, schob Genscher nach, abgeklärt und sich des Effektes bewusst. Einer der Journalisten nestelte an seinem Kopfhörer. Die Technik juckte. Der Jüngste in der Runde – mit seinem sauber gestutzten rotblonden Bart und dem ernsten Gesicht sah er aus wie ein Königsberater bei Shakespeare – fragte gelassen: Sie geben damit zu, dass bereits zuvor alles gescheitert war?

Bilder vom Mittag des 5. 9. wurden eingeschnitten. Warmherziges Septemberlicht. Mitten darin Issas Hand, fast mitleidig winkend, so lehnte er den Tausch Geiseln gegen Genscher ab. In der anderen Hand hielt er eine Granate, den Zeigefinger im Abzugsring. Wir verstehen, sagte der Wortführer der Journalisten, dass Sie die Geiselnehmer nicht mit ihren jüdischen Gefangenen abziehen lassen wollten, Sie wollten eingreifen, retten, gerade vor dem Hintergrund der deutschen Geschichte, aber wie konnte es geschehen, dass alles so schief lief? Wieder wurde ein vorbereiteter Kurzfilm eingeblendet. Issa und Tony, der zweite Anführer, ein Mann mit Pferdegesicht, liefen die Strecke ab, die sie mit den Geiseln zu Fuß zu den Helikoptern gehen sollten. Sofort entdeckten sie die postierten Scharfschützen. Schon da hatten Sie Glück, sagte der Grünkrawattige aus der Journalistenreihe, ohne die Häme in seiner Stimme zu verbergen, dass kein Israeli exekutiert wurde. Keiner der Politiker antwortete. Der Zwischenbericht lief weiter, Fedajin und Geiseln fuhren mit einem Bus. Als er um eine der Tiefgaragensäulen des Olympiadorfes bog, klingelte Katjas Telefon, sie drückte Pause am Videorekorder.

Ja, natürlich habe ich etwas gegessen. Und du?

Ah, mehr als Anastasia.

Sie stellte sich vor, wie er die Schildkröte kraulte. Ein richtiges Schmusetier, sagte er gern. Wie man mit einer Schildkröte schmuste, war Katja ein Rätsel. Aber vielleicht hatte Edgar in dieser Hinsicht immer schon andere Ansichten gehabt als sie.

Verstehe, sagte Katja, Pubertät. Und jetzt frisst sie zwei Salatblätter mehr?

Ich mache mich nicht lustig. Und kann nicht dauernd zu dir fahren. Ich arbeite hier ...

Erneut erklärte sie ihm, was sie machte, warum sie es machte (sie sagte jedes Mal etwas anderes, und jedes Mal hörte er es sich aufmerksam an), dass es sie anstrengte, und sie Zeit für sich allein brauche, auch wenn sie ausnahmsweise einmal so lange in Deutschland sei.

Kann Anastasia sich krümmen?

Na ja, zum Beispiel auf deinem Schoß, wie eine Krabbe.

Nein, ich habe das nicht ernstlich erwartet. Hat sie ein Gesicht?

Auf dem Fernsehschirm bog noch immer der einfache Bus von 1972 um eine Säule. Das Bild war grobkörnig schwarzweiß.

Die Energie des Körpers füllt das Gesicht mit Bedeutung, hat Susanne gern gesagt.

Edgar biss sofort an.

Ich weiß, dass du dich selbst erinnerst.

Nein, nein, niemand denkt hier, dass du senil wirst. Hast du mal mit ihr gesprochen?

Nicht mit Anastasia, mit Susanne! Vielleicht könntest du sie anr...

Was heißt hier, geht mich nichts an, du hast sie angeschleppt, dann war sie jahrelang da, und plötzlich wieder weg.

Nein, ich habe nichts getrunken, nur etwas gegessen.

Inkontinent? Seit wann denn das? Das hast du ja noch nie gesagt!

Sporadisch, aha, ich verstehe.

Nein, morgen kann ich definitiv nicht, gute Nacht.

Ja, bald. Gute Nacht.

Die Sendung lief noch zehn Minuten weiter, ohne Ergebnis, natürlich. Die Entführung der Boeing aus Beirut war nicht zur Sprache gekommen. Ihr wollte Katja als nächstes nachforschen, hier hatte das Attentat ein Nachspiel gehabt, »politisch«, nicht polizeilich, gewiss. Sie drückte Stopp, riss das Fenster auf und beschloss, sich ins Bett zu legen. Was für ein Tag. Edgar und seine Zipperlein. Er ging entweder sofort und oft zum Arzt oder gar nicht. Die Phasen wechselten etwa im Jahresrhythmus. In der Spiegelscherbe über dem Kleinstwaschbecken im kleinsten Bad der Stadt erschien Katjas Mund, weiß von Zahnpastaschaum. Sie streckte sich die Zunge heraus, doch auch das wirkte müde. Alle hatten gelacht, dass Issa sein Gesicht mit Schuhcreme schwarz färbte, auch eben in der Sendung wieder. Als Tarnung war das tatsächlich lächerlich. Also musste es einen anderen Grund dafür geben. »Die Energie des Körpers …« – hörte Katja Susanne sagen und verstand. Issa hatte seine Kraft schützen wollen. Seine Rolle. Nur in der Rolle des Fedajin, des Kämpfers für Freiheit, des Revolutionärs, des Retters, konnte er handeln, wie er es tat. Nicht als Luttif Afif, geboren in Nazareth, Mutter jüdisch, Vater reicher arabischer Christ, drei weitere Brüder, auch sie gehören dem Schwarzen September an. »Issa« war richtig. Viel richtiger als Katja geglaubt hatte. Issa war der Terrorist, der nichts anderes mehr war. Kein junger Mann, kein Mensch mit einer Geschichte, nein, einer, der über einen Zaun geklettert war und in diesem Augenblick, in der Gruppe der anderen, zu jemand Neuem wurde: ein Mensch, der aus einer Tat bestand. Aus einem Tag. Einem Ziel. ISSA.

Hieß das etwas? Sie wusste es nicht. Wer wählte solch einen Namen aus? Die Männer selbst? Ein Passwort? Ein letzter Ausdruck ihrer Individualität?

Katja drückte ihr Gesicht ins Handtuch. Es roch nach alter Wäsche. Issa war kein James Bond. War nicht mit allen Wassern gewaschen. Entkam nicht in letzter Sekunde. Nein, einer wie Issa warf die Granate mit Eleganz, mit einem selbstironischen Lächeln, vielleicht sogar einem leichten Anflug von Bedauern, aber er warf.

Ganz gerade lag sie im Bett. Sie wollte sich nicht krümmen,

sie wollte froh darum sein, dass sie allein war. Die Zeitungs- und Fernsehbilder, die sie den Tag über angesehen hatte, jagten durch ihren Kopf. Polizisten, Piloten, Sicherheitskräfte, so viele Menschen, namenlos, auf Funktionen reduziert. Der 6.9. wurde, so die Zeitungen, ein schöner Tag. Natürlich war damit nur das Wetter gemeint. Katja versuchte, etwas Schönes zu denken, das nicht Wetter war. Die Nelkenfarm, Max – aber sie fühlte sich zerlegt. Schief. Als werde sie selbst auseinandergebaut durch das, was sie las, und willkürlich neu zusammengesetzt. Sie bedauerte, dass sie kein Tier hatte, vielleicht einen Hamster, das wäre besser als nichts – obwohl, die liefen nachts in ihrem Rad. Die konnten auch nicht loslassen. Sie drehte sich auf die Seite, krümmte sich.

3

(Herr Soysal ist kein Scheusal)

Das Telefon klingelte. Der Wecker zeigte 8.01 Uhr. Katja fluchte. Regen pladderte gegen die Scheibe, sie wollte liegen bleiben, draußen war es fast noch dunkel, jedenfalls grau, jetzt aufzustehen ärgerte bloß. Es klingelte, klingelte, der Anrufbeantworter sprang nicht an, sie streckte den Arm aus.

Eine hohe Stimme: Sie haben um 9.30 Uhr einen Termin bei einem unserer leitenden Bibliothekare.

Schneidend.

Ich kenne keinen Bibliothekar, murmelte Katja schlaftrunken.

Stellvertretender Bibliotheksleiter.

Schneidend.

Danke, sagte Katja müde, können Sie streichen.

Wie bitte?

So einen Termin will ich nicht. Das muss eine Verwechslung sein.

Stille.

Können Sie streichen, wirklich, sagte Katja. Die waren ja begriffsstutzig.

Sie können kommen oder gleich ein Bußgeld von 300 Euro anweisen, sagte die Stimme. Sowie eine Anzeige wegen mutwilliger Sachbeschädigung erwarten.

Die Stimme triumphierte.

Was heißt hier mutwillig?, fragte Katja.

Das, was es immer heißt, sagte die Stimme stolz, mutwillig eben! Endgültiger Triumph. Die Frau am anderen Ende der Leitung machte eine effekthascherische Pause, setzte betont sachlich wieder ein: absichtliche, bewusste, vorsätzliche, provozierende Leichtfertigkeit.

Leichtfertig, das wissen Sie doch gar nicht, erwiderte Katja noch immer müde, aber ihr Selbsterhaltungsinstinkt begann zu funktionieren.

Das sieht man.

Sie quälen wohl gern Leute?

Sie quälen wohl gern Papier.

Achtung, dachte Katja und sagte, es war ein Versehen. Doch Menschen quälen ist schlimmer. Sie sollten *mir* 500 Euro zahlen!

Leuten wie Ihnen sollte man die Bibliothek verbieten!

Das lief nicht gut, aber es machte Spaß.

Leute wie Sie sollten Fahrkartenkontrolleure werden, rief Katja.

Kontrolle, scholl höhnisch zurück, eine hervorragende Idee, wir werden alles nachkontrollieren, was Sie ausgeliehen hatten, ganz recht. Zimmer 410, 9.30 Uhr, auf Wiedersehen.

Katja hängte ein, noch bevor sicher war, dass die Beschimpferin zuerst eingehängt hatte. 300 Euro und eine Anzeige! Sie wankte ins Bad, rieb sich die Augen und setzte vor der Spiegelscherbe erst einmal die Kontaktlinsen ein. Noch immer reichlich dunkel draußen. Was für ein Typ der Bibliothekar sein musste, der eine Vorzimmerschranze hatte wie die? Deutlich sah sie ihn vor sich, grau gekleidetes Männchen, braungrauer Haarkranz an kreisrunder Mittelglatze, Resthaar sauberst gekämmt, Brille. Völlig verklemmt, dabei autoritär. Also möglichst brav anziehen! Katja tappte in ihr kleines Zimmer, eine Tür des Kleiderschrankes ließ sich mühelos öffnen (die andere war von Kisten verbaut). All der alte Kram hier – ideal.

410. Als Katja vor der schweren Eichentür stand, ärgerte sie sich, nicht doch die Brille aufgesetzt zu haben. Die ließ sie noch harm-

loser wirken, noch spießiger. Aber auch der graue knielange Rock, vor 15 Jahren gekauft, gerade geschnitten, würde mit dunkelblauem Rollkragenpullover und den flachsten Schuhen, die sie hatte finden können, seinen Dienst tun. Sie fühlte sich ausreichend akademiker-mäuschenhaft, holte tief Luft, trat ein.

Er stand am Fenster, mit dem Rücken zu ihr. Vor Aufregung hatte sie vergessen zu klopfen, aber jetzt war es zu spät, wieder zurückzugehen, denn er hatte das Knarren der Tür gehört, drehte sich halb um. Es musste das falsche Zimmer sein, Katja murmelte »'tschuldigung«, da machte er ein, zwei Schritte auf sie zu. Im Schein der alten, mit einem grünen Glasschirm überspannten Schreibtischlampe erschien ein breites, von einem kurzen blonden Bart eingerahmtes Gesicht, kleine Nase, und Augen – so lebhaft, dass Katja unwillkürlich innehielt. Mit allem. Nicht einmal mehr Luft holte sie. Nach einer halben Ewigkeit senkte sie schnell den Blick. Oje, da lag auf dem Schreibtisch, unübersehbar, einer der graugrünen Zeitungsbände, aufgeschlagen eine Seite mit blauen Punkten. Und Löchern. Die Tinte war noch weiter ausgelaufen, der Fleck nun groß wie ein Handballen, und etwas von dem Papier hatte sich offensichtlich zersetzt. Das war ich aber nicht, stöhnte Katja, das mit den Löchern, und sank automatisch auf den Stuhl, der vor dem Schreibtisch stand.

Sie haben Recht, setzen Sie sich ruhig, sagte er und setzte sich selbst, ihr genau gegenüber. Die Schreibtischlampe stand nun rechts zwischen ihnen, in ihrem Licht funkelten seine Augen noch unverschämter – tatsächlich unverschämt, sichtlich amüsiert, sahen sie Katja an. Katja wurde rot, jedenfalls stieg ihr das Blut ins Gesicht, in die Hände, überallhin. Immerhin, bitte, würde ihr Rollkragenpulli in diesem Licht leicht blausilbern schimmern? Außerdem standen ihr Rollkrägen, sie betonten ihre exakt geschnittenen Wangen, die hohen Knochen, den Mund. Ich kann Ihnen eine Rüge erteilen, das ist das mindeste, 50 Euro, sofort zu bezahlen – und die Restaurierungskosten. Wie viel?, fragte sie, und war froh, dass ihre Stimme einigermaßen normal klang, fest und ganz angenehm, nur tiefer als sonst, aber das konnte er nicht wissen. Wir haben eine eigene Werkstatt, sagte er, so schlimm wird es nicht werden. Sie spürte seinen Blick auf ihrer Kleidung, erneut wurde ihr heiß, bestimmt dachte er, ob die die 50 Euro zusammenbekommt, die Kleider sind ja von der Heilsarmee …

Frustriert nickte Katja, ihr fiel nicht ein, wie sie das Blatt wenden konnte, die Zeitungsseite als corpus delicti zwischen ihnen schrieb die Rollen fest, unüberwindbar. Sie die Täterin, dort das blaue, löchrige Opfer, er der Richter. Wann erfahre ich das, fragte sie nach einigen endlosen Sekunden, eigentlich wollte sie wissen, wann sie ihn wieder sehen würde. Keine Sorge, das mit dem Geld hat Zeit, lächelte er. Sie brauchen auch nicht mehr vorbeizukommen. Ich sollte Ihnen jetzt eigentlich eine Standpauke halten. Aber das ist nicht meine Art.

Seine Stimme klang nicht bayerisch. Wie er die langen Vokale fast zu Umlauten dehnte gefiel ihr. Sie wollte schon »hmm« sagen, sich entschuldigen, stand auf, da hörte sie ihn fragen, was recherchieren Sie da eigentlich?

Sofort gaben ihre Knie nach, beinahe setzte sie sich wieder. So ging das nicht. Weil sie sich über sich selbst ärgerte (ihre Kleidung, ihre Unsicherheit), sagte sie abweisend, etwas über 1972, er nickte, über die Geiselnahme in München und verraten wollen Sie nichts. Offensichtlich hatte er die Zeitungsseite eingehend geprüft. Finden Sie das Thema interessant?, fragte sie, kommt darauf an, wie man es macht, antwortete er, nun seinerseits kühl, blickte ihr dabei aber neugierig ins Gesicht. Ohne dass sie wirklich wollte, seufzte Katja, vielleicht weil ihr bewusst wurde, dass nun auch wieder der graue Rock und die altmodischen ausgebeulten Schuhe seinem Blick ausgesetzt waren, wo ist eigentlich Ihre Vorzimmerdame, fragte sie um abzulenken, und dabei passierte es. Während er antwortete, ich habe keine, das ist der Hausdrache, blinzelte Katja, in diesem Zimmer war die Luft genauso trocken wie im Lesesaal, ihre Augen brannten, vielleicht fiel auch etwas hinein, oder sie kniff, aus Gewohnheit, als mache sie ein Foto, das eine Lid zu. Jedenfalls: schlagartig war sie weg. Einfach ausgefallen, die linke Kontaktlinse – unmöglich, das passiert kaum, eigentlich nie, stotterte Katja, harte?, sagte er, sie nickte, dann suchen wir, meinte er, ich kenne das.

Erst jetzt fiel ihr auf, dass auf seinem Schreibtisch eine Brille lag, er griff danach. Breites Gesicht, blonde Haare. Der Bibliothekar war nicht viel größer als Katja, dafür ein beträchtliches Stück breiter und auch ein paar Jahre älter. Aber wendig, schon knieten sie gemeinsam am Boden. Feine blaue Cordhose, blau-weiß geripptes Hemd, darunter trug er ein T-Shirt, das sah sie nun. Keine Haare auf den Händen, gepflegte Finger, ohne Ring. Meine Linse ist grün, sagte Katja, aber Ihre Augen blau, sagte er. Katja wunderte sich, das musste an diesem Licht liegen. Ihre Augen waren moosgrün echsengrün frühlingsgrasgrün giftgrün, wie auch immer, aber immer grün. Nein, wie die Ihren, sagte sie, grün! Er schaute ein zweites Mal, ihre Blicke trafen sich, ich glaube, ich schaue alles ein zweites Mal an, sagte er. Schweigend suchten sie also nach einer grünen Linse, fuhren mit ausgestreckten Händen über den Teppich, als streichelten sie ihn. Alles was nah war, sah Katja nun besonders gut, alles ab zwei Meter Entfernung war verschwommen. Der Bibliothekar bewegte sich exakt dazwischen, mal fern, mal näher, seine Hände aber sah Katja ununterbrochen, sehr nah, ausreichend nah, und sein Geruch umgab sie, ein bisschen Rasierwasser, ein bisschen Deo, ein bisschen er. Katja lachte, und wenn jetzt der Drache anrückt?, wirklich, es sah aus, als wollten sie den Teppich beschwören, er sagte, die bekommt einen Schreikrampf, und lachte ebenfalls. Die Kreise, die ihre Hände zogen, wurden immer enger, das musste so sein bei solch einer Suche, es war das sinnvollste Linsensuchprinzip und ebenso sinnvoll schien Katja, dass es immer schwieriger wurde, sich nicht zu berühren, was ihnen gelang, zumindest bei den Händen, mehr oder minder. Nur auf die Linse stießen sie nicht. Katja war klar, dass sie, auch wenn sie die Haftschale nicht fanden, gehen musste, sie konnte ja nicht den ganzen Tag bei ihm unterm Schreibtisch kriechen, er musste sicher weiterarbeiten, ich muss jetzt gehen und weiterarbeiten, sagte sie, und er sagte, haben Sie immer so viel Pech? Hmm, ja, murmelte Katja, Zeit, dass sich das ändert, sie holte Luft, gehen Sie heute Abend essen mit mir?

Ihr Knie berührte seit Minuten seinen Oberschenkel, zum Glück hatte sie wenigstens schwarze neue Seidenstrümpfe angezogen, das Knie brannte, als wäre sie dort mit dem Bibliothekar zusammengeklebt, als berührten sie sich seit Stunden. Katjas Körper schien aus nichts anderem mehr zu bestehen als aus dem rechten Knie, kein Wunder, dass ihre Finger, da sie nichts fühlten, die Linse nicht fanden. Er streckte ihr die Hand entgegen, um ihr beim Aufstehen zu helfen, sie nahm sie. Alles o.k., fragte er besorgt, so eine neue Linse kostet bestimmt 150, und dann noch die 50 hier, tut mir Leid. Haben Sie eine Ahnung, sagte Katja, das Erstaunen in ihrer Stimme war noch frisch, ich lade Sie heute Abend ein! Ich komme gern, sagte er und steckte die Hand, die Katja berührt hatte, in die Hosentasche. Katja drehte sich um, ging souverän ab, knickte aber kurz vor der Tür noch um, mit den flachen Schuhen, kaum zu glauben, dieser Teppich, diese Bibliothek, dieser Bibliothekar, was machte sie für eine erbärmliche Figur. Schuld waren ihre Knie, hätte man da ein Stück der alten Zeitungen hingehalten, es wäre verkohlt, das hätte mindestens 100 Euro gekostet, und die Reparaturkosten, unvorstellbar, sie zog seine Tür hinter sich zu. Der Bibliotheksgang funkelte frisch gewaschen, überall roch es nach Zitrone, blitzend fiel das Morgenlicht durch die Scheiben vor Katjas Füße und streichelte sie, und spielte mit ihr, schnell las sie sein Namensschild und hüpfte davon, zumindest innerlich, außen ging sie ganz normal.

Zu Hause, in ihrer Wohnung, schien ihr alles wie ein Spuk. Sie hatte die Bibliothek sofort verlassen, einäugig wie sie mit nur einer Linse war, konnte sie nicht einmal Mikrofilm lesen. Katja lief in ihr kleines Zimmer, dort, wo Toni damals den Abend über gewartet hatte, und suchte nach der Kosmetiktasche mit den Ersatzlinsen, zu ihrer Überraschung fand sie sie gleich zwischen den in der Ecke beim Fenster gestapelten Kisten, und erst als sie über der Spüle in ihrer Miniküche die alte Linse vorsichtig zwischen den Fingern rieb, um das angetrocknete Aufbewahrungsmittel zu lösen, gelang es ihr nicht mehr, den Gedanken an ihn wegzudrängen, und sie lachte laut auf. Wie konnte man nur so heißen! Dr. A. P. Soysal. Kaum dachte sie an ihn, rieben und fühlten ihre Finger den Teppich, und natürlich war der Teppich nicht der Teppich, sondern eine andere – Idee. Soysal, wie konnte man nur so heißen, Katja dachte an Sojasauce, aber er wirkte viel hübscher und bestimmt schmeckte er besser. A..., Albert?, eklig, Alexander, das war wahrscheinlich, hatte er seinen Vornamen überhaupt erwähnt?, nein, Alexander war es, gewiss, der Drache heute Morgen am Telefon hatte das doch gesagt. Merkwürdig, genau Katjas Typ Mann, obwohl es diesen Typ gar nicht gab, sie konnte ihn jedenfalls nie beschreiben, die Männer, die ihr gefielen, sahen so unterschiedlich aus. Und Soysal hatte auch noch einen Bauch! Das war ja nicht zu übersehen gewesen. So einer hatte Katja noch nie gefallen. Aber bei ihm schien alles gut verteilt, fest an den Knochen, verwunderlich, Stoff und Geruch und Blick. Das wusste man doch sofort, was heißt wissen, das sprang über, auf die ganze Haut, nicht nur in die Augen, die Ohren, die Nase, sondern gleich unter die Kleidung, sickerte ein, brauchte keine Sekunde dafür. Katja stand da, die Linse längst sauber, das Wasser lief, draußen regnete es, seit Minuten grinste sie sinnlos vor sich hin. Es es – es hatte sie, saß als Lachen im Blut, in den Haarwurzeln, so dass die Härchen sich aufrichteten, die Haut rosig wurde, die Pupillen weit, es hatte sie »erwischt«. Oh praktisches »es«. So konnte man selbst handeln, ohne es zugeben zu müssen. »Es« und ich, gemeinsam ein wunderliches drittes Wesen, herrliches praktisches »es«. Katja setzte die Espressokanne auf ihre Herdplatte, summte, löffelte einen Joghurt und wartete. Im Badfenster, das auch der Küche Licht gab, trieben Wolken, dick wie trächtige Schafe, sie flogen schnell, A. P. Soysal, Katja hatte Lust auf den Mann. Immerhin, das hatte sie in den letzten 20 Jahren gelernt: an Sex Vergnügen zu haben, ohne Geschichte, ohne weitere Absicht, ohne Planungen, ohne Wissen, ohne Reden, einfach so.

Drei Espressoportionen, eine halbe Tasse Milch. Hätte sie einen Teppich gehabt, hätte sie sich hingekniet. Noch neuneinhalb Stunden bis zu Soysal, Streich zwei. Sie beschloss weiterzuarbeiten. Ein ganz neuer Aspekt: die Recherche würde Katja ablenken. Geradezu erholen konnte sie sich dabei, von den Soysal-Gedanken, dem Soysal-Gefühl. Sie goss sich den Kaffee in die Tasse mit dem kitschigen englischen Blumenmuster, das passte perfekt, so rosagrünbunt, so soysalig scheußlich schön, und hockte sich vor Tonis Paket. Es war voll. Ein Segen. 9,4 Stunden noch. Sie wühlte in den Kassetten, wollte etwas Heiteres, endlich fand sich ein Band, das im Wesentlichen Werbung versprach, bayerischer Himmel chemischblau, Theatinerkirche dottergelb.

Einladend, hübsch. Doch statt Heiterkeit registrierte Katja Polizeicordons. Reporter, die ganz normal sprachen, schienen ihr die Mikros verzweifelt gegen den Mund zu pressen, Sirenen heulten, Polizisten im Pulk begleiteten einen der »Offiziellen« zu einem Termin, riegelten ihn ab, fuhren Richtung Staatskanzlei. Wetter hervorragend, Straßen, Biergärten, lachende Menschen. Doch alles schien bedroht, fragil. Ihre eigene Freude unterstrich das nur. Die Spannbreite: da die Lust am Augenblick, wenn jemand 100 Meter so schnell lief wie kein Mensch je zuvor, da, auf der Bahn, im Stadion, in einem Atemzug. Ganz Gegenwart. Dort: ihr Wissen um das, was folgte. Sie sah einen Olympia-Werbefilm, so wahr oder falsch wie tausend andere, die Gebäude hoch oder niedrig, die Kranken in den Krankenhäusern krank wie zuvor, die Sorgen tief oder leicht, die frisch Verliebten verliebt – und doch war, nach der Arbeit der vergangenen Wochen alles anders. Als steckten die Septemberbilder nun in dem vor dem Attentat gedrehten Film. Selbst die Wolken schienen traurig über den Himmel zu treiben, riesige Löwenzahnsamen, und unten auf der Erde standen die leeren Halme herum, neben den Menschen mit ihren weißen Westen, doch jetzt erkannte man die schwarzen Flecken darauf, wie auf Löwenzahnstengeln, wenn man den Samen wegpustet und Engel und Teufel spielt, mit dem Gras, mit sich.

Alles vor dem 5. September Aufgenommene wirkte erschreckend harmlos. Alles danach war getränkt von diesem Tag, umwickelt, roh, ein aufgebrochener Kokon, zerstört.

Katja stellte sich unter die Dusche, zog die Vorhänge auf, es war Mittag, hell, noch ein Kaffee, Butter und Brot, noch acht Stunden, ein Stapel Papier. Lag es an Katjas frühem Aufstehen, an Soysal? – der Tag war lang, langsam die Zeit. Drei Kisten schob sie weg, freier Zugang zum Tisch, sie setzte sich. Wie Freude wohl klang?

Wie ein Drache? Die Stimme des Bibliotheksdrachens hörte sie noch – und freute sich dabei. Drachen entführten Prinzessinnen, fraßen sie oder fraßen sie fast, doch kurz davor wurde die Prinzessin befreit. Natürlich von einem jungen Prinzen. Schon war sie Königin und lebte ewig. So das Muster, die Mädchenidee. Prinzessinsein war etwas, wovor Katja sich immer gefürchtet hatte. Alle anderen Mädchen kamen im Fasching mit Krönchen, und darunter waren sie rosa und hilfsbedürftig und schön.

Katja kam als Pilz, als Rotkäppchen, als Zigeunerin. Prinzessinsein war zu blendend. Und dann kam Franz. Nicht als Prinz, sondern als Mädchenhüter. Katja war acht, Edgar hatte eine Phase, in der er kaum vor Katjas Zubettgehzeit aus dem Büro kam, da sagte Franz, ich bin der Märchenonkel, und kam mit einer Überraschung vorbei: einem Kassettenrekorder. Drachenmärchen gab es auch in Afrika, doch besonders gern erzählte Franz von Georg und Prinzessin Elisabeth, Entführung, Befreiung, Pferd, Schwert, und über allem – natürlich – Drache Fürchterlich Feuerspei. Es war sofort Katjas Lieblingsstück. Ganz ohne Afrika. Doch dank Afrika gab es nicht nur den Kassettenrekorder, sondern am nächsten Abend auch ein großes Mikrofon, und schon ging es los. Franz' Idee: wir machen ein Hörspiel. Katja: für Edgar, Linda und Jozef!

Und für Katjas Schulfreundinnen, wenn es gut wurde, und für die Hausfrau, wenn es ordentlich gruselig war.

Freude. Märchenonkel Franz konnte alles, fand Katja, jedenfalls konnte er erstaunlich viele Stimmen imitieren, hoch und tief, und er brauchte keine Zeit, um zwischen den Tonhöhen umzuschalten, ja, es war, als spreche er in mehreren Stimmen zugleich. Der Rekorder, schön silbern und groß wie ein Schachbrett, brummte leise. Katja war zuständig für die Geräusche, Kontentum nennt man das, sagte Franz, als kenne er sich aus (später kannte kein Schwein das Wort, als Katja es in einem Aufsatz verwendete, aber es stand in einem Lexikon), Kontentum, all das schöne Pferdegetrappel (Fingertrommeln auf dem Tisch, lange geübt – wie laufen Pferde?), das große und kleine Gequietsche, sei es von Türen (in der Burg), von erschreckten Frauen (Elisabeths Hofdamen und ihre Mutter, die in Ohnmacht fiel, als sie von der Entführung hörte), das Rascheln seidener Gewänder, das Schmatzen eines Kusses – das also, Kontentum, war »Katjas Ding«. So Franz. Jeden Nachmittag probierte Katja. Die Hausfrau, damals noch Erdbeer-Marie, stöhnte. Sie gab jetzt keinen Topf mehr her! Brauch ich auch nicht, rief Katja. Denn die Rüstung des heiligen Georg schepperte nicht, oh nein, sie war kunstvoll geschmiedet, da reichte es, zwei Fünfzigpfennigstücke gegeneinander zu reiben, schon ging ein ganzer Ritter im Ohr spazieren. Elisabeth, die Prinzessin, raschelte, ja, aber duftete vor allem. Wie bekam man das hin? Katja stellte sich in die Ecke des Zimmers, weit weg vom Mikro und summte leise. Es war ein so feines Geräusch, man hörte es kaum auf dem Band, und doch begleitete es Elisabeth auf Schritt und Tritt, auch wenn sie sprach. Wie ein Parfum. Katja strahlte.

Am Abend, gemeinsam mit Franz, wurde weitergeprobt. Erst die Geräusche, Katjas Ergebnisse des Tages, laut, leise, jetzt die Geräusche wiederholt, Franz' Stimme hinzu. Das funktionierte bestens, nur bei der Prinzessin, typisch Prinzessin, funktionierte es nicht. Man hörte, dass ein Mann sprach, obwohl Franz sich nach Kräften verstellte. Edgar fiel zwar darauf herein, aber Katja fand Franz als Prinzessin Elisabeth unmöglich. Dann musst eben doch du die Prinzessin sein, rief er, es schien ihm auch noch zu gefallen, nun komm schon, Tinka, es sieht ja keiner. Schon wickelte er seine Nichte in eine von Lindas bestickten Decken, wie eine Robe, groß und schwer, schliff das rosa Leinen mit den wilden Blumen hinter Katja über den Boden. Dieses Geräusch war ebenfalls nützlich, aber im Grunde brauchte Katja die Decke für ihre Stimme, denn kaum steckte sie in dem Tuch, sprach sie ganz anders. Auch das war eine Entdeckung, für Katja. Franz hatte das längst gewusst.

So weit, so gut.

Doch was für ein Geräusch machte der Drache?

Ein fürchterliches, feuriges, speiendes. Katja zog Plato am Schwanz, während Franz ihm das Mikro ans Maul hielt; Katja versuchte, Plato gegen das Fell zu bürsten, damit er schrie, während Franz das Mikro hielt, Katja zog Plato am Ohr, doch da hörte man nur Katjas »Au!« auf dem Band und die anderen Male klang alles eindeutig nach empörter Katze und nichts sonst. Da lachten ja die Hühner. Also schlug Katja vor, in den Zoo zu gehen und Krokodile aufzunehmen. Franz bestätigte, Drachen und Krokodile seien verwandt, schon zogen sie los, an einem Sonntag, den murrenden Edgar im Schlepptau, eine ganze Hörspielredaktion. Dummerweise machten die Krokodile überhaupt kein Geräusch. Einmal schlug eines mit dem Schwanz ins Wasser, haha. Den Rest der Zeit lagen sie faul herum und stanken.

Wie klang ein Drache? Ratlos saßen Franz und Katja am Abend darauf im Wohnzimmer. Selbst Franz hielt sich still, denn auch Franz fiel nichts mehr ein. Er schimpfte, wie immer, wenn ihm Ideen ausgingen, alles geklaut, sagte er, all diese Drachengeschichten, vielleicht sollten wir etwas anderes machen.

Unser Drache ist nicht geklaut, rief Katja.

Doch.

Dann mag ich ihn nicht mehr.

Franz blinzelte. Hmm, sagte er, das ist die Lösung! Es ist unser Drache! Uns beiden gehört er. Wir müssen ihn gemeinsam sprechen!

Sie versuchten es sofort, mit verschiedenen Wörtern, kein Gebrüll – der Drache, der aus der Höhle kroch. Am Ende sagten sie einfach *nun*, jeder wie er wollte, sangen es halb, flüsterten, *nun*, schneller, langsamer, ununterbrochen *nun*, immer zu zweit, Katjas Kinderstimme und Franz' tiefe oder auch mal hellere, verstellte, und der Effekt war erstaunlich. Es klang völlig meschugge. Alle anderen Geräusche hatten aufgehört, da war nur dieses Tier, ja, man sah es sofort vor sich: es hatte zwei Köpfe, wie eine Schlange züngelte es aus seiner Höhle, hier ein Kopf, und da einer, und tat freundlich, doch war auch gierig, nunununun, es freute sich wohl! Dann lachte ein Kopf, weil Katja hatte lachen müssen, doch der andere sagte weiterhin nunununun, tief NUN! NUN!, nur das, immer wieder. Der Drache war besessen von diesem Augenblick, NUN!, gespalten in Köpfe, überall, doch nur jetzt. Ja, der Drache war verrückt. Das machte mehr Angst als jeder Krach, jedes Brüllen, jedes Geschrei.

Franz und Katja jubelten. Schon wollten sie das Stück vorführen, doch da gab es ein neues Problem. Das ist ja zum Läuse Kriegen, rief Franz. Zum Läuse Melken, sagte Katja. Tatsächlich: Wie konnte es nach solch einem überzeugenden Geräusch weitergehen? Sie brauchten ein Ende. Da kam wieder die Prinzessin ins Spiel. Sie ist doch die Hauptfigur, nicht wahr, Katja? Also gut, die Prinzessin. Katja zog die Nase kraus, fühlte sich aber gnädig.

Die Freude der Prinzessin musste das Ende sein.

Doch wie klang Freude?

Das war gemein. Das war noch viel schwieriger als der Drache. Eben hatten Katja und Franz sich über den Drachen gefreut, aber kaum fragten sie sich nach dem Klang von Freude, wussten sie nichts mehr.

Wie klang Freude?

Katjas Bauch kribbelte, noch siebeneinhalb Stunden bis zu der Verabredung mit Soysal. Natürlich hatte Freude einen Klang. Im Blut, im Ohr, überall.

Doch wie?

Franz sagte, das denkst du dir allein aus, du bist die Prinzessin, du musst das wissen.

Katja dachte an Weihnachten, an Eisschokolade, daran, wenn Edgar nach Hause kam, an Krügers Bonbonglas. Nichts reichte. Nichts gab einen Freudeklang. Als Franz das nächste Mal kam, sagte sie mutlos, du musst mitmachen. Das haben wir doch am Drachen gesehen.

Wieso, sagte Franz, meinst du, für jedes Wesen oder Ding braucht es zwei?

Später beim Fotografieren dachte Katja öfter an diesen Satz. Ja, das hatte sie vom Drachen gelernt und bei der Freude wieder gefunden: um einen Menschen darzustellen, musste sie zeigen, wie er zwei Wesen war, drei, fünf, acht. Für einen brauchte es viele.

Jetzt zuckte Katja die Schultern. Franz beharrte darauf: die Prinzessin ist die Prinzessin und nur die Prinzessin. Katjas Stimme, nicht seine. Katjas Stimme, Geräusche hinzu. Katja nickte zögernd, rief ein paar Sekunden später aber, na gut, dann los!

Mit den Geräuschen fingen sie an. Freude, dachten sie zusammen nach, das war ein Bach, der über Kiesel sprang, Sommerlicht, flackernde Schatten, das Rauschen von Bäumen hinzu. Sie nahmen die Kiesel, auf denen der Drache gesessen hatte, klebten sie auf ein Brett, klemmten das Brett leicht schräg an die Hauswand, an einem Nachmittag mit schönem Wetter, drehten den Gartenschlauch auf. Ein mit Wasser gefüllter Eimer stand bereit, um die Freude zu steigern. Das Rauschen der Bäume gab es ohne Aufwand hinzu, auch das Licht – und Franz' Stimme. Das war natürlich ganz falsch, Katja sollte sagen *ich bin so froh, du lieber Prinz!*, doch Katja sagte nichts, Katja sprang um Franz herum wie ein wild gewordener Ritter – und da war plötzlich Franz zu hören: ein hohes Glucksen, gefolgt von einem halb gegurgelten *eeieieieeie*, denn Katja kitzelte ihn, mitten in der Aufnahme, »aus heiterem Himmel«, wie Franz später sagte, hör auf, rief er lachend, *ojejej*, ich halt das nicht aus, und Katja sprang weg und wieder heran und kitzelte ihn. Franz' Stimme war zwar männlich, aber nicht sehr, schon gar nicht, wenn er lachte. Im Eifer des Gefechtes knallte das Brett von der Wand, das Wasser kam nun heller auf und spritzte, so dass sowohl Franz als auch Katja giggelten, und kämpften, und atemlos waren. Das Mikro lag zwei Meter entfernt auf dem Tisch, damit es nicht nass wurde, es zeichnete die Geräusche nicht sauber voneinander getrennt auf, außer am Ende, denn da fiel der Eimer für Extrafreude vom Fensterbrett, mit einem lauten Pflatsch, und sein Metallgriff schlug, ganz in der Nähe des Mikros, gegen den Wasserhahn.

Das war's. Gekitzelt hatte Katja Franz mit Absicht, doch mit dem restlichen Chaos hatte sie nicht gerechnet. Eigentlich war die Aufnahme nach dem Absturz des Brettes nur weitergelaufen, weil keiner Zeit hatte abzuschalten. Franz keuchte kopfschüttelnd, was ist nur in dich gefahren, du solltest doch reden! Und zwar allein. Er keuchte, was hab ich an mich halten müssen, um nicht laut herauszulachen!

Lachen hatten sie unbedingt vermeiden wollen. Franz räumte auf, Katja trug den Rekorder ins Trockene. Als sie ihn anschalteten, schloss sie die Augen. Ja! Die Prinzessin klang, als sei sie an ihrer Freude erwachsen geworden. Ihre Stimme war nun ja auch die Stimme eines Erwachsenen, nur hoch und etwas atemlos, überwältigt, aufgeregt. Auch etwas von den Kieseln, dem Bach und dem Licht war in den Klängen, dann ein Wischen, Quatschen (die Schuhe auf dem nassen Boden) – die Freude nahm Anlauf und verteilte sich überallhin, man hörte, wie das Brett auf den Boden fiel, hörte Wasser spritzen, Tumult. Die Stimme der Prinzessin, im ersten Teil des Hörspiels von Katja gesprochen, nun von Franz, noch halb aufgelöst, doch in sich fester als zuvor, klang, als trage die Prinzessin etwas von dem getöteten Drachen nun in sich.

Katja lernte, dass es, wenn man etwas erfand, gut war, das, woraus das Erfundene kam, mit in die Erfindung aufzunehmen.

Die Freude der Prinzessin verdankte sich dem Tod des Drachen. Deswegen war es richtig, wenn der Drache in ihrer Freude zu hören war.

So einfach ging es.

So erstaunlich.

Der Drache aus der Bibliothek kam Katja da gerade recht, als kleine Einleitung zum Krokodilsgrün der Soysalschen Augen. Drache, Krokodil, Freude im Bauch. Anders als Krokodilsgrün konnten Soysals Augen für Katja gar nicht sein. Kiwigrün, rosenblattgrün, traubengrün: lächerlich. Das Hörspiel wurde ein Erfolg, das gruselige Ding, sagte Erdbeer-Marie, geh bloß weg damit, und abends lagen Kinder aus Katjas Nachbarschaft ängstlich im Bett. Gibt es Drachen, Mama?

Nein, die sind erfunden.

Aber Prinzessinnen gibt es doch. Wer entführt die?

Niemand! Drachen gibt es nur im Märchen.

Sicher?

An dieser Stelle musste Utes Mutter nachdenken. So erzählte Ute es Katja gleich am nächsten Morgen. Sicher, habe ihre Mutter nach einer Weile gesagt, hier in Deutschland gibt es keine Drachen mehr.

Exakt, dachte Katja, so war die olympische Freude in München gedacht: reine Heiterkeit, drachenlos. Hellblaue Courrègesanzüge, keine Waffen, kein Schutz. Eine Freude, die an ihrer Einseitigkeit zerbrach. Das Hässliche und Große, Erbärmliche und Unerwartete des Drachens, sein Mut, seine Unbedingtheit, seine Angst und die Angst, die er erzeugte – auch sie brauchten Platz.

Katja zitterte ein wenig. Sie freute sich auf den Abend, sie war nervös. Sie schüttelte, amüsiert, verwundert, den Kopf. Ein neues Kapitel begann.

Nun ja, das war vielleicht übertrieben. Sie wollte doch vorsichtig sein. Warum sollte die Begegnung in der Bibliothek, zehn Minuten, vielleicht 15, so etwas auslösen. Aber für ihre Recherche stimmte der Gedanke. Schon gestern Abend hatte etwas Neues angefangen, unscheinbar zunächst – eine kleine Meldung von einem entführten Flugzeug. Die doch alles aufhob, was Katja bislang geglaubt hatte: das Ende von »München«. Wo lag es nun? Sie nahm sich vor, bis heute Abend für sich zusammenzufassen, was sie vom nächtlichen Abschluss der Geiselnahme wusste. Fürstenfeldbruck war Max' Ort und damit der Kern ihrer Recherche gewesen. Der Knoten, in dem alle Fäden zusammenliefen. Doch jetzt hatte dieser Nervenknoten einen Fortsatz angesetzt: eine Erpressung hatte eine zweite hervorgerufen.

In der Kette der um den 5. September gruppierten Ereignisse bildete erst die Flugzeugentführung vom Oktober '72 das letzte Glied. Ihr würde sie ab morgen nachforschen.

Dafür brauchte sie ein konzises Bild dessen, was sie heute für möglich oder gar wahrscheinlich hielt. Das wahrhaftigste Bild, das sie zeichnen konnte, samt aller Widersprüche, unwillkürlich geschönter Erinnerungen, neuer und alter Lügen, Bezichtigungen.

Ein Puzzle. Allein schon die Schauplätze: das Flugfeld, die Hubschrauber von außen, die Hubschrauber von innen, der Tower, die Straße nach Fürstenfeldbruck, der Zaun. Die Beteiligten: Schaulustige, Attentäter, Scharfschützen, Polizei, Boten, Wachhabende, Feuerwehrmänner. Sie wurden sichtbar. Nicht sichtbar: Politiker im Tower, Geiseln in den Hubschraubern sowie die aus der Boeing, mit der weitergeflogen werden sollte, geflüchtete Polizeicrew. Puzzlestücke, ja, jedes so geformt, dass es nach anderen Stücken verlangte, mit seinen fünf sechs Ausbuchtungen, seinen drei vier Einlässen, seinen Lücken. Wenn man es mit der schmalen eingebuchteten Seite nach unten auf den Tisch legte, sah es aus wie ein Männchen mit nach außen gedrehten Füßen, die Arme gespreizt, den Kopf zur Seite gewandt, das Gesicht gelöscht.

Nun, nun, nun, sagte die Uhr.

4

(Fürstenfeldbruck)

I.B.S.O. (International Black September Organisation) – so war die am Morgen überreichte Forderung der Fedajin unterzeichnet. Niemand verstand, was I.B.S.O. hieß. FFB hingegen verstand in München jeder, man brach sofort auf. Seit 22.00 Uhr fuhren die U-Bahnen in den für die Abendzeit üblichen Fünfzehnminutenintervallen; die S-Bahnen, auch Linie 4 nach Geltendorf (über Fürstenfeldbruck) allerdings nur im 40-Minutentakt. Auf den Straßen nach Fürstenfeldbruck bildete sich ein langer Stau. Als das Schießen auf dem Flugplatz auch gegen 23.00 Uhr noch nicht enden wollte, wurde polizeiliche Verstärkung angefordert. Doch die Wägen, in einem davon Max, kamen nicht durch. Man hatte nicht daran gedacht, den Weg freizuhalten.

Um 22.30 Uhr berührte der erste Helikopter das von den Nazis gebaute Flugfeld. In ihm saßen der bayerische Innenminister Dr. Merk, der Münchner Polizeichef Schreiber, der Vorsitzende der bayerischen CSU, Dr. Strauß, Bundesinnenminister Genscher, der Leiter des Mossad, Zwi Zamir, sowie ein hochrangiger Kollege Zamirs. Ein Hase-und-Igel-Spiel: als letzte waren sie im Olympiadorf abgeflogen. Die Piloten der Hubschrauber mit Geiseln und Attentätern hatten Anweisung, den Flughafen sehr langsam in einem weiten Bogen anzusteuern. Fünf Minuten nach den Politikern und Verantwortlichen, die gerade noch dabei waren, im Tower Position zu beziehen, trafen sie ein. Die Fedajin waren während des Transportes bereits nervös geworden – er dauerte zu lange, und nun dieser Flughafen, dunkel und klein. Die Helikopter, dunkelgrüne Bell UH-1D, so genannte

»Irokesen«, landeten direkt vorm Tower. Manche der Umstehenden erkannten die Maschinen von den Bildern aus Vietnam, andere erkannten das Grün des Bundesgrenzschutzes. Sofort wurde es, bis auf das Knattern der Rotoren, still.

Immerhin, man hatte nicht vergessen, das Fluggelände abzusperren. Das Gebiet war sowieso eingezäunt, man musste nur das Tor schließen, man schloss es.

Alles sonst hatte man vergessen: den fünf Scharfschützen war nicht mitgeteilt worden, dass statt der erwarteten fünf Terroristen acht anflogen. Vergessen auch, weitere Scharfschützen mitzubringen. Diejenigen, die im Olympiadorf bereitgestanden hatten, wurden nach Hause geschickt. Einer der fünf Schützen in Fürstenfeldbruck lag in der Schusslinie eines Kollegen. Wie das geschehen konnte, blieb weitgehend ungeklärt. Vergessen hatte man, die Scharfschützen mit Walkie-Talkies auszurüsten. Auch die Einsatzleitung verfügte über keinerlei Funkgerät, ebenso wenig wie die Polizisten, die in der Boeing warteten, mit der die Palästinenser weiterfliegen wollten. Als Flugcrew verkleidet, sollten sie jene beiden Fedajin überwältigen, die wie abgesprochen die Boeing inspizieren würden.

Später hieß es, es habe keine Walkie-Talkies gegeben, wenigstens nicht so schnell. Jeder der 2100 Sicherheitshelfer im Olympiadorf war mit einem Walkie-Talkie ausgerüstet. Später hieß es, dies sei eben vergessen worden.

Als die Hubschrauber landeten, stiegen vier oder sechs der Fedajin sofort aus, Gewehre im Anschlag, Granaten in der Hand. Die Geiseln blieben in den Maschinen, bewacht und an ihre Plätze gefesselt, wie man später herausfand. Das heißt: an den verkohlten Leichen ablesen konnte. Auch an jenem Mann, der weder erschossen worden war noch verbrannt. Es hätte die Möglichkeit gegeben, David Berger zu retten. Er war erstickt.

Issa und Tony kletterten in die wartende Boeing. Sie fanden sie leer. Damit flog alles auf. Sie mussten denken, dass sie in eine

Falle getappt waren. Das war nicht falsch. Wie die Falle aussah, wusste allerdings zu diesem Zeitpunkt niemand. Vielleicht hätten Issa und Tony anders gehandelt, hätten sie das gewusst. Vielleicht nicht.

Eine wild gewordene Falle. Eine, die aus dem Ruder lief. Eine Falle, der ein wesentlicher Bestandteil fehlte: jemand, der sie kontrollierte. So kam es, dass sie zu einer Falle wurde, die in zwei Richtungen zugleich arbeitete.

Später wurde bekannt, dass die in der Boeing stationierte, als Crew verkleidete Polizeigruppe buchstäblich Sekunden vor der Ankunft der Fedajin und ihrer Geiseln beschlossen hatte, das Flugzeug zu verlassen. Die Männer hatten erfahren, dass die 727 mit gut 45 000 Litern Kerosin voll betankt war. Sie wussten, dass die Geiselnehmer, bewaffnet mit Handgranaten, das Flugzeug betreten würden. Sie hatten Angst, beim kleinsten Verdacht der Fedajin in die Luft zu fliegen. Einige von ihnen trugen Polizeiuniformhosen, nicht Lufthansadienstkleidung, die hatte nicht für alle gereicht. Sie befanden, ihr Auftrag sei ein Selbstmordkommando. Das war nicht ihre Aufgabe. Sie mussten sich nicht opfern im Dienst. Kein Befehl deckte das. Also zogen sie sich zurück. Ihre Argumente kamen Katja nachvollziehbar vor.

Der späte Rückzug war verhängnisvoll. Da die Polizistencrew keine Walkie-Talkies bei sich trug, konnte sie die Einsatzleitung von der »Veränderung der Lage« nicht informieren. Nur Georg Wolf, der Stellvertreter Manfred Schreibers, der bei den drei Scharfschützen auf dem Dach des Towers lag, erfuhr davon. Was sollte er tun? Die Boeing leer – das kippte einen wesentlichen Teil des Einsatzplanes. Eben flogen die Hubschrauber mit Geiseln und Attentätern ein. Den Plan der neuen Lage anpassen – nur wie? Vielleicht hätten die Politiker im Stockwerk unter Wolf und den Schützen mit Issa sprechen können, während er und Tony auf die Boeing zugingen? Doch sie wussten von nichts.

Schreiber, Genscher, Merk, Strauß & Co konnten nur staunen. Issa und sein Helfer kamen, kurz nachdem sie die Boeing betreten hatten, wieder heraus und eröffneten – umstandslos – das Feuer.

So hieß es zuerst.

Später hieß es: Issa und Tony rannten.

Später stellte sich heraus: Das Feuer wurde von den Scharfschützen auf dem Tower eröffnet.

Die am Zaun gedrängte Menge hörte die Schüsse, wurde still.

Seit 19.45 Uhr dämmerte es, seit 20.36 Uhr war es dunkel. Die nachdrehenden Rotorblätter der Helikopter warfen lange Schatten auf das spärlich erleuchtete Flugfeld. Zum Teil war von zusätzlich herangeschafften Lichtgiraffen die Rede, von Helligkeit. Andere behaupteten, von Anfang an sei es zappenduster gewesen. Im Schatten der ausdrehenden Blätter konnten die auf dem Dach des Flughafengebäudes positionierten Scharfschützen nicht sehen, wo die Geiselnehmer standen. Issa erreichte, trotz der Schüsse, auf dem Rückweg von der Boeing das Fahrgestell eines der Hubschrauber. Dort, hieß es süffisant in einem Zeitungskommentar, »lag der dann eine gute Stunde, ohne weiter in Bedrängnis zu geraten«. Die Hubschrauber waren an anderen als von der Polizei vorgesehenen Stellen gelandet. Katja notierte sich die Frage: lag deswegen einer der Bodenscharfschützen in der Feuerlinie eines Kollegen auf dem Towerdach? Keiner der Scharfschützen trug Kugelweste oder Helm. War es vergessen worden? Deswegen konnte auch kaum jemand den Kopf heben. Der auf Issa angesetzte Schütze wechselte, der falschen Landung der Hubschrauber wegen (später war an einem von ihnen noch NDESGRENZSCHU zu lesen), gerade die Position, als das Feuer von deutscher Seite eröffnet wurde. Er verpasste daher den entscheidenden Schuss auf den Anführer der

Palästinenser. Katjas Gedanken schweiften ab: wer waren diese Scharfschützen? Münchner Polizisten, hatte sie gelesen. Wie gut ausgebildet? Alles auf dem Fürstenfeldbrucker Feld, was mit Schüssen verbunden war, interessierte sie besonders. Irgendwo steckten bereits die Kugeln, die Max verletzen würden. Der Scharfschütze am Boden, notdürftig verborgen hinter der 30 Zentimeter hohen Betonumrandung eines kleinen Areals mit Flugmarkierungen, sah einen Mann im Zickzack, halb geduckt, auf sich zueilen. Er erkannte, dass es sich um einen der Hubschrauberpiloten handelte und unterließ den tödlichen Schuss. Man hatte nicht vergessen, den Scharfschützen zu sagen, dass die Piloten weiße Flughelme tragen würden. Für diesmal hatte die Weitergabe lebenswichtiger Kommunikation funktioniert. Der Scharfschütze winkte den verwirrten Mann zu sich. Beide überlebten, wurden jedoch im Lauf der Schießerei noch schwer von der deutschen Polizeiverstärkung verletzt, die mehr als eine Stunde nach dem Beginn des Feuergefechtes endlich auf dem Flughafen eintraf und auf alles und jeden feuerte.

Die Menge vorm Tor hörte Schüsse. Es roch nach Pulver und dem heißen Öl von Gewehrschlössern. Trockenes Knallen der Feuersalven, widerhallende Echos, Detonationen in der Stille der Herbstnacht, tschak-tschak, tschak-tschak.

Zögernd und schweigend standen die Leute am Zaun, fast zwei Stunden schon. Der Flughafen von Fürstenfeldbruck – eine dunkle Schüssel, durchkreuzt vom Feuer der Pistolen, der Gewehre, manchmal blitzte der Widerschein, ständig hörte man Knattern. Unheimlicher jedoch waren die Pausen. Die Stille, die dann entstand, höhlte jede Hoffnung mit schrecklichen Bildern aus, machte müde von innen her. »Wenn man ein Ereignis sieht, das zu einer Nachrichtenmeldung wird, fühlt man sich als Vehikel der Geschichte.« Doch hier? Niemand wusste etwas, aber man sprach, flüsterte, oder wie auch immer es kam, tuschelte, erzählte – flüsterte, tuschelte, versicherte, gab von Hand zu Hand, schon flog die leichte Nachricht, wurde voller, schwerer, schon stand da einer mit einem offiziellen olympischen Hut und rief »alles ist gut!«, »die Geiseln sind frei!«, Presseleute hörten, auch die Augen der bayerischen Polizisten am Gitter leuchteten hoffnungsfroh auf, einer funkte den Regierungssprecher in München an und gab die Nachricht durch. Alle Geiseln frei, alle Terroristen tot.

Das, offensichtlich, war das Ergebnis, das man sich wünschte.

Als die Kugeln flogen, krochen die Verantwortlichen im Tower hinter Tische und Stühle, auch sie wussten nichts, hörten nur die Schüsse, wild, ungeregelt, im Dunkeln für fast zwei Stunden. Ein Modellflugzeug auf dem Schrank wurde getroffen, krachte herunter. Die Rotoren der Hubschrauber, endlich still, warfen Schatten und brachen Licht, so dass man Bewegungen nur wie in einem zerreißenden Film erkennen konnte. Die Fedajin hatten sich längst in den Schutz der Maschinen geduckt. Freund oder Feind, ununterscheidbar. Vielleicht war das schon vorher so. Jetzt war es endgültig. Man schoss, feuerte, ballerte blind. Zwi Zamir und sein Kollege entsetzten sich darüber, wie die Befreiungsaktion ablief. Erst im Mai war es in Israel gelungen, eine von Arabern gekaperte Boeing nach gezielt in die Länge gezogenen Verhandlungen zu stürmen. Zwei Angreifer und ein Passagier wurden getötet, es gab fünf Verletzte, 92 Passagiere kamen frei. Doch diesmal? In den Einsatz waren die beiden Israeli nur andeutungsweise eingeweiht. Die Deutschen ließen sich nicht in die Karten schauen. Bis heute gab es unterschiedlichste Darstellungen dazu, was ihr Plan eigentlich vorsah. Doch offensichtlich hatten alle psychologischen Erwägungen, auf die später vor allem Manfred Schreiber immer wieder verwies, ins Leere gezielt. Im Tower wurde, nach hitziger Diskussion, den Männern vom Mossad erlaubt, aufs Dach zu kriechen und von dort Verhandlungen mit den Fedajin auf Arabisch zu versuchen. Schüsse antworteten. Es war zu spät.

»Zäh und breiig«, hieß es in der Folge, »an amateurish desaster«, das einem dilettantisch herbeigeführten, langsamen Mord verdammt ähnelte – so ein amerikanischer Sender. F. J. Strauß bekam einen Wutanfall und befahl dem Polizisten Fliegerbauer, für ihn ein beliebiger Beamter im Dienst, der gerade dastand, herauszufinden, was auf dem Rollfeld vor sich ging. Genscher, der den ganzen Tag versucht hatte, zu verhandeln und den Einsatz in FFB hatte hinauszögern wollen, aber nicht aufhalten können, wünschte sich fort. Sein Sicherheitsbeauftragter, der Verbindungsmann zum Bundesgrenzschutz, Ulrich K. Wegener, bereits einen Monat später verantwortlich für den Aufbau der GSG 9, suchte einen der verantwortlichen Polizisten, schrie ihn an, holen Sie die Geiseln raus!, aber der Mann sagte, ich habe keine Befehle, ich kann nichts tun. So saßen sie da, hilflos, in all dem Lärm, und hörten, wie die Geiseln, eingeschlossen in Stahl und Blech, gebunden, beschossen, erstickend im Rauch, hörten, am Ende, wie sie schrien.

Katja war auf der Toilette gewesen, stellte sich ans Fenster. Eine klare Vorstellung von den letzten beiden Lebensstunden der Geiseln hatte sie nicht. Die Fedajin sollen, im Feuergefecht, gesungen haben. Ob die Geiseln die Augen schlossen? Ob sie die arabischen Worte mit dem hebräischen Akzent hörten, vom Dach des Towers gerufen – eine Stimme aus der Heimat. Ob sie fast schon erleichtert waren, als dem Angebot wieder Schüsse folgten? Solange die Palästinenser draußen schossen, schossen sie im Hubschrauber nicht. Ob ein Kopf, bleich, doch gezeichnet von den dunklen Schatten des nachwachsenden Bartes, von den Schatten des vergangenen Tages, schräg und leicht, so leicht, gegen die kalte Blechwand des Helikopters lehnte? Ob die geschlossenen Lider hell leuchteten, unwirklich, wie zwei Deckel, geschlossen für eine Reise unter den Augen?

Keine Vorstellung davon.

Polizeiverstärkung traf ein. Max mitten darin. Die Beamten hielten sich am Rand des Flugfeldes; was sollten sie tun. Alle Kommunikation war zusammengebrochen. Das Gerücht »die Geiseln sind frei« zischte hoch wie ein kleines billiges Feuerzeug, Minuten später brannte es wie eine Fackel, es hieß, ein Mann, ein Offizieller, habe die Botschaft verkündet, mehr war später nicht festzustellen. Hell und vielzüngig pflanzte »die Meldung« sich fort; um 23.31 Uhr informierte Reuters die Welt ALL ISRAELI HOSTAGES HAVE BEEN FREED. Bundeskanzler Brandt allerdings weigerte sich, im ZDF die gute Nachricht zu verkünden, solange sie nicht von seinem Innenminister bestätigt war; Conrad Ahlers hingegen, Pressesprecher des Bundeskanzlers, versicherte gegen 23.40 Uhr vor laufenden Kameras, dass, nach allem was er wisse, alle Geiseln überlebt hätten. Vielleicht mit leichten Verwundungen. Krankenwägen jedenfalls seien nach München gefahren. Natürlich dachte Katja an Max.

Zur selben Zeit gingen in Fürstenfeldbruck die Munitionsvorräte der Fedajin zur Neige – das wurde zumindest im Nachhinein vermutet. Die wüsten Ereignisse in der ersten halben Stunde des 6. September zerstörten zuviel Material, als dass diese Hypothese sich beweisen ließ. Zudem: gegen Mitternacht bewegten sich vier gepanzerte Polizeifahrzeuge auf die Helikopter zu. Angeblich sollten sie nur Position beziehen. Doch kurz darauf feuerte einer der Palästinenser in dem östlich geparkten Hubschrauber eine Gewehrsalve auf die an ihre Sitze gefesselten Geiseln Springer, Halfin, Friedman und Berger. Der Schütze sprang aus der Maschine, eine Handgranate flog hinein. Der Hubschrauber explodierte, brannte hell. Berger, nur ins Bein getroffen, lebte noch. Die Flughafenfeuerwehr rückte aus. Sie war in einer Halle neben dem Tower stationiert, über der die

Männer in kleinen Kojen auch schliefen. Sie drückten die großen schwarzen Torhälften auf und halfen, ganz ohne Befehl, sprühten Schaum im Kugelhagel, aber konnten die Flammen nicht löschen, wurden beschossen, mussten zurück. Was für ein Licht, was für ein Rauch, was für ein Pfeifen der Kugeln, Prasseln des Feuers, Zischen des Schaums. Versprengte Gestalten, irrend auf dem Feld, plötzlich hell erleuchtet, ein verzerrtes Gesicht, plötzlich wieder im Schatten. Die Flammen tanzten, als freuten sie sich. Im zweiten Hubschrauber erschoss Adnan Al-Gashey die anderen fünf Israeli: Gutfreund, Shorr, Slavin, Spitzer und Shapira. Gewehre knatterten, Löschmaschinen dröhnten, der explodierte Helikopter zerfiel zu Asche und Rauch, der andere brannte im vorderen Teil vollkommen aus.

Tony wurde, tot, an den Rädern gefunden. Issa ein Stück entfernt, schaumbedeckt.

So die Berichte. Auf dem Schwarzweißfoto vom Morgen des 6. September, das Katja sich kopiert hatte, war das nicht (mehr) zu sehen. Sie wühlte in ihren Notizen. Eine Mineralwasserflasche stand neben ihr auf dem Tisch. Da, ein von einer Büroklammer zusammengehaltener Dreierpack: das kopierte Bild, ein rosafarbener Leihschein der Bibliothek, bekritzelt in ihrer schnellen blauen Schrift, und eine andere kleinere Aufnahme, auf der sie ursprünglich Max gesucht hatte: eine vierreihige, locker gefügte Schlange von etwa 50 Polizisten bewegte sich, im hellen Licht des 5. September, auf das olympische Gelände. Ein Polizeibus stand im Hintergrund, mit offenen Türen. Die Männer trugen Polizeikappen, kurzärmelige helle Uniformhemden zu grünen Uniformhosen. Sie sprachen nicht miteinander, schauten sich nicht an, sondern stiegen, die meisten gesenkten Blickes, eine hölzerne Treppe hoch, an deren oberen Ende offensichtlich der Fotograf stand. Katja wunderte sich, wie wenig die Beamten ihn beachteten, wie sehr sie auch seinem Blick auswichen.

Auf dem Bild vom 6. September gab es keinen, der ausweichen konnte. Da hatte der Fotograf sich versteckt. Er war geflogen. Die Aufnahme zeigte das ganze Fürstenfeldbrucker Flugfeld samt Gebäuden, Helikoptern und etwa 50, in kleine Gruppen verteilten Menschen. Die für die Fedajin bereitgestellte Boeing war weggefahren worden. Das obere Drittel des Fotos bestimmte der L-förmige Riegel der Flughafengebäude. Dem kastenförmigen Tower schloss sich ein lang gestreckter Bürobau an, ihm folgte die Garage für die Feuerwehr. Die Schwänze der beiden Hubschrauber zeigten auf den Betrachter. Vor den Gebäuden parkten erstaunlich viele Autos; Lastwagen mit langen flachen Schnauzen, aber auch Pkws wie aus den 30ern, die ein oder andere Limousine des Jahres '72, eine Raupe.

Das Menschengewirr entpuppte sich auf den zweiten Blick als einigermaßen geordnet, von oben bis unten dunkel gekleidete Männer bildeten eine locker gefügte Kette, die einen weiten Kreis um die beiden Hubschrauber schloss. Von unten eilten zwei weiß gekleidete Figuren, ein Mann, hinter ihm eine Frau, in gerader Linie auf den rechten, nicht zerstörten Hubschrauber zu. Eine andere Gruppe weiß Gekleideter bildete links hinter der Maschine einen Halbkreis, einzelne hasteten davor und daneben über das Feld.

Der Platz war hell, die Aufnahme überbelichtet. Ihr Handlungsträger: der Boden. Er sah aus wie eine Röntgenaufnahme. Unheimlich schwebte dort die Silhouette eines dritten Hubschraubers zwischen den beiden realen Maschinen. Sie war im vorderen Teil zerrissen, aber klar zu erkennen. Gewiss: eine Illusion. Eine Gestalt, die allein das Auge herstellte. Doch Katja konnte sich gegen den Eindruck nicht wehren. Eine dritte Maschine, eingebrannt in den Asphalt. Sie war dunkel, an ein paar Stellen spritzte sie tintig aus, weiße Flecken schwammen darauf. Ihr Schwanz berührte die Spitze des rechten Hubschraubers. Öl, dachte Katja, mit Löschschaum? Sie war froh, dass das Bild nicht farbig war. Sie hatte gelesen, einer der Hubschrauber sei geradezu in Blut gestanden. Jede Fläche durchzogen Reifenspuren.

Das Foto kam Katja wie ein Suchbild vor. Dabei versprach es keine Lösung. Es war ernst. Immer, wenn sie es sah, fragte sie sich, wo Max gelegen haben mochte.

Max, inmitten dieses Chaos.

Gedankenverloren nahm sie den an das Foto gehefteten rosa Zettel zur Hand. Dass sie aber auch immer so krakelte, wenn sie schnell schrieb. Mit Mühe entzifferte sie: »Gedächtnis ist nicht ein Instrument zur Vergangenheitsdurchdringung, sondern selbst der Schauplatz der Vergangenheit.«

Gleich beim ersten Lesen hatte dieser Satz sie überzeugt. Deswegen hatte sie ihn notiert. Nur dumm, dass die Angabe, von wem er war, fehlte. Sprüche sammeln ohne Autor – fast kam sie sich wie Jozef vor. Sie lächelte und klebte den Zettel an ihre Tischlampe. Als kleinen guten Geist. Rosafarben!

Als rosafarbenen Schutzgeist.

Jozef, dachte sie, dann Max. Dachte, der hätte solch einen Schutzgeist gebraucht ..., stockte, fühlte: das stimmte nicht, so hatte sie immer gedacht, doch jetzt, angesichts des Herganges in Fürstenfeldbruck: Max hatte einen Schutzgeist gehabt! Ihr wurde warm, noch nie war ihr Blick von dieser Seite auf die Ereignisse gefallen, auch sie, Katja, hatte Glück gehabt, Max wurde nur verletzt, Max entkam.

Einem Geschehen, über das, auch das war deutlich nun, von Anfang an möglichst wenig hatte berichtet werden sollen. Von Willi Daume hieß es, er habe am Morgen des 5. 9. sogar gehofft, die Geiselnahme vor der Weltöffentlichkeit ganz verschweigen zu können. Danach: zurückhaltende Informationspolitik; Pressekonferenzen, gewiss – doch auch als Ablenkung. Sicherheitserwägungen kamen hinzu. Manche der damals Verantwortlichen taten Katja fast Leid. Guter Wille, das Möglichste versucht, dennoch gescheitert. Genscher, Tröger, Schreiber und Merk hatten sich eingesetzt. Und dann ging, Schritt um Schritt, alles schief. Katastrophal schief.

Katja sah das müde Gesicht von Johnny Klein aus der Nacht vom 5. auf den 6. September vor sich. Den ganzen Tag hatte der Mann vor Journalisten erklärt: verstrichenes Ultimatum, neues Ultimatum, die Attentäter, die Geiseln. Wie viele?, war er gefragt worden, was tut ihr?, war er angeschrien worden, er hatte die Schultern gezuckt, sein Jackett ausgezogen, in einem weißen Hemd war er schwitzend dagestanden, hatte das Jackett wieder angezogen, sein Bart war gewachsen, die Kameras zoomten ihn heran, es sah aus, als habe der Schweiß kleine Rinnen in sein Gesicht gegraben, dabei war es nicht Schweiß. Er hatte gewartet wie so viele, wer konnte schon ins Bett gehen, da war es 3.00 Uhr, der 6. September, mitten in der Nacht, die Scheinwerfer, der mit 2000 Journalisten voll gepackte Saal, die letzte Pressekonferenz, alle hatten sich doch beruhigt, aber er stand da, die Schultern hingen nach unten, es gab keine Zeit mehr, sich herzurichten, es war egal. Neben ihm hielt Merk sich bereit; auch Genscher, Manfred Schreiber und der zweite Mann der Münchner Polizei, Georg Wolf, der die Aktion in Fürstenfeldbruck koordiniert hatte, waren eingetroffen. Noch um Mitternacht war an dieser Stelle verkündet worden, dass alle Geiseln überlebt hatten. Nun musste man das Gegenteil bekannt geben. Man rechnete mit schlimmen Fragen, mit Unglauben, Empörung, Vorwürfen, mit all dem, was man selbst fühlte, sofort, rechnete mit unruhigen Nächten, Schlaflosigkeit, quälenden Sitzungen, erschöpft auch Minister Merk, grau gefaltet im Gesicht, nach innen gestülpt, doch hier hingestellt von seinem Amt, zu stumpf im Inneren, um überhaupt sprechen zu können, und da versprach er sich. »Es ist alles geschehen worden« – automatenhaft, langsam, überdeutlich kam der Satz aus seinem Mund. Katja schien er einer der ehrlichsten in all den Berichten und Rechtfertigungen: ein Satz mit einem Fehler. Vielleicht war es eben dieses »es«, das alle, die versucht hatten, eine Lösung zu finden, nun brauchten. Ein »es«, das etwas von der Verantwortung trug. Doch zugleich enthüllte der Versprecher, was es ab nun, ab sofort, ab 03.16 Uhr, dem Ende der Konferenz, zu verbergen galt: dass man selbst hineingedreht und »geschehen worden« war in Ereignisse, die man nicht gewollt und doch mit ausgelöst hatte, und dann rollten sie über einen hinweg, eine Lawine, man selbst ein Schneeball darin. Musste mit. Wurde geschehen. Und ein Tag, ein läppischer Tag, veränderte das eigene Leben. Denn so weich und verletzlich war man, jetzt wusste man es. Und so arm an Verstecken, dass nur die Grammatik blieb, ihr knappes »es«. Merk, blass, klein, aus Fürstenfeldbruck im Hubschrauber nach München zurückgeflogen, sagte in jener nächtlichen Minute, was er nicht sagen wollte. Nicht Lügen fingen so an, sondern Unerklärlichkeiten. Ausgerechnet Merk, der in komplizierten Sätzen fehlerfrei zu sprechen verstand, sprach die Wahrheit dessen aus, was ihn bedrängte. Katja drehte die längst leere englische Tasse in der Hand. Das Licht fiel schräg, es war schon spät. Klein hatte gesagt »das Ergebnis ist furchtbar«, Klein hatte gesagt »die ganze Aktion endete mit diesem Desaster«, Klein hatte immer »die Terroristen« gesagt, Klein hatte gesagt »eine Reihe von verletzten Polizisten und Hubschrauberpiloten.«

Max lag im Krankenhaus, als Merk sich versprach. In Münchens Fußgängerzone blitzten die Fontänen der angestrahlten Springbrunnen noch immer wie Gitarrensaiten, als Merk sich versprach. Die Stände hatten geschlossen, aber stellten Spaß und Spiel für den nächsten Tag in Aussicht. Ein paar Stunden später drängten Menschen sich vor den Kiosken. Als Polizeichef Schreiber am Vormittag verkündete, alle Aktionen der bayerischen Polizei seien gefilmt worden, der Fahndung wegen könne aber nichts davon gezeigt werden, wurden die Fahnen auf dem Marienplatz auf Halbmast gezogen.

Zehn mit dem Davidstern geschmückte Särge, der elfte wurde in die USA geflogen, glitten einer nach dem anderen über das Gepäckförderband in den Frachtraum einer El Al-Maschine. Daneben stiegen, eine der damals üblichen fahrbaren Treppen benutzend, die überlebenden Mitglieder der Mannschaft ein. Alle flogen zusammen, doch in zwei Etagen, die einen als Menschen, die anderen – als Sache.

Katja häufte ihre Notizen zu einem ordentlichen Stapel. Auch die Bilder vom Empfang der toten Fedajin im Libanon. Das Heldenbegräbnis, die Feier, die jubelnde Menschenmenge in den Straßen, die über ihren Köpfen tanzenden geschmückten Särge.

Mit einer großen silbernen Büroklammer heftete sie zusammen, was sie aufgeschrieben hatte. Obenauf steckte sie die Kopie eines Briefes: 17. Oktober 1982. Absender: der für den olympischen Ordnungsdienst verantwortliche Hermann Wöhrle. Adressat: sein Kollege Friedrich-Wilhelm Rubin. Inhalt: ein Resümee. Der Ordnungsdienst sei Teil des Konzeptes *Heitere Spiele* gewesen, so Wöhrle. Dieses Konzept sei durch die Ereignisse vom 5. September ad absurdum geführt.

Kopiert hatte Katja den kurzen Text der Zeile wegen, die folgte: »mit kameradschaftlichen Grüßen«. Katja hatte kaum ihren Augen getraut. So sprachen diejenigen miteinander, die dafür verantwortlich waren, auch nur den Anschein von Militarismus gar nicht erst aufkommen zu lassen? Kameradschaftlicher Gruß – in einem offiziellen Brief, auf amtlichem Briefpapier (Organisationskomitee für die Spiele der XX. Olympiade München 1972, Abteilung XIII, Der Ordnungsbeauftragte). Das ganze Jahr 1972, seine Stimmung, das Land, zeigten sich ihr darin. Natürlich, soviel Harmlosigkeit wie in München musste man nur ausstellen, wenn es auch etwas zu verbergen gab. Und weil man etwas zu verstecken hatte, übertrieb man die Friedfertigkeit. »Kameradschaftlich«. Was für eine Farce.

Sie öffnete das Fenster neben ihrem Bett, es quietschte. Auf dem Brett lag dicker Abgasruß. Das Abendlicht war föhnig rosa, fast pink. Katja wusste, wie man jetzt vom Fernsehturm aus die Alpen sah. In ihrer Vorstellung wirkten sie wie etwas Lebendiges, schlummernd, doch Schrecken erregend, grau gefaltet wie Echsen, Drachen – etwas, das tötet, ohne sich überhaupt die Mühe zu machen, sich zu bewegen. Unverhofft zuschnappen, dann in Schläfrigkeit zurücksinken – selbst vollkommen unverletzt.

Als Schreiber und Merk sich der Presse stellten, saßen Cafégäste auf dem Marienplatz und Kellner in weißen Schürzen liefen mit Tabletts beladen hin und her. Die Luft war glasklar, oder wie Glas: zerbrechende Luft. Zeitungen in fast jeder Hand. Auf den Seiten unten Werbung: »Tictac ist die neue Tactic.« Ein geschwungener weißer Schriftzug auf grünem Papier, darüber das Bild eines Paares, hell gekleidet, er hat den Arm um ihre Schultern gelegt, sie blickt zu ihm auf. »42 mal frischer Atem für 40 Pfennige.« Max atmete nicht, Max brauchte mehr Sauerstoff, niemand konnte sagen, ob er es überstehen würde, und wenn ja, wie.

5

(Nichts als Zufall)

Running Sushi, schmale Tische, orangefarbene Pflanzen, gedimmtes Licht. Wie ein Sonnenstudio, hätte in der Mitte des Raumes nicht eine große ovale Schleife aus Glas und Chrom geglitzert. Bunte Teller kreisten hier auf zwei Etagen, einmal im, einmal gegen den Uhrzeigersinn. In der Ecke rechts vom Eingang saß Paul und wartete. Katja hasste das, er hatte sie beobachtet, sie ihn nicht gesehen. Schon hatte sie gedacht, er habe sie versetzt. Ihr Herz war in die Hose gesackt, jetzt hüpfte es in ihren Hals. Ihre Stimme klang belegt, verräterisch. Sie war unzufrieden mit sich.

Endlich bekamen sie einen Tisch. Eine nicht enden wollende Folge roter, blauer, weißer und gelber Teller klapperte heran. Schnellte man die Hand aus – wie eine Echse die Zunge – klebten sofort Sushi daran, zwei drei dieser Reisfischhäufchen, in denen Wimpel von Lauch steckten, mit geschlagenem Ei, wabbelndem Tofu oder Soyasauce garniert. Jede Tellerfarbe war Teil des Codes. Soysal schlug vor, Bons zu nehmen, die alles kaufen konnten bis auf rot – rot, am teuersten, am verlockendsten, ließen sie aus. Katja war kalt. Ihr erstes Glas Reiswein trank sie sofort, in einem Zug, auf ex.

Sie haben ja Tempo drauf, lachte Soysal, wie geht es Ihren Augen?

Bestens, antwortete Katja, und hätte beinahe gesagt, solange sie Sie anschauen, aber das wäre übertrieben gewesen, denn er sah anders aus als am Morgen. Eingeklemmt zwischen Soysal und dem Sushiband fühlte Katja sich wie Plato, wenn Charlie ihm Hände voll der feinsten Fleischstücke hinwarf. Soysals

Augen, ja, noch immer viel versprechend grün, aber dazu der blonde Bart, das schwarze Brillengestell, sie wusste nicht recht. Bestimmt hat er Haare am Rücken, dachte Katja, und überraschte sich doch im gleichen Atemzug damit, dass sie Plato erwähnte. Zehn Minuten, und schon gegen das oberste Gesetz einer Affäre verstoßen: nichts Persönliches, schon gar nichts aus der Kindheit, das war am schlimmsten. Aber Soysal reagierte nicht. Vielleicht wurde es nicht einmal eine Affäre mit ihm? Der Gedanke, dass er möglicherweise nicht wollte – schließlich hatte sie, Katja, die Begegnung hier vorgeschlagen –, traf sie wie ein Stück kalter Fisch, von der Gabel exakt in den Ausschnitt gerutscht, wohin denn auch sonst.

Sie bestellte sogleich das zweite Glas Wein. Tigergarnelen, hellrosa Krabben, gelbfettige Flossenfische, rosa-braune Thunfischbrocken auf gelbem Reis mit Rosine, eingewickelt in Algenblätter, zuckelten vorbei. Katja wunderte sich, wie Soysal, nicht gerade dünn, in seiner Nische Platz hatte, beinahe hätte sie ihn gefragt. Stattdessen sagte sie, Krabben haben kleine Punkte am Kopf, daran erkennen sie sich. Wozu müssen die sich erkennen, fragte Soysal. Herr Bibliothekar, sagte Katja, als Doktor und Mann müssten Sie das doch wissen. Sie spürte den Wein, er war heiß, tat ihr gut. Sonst schwammen die Bilder von Fürstenfeldbruck ihr zu drängend durch den Kopf. Sonst entdeckte sie in Soysals Bart nur die Mode von '72 wieder. Sonst hielt sie diese Verabredung nicht aus.

Sie sollten geduldiger sein, gab Soysal mit einem breiten Grinsen zurück.

Und das ihr. Die oft tagelang auf den richtigen Augenblick für ein Foto wartete. Aber davon hatte Soysal eben keine Ahnung.

Sie hingegen haben die Ruhe weg, antwortete Katja, arbeiten Sie deswegen in einer Bibliothek?

Entschuldigen Sie, sagte er, das mit der Geduld war nur so gesagt. Und Blödsinn. Ich gebe es besser gleich zu, ich habe Ihren

Namen gegoogelt, irgendwas kam mir daran bekannt vor – ja, und Ihre Fotos entdeckt.

Überrascht schaute sie auf.

Wenn Sie mir sagen, was Sie wirklich suchen, kann ich Ihnen vielleicht helfen.

Das klingt schon besser, stellte Katja fest, und er lächelte auf eine spezielle, sympathische Weise nach innen und außen zugleich, warm und ein bisschen spöttisch, und sagte: kommt darauf an für wen.

Katja, etwas verunsichert, bestellte Glas Nummer drei. Heiß war ihr jetzt, sie schwitzte sogar leicht. Hoffentlich wurde sie nicht krank. Soysal war doch ganz nett, aber was sollte sie ihm sagen? Ihn einbeziehen? Hubschrauber, hörte sie sich vorschlagen, ich bin Hubschrauberfetischistin, deswegen habe ich gestern die blauen Punkte auf die Maschinen gemalt. Er lachte, griff nach einem blauen Teller mit drei schlickgrünen Sushirollen. Das Bild habe er im Kopf, ein zerstörter und ein fast noch intakter Helikopter am Rand des Asphaltplatzes von Fürstenfeldbruck. Worauf es mir ankommt, sagte Katja, sieht man erst beim zweiten Blick.

Was ist es, fragte er und schaute sie so ehrlich interessiert an, dass sie ihm von den handgeschriebenen, mit dicker weißer Farbe auf die Windschutzscheibe gemalten Zahlen erzählte, die sie auf einer anderen Fotografie der Irokesen entdeckt und in der Zeitung eigentlich gesucht hatte.

17, 21, 26, 3 – trapezförmig, sagte Katja, und malte die Figur vor Soysal in die Luft. Zahlen, jeweils rechts von einem Einschussloch. Von ihnen aus spannten weiß gekleidete Einsatzkräfte Schnüre zu den blutgetränkten, nun getrockneten Polstern. So versuchte man, die Bahnen der Kugeln zu den Opfern zu rekonstruieren.

Und warum?

Katja zog die Nase hoch: offiziell ging man der Frage nach,

ob deutsche Schüsse einen oder gar mehrere der Israeli getötet hatten. Ich glaube, man versuchte schlicht, etwas zu tun, stand da, bückte sich, überlegte, stand wieder da.

Sollen wir mal gemeinsam Hubschrauber fliegen?

Als Katja das Restaurant betrat, hatte ihr Bauch sich angefühlt, als schlage ein wildes Pferd darin, doch jetzt floss ihr Blut müde und träge, und ihr Bauch tat nur noch weh. Erstaunt murmelte sie, ich weiß nicht, und legte das Lachssushi, das sie sich eben in den Mund hatte stecken wollen, auf den Teller zurück. Soysal rief, ich lade Sie ein zu dem Flug. Katja hob die Augenbrauen – schon wieder eine Anspielung auf ihr Geld? Kühl fragte sie, was interessiert Sie an solch einer Tour?, er zögerte, ich schreibe ab und an für Zeitungen und möchte vielleicht in der Bibliothek aufhören. Sie wollen Journalist werden?, Katja musterte ihn zweifelnd, komisch, sagte sie, ich höre gerade damit auf, und für sich dachte sie, nett, aber uninteressant, wenn es so weitergeht, verschwinde ich gleich.

Ihre Bauchschmerzen hatten zugenommen. Die Sushi widerten sie an, sie schob den Teller an den Tischrand.

Was ist eigentlich heute mit den Fedajin?, fragte der Bibliothekar, und griff sich eine weitere Portion vom Band. Katja leerte Glas Nummer drei, er aß. Ob er sie aushorchen wollte? Ganz von selbst hatte er das richtige Wort für die Palästinenser benutzt. Doch wie er sie nun wieder anschaute, offen, sympathisch – da musste sie zurücklächeln.

In einem vor zwei Jahren gedrehten Film steht einer von ihnen vor der Kamera, natürlich unkenntlich gemacht.

Natürlich?

Weil der israelische Geheimdienst ihn vermutlich bis heute auf der Abschussliste hat.

Soysals Augen blitzten auf, ein bisschen Action gefiel ihnen doch allen. Katja gefiel, wie er die Brauen hob. Ein tatsächlich fast viereckiges Gesicht, das sie freundlich anlächelte, die Haare vorn schon etwas dünn, bei einem Mann seines Alters erlaubt. Katja gefiel, wie natürlich er mit sich selbst umging, er hielt seinen Kopf ins Licht wie auch seinen Bauch, saß da, wie er eben war. Und roch gut, selbst über die Fischteller und den Reiswein hinweg. Oh ja, flüsterte sie und lehnte sich zu Soysal, drei Fedajin hatten überlebt und alle, alle haben sie erledigt, bis auf ihn, Jamal Al-Gashey, den Jüngsten. Das sind doch dann nur zwei, erwiderte Soysal prompt, Katja flüsterte bedeutungsvoll, Sie vergessen die Hintermänner! Kaltgestellt wie bei Bond, und lauter sagte sie: nur eben reales Blut. Die Tischnachbarn, ein Männerpaar, drehten die Köpfe zu ihnen.

Das vierte Glas Reiswein kam. Was für ein Glück die Palästinenser, aus ihrer Sicht, beim Einschmuggeln der Waffen hatten, sagte Katja, erzähle ich noch, dann gehe ich.

Ja, erzählen Sie!

Auf ihre Ankündigung aufzubrechen, reagierte er nicht.

Einer der Hintermänner, sagte Katja möglichst sachlich, machte das persönlich, am 24. August, über Frankfurt. Begleitet wurde er von einem weiteren Mann und einer Frau, drei Leute, drei Koffer. Zwei mit Maschinenpistolen gefüllt. Sie wurden am Zoll angehalten und mussten einen öffnen. Es war der mit der Damenwäsche. Einer der Männer fing an, die Spitzen und Gürtel auszulegen, während die Frau, angeblich seine Frau, wütend schaute. Manche Berichte behaupten, es sei dem Zöllner peinlich gewesen.

Absurd, sagte Soysal, so was haben die doch dauernd in den Fingern.

Sehe ich genauso, sagte Katja, aber das Kalkül ging dennoch auf. Sie winkte der Bedienung, sagte, die Rechnung bitte, und, nach kurzem Zögern, und noch einen Wein, für den Weg.

Sie wollen wirklich schon gehen?, rief Soysal erstaunt, hielt inne. Sie sehen aber auch bleich aus, ist Ihnen nicht gut?

Katja schaute verwirrt. Hatte er ihre Ankündigung eben nicht gehört? Er wirkte überrascht, vor allem aber besorgt. Typisch: wieder ein Mann, der mitfühlte. Wieder ein perfektes, nämlich einfach nur freundliches Date! Einbildung, Fehlalarm.

Katja entblößte die Zähne zu einem Lachen, bei dem sie deutlich spürte, dass es ein Beißen enthielt: Alexander Soysal, bevor Sie mich ständig ausfragen, erzählen Sie doch mal von sich. Haben Sie Familie? Baggern Sie jede an? Und – Augenaufschlag von Katja – kommt Ihr Name wirklich von Scheusal?

Er lachte hell auf, Scheusal, hervorragend, das hat noch keine zu mir gesagt, und das nach etwa einer Stunde, unglaublich, Alexander Scheusal. Er schien sich köstlich zu amüsieren, fehlte noch, dass er sich auf die Schenkel schlug, der Typ dazu war er. 95 Kilo, schätzte Katja, die ihn überrascht ansah, massig, doch ohne fett oder schwerfällig zu wirken. Jetzt lachte er aus vollem Hals: ich heiße viel bescheidener, Paul. Er streckte ihr die Hand entgegen, überrascht schlug sie ein.

Es fühlte sich ganz anders an als am Morgen auf dem Teppich.

Unaufgeregt.

Drachenlos.

Munter sprach Soysal weiter, Kinder habe ich auch, schon erwachsen, jaja, ziemlich früh Vater geworden. Katja blieb stumm, Soysal, weil er sie unterhalten wollte oder nicht wusste, was er aus ihrem Schweigen machen sollte, räusperte sich, Ihre Zeitungsseite habe ich heute übrigens gleich in die Werkstatt gebracht.

Katja rollte die Augen Richtung Decke, hören Sie mir bloß damit auf!

Aber damit hat alles angefangen, sagte Soysal leise, es könnte doch weitergehen.

Auch er hörte zu essen auf. Seine Teller stapelten sich mindestens doppelt so hoch wie Katjas. Sie fühlte sich merkwürdig. Die Bauchschmerzen waren fort, so schlagartig wie sie gekommen waren. Stattdessen nun dieser Satz: »weitergehen«. Ein Weitergehen-Satz von Soysal, beim ersten Date. Waren Bibliothekare so? Bauten bei der ersten Verabredung dieses Wort in einen Satz? Dazu der Alkohol, ein Wirbel in ihrer Brust, ihrem Kopf. Allmählich gefiel ihr das Restaurant! Eine angenehme Weinvergiftung, dachte sie, Bibliotheksvergiftung, und lächelte Soysal an. Ihre Blicke trafen sich. Für einen Augenblick sagte keiner etwas. Die Hände lagen auf dem Tisch, nicht weit voneinander entfernt.

Ausgerechnet da brachte die Bedienung die Rechnung und, statt des bestellten Weines, für jeden einen Drink auf das Haus. Katja war bereit, darauf zu bestehen zu bezahlen, so haben wir es schließlich ausgemacht, würde sie sagen, und er, kommt nicht in Frage …, und allmählich würde sie nachgeben. Aber Soysal! Wie ein chinesischer Glücksbuddha (die Bauchrollen) saß er da und schaute dem Seitenwechsel der Scheine zu. Dass er sie, Katja, einlüde, war unter den Umständen – die reduzierte Strafgebühr, ihr Drängen auf die Verabredung – eine dummromantische Idee. Sie schimpfte sich selbst.

Den Hausdrink müssen wir jetzt aber gemeinsam leeren, sagte Soysal, ich, äh …, ich wollte sowieso noch fragen, wo die Fedajin eigentlich herkamen?

Ach, murmelte Katja, und dachte, seltsam entspannt, was soll's. Die Aufregung des Morgens hatte einer breiten Müdigkeit, begleitet von Bauchgrummeln und einem heißen, von innen leicht schwammigen Kopf, Platz gemacht. Sie lehnte sich in ihren Stuhl zurück. Der Abend war gelaufen. Da konnte sie Soysal ruhig noch mehr erzählen. Soysal als Abladeplatz! So wurde sie wenigstens etwas los von den letzten Wochen, ihrer einsamen Recherche. Wie allein sie mit all dem Gelesenen und Gesehenen geblieben war, wurde ihr erst jetzt, angesichts seines aufmerksamen Gesichtes, seiner ernsten Augen, richtig bewusst.

Die Fedajin, sagte sie, kamen aus einem Trainingslager. In dem der Leiter nach jedem Training einen Schüler opferte. Sie mussten sich aufstellen, alles junge Männer, sie wussten, was sie erwartete, und sie taten es.

Katja schaute Soysal an, als könne er ihr die unausgesprochene Frage »warum?« beantworten. Sie stürzte einen Schluck Wasser hinunter wie ein Stück Traurigkeit.

Und?, fragte Paul.

Katja nickte: der Leiter zeigte wahllos auf einen seiner Schützlinge. Der Ausgewählte musste sich einen Sprengstoffgürtel um den Leib schnallen und einen der herumstehenden alten Wägen gegen die nächste Mauer fahren. Die anderen schauten zu. Am Ende der Ausbildung war auch dem Letzten klar: dass er noch lebte war Zufall. Was heißt klar, lachte Katja bitter, das spürte der in jeder Faser seines Körpers, in jeder Zelle seines Gehirns. Ebenso wie er spürte: dass er noch lebte war eine Aufgabe. Die Kameraden dafür gestorben, dass er rausging und andere tötete und dabei vielleicht selbst starb. Ein Stück weit war er schon tot.

Warum machst du das?

Katja schüttelte den Kopf, sagte knapp, ein Auftrag. Außerdem, wer weiß, ob das mit dem Lager stimmt. Ich finde so viele Berichte, Behauptungen …, sie winkte ungeduldig mit der Hand, nur eines ist sicher, die Attentäter vom 5. September rechneten damit, nicht zu überleben. Sie machte eine Pause, da ist Reden sinnlos!, und stand, als gelte das auch für diesen Abend, auf.

Langsam, mit Vorsicht. Der Raum – farbintensiv, glasig glitzernd – schwankte, das hatte sie erwartet, das würde sich überspielen lassen. Soysal wollte ihr unbedingt in den Mantel helfen, den brauchte sie nicht, den nahm sie über den Arm. Es ist eiskalt draußen, rief er, das lasse ich nicht zu, ich bringe dich heim, doch wie um Katja zu helfen, läutete in diesem Augenblick sein Handy. Sie setzte sich wieder. Paul sprach, nickte, ein grässlich gefärbter Fruchtsalat aus der Dose, von dem Katja nicht geglaubt hatte, dass es ihn noch gab, kreiselte auf einer weißen Billigschale vorbei, obenauf eine Kirsche, süß, rot, viel Saft. Beinahe hätte Katja die Kirsche gemopst, sie kicherte. Dann lauschte sie aufs Neue, verstand aber nur jas, ein »nein, wann«? Auf Katjas Uhr war es exakt zehn, erst.

Entschuldige, sagte Soysal und griff nach ihrem Arm, meine Nachbarin ist krank, ich muss sofort nach Hause. Bestimmt hat sie Liebeskummer, gab Katja zurück, exakt, woher weißt du das, fragte er verdutzt. Jetzt lachte sie, »Nachbarin«, wenn ich mit dir zusammen wäre, Paul, und du so von mir sprächest, hätte ich auch Liebeskummer.

Ja, sagte er, wirklich?

Aus seinem Blick dazu wurde sie nicht schlau. Funkelten seine Augen spöttisch, oder gaukelte der Wein in ihrem Kopf ihr das vor? Meine Güte, sie hielt sich ja an ihm fest. Ganz unaufgeregt. Ein gutes Gefühl! Immerhin, jetzt standen sie vor dem Restaurant, die kalte Nachtluft tat Katja wohl. Sie reckte sich, zog den Arm aus seinem: siehst du, ich kann allein gehen!

Bist du sicher? Er stand nahe bei ihr, sie spürte seinen Atem.

Katja nahm ihren Mantel von seinem Arm und zog ihn an, souverän, wie sie fand, das Suchen nach den Ärmeln vermied sie, indem sie ihn sich nur über die Schultern hängte.

In Ordnung, gab Paul nach, aufdrängen will ich mich nicht, komm gut nach Hause, flüsterte er und drückte ihre Hand, war wohl nicht dein Tag.

Vielleicht wird es ja noch dein Abend, rief sie ihm nach, er drehte sich noch einmal um, lachte, auf den Mund gefallen bist du jedenfalls nicht!

Katja lief die Leopoldstraße hinunter. Sie brauchte dringend frische Luft. Der Vorteil von Reiswein: es gab eine Alkoholwelle im Blut, dann war alles wieder weg. Es wurde zumindest besser. Klarer. Der Tag hatte schlecht angefangen, ebenso hörte er auf. Ihr war übel. Im Reiswein saßen kleine Drachen, Bibliotheksdrachen. Katja sah sie deutlich vor sich, schmeckte sie noch. Ein Bibliothekar, das konnte nichts werden. Wenn sie Pech hatte, hatte sie jetzt auch noch eine Fischvergiftung. Sie kicherte. Kotzende Drachen, das kam ihr mit einem Mal sehr lustig vor. Soysal, Scheusal, Abladeplatz. Paul. Hatten sie sich eben geduzt?

Zu Hause machte sie kein Licht, das blendete bloß, sondern rief sofort Toni in Hamburg auf seinem Handy an.

Du bist besoffen, Katja!

Nein!

Dann bist du verliebt.

Um Gottes willen. Ich bin besoffen, giggelte sie, Reiswein, mit dem Bibliothekar.

Ah, rief Toni, also bist du unglücklich in einen Bibliothekar verliebt. Mir wird immer rätselhafter, was du suchst.

Weißt du es bei dir?

Sie war vielleicht angeschickert, aber mit Toni nahm sie es noch auf.

Hmm, ja, sagte Toni, zum Beispiel den Knopf meiner Hose, er muss in deinem kleinen Zimmer liegen.

Du hast dir einen runtergeholt dort, stimmt's?, sie lachte, und da erzählst du mir was von Masochismus!

Das ist kein Masochismus bei mir, antwortete er schnell, es tut mir gut, mich an Sieglinde zu erinnern, es tut jedem gut, sich an seine Fehler zu erinnern, ich glaube, du hast wirklich einen in der Krone.

Gute Idee!, dachte Katja, und griff nach dem Scotch auf dem Küchenbrett. Neben dem Essig. Sonnenklar, den Fehler, den Essig zu nehmen, machte sie nicht!, doch der Fehler »Max« fiel ihr ein, denn da lagen auch ihre Blätter zu Fürstenfeldbruck. Am besten »Max« mit Scotch aufs Bett schreiben. Ach, war das traurig. Scotch gegen die mögliche Fischvergiftung, und zugleich gegen Max. Ach, war das schön, schön traurig, unübertrefflich elend schön ..., sie sackte aufs Bett,

Katja?, hörte sie aus dem Hörer, nahm ihn wieder ans Ohr, einen in der Krone ..., sie?

Katja lachte, wie eine Prinzessin, klar doch, Krone, und wie!

... sag ich ja, einfach betrunken, rief Toni,

Drachen in der Krone, sie kicherte, Katjaprinzessin, sehr damenhaft, sagte sie, das musst du zugeben. Das möchte ich sehen!, johlte er, und sie sagte, wann fährst du mal wieder her? Aber Toni meinte, ich bin hier angekettet, ich bin hier doch der Redaktionssklave. Katja nahm noch einen Schluck, Scotch passte zu ihr, hell wie ihre Winterhaut. Dann stand sie am geöffneten Fenster. Das Rauschen der Stadt, kalte Luft. Das Gefühl: ich bin hier. Vor dem bodenlangen Spiegel an der Wand, schräg vorm Bett, zog sie sich aus. Der helle Körper in der Dunkelheit, der plötzlich klare Kopf. Das Hubschrauberbild. Die Schnüre, die Hypothesen – ihre Suche, die Schnüre, die sie zu spannen suchte. Sie fand: Nummern, Löcher. Schuppen, schlecht ineinander gefugt.

Katja, am gekippten Fenster, holte tief Luft. Sie sah ihren nackten Körper in der Dunkelheit der Scheibe. Licht von außen, das wie eine Idee darum floss. Die kalte herbstliche Luft. Das Rauschen der Stadt, das Gefühl: aber ich, ich bin hier. Erstaunlich gut fühlte sich das an.

Am nächsten Morgen wachte sie ganz ohne Kopfschmerzen auf. Dafür mit Bauchkrämpfen. Es war weder der Magen noch der Darm, übel war ihr nicht sonderlich, schuld waren weder die Sushi noch der Scotch, weder Max noch Paul, sie hatte, zu früh, ihre Tage bekommen. Der gestrige Abend wurde ihr schlagartig klar. Jedes Mal hatte sie an dem Tag, bevor es losging, eine Riesenlust, die, ging es los, in sich zusammenfiel wie ein alter Bovist. Vorher wollte sie vögeln, ficken, pimpern, egal, zwei Abende davor war es am schlimmsten, und dann brach es ab. Glück? Pech? Ihre Scham tat weh, ihre Gebärmutter krampfte. Katja stöhnte, was für ein Hormonbündel man war. Und dass sie das gestern nicht gemerkt hatte. Dabei soll es bei Frauen nicht so ausgeprägt sein wie bei Männern, wie erging es denen dann erst? Das erklärte all das, was *Emma* nie verstand.

Zurück ins Bett, mit Wärmflasche und Tee. Das kalte Wetter draußen kam gerade recht. Paul. Katja schaute auf das Telefon. Es blieb stumm. Natürlich. Sie war sich nicht mehr sicher, was sie gestern Abend alles zu Paul gesagt hatte. Susanne meinte ja: besser ausleben, was sich ergibt, als allein bleiben, bis man 100 ist. Hatte sie auch von Max erzählt? Nein, Max hatte sie nur Toni gegenüber erwähnt, oder? Susanne meinte, am schlimmsten sei, nie auszuprobieren, was passiert, wenn man sein Leben ändert, nur aus Angst davor, dass man irgendetwas davon mal bereut. Katja schluckte, Pech, Glück, Pech, Glück. Keine Affäre. Dafür ein ernsthaft interessierter – Bibliothekar. Ob er anrief? Sie erinnerte sich, wie amüsiert, ironisch?, seine Krokodilsaugen am Ende gefunkelt hatten. Oh je. Immerhin hatte sie noch allein heimgehen können. Doch vermutlich hatte er ihrem schwankenden Rücken hinterher gegrinst und gedacht, was für eine verrückte Nudel ist denn das.

Sie schloss die Augen, es half nichts. Das Sushiband tauchte auf, drehte und drehte sich, Plato sprang darauf herum, Soysal grinste, so etwas erzählt man doch bei einer Affäre nicht! Plato grinste wie Soysal , schlug nach einer Ananasscheibe in Katjas Hand, Susanne und Edgar saßen am Küchentisch, Edgar hielt Susannes Hände, Glück, Pech. Katja schreckte hoch. Das Telefon? Aber alles war still. War es nicht eingesteckt? Sie hüpfte aus dem Bett, spürte einen Schwapp Blut durch das Tampon in die Hose laufen. Mist. Das Telefon war eingesteckt. Sie tappte aufs Klo, legte sich ins Bett zurück. Ihr Tee war kalt. Das Bild von eben – Susanne, Edgar am Küchentisch, Katja auf dem Boden mit Plato – war nicht geträumt. Katja erinnerte sich an die Szene, ein paar Wochen nach Olympia. Susanne übernachtete oft bei ihnen, an dem Abend kam sie spät, bleich, zitterte sogar.

Ein Mann hatte sie in der U-Bahn auf Französisch angesprochen. Der neue Zug habe gerattert, als sei er zehn Jahre lang nicht geölt worden, es sei mühsam gewesen, den Fragenden zu verstehen, er habe wissen wollen, wie sie sich denn als Deutsche jetzt so fühle. So überrascht sei sie gewesen, geradezu perplex, dass sie leider nicht zurückgefragt habe, woran er denn erkenne, dass sie deutsch sei, stattdessen habe sie nur ein schüchternes »pourquoi?« herausbekommen, woraufhin er ihr – auf Deutsch! – entgegengeschleudert habe, jetzt, wo wieder Juden auf deutschem Boden getötet wurden!, und alle im Waggon hätten sich natürlich nach ihnen, und vor allem nach ihr, umgedreht. Mit schweißigen Händen sei sie ausgestiegen, auch jetzt schwitze sie noch, obwohl die Frage an sich berechtigt sei, und sie sich nichts vorzuwerfen habe. Nimm's dir nicht zu Herzen, sagte Edgar, mit dir hat es doch wirklich nichts zu tun. Susanne nickte stumm und trank einen Schluck, Plato, noch immer kaffeebraun, hielt die Ananasscheibe aufrecht zwischen den Pfoten, für ihn war sie ein Fisch, für Katja sah sie aus wie ein großes gelbes Rad. Die haben genau überlegt, sagte Edgar, die wollten die olympischen Spiele. Hätten sie woanders stattgefunden, wäre der Anschlag dort passiert. Dass es sich in Deutschland abspielte, war besonderes Pech, er runzelte die Stirn, oder Glück, je nachdem, von welcher Seite man es sieht. Pech und Glück, wiederholte Susanne leise. Ich muss immer wieder daran denken, wie es für die Israeli gewesen sein mag. Ein paar sollen noch entkommen sein, während die Attentäter schon eindrangen.

Entscheidend war die Lage der Wohnungen, sagte Edgar bestimmt, den Fedajin war doch egal, wen sie erwischten, es mussten einfach Leute aus Israel sein. Die mussten ihren Kopf hinhalten für ihre Nation, so wie du heute in der Bahn. Susanne wehrte ab, vergleich das nicht, das kannst du doch nicht in einem Atemzug nennen.

Katja, auf dem Boden neben Plato, sagte, ich habe gelesen, dass eine deutsche Stelle angewiesen hat, wer in welchem Zimmer schlief.

Wo liest du denn so etwas?, fragte Edgar besorgt.

In Charlies Katastrophenausschnitten natürlich, rief Katja und stand auf. Susanne und Edgar saßen links und rechts der Durchreiche, ihrer Durchreiche. Susanne zog nachdenklich an ihrer nach Nelken riechenden Zigarette. Falls Katja Recht hat, sagte sie, man muss sich mal vorstellen, was das heißt!

Hmm, sagte Edgar, da sitzt jemand und macht einen Zimmerplan, also schiebt Namen und Zimmer herum, bis alles aufgeht.

Platos Ananasscheibe war nur mehr ein halbes Rad. Er verlor sie, legte den Kopf schräg, wie immer, wenn ihn etwas verdutzte.

Vermutlich war es eine Frau, nickte Susanne.

Und?

Susanne seufzte: ich frage mich, ob sie ein Vorgefühl hatte. Ich meine, als sie Weinberg in die Eins legte, und Spitzer und wie sie alle hießen.

Edgars Rechte hielt die Tasse, mit der linken rieb er sich mehrfach übers Knie.

Man hat kein Vorgefühl!

Susanne schien erstaunt. Hast du denn so etwas schon einmal erlebt?

Wie jemand, der sich ertappt weiß, jemand, der sich zu weit vorgewagt hat, sagte er rasch, nein, ich habe es mich nur, äh, auch schon gefragt. Das mit dem Vorgefühl. Es war vermutlich eine Frau, du hast Recht.

Hatte gerade elf Männern einen grausamen Tod zugeteilt,

weil sie sie in bestimmte Betten legte, rief Susanne, ging nach Hause, telefonierte, kochte, dachte an nichts.

Aber heute, sagte Edgar leise, heute denkt sie daran.

Für einige Minuten saßen sie still zusammen. Pech oder Glück, murmelte Susanne. Ach, kam von Edgar, der auf Platos manschendes Kauen schaute. Wieder vergingen einige Minuten. Plötzlich schüttete Edgar den Rest seines Kaffees hinunter, schob im Aufstehen den Stuhl mit lautem Kratzen nach hinten, und sagte, seltsam wütend, obwohl Susanne ihm gar nicht widersprochen hatte: kein Vorgefühl, bei keinem Unglück, glaub es mir.

Katja hielt das Telefon in der Hand, konnte die Nummer schon auswendig, Pech oder Glück, das war ganz von selbst passiert, schon hob er ab, sie sagte, wie wär's mit Krokodilsushi, er lachte, sie hörte die Freude in seiner Stimme, können Sie das?, eben weil er das mit dem Krokodil nicht verstehen konnte, verstand er perfekt, Katja antwortete, probieren Sie's. Sofort!, rief er, wie geht es dir?, jetzt lachte sie, mein Kopf platzt, aber sonst hervorragend. Mir auch, sagte er, die Nachbarin hat sich beruhigt, ich mich nicht. Ah, rief Katja, denkst du an die Fedajin; nicht im Geringsten, antwortete er, ich denke an dich. In vier Tagen, flüsterte sie, U3 oder U6, sagte er, Ausgang Poccistraße, hinten hoch, das dritte Haus links.

Seine Wohnung war groß, zwei Zimmer voller Stühle und Tische, ein bequemer alter Sessel, ein rundes Leucht-Werbeschild von Esso und überall Bücher, auf dem Boden, an der Wand, nur die Küche fast leer, und leer das Zimmer, in das er sie führte, ganz leer, bis auf ein rotes Wasserbett. Es war riesig. Es bedeckte den gesamten Boden, fast musste Katja lachen, als sie es sah, als sie dagegentrat, bewegte es sich wie ein großer Fisch, da lachte sie. Pauls Küche hatte keinen Boden, das Füllmaterial zwischen den Geschossen lag offen, Paul hatte einen Bretterweg zur Spüle gelegt, da stand er nun, verdienen Bibliothekare so schlecht, rief

Katja, das hätte ich nicht gedacht, doch noch während sie sprach, zog er sie, selbstsicher wie ein nackter Däne, Richtung Bett. Sie kamen gar nicht mehr hin. Als Paul Katjas glatte, von Indien noch braunen Beine entdeckte, hörte auch er zu reden auf. Sie fickten, das sollte es sein, um Sex ging es, nichts sonst, dachte Katja, an der Klingel war kein Name gestanden, hier lebt er nicht, dachte Katja, diese Wohnung benutzt er nur, hatte er nicht Soziologie studiert, vielleicht macht er seine Experimente hier, »Sozialstudien« zur Liebe in Zeiten der Weltgesellschaft, beobachtet sich selbst – und sie ficken, das soll es sein. So fängt es an, kühl und glatt, sie kann seine Technik spüren, angenehm, dafür sind sie beide alt genug, das ist eine Ebene, auf der sie sich verstehen. Sie ficken, nichts sonst soll es sein, doch, ja, er klemmt sie von außen und innen ein, schiebt sie nach oben, unten, rechts links, vor und zurück, zum Schwindeligwerden, sie, über ihm, schließt die Augen, als ihr wärmer wird, gerade und krumm, gehalten und geworfen, groß und klein, verschmelzen ist schnell gesagt, noch schneller vorbei, krumm und gerade, allein sein, nicht einsam, oben und unten, sie weiß nicht, was sie immer wieder aus ihm herauszieht oder ihn aus ihr herauszieht, so dass sie sich jedes Mal wieder ganz und tiefer auf ihn setzen kann, gegen die Schamfuge gepresst, immer weiter nach vorn, mehr Schmerz, mehr Fühlen, mehr mehr, und weil sie nicht weiß woher oder von wem, sieht es so aus, als verschmölzen sie tatsächlich, doch Katja denkt »allein sein«, im Takt mit seinen Stößen, mit ihren, spürt seine Hände klebrig warm, auf ihrem Bauch tasten sie nach oben, sie biegt sich nach hinten, er erreicht ihren Busen nicht, schönes Alleinsein auf ihm obenauf, gesagt, getan, aber sie weiß gar nicht mehr, was, in Gesellschaft sein oder allein, am Anfang wie eine Puppe, sich fallen lassen dann, sie trägt den fuchsroten BH, wenn das nicht zu seinem Bett passt, Spitze im Ausschnitt, ihr Busen ist groß, später sagt er, dein füchsisches rotes Lachen, da liegen sie schon nebeneinander, und eigentlich sagt man bei einer Affäre dann nichts oder der Mann fragt, war ich gut?, aber das tut Paul nicht, er sagt: dein Lachen, wenn dein ganzer Körper lacht.

Sie haben es auf dem Boden gemacht, doch nun ist Paul aufgestanden, er liegt auf dem Wasserbett, roter Gummi, pervers und lustig, Katja setzt sich vorsichtig auf den Rand, so dass sie Paul ansehen kann. Das Bett ist angenehm kühl und erstaunlich fest, sie sagt, ich bleibe so, so habe ich Zeit und mustere dich. Bei den Füßen fängt sie an, Knöchel, Waden, Knie, wenig Haare auf den Oberschenkeln, das Geschlecht rosig, ein Minischwanz jetzt, doch perfekt geformt. Die Beine sind breit, aber nicht dick, Paul liegt, der Bauch flach, Hüften wie Schaufeln, und es gefällt ihr, dass sein Fett die Knochen abpolstert, wenn sie darauf sitzt. Er ist der erste dicke Mann, den sie hat, früher wunderte sie sich, wie Männer mit Bauch ihren Schwanz noch hochbekamen oder die Frauen weit genug runter, vermutlich konnten sie nur mehr quer liegend ficken oder ließen es gleich. Was für eine dumme Idee. Pauls Arme und der Halsausschnitt sind braun, ein großer Adamsapfel, die Schultern fest, und jetzt, als er sich auf die Seite dreht, um auch sie besser betrachten zu können, sieht sie es: kein einziges Haar auf dem Rücken, nur ein kurzer blonder Flaum. Paul scheint müde zu sein, die Augen fallen ihm zu. Katja genießt diesen Augenblick, er im Halbschlaf, sie wach, er erschöpft, sie entspannt. Sie steht auf und dreht die Heizung hoch, denn sie hat keine Lust, sich anzuziehen. Das Zimmer ist klein, doch es gibt einen Stuhl am Fenster. Noch ist es hell genug, noch spiegelt sich ihre Silhouette im Glas, eine nackte Frau auf einem grüngrauen, einfachen Holzstuhl, nackt bis auf den fuchsroten, lachenden BH. Lippen oben und unten so schön, hat Paul gesagt. Sie raucht selten, doch jetzt nimmt sie eine von seinen roten Gauloises, die Schachtel erinnert sie an die Zigaretten, die ins Paket nach Ostberlin gehörten. Tunnel und Bahnhöfe rauschten gekrümmt an ihr vorüber, sacht hielt sie das Paket am 6. September auf dem Schoß, alles war gedämpft, der Boden trocken, doch wie unter Wasser, unter Wasser die Gesichter. Wenn man etwas anfasste, musste man es vorsichtig tun, damit es nicht zerbrach, und vorsichtig berührt sie Pauls Hinterkopf da auf dem Wasserbett. Sein Schwanz ist beschnitten, das wundert sie, selbst klein sieht er noch hübsch aus. Es wird rasch dunkel, bald November, sie liebt diese Zeit, dieses KalteNachtendlichWintergefühl, legt sich zu ihm, das linke Bein fast gegen seinen Bauch. Sie berühren sich nicht, liegen aber einander zugewandt, jede Mulde und Buchtung ihres Körpers spürt Katja so, auf Distanz und Nähe zu Paul. Direkteinsicht, schießt ihr durch den Kopf, sie kichert leise, sie kälter, er wärmer, das Glück der Minute, der spitze Stich, so langsam?, so rasch?, wer vermag es zu sagen – so liegen sie da.

6

(Paarweise)

Sie fand, es klang schlecht, er fand, es klang gut, *Katja und Paul*, ein Monat jetzt, Affärengrenzzeit, sagte Katja, Paul schaute sie erstaunt an, *Paul und Katja*, sie fand, es klang genauso schlecht, er fand, es klang wirklich beschissen, so schlecht, dass es auf keinen Fall nach einem Monat vorbei sein konnte, oder eben: *Katja und Paul*. Ins *Running Sushi* gingen sie nicht mehr, nie mehr, sagte Katja, das rote Wasserbett – ich bekomme Ausschlag von diesem Gummi – bedeckte Paul mit einem roten Spanntuch, also zog Katja sich jetzt auch für Sex auf dem Wasserbett aus, bis auf den BH.

So mag sie das Bett, es ist tatsächlich erstaunlich fest, wenn man es gut füllt, Paul füllt es gut und bewegt sich noch besser darauf. Warum seine neue Freundin den BH nicht auszieht, bleibt ihm ein Rätsel, er fragt lieber nicht. Paul, verheiratet, lebt in einem Doppelhaus im Norden der Stadt, Katja denkt, in der Wasserbettwohnung hat er Frauen wie mich. Das Bett ist ihr Lieblingsort, und dort ist, danach, das Herstellen germanischer Bandwurmwörter ihr Lieblingsspiel, so können sie über sich als Paar sprechen, ohne über sich zu sprechen, denn solche Wörter klingen so schön irreal, so objektiv: Paul erfand das NachSuppeundSexZufriedenheitsgefühl, Katja antwortete mit dem GlückdasdieKatastrophebegleitet, er bot die EnttäuschungwennmanmitdemObjektseinerPhantasieschläft. Das kann aber nicht ich sein, dafür war keine Zeit!, und er sagte, exakt, wer hätte behauptet, dass du das seist.

Er zog sie gern auf, sie ihn, überhaupt zogen sie gern aneinander, so lernten sie sich kennen, und die Grenzen lernten sie gleich mit. Von Max hatte Katja nicht erzählt, aber die Recherche lief weiter, vor allem mit Fernsehmaterial. Begleitet von Paul besuchte Katja die Werkstatt der Bibliothek, dort roch es nach Leim und nassem Papier. Ihre Zeitungsseite hatte repariert werden können, ein leichter Blauschimmer allerdings blieb, gut gemacht, hatte Paul ihr zugeflüstert, sonst hätten wir uns nie kennen gelernt. Dank seiner hätte Katja auch im Lesesaal wieder Zeitungen erhalten, hätte sie gewollt, aber sie suchte jetzt nach Menschen, die dabei gewesen waren, die sich erinnerten, die darüber sprechen wollten. Eine Läuferin aus dem damaligen DDR-Team, eine Springreiterin der Schweizer Equipe waren ihr besonders wichtig, weil nicht bundesdeutsch; ehemalige Sportfunktionäre halfen ihr. Wem auch immer sie von ihrer Recherche erzählte, mit '72 verband jeder etwas. Ein amerikanischer Freund, Colin – genauer gesagt: Rickis Freund –, war sich allerdings sicher, dass Deutsche die Israelis überfallen und getötet hatten; jetzt fiel es Katja wieder ein. Ricki lebte in Singapur, erst im Winter hatte sie ihn dort gesehen, über die gemeinsame Erinnerung an den Skorpion war kurz die Rede auch auf die Spiele in München gekommen, da hatte Colin, eben erst von einem stolzen Ricki vorgestellt, gesagt, how terrible that Germans were still killing Jews as late as 1972. Ricki war beleidigt aufgesprungen, er als Amerikaner fühlte sich deutscher als Katja, die mit einem verblüfften Colin im Restaurant sitzen blieb und sich fragte, was sie jetzt tun sollte. Zögernd sagte sie, it wasn't us, not exactly. I think. Colin, vor den Kopf geschlagen von Rickis Verhalten, begann, von ihrem Verhältnis zu erzählen. Das Muster war Katja vertraut – eine »Ich-auch«-Beziehung (Ich finde das schön. Ich auch. Ich gehe morgen einkaufen. Ich auch. Ich liebe dich. Ich dich auch). Katja hörte einfach zu. Das konnte sie vom Fotografieren her, Gesichter veränderten sich durchs Erzählen, auf Nuancen kam es an.

Jetzt, in München, zog sie mit einem alten Aufnahmegerät bewaffnet los, oft aber auch nur mit Stift und Papier. Sie fand, dass dann offener gesprochen wurde, saß in fremden Wohnungen, wühlte in Aufzeichnungen, geschrieben '72, auf Arabisch, der aus Ägypten stammende Unterhändler, der Genscher und die anderen Politiker mehrmals zu Issa begleitet hatte, staunte beim Wiederlesen selbst, wie klar die Position war, der Kampf für Palästina. Die Polizisten vom Einsatzkommando *Sonnenschein* (so hatte die Dachoperation in der Conollystraße geheißen, die gerade noch rechtzeitig abgebrochen wurde), erinnerten sich ebenfalls, wollten aber nichts sagen bis auf einen, dem einzigen, der keine Polizeipension bezog, aber als Katja nach diesem Zusammenhang fragte, schwieg auch er – auf so freundliche Art, dass er damit alles sagte, ohne einen konkreten Anhaltspunkt zu geben; da konnte sie nur noch gehen.

Abends tranken Katja und Paul Himbeergeist, was für eine Farbharmonie mit dem Bett, es leuchtete himbeerrot in die Gläser hinein. Sie waren zwei Soli, manchmal hintereinander, manchmal gegeneinander, manchmal gegen alle Voraussicht zusammen gespielt. Oder: zwei Berggipfel, von der Abendsonne rosa beschienen, so sahen sie sich gern selbst. Rosa beschienen, aber getrennt. So etwas ging himbeerrosa vorbei. Affärenzeit. Auf dem Wasserbett allerdings war es bequem. Wurde es ihnen zu weich, legten sie sich auf den Boden oder Katja beugte sich über das Küchenbrett. Affärenzeit. Sie wollte tun, was Pauls Frau (vielleicht) nicht tat. Da sie vorsichtig waren, nahmen sie auch zum Blasen ein Kondom, am liebsten Banane, Katja beharrte darauf, und Paul schämte sich ein bisschen, bis er sagte, dich krieg ich noch, und dann sagte er, als es sehr spät war, ich habe einen Hunger, größer als das Wasserbett, ich koche uns was.

Seither kochten sie öfter. Paul fuhr nach der Arbeit in die Poccistraße, Katja begleitete ihn. Sie fragte sich, warum sie überhaupt je zum Essen gegangen waren. Er kochte hervorragend. Es erinnerte sie an eine ihrer ersten Wunschlisten, noch aus der Schulzeit: *Was ich mal auf jeden Fall haben will!* Einen Mann, der kochen kann, war ganz oben gestanden, das wusste sie noch genau.

Küchen waren intim, intimer als das Schlafzimmer oder das Bad. Wissenschaftler hatten herausgefunden, dass es in der Küche die meisten Bakterien gab, Katja fand das passend, denn vor beidem, Bakterien und Intimität, konnte man eine ähnliche Angst haben. Paul hatte schon mal gar keine richtige Küche oder eine Küche nur als Transit. Sie nannte das seine Bahnhofshalle, seine Reisesehnsucht. Da stand er nun.

Hielt vier Hähnchenschenkel unters Wasser, holte Zitronen und Butter aus seinem Minikühlschrank, Katja erspähte Marmeladen, Mangochutney, Senf, Wein, Bier, Milch in den Fächern und staunte, sollte aber erst einmal zwischen Kartoffeln wählen oder Reis. Zudem besaß Paul immerhin zwei Kochplatten und einen kleinen transportablen Backofen, der ihr erst jetzt auffiel, voller Spritzer und Kratzer. Paul hatte helle Haare an den Beinen und selbst unter den Achseln, nur sein Schamhaar war dunkel. Max war größer gewesen, doch lange nicht so schwer, sondern gliedriger, als machten seine Knochen, wenn sie sich bewegten, eine spezielle Musik, diesen Klang wusste Katja von Max noch immer genau. Nicht, dass sie sich daran erinnerte, dieses Wissen war anders, ein Wissen unter der Haut, unter den Augen, in einem Extraorgan, das Vertrautheit speicherte und Träume, und für das es keinen Namen gab, weil es zu gefährlich war, es zu benennen. Doch vielleicht war das auch eine dumme Idee, all das von Max, Max überhaupt. Oder Paul war eine Probe auf diese Idee. Das tat ihr Leid für Paul, aber nicht allzu sehr, es war nicht ungerecht, denn für ihn war doch sie eine Probe auf sein Wasserbett.

Paul nahm Anteil an Katjas Arbeit, als fühle er sich seit dem Malheur mit der Zeitungsseite dafür verantwortlich, dass sie vorankam. Sie fühlte sich immer mal wieder von ihm geschubst, bevormundet (such doch unter »arabische Liga«, nein, dieses

Buch ist Blödsinn!), aber auch unterstützt. Seit neuestem beschäftigte er sich mit der Glaubwürdigkeit von Zeugenaussagen. Hast du mit deinem Job nicht genug zu tun?, hatte sie Einspruch erhoben, halb scherzhaft, doch Paul hielt dagegen, für sein Interesse an Zeugen gebe es durchaus noch andere Gründe, gute Gründe, wie er betonte. Vielleicht war es nur die Art dicker Leute, sich auszubreiten – sie merkten gar nicht, wie viel Raum sie einnahmen. Damit beruhigte Katja sich. Zudem: sein Soziologiestudium hatte Rechtskurse umfasst, Strafrecht war sein Favorit gewesen, jetzt stand Paul in seiner Küche – inzwischen war der Boden mit Linoleum bedeckt, etwas schief, Paul hatte es selbst gemacht, ich brauch das, mal etwas mit den Händen zu tun – und schimpfte und freute sich in einem. Er war froh, nicht Jurist geworden zu sein, damals ahnte er nicht, was auf ihn zugekommen wäre, Zeugenaussagen seien noch viel unzuverlässiger als man ohnehin schon annehme. Katja saß auf dem Barstuhl in der Ecke, ein Tischchen vor sich, sie durfte zuschauen, wenn er kochte, einen Kaffee trinken, was lernen, sagte Paul, schau genau. Sie war fürs Zwiebelschneiden zuständig, das konnte sie besonders gut ihrer Kontaktlinsen wegen, die zwischen ihnen auch die Berühmten hießen, solche Extranamen passen aber nicht zu einer Affäre, sagte Katja, Paul lachte schallend, tack tack machte das Messer dazu. Paul zählte die festgestellten – und wer weiß, wie viel es darüber hinaus noch gibt, rief er – Zeugendefizite auf: erst mal wird schon nicht alles wahrgenommen, dann werden Lücken mit dem, was am wahrscheinlichsten ist, ausgefüllt, dann wird verdrängt, was nicht passt oder besonders schmerzlich ist. Was *jetzt* noch da ist, wird mit anderen Erinnerungen vermischt oder ebenfalls weggeschoben, dann wird ausgewählt, was dem Befrager zuzumuten ist, ob man mit ihm kooperieren will oder nicht, dann nimmt man sich selbst in Schutz, und dann sagt man vielleicht das erste Wort – und das heißt dann »zur Sache«. Katja hackte die Zwiebelringe klein, so? Paul nickte,

»Aussagenforschung« nennt sich das. Gibt Kriterien an die Hand, um einzuschätzen, wie wahr oder wie erfunden ist, was ein Zeuge behauptet. Paul spießte eine frisch gekochte Kartoffel aus dem dampfenden Topf, hielt die Gabel, auf der sie steckte, in die Luft und fuchtelte damit herum. Beim Inhalt werden unterschieden: das Individualitäts-, das Detail-, das Interaktions-, und das Verfechtungskriterium. Sowie der Kartoffelfaktor, sagte Katja, gleich liegt sie unten. Paul verzog entsetzt das Gesicht, er übertrieb gern, gab den Clown, wurde wieder ernst und schälte nun schnell, geübt. Seine Hände waren nicht dick, die Finger vorn breit, sie mochte das. Je mehr Details, sagte er, je unterscheidbarer von anderen Zeugenaussagen, je negativer die Komplikationen und je origineller die Einzelheiten, umso eher glaubt man dir. Aha, sagte Katja, das sind ja schöne Anleitungen zum Lügen.

Stimmt, sagte Paul. Er hielt die halb geschälte Kartoffel hoch – das kleine Gesicht eines Gnoms.

Katja zog eine Grimasse, jetzt weiß ich, warum du dich dafür interessierst. Du übst für einen Prozess. Lässt du dich scheiden?

Im Scheidungsprozess gibt es keine Zeugen. Und falls es welche gibt, ist man das nicht selbst.

Er schälte weiter.

Aber stimmt, ich will eine Reise machen. Übe zusehen und mir etwas merken. Schrecklich, was man zusammenphantasiert. Und gut!

Eine Reise, stöhnte Katja, komm mir bloß nicht damit. Das verfolgt mich.

Keine Sorge, ich fahre allein.

Schade, dachte Katja. Einen Augenblick lang war sie tatsächlich enttäuscht. Pauls Messer tackerte jetzt in der Petersilie, auch im Zerkleinern von Grünzeug schien er viel Übung zu haben. Ja, sagte er, Bundeswehr, dann Familie. O wei, brummte Katja, ach was, antwortete Paul, jetzt warte doch, es geht weiter: dann gibt es Strukturkriterien für die Aussagen, wie etwa die Gleichheit des Erzählduktus, Nichtsteuerung, also Impulsivität und Inversion – das ist die Frage, ob chronologisch oder durcheinander erzählt wird. Letzteres, sagte Paul, Letzteres erhöht die Glaubwürdigkeit, erstaunlich, aber sozusagen natürlich. Er schichtete Hähnchen, Zwiebeln, Kartoffeln und Kräuter in eine Auflaufform und fing erneut an, im Kühlschrank zu wühlen. Seine Stimme, halb aus dem Schrank, klang dumpf – und dann noch die Wiederholungskriterien, etwa Konstanz, Erweiterung und Lückenfüllung sowie wechselseitige Ergänzung. Er tauchte wieder auf, sieben Zitronen gegen die Brust gepresst. Also der Handlungskern muss gleich bleiben, nebensächliche Dinge aber werden geändert, gemäß den wissenschaftlichen Erkenntnissen, die zu Erinnerungsänderungen vorliegen. Die sind nämlich unvermeidbar.

Ganz schön schwer zu lügen, sagte Katja und schob die Zwiebeln zu einem Haufen zusammen. Paul fuhr ungerührt fort: Erweiterung heißt, dass auf Nachfrage spontan spezifiziert und präzisiert und dann alles schlüssig miteinander verbunden wird. Lückenfüllen gehört eigentlich dazu. Und dann natürlich noch der Abgleich mit den Aussagen der anderen. Das hast du ja gut drauf, staunte Katja, Paul mit den Zitronen in Händen, sie waren groß, Zitronen und Hände, strahlte: mein Gedächtnis war schon immer ein Krokodil.

Katja hätte sich beinahe in den Finger geschnitten; ja, sagte Paul und fand sich geistreich, es schluckt alles, behält es dann lange, denn es ist träge, spuckt nichts mehr aus. Und dann, sagte er, noch sehr wichtig, all die Verlegenheitssignale, wie Zurückhaltung, Verarmung der Beschreibung, Unklarheit, Unterwürfigkeit und freudsche Versprecher. Hör auf, rief Katja, das ist ja zum Läusekriegen! Läusemelken!, rief er, das Beste, was man bekommt, ist eine Phantasie nach wahren Ereignissen.

Katja saß still. Das ist schön, sagte sie leise, weil es wenigstens zugibt, was man tut, wenn man sich erinnert oder etwas erzählt. Sie lachte wiedererkennend und beschrieb Paul zum ersten Mal, wie sie fotografierte. So vieles musste übersehen werden, um ein Bild zu sehen. Ausblenden, doch zulassen, sagte Katja, dort, wo man nicht fokussiert. Einer Spur folgen, um zu fotografieren, was sich nicht sehen lässt, jedenfalls nicht konkret in ein paar Pixeln oder Farbpunkten. Wie etwa, rief sie, der Wolf.

Wolf?

Ja, der in meinem Bauch!

Fast fertig, sagte Paul, er hatte seine Zitronen aufgeschnitten, vier presste er aus, die anderen schichtete er in Vierteln über Hähnchen und Kartoffeln. Das ganze Zimmer, die ganze Wohnung roch danach, rohes Fleisch und Zitrone, Katja zog die Nase kraus. Was für ein Huhn soll das werden, rief sie in seinen Rücken, weißt du, dass ich Zitronen nicht mag?

Das stimmt nicht, Paul drehte sich um, du riechst wie eine, das kann nicht sein. Einen Teil des Saftes hatte er mit Creme gemischt, nun goss er eine grünlichgelbe Sauce über den Auflauf, schob ihn in den Ofen und zog Katja zum Bett. Sie lagen einfach da, beide angenehm müde, warteten. Katja trug den türkisblauen BH mit den feinen beigen und gelben Streifen. Paul küsste sie in den Ausschnitt, zärtlich, nicht erotisch. Sie hatte gar nicht gedacht, dass Kochen derart entspannend sein konnte, es fühlte sich selbstverständlich an, hier zu liegen, nichts zu tun, gerade der rechte Moment, Paul endlich zu fragen. Bevor ich noch lange darüber phantasiere, sagte sie, sagst du mir besser selbst, warum bist du beschnitten?

Er grinste, seine Zähne leuchteten im Halbdunkel: 45.

Was 45?

Tage, sagte Paul, du hast 45 Tage gebraucht, um danach zu fragen, alle anderen Frauen waren schneller, die Marke vor dir liegt bei 23, da siehst du mal. Was?, fragte jetzt Katja. Wie anders du bist, flüsterte er, zog Katjas Rechte zu sich und küsste ihren krummen Zeigefinger, das tat er besonders gern. Du willst nur ablenken, sagte sie forsch, von deiner eigenen Andersheit. Vielleicht hast du Recht, er ging auf ihren Ton ein, gefällt er dir? Ja, sagte Katja, selbst nach dem Sex sieht er noch aus wie ein geiler Schwanz, nur eben kleiner. Ein BonsaiimmernochFickSchwanz oder wie, sagte Paul, und sie sagte: aber auch zart. Es hatte hygienische Gründe, er lachte verlegen, meine Mutter und ihr Hygienefimmel, ich war ihr liebstes Opfer. Sie fand es praktisch, weg mit der Vorhaut, frag mich nicht, woher sie das hatte. Man ist klein und kann sich nicht wehren, sie brachte mich sogar dazu, es toll zu finden. Mütter sind nicht nur ein Segen, sagte er leise, gräm dich nicht. Erstaunt sah Katja ihn an. Da wusste er so wenig über sie, und sagte – das? Sie schwiegen eine Weile, dann flüsterte Katja, das ist das Gefühl ÜberraschungwennmanmitdemObjektdasmannurhalbwollteschläftundessoschönist, und Paul sagte, soll mich das jetzt freuen?

Das Hühnchen brauchte 40 Minuten. Katjas Magen knurrte, Paul checkte seine Mails, sie saß auf dem Bett. Lautlos fielen die ersten Schneeflocken am Fenster in Pauls Rücken vorbei. Katja war froh, hier zu sitzen. Die Recherche kostete Kraft, mit Paul erholte sie sich davon. Der Schnee, Pauls Bett, eine Vertrautheit, gegründet auf Nichts – ohne sich wirklich zu kennen, ohne wissen zu wollen. Wie lange hatte sie das nicht mehr gefühlt. Vergangenheit und Gegenwart, ein Raum. Katja zog die Beine an, schlang die Arme um ihre Knie. Kennst du das, fragte sie in Pauls Rücken, dieses Gefühl, allein zu sein und doch zu zweit, in einem Raum wie einer Kapsel, und du spürst, jeden Augenblick kann einer kommen und dich packen, dich schütteln, alles ist zerstört, nichts bleibt von dir, aber noch hält es an?

Als der Küchenwecker endlich klingelte, stürmten beide zum Ofen. Riecht gut, fand Paul, merkwürdig, fand Katja. Zitronenhühnchen, sagte er, Hühnerzitrone, sagte Katja, der Auflauf brodelte vor Saft, die Zitronen, die obenauf gelegen hatten, schwammen in der erstaunlicherweise weder grünen noch gelben, sondern braunen Sauce. Sie saßen am Tisch und aßen, es schneite, sieh nur die großen Flocken, sagte Paul, eigens für uns. Glaubst du an Schicksal?, fragte Katja, warum?, sagte er, sie antwortete rasch: du hast vorhin davon gesprochen, hast du das gar nicht gemerkt? Hmm. Er saugte eine Zitronenscheibe aus. Sie stellte sich vor, wie er nun schmeckte. Porig, wächsern, sauer. Er verzog keine Miene. Ob sie ihn je wieder küssen wollte – oder gerade deswegen, unbedingt? Auch die Zitronenscheiben auf dem gebackenen Hähnchen saugte er aus. Das Hähnchen war exzellent. Und verwirrte sie, wie vieles an diesem Abend, nichts wollte zusammenpassen, wie konnten sie so technisch über die Wahrnehmungen der »Zeugen«, auch der im September '72, reden und dabei auf den Schnee schauen und an Liebe denken, und sich halb streiten und halb scherzen, und nur eine Affäre haben und doch Anteil nehmen und eine Grenze ziehen, und der Schnee erinnerte sie an Jozefs Zucker, und an den Schnee auf Jozefs Grab, und da sah sie, wie es doch alles zusammenhing, und nicht schlimm war, wenn es sie verwirrte, denn wie sonst sollte all das zusammenkommen, was doch nur zusammenkam, weil sie es erlebt hatte, und ein warmer Stich schoss ihr durch den Körper, als sie Paul und seine gesammelten abgelutschten Zitronenscheiben auf dem Teller sah, wie er sie stapelte, und alles zerbrechlich war, vergangen, gelb und lebendig, und voller Farben, und darum der Schnee, und die Dunkelheit, die das Licht der Stadt rötlich machte und weit, wie eine Höhle hinter Paul, hinter jedem Menschen, und es war das erste Mal, dass sie das für Paul fühlte, und sie glaubte, ihre Augen wurden groß davon, jedenfalls wollte sie Paul küssen, Paul mit dem Zitronenmund, und da fiel ihr ein, sie hatte ihn ja auch.

Du denkst nicht daran, sagte Paul, wenn du nach Schicksal fragst, dass wir uns begegnet sind, sondern an dein Olympia.

Klang das bitter? Klang es erleichtert? Typisch Paul, es klang nach beidem zugleich. Woher willst du das wissen, sagte Katja, komm, ich spüle ab. Auch er war heute anderer Stimmung als sonst, als das Wasser auf Katjas Hände lief, flüsterte sie, es ist nie einfach nur Schicksal. Zwar sprach sie mehr zum Wasser als zu Paul, der jetzt auf dem Stuhl saß und einen Apfel schälte, doch sie war sicher, dass er sie hörte, es ist feige, das so zu nennen, es ist nie Schicksal allein, sondern stets auch man selbst, man entscheidet, kann etwas tun, gibt der Sache die eine oder andere Richtung, einen Kick wie einem Ball.

München '72, das war Schicksal und Inkompetenz, sagte Paul, aber woher willst du wissen, was was war, wo genau der Unterschied liegt?

Natürlich wusste sie es nicht.

Ich bin aufs Olympiagelände gefahren, dort gibt es ein Denkmal am Ende eines der großen Seilspanner für das Zelt, ein langer silberner Balken mit den Namen der Toten, nichts sonst. In hebräischen Zeichen. Und mitten darin ein lateinisch geschriebener Name, weißt du, Anton Fliegerbauer.

Der Polizist, der in Fürstenfeldbruck erschossen wurde?

Schicksal oder Zufall, was meinst du?

Paul zuckte mit den Schultern. Dr. Franz Josef Strauß, Katja sprach den Namen langsam aus, ließ es sich nicht nehmen, höchstpersönlich mit hinauszufliegen. Wobei ich bis heute nicht gefunden habe, in keinem der Bücher, was er dort zu suchen hatte. Während der Schießerei gab er Fliegerbauer den Befehl, aus dem Zimmer oben im Tower, wo die Politiker Schutz suchten, nach unten zu gehen und nachzusehen, was los sei. Fliegerbauer ging, stellte sich an ein Fenster, kaum stand er, hatte er eine Kugel im Kopf. Was sagst du dazu? Was machst du mit so etwas? Niemand gab ihm den Befehl, sich exakt an dieses Fenster, an diese Seite des Rahmens zu stellen. In exakt diesem Augenblick. Er hätte langsamer gehen können. Den Befehl nicht ausführen.

Nein, sagte Paul, das kannst du nicht erwarten. Aber andere hatten es an diesem Abend schon getan, Katja suchte nach einem Geschirrtuch, Paul stand auf, und sich damit gerettet?, fragte er. Vermutlich, sagte Katja. Das Geschirr war zu einem weißen kleinen Berg neben ihr gewachsen, wie draußen der Schnee.

Der ägyptische Unterhändler meinte, dass Fliegerbauers Tod Pech war, ein »dummer Zufall«, die Kugel in der Stirn. Paul hatte angefangen abzutrocknen, er stand neben Katja, sie konnte ihn riechen. Mitten im Kugelweg, sagte Paul zu dem weißen Teller, den er abrieb, aber Fliegerbauer hatte sich selbst dorthin gestellt – und auch nicht. Er hätte auch zwei Zentimeter rechts stehen können, ich verstehe, sagte Paul. Laut klappernd räumte er die fertigen Teller weg. Du hast hier viel Geschirr, sagte Katja, mehr fragen mochte sie nicht. Es war einer der wenigen Vorteile vom Älterwerden: man wusste, welche Fragen man besser nicht stellte – weil man die Antworten nicht wirklich hören wollte. Also machte sie es ihm jetzt leicht mit dem Geschirr, denn er konnte so tun, als habe er nichts gehört. Und die Frage, was Strauß in Fürstenfeldbruck zu suchen hatte, stellt wirklich niemand?, sagte Paul. Katja nickte, wundert dich das? Auch über den Befehl steht kaum was in den Akten. Manchmal bekommt das abstrakte »Schicksal« ein Gesicht, sagte er nachdenklich, er hielt einen Teller in der Hand, eine Ecke war angeschlagen. Als brauche es etwas zur Verkörperung, fuhr Paul fort, schlägt es sich nieder auf einer Leinwand aus Zellen, flüchtig, für Sekunden, wie ein Bildabzug, etwa im Gesicht von Strauß, oder in dem Golda Meirs. Wie kommst du denn auf die, rief Katja ehrlich erstaunt, ich habe mir ihr Bild heruntergeladen, sagte Paul beiläufig, Gesicht und Oberkörper hinter der Tür des Schrankes verborgen, in den er die Teller räumte, du hast mich neugierig gemacht, ich habe es im Netz gefunden, mit einem Zitat: »We intend to remain alive. Our neighbours want to see us dead. This is not a question that leaves much room for compromise.«

Für einen Augenblick fühlte Katja sich übertölpelt. Wie kam er dazu, sich derart einzumischen? Was ging ihn die ganze Sache überhaupt an? Doch dann saßen sie gemeinsam an seinem Computer, googelten »Meir 1972« und fanden tatsächlich eine Aufnahme vom 12.11.72., das nachdenkliche alte Gesicht vor einer Unzahl von Mikrophonen. Eine in drei Falten gelegte Stirn, der Haaransatz grau, die Haare nach hinten gekämmt. Katja verstand sofort, was Paul gemeint hatte. Immer war ihr gerade an Meir der Unterschied zu ihrer Großmutter aufgefallen, beide etwa gleich alt, beide Frauen mit einem harten Kern, poliert von Wissen und Erfahrung. Die Haare hell, die Brauen dunkel, die Augen darunter von sinkender Haut etwas verdeckt, beide einen Ausdruck von Wissen und Trauer um den Mund, wovon mit keinem Wort jemals jemand sprach. Doch anders als Linda hatte Meir eine große knubbelige Nase und fleischige Wangen, eher fest als schlaff, etwas Entschiedenes darin, wie von Knochen. »We intend to remain alive. No room for compromise.«

Paul beobachtete Katja. München '72 hatte er aus der Ferne erlebt, im Ruhrgebiet, als 18jähriger, der sowieso gegen diesen Rummel war, die Geldverschwendung, die Blendung, die ausging von diesem Spiel. Katjas Recherche klärte vielleicht etwas auf, das gefiel ihm daran. Mehr allerdings mochte er ihre Fotografien. Langfristig sollte sie unbedingt dazu zurückkehren und das Olympiaprojekt beenden. Aber derzeit weigerte sie sich, eine Kamera auch nur in die Hand zu nehmen. Er seufzte. Diese Frau war merkwürdig offen und verschlossen zugleich. Er wollte mehr über sie erfahren, näher an sie heran. Kontrolle, ja, darum lief ein kleiner konstanter Streit zwischen ihnen, ob Katja das bewusst war? Sie schien nicht darüber nachzudenken, sich nicht daran zu stören. Gelegentlich bohrte er ein wenig nach, etwa was ihre Mutter anging, deren Selbstmord Katja erwähnt hatte, beiläufig scheinbar. Paul wartete, er fand: geduldig (falls er drängte, dann zärtlich); er fand: er brauchte jemanden, jetzt, wollte nicht allein sein in diesen Wochen, die Kinder ausgezogen, er im Haus mit Rita, an die wollte er nicht denken, das ärgerte ihn nur, und einsam machte es ihn zudem. Eindrucksvolles Bild, murmelte Paul, zeigte mit dem Kinn auf den Bildschirm, man sieht ihre Einsamkeit. Katja nickte. Meir hatte die Hände unter dem Mund gefaltet, stützte sich auf, traurig nachdenklich – und eisenhart, sagte Katja, die ist eisenhart gewesen, die hat die elf ohne zu zögern abgeschrieben, sie hat von ihnen verlangt, dass sie sterben, für das Wohl aller anderen, wie sie es sich vorstellte. Vielleicht stimmte es ja auch, sagte Paul, wer weiß, was passiert wäre, wenn sie nachgegeben hätte, 200 palästinensische Kämpfer freilassen, hätte sie das wirklich tun sollen?

Ja, sagte Katja, das ist die Frage. Ob es etwas geändert hätte? Gar genützt? Die Geiseln hätten überlebt, und Israel hätte später versuchen können, die im Austausch Freigelassenen wieder einzufangen. Zum Beispiel. Zum Beispiel, echote Paul. Oder die Geiseln wären doch umgekommen, fuhr er fort, und die Freigelassenen hätten sich dem Schwarzen September angeschlossen und noch mehr Leute umgebracht. Menschen wären auf jeden Fall gestorben.

Katja hielt sich an Pauls Geschirrtuch fest. Am Ende ist es gar nicht die Frage, was besser ist, was schlechter, sagte sie traurig, sondern nur, sterben die einen oder die anderen?

Und, antwortete Paul, dabei griff er nach Katjas Hand am Tuch, nicht zu vergessen, wie stehen die da, die handeln.

Sie legten sich ins Bett, tranken Himbeergeist. Er war süß im Vergleich zu den Zitronen, Katja schleckte am Glasrand, Katja sagte, Max, so dass Paul es hörte. Er scherzte, verwechselst du mich jetzt?, sie schüttelte den Kopf, zum Glück nicht, und erzählte, was es zu erzählen gab, zumindest über Max und Fürstenfeldbruck. Das Licht draußen war vom Schnee, der darunter lag, ganz gelb. Mitte November, Werbeschriften blinkten, künstliche Christbäume, Fensterdekorationen, rotgrünblau, Sterne,

Rentiere, Weihnachtsmänner rundum. Sie brauchten keine Lampe, um sich zu sehen.

Paul rückte ein Stück von Katja ab, er lag auf der Seite, so fiel seine Massigkeit auf, Katja empfand sie als beruhigend. Ein Schutz. Meine erste Freundin hieß Mara, sagte er, gar nicht unähnlich zu deinem Max. Mara – wie »bitter«, und so war es auch. Manchmal frage ich mich, ob ich ihretwegen Bibliothekar wurde (eine Lüge – Paul beobachtete Katja, aber so gut kannte sie ihn nicht, sie merkte es ihm nicht an. Er erinnerte sehr wohl, warum er die Bibliotheksausbildung angefangen hatte, Rita hieß der Grund, einzig und allein Rita – und weg damit). Katja hob erwartungsvoll die Brauen. Ich hatte sie in der Disco entdeckt, sagte Paul, sie fiel mir auf, weil sie sich so sexy drehte und bog, dabei war ihre Kleidung hochgeschlossen, Rollkragen, stell dir vor, in der Disco. Sie wollte nur ihre Bewegungen zeigen, kein Stückchen Haut, da tanzte ich schon hinter ihr, was heißt »schon«, ich hatte sie wochenlang beobachtet, allein wie sie die linke Hand anwinkelte, wie ihr Haar schwang, ich träumte davon. Es fiel mir nicht schwer, ihre Gesten aufzugreifen, und sie fing an, mir zu antworten, so tanzten wir aufeinander zu. Ein »Arbeitermädchen«, er schmunzelte, das gab es damals noch, sie wohnte bei ihren Eltern in einem halb verfallenen Haus. Ich fand das toll. Wir machten einen Ausflug nach Köln, Rothko und Duchamps. Im Museum jagten wir uns, sie stellte ihren Fuß auf bestimmte Weise vor, und weil ich daran dachte, was durch die Bewegung zwischen ihren Schamlippen geschah, weil ich wusste, wie sie aussah, wenn sie nackt war und so dastand, wie ein bisschen Rosa zwischen den äußeren Lippen hervorschaute, und wie sie sich danach sehnte, von mir berührt zu werden, denn wenn ich es tat, war sie immer schon feucht, und als ich das gemerkt hatte, wartete ich jedes Mal länger, bis ich sie berührte, und weil wir beide all das wussten, erregte uns ihr einfaches Stehen bis zur Unerträglichkeit, und die kleine Bewegung setzte noch eines drauf. Paul lachte auf, die ganze Zeit hatte ich einen Steifen, alles tat weh davon, mein ganzer Körper wollte zu ihr. Sie spielte damit, wir spielten, und ich stellte mir vor, wenn sie so dastand, durch all ihre Kleider zu dringen, sie zu überraschen, hörte schon ihren schmerzlich freudigen Schrei. Im Museum damals versteckte ich mich, ließ Mara aber als Zeichen einen meiner Schuhe, unter einem Rothkogemälde, das sehe ich noch heute vor mir, ich stand hinter der nächsten Ecke und beobachtete, was passierte. Sie kam, stockte, starrte auf den Schuh, näherte sich ihm vorsichtig, als könne er explodieren und ging davor in die Knie, da habe ich sie mir von hinten gepackt, kroch, von hinten, geradezu in sie hinein, das wird ausgesehen haben, da auf dem Museumsboden!, er schnaufte, der enge Rock, und wir längst umgefallen, der Wärter schoss schon herbei.

Fast fühlte Katja Pauls Griff auf sich – es musste ein schöner Augenblick gewesen sein.

Dann fuhren wir gemeinsam nach Brüssel, für drei Tage, mit dem Zug. Sie las Kafka, die Erzählungen, verschanzte sich hinter ihrem Buch. Nicht einmal in den Speisewagen kam sie mit, Paul drehte sich auf den Bauch, kurz nach sechs trafen wir in Brüssel ein. Spitzenlaune! Ich wollte abendessen, sie nicht. Sie wollte gar nichts. Es wurde die Hölle, einmal lief sie stundenlang neben mir her, mit dem Walkman auf.

Die gab's damals doch noch gar nicht, sagte Katja, oder wann soll das gewesen sein?

Paul zog die Brauen zusammen, schien zu rechnen. Ich war noch in der Schule, murmelte er, vermutlich hast du Recht. Seltsam, dabei sehe ich das Bild geradezu vor mir: Mara mit Walkman! Bis eben hätte ich darauf geschworen …, aber egal, eines stimmt sicher: kein einziges Mal schliefen wir in Brüssel miteinander. Auf der Rückfahrt im Zug redete sie nur mit dem Sitznachbarn. Ich besuchte erneut den Speisewagen, fügte Paul mit einem kleinen selbstironischen Lachen an. Dort stürzte eine Frau auf mich zu und bat mich, ihr Geld zu leihen. Sie war jung, aufgelöst, denn sie lebte mit ihrem Freund in Brüssel, er hatte sich von ihr getrennt, sie war zum Bahnhof gerannt, panisch in den nächsten Zug. Ohne Ticket, ohne Geld. Ich gab ihr 50 Mark, sie gab mir den Ring, den sie von ihrem Freund hatte. Doch, nimm ihn, sagte sie, du musst ihn nehmen, du hilfst mir so. Paul nahm einen großen Schluck von seinem Himbeerschnaps. Dann kehrte ich zu meiner Freundin zurück, die noch im Abteil saß und munter mit dem anderen sprach. Ich dachte, sagte er, dass ich so übel doch nicht war, die Frau im Speisewagen hatte mir vertraut. Kurz bevor wir im Bahnhof hielten, machte ich Mara klar, dass ich mit ihr zusammen sein wollte, aber sie offensichtlich nicht, dass ich das traurig fand, aber dass ich so, wie sie mit mir umging, auch nicht mehr wollte. Komisch war – ich spürte, wie sich dadurch, dass ich das sagte, ihr Bild von mir wieder besserte. Mein Vater holte uns am Bahnhof ab, wir brachten Mara nach Hause, sie sagte, ich ruf' dich an, und das war's, das war's.

Katja lag in Pauls Arm und wunderte sich, wie wenige Rollen es gab: jemanden verlassen, verlassen werden, suchen, finden, nur glauben, gefunden zu haben, es nicht mehr glauben, verlassen etc. Paul tat ihr nicht Leid, dafür war seine Geschichte zu wahr, darum bat er auch nicht. Auch in ihrem Leben tauschten sich seit Jahren die Männer aus. Wie sie noch bei C lag, aber M wollte, bei B lag, aber nicht Schluss machte, wie bei M, der jetzt bei J lag, und gestern noch bei W, heute bei R, morgen noch ein anderer, so viele Anstrengungen, Trauer, Krisen. Sie lag in Pauls Arm, sah ihn, ohne die Berühmten, weich und klar. Lesen hätte sie nichts können, so. Sie spürte sein Gesicht. Es war, als sei alles auf diesen Augenblick zugelaufen, bei Schneefall, auf einem roten Wasserbett, in einem gut geheizten Zimmer, nackt unter einer Decke mit Paul, weit entfernt von Sex, weil etwas anderes sich auszubreiten beginnt, das sie beide überrascht, und unberührbar macht, jedenfalls scheu. Als hielte jemand eine Kerze immer näher an die polierte Oberfläche einer Kommode, bis man die Fasern des Holzes plötzlich auf das Licht zufliegen sieht, mitunter hatte Katja das als Kind gemacht, sie hatte es in einem Buch gelesen. So sah sie jetzt, dass Paul ihr von Mara erzählt hatte, weil er im Augenblick in einer ähnlichen Lage steckte, natürlich, nun fiel es ihr wie Schuppen von den Augen, es gab keine Hauptwohnung mehr, deswegen war der Kühlschrank so voll, deswegen all das Geschirr, und den Backofen hatte er auch geholt. Ob tatsächlich damals er allein in den Speisewagen ging? Oder war Paul der Lesende gewesen – er, der spätere Bibliothekar, verschanzt hinter einem Buch? Kristalle tanzten vorm Fenster, fielen in Kreisen und Spiralen, deren Zentrum exakt dort lag, wo man hinblickte.

Magst du Schnee?

Wieso?, sagte er.

Weil es Zufall ist, ob es einen Gefrierkern gibt, an dem das Eiskristall wachsen kann, weil es Säule, Platte oder Stern wird, weil es oft schon in der Wolke so weit reisen m…

Er zog sie an sich und küsste sie.

Als Katja mitten in der Nacht kurz aufwachte, spürte sie, dass es noch schneite. Sie blinzelte, ohne Linsen sah sie kaum etwas. Umso besser konnte sie den Schnee hören. Paul lag gekrümmt an ihrem Rücken, eng hinter ihr, *Katja und Paul*. Es war angenehm, erinnerte sie an etwas, aber bevor sie es zu fassen bekam, schlief sie wieder ein.

7

(Weiße Blitze)

Schaulustige auf der Autobahn, Blechketten auf dem Brenner, die Sonne darauf, Unfall, Stau. Keine Möglichkeit auszuscheren. Einige luren: wo ist das Blut?. Andere schauen die felsigen Berge an, den blitzenden Schnee obenauf. Daran erinnerte es ihn. *Luren:* suchend schauen, gehetzt. Jetzt war es dunkel, und die Menge am Straßenrand lurte auf sie als wären sie Felsen, blau blinkende und rollende Felsen mit Menschen darin, gepanzert, bewaffnet, ein Schutz. Schön wäre es gewesen. Ab und an setzten sie das Blaulicht auf. Sie hatten Pistolen, den üblichen Mannschaftswagen, einen unklaren Befehl (Einsatz nach Bedarf). Bruno stieß ihn in die Rippen, was wollen die da draußen?, die sehen doch nur eine Minna nach der anderen, nicht mal uns sehen die! Einfach dabei sein, grinste Max. Er war dabei und froh, ja, aufgeregt. Im Magen, in den Knien.

Morgen würde er wieder im Verkehrsstau stehen, am Stachus oder Petuelring. Doch heute – knapp geschafft; wäre er schon auf dem Heimweg gewesen, hätten sie ihn, Jungspund!, Grünohr!, gewiss nicht zurückgeholt. Sein erster Großeinsatz, wahrlich etwas anderes als Streifefahren, Tippen, Verkehrswinkerei. Bruno, sein Ausbildungsleiter, hatte ihn noch gerufen, du fährst mit, einmalige Gelegenheit, so schnell nicht wieder. Na hoffentlich, hatte Max noch gedacht, aber so dachte man als Polizist natürlich nicht. Als erstes dachte man, ich lerne mit Krisen umgehen, sie lösen, das lernte er schließlich von Bruno, und natürlich hoffte man, dass nichts passierte, während man wusste, dass immer etwas passierte, deswegen war man ja da. Das war der Normalfall. Der normale Großeinsatz war Feuer bei Karstadt, Massenkarambolage auf der A9. Doch diesmal: selbst die Alten aufgeregt. Schon der Befehl kam so überraschend. Sie saßen in der Zentrale nach einem langen Tag, erst acht Stunden Verkehrsdienst am Olympiagelände, seit 6.30 Uhr alles gesperrt, Staus wie noch nie, dann am Abend die Übergabe des Busses an den zivilen Busfahrer, Max' Gruppe dabei, um zu lernen, wie man Ruhe ausstrahlte. Schon da war Max müde gewesen, er spürte seine Beine, dann warten in der Zentrale, warten auf der harten Sitzbank jetzt. Ein Trost: selbst die Alten waren heute geschafft – seit Wochen die Extrastreifen, die Staus, der Mittlere Ring halb gesperrt, Politikerschutz, ein ewiges Hin und Her – da funkten sie es durch, Großeinsatz jetzt, sofort, in Fürstenfeldbruck. Alle in die Wägen, letzter Mann und Maus, tolle Zeit für Diebe, hatte Bruno gesagt und den wenigen, die auf Station blieben, Anweisungen gegeben, der Hauptbahnhof und Riem wurden gesichert, Personenschutz für jüdische Gäste und IOC-Funktionäre verstärkt. *Luren*, in den dunklen Wald schauen auf der Suche nach dem Fuchs. Wie: auf der Lauer sein. Max fühlte nach der Pistole am Gürtel, mit einem Gewehr schießen durfte er nicht, abgesehen davon, dass er es nicht konnte. Außerdem hatte hier keiner eines. Man kann eine Waffe nur tragen, wenn die ganze Person sich darauf einstellt, sagte Bruno bei jedem Training, ließ den Blick über die Runde schweifen und fügte an: und wenn man das Gefühl mag! Sonst fallt ihr noch auf das Ding, schießt euch in die Beine oder trefft euren Hund. Denkt daran! Max dachte daran.

Schon über eine Stunde fuhren sie auf einem Weg, für den man als Polizist normalerweise 30 Minuten brauchte. Sirenen heulten, Blaulicht, auch auf ihrem Wagen, warf lebendige Schatten ins Innere, Schatten und Licht wie in einer Disco, Quatsch, ganz anders, sagte sich Max, und dachte doch kurz daran. Bruno nickte ihm aufmunternd zu, Max musste grinsen, ob Bruno, gute 40, etwas von der Party bei Brigitte verstünde? Max wunderte sich selbst, wie weit zurück das Fest sogar ihm schon schien. Eigentlich war ihm gerade recht gekommen, was im Februar passierte, es passte zu Fasching, da drehte sich die Welt auf den Kopf. Wenn man Kopf stand, sah man klarer. Vielleicht sollte er Katja einen Brief schreiben, sich bedanken, haha, für ihr Verhalten, das ihn hierher katapultiert hatte. Aber nicht zu dankbar, sie hatte sich zwar die Max-Razzia ausgedacht, doch die Konsequenz, zur Polizei zu gehen, hatte allein er gezogen. Und darauf war er stolz.

Seit elf Tagen summte die Stadt, klang heller als sonst, Scharen von Touristen, die schoben und fragten, lachten, brüllten, und Verkehr, Verkehr. Zweimal war Max mit Bruno am Hauptbahnhof Patrouille gegangen, unauffällig bis auf die beiden schwarzen Labradors mit den bernsteinfarbenen Augen (bessere Schnüffler als der klassische Schäferhund). Er bewunderte, wie sie gehorchten, wie klug sie waren, wie sie auf Befehl über eine Zwei-Meter-Wand sprangen, nur aus Vertrauen, vorsichtig und mutig zugleich, wie sie brachten, was sie fanden. Da ging das Herz ihm auf. Da gab er alles im Training, robbte freudig hinter ihnen her, über Bänke, durch Tunnel, in Schlamm und Dreck, sogar Schießen lernte er bereitwillig, denn er würde es nur einsetzen, um sich zu verteidigen, sich oder den Hund, und eben dafür war es wichtig, zielsicher zu sein. Etwas unheimlich blieb es ihm aber, unheimlich vor allem, wie begabt er war: er traf, als geschehe es von selbst. Die anderen im Jahrgang beneideten ihn längst, warum fällt es dir so leicht, hatte auch Bruno bei der letzten Patrouille gefragt, die Tiere folgen dir, und die Kugeln auch!

Er hatte gemeint: gehorchen dir. Vielleicht erinnerte er sich daran, ein paar Tage später, bei seinem Besuch an Max' Krankenbett. Die Kugeln waren Max gefolgt, in der Tat. Und Bruno, kaum angekommen im Krankenhaus, ging schon wieder fort.

Es klingelte, Max schreckte hoch. Er saß in dem Stuhl mit

den Elefantenohren, wie Almuth das alte Ding nannte, und hatte den Wecker gestellt. Exakt zwei Uhr. Draußen schneite es, schneite seit Stunden, dämpfte die Welt, ihren Lärm, ihr Licht. Der Wecker schnarrte höllisch laut, hoffentlich hatte er Valery nicht geweckt. Almuth und er wechselten sich ab, die Kleine hatte Ohrenentzündung, schlief unruhig, Fieber, alle zwei Stunden etwas zu trinken geben, falls sie wach war oder nur döste. Er stand auf, die Stille, der Schnee, schlich in ihr Zimmer hinüber. Die kleine blaue Lampe an ihrem Bett brannte, manchmal konnte Max dieses Blau, Blaulichtblau, nicht ohne Schmerz ertragen, aber heute war es gut. Valery atmete unregelmäßig, ihre Stirn glühte. Sie roch nach Kind, nach Milch und Wärme, nach Krankheit, am ganzen Körper strömten ihr diese Gerüche aus der Haut. Sie hatte sich abgestrampelt, das Fläschchen mit kaltem Tee stand schon neben dem Bett, als er ihr über die Stirn strich, blinzelte sie. Er stützte ihren Oberkörper mit einer Hand, wie leicht sie war, obwohl doch schon so groß, so gewachsen, er staunte immer wieder, erkannte Almuth in ihr, das vor allem. Als sie die Flasche an den Lippen spürte, fing sie sofort an zu saugen, im Halbschlaf, die Augen geschlossen, verklebt. Er ließ sie, wie sie war, sanft wieder zurück, deckte sie zu und stand noch neben dem Bett. Selbst hier spürte er, wie dick der Schnee draußen schon sein musste. Max zog die Spieluhr auf, die sie bereits während der Schwangerschaft an Almuths Bauch gehalten hatten, und wirklich, es half, Valery atmete ruhiger, als die Melodie erklang. Max betrachtete sie zärtlich und wehmütig, da lag ein eigenständiger kleiner Mensch, mit eigenen Träumen und eigenem Kopf, und wie!, dachte Max, als er hinausschlich, vorsichtig, das Bein, das nach außen drehte, scheuerte leicht über den Boden, er ging leise, zog den nachschleifenden Fuß möglichst weit hoch.

In der Küche blendete das helle Licht. Er war häufig nachts wach – bisweilen war es besser, gleich ganz aufzubleiben. Etwa in jenen Zeiten, in denen er sich zu gut erinnerte, überklar. Er hatte gelernt, dass es nicht aufhören würde, nicht verschwinden, es war schließlich 30 Jahre her, in 30 Jahren hatte er gelernt nachzugeben. Max nahm Milch aus dem Kühlschrank und rührte etwas von Valerys Kaba hinein. Erinnerungsschübe zulassen, wach, und genau ansehen. Dann fand er eher Ruhe, und bisweilen kam monatelang nichts mehr, das nannte sich sein Erfolg, Ertrag von 30 Jahren. Inzwischen war es ja schon so: hätte er seine Erinnerungsschübe nicht gehabt, die Ärzte sagten *flashes*, er sagte Blitze, es hätte ihm etwas gefehlt. Dessen war er sich sicher, immerhin.

Früher war alles an ihm viel eckiger gewesen, er konnte sich in der alten Rechteckigkeit noch fühlen, damals, als er im Mannschaftswagen saß, und jetzt – der Oberschenkel zerschossen, der Fußheber gelähmt – hatte er gelernt, hinkend ganz anders zu gehen, war dünner geworden, damit er sich besser hielt, und sein Körper geschmeidiger. Schlangiger, dachte Max mitunter von sich und wunderte sich, wenn ihm alte Fotos in die Hände fielen, wie aus dem Max von damals der Max heute hatte werden können. Almuth behauptete, das gehe ihr mit sich selbst ebenso, dabei war sie erst 31. Er glaubte ihr sogar und wusste und sagte ihr auch, dass es dennoch einen Unterschied gab, denn bei ihm ist es ein Tag gewesen, der 5. September 1972, der sein Leben verändert hat. Sie wollte das nicht akzeptieren, man kann ein Leben nicht aus einem Tag erklären!, damit hatte sie Recht, zusammen lachten sie darüber. Die taube Stelle am Oberschenkel belastete Max wenig, viel folgenreicher wirkte sich die Nervenlähmung am Sprunggelenk aus: der für das Heben des Fußes zuständige Muskel war intakt, aber der Nerv, der den Muskel steuerte, hatte durch einen der Schüsse in den Oberschenkel und die folgende Operation Schaden genommen. Ja, zusammen konnten Almuth und er lachen, alles andere hatte Max allein: die Lähmung, die Wachheit, die Nacht.

Er schaltete das Licht aus und ging durch die dunkle Wohnung zu seinem Sessel zurück. Die Erinnerung daran, wie es war, den ganzen Oberschenkel fühlen zu können, hatte er verloren. Die Erinnerung daran, wie es war zu joggen, nicht. Mit der Polizeiausbildung hatte er angefangen zu laufen, aus Spaß. Wie schön beim Joggen das Blut im Körper floss, als werde es dicker und dünner zugleich, und der Kopf lief wie abgelöst vom Körper, ein Stück weiter oben als sonst, und die Arme taten, was sie tun mussten, und die Beine taten, was sie tun mussten, und er lächelte die Passanten an, und fühlte wie er wuchs, sich ausdehnte, wie herrlich es war. Manchmal wünschte er sich, er hätte es nie probiert, dann würde er es jetzt nicht vermissen. Dann wieder war er froh, es wenigstens kennen gelernt zu haben. Das Leben bestand aus so vielen Wendungen, aus Entscheidungen, Begegnungen, Glück und Unglück, und es war inzwischen vor allem ein Gefühl der Verwunderung, mit dem er an Fürstenfeldbruck dachte. Am meisten wunderte ihn, dass nicht nur die Ereignisse auf dem Flughafen in ein grelles, heftiges, irreal präsentes Licht getaucht waren in seinem Kopf – eben das war der Blitz –, sondern auch einige Ereignisse davor. Als habe das, was er in der Nacht des 5. September erlebte, die Erinnerung an entscheidende frühere Schritte ebenfalls mit seinem Licht überzogen, dem Licht des Feuerns, in das er dort geraten war, dem Licht einer Explosion.

Er setzte sich, stellte den Wecker auf vier. Das Klingeling des Löffels gegen die Kabatasse beruhigte ihn, es war hart, anders als der draußen fallende Schnee. Blitze am Fenster, weiße Milch – die braun wurde im Glas, ihr Wirbeln, Drehen. Weiße Blitze, das war nicht Erinnerung, das war viel mehr, das war Träumen im Wachzustand, einen Alptraum, immer wieder, ein Leben lang. Trauma, traumatisiert, hatte man ihm erklärt, ihm Bücher gegeben. Natürlich hatte er einen Schock; Schüsse, Schreie auf dem Feld, die anderen werfen sich zu Boden, er läuft weiter, unerfahren, dumm. Drei Kugeln im Bein, eine in der Lunge. Zwei der Beinkugeln zeigte man ihm nach der OP. Polizeikaliber. Offiziell festgestellt wurde das nie, doch er war sich sicher. Die Genesung dauerte. Seine Gruppe war mit der Ausbildung fast fertig, als er hätte zurückkommen können. Eine kleine Rente wurde gezahlt, man bot ihm Bürodienste an. Nichts wie raus da, sagte seine Mutter, diesmal folgte er ihr. Der erste Helikopter brannte, die Flughafenfeuerwehr rückte aus um zu löschen, die Feuerwehrmänner waren die einzigen, die etwas taten. Er raus aus dem Spiel, angeschossen. Von den eigenen Leuten. Darüber wollte er nicht sprechen. Stets war ihm das Schlimmste von den eigenen Leuten geschehen.

Der brennende Helikopter, dreifach stand er da: einmal aus Eisen, Plastik und Blech, real. Einmal als Schatten, der über den Boden kroch, denn der Boden war so heiß, dass der Asphalt anfing, sich zu bewegen. Und einmal als Feuergestalt, hoch flackernd in die Luft, weit um sich her, groß, verzerrt, wie lebendig, heiß. Schüsse überall, der Geruch nach Pulver und Flammen und Verbranntem, der kleine Betonblock ein Stück hinter dem Hubschrauber, auf den Max zulief, das vom Feuer angeleuchtete, schwarze, sehr runde C auf dem würfelförmigen Tower. Nichts davon vage. Kein Stück weniger deutlich als ein anderes. Alles noch immer präsent in einem Überschuss von Klarheit, eine Lawine, Eislawine übermächtiger absoluter Erinnerung. Etwas Außergewöhnliches hatte stattgefunden. Bevor es seine Kraft in ihm verlor, musste er ihm seine ungeteilte Aufmerksamkeit widmen. Daher sein Schweigen. Auch vor Almuth. Weniger Verweigerung denn Methode, eine Art und Weise, den Horror dieser Nacht festzuhalten, bis er Sinn ergab. Denn Schweigen hieß, sich selbst bei sich einzuschließen. Den Augenblick des Fallens, seines Fallens, seines Sturzes – Aufblitzen, Weiterlaufen, Schmerz, Trance, Schutz – wiederzuerleben, wieder und wieder zu erleben, als könne er sich dadurch in ihnen verankern, für den Rest aller Zeiten, für immer zwei Zentimeter über dem Boden, für immer auf die Apokalypse wartend, den letzten Stoß.

Er kam nicht.

Es hörte nicht auf.

Das allein war wie eine Strafe. Doch wofür? Das menschliche Gehirn und die menschliche Seele sind für solche Ereignisse nicht gemacht, hatten Therapeuten ihm erklärt. Derartige Vorfälle wurden nicht zu Erinnerung, sondern zu einer Achterbahn, rauf und runter in wilder spiraliger Fahrt, oben und unten verwirrt, nirgends ein Ausgang, der Eingang verloren.

Doch: er war nicht einfach nur Opfer, sein »Unfall« nicht allein Pech, er war auch Komplize, aktiver Teil davon, niemand hatte ihm befohlen zu tun, was er tat, das konnte er nicht ignorieren.

Almuth hatte begonnen, seine Sachen von '72 wegzuschaffen. Sie würden nach Rotterdam ziehen, der Posten des europäischen Elefantenkoordinators war an Rotterdam gebunden, und Almuth hatte beschlossen, dahin nehmen wir das nicht auch noch mit. Er war glücklich, er liebte diese Arbeit, langfristig wäre er nie bei der Polizei geblieben. Wenigstens die Tiere hatte er dort entdeckt, und danach gewusst, dass er Biologie studieren wollte. Für den Dienst als Polizist wäre er auf Dauer nicht geeignet gewesen, heute sah er das deutlich. Almuth verkaufte, was sie verkaufen konnte, dank ebay ging fast alles weg. »XX. Olympische Sommerspiele« stand auf den Päckchen, die sie schnürte. »XX. Olympische Sommerspiele«, darin war er elf Tage lang herumgelaufen, hatte Sachen geschenkt bekommen von dankbaren Touristen, die nach dem Weg fragten, Sportlern, die er ein Stück begleitete, hatte zudem aufgehoben, was an die Polizei verteilt worden war, ein Werbepaket voller Waldi-Anhänger sowie olympischer Spiralen als Ansteckbroschen oder Ringe, obenauf Medaillennachbildungen in Bronze, Silber und Gold und zwei Porzellantassen mit Ringedekor. Auch seine alte Uniform hatte er noch, die Hose war im Krankenhaus weggeworfen worden, aber die Jacke noch gut, das Einschussloch klein – er kam sich vor wie ein Kriegsveteran, wenn er sie sah. Lächerlich, denn es tat doch auch weh. Almuth hatte Recht, es war Zeit, sich zu trennen von dem ganzen Zeug, es nicht mitzunehmen, nicht umzuziehen damit. Sie wollte, dass die Vergangenheit wegrückte, ist eh zur Genüge da, sagte sie und tippte auf Max' Hüfte, eine ihrer seltenen Anspielungen auf sein schiefes Gehen. Seit sieben Jahren kannten sie sich, und er wusste, dass sie sein Hinken nicht überging, weil es ihr peinlich war, sondern weil sie das Schleifen des Fußes so wenig mehr wahrnahm wie manchmal er selbst. Almuth räumte und kramte, Valery fand toll, mit den Kisten auspacken-einpacken zu spielen und konnte das Wort »Umzug« bereits perfekt aussprechen, aber zu »wir ziehen um« sagte sie »wi gucken aus«, weiß Gott warum.

Weiß Gott warum. Im Schneckentempo krochen sie vorwärts. Saumäßige Planung, sagte einer. Wohl wahr! Das Blaulicht der anderen Wägen streifte ihre Gesichter wie Licht von dauernd auf- und abgezogenen Jalousien. Die meisten wären lieber zu Hause gewesen, Max nicht. Nur die Fahrt war langweilig, kurz spielte er mit dem Gedanken, Bruno von der Max-Razzia zu erzählen, so hatten die anderen die Attacke auf ihn bei Brigittes Party getauft, seine Geschwister berichteten ihm stolz davon, eine Woche habe die ganze Schule von nichts anderem gesprochen. Doch als Pausenfüller war ihm die Geschichte zu schade, also zog Max Bruno nicht ins Vertrauen. Schon ein paar Tage später sollte er froh darum sein, denn nach Fürstenfeldbruck ließ Bruno Max fallen wie eine heiße Kartoffel. Vielleicht hatte er Angst, für Max' Verletzung verantwortlich gemacht zu werden. Oder Angst, dafür verantwortlich zu sein. Einmal erschien er im Krankenhaus, ein offizieller Besuch. Er dauerte fünf Minuten. Das war's. Nie mehr hatten sie sich danach gesehen.

Max lachte leise auf. Was für ein Jahr damals, eine Enttäuschung nach der anderen. Bruno, der ihn aufgab. Katja, die ihn hinhängte. Die Razzia war nicht von Pappe gewesen. Wenn er heute daran dachte: eine pubertäre Partygeschichte. Sogar lustig, in Teilen. Aber das weiße Licht des Blitzes reichte bis dorthin. Mit seiner Überklarheit. Seiner Unerbittlichkeit. Die Schmuserei mit Katja im Gras vor den Oleanderbüschen – noch dunkel. Heller wurde es, als auch damals das Licht anging, Taschenlampen in sein Gesicht leuchteten. Mit Johlen und Kreischen, volles Indianergeheul, brachen die anderen aus den Büschen, für ihn Schatten, von hinten hell erleuchtet, Strahlen um sich wie haarige Monster, nur Körperumrisse, kein Gesicht. An den Stimmen erkannte er sie. Katja, noch über ihm, sprang auf, trat ein paar Schritte zurück, die Brüste hingen ihr aus der Bluse, halt, rief er, Katja, und wollte sie warnen (mach die Bluse zu!), seine Katja! So verliebt war er in sie, anscheinend hatte sie endlich die dumme Zuckergeschichte aus dem Garten vergessen, endlich war sie wieder bei ihm, diese Katja, die ihm zuhörte wie keine andere, wie kein anderer Mensch seine Lippen berührte, sich um ihn sorgte, ihm ihre ganz neue Jacke gegeben hatte ohne eine Sekunde zu zögern, damit er sie gegen die Wunde über seinem Ohr presste (und er hörte sie flüstern von Liebe, fühlte sie in seinem Arm, und wusste, jetzt hörte sie sein Herz – Katja!). Er rappelte sich auf, um zu ihr zu laufen, entblößt und nackt standen sie beide hier herum, was für ein Wahnsinn, warum gerieten sie nur immer wieder in solche Situationen, schon setzte er an zu rufen, Katja, komm fort, die sollen uns mal …, da sah er Fabio neben ihr. Fabio klopfte Katja auf die Schulter, gut gemacht!, Max hörte es genau, da erst stieg der Verdacht in ihm auf, Katja sei eingeweiht, ihr unmotivierter Schrei eben – geplant. Sie hatte ihn, Max, an der Nase herumgeführt. Auf ihn hatte sie gezielt, auch sie. Sie allen voran. Er senkte den Blick.

Von seinem wirklichen Schmerz bekamen die anderen nichts

mit. Sie waren abgelenkt. Die johlten, überschlugen sich bald. Ha, dachte Max und war zum ersten Mal froh um seinen eifrigen Schwanz, denn darauf starrten sie. Max wunderte sich ein wenig, aber dem Schwanz war die Katjaenttäuschung offensichtlich egal, dem gefiel die Situation geradezu – Blicke, Licht. Steif wie 'ne Eins. Max seufzte, aber nur für sich, das Ding führte ein Eigenleben, er hatte aufgegeben, dagegen anzukämpfen, im Gegenteil, allmählich gewöhnte er sich daran. Mit 14 hatte es angefangen – im Schwimmbad auf einer Luftmatratze neben dem Becken, stundenlang hatte er nicht aufstehen können –, mit 15 wurde es schlimmer, mit 17 platzt du dann, hatte der ältere Bruder zu ihm gesagt, dafür hasste er ihn, was ging den das an, aber er hatte Recht gehabt. Alles war erregend, auch das hier. Einige der Jungs hatten Katjas nackten Busen nun ebenfalls entdeckt, nur sie merkte nichts, er sah sie an, ihre geröteten Wangen, ihren leeren Blick, für einen kurzen Augenblick tat sie ihm sogar Leid, was machte sie da nur. Wenn er nun rief, dein Busen hängt raus!, konnte er von sich ablenken – und sich rächen. Doch er ließ es. Das war lächerlich. Zudem, den Handschuh, den sie alle ihm hingeworfen hatten, den nahm er auf! Er würde sehen, dass er allein hier herausfand. Wenn die Jungs darauf gesetzt hatten, ihn zu demütigen, bitte schön! Sein Schwanz zeigte genau das Gegenteil. Katja staunte mit großen, etwas ängstlichen Augen, ihre Lippen leuchteten so rot, dass man die Küsse noch auf ihnen sah. Schnell schaute er weg. Brigitte – im Glauben, niemand erfahre davon, schlief sie ab und an mit Fabio (der hatte ein Mokick, samt rotweißem Helm, ziemlich genau die Farben der Pickel in seinem Gesicht) – steckte die Zunge zwischen die Zähne und machte Zeichen zu Max. Jan wedelte mit Max' Unterhose wie mit einem roten Tuch für den Stier, na, der verrechnete sich, er würde nicht danach hechten. Irgendjemand riss seine Jeans vom Gras – und Max' Schwanz stand nicht nur, sondern wuchs. Aus Trotz. Jetzt erst recht, Stück um Stück. Jetzt johlten sie anders, irgendetwas mit Porno, Max grinste in die Runde und beschloss, dann eben so wie er war, oben in Pulli und Hemd, unten nackt, mitten durch den Ort nach Hause zu laufen.

Auf diesen Abgang war er noch heute stolz.

Die Kälte am Arsch und den Beinen kam ihm nach der Hitze der Party gerade recht. »Max in origineller Faschingsverkleidung« – er lachte, hätte sich den Pulli um die Hüften binden können, aber es gefiel ihm, nackt zu gehen. Das Geschrei hinter ihm ebbte ab, jetzt nahmen sie sich bestimmt Katja vor, das gönnte er ihr, sollte sie zusehen, wie sie aus der Grube kroch, die sie sich selbst gegraben hatte.

Überraschend tauchte Brigitte vor ihm auf dem Gehweg auf, sie musste eine Abkürzung genommen haben, lief ihm entgegen, wollte ihn berühren. Doch Schluss, *der* Zauber war auch vorbei, keinen Schritt traute er ihr. Komm doch!, flüsterte sie, hielt ihn am Arm, er schüttelte sich, sie ließ nicht los, da schlug er ihr vor die Brust, dass sie nach hinten taumelte, sich in den Dreck setzte und die ganze Herrlichkeit ihres Kostüms – Tüllärmel, Tüllrock, Netzstrümpfe – zerfiel. Perverse Nudel, rief er ihr zu, drehte auf dem Absatz um, ließ sie liegen im Dreck, sie sah aus wie ein Pudel im Schlammbad, die hatten doch alle einen Knall.

Katja. Er ging langsamer. Als er sie das erste Mal bemerkte, sauste sie (lange braune Haare, die Wangen gerötet) auf einem Fahrrad die Straße herunter. Ihre Brüste standen heraus, der Fahrtwind presste das T-Shirt eng an den Körper.

Da – und vorbei. Ihm kam sie vor wie vom Himmel gefallen.

Ein Mädchen, das Fahrrad fuhr und darauf wartete, angehalten zu werden.

Ein Mädchen, von dem Simon ein paar Wochen später spottend sagte, sie ist wie ein kleiner Stier, nicht unfreundlich, aber resolut, schaut nachdenklich unter ihren Augenbrauen hervor und läuft gesenkten Kopfes auf dich zu.

So schaute sie ihn an. Wenn er mit ihrem Großvater Schach

spielte. Zwei Jahre lang. Dann lag er in ihrem Arm und hörte ihr Herz, und sie sagte, es schlägt für dich. Und jetzt das. Es tat weh. Er wollte nichts mehr wissen von ihr.

Max hob den Kopf, lauschte, die Schlafzimmertür knarrte leise, Almuth. Doch sie bog ab, gut so, er hätte sich schlafend gestellt, sie brauchte nicht zu wissen, wie er manche seiner Nächte verbrachte, es hätte ihr nur weh getan, das wollte er nicht, ihr Glück war Teil seiner Rechnung, seiner Balance. Sie ging ins Bad, Max wartete, hörte auf die Geräusche, genoss, dass sie da war und ihn hier doch allein ließ, er brauchte diese Freiheit, gerade als Teil eines Paares – wie leise sie die Schlafzimmertür wieder hinter sich schloss. Sie hatte nicht nach Valery gesehen, um sie nicht aufzuwecken, sie verließ sich auf ihn, das machte ihn stolz. Beim Nachhausekommen von Brigittes Party hatte seine Mutter ihn gehört, damit war nicht zu rechnen gewesen, bei fünf Kindern macht man sich beim dritten keine großen Sorgen mehr, wann es heimkommt, allemal wenn es schon 17 und ein Junge ist, aber jetzt erschien sie bei ihm in der Küche, im Nachthemd, verschlafen, und sagte, ach, da bist du also, ich habe auch Durst. Schon setzte sie sich ihm gegenüber. Dass er ab dem Bauchnabel nackt war, konnte sie nicht erkennen, er schämte sich kurz, trank aber weiter seinen Kaba, schon immer sein Lieblingsgetränk, schon immer gut als Trost. Seine Mutter sagte, du siehst verändert aus, was ist los? Nichts, sagte er, wie er meist erst einmal »nichts« sagte, um zu überlegen. Sie betrachtete ihre Tasse, wollte auch einen Kaba, machte ihn sich heiß, der kleine schwarze Topf, in dem sie sonst Pudding kochte, roch vertraut. Max spürte, wie er sich beruhigte. Seiner Mutter schien es ebenso zu gehen, denn sie fing ein Gespräch an, sie, die den ganzen Tag arbeitete, oft müde war, jetzt hellwach, endlich konnte sie einmal in Ruhe reden mit ihm. Du bist in der Schule doch nicht schlecht, da habe ich gedacht …, ob du nicht deiner jüngeren Schwester helfen kannst …

Welcher?

Seine Mutter seufzte, Isabelle natürlich, du weißt doch, wie sie sich plagt und wie …

Ich gehe von der Schule, sagt da Max zu seiner eigenen Überraschung. Will was anderes machen, schiebt er nach, die sind dort alle krank, alle verrückt.

Seine Mutter reißt die Augen auf, die Überraschung ist geglückt – und wohin willst du?

Zur Polizei.

Sie lacht, um Gottes willen, warum denn das? Andere in deinem Alter demonstrieren auf der Straße gegen den Staat, schon dein Großvater war gegen den Staat – und du willst zur Polizei?

Da kann er nicht sagen, dass seit Wochen ein Plakat in der Schule für die Polizei wirbt, dass ihm die Uniform gefällt, dass er Geld haben will, jetzt, dass er es dort bekommt, während er sonst bald zur Bundeswehr muss, dass er keine Lust hat, mit der kleinen Schwester zu lernen, dass ihm seine Mitschüler verrückt vorkommen, dass er weiß, dass er anders ist, dass er es zumindest sein möchte, und dass er hier weg will, weil ihm das Jeder-darf-was-er-will seiner Eltern zum Hals heraushängt. Stattdessen sagt er, einfach so, die suchen Leute, und seine Mutter wartet weiter, denn sie will einen Grund. Wenn sie aufstünde, zu ihm herüber träte, ihn da halb nackt sitzen sähe, käme alles heraus, und jetzt macht er ein Spiel mit sich, ist betrunken genug dafür, sag mal, betrunken bist du ja zudem, stellt auch seine Mutter fest, überleg es dir noch mal, Polizei …, und er schüttelt ernst den Kopf, aber etwas daran scheint doch auch ihr zu gefallen, sonst würde sie stärker protestieren. Seine Mutter, er kichert, nie geht sie bei Rot über die Straße, ein Faible für Ordnung ist das doch. Strategisch denken kannst du, sagt sie zögerlich, aber schießen? Schießen ist toll, antwortet Max ohne zu überlegen, denn eben macht er den nächsten Zug des Spiels mit sich aus: wenn sie um den Tisch zu ihm kommt und sieht, wie nackt er hier sitzt, dann ist er matt – dann erzählt er ihr, was eben auf der Party gelaufen ist und überlegt sich das mit der Polizei – und wenn sie nicht kommt, nichts merkt, schmeißt er die Schule, sofort, und meldet sich bei den Bullen.

Er kichert, sie hat es in der Hand, wenn sie wüsste ... – sie aber blickt ihn nur kurz an, schüttelt amüsiert den Kopf, steht auf, beugt sich über den Tisch zu Max, fasst nach seiner Tasse, ihr Arm ist zu kurz, Max greift nicht ein, sie dreht sich mit dem ganzen Körper um die Ecke des Tisches, kann die blanke Wahrheit ansehen, wenn sie will, Max hält den Atem an und weiß nicht, was er sich wünschen soll, und sie wendet sich in die andere Richtung, denn dort ist die Spüle, stellt die Tassen hinein, dann geht sie, sagt noch gute Nacht, und er ist wieder allein in der Küche, als wäre seine Mutter ein Spuk gewesen, und er geht zur Polizei.

Am nächsten Morgen reden sie noch einmal darüber, der Vater findet es gut, ein solider Beruf, Beamtentum, die Mutter hat weiterhin Zweifel, das Schießen sei gefährlich. Wann stirbt dabei schon ein Polizist, sagt der Vater, und sie rufen Tante Greta an, mitten in der Stadt, ob Max bei ihr wohnen kann, und sie sagt ja. Er sieht sich in der Küche sitzen, das Licht überm Tisch ist hell, die kreisrunde Lampe wirft Ringschatten, und er sitzt darin und fühlt sich erleichtert, denn wirklich, die Schule gefällt ihm nicht, er weiß nicht, was er da soll, wozu Geometrie, wozu Deutsch, nur Biologie interessiert ihn, schade darum, doch das kann er weiterlernen, für sich. Er steht auf, leicht schwankend, freilich stolz, geht ins Bett und fühlt sich schon ein kleines Stückchen als Polizist, jedenfalls völlig verändert. Das ist das Wachsen, das ist der Aufbruch, das gehört ihm. Bald bist du 18, sagt der Vater eine Woche später beim Abschied, ich finde, du kannst tun und entscheiden, was du willst, nur pass auf dich auf.

Und da, im Mannschaftswagen auf dem Weg zum Flughafen

von Fürstenfeldbruck, ist er seit knapp 24 Stunden tatsächlich so alt, noch nicht volljährig, ruft einer, ein anderer, aber wählen darf er jetzt!, Bruno sagt, wenn die Scheiße hier vorbei ist, gibt er uns einen aus! Max schlägt ein, lacht, das ist die Wirklichkeit, und er mitten darin. Wie werden die Täter sein? Wie aussehen? Täterprofile nehmen sie seit einigen Wochen durch, doch Bruno und seine Kollegen erzählen ganz andere Geschichten davon, wer was tut und warum oder warum nicht, vor allem aber wie. Da fällt einem der Jungen eine Abkürzung ein, seine Eltern wohnen in Fürstenfeldbruck, ihr Wagen schert aus, fährt drei vier dunkle Straßen links rechts links, dann sind sie wieder in der Kolonne, ganz vorn, sind am Tor.

Da ist die Hölle los. Leute schreien, hängt doch die ganzen Araber auf!, aus einem Auto dröhnt Rockmusik, andere Zuschauer stehen stumm, wie Pilger eingemummt und ans Gitter gequetscht. Die Menge wird abgedrängt, eine Torhälfte öffnet sich. Schlagartig ist es dunkel. Nun sind sie auf dem Flugfeld. Innen. Das ist die Hölle, aber sie wissen es nicht. Stille – kein Motorengeräusch mehr, kein Flugzeugrotor, keine Schüsse, kein Reden, kein Vogel, kein Nichts. Friedlich geradezu. Wäre es nicht so dunkel. Und wäre dieses Dunkel nicht so bedrückend gefüllt: es riecht nach Pulver, nach scharfen lurenden Augen, nach Jagd, nach Angst.

Sie, im Wagen, flüstern, was tun? 15 Mann, macht hoch die Tür, das Tor macht weit. Schon steigen sie aus, von diesem Augenblick an zum Ende im Krankenhaus wird alles schnell und langsam zugleich sein. Max kriecht aus dem Mannschaftswagen, irgendwo mitten in der Gruppe, nur Bruno trägt ein Funkgerät, alles andere muss auf Zuruf klappen. Das gesamte Flugfeld liegt vor ihnen, Max ahnt es mehr als dass er es sieht, der Tower immerhin hebt sich deutlich ab. Ein Schuss, höllisch laut, Blitze aus Mündungen, eine Salve zurück.

Im Feuerlicht erkannte Max die beiden Helikopter, dahinter

die Silhouette der Boeing, mit der ausgeflogen werden sollte, das Feld dazwischen war leer. Sie robbten Richtung Hubschrauber, dort mussten die Terroristen in Deckung liegen oder stehen, es war etwa 23.50 Uhr, seit über einer Stunde wurde geschossen und die hatten noch immer Munition. Erneut ein einzelner Schuss, beantwortet von vielen, schwer zu hören, aus welcher Richtung. Stille – Leere. Damit hatte Max nicht gerechnet, sich das so nicht vorgestellt. Jetzt liefen sie, natürlich geduckt, die Dunkelheit gab ihnen Schutz. Doch warum war es so dunkel hier? Absichtlich? War das nicht gefährlich: niemand konnte unterscheiden, wer Polizist war, wer Geisel, wer Terrorist? Max jedenfalls wusste nicht, wo die Scharfschützen lagen, wie viele, wo die Polizisten steckten, die vor und nach ihnen eintrafen und ebenfalls auf das Gelände drangen, und er bezweifelte, dass überhaupt jemand davon Ahnung hatte, ja, das nur bedachte. Wenigstens gewöhnten seine Augen sich langsam an die Dunkelheit, nach dem blauen Streiflicht im Wagen dauerte das. Der Lärm vorm Zaun kam gedrängt hier an, auch dort schien es allerdings ruhiger zu werden. Sie konnten nun von hinten Motorengeräusch hören und schließlich auch die Scheinwerfer weiterer Wägen sehen. Kaum hatte Max das alles in sich aufgenommen, er war sicher, Bruno neben sich zu haben, jedenfalls nah, explodierte der Hubschrauber, der weiter entfernt von ihm stand. Laut, sehr hell, eine Stichflamme, Schreie, Schüsse, nach dem ersten Knall noch eine Explosion, vermutlich der Tank. Ein Schatten, für Max war das Bruno, machte ein Zeichen, offensichtlich war, was jetzt passierte, genau das, was nicht passieren sollte. Vermutlich saßen die Geiseln noch in den Hubschraubern, man konnte sie nirgends sehen, die Boeing für den Weiterflug stand ganz dunkel, nie flackerten Schussfeuer dort. Der zweite Helikopter, jetzt das Zentrum, Brunos Zeichen, los!, das war alles, was Max noch dachte. Er kroch von hinten ins Feld, Hubschrauber vor sich, Tower schräg rechts, und verhielt sich, wie er meinte, klug, konnte nur nicht erkennen, wo die anderen steckten, denn das Feuerlicht des brennenden Hubschraubers machte nichts besser, lediglich die Schatten tiefer. Bruno und auch alle anderen waren plötzlich verschwunden, Max, am Boden, erspähte eine niedrige Betonbalustrade, eine Art Absperrung, dahin! Er robbte, als er jemanden auf sich zulaufen sah, eine Gestalt aus dem Schatten des zweiten Hubschraubers, Max rappelte sich halb hoch, griff nach der Pistole, kniete auf einem Knie, wie gebannt, die Pistole hing fest, es dauerte ewig, er schoss noch, Richtung Boden, fiel um. Treffer in den Oberschenkel, weit oben, mehr spürte er nicht, nur den Schlag, keinen Schmerz. Nur seinen Herzschlag, Verwunderung, erneut Mündungsfeuer, diesmal direkt von der kleinen Betonrampe, Max' Ziel, er sackte vornüber, gestoßen mit nie gefühlter Wucht, mitten im Körper getroffen. Enge, eine innere Explosion, und jetzt – wie es sich fortsetzt, erinnert er überhell – ist er wieder dort, jetzt steht er auf, das Dümmste, was er machen kann, aber das macht er, er denkt nicht mehr daran, dass keiner ihn erkennen kann, dass jeder ihn für einen Feind halten wird, bedenkt nicht, dass er da steht als Zielscheibe, und läuft, ohne zu feuern – wenigstens das, das rettet ihm das Leben, die Pistole ist schon verloren – läuft, völlig dumm, aber das tut er, auf die Balustrade zu.

Von dort wurde nicht mehr auf ihn geschossen, später erfuhr er, dass der Scharfschütze, dem der Betonblock als Deckung diente, Max inzwischen an seiner Kappe als Polizisten erkannt hatte. Der andere Mann, der ein, zwei Minuten zuvor auf Max zugestürmt war, bewegte sich weiter, ihn hatte Max ganz vergessen, doch auch von dort fiel kein Schuss mehr auf Max; es musste wohl ein Kollege gewesen sein, wer, blieb ungeklärt. Max bekam noch zwei Streifschüsse ab, als er, bereits humpelnd, zur Balustrade rannte, wie ein Riesenhirsch beim Oktoberfest in der Schießbude, sagte Bruno dann bei seinem einzigen Besuch am Krankenbett (wie eine sterbende Ente in einem Gewitter, wie ein ins Mehlfass gefallener Kakadu, hörte Max später von den anderen in seiner Gruppe – erstaunlich, was sie alles beobachtet hatten in der Dunkelheit), doch als Bruno »Hirsch« sagte, »Riesenhirsch« und dabei Max mit betont neutralem Blick ansah, dachte Max zum ersten Mal, dass vielleicht sein Ausbilder ihn an der Hüfte erwischt hatte.

Die Streifschüsse trafen ins rechte Bein, einer die Wade, der andere von hinten den mittleren Oberschenkel, Fleisch und, das war Pech, ein Stück des Ischiasnervs, die taube Stelle, der gelähmte Fußheber rührten daher. Vielleicht kam dieser Schuss von einem der Attentäter – Max hätte das gern geglaubt. Max ließ es auf sich beruhen. Max, der noch Monate danach herumlief wie ein aufgescheuchtes Huhn, Kind Max!, so kopfschüttelnd sein Vater. Endlich warf er sich hinter die Betonbalustrade. Neben dem dort postierten Scharfschützen lag bereits, schwer verletzt, der Pilot eines der Hubschrauber. Schon als Max die Deckung erreichte, wusste er nicht mehr, wie er überhaupt noch dorthin hatte laufen können. Irgendeine Körperautomatik. Bis heute fühlte er diesen Lauf, schrecklich, aber auch schön, nie in seinem Leben war er so gerannt, nie mehr würde er es tun. Er hinkte wohl schon, doch erinnerte sich anders – lief so leichtfüßig, lief wie unverletzt. Ohne Schmerzen, high, der Körper schüttete Adrenalin und Morphine aus, im Krankenhaus war ihm erklärt worden, wie das funktionierte, doch er erinnerte sich lieber an das Gefühl, wie er auf das Feuer des Hubschraubers zulief, die Sirenen hörte, dann am Boden lag, vorn rückte die Feuerwehr aus und sprühte ihren Schaum im Kugelregen. Mitleid? Wahnsinn? Pflicht? Ich bin getroffen, sagte Max, der Schütze zuckte die Schultern, es wird nicht mehr lange dauern. Oder sagte er, Max: warten wir ruhig, es ist vorbei, alles vorbei. Der Pilot nickte, Schüsse, Schaum, Feuerwehr, zu löschen war da nichts. Und dann hörte Max. Sein Kopf lag auf der Erde, nah, deutlich und laut hörte er, hörte durch die Luft, durch den Boden, durch alles, was er war, und wusste, das sind die Geiseln, das ist das Ende, so schreit man beim Sterben, jetzt, erst jetzt.

Der Wecker klingelte, Max schreckte hoch, er musste eingeschlafen sein. Jetzt aber ins Bett. Almuth ahnte nichts von diesen Blitzen, diesem Teil Max, Max mit sich, Max mit seinem Leben, allein. Er stellte seine Tasse in die Spüle, bewegte sich im Dunkeln der Wohnung, der Schnee lag mindestens einen Meter hoch, Valery würde jauchzen, sie mussten den Schlitten suchen, ob sie den nach Rotterdam mitnehmen sollten? Rotterdam, die Elefanten, er freute sich. Tiere hatten ihn stets getröstet, schon vor Fürstenfeldbruck, danach erst recht, nach diesem Licht, dem Feuer, der Uniform voller Blut, alles versaut, er erinnerte sich, dass sogar seine Haare auf den Armen nach Brand gerochen hatten und dass er es damals roch, süßes verbrennendes menschliches Fleisch.

Tiere beruhigen ihn, Elefanten allemal. Komplexe Tiere, sogar Todesrituale kennen sie. Tiere entführen nicht. Kämpfen ja, das hat er miterlebt. Die Massigkeit von Elefanten gefällt ihm. Schutz, Wärme strahlen sie aus, und fest ist ihre Haut, fast wie der Panzer eines Krokodils. Manchmal hat er das Gefühl, eine Kugel dringe da nicht durch. Er weiß, dass das nicht stimmt. Denn er weiß auch, wie dünn etwa ihre Ohren sind, dünnhäutig, fein ihr Blut, ihre Haut, kennt ihre Angewiesenheit auf Zärtlichkeit.

Wenn er daran zurückdachte, was er in Fürstenfeldbruck erlebt hatte, wurde ihm heute schlecht. Damals war er bei Bewusstsein geblieben, der rote Schaum aus seiner Nase hatte ihn beunruhigt, wenig Luft bekam er, ja, aber der Scharfschütze hatte Recht: es war schnell vorbei, sie brachten ihn in ein Krankenhaus, Stau gab es diesmal nicht oder er erinnerte sich nicht. Von der Zeit danach tauchten nur Inseln auf, Insel Mutter am Bett, Insel Vater am Bett, Geschwister, Bruno, der ihm eine Medaille gab und für immer verschwand. Max sprach nichts, zehn Tage sagte er kein Wort, man hatte schon Angst um seinen Kopf, obwohl er da nicht verletzt war, er lag in der Intensivstation, der Lungenschuss war gefährlich, die Ärzte hatten eine Drainage gelegt, Luft und Flüssigkeit wurden aus dem Thorax abgesaugt, Sie sind so jung, gute Heilhaut, sagten sie, das wird. Es wurde. Die Beinverletzung ungefährlich, dafür kompliziert. Die erste Kugel hatte den Oberschenkelhals von der Seite zersplittert. Das Bein drehte nach außen. Man musste operieren, damit aber des Lungenschusses wegen warten. Am Ende wurde genagelt, wodurch das Bein sich verkürzte. Da die Splitter nicht wieder zusammenwuchsen, musste der Nagel bleiben, er wurde in regelmäßigen, zum Glück großen Abständen ausgetauscht. Nie mehr würde Max unbehindert gehen können. Die Ärzte zuckten die Schultern; Max sollte wenigstens Übungen für den Fußheber machen. Ein Gummiband ums Sprunggelenk, das andere Ende befestigt an einem Heizungsrohr. Dann den Fuß gegen den leichten Widerstand des Bandes Richtung Schienbein ziehen. Einfach! Er gab den Befehl. Nichts passierte. Es war eine der demütigendsten Erfahrungen seines Lebens. Er lag am Boden und versuchte, den Fuß ein kleines Stück, eine Selbstverständlichkeit, nach oben zu ziehen, und nichts geschah. Damals war er in Tränen ausgebrochen.

Max stand über Valery. Sie fühlte sich kühler an, aber Fieber sank immer gegen Morgen. Er hatte ihr versprochen, dass sie auf einem Elefanten reiten durfte, wenn sie wieder gesund war. Wie leichtsinnig von ihm. Doch vielleicht ergab sich in Rotterdam eine Gelegenheit. Max richtete sich auf, schaute in den Schnee, der dicht und hell vorm Fenster fiel, als wäre er ein zerteilter, sanfter Blitz, und lächelte. Wie hieß das noch bei Freud, Krankheitsgewinn? Und bei ihm, Schicksalsgewinn? Da hatte er sich für die Stelle in Rotterdam beworben. Elefantenkoordinator aller europäischen Zoos. Verwaltungsarbeit, Organisationstalent, aber auch Fahrten nach Afrika und Indien, um Auswilderungsprojekte zu betreuen. Seine Zeugnisse waren hervorragend, Zooarbeit ihm vertraut. Er erreichte die Endrunde. Die Bewerber wurden in verschiedene Zoos geladen, die jeweilige Elefantengruppe einschätzen, projektieren, die nächsten Jahrzehnte planen. Elefanten waren wie Bäume, was man in 30 Jahren haben wollte, musste heute überlegt sein. Als Max sich vorstellte, sagte niemand etwas, doch er bemerkte, wie man verstohlen sein Hinken taxierte (wie will der denn auf 'nen Elefanten rauf! Der schafft ja nicht mal den Jeep). Beim Rundgang dann: ein Elefantenbulle mit Zahnproblem und ein nervöser Tierarzt. Der noch nervöser wurde, als ihn plötzlich so viele Leute beobachteten. Der Pfeil mit dem Betäubungsmittel blieb einfach nicht stecken. Das Tier blutete bereits leicht an Rücken und Bauch von den vorherigen Versuchen, stampfte unruhig, trompetete, tänzelte im Sand. Eine Patrone war noch übrig. Geben Sie her, sagte Max. Der Schuss saß und stak fest, fünf Minuten später ließ das Tier sich friedlich auf die Hinterbeine, zehn Minuten später hatte Max den Job.

Jetzt würde er sich ins Bett legen. Leicht betäubt. Er lächelte über sich selbst. Die Zähne in der Dunkelheit, ein kleiner weißer Blitz.

8

(Schwebendes Verfahren)

Blues am Morgen.

Verschwitztes Bett, abgestandener Hähnchenduft. Und dann klingelte auch noch das Telefon. Niemand reagierte, Katja wunderte sich, dann wurde ihr klar, dass Paul schon gegangen sein musste. Sie suchte seinen Wecker, halb zehn. Es hatte soviel geschneit, dass die Welt stillstand. Deshalb war sie nicht aufgewacht. Nun lag sie hier, allein in seiner Wohnung. Ihre erste gemeinsame Nacht ohne Sex. Verliebtsein, Euphorie drehten auf eine andere Bahn. Traurig? Beruhigend? Draußen fiel Schnee. Musik im Kopf, *everything in its right place*. Silbern wirbelten die Flocken herab, in kleinen Spiralen, wie Jozefs Olympiageschenk. *I've got two colours in my head.* Jozefs Geschenk zu Susannes Einzug. Eine Zeit zu Ende, eine andere fängt an, sagte Jozef schon in der Tür. Was das heißt, kann man an der Spirale sehen. Pfiffig verzog er das Gesicht: das Alte geht nicht verloren, es kommt mit dir, wenn du es lässt, ich habe lange gebraucht, das zu verstehen. Katja drehte sich noch einmal im Bett, nicht sicher, ob sie Jozefs Satz tröstlich finden sollte. *Yesterday I woke up sucking a lemon.* Oh ja. Wie die Wege von einem zum anderen führten. Da hatte sie angefangen, ihren Vater über Susanne neu kennen zu lernen, da hatte Jozef auf Max abgefärbt und jetzt spiegelten beide auf Paul. Sie drehte sich wieder zurück, wollte den Schnee fallen sehen, machte sich rund, die Decke war warm.

Jozef sagte: Katja, komm her! Sie verbrachte ein paar Tage bei den Großeltern, während Edgar Susanne mit dem Umzug half. Auf Jozefs Schreibtisch lagen zwei Päckchen, Katja sollte erst das größere Geschenk auspacken (eine Jeans!), dann das kleinere. Wie du weißt, hob Jozef pathetisch an, haben wir alle Familienstücke verloren. Also dachte ich, ich suche dir etwas aus unserer gemeinsamen Zeit. Er sprach in seinem Ich-halte-eine-Rede-Ton, den er nur für Familienangelegenheiten verwendete, lustig und feierlich, Katja rührte es immer an. Das zweite Geschenk war eine feine Spirale, nicht billig vom olympischen Souvenirkiosk, sondern echtes Silber, in drei Dimensionen gewunden. Nach oben wurde sie wie ein Schneckenhaus stetig zarter und enger, funkelte und hing an einer dünnen, ebenfalls silbernen Kette. Als Katja sie mit aufgeregten Fingern aus der Schmuckschachtel löste, sah sie, dass die Spirale sich auch nach unten wölbte – sie formte eine perfekte Kugel, der Erde ähnlich, mit einem Nord- und Südpol, an denen die Spirallinien zusammenliefen. Eine Loxodrome, sagte Jozef, benutzt man unter anderem, um um die Welt zu fahren. Sieht aus wie ein Kopf, sagte Katja, und Jozef verzog das Gesicht zu jenem pfiffigen Ausdruck, den er annahm, wenn es galt, etwas Geheimnisvolles auszuplaudern: rund wie ein Kopf und wie die Gedanken darin! Er beugte sich zu seiner Enkelin; als Katja ihn umarmte, roch sie seine alte Haut. Die Wange war nass, aber das musste nichts heißen, seine Augen tränten seit neuestem ständig ein bisschen.

He Kanu, was machst du? Paul stand in der Tür, er sah, wie sie erschrak, offensichtlich hatte sie ihn nicht bemerkt, obwohl sie mit offenen Augen dalag. Ich war beim Bäcker, sagte er, und als sie ihn weiterhin anstaunte als wäre er ein frisch geschlüpfter Yeti, sagte er, heute muss ich doch nach Ismaning, für den Vortrag. Und es schneit! Draußen liegt mindestens ein Meter frischer Schnee. Es riecht und knirscht, die Äste sind weiß, alles klebt. Komm mit, habe ich mir gedacht, in Ismaning sind wir um 14.00 Uhr fertig, dann fahren wir nach Fürstenfeldbruck und schauen uns das Gelände dort mal an, ja?

Zu ihrer eigenen Überraschung nickte Katja sofort. Es war

Ewigkeiten her, dass mal ein Mann für sie gekocht hatte. Dass einer einen Kosenamen für sie erfand, der ihr gefiel, war noch länger her. Obendrein jetzt dieser Vorschlag. Und das alles innerhalb von 24 Stunden. Ich kann nicht Auto fahren, rief sie, um ihn zu necken. Aber ich, sagte Paul, und sie sagte, dann kann ich es auch.

Mit dem Schnee fing ein Münchner Winter erst an. Der Schnee wehte im Oktober, spätestens Anfang November, von den Bergen herab. Dann verschwand er wieder, aber im Januar klebte er sich fest an der Stadt. Türmte sich. Kühlte sich selbst, lachte knirschend dazu. Über ihm schien die Sonne. Sie funkelte, er funkelte zurück. Die Luft war krisp, als wäre das leise Knistern des Schnees sie selbst. Sie war es. Im Schnee kamen Luft und Wasser zusammen und untersuchten sich, langsam und sehr genau. Jedes Kind spürte das, wenn es in einen Haufen sprang. Die Welt war oben blau, unten weiß. Als wäre ein Teil des bayerischen Himmels herabgestürzt. Jedes Kind wusste das. Dem Himmel schien es zu gefallen. Er leuchtete auf der Erde weißer und darüber blauer als je im August.

Am Nachmittag in Fürstenfeldbruck trieben einzelne große Flocken schräg durch die Luft, als spielten sie mit sich. Ein paar Amseln hüpften im Schnee, pickten nach Gras. Am Ortseingang klemmte das Schild einer Bürgerinitiative, gegen Fluglärm, gegen zivile Flugfahrt, übersprüht mit »Wir gehen gern in die Luft.« Darunter klebte, pinkfarben, »Verein der Fliegerfreunde.« Paul amüsierte sich, das ist Deutschland, Deutschland im Nahkampf!

Ein weißes Schild, »Fliegerhorst«, lotste sie durch das Städtchen. Die Brücke über die Amper, eisig gefroren, war schnell passiert. Das Militärgelände dann, ein Stück hinter dem Gewerbegebiet, schien riesig: ein weitläufiger Zaun, Büsche, Bäume, flache Bauten. Obwohl alles winterlich kahl war, ließen der Tower und die anschließenden Gebäude sich nicht entdecken.

Paul parkte vor dem Kasernentor, Katja klopfte an eine enge, etwas heruntergekommene Tür neben einem breiten Gitter, das Bundeswehrfahrzeuge passierten. Ein alter Mann, dünn, groß, in einem fast bodenlangen Wintermantel, bewegte sich am Zaun ein Stück auf sie zu, blieb aber abrupt stehen, als Katja die Tür mit der Aufschrift »Pass-Stelle« öffnete. Der Raum dahinter erinnerte sie sofort an das Wartezimmer eines Tierarztes, den sie einmal gekannt hatte: jede Menge Aushänge, zum Teil noch in Schreibmaschine geschrieben, von Klarsichtfolien geschützt. Trockene Heizungsluft. Der Pförtner, äußerst hilfsbereit, wühlte in einem Verzeichnis. Vom Wandtelefon aus konnten sie mit der Pressestelle des Standortes sprechen. Und erneut: Freundlichkeit. Ein Major (Katja schämte sich etwas, sie hatte die Bundeswehrränge nicht im Kopf, Major?) holte sie ab und fuhr sie, nach ein paar erklärenden Worten – wollen Sie fotografieren? Nein – umstandslos vor das alte Gebäude. Das Katja so gut kannte. Und sofort wieder erkannte, zumindest als der Wagen um die Ecke bog, als sie die Vorderfront sah.

Der militärische Flugverkehr war vor ein paar Monaten eingestellt worden. Überall lag Schnee, glitzerte, knirschte. Katja stand in der kleinen geräumten Kehre.

Da waren sie also. Da war es wirklich.

Und sah so unwirklich aus.

Das Tarnbraungrün des Towers, der Büros und der alten Feuerwehrhalle hob sich kräftig vom Weiß der Umgebung ab. Katja kniff die Augen zusammen. Die technischen Aufbauten waren entfernt worden, ein neuer Tower, ein gutes Stück entfernt, reckte sich klobig wie ein Wehrturm nach oben. Katja drehte sich, machte ein paar Schritte, Paul folgte ihr. Eine einzelne Fahrspur führte zum nächsten Hangar. Wie eng alles war, wie wenig Platz man gehabt hatte, wie nahe beieinander die Helikopter gelandet sein mussten. Auf Fotos und Fernsehbildern wirkte das Gelände viel größer. Zudem waren die sechs Hangargebäude, kreuz und quer am südlichen Rand des Abfertigungsfeldes platziert, stets ausgeblendet worden. Sie sahen aus wie an den Rändern stark nach außen gebogene, auf die Erde gesetzte Helme. Kleine Bäumchen wuchsen auf ihren steil nach oben gezogenen Seitenwänden.

Der freigeschaufelte Asphalt glänzte in sattem nassem Schwarz. Eine alte einsitzige Maschine, die Spitze bunt bemalt (ein geöffnetes Haifischmaul), stand etwa 30 Meter neben dem Tower in einem Feld. Über das ganze Gelände waren alte Flugzeuge verteilt, grünbraune Heckflossen, vergilbte Scheiben. Für einen Augenblick spürte Katja, wie einsam und schön, wie gefährlich und verlockend es sein musste, in so etwas abzuheben.

Rechts der Raum für die Feuerwehrfahrzeuge – die Schlafkojen der Männer darüber schienen verschwunden, jedenfalls gab es keine Fenster mehr. Links das runde schwarze C auf dem Tower. Katja freute sich, wie gut sie alles erkannte, als wäre keine Zeit vergangen, oder nur wenig, vielleicht ist es auch so, sagte sie zu Paul, der schweigend neben ihr stand, und der Bundeswehroffizier, der sie begleitete, klärte sie auf, C steht für control.

Dass Katja darauf nicht gekommen war. Doch control, das hatte ihr nicht einfallen wollen. Nicht in diesem Kontext. Sie musste erneut fast die Augen schließen. Der Schnee blendete. Control.

They are gone, dachte Katja, they are gone. Der Satz bewegte sich von selbst durch ihren Kopf. Vor dem Gebäude – frisch gestrichen, geheizt, benutzt, ein paar Pflanzen hinter den Scheiben, ein Fenster vergittert –, vor diesen Mauern, ihrer Ruhe, den wintrigen Bäumen, glich das Sprechen über »München« einer Spirale, und das Denken darüber auch. Katja und Paul wollten die Anlage umrunden, ihr Begleiter setzte sich in die offene Wagentür, die Arme auf die Knie gestützt. They are gone. Das Band mit den Berichten von *ITN News* hatte Katja erst vor ein paar

Tagen in den Rekorder geschoben. Ein kleiner Mann, gelbbräunliches Jackett, grüne Krawatte auf blauweiß gestreiftem Hemd, begleitete den gesamten 5. September. Nach Mitternacht fuhr er sich mehrfach verstohlen mit der Hand an den weißlich leuchtenden Kopf, der wie ein poliertes Ei in den Bildschirm ragte. Das extrem weit links gescheitelte, dünne Haar war fast unsichtbar, die langen Koteletten hatten etwas Schweißiges, jedes Mal, wenn der Journalist neu zugeschaltet wurde, wirkte er grauer und eingefallener – bis er gegen drei Uhr nachts nichts mehr sagen konnte, als die Wahrheit durchsickerte, zumindest das von ihr, was sich nicht verheimlichen ließ, als er zusammensackte, nach der Angst und Spannung des Tages, auf der Weltbühne einer »great story«, zu müde nun, um zu schwitzen, um viele Worte zu machen, alles abwarf, was er nicht mehr brauchte und nichts sagte als das bare, entblößte, leere: they are gone.

In der Ruhe nach diesen Worten, die Kamera verharrte auf seinem Gesicht, lag etwas schwer zu Beschreibendes, vielleicht das Unerträglichste: diese Art von Jammer, von Niedergeschlagenheit, dieses Gefühl der Verlassenheit – ein körperliches und seelisches Elend.

Katja hatte nicht erwartet, es hier wieder zu finden. Helle, leicht milchige Luft. Paul stand am Gebäude, dort war es wärmer, er winkte Katja zu sich. Vor ihnen erstreckte sich, weit und flach, der »Fliegerhorst« – als wäre die Anlage ein Nest, hoch oben auf einem Felsen. Der polizeiliche Nachschub in der Nacht des 5. September hatte, egal von welcher Seite er kam, noch ein gutes Stück im Dunkeln auf dem Militärgelände zu fahren gehabt, um überhaupt zum Tower zu gelangen. Man musste die Wägen schon von weitem gehört haben. Und in den Kasernen rundum waren junge Männer gesessen, Amerikaner und Deutsche. Ihnen hatte man gesagt, dass sie nicht hinausgehen durften. Sie hatten gewartet und zugehört.

Was ich auch über die Fedajin denke, sagte Katja und drückte sich an Paul, scheint mir falsch. Und dennoch …, sie brach ab. Paul hob die Augenbrauen, aber Katja zuckte nur die Schultern. Sie blickte auf den erstaunlich niedrigen Turm. Die zurückgesetzte Glastür blinkte frisch geputzt. Der Major fuhr im Wagen ein Stück voraus.

Ein israelischer Sicherheitsexperte, sagte Katja, stellte im Nachhinein fest, dass denen in München die Eigenschaft fehlte, von der Stärke des Feindes mobilisiert zu werden. Dass sie sich deswegen nicht ausreichend einsetzten.

Mobilisiert von der Stärke des Feindes, wiederholte Paul erstaunt. Aber es ging doch nicht um asiatischen Kampfsport!

Katja nickte. Ihre Wangen glänzten rot. Hätten sie die Fedajin mit ihren Geiseln also doch ausfliegen lassen sollen, was meinst du?

Oh Gott, sagte Paul, damit ich so etwas nicht entscheiden muss, bin ich Bibliothekar!

Brandt versuchte, mit Ägypten zu verhandeln, bekam aber Präsident Sadat nicht mal ans Telefon. Katja strich über den Schnee auf einem Busch, er rieselte herab. Seit zwei Jahren kursiert aber auch die Version, Ägypten habe sich bereit erklärt, einem deutschen Flugzeug mit Fedajin und Geiseln die Landeerlaubnis zu erteilen. Und alle dürften gehen.

Ungeklärt und vermutlich unaufklärbar, bis die Akten freigegeben werden?

Sie hatten den Wagen des Majors eingeholt.

Schwebendes Verfahren, sagte Katja.

Paul fror.

Katja blieb noch einen Augenblick draußen, schob einen ihrer weiten, zu langen Mantelärmel nach hinten, holte einen kleinen Gegenstand hervor und drehte sich um.

Als sie zehn Minuten später in den Wagen stieg, schüttelte sie sich sorgfältig den Schnee von den Schuhen. Paul, auf dem Beifahrersitz, diskutierte mit dem Major die Entwicklung der

Bundeswehr. Weitere Teile des Geländes, das umstrukturiert werden sollte, wurden ihnen gezeigt. Schon jetzt benutzten private Träger die Hangars. Lehrgänge der Bundeswehr fanden hier statt, die Ausbildung von geographischen und wetterkundlichen Diensten. In einem unscheinbaren runden Gebäude befand sich die Zentrifuge, in der Pilotenanwärter auf ihre Flugtauglichkeit getestet wurden. Dazwischen immer wieder Bauten aus den 30er Jahren: Arbeits- und Wohnräume für die Mannschaften, Versorgungs- und Anlieferungsbereiche, der so genannte Kilometerbau, niedrig, doch 998 Meter lang. Hier erinnerte die Anlage Katja an Prora, das sie einmal fotografiert hatte. Lange, gleichförmige Gebäudeblocks zwischen Kiefern und Buchen. Freizeit war organisiert worden wie Krieg. Alles gleich – Massen bewegen. Auf keinem der Bilder von Fürstenfeldbruck war das zu spüren: wie stark, durch die Architektur, der Nationalsozialismus auf dem Gelände noch wirkte. Kino und Propagandaräume, Aufmarschplatz. Das Hakenkreuz vor einem der Haupthäuser war mit Erde zugeschüttet, bepflanzt.

Das müsste man sprengen, um es wegzubringen, sagte der Offizier.

Am Tor mussten sie warten, um wieder hinauszudürfen. Ihr Begleiter sprang aus dem Wagen, schloss dessen Tür. Apropos Kampfsport, sagte Katja zu Paul, es gibt andererseits auch Vorwürfe, dass die Bayern zu sehr darauf drängten zuzuschlagen. Brandt schreibt in seinem Tagebuch, dass ihm einiges, was auf dem Sicherheitsgebiet – zuständig: Bayern – geschah oder nicht geschah, schlechthin unverständlich sei.

Was hältst du davon?

Katja lachte auf: Holzfällerart, reinhauen, fertig machen. Das habe ich hier immer gehasst.

Ich nicht, mir gefällt es sogar. Besser als so eine verschwiemelte Freundlichkeit. Außerdem hast du selbst etwas davon, Katja.

Was?, willst du jetzt eine Polizei verteidigen, die erst schießt, dann denkt!

Ihr Begleiter winkte durchs Fenster. Psst, sagte Paul, die Wagentür öffnete sich.

Sie stiegen aus und bedankten sich. Der Mann roch angenehm und hatte einen angenehmen Blick. Um sie aus dem Fliegerhorst zu entlassen, hielt er seinen Ausweis vor ein Lesegerät. Die Tür fiel ins Schloss, Katja und Paul standen wieder neben der Pass-Stelle. Vor ihnen lag der kleine Parkplatz, links davon führte die Straße zu einem Ehrenmal. Auf der anderen Seite des Tors erinnerte ein Denkmal an das Ereignis vom September 1972, eine Schale, die Namen der Geiseln in Stein. Nach dem Morgen des 5. 9., sagte Katja, sieht man die Geiseln auf keinem Foto mehr, in keinem Film. Allein André Spitzer, der einmal kurz aus dem Fenster schauen durfte, um mit Genscher zu sprechen, ist noch einmal aufgenommen worden, aber auch nur von der Seite, extrem unscharf.

Das war der Augenblick!

Gespannt, doch scheinbar beiläufig, fragte Paul, wo ist eigentlich deine Kamera?, ich dachte, hierher nimmst du sie sicher mit. Nach einer Pause sagte Katja, die Hände tief in die Taschen ihres Mantels vergraben, ich übe aufzeichnen mit dem Hirn.

Gehirnaufzeichnungen, rief Paul zweifelnd, und das nach allem, was ich dir gestern erzählt habe? Katja fand amüsant, wie er die Brauen zusammenzog, so dass der Schnee auf ihnen sich kräuselte, griff nach seiner Hand und sagte heiter, ja, genau deswegen, verschieblich und haltlos, höllisch ungenau, objektiv äußerst falsch und subjektiv exakt richtig.

Warum hast du keine Handschuhe an, Tinka, du bist ja eiskalt!

Ich glaube, ich habe sie im Auto vergessen.

Sie beschlossen zurückzufahren, um früh zu Hause zu sein,

so Paul. Er dachte an die Wohnung in der Poccistraße, wenn er »zu Hause« sagte. Schon als sie zum Wagen zurückgingen, sahen sie: der alte Mercedes hing schief. Paul rannte los, rief, Bayern im Nahkampf, die spinnen wohl!

Drei platte Reifen. Der Soldat am Tor hatte nichts gesehen. Er empfahl ihnen ein Café, ganz in der Nähe am Rand des Gewerbegebietes. Dort konnten sie auf den ADAC warten. Das dauerte. Bayern im Nahkampf, wiederholte der ADAC-Mann fast eine Stunde später, da haben Sie mehr Recht, als Sie denken, das passiert hier ständig. Die Ventile waren geöffnet und eingedrückt. Das Pumpen dauerte ebenfalls.

Ah, ein Paar! Schienen frisch verliebt, hielten Händchen sogar am Kasernentor. Ein paar Naive, die sich nicht auskannten, das sah er gleich. Der beige Mercedes war herangebraust, eine Schleife gefahren, jetzt stand er vor dem Tor auf dem Parkplatz, und seine Insassen schauten sich hilflos um. Der Mann, ein breiter Kerl um die 50, versuchte, durch den Zaun zu linsen, nichts zu sehen, rief er seiner Begleiterin zu. Die fror, verkroch sich in ihren weiten braunen Mantel. Kurz streifte ihr Blick auch ihn, dann schaute sie wieder aufs Flugfeld.

Er wusste, wie es weitergehen würde, exakt, schon bewegte die kleine Frau sich auf die Pass-Stelle zu, ihr Typ folgte, fort waren sie. Jetzt kam der spannende Teil.

Matthias schaute auf die Uhr, wartete. Hier war es heute so weiß, der Schnee auf den Ästen wie lackiert und man selbst als Eiswürfel darunter. Mindestens ein Mal die Woche fuhr er im Winter heraus, im Sommer öfter. Das war seine Pflicht! Eigentlich erstaunlich, wie viele Interessenten kamen. Zu seinem Flughafen! Einem historischen Ort! Und, was passierte damit? Die Bundeswehr wurde abgebaut, fast jedes Gebäude vermietet! Futtersilos, Reifenlager. Das ging ja gerade noch. Aber so würde es nicht bleiben. Discos, Musicals, touristische Führungen, Gejohle,

Gedröhne und Geschrei den ganzen Tag: darauf lief es hinaus. Schlimmer als in Riem würde es enden. Neunutzer, oder wie das hieß. Und das auf einem Asphalt, auf dem 15 Menschen gestorben waren. Pietätlos, alle pietätlos. Dagegen musste man etwas tun, jeder Einzelne war gefragt!

Fünf Minuten war das Paar schon weg. Bedenklich. Wenn sie nicht innerhalb der nächsten drei Minuten herauskamen, hatten sie Erfolg. Dann bekamen sie eine Tour übers Gelände.

Schon hörte er den Wagen vorfahren, den er nicht hören wollte. Ein Bundeswehroffizier nahm das Paar mit. Matthias stand neben dem Tor für die Lkws, immer andere Soldaten hielten dort Wache, da fiel nicht auf, dass er so oft kam.

Los. Wenigstens fror er nicht in seinem schönen bodenlangen Wintermantel. Eine ordentliche Wohnung hatte er auch, eigens nahe einer Bushaltestelle. Der beige Mercedes, noch aus den 80ern, das sah er gleich, gut in Schuss. Am rechten Vorderreifen, dicht an die Wagentür gedrückt, ging Matthias langsam in die Hocke. Erst hier unten zog er die gelben Plastikhandschuhe über. Gut vorbereitet, oh ja. Nachher mit dreckigen Händen im Café sitzen, das wollte er nicht.

Immer nachmittags fuhr er hierher. Vormittags beobachtete er den Bus an seiner Straße. Notierte, wenn er zu spät kam. Hatte der Fahrer wieder zu lange Pause gemacht! Das kannte er, 45 Jahre Dienst in einem MVV-Bus, 15 Minuten in einem des Bundesgrenzschutzes. Warten, warten, das halbe Leben lang. Dann, endlich, erschien das rumpelnde Gefährt, man sprang nichts ahnend hinein, und schwupps war man woanders hingefahren als man je gedacht hatte. So war es, wenn das Schicksal einen mit einem seiner Fingernägel am Hals streifte, nur weil man ausgerechnet da herumstand, wo auch es, seine Majestät, vorbeisauste. Zum Beispiel an einer Bushaltestelle, die gar nicht aussah wie eine Bushaltestelle, die vielleicht nur ein Telefon war, ein schnelles Ja, eine Gratifikation – und da rauschte ein Riesenbus heran und sammelte, zack, ein gigantischer Staubsauger, dich, ein kleines Staubkorn, ein.

Flughafen Fürstenfeldbruck. Der musste erhalten bleiben! Er, der Hiasl, ein alter Mann nun, lang und dünn, trug sein Teil bei. Nach 30 Jahren Übung konnte er sich unsichtbar machen, ganz unsichtbar, Matthias, eifrig am Ventil schraubend, kicherte, unsichtbar, aber gesund, haha, einmal gereist, sonst zu Hause, regelmäßig, präzis. Geduckt wanderte er vom Vorderreifen zum Hinterrad, bückte sich dort erneut tiefer. Der Wagen sah auch besser gepflegt aus als er war. Fest drehte er mit seinen alten Fingern, alt, aber geschickt, drehte sie alle auf, Hiasl, unsichtbar an den Ventilen, eins zwei drei – schon da hing so ein Mercedes geradezu göttlich schief – wollte zu vier huschen, linkes Vorderrad, hörte Schritte und – stand aufrecht da, ohne Handschuhe, Matthias, ein alter, freundlicher Mann, der den Soldaten, der zu seinem Wagen ging, nach dem Weg zum nächsten Café fragte.

Danke, ja, das finde ich!

Und wie er das fand. Oft musste er schließlich eine ganze Stunde dort auf seine Geschädigten warten – was er in diesem Café schon konsumiert hatte –, und die Geschädigten setzten sich auch hin und bestellten – was sie da alle zusammen ausgaben –, am Gewinn hätte der Pächter ihn, Matthias, eigentlich beteiligen müssen!

Diesmal: 45 Minuten, zwei einfache Kaffee, Zucker, Sahne. Matthias las Zeitung, blinzelte immer wieder zur Tür. Wagen mit extra gutem Bodenkontakt! Im Winter tauchten alle Geschädigten irgendwann hier auf, völlig durchgefroren vom Warten auf den ADAC. Wer sich auskannte, machte es einfacher, bei der Autovermietung 500 Meter weiter gab es eine tragbare Pumpe, aber das Paar von heute kannte sich nicht aus, das hatte er gesehen, die würden Günter holen. Und Günter war langsam. Der hatte jede Menge Einsätze, besonders viele aber hier, der verdankte ja ihm, Matthias, nachgerade seinen Job!

Die kleine braunhaarige Frau erschien zuerst. Zwei Tische von Matthias entfernt setzte sie sich und rieb sich die Hände warm, noch bevor sie den Mantel auszog. Er hörte sie einen Kakao bestellen. Ihr Begleiter wollte wohl das Auto keine Sekunde mehr aus den Augen lassen! Matthias sprach seine Geschädigten nie an, das hätte noch gefehlt, viel zu freundlich wäre das gewesen, die sollten Fürstenfeldbruck doch für einen finsteren Ort halten. Als er an der Frau vorbei aufs Klo ging, sah er, dass sie eine kleine Kamera in der Hand hielt und immer wieder abdrückte, obwohl sie gar nicht auf den Bildschirm zu schauen schien. Eine Detektivin? Zurück an seinem Tisch setzte er sich auf einen Stuhl halb hinter einer Palme, so konnte er die Frau beobachten, aber sie konnte ihn nicht fotografieren. Sie stützte die Ellbogen auf den Tisch, die Kamera, halb in den Händen verborgen, nach unten gerichtet. Die fotografierte das Tischtuch. Eine Spinnerin! Schnell zählte Matthias sein Geld und bestellte ebenfalls eine heiße Schokolade. Sehr gut. Dieser Nachmittag war auf jeden Fall ein Erfolg. Schließlich kamen auch noch Günter und der Mercedesfahrer herein, rascher als Matthias schaute die Frau zur Tür, gerade noch sah er ihre Hand in die Manteltasche gleiten, schon war der Tisch leer bis auf die Tasse mit dem Kakao.

Bayern im Nahkampf, hörte Matthias ihren Begleiter sagen, Günter antwortete etwas wie »ständig hier«, »furchtbar«, schon zogen die drei ab.

Draußen war es bereits dunkel. Die Straßen lagen düster und flach, links ragten ein paar Kräne aus dem Gewerbegebiet, die hatten ihr Tagwerk getan. Wie er. Mit leicht gesenktem Kopf schlurfte er durch den Schnee Richtung Busstation, zog den Schal enger um den Hals. Sein Blick ging vor ihm auf dem Boden, die Schuhspitzen traten abwechselnd hinein.

Er hob den Arm, blickte auf die Uhr: mal sehen – der Bus!

Eineinhalb Stunden später als geplant fuhren sie zurück. Das Autolicht bannte die Büsche zu tintigen, an den Böschungen klebenden Schatten. Die Flocken, funkelndes Kristall in der Dunkelheit, sickerten wie aus einem Gewölbe herab. Katja wühlte in Pauls CDs. Das also war der Weg, den auch Max zurückgefahren worden war. Vielleicht. Ein Stück Richtung Autobahn. Oder hatte die Straße sich verändert? 30 Jahre waren nichts für eine Straße. Weil sie an Max dachte, hielt sie über der *Best of Frank Zappa*-Scheibe inne. *Smoke on the Water* fiel ihr ein, da war doch die Zappa-Ausrüstung verbrannt, deswegen hatte *Deep Purple* dieses Lied geschrieben. Sie schob *Zappa* ein. Und sagte zu Paul, ich habe mich in dich verliebt.

Gestern.

Innen.

Sie sah ihn lächeln, von der Seite. Kanu, du gehst ja richtig ran heute!

Er hätte sie gern nach ihren BHs gefragt, warum ziehst du sie nie aus? – aber verschob es. Geduld, sagte er sich, das ist die Frau, bei der du noch länger bleiben willst, da hast du Zeit. Außerdem musste er sich jetzt erst einmal wundern, welch eine Wirkung so ein Satz hatte, so ein einfaches »verliebt«, bei ihm.

Das alte Auto fuhr munter hügelan, hügelab.

Zappa spielte, die Heizung blies auf drei, das Brummen des Motors, nachts immer lebendiger als tags, war dennoch zu hören. Katja und Paul saßen nebeneinander, konnten sich berühren, allerdings bewegten sich die Herzen, die in der Brust und die im Bauch mit den Geheimnissen, bei jedem weiterhin im eigenen Takt. Paul räusperte sich, zu Weihnachten habe ich leider keine Zeit, das muss ich mit den Kindern verbringen.

Das Thema Weihnachten hatten sie bisher vermieden.

Katja, leichthin: das habe ich mir schon gedacht.

Sie hat sich vorbereitet, sagte sich Paul, gut. Wir feiern nach, versprach er jetzt.

Wenn wir Lust haben. Sonst nicht.

Es klang echt. Sie legte die Hand auf seinen Schenkel. Wo sie empfindlich war, wo nicht, er wusste es noch nicht. Wie Spiralen, kleine silberne Spiralen, sagte Paul glücklich, kreiseln die Flocken auf uns herab. Weil es spät war, setzte er Katja vor ihrer Wohnung ab, flüsterte, gute Nacht, Kanu, und sie sagte, weißt du, warum ich dich so mag, Soysal-Scheusal: weil du ein Bild bist, das sich langsam zusammensetzt. Nein, sagte er, ich bin real. Katjas Blick wurde warm. Er hatte Recht.

9

(Katjas Kiste)

Seit einer Stunde wühlte sie, zunehmend wütend, die Kisten im kleinen Zimmer durch, Pappe riss, ein Stapel Bücher fiel um, Kassetten schepperten aus einer Box, die Wohnungstür ließ sich kaum mehr öffnen, Katja stöhnte, sie suchte nach dem Spiralanhänger, Jozefs Geschenk, zunehmend genervt.

Seit einer guten halben Stunde saß Paul auf einer der schon durchschaufelten Umzugskisten, die sich unter seinem Gewicht bedenklich bog, und sah zu. Katja hasste es, etwas zu suchen, noch mehr hasste sie, dabei beobachtet zu werden. Da schneite er unangemeldet in seiner Mittagspause herein und schmollte, weil sie weiterwühlte. Ein grauer Himmel hing über leeren Ästen, um 13.00 Uhr drehte man Licht an, Blitzeis, Nässe, Weihnachtsklimbim, die Hektik der Einkäufe, ein Rausch mit Kopfweh davon. Seit Tagen hatten sie sich nicht gesehen, seit Tagen hatte Katja suchen wollen, jetzt kam sie endlich dazu, da erschien er, sie freute sich, sie tranken Tee zusammen, aber Katjas Tag war voll, sie unruhig, wuselte weiter, sagte, heute Abend, o.k., aber Paul ging nicht, sondern setzte sich hin. Paul, auf Mittagsentspannung erpicht? Katja grinste, plötzlich sicher, exakt in der Kiste, auf der er nun saß, lag ihr »geheimes Tagebuch«, ihre Liste! Von deren Existenz Paul nichts ahnte, obwohl er die Bestandteile immer wieder nahe, sehr nahe, vor Augen hatte:

    – trug den roten BH mit weißen Abnähern, sportlich

    – den hellblauen, mit Blümchenspitze

    – grüngelbbeige gestreift, mit passendem Slip, nur den behielt ich nicht an

– den weißen ganz glatten BH, der Paul nicht so gut gefiel, da ließ er sogar das T-Shirt drüber

– den hellroten leuchtenden mit der kleinen Schleife in der Mitte, den man zwischen den Brüsten aufhakt, ich setzte mich auf Paul und hielt seine Hände fest

– den türkisblauen, den er schon kennt, die Ösen extra fest eingedrückt,

und sagte zu Paul, der dahockte wie ein tauber Fels in der Brandung und Katjas Yogitee schlürfte, den er sonst verachtete, sagte ungeduldig, könntest du mal von der Kiste gehen, bitte?

Der Schaden war nicht zu übersehen. Ich mach bald 'ne Abmagerungskur, versuchte Paul sich aus der Affäre zu ziehen.

Zu Weihnachten, ja?

Was bist du so wütend, fragte er. Ich bin nicht wütend, du hast nur das Telefon rausgezogen. Oj, sagte Paul, hab ich gar nicht gemerkt; eben, stöhnte Katja, das ist es ja. Er saß schon wieder, diesmal auf ihrem Bett. Offensichtlich wollte er aus irgendeinem Grund nicht in seine Arbeit zurück. Vielleicht wartete seine Frau dort auf ihn. Sie haben Deutschland verklagt, sagte er, ich dachte, das interessiert dich. Wer?, murmelte Katja und versuchte, Pauls Kiste aus dem Weg zu schieben, aber sie war so schwer als sitze er noch darauf. Wer hat wen verklagt, keuchte sie, geht dir deine Zeugenforschung ab? Entnervt beobachtete sie, wie ihre wenigen Schminkutensilien auf der Kiste neben dem Bett durcheinander hüpften, weil unten ein Laster in den Hof fuhr. Ganz und gar nicht, antwortete er, es hat mir Leid getan, dass es soviel Ärger gibt mit der von dir zerstörten Zeitungsseite. Katja stöhnte, Paul schob ihr die Kiste weg, kniff sie in den Arm: nun lass dich doch ein bisschen ärgern. Nun denk dir doch was Neues aus, äffte sie ihn nach. Also, sagte er, ich habe heute gelesen, dass die Angehörigen der ermordeten Geiseln die Bundesrepublik, die bayerische Regierung und die Stadt München verklagt haben. Jahrelang wurden ihnen entscheidende Akten vorenthalten. Jetzt verlangen ..., Katja fiel ihm ins Wort: jahrzehntelang! Der bayerische Staat hat den Hinterbliebenen gegenüber die Existenz von Akten überhaupt geleugnet, nur ein Dossier von 63 Seiten wurde zugänglich gemacht. Als Ankie Spitzer sich '92 in einer Fernsehsendung über diese Behandlung beschwerte –, nie hatte man ihr den Obduktionsbericht ihres Mannes gezeigt, ja, sogar behauptet, es habe keine Obduktion gegeben – erhielt sie einen anonymen Anruf aus Deutschland.

Katja, Juristenton: 14 Tage später traf eine Kiste voller Akten bei ihr ein. Beilag ein Inhaltsverzeichnis, 3808 Schriftstücke zu den olympischen Terrorereignissen in bayerischen Staatsarchiven, inklusive 900 Aufnahmen aus der Pathologie. Hier, in der der Stadt! Alles versteckt, jahrelang verleugnet, um die eigenen Fehler zu kaschieren.

Katja, Juristenton: 2001 ist der Rechtsstreit mit den Hinterbliebenen außergerichtlich geklärt worden. Drei Millionen US-Dollar, zahlbar von deutscher Seite.

Gut, gut, sagte Paul, ich merke, du weißt alles, was du wissen willst.

Ja, sagte Katja, exakt. Und ich will allein sein hier.

Aber stell dir doch vor, all jene Akt...

Katja baute sich vor Paul auf, sie reichte ihm knapp bis zur Schulter, ihre Wangen waren gerötet, ich zähle jetzt bis fünf, sagte sie, dann hilfst du mir oder gehst. Du bist wirklich furchtbar, wenn du etwas suchst, rief Paul nun ebenfalls genervt, genau, sagte sie. Genau, äffte diesmal er sie nach. Es ist ein silberner Anhänger von Großvater, rief sie, Paul zuckte die Schultern, den findest du dann schon, ich dachte, ich helfe dir, wenn ich dich ablenke, dabei quetschte er sich zur Wohnungstür hinaus, nicht einfach, wenn man 97 Kilo wog (Katja wusste es jetzt exakt) und die Tür kaum mehr als zwei Handbreit aufging, ciao, flötete Paul, hast du schon gehört, die verklagte Bundesrepublik forderte von den Bayern Akteneinsicht, die Bayern schickten ihre Dokumente nach Bonn, samt des Films, der in FFB gedreht worden war, und – er stand schon in der Tür, he Katja, Süße, hörst du noch – als die Kisten in Bonn aufgemacht wurden, war der Film weg.

Unter einem seiner Schuhe krachte etwas, da siehst du, was du tust, schrie sie ihm nach, rannte zu dem zertretenen Päckchen, vielleicht ein Fingerzeig, gar die Spirale selbst, aber nur die Plastiksplitter einer Kassettenhülle fielen ihr entgegen, der Schaden war geringer als gedacht, das Finden leider auch.

Katja sackte auf der paulgebeulten Kiste zusammen. Die Wohnung, ihr Leben, das Alleinsein, das ewige Reisen, aber hier wollte sie auch nicht bleiben, das verdammte Zusammensein, Affäre, wie lächerlich, das dauerte schon viel zu lange, Paul und die Recherche hielten sie hier, siedelten sie geradezu an, sie wollte das nicht, wollte es doch, aufhören sollte es jedenfalls nicht. Wie machten nur all die anderen das: allein, zu zweit, wieder allein – Paar, dann Gruppe, Kinder, die Ex und ihr neues Kind, beider neue Partner, der Onkel, dessen neue Freundin samt Tochter, Nachbarn obenauf. Hockte man dann zu so vielen herum, dass man wieder allein war, wie in einem Café, nicht ganz allein, doch allein mit sich? »Allein« steht am Anfang von allem, dachte Katja, aber dann fiel ihr ein, dass man am Anfang zu zweit ist, neun Monate lang, ohne eine Sekunde Unterbrechung. Sie dachte an Marlene. »Allein« – das war schnell gesagt, noch schneller gedacht und wieder weggeschoben, nur in Wirklichkeit, draußen in Edgars Garten oder hier in der Wohnung, dauerte es. Auch mit Paul. Da saßen sie zu zweit, jeder, der hinschaute, hätte das bestätigt, es war ja offensichtlich, aber wenn Katja Paul besuchte, kam das Alleinsein aus der eigenen Wohnung mit in die andere Wohnung und wohnte darin. Wie ein Webschiffchen sauste Katja zwischen Alleinsein und Zuzweitsein hin und her, aber, wenn das stimmte, wer spannte die Fäden, zwischen denen sie fuhr? Seit fünf Monaten war sie so alt, wie Marlene geworden war. Eigentlich hieß das nichts, es musste nichts heißen, aber für Katja bedeutete es viel, denn sie erinnerte sich zu gut daran, wie sie als Kind davon überzeugt war, wenn ich auch 42 bin, werde ich verstehen, warum sie es getan hat, jetzt, mit acht, jetzt, mit 12, mit 17 verstehe ich es nicht, jetzt hasse ich sie dafür. Wenn sie damals Susanne mit dem Zoom der Kamera folgte, dachte sie, dass auch ihre Mutter einen Körper hätte haben können, von dem Wasser abperlte, denn diese lebendige Mutter wäre mit Katja im Sommer an den See gefahren wie Susanne es tat, die mit Vorliebe schwamm, und Katja wäre mit Marlene geschwommen statt am Ufer zu sitzen und eine schwimmende Frau zu beobachten, die niemals Marlene wurde. Eingewickelt in ein Handtuch kauerte Katja auf dem Badeplatz, wartete auf Susannes Rückkehr und fürchtete sich zugleich davor.

Mit einem kleinen Schmatzen löste sich damals der nasse Badeanzug von ihrer Haut. Sie schaute in ihren Ausschnitt, bis auf den Bauch, und unten an den Beinen suchte sie auch. Susanne hatte ein Muttermal in der Leiste, das sich bis zu den Schamhaaren zog. Flachgelegtes Italien, hatte Eddi es getauft. Es war von der Glätte und Bräune eines Brandfleckens in einem hellen Tuch. Man hatte versucht, ihre Eltern anhand dieses Körperzeichens zu finden, vergebens. Susannes Eltern waren in das Mal hinein verschwunden. Katja, auf dem Handtuch, suchte am eigenen Körper danach, wohin ihre Mutter verschwunden war. Sie fand nichts. Und bekam Angst, ob sie nach innen, in Katja hinein, untergetaucht sei.

Als sie sich jetzt daran erinnerte, spürte sie, wie sie halb bewusst die vergangenen Monate hindurch auf eine Entdeckung gewartet hatte, die ihr etwas erklärte: Marlene. Verzweiflung? Mutlosigkeit? Überdruss? Aber das Einzige, was sie nun sah, war, dass sie nicht wusste, wie ihr Leben mit einer Mutter geworden wäre. Eine Zeitlang hatte Katja geglaubt, ihre Mutter sei krank gewesen, sie hatte gesucht, aber nichts gefunden, ich weiß nicht, hatte Edgar gesagt. Depressiv vielleicht, schwere Jugend, keine Eltern mehr.

Aber dich hatte sie doch.

Aber mich, hatte Edgar genickt, und das reichte nicht, das ist die bittere Wahrheit.

Und mich, dachte Katja. Die bittere Wahrheit auch hier: es reichte nicht, hatte nicht gereicht, Marlene abzuhalten von ihrem letzten Schritt. Das tat Katja noch immer weh. Man konnte nicht verlangen, dass ein Mensch einem anderen zuliebe blieb. Nicht einmal als Kind. So einfach war das. So hart. Dort hörte alles Alleinsein auf. Dort war Katja einsam, dort trieb sie in einem Ruderboot, ohne Ruder, in einem weiten hellblauen eisklaren Meer, ein paar Vögel, Eisschollen, Wolken und sie.

Katja sprang auf, wühlte erneut, diesmal fand sie sofort, was sie suchte: ein Foto. Katja, kurz nach ihrem 15. Geburtstag, im Olympiabad, aufgenommen von Franz. Auch Edgar, Susanne und ein paar Schulfreunde waren dabei. Katja fotografierte, die Gruppe, jeden einzeln, die Pärchen, das Gras, nackte Bäuche, auf dem Weg von der U-Bahn ein Mädchen mit einem älteren Mann, sie trug einen schwarzen Badeanzug, das T-Kreuz der Träger auf dem Rücken wie eine Einschussmarkierung, da legte er seine Hand hin, auch dieses Foto hatte sie noch. Für eine halbe Stunde bewachte Franz Katjas Kamera, damit sie auch schwimmen gehen konnte. Als Katja den Film im Schullabor entwickelte, sah sie sich aus dem Wasser steigen, die langen Haare zu einem Knoten geschlungen, weiß noch vom Winter, schlank. Was Franz in ihr gesehen hatte, wusste sie nicht. Sie jedenfalls sah, wie sehr sie ihrer Mutter ähnelte.

Ihrer Mutter auf einem Foto – wo sonst. Marlene stand in einem bunten Badeanzug am Meer, hellhäutig wie Katja, der Urlaub fing wohl erst an, und lächelte unter einem Strohhut hervor. Über der breiten Krempe spiralte sich das Stroh, in einen Zopf geflochten, zur Spitze hinauf.

Unten in den Hof fuhr ein Auto ein, das Schminkzeug auf der Kiste am Bett rappelte. Katja, traurig, sah Schatten, spürte Nähe und Trauer. Weil Marlene ihr Leid tat, und sie sich selbst auch, und weil es Zeit war, endlich traurig zu sein.

Sie stand an der Heizung. Der Wagen im Hof ließ eine Ladeklappe herunter, sehr langsam. Vielleicht ein neuer Stuhl für die Zahnarztpraxis? Nachdem Edgar von Marlenes Selbstmord erzählt hatte, hatte Katja angefangen, sich vor dem Einschlafen vorzustellen, wie der letzte Abend für Marlene gewesen sein mochte. Sie fragte Edgar, weil Susanne einzog und ihr das den Mut dazu gab, ob die Mutter einen Brief hinterlassen hatte, einen Brief an sie, Katja. An mich ja, sagte Edgar, du konntest ja noch nicht lesen, und natürlich wollte Katja diesen Brief an Edgar sofort sehen und kontrollieren, ob sie darin wirklich nicht vorkam, mit keinem kleinen winzigen Wort, aber Edgar sagte nur, später, jetzt bist du noch zu jung, das zu verstehen. Also fing sie an, sich den Brief vorzustellen, sie dachte, wie sie selbst es machen würde. Sie dachte, dass sie alles ordnen würde, sich verabschieden vom Garten, das letzte Mal etwas trinken, ein Sunkist-Orange, sich verabschieden von der Puppe, mit der sie nicht mehr spielte, aber die noch in ihrem Zimmer saß, ihrem dann schon aufgeräumten Zimmer, das fast schon leer aussah, und spätestens an dieser Stelle begann sie zu weinen. Denn nun folgte das Traurigste, der Abschied ihrer Mutter von ihr selbst, bestimmt hatte Marlene sich von Katja verabschiedet, aber sie, Katja, konnte sich nicht daran erinnern, sie hatte nichts gemerkt. An dieser Stelle weinte sie noch mehr, vielleicht hätte sie die Mutter zurückhalten können. Als ihr dies zum ersten Mal einfiel, hörte sie zu weinen auf und hinter dem Weinen war nichts als ein grässliches Gefühl, wie ein Wald voll spitzer Nadelbäume und zugleich ganz leer.

Solch einen Wald gab es nicht, doch er war vollkommen wirklich, das machte Katja Angst, denn dieses Gefühl steckte nicht in ihr, sondern war größer als sie, es schloss sie ein, fraß sie auf. Lieber dachte sie nicht mehr daran. Solange sie weinte, gab es etwas in ihr, das nicht glaubte, dass die Mutter sich umgebracht hatte, es musste doch ein Unfall gewesen sein, sonst hätte Katja etwas gemerkt, auch als Fünfjährige, das tröstete sie. Später schloss sie einen Kompromiss mit sich selbst, sie hatte etwas gemerkt, aber es verdrängt. Später. Auch da durfte sie Marlenes Brief an Edgar nicht lesen, denn Katjas Vater fand ihn nicht mehr, als Katja endlich groß genug war. Ich habe ihn nicht mehr, sagte er, ich habe es nicht ertragen, ich habe ihn mit ihr begraben, ich glaube, so war es. Katja wunderte sich, denn ihr Vater war ein Mensch, der nichts verlor, alle Akten aus allen Heimatfällen bewahrte er akribisch geordnet für alle Zeiten auf, und Marlenes Brief bestimmt ebenso. Sie glaubte zu verstehen, dass er ihn für sich behalten wollte, sein Geheimnis, »ich habe ihn nicht mehr, habe ihn mit ihr begraben, du kamst nicht darin vor, ich verspreche es dir«. Also fing sie an, auf ihren 18. Geburtstag zu warten, andere warteten zu diesem Geburtstag auf die große Party, die Freiheit, Katja wartete offiziell auch darauf, aber innen, dort, wo sie sich selbst wirklich war, wartete sie auf einen Brief vom Rechtsanwalt. Auch mit einem Anruf wäre sie zufrieden gewesen, einer von Edgars Kollegen, der ihr sagte, hier liegt ein Brief für Sie, Frau Berewski, aber es gab keinen Brief, weder als sie 18 wurde, noch zu ihrem 21. Geburtstag, auf den hatte sie ebenfalls gehofft, denn als die Mutter starb, hatte das Gesetz noch geglaubt, man werde mit 21 erwachsen, und die Mutter hatte vielleicht auch so gedacht. Marlene war gegangen, ohne sich von Katja für später zu verabschieden. Es war hart, das zu glauben, und als Katja es glaubte, spürte sie eine alte Wut auf Marlene: die hatte sie im Stich gelassen.

Es klingelte an der Wohnungstür, Katja zuckte nicht einmal,

reglos stand sie am Fenster, ohne etwas wahrzunehmen, zumindest nicht die kahlen Äste der Birke, nicht die graue Wand des Hauses gegenüber. Erst hatte Katja sich ihrer Mutterlosigkeit geschämt. Als wäre die ein Mangel an ihr. Ständig wurde sie rot. Charlie gab sie für Frau Berewski aus. Als Susanne einzog, erzählte sie allen, wie es wirklich war. Ihre Mitschüler fühlten sich hereingelegt, aber schon nach ein paar Wochen beneideten sie Katja: keine Mutter zu Hause, wie frei musste man da sein. Susanne arbeitete schließlich, Katja lag nachmittags auf dem Boden in ihrem Zimmer, zu zweit, oder in einem anderen Zimmer des Hauses, und im Zimmer nebenan ein anderes Paar. Manchmal machte sie die Augen zu und dachte dabei an Max, aus Versehen, dann machte sie sie schnell wieder auf, und er war fort.

Katja balancierte auf einem Stuhl, wühlte im Einbauschrank. Wenn sie schon die Spirale nicht fand, da wenigstens lag das große Tuch, eines von Lindas Stickwerken, rosa, mit roten Wolken von Gerbera. Und da – der Schulranzen, Katjas Herz hüpfte, sie strich über die U-Bahn-Schrammen, sprang auf den Boden. Als sie den Ranzen öffnete, fiel ihr auch das Fotoprojekt ein, für das sie ihn vor Jahren benutzt hatte. Die Bilder lagen noch darin, schon glaubte Katja, auch die blaue Juwelierschachtel mit der Spirale zu finden, nein, doch mit dem Packen alter Fotos aus Edgars Alben setzte sie sich auf den Stuhl in der geöffneten Schranktür, holte die Schreibtischlampe heran.

Dreimal hatte Katja erfahren, wie es war, wenn jemand Nahes starb. Jozef, Linda, Franz. Solange sie lebten, und Katja an sie dachte, hatte dieses Denken etwas Ruhiges. Gelassen sprang es von Szene zu Szene. Weißt du noch, Jozef, damals in der U-Bahn, unser Huhn? Weißt du noch, Linda, die Olympiakarten? Keine Synthese, die brauchte es nicht, die Erinnerung wanderte von Punkt zu Punkt, hopste Engel und Teufel mit Katja und den anderen, dort, wo sie sie miteinander verband.

Katjas Lieblingsfoto von Marlene. Es liegt ganz unten. Es überrascht sie.

Der Tod veränderte das Gedächtnis. Es wurde ernst und machte sich an die große Arbeit, versuchte eine Gesamtschau, alles, was ihm zur Verfügung stand, wollte es zusammenbinden, bewahren, was es konnte. In den ersten Wochen sagte es sich selbst, es ist zu früh, ich verstehe nicht. Dann kam der erste Todestag, und noch immer war es nicht weiter, die Zeit raste wie der Olympiasieger im Lagenschwimmen, auf jeder Bahn, und auch das Gedächtnis wollte sich jetzt beeilen, eine Summe ziehen. Da merkte es, dass nichts abzuschließen war. Es konnte eine Skizze machen, sich sammeln, den Schlussstrich ziehen, und am selben Abend, kaum lag man im Bett, fiel einem auf, was man vergessen hatte, das Wichtigste oft.

Katjas Lieblingsfoto von Marlene. Es überrascht sie. Marlene ist so viel jünger, frischer, als erinnert.

Zwei Arten von Gedächtnis also, das eine, intelligent, gebildet, fähig zur Synthese, nach der es verlangte – große Linien, rationale Thesen, die Farben grell. Es war das Gedächtnis, dem Katja in den Unterlagen zum Schwarzen Tag von München etwa ab Dezember 1972 begegnete, vereinzelt auch früher. Überblick, Einfachheit. Und dann das simple Gedächtnis – für vorbeiflimmernde Bilder, flüchtige Augenblicke, ein Einweg-Fotoapparat, der Erinnerungsatome produzierte, die sich nicht weiter zerlegen und homogenisieren ließen. Dieses kleine klarsichtige Gedächtnis akzeptierte den Tod nicht, es weigerte sich, das System der Erinnerungen völlig umzukrempeln, flüsterte den Toten weiterhin zu: erinnerst du dich, erinnerst du dich …: Jozef rief »heiß heiß!« in der Menschenmasse auf dem Marienplatz, Linda, die Sticknadel in der Hand, befeuchtete den roten Faden zwischen den Lippen, Franz, clicketiclack, tanzte zur Tür herein. Dieses Gedächtnis war launisch, ein freundlich wirkender Avatar, der – weil er sich für unterbezahlt hielt – seine schlechte Laune am Benutzer ausließ, indem er nur die Fotos aus dem Magazin holte, die ihm selbst gerade gefielen.

Marlene, ganz unten, seltsam jung.

Für sie fehlt Katja dieses kleine lebendige Gedächtnis. Das große kann Katja auffüllen mit dem, was andere erzählen. Was sie selbst heute denkt. Doch das kleine Marlene-Gedächtnis ist fast unbewohnt. Zwei Bilder, vielleicht drei. Kein »erinnerst du dich«. Wie klar das plötzlich ist.

So wird es bleiben. Jeder Brief ist da egal.

Auf dem Foto aus dem Ranzen stehen Marlene und Katja im Wohnzimmer. Ohne Edgar. Katja hält einen großen Ball, alle Finger ihrer kleinen weißen Hände sind noch ganz gerade. Marlene lehnt am Fenster, Dreiviertelprofil. Sie trägt ein eng geschnittenes graues Wollkleid mit einem Rollkragen, der den Hals halb bedeckt. Auf dem Tisch neben ihr ein Adventskranz (eine Kerze etwas abgebrannt), durch das alte Holzfenster, das schief in seinem Rahmen hängt, zieht eine Wolke, strahlend weiß. Die Nachmittagswolke aus dem Dezember 1964 schaut Marlene an, verschwommen zwar, aber ihr immer treu. Und auch Katja, vier Jahre alt, hält den Ball und lacht zu ihrer Mutter hinauf.

Katja wechselt in ihr großes Zimmer, setzt sich aufs Bett, schaut hinaus auf die Wolken vor ihrem eigenen Fenster, nimmt den Ball, geht langsam aus dem Foto und wird alt, sieben Jahre, und 12, und 13, und 28, und 35, und jedes Jahr einzeln, vorsichtig, ganz leise geht sie weg, leise, um sie nicht zu erschrecken, Mutter, Marlene, traurig und doch – gut so, und lässt sie, endlich, allein.

Seit Wochen hat Katja keine Musik mehr für sich gehört, jetzt wischt sie den Staub von ihrem uralten Plattenspieler, sucht *Intimate Letters*, hält das Konzert eine Minute später in der Hand (ist es so: wenn man das Richtige sucht, findet es sich gleich?). Janáçeks zweites Streichquartett. Katjas Nasenflügel bewegen sich, als könne sie auch mit ihnen hören, sie riecht, schnuppert, lauscht mit Lunge, Blut, Haut. Über den rhythmischen Schlägen des Cellos erklingen die raschen Spitzen von Bratsche und Geige, bedroht, kostbar. Auf der Luft reisende Diamanten, gepeitscht zur Rohheit einer Attacke, ein vollständiges, doch schnelles Fest, auf seinem Scheitelpunkt über Katja abgefeuert wie eine Silvesterrakete, deren Kugeln nach einem Augenblick Dunkelheit in einem weiten roten Schirm langsam herabregnen. Ein Liebesbrief, knapp, irregulär, allmählich sanfter, dennoch leidenschaftlich, nie kitschig, ein ehrlicher Abschied. Im Adagio schienen die Töne reglos zu schwingen, ein Geflecht zarter und muskulöser Stränge. Katja saugte Luft bis in den tiefsten Bauch, bis zum Bersten der Lungenspitzen. Das Finale stürmisch, geradezu ausgelassen, dann sehnsüchtig – es tat weh. Eine blinde Zärtlichkeit ergriff Katja, Haken und Ösen eines Kleides, die sich öffneten, wieder ineinander fassten. Musik von der hellen glasigen Trockenheit einer Straße im späten Sommer, eine simmernde Lichtplatte, ölig, wieder aufzischend, glitt zwischen Katjas Kleidung und Haut, um zu lesen, um zu bleiben, zunächst, zunächst.

Zunächst.

Weihnachten. Katja war nach Hamburg gefahren. Lieblingshotel und Einkaufen, alle Geschäfte dort praktisch aufeinander gebaut und voll gestopft. Mitunter kam ihr die Stadt vor wie ein Schiff in der Flasche, der Himmel grau, wie herumgegossen, sie mochte die Alsterfontäne und Nässe, die Speicher der Stadt und ihren Begriff von Jungferlichkeit, mit den blonden Pagenschnitten und wahnsinnigen Joggern auf jedem Grünstreifen, nur hier schien man so gesund. Doch auch in Hamburg wurde am Mittag des 24. alles still und wies auf sich selbst zurück. Drei Stunden später flog Katja nach München, Zufall, ja, noch ein Platz frei, zumindest für sie (mit ihren Meilen!), und saß abends, nachdem die Münchner S-Bahn mal wieder ausgefallen war, weil es leicht schneite, spät in Edgars Küche. Er war froh, sie zu sehen, Schildkröte Anastasia, die Kaiserin seiner späten Jahre, schlief ihren Winterschlaf, redlich verdient, sagte er. Katja konnte sich nicht vorstellen, was er damit meinte, Anastasia saß schließlich nur herum. Gelegentlich allerdings verschwand sie spurlos, so dass Edgar in Panik geriet, Schildkröten waren empfindlich, wie man sich denken konnte angesichts ihres Panzers, denn so etwas braucht man nur, wenn man darunter sehr weich ist, davon wusste Katja mehr als ein Lied. Edgar suchte das Tier hinter allen Möbeln, legte Salatblätter im Erdgeschoss aus, überall, wo die Kaiserin vielleicht vorbeikroch, auf so einem Blatt wirst du dir noch das Bein brechen, sagte Katja, und nur wegen diesem Vieh.

Da war Weihnachten ein Segen, Anastasia schlief, und auch Katja konnte auf keinem Salatblatt ausrutschen. Edgar holte Spargel aus dem Topf, jung und frisch zappelten die Stangen von ihm fort, aber am Ende aß er sie doch, mit listigen Augen. Im Alter ist allein sein leichter, dachte Katja, wie ein trockenes Blatt, das sanfter zu Boden fällt, aber Eddi sagte, während er seiner Tochter die weißen Stangen geschickt ins salatgrüne Tellernest breitete, rohen Schinken dazu: Blödsinn. Erstens bin ich nicht alt. Zweitens bist du alt genug, um endlich zu wissen, dass alles auf der Erde gleich schnell fällt, egal wie viel es wiegt. Drittens: bin ich am Boden zerstört, dass du das nicht weißt. Viertens: man vergisst immer mehr, und wenn man allein im Bett liegt und wach bleibt, weil man nicht mehr so viel schlafen muss im Alter, dann ist man wirklich allein, und das ist schwerer, weil man sich auch von sich selbst entfernt.

Seine Stimme klang fröhlich, geradezu triumphierend.

Das verstehe ich nicht!, sagte Katja kauend, der Spargel war vorzüglich. Man träumt immer weniger, je älter man wird, ergänzte Edgar, und dabei immer mehr Mist, man träumt sich ins Jenseits. Heute scheinst du einen poetischen Tag zu haben, rief

Katja, hier auf dem Teller hat es ja schon angefangen. Wissenschaftliche Tatsachen sind das, sagte Edgar, man geht sich selbst davon, weil man im Alter immer weniger Tiefschlaf findet, das haben sie jetzt entdeckt. Elegant nahm er einen Schluck Wein, also erholt man sich nicht ausreichend, also wird das Immunsystem anfälliger, also altert man schneller, sagte er, und nach einer Pause stieß er zornig hervor, gerecht ist das nicht!

Der Schinken ist dafür umso besser, sagte Katja, träumst du übrigens manchmal von Susanne?

Edgar lachte, wie Katja erwartet hatte, nahm selbst ein Stück Schinken nach. Natürlich, sagte er kauend, träume ich manchmal von ihr, weil ich von meinem Leben träume. Mit dem Alleinsein bin ich zufrieden, einsam war ich nie.

Und was ist der Unterschied zwischen beidem?

Du zum Beispiel, sagte er, du bist für mich der Unterschied, und Katja biss zwei Spargeln auf einmal den Kopf ab, das war eine Menge Gefühl von ihrem Vater, er wurde eben doch alt, oder sie wurde es.

Beim Anzünden des Baumes merkte Katja, dass sie beide es wurden, das 33. gemeinsame Weihnachten, sie tranken auf die Schnapszahl, Zwetschgengeist, sie war froh, dass es keinen Himbeerschnaps gab. Ein Riesensalatblatt wurde für Anastasia ausgebreitet, Weihnachten für alle, rief Edgar überzeugt und stapfte in den Keller, in dem sie schlief. Danach spielten sie Schach, Katja konnte es noch immer hervorragend, kurz dachte sie daran, dass auch Issa, der im olympischen Dorf als Ingenieur arbeitete, und Tony, im Dorf angestellt als Koch, in den Tagen vor dem 5. September in der Conollystraße auf einer der Bänke nahe dem israelischen Quartier Schach gespielt haben sollen. In der Sonne sitzend. Um das Haus zu beobachten. Sie spielte nur halb konzentriert, machte einmal einen kleinen Fehler mit Absicht, und am Ende, als Edgars Dame und König fast allein auf dem Brett standen, sagte Katja, du könntest sie anrufen. Nun fängst du schon wieder an, brummte er, akzeptiere, wie ich lebe, ich tu das auch bei dir.

Na ja, was bleibt dir auch anderes übrig!

Doch da blitzten seine Augen auf, ich unterstütze dich sogar, rief er und zog seine Tochter zum Bücherregal. Dort hatte er aufgereiht, was er von Olympia 1972 noch besaß, sein Weihnachtsgeschenk. Katja war gerührt, die meisten Bücher hatte sie zwar schon in der Bibliothek gesehen, doch jetzt lachten sie gemeinsam darüber, mit welch riesigem Vorsprung die DDR den Medaillenspiegel im deutsch-deutschen Vergleich gewonnen hatte, wer hier effizienter war, war der Welt vorgeführt, und Katja erzählte, dass sie bei der Recherche auch auf das Gerücht gestoßen war, Mitglieder des DDR-Teams hätten den Terroristen geholfen, das Olympiadorf zu erkunden. Es soll entsprechende Stasi-Reporte gegeben haben, doch waren sie, mit anderen Akten, gleich nach ihrem Auftauchen wieder verschwunden. Belegt allerdings war, dass Erich Honecker einige der Drahtzieher des Anschlages im Olympiadorf in den nachfolgenden Jahren als Staatsgäste empfing und teilweise wochen- bzw. monatelang auf Kosten der DDR im Berliner Palasthotel residieren ließ – bis der Mossad dem Ganzen durch Ermordung der Bewirteten ein Ende setzte. Weißt du, rief Edgar, unser Olympiapaket traf nie in Ostberlin ein, auf der Medaille stand »Olympische Spiele in Deutschland«, also wurde alles konfisziert. Wie lächerlich manche dieser Dinge heute erscheinen, flüsterte er, und wie nah sie noch sind, wenn ich daran denke. Katja verstand genau, was er fühlte. Offensichtlich wurden sie tatsächlich gemeinsam alt, zumindest kannten sie sich nun schon mehr Jahre als Jahre zwischen ihnen lagen. Ob das beruhigend oder beunruhigend war? Katja verschob diesen Gedanken auf später, mit der Recherche stecke ich fest, sagte sie, ich suche Männer, die in dem im Oktober entführten Flugzeug saßen. Doch das ist wie eine Wand. Alles versteckt, geheim gehalten, gesperrt. Ich weiß nicht mehr weiter.

Was willst du herausfinden damit?

Sie musste nachdenken. Vielleicht, wie man damit umgeht, wenn etwas im Leben so schief gelaufen ist wie Fürstenfeldbruck.

Politisch also, sagte Edgar und aß ein Plätzchen. Er hatte jede Menge. Die Nachbarinnen rundum überboten sich!

Auch Katja schmeckten die Plätzchen, der Tannenbaum brannte, sie war froh, hier zu sein. Politisch und menschlich, sagte sie, ich brauche einen Abschluss für Max.

Edgar nickte. Katja hatte immer gedacht, dass er das nicht verstehen konnte, weil er doch kaum etwas von Max wusste. Vielleicht verstand er doch.

Besuch mal die Krügerin, sagte er.

Was?, wen?, hätte Katja beinahe gerufen, so lange war der Name nicht mehr gefallen, lebt die denn überhaupt noch?

Edgar grinste: Und wie!

Seine Bücher rochen nach dem Sommer '72, ganz anders als die Bücher der Bibliothek, sie rochen nach Katjas Leben. Vor allem das quadratische, einfach geklammerte Heft, das München anlässlich der Spiele vertrieben hatte (DM 5,–, deutsch, englisch, französisch). Sie blätterte in den angegilbten Seiten, langatmige Werbung, kurze Telefonnummern, Minirockdirndl, die Seiten schwarzweiß mit orangeroten Streifen, die die Werbeblöcke absetzten. Ein Schatzkästlein eigener Art. Keine Bibliothek hob so etwas auf, höchstens vielleicht das Stadtarchiv. Auf dem Cover, aus der Vogelperspektive, die Ludwigstraße mit Odeonsplatz und Feldherrnhalle, neben den Türmen der Theatinerkirche in gelbem erdigem Barock. Am Straßenrand Schaulustige, der Oktoberfest-Trachtenmarsch. Harmlos sollte es wirken, das bayerische Volk beschäftigt mit seinen uralt-unschuldigen Bräuchen, eben dort, wo Hitler 1923 die erste Machtergreifung versucht hatte. Der Umschlag war farbig gedruckt. Seltsam künstlich. Auf der Rückseite ein stechend roter Trachtenhut, mit

Federn, HUT *Breiter*. Katja hatte das Gefühl, auf diesen Bildern zu rutschen, ab und zu hob sie den Kopf, glitt aber gleich zurück in etwas Wässriges, Vergangenes, damals schon Schwammiges.

Auf Seite 1 drehte die Olympiaspirale. Sie trug ein großes leeres Auge in ihrer Mitte. Spitze Dreiecke und Trapeze, die größer, dann wieder kleiner werdend umeinander liefen und sich kaum berührten, setzten sie zusammen. Auf diese Weise war überall der Hintergrund durch die Spirale hindurchzusehen, tatsächlich bildete sie sich überhaupt nur mit ihm. Die Illusion auseinanderstiebender Strahlen entstand. Die Münchner Spirale schien ständig um sich selbst zu drehen, obwohl sie doch statisch auf der Seite stand. Ein Windrad. Eine Glücksspirale, die Geld einwarb. Eine Art überanimiertes Yin/Yang, das einen besonderen Paartrick vorführte, bei dem jeder einzeln blieb und doch das Ganze soviel mehr war als nur zwei Farben.

Pullach, sagte Edgar, fahr hin! Katja hob fragend die Brauen, zu Elsbeth Krüger, sagte er, jeden Buchstaben betonend, sie lebt in einem Altersheim am Ammersee, du findest sie leicht.

10

(Das Altenexperiment)

Sie steckte den linken Arm hinein, zögernd den rechten, schließlich sogar den Kopf, bis sie mit Nase und Stirn das kalte Plexiglas berührte. Als nichts passierte, drückte sie den roten Knopf für Start, in Sekundenschnelle schloss sich der Helm und die seltsame Plastikpanzerung, die an einen Astronautenanzug erinnerte, hielt sie fest. Zwei schwere Gewichte zogen plötzlich an ihren Armen. Jetzt hatte die Maschine sie im Griff. Ein Apparat wie eine Roboterrüstung, blechern, schepprig,

»Ihr Sprung in die Zukunft! Das Altenexperiment, schlüpfen Sie hinein!«

Und klein gedruckt: »Falls Sie diese Zukunft erleben, so wird sie sein: Verminderung Sehkraft 25 Prozent, Hörvermögen 20, Durchschnittswerte«, wurde versichert, »Krümmung der oberen Wirbelsäule um 27 Grad nach vorn«, Katja hatte das Gefühl, mit der Nase gleich den Boden zu berühren, aber die Nase steckte ja im Helm und kriegte nur mühsam Luft. Die Rüstung hing an einer Leine, das hatte sie noch registriert, man sollte laufen, sie versuchte es, das Knie bog sich nur halb so weit durch wie sonst, und die Eingangshalle, Pflanzen, Glastür, Wand, schwankte milchig von links nach rechts, schwankte hinten und vorn wie ein Drehteller beim Oktoberfest. Wie kam sie bloß wieder raus? Und das war die 75er Simulation? Hölle war das. Neben sich hörte Katja ein Kichern, von links?, von rechts?, hinten?, sie konnte den Kopf kaum wenden, drehte mühsam den ganzen Körper, sah nichts. Als jemand sie am Arm berührte, vermutlich fest, damit sie es überhaupt bemerkte, quietschte sie leise auf, oh Gott, ganz wie Linda es getan hatte, wenn sie erschrak.

Am Ende half die rotbackige, etwa 50jährige Schwester – jung sah die Frau aus! – der Besucherin lachend aus der Altersmaschine. Katja gruselte sich, als sie endlich wieder frische Luft atmete, die Zukunft?, ihre? Das konnte doch nicht deren Ernst sein, die Schwester nickte ohne auch nur der Andeutung eines Lächelns, nun, sagte sie bedeutungsvoll, sind Sie bereit für den Besuch in unserem schönen Haus.

Schlechte Fotos an den Wänden, teuer gerahmt. Vorbei am Fangoraum, in dem eine schokobraune Schwester schokobraune Masse aus einer großen Zinkwanne in dicke schwarze Bleche goss. Zimmer 244, sagte Katjas Befreierin. Sichtlich amüsiert fügte sie hinzu, sie sieht noch wie eine 80jährige, hört, läuft und isst wie ein Luchs, und war fort. Katja klopfte. Keine Antwort. Was Luchse wohl fraßen? So ein Blödsinn. Katja drückte die Klinke. Das Zimmer wirkte groß. Schöne alte Möbel. Elsbeth Krüger schien bei Edgar gut verdient zu haben. Die Jalousien waren heruntergelassen, Lichtstreifen schoben sich wie transparente flache Schnecken über den Fußboden, den hölzernen Lehnstuhl, die beiden indischen Kissen darin. Auf dem Tisch neben dem Bett stand ein Babyfläschchen mit Tee. Eine breitblättrige, nie blühende Klimaverbesserungspflanze wucherte auf dem Fensterbrett.

Wieder im Gang blickte Katja sich hilflos um. Zwei Türen weiter hockte eine Frau in einer hoffnungslos roten Bluse mit weißen Tupfen, ganz Bergtrikot der Tour de France. Sie versuchte ein Lied zu singen, wasserklare Augen stierten auf Katja, aber Katja war sich nicht sicher, ob die Augen sie wahrnahmen. Katja grüßte, die Frau grüßte zurück, Katja fragte nach Elsbeth, die andere sang jetzt mit einem Mal italienisch, die Worte ergaben aber keinen Sinn.

Füße heben, Füße heben!

Eine Pflegerin führte einen menschlichen Pfeil neben sich, der, Oberkörper waagrecht nach vorn gestreckt, Kopf geradeaus nach unten, rennen wollte, einfach nur rennen. Suchen Sie doch im Wohnzimmer, die Treppe runter!, rief sie Katja zu.

Unten (Stühle, ein Gummibaum) lief der Fernseher ohne Ton; mit breitem Lachen glotzte ein Mann auf den Bildschirm. Hinter dem Baum scheuchte eine Pflegerin einen steif sitzenden, häkelnden Alten auf. Frau Krüger, ah, die ist beim Friseur, sagte sie, während sie nach dem Wollknäuel griff, an dem der Alte hing.

Die Linoleumgänge waren hell, Katjas Schritte klapperten. Sie fühlte sich luftig hier, leicht, vorangetrieben wie ein Bakterium in einem Schlauch, geradezu von selbst. Da knickte der Flur ab, Höllenlärm. Eine Geschirrspülmaschine lief, ein Telefon schrillte, mindestens drei Frauen sangen. Am Ende des Ganges prangte in schwarzen Klebebuchstaben FRI S ÖR auf einer Tür.

Mit jedem Schritt erwartete sich Katja weniger von diesem Besuch. Hergefahren war sie, weil sie keine Alternative wusste. Auch Elsbeth Krüger würde zu der Flugzeugentführung nichts sagen können, aber ein paar alte Kontakte hatte sie vielleicht noch. Und da auf offiziellem Weg nicht weiterzukommen war – überall stieß Katja auf freundlichstes Lächeln, diese Akten sind bis xx gesperrt, Staatsgeheimnis, was kann man da tun? Lächeln, Nichts! – klopfte sie eben jetzt unter das schwarze Ö.

Stuhl, Waschbecken, Haube. Katja trat vorsichtig auf, um die alte Frau nicht zu erschrecken. Doch die hörte sie sofort und sprang so geschwinde aus dem Stuhl, dass Katja einen Schritt zurücktat, was ihr gleich peinlich war. Edgar hat mich wohl angekündigt? Exakt, grinste Elsbeth Krüger, deswegen sitze ich beim Friseur. Sie strahlte, schlohweiße leuchtende Haare, gefaltete Haut wie ein japanischer Seidenschirm, zarter geworden, kleiner (früher hatte sie Katja überragt, jetzt waren sie fast gleich groß). Ihre Haut wirkte pudrig, trocken, überhaupt diese Trockenheit, die sie ausstrahlte, bestimmt knisterte sie bei jeder Bewegung. Dabei sah sie hübsch aus, eine jener Alten, denen jeder sofort über die Straße helfen will. Katja vergewisserte sich, dass sie den Mund zugemacht hatte. Alberich, Ziege, Schwein, davon konnte hier nicht mehr die Rede sein. Obendrein charmant, das hatte Katja am wenigsten erwartet. Ihretwegen beim Friseur!? Im übrigen schon fertig, fügte Frau Krüger an, legte beide Hände auf Katjas Unterarme, machte einen Schritt zurück: ich hätte Sie nicht erkannt, liebes Kind, aber wenn ich länger schaue, dann glaube ich es. Wollen Sie Elsbeth sagen, so nennen mich alle hier.

Der Friseur, klein, dünn, um die 50 mit Schnurrbart, verbeugte sich. Erstaunlich leichtfüßig ging Elsbeth vor Katja her. Zu dem knöchellangen dunklen Rock trug sie einen dünnen Pullover und eine lange Jacke mit kurzen Ärmeln, die rund geschnittenen Schöße fielen reizvoll auf den Rock. Die Jacke war strahlend weiß, wie um zu zeigen, dass ihre Trägerin essen konnte, ohne sich zu bekleckern. Aber vielleicht trug sie sie auch als Wiederholung ihrer Haarfarbe. Weiß, dunkel, weiß, dunkel, ging Elsbeth neben Katja, langsam, doch kräftig. Es gibt einen Frauentrakt, klärte sie ihre Besucherin auf, einen Männertrakt und einen gemischten, für leichte Fälle wie mich, ich wiege nur noch 52 Kilo, das macht denen hier am meisten Sorgen. Ihnen auch?, fragte Katja. Elsbeth öffnete erstaunt den Mund, ich weiß nicht, ich denke nicht darüber nach, was mir am meisten Sorgen macht. Sie, Kind?

Ich bin 42, sagte Katja, da sagen Sie Kind zu mir, die Krügerin lächelte, und ich 92, schöner Abstand, da sage ich Kind.

Sie saßen im Aufenthaltsraum, ein wilder kleiner Wind stürzte sich freudig die Anhöhe hinab, auf der das Heim lag, zauste die Bäume am Grund. Dahinter begann freies Land, hügelig bis zu den Alpen. An klaren Tagen schnurren die Berge lautlos an einem Seil heran, sagte Elsbeth, stehen am Fenster und klopfen. Sie tranken Kaffee (Elsbeth nahm drei Stück Zucker, die gab es hier noch). Im Sitzen hing ihre rechte Schulter, die linke Hüfte

stand etwas höher, und schlagartig erinnerte Katja sich: diese
Füße! Boote! Elsbeth war ihrem Blick gefolgt, die bleiben gleich,
sagte sie ironisch, aber sonst – ich weiß, dass ich verändert bin!
Zum Besseren.

Ja, sagte Katja einfach. Es war offensichtlich.

Dazu habe ich hier eine These entwickelt, jetzt schreibe ich
ein Buch darüber. Herausfordernd blickte Elsbeth auf Katja.
Jeder Mensch hat in einem bestimmten Alter seine beste Zeit.
Manche als Baby, hart, nicht?, sagte sie allen Ernstes, und manche mit 20, schön, aber zu früh, nickte die Krügerin entschlossen, und manche eben mit 92, wie ich. Katja wunderte sich über
die These, hörte aber wohlmeinend zu, was sie ebenfalls wunderte, denn eigentlich wollte sie doch nur ihre Frage stellen und
gleich wieder gehen, aber es war angenehm, hier zu sitzen, und
sie hörte sich sagen, mein Großvater hat mindestens einmal pro
Monat verkündet, dass er 80 werden will, und hat es geschafft.
Ah, Jozef, sagte Elsbeth, an den denke ich öfter, Sie werden's
kaum glauben.

Und wieso?

Ich habe seine Zuckerstücke, Edgar hat sie mir zu meinem
Ausstand geschenkt.

Katja zog scharf Luft ein. Aber wenn sie ehrlich war: bis eben
hatte sie sich keine Sekunde lang darum geschert. Wenn Sie wollen, vererbe ich sie Ihnen, sagte Elsbeth, als könne sie Gedanken
lesen, Katja flüsterte, ja, das wäre nett, aber die wollen bestimmt
Ihre Verwandten. Ach, Elsbeth winkte ab, da ist niemand mehr.
Sie hatten doch einen Neffen? Hmm, der ist tot, sagte die Krügerin, für einen langen Augenblick wirkte sie geistesabwesend,
doch dann blinzelte sie, rief, Quark, ich habe an etwas anderes
gedacht, dem geht's bestens, der floriert, sie kicherte, so nennen
wir das hier. '89 hat ihn gerettet, er sitzt in Dresden, Nike-Ver-
treter für Sachsen, macht ein Bombengeschäft, sagt er, jaja, Elsbeth tätschelte Katjas Hand, so nennt er das, Bombengeschäft,

sagt der in Dresden und zuckt mit keiner Wimper. Also, der braucht den Zucker nicht. Katja nippte an ihrem Kaffee, räusperte sich, nun also endlich zu ihrem Thema, doch erneut schien Elsbeth an etwas anderes zu denken. Sie öffnete den Mund, schloss ihn jedoch wieder, ohne etwas zu sagen, schloss ihn stumm. Dann blickte sie demonstrativ auf die Uhr, noch ganz der alte General, Katja war beruhigt, etwas davon wieder zu finden, und tatsächlich kam Elsbeth ihr nun zuvor, raus mit der Sprache, rief sie vergnügt, etwas zu vergnügt, fand Katja, warum sind Sie hier? Doch nicht, um mit einer alten Frau den Tag totzuschlagen. Haben Sie Ihren Fotoapparat dabei?

Katja schüttelte den Kopf. Es war das erste Mal, dass ihr Leid tat, dass sie die Kamera seit Wochen nicht anrührte. Die Digicam zählte nicht, aber selbst die lag zu Hause in einer Kiste. Ich brauche Ihre Hilfe, sagte sie. Nana, Mädchen, ob das mann gut geht, rief Elsbeth, der sture Kopf funktioniert zwar noch, aber nur für altes Zeug. Passt bestens, rief Katja und erklärte der Krügerin, was sie suchte, warum sie es suchte (ohne Max zu erwähnen), und dass sie von ihr wissen wollte, wie die Männer in der entführten Boeing hießen. Genauer: ob sie es herausfinden könne.

Elsbeth dachte nach. Vor der Tür war wieder das Singen zu hören; eine kleine Siebzigjährige steckte den Kopf herein, »oh, jetzt kommt eine!«, huschte aber sofort weiter, elegant, ja geschmeidig unterwegs im Nirgend-Irgendwo, aber bestimmt nicht in dem Gang, den sie eben durchquerte.

Zwei Namen fielen ihr ein. Die sie anrufen könne. Um weiterzufragen. In ein paar Tagen bekomme Katja Bescheid.

Warum wurden Sie Vaters Sekretärin? Sie waren doch gut in ihrer Arbeit, auch in Pullach, nicht wahr?

Ach, sagte Elsbeth gedehnt, ich konnte nur eines gut, Organisieren. Während des Krieges arbeitete ich als Krankenschwester, freiwillig, vorher, na, da war ich Ehefrau, sagte sie zu Katjas größter Überraschung. '41 schon hatte ich mich für den Krankendienst gemeldet, habe alles von der Pike auf gelernt, an all den Verwundeten. Nichts für empfindsame Gemüter, sagte sie sachlich. Drei Jahre später dann Stationsleiterin, das hieß, ich musste versuchen, wenigstens ein paar der Dinge aufzutreiben, die wir brauchten, Mullbinden, Klammern, Watte, Morphium. Sie sprach jetzt so leise, dass Katja sie nur mit Mühe verstand. Ihre Pergamenthaut wirkte silbern, irreal. Innerlich war die alte Frau ganz fort, das spürte Katja; Berlin, sagte sie und ein glücklicher Schimmer zog über ihr Gesicht.

Sie brachen auf, Katja wollte Elsbeth noch in ihr Zimmer bringen. In einer der Etagenküchen saß murmelnd eine hagere Frau vor einem dunklen Backofen. Die Lebenserwartung der Deutschen ist in den letzten 100 Jahren um 30 Jahre gestiegen, flüsterte Elsbeth. Das liegt sicher auch an den Kriegen, antwortete Katja, die Krügerin nickte, ich kann dir noch etwas erzählen über den September 1972. Weißt du, wie bleich du warst, als du mit Edgar am Tag nach dem Attentat in die Kanzlei stürmtest? Franz war gerade da, er erzählte, dass man eine neue Einsatztruppe plane und er dafür öfter nach Bonn müsse, ja, sagte sie stolz, es war Franz, der die GSG 9 mit aufbaute. Aber Edgar – hmm, Edgar leuchtete an dem Tag ja ganz rot, sagte Elsbeth, von innen, das roch man ja 30 Meter gegen den Wind, der roch nach Bett, lachte sie, das sagte Franz gleich, als er euch sah. Und du wolltest nicht zu den Großeltern, bist ewig auf dem Klo gesessen, nicht mal mit Bonbons bekam ich dich heraus, als Franz weg war. Wolltest unbedingt dableiben und deinen Vater bewachen, das war mir klar, aber helfen konnte ich dir nicht.

Sie standen seit vielleicht fünf Minuten in Elsbeths Zimmer, es klopfte, ah, murmelte die Krügerin. Katja erwartete eine Schwester, stattdessen stand ein kleiner, erstaunlich braungebrannter Mann in der Tür. Die beide begrüßten sich mit Küsschen. Herbert, sagte Elsbeth, mein Freund, ihre Augen funkelten. Er nickte, freut mich, aber jetzt muss ich sie Ihnen entführen,

Mittagessen. Nur zu, sagte Katja, nur zu. Vor der Tür wiesen die beiden Katja noch den Weg nach draußen, deuteten zum Abschied eine Verbeugung an, äußerst höflich, Katja kam sich vergleichsweise manierenlos vor, Hand in Hand zogen sie über den Gang davon.

Katja rief leise »auf Wiedersehen«, vermutlich Unsinn, ›auf Wiedersehen‹, wer wusste das schon, aber sie nahm sich vor wiederzukommen, mit Kamera. Schnell schlüpfte sie am Altenexperiment vorbei, war froh, als sie das Auto erreichte (Pauls Mercedes). Aus einem der geöffneten Fenster im oberen Stockwerk klang Geschirrklappern und – leise – ein italienisches Lied.

Während des Mittagessens hatte sich überraschend die Sonne hervorgeschoben, doch nun sonderte der Himmel erneut eine glanzlose durchscheinende Haut ab, die der erste Windstoß kräuseln und schattieren würde wie einen Napf Milch. Am westlichen Horizont hinter der Auffahrt des Heims, auf der die Busse standen, bestrahlte ein unmerklicher, von den winterlichen Wiesen aufsteigender silbriger Widerschein diesen milchigen Schleier von unten. Elsbeth saß am Fenster. Die anderen machten einen Ausflug, sie blieb da, mit einigen Zivis und Schwestern. Auch Herbert war unter den Abfahrenden. Ihr Blick folgte ihnen, solange sie sie sehen konnte, dann sank sie in ihren Stuhl zurück. Wie schön: das Gefühl, allein im Haus zu sein. Wie das Gebäude dann knarzte, schepperte, zu seinen eigenen Geräuschen fand, in sich einsackte wie jemand, der sich endlich setzen und träumen darf. Das Haus leerte sich und Elsbeths Gefühl für alles um sie herum und für sich wurde deutlicher. Selbst dass sie auf einem Stuhl saß, spürte sie nun. Diese Klarheit im Alleinsein mit den Dingen hatte sie im Alter entdeckt. Alter ist Metamorphose. Eigentlich wusste das jeder, aber keiner verstand es. Die Haut abstreifen, und wenn du wieder hervorkriechst, hast du alles hinter dir, mit 92 – alles hinter dir. Edgar hatte angerufen, seine Tochter angekündigt, und wirklich, es hatte geklappt. Sie war neugierig darauf gewesen, Katja noch einmal zu sehen. Schon als Kind hatte Edgars Tochter einen Panzer um sich gebaut, den spürte man noch, aber er war weicher geworden. Wie das weiterging, würde sie, Elsbeth, wohl nicht mehr erleben, aber es interessierte sie, es tat weh, dass sie die Leben der anderen so spät entdeckt hatte, die Geschichten. 58 Jahre, was für eine Zeit. Manchmal wurde ihr davon schwindelig. Beinahe hätte sie Katja alles verraten. Ob die etwas gemerkt hatte, als sie sich versprach, sagte, »der ist tot«, und an Kevin dachte. Doch am Ende war Jozefs Enkelin gegangen, ohne dass sie ihr davon erzählt hatte.

Die Geschichten.

Ausgerechnet im Alter entdeckt. Wo man die Kraft dafür nicht mehr hat, aber den Kopf dazu. Elsbeth musste lachen. Da saß sie hier im Halbdunkeln und phosphoreszierte wie ein altes Skelett vor sich hin. Ja, an Jozef Berewski dachte sie öfter. Nur er und ihre Schwester waren eingeweiht. Edgar nicht; der war ja so jung, ihr eigener Sohn hätte er sein können. Kevin, Nick's little Boy. Deswegen war sie aus Gleiwitz weggegangen, nach Berlin. Dort wusste keiner, dass sie mit einem Halbjuden zusammen war. Und dann schwanger. Sie kroch bei ihrer Schwester unter, die versorgte das Kind. Elsbeth arbeitete im Krankenhaus. Kevin, zwei Jahre alt, wurde krank, vielleicht steckte sie selbst ihn an, Gelbsucht, dann eine Lungenentzündung. Sie sah es, was konnte sie tun. Mit hohem Fieber lag er in seinem Bett, mitten in der Nacht, es gab Fliegeralarm, ihre Schwester war schon unten, Elsbeth zögerte, nahm ihn dann doch heraus, spürte, er war kalt, viel zu kalt, panisch lief sie die Treppen hinunter, als könne sie davonlaufen vor dem, was sie schon wusste, drückte ihn an sich, da war er wärmer, sie wurde langsamer, ging über den Hof Richtung Keller, ging langsam, ging nicht mehr, eine Granate explodierte hinter ihr, sie war an der Tür, es konnte auch sein, dass ihre Schwester sie noch hineinzog, das Kind war tot, sie verletzt, ihr Rücken voller Splitter, das spürte sie nicht. Sie sollte sich schonen, musste nicht zur Arbeit, konnte sich nur mühsam bewegen, schlich nachts in die Klinik, das tote Kind unterm Mantel, eine Haut wie wächserne Milch. Als sie es im Stationszimmer wusch, die Nachtschwester schlief nebenan, fühlte sie plötzlich, dass jemand sie von hinten anstarrte. Es war Berewski, seit drei Wochen im Hospital, Splitter über Splitter im Bein, operiert, doch einer der großen wanderte, den erwischten sie nicht, er saß in der Leiste, wenn Berewski Glück hatte, hörte er auf, sich zu bewegen, wenn er Glück hatte, musste er nicht mehr an die Front, wenn er Glück hatte, erreichte der Splitter nie seine Lunge, riss nichts auf. Und da stand er, mit Bartstoppeln, der schon alte Mann (er war 48), und registrierte genau, was sie tat. Sie wusste nicht, wie lange schon. Er hatte im Schwesternzimmer nichts zu suchen. Sie roch geradezu, was ihn hergetrieben hatte. Was sie alle umtrieb. Elsbeth kleidete Kevin an. Sie war nicht hier, um ihn nur zu waschen. Das hätte sie auch zu Hause tun können. Berewski lehnte am Türpfosten. Und jetzt?, sagte er. Sie stand mit dem Rücken zu ihm. Ohne dass er es sehen konnte, knöpfte sie sich die Bluse auf. Zog sie herunter. Sie wollte, dass er ihren Rücken anschaute. Sie hakte den BH auf. Drehte sich um. Das Licht war streng, kahl. Ihre Brüste klein. Berewski schaute, als habe er ein Recht darauf. Sie brauchen einen Sarg, sagte er, ich helfe Ihnen.

Die Särge wurden im Keller aufbewahrt, draußen gab es keine, zumindest nicht für so ein Kind, und unten im Keller kaum, doch sie hatten Glück, sollte man es so nennen?, dachte sie da an ihrem Platz in dem stillen Haus, Jozef half ihr, den Sarg auf einen Rollwagen zu heben. Einen einfachen Sarg, zusammengezimmert, sie schlossen ihn gleich. In manchen Nächten wurden verstümmelte Leichen auf diesen Wägen durchs Krankenhaus transportiert, oder solche, die unerträglich stanken, aus denen Tiere krochen. Elsbeth fand es gerechtfertigt, einen Sarg für ihr Kind zu nehmen. Das Kind war ein Kriegstoter. Doch wie hochkommen, ohne aufzufallen? Mit einem geliehenen Auto wartete ihre Schwester am Seiteneingang des Hospitals. Berewski hatte die Idee: sie schoben den Sarg auf den unteren Rahmen eines Rollwagens, hängten ein Betttuch darüber, das ihn verdeckte, Berewski legte sich oben auf die Bahre, stöhnte, nun konnte Elsbeth sogar laufen, ohne aufzufallen.

Sie begrub ihr Kind im Hof. Solange Berewski im Spital blieb, schlief sie mit ihm. Er legte sich nach unten, ihres Rückens wegen, oder sie machte es ihm mit dem Mund. Zehn Tage. Er hatte ihr geholfen, sie half ihm. War es auch ein Trost? Immerhin die Wärme eines anderen Menschen? Nein, man spürte doch auch seine Traurigkeit. Es war klar, sie würden sich nie wieder sehen.

Franz hatte den Kontakt zu Edgars Anwaltskanzlei hergestellt. An den Namen Berewski erinnerte Elsbeth sich. Aber sie fragte nicht. Sie wartete. Nach fünf Wochen besuchte Jozef die Kanzlei. Es war komisch, sie freute sich sogar, so wenige Menschen von damals kannte sie noch. Ihr Name sagte ihm nichts. Sie sagte: man trifft sich immer zweimal im Leben, streckte ihm die Hand hin. Da erst sah sie, dass er nicht allein war, eine kleine agile Frau mit den himmelblauen Augen von Edgar Berewski sprang hinter Jozef durch die Tür. Elsbeth spürte, wie peinlich berührt er war. Als seine Frau schon bei Edgar im Zimmer stand, wiederholte sie, zweimal im Leben. Ja, sagte Jozef, schweigen wir.

Tatsächlich waren sie, was das anging, ein Leben lang so still geblieben wie das Haus jetzt, nur manchmal sprang ein kleines Zucken in die Hand, ins Herz.

Schade, dachte sie, heute könnten wir darüber reden, damals nicht, damals wollte keiner an irgendetwas erinnert sein, und die Männer schon gar nicht.

Als Edgar ihr ein paar Wochen nach Jozefs Tod die Zuckerstücke hinlegte, erschrak sie. Doch ihr Arbeitgeber sagte, er habe das Gefühl, dass eben dieses Geschenk an sie Jozef gefallen würde, er, Edgar, habe Katja ein paar Stücke überlassen, denn ihr seien sie einmal versprochen gewesen, aber er glaube, alle anderen sollten bei Elsbeth sein, ganz irrational, die Trauer um seinen Vater habe etwas in ihm aufgewühlt, nehmen Sie sie, bitte! Sie akzeptierte und ergänzte schon damals ihr Testament, Zuckersammlung für Katja Berewski, überlegte sich, ob sie aufschreiben sollte, wie sie Jozef kennen gelernt hatte – und ließ es. Sie atmete ruhig und fühlte ganz deutlich, wie sie in einem leeren Haus auf einem Stuhl saß. Und immer mehr glich sie dem Stuhl. Vielleicht würde es bald so sein, Knochen zu Holz, Holz wie bei ihrem Kind, und sie sehnte sich nach dem Garten des Hauses, in Berlin, in dem es begraben lag.

Ach Elsbeth, schimpfte sie sich, wirst noch sentimental auf deine alten Tage. Etwas mühsam stand sie auf, im Antritt schwach, vorsichtig, die Füße nicht zu weit heben. Sie wollte Ötzi besuchen. Das war der Apparat in der Eingangshalle, den Namen kannte nur, wer als Alter im Heim lebte. Ötzi war ihr Dummy. Ihr Aufnahmeritual. Jeder Neue musste hinein. Die alten Alten gossen Wein in den Helm, hielten dem Apparat die Ohren zu, schüttelten, machten huh, huh. Manche der Neuen schrien, andere juchzten. Elsbeth streckte die Arme in die Röhren, den Kopf ins Plexiglas. Sie merkte nichts, gar nichts – spürte nur, als sie still da stand, das Alter als Gewand am eigenen Körper, ganz leicht, so leicht, denn es hält dich und stützt dich – und macht dich – sie zögerte, sie dachte nach, sie dachte gezielt – ja, macht dich aus.

11

(Zuhause)

Die Februarwolken schienen auf einem flachen Glastuch in einem himmlischen Labor zu liegen. Weit unter ihnen zeigte sich das Stück eines Lebkuchens, eine narbige braungraue Stadtlandschaft, beginnende Dunkelheit und elektrisches Licht, in einem einzigen Haus ein rotes Wasserbett, in der Mitte eingekuhlt, fast wie ein Nest – Paul und Katja. Sieben Uhr, noch Winterzeit, langsame Dämmerung.

Und Jetlag. Eben ist Katja von einer Auftragsreise nach Las Vegas zurück, seit Neujahr hat sie wenig Zeit in ihrer Wohnung verbracht, noch weniger mit ihrer Recherche, denn ihre Auszeit ist vorbei. Aber wenn sie frei hat, fährt sie nach München zu Paul, und wenn es so weiter geht, übernachtet sie bald öfter bei ihm als bei sich. Es ist jetzt »offiziell«, dass er von zu Hause ausgezogen ist, die Wasserbettwohnung also keine Wohnung mehr für sein Zweit-Erstleben oder erstes Zweitleben, sein Verheiratet-aber-glücklich-Leben, sondern seine einzige Wohnung, für alles. Fast eine Liebesgeschichte, denkt Katja, so war es noch nie mit einem, noch nie hat sie sich soviel getraut, noch nie hat einer das alles mitgemacht.

Manchmal, wenn sie nachts aufwachte, wurde Paul ebenfalls wach, nahm sie in den Arm und fragte leise, Kanu, wo fährst du hin? Ein Kanu schwankt, flüsterte Katja, aber es kommt voran, sagte er. In Restaurants hielt er ihr die Tür auf, half ihr mit übertriebenen Gesten in den Mantel, nahm ihre Hand und küsste sie über den Tisch hinweg. Mitunter tauchte, wenn Katja bei Paul schlief, das Kanu auch in ihren Träumen auf, eine kleine blaue Papierschachtel lag zwischen den Planken in seiner Mitte. Was steckte darin? Die Liebe?, dachte Katja, wenn sie wach war, aber im Traum steckte nichts darin, da waren nur das Boot, der Wind, die Luft, der Fluss und bisweilen berührte Katjas Fuß, der die Ruderbewegung abstützte, die Schachtel fast, und dann zuckte sie davor zurück. Liebe? Die Sehnsucht danach zumindest, und Katja ruderte und rief und ruderte und rief und hoffte und erfand – und dachte an Paul und an ihre Mutter, Edgar und Max, und ihr Mund bewegte sich im Traum. Du hast vor dich hin gemurmelt, sagte Paul am Morgen, nickte ihr spöttisch zu, und was?, fragte sie. Einen Namen, verstanden habe ich ihn nicht. Du schnarchst einfach zu laut!, rief Katja empört, das lenkte ihn ab, eine steile Sorgenfalte erschien auf seiner Stirn, und sie lachte ihn aus, denn das lenkte auch sie ab. Wer weiß, welchen Namen sie im Traum flüsterte!

Ihr wurde heiß. Besser, Paul erfuhr nichts von ihrer Einsamkeit und der Sehnsucht darin. Gelegentlich beschlich Katja das Gefühl, sie passe zu gut in seinen Plan, eine Frau weg, die andere da. Er spürte wohl, dass sie ihm manches nicht erzählte, immer öfter fragte er, warum sie den BH nicht ausziehe, jedes Mal brachte er das Thema anders aufs Tapet, hast du noch nicht gehört, dass es für den Busen schlecht ist, wenn man mit BH schläft?, sagte er diesmal und zog ein besorgtes Gesicht. Recherchierst du das jetzt in deiner Bibliothek?, fragte Katja zurück, dafür bezahlen die dich?, und er griff es tatsächlich auf und lachte, ich meine, sagte er, so eine Frau hatte ich noch nie, genau das wollte ich hören, rief Katja, aber Kanu, flüsterte er, mal ernsthaft, ich verstehe das nicht, gefällt es dir nicht? Gefällt er dir nicht?, sagte sie leichthin, es ist mein glattester, ideal für enge Shirts, gepolstert und glitschig, wie du selbst merkst, denn sie rieb sich an seiner Brust. Wie viele hast du eigentlich, fragte er, ich sehe nie einen zweimal, du könntest allein von deiner Kollektion ein Dessousgeschäft betreiben, genau, sagte Katja – sie hatte einen großen Umzugskarton voll damit – 75 E, sagte sie, so nennen wir es, 75 E, morgen mach ich auf und du kündigst in der Bibliothek!

So weit kamen sie.

In der Bibliothek waren sie ernst. Die Namen, die Elsbeth Krüger ein paar Tage nach Katjas Besuch durchgegeben hatte, hatten Katja die letzten Wochen über beschäftigt, doch nirgends hingeführt. Kurze Enden, Sackgassen. Auch so kam es, dass die Frage nach der Rolle des Zufalls Katja nicht losließ. Zufall, *chance*, Chance. Katja hatte jetzt zwei Ziele: sie musste Max anrufen. Für ihn und sich. Und sie wollte die Flugzeugentführung klären, soweit es ging. Dafür gab es mehrere Gründe. Natürlich dachte sie an den Toni versprochenen Bericht, ihre eigene berufliche Zukunft. Zudem war sie neugierig, immer schon, Katja, die sich in etwas verbiss, nicht nachgab, wie ein kleiner Stier. Doch sie fühlte sich auch verpflichtet – all jenen, die damals in das Geschehen hineingeraten waren, in welcher Rolle auch immer. Menschen, deren Verhalten, Verletzungen und Not sie die letzten Monate hindurch so deutlich zu spüren bekommen hatte. Auch in Erinnerung an sie wollte sie wenigstens wissen, was es zu wissen gab.

Chance. Katja suchte Bücher über Zufall, als sie begriff, dass selbst kleinste Details tödliche Konsequenzen haben konnten. Dieser Satz klang wie aus einem mittelmäßigen Thriller – gerade deswegen stimmte er. Nicht viel besser die Aussage von Minister Merk am 7. September bei einer Pressekonferenz in der bayerischen Finanzdirektion: den deutschen Polizeikräften habe lediglich ein »Quentchen Fortune« gefehlt. Fortune, was für ein Wort. Fortune, chance. Die Auflösung des so genannten Geiseldramas war eine Farce. Doch wo hatten die entscheidenden Wendungen gelegen? Log man nur, wenn man anderen damit schadete? Hatte man damals jemandem mit den Lügen geschadet? Wenn nicht: waren es also keine Lügen? Wonach sollte der Schaden bemessen werden? Keine dieser Fragen konnte

Katja beantworten. Nur eines wusste sie: es war ein Spiel mit ge-
zinkten Karten, Fehlern, Hoffnungen, Lügen, Ideen. Ein Spiel
um Vertrauen. Um »wir, hier« und »ihr, dort« und die Grenze
dazwischen.

Katja las: »Zufall, der tief greifende Folgen für unser Leben
hat, wird Schicksal genannt.«

Details genügten. Auch um zu entkommen. Denn das war
der andere Grund für Katjas Suche. Susannes alte Frage, warum
wurden bei dem Überfall einige der schlafenden Israeli gefangen genommen, während andere entflohen, in letzter Sekunde?
Zufall war keine Antwort darauf. Glück, Mut, Wagemut, Blind-
heit, Furcht spielten hinein. Katja fragte sich: in welchem Maß
hatte, was einem geschah, mit einem selbst zu tun?

Die Gefangennahme der israelischen Sportler am Morgen
des 5. September war abenteuerlich. Zumindest in dem, was sich
rekonstruieren ließ.

In allem anderen: ein Alptraum.

Zunächst: erstaunlich offen, hektisch, chaotisch.

Und im Nachhinein: eines der geheimen Zentren all dessen,
was später geschah. Denn hier schlugen die Herzen aller Beteiligten – hier trafen sie sich. Attentäter und mögliche Geiseln.
Täter und ihr »Stoff«, ihr Objekt, ihr Ziel. Hier schon wurde eine
Probe auf jeden Einzelnen gemacht.

Halsbrecherisch.

Zusammen mit einer Gruppe amerikanischer Sportler, der
sie zufällig begegneten, stiegen die acht Fedajin vom Schwarzen
September in der Nähe von Tor 25 A kurz nach vier Uhr morgens über den Zaun. Luttif Afif sagte good-bye zu den Ameri-
kanern. Die acht Araber unter seiner Führung schlichen durch
das schlafende olympische Dorf in die Conollystraße mit ihren
frischen Büschen und Brünnlein, zogen sich um, in den Schatten
eines Hauses geduckt, packten Kalaschnikows und Handgranaten aus ihren Sporttaschen. Nummer 31 bestand aus 24 Wohn-

einheiten, 11 davon erstreckten sich über zwei Stockwerke (Erd-geschoss und erste Etage), mit Eingang über die Conollystraße und einem kleinen Garten nach hinten. Die anderen Wohnungen befanden sich im dritten Stock, dort und in den zwei Pent-häusern ganz oben waren die Mannschaften aus Uruguay und Hongkong untergebracht. 21 Mitglieder der israelischen Dele-gation lebten in den zweistöckigen Apartments 1–6. Kurz nach 4.30 Uhr öffneten die Freiheitskämpfer die in kräftigem Blau ge-haltene Haupteingangstür zu Wohnung 1. Nur dort gab es ein Foyer mit einer Treppe, einen Lift in den 3. Stock und hinunter ins Tiefgeschoss. Die Tür stand stets offen. Einer der Revolutio-näre wurde als Wache postiert, die anderen versuchten, Apart-ment 1, in dem sieben Israeli schliefen, mit einem nachgemach-ten Schlüssel zu öffnen.

Yossef Gutfreund (Schiedsrichter im Ringen, manchmal wur-de als Name auch ›Gottfreund‹ angegeben) hörte ein leichtes Kratzen. Er stand barfuß an der Eingangstür um zu lauschen, als sie sich einen Spalt öffnete. Selbst in dem dämmrigen Licht muss er die Augen der Angreifer und die Läufe ihrer Gewehre gesehen haben, denn er schrie »Hava Tistalku!« (geht in Deckung!) und warf seine 133 Kilo gegen die Tür.

Tuvia Sokolovsky (Trainer im Gewichtheben) erreichte die Tür als zweiter, rannte zurück, warnte die anderen und versuch-te, durchs Fenster auf der Rückseite zu fliehen. Gutfreund hielt die Attentäter etwa zehn Sekunden auf, Sokolovsky hatte inzwi-schen das Fenster aufgebrochen, er sprang, die Fedajin schossen hinter ihm her, barfuß rannte er durch den kleinen Garten zu einer Abzweigung der Conollystraße und versteckte sich hin-ter einem erhobenen, mit Beton ummantelten Blumenbeet. Im Apartment wurden inzwischen zwei Israeli gefesselt, ein Drit-ter, Moshe Weinberg, griff ein Obstmesser vom Tisch und hieb damit auf Issa ein, zerfetzte aber nur die Brusttasche der Jacke. Issa fiel, und der Fedajin, der hinter ihm stand, feuerte eine Kugel direkt auf Weinbergs Kopf. Sie traf ihn am Mund, ging zu einer Seite hinein, zur anderen wieder heraus. Alle anderen wurden nun die im Apartment nach oben führende Treppe hochgeschubst, im Schlafzimmer von André Spitzer und Jacov Springer mit vorbereiteten Seilstücken gefesselt und anschließend aneinander gebunden.

Einer verletzt, einer entkommen, die anderen festgesetzt. Schon waren die Karten gemischt und verteilt. Warum hatte Sokolovsky es geschafft? Warum keiner sonst?

Weinberg war bei Bewusstsein. Tony (Yussuf Nazzal, er hatte, wie Issa, in Deutschland studiert) und andere Fedajin zogen ihn über die Conollystraße zur nächsten Wohnung. Aus im Nachhinein nicht zu erklärenden Gründen – hier stockte Katja jedes Mal, hier stockten alle Berichte – aus unerklärlichen Gründen ließen die Fedajin Apartment 2 aus, obwohl dort unter anderem leicht gebaute Fechter und ein Läufer schliefen. Übersahen sie die Tür? Linda hätte gesagt, stand ein Schutzengel davor? Machten sie schlichtweg einen Fehler? Waren aufgeregt? Stattdessen schleiften sie Weinberg ein paar Meter weiter die Straße hinunter bis vor die Tür von Nr. 3.

Hier wohnten sechs israelische Ringer und Gewichtheber. Das Dorf lag noch immer ganz still, und auch in Nr. 3 schliefen alle bis auf Gad Tsabari, den der Schuss auf Weinberg geweckt hatte. Wie viele andere, die den Knall gehört hatten, dachte er, er träume und drehte sich noch einmal um. Minuten später hörte er Stimmen vor der Tür seines Zimmers. Eher neugierig als ängstlich kletterte er leise aus dem Bett, um niemanden aufzuwecken, zog sich eine Hose an und öffnete verschlafen den Eingang.

Tsabari stand vor einem Mann in hellem gelbem Pullover, dessen Gewehr auf Mark Slavin und Eliezer Halfin aus Wohnung drei zeigte, die die Fedajin bereits gefangen hatten. Jetzt mussten sie eng zusammenstehen, ein vierter, David Berger, wurde gebracht, die Falle schnappte zu. Weinberg presste einen Schal gegen die blutende Wunde in seinem Mund, nahm ihn fort, drückte ihn aus, bis Blut auf den Boden tropfte, hielt ihn sich wieder an. Ein Palästinenser begann, das Zimmer zu durchsuchen, die Israeli standen halb nackt vor den auf sie gerichteten Gewehrläufen. Tony stürmte die Treppe herunter und wollte wissen, wo der Rest des israelischen Teams versteckt sei. Los, greifen wir sie an, sagte Berger auf Hebräisch, wir haben nichts zu verlieren. Aber einer der Fedajin verstand, die Aktion erstickte im Keim. Hände überm Kopf mussten die Israeli auf die Conollystraße. Vielleicht sollten sie alle sofort exekutiert werden? Als sie das Foyer von Nr. 1 betraten, sprang Tsabari zur Seite, stieß den Attentäter um, der ihm den Weg versperrte, erreichte die Treppe ins Untergeschoss zu den Parkplätzen, stürzte hinunter. Mindestens ein Fedajin jagte ihm nach, feuerte, aber die Säulen der Garage boten Tsabari Schutz. Er rannte um sein Leben, Zickzack wie ein Hase, hörte Schüsse hinter sich, konnte nicht glauben, dass sie ihn nicht trafen. Das alles dauerte nur ein paar Minuten, aber jede Minute sei so lang gewesen wie alle Jahre seines Lebens, hieß es in Interviews mit ihm, immer wieder dieser Lauf, die Erinnerung daran.

Als Tsabari davonsprang, griff der verletzte Weinberg erneut einen der Geiselnehmer an. Fast schlug er ihm die Waffe aus der Hand, doch eine Gewehrsalve, von hinten auf ihn gefeuert, streckte ihn nieder. Mit Kugeln gepfeffert, wie es in einer englischen Reportage hieß, lag er in seinem Blut.

Weinberg war tot.

Das Dorf war wach. Überall sprangen Lichter an, die Uhren zeigten kurz vor fünf, es dämmerte bereits. Die Fedajin beeilten sich, die noch übrigen israelischen Geiseln in das Zimmer zu den schon zuvor Gefesselten zu bringen. Yossef Romano, ein Ringer, attackierte nun einen der Männer vom Schwarzen September, wurde aber sofort erschossen. Die vier überlebenden Gefangenen aus Apartment 3 kamen, mit Seilen gebunden, zu den anderen in André Spitzers Schlafzimmer. Romanos Leiche wurde zwischen ihnen auf den Boden gelegt, damit sie wussten, was ihnen bevorstand, wenn sie sich wehrten.

Andere Mitglieder des israelischen Teams, die die Schüsse gehört hatten, versuchten verzweifelt, aus ihren Wohnungen zu fliehen. Alles war sehr schnell geschehen. Keiner konnte sagen, was passierte, was vor sich ging.

Zwei Israeli tot. Zwei entkommen. Neun gefangen.

Im Nachhinein war deutlich: eine letzte Chance zu überleben hatten die Geiseln in den Minuten, die zwischen dem Eindringen der Fedajin in die Wohnungen und der Fesselung der Gefangenen lagen. Da stand die Tür vielleicht noch ein Stück offen, für den einen, den anderen. Doch – keine Tür. Höchstens ein Loch, ein Spalt, eine abwegige Idee, eine Sekunde der Gnade, ein Sprung.

Chance?

Die Bücher dazu sprachen spätestens auf S. 14 (Zufall?) über das menschliche Gehirn, die Wörter Perzeption, Rezeption, Kognition, Distribution, Imagination, Konzentration wirbelten so schnell über die Seiten, dass ihre »-ions« sich ineinander schlangen, das Wort »Zufall« stand fremd und etwas plump, doch auch traditionsbewusst zwischen ihnen, und erklärt war nichts.

Das Wort griff nicht. Mit »München« flog alles auseinander. »München«, das hieß Sturm. In einem Sturm die Geiseln genommen, in ein Zimmer gepfercht, aneinander gebunden, aus Einzelnen einen Haufen Mensch gemacht. Eine Pressung, innen. Außen eine Explosion: Sinn, Ordnung, Spiel – hinweggefegt. Auch jeder Bericht explodierte, bis heute. Stimmen, Hypothesen, verfälschte Erinnerungen. Zu große Nähe, um etwas zu sehen. Und doch, sagte sich Katja, gerade deswegen schaue ich hin!

Die Notebooks um sie herum summten. Als Katja ihren Stuhl zurückschob, nickte die Lesesaalaufsicht ihr freundlich zu. Mühsam richtete Katja sich auf. Jeder Knöchel, jedes Gelenk, jeder Muskel an Armen und Beinen schmerzte. Heute Abend musste sie wieder zu Edgar hinaus. Glück im Unglück – Edgar! Der Verrückte. Den Hals hätte er sich brechen können bei seinem Treppensturz. Dick geschwollener Fußknöchel und Schmerzen im Unterbauch links. Die Ärzte wollten ihn für ein paar Tage auf Station behalten, zur Beobachtung. Wenn man sah, wie er dort aufblühte, konnte man denken, dass er sich aus purer Langeweile die Kellertreppe hinabgestürzt hatte. Er sagte, er habe ein Marmeladenglas gesucht. Katja war sich sicher, er hatte nach der schlafenden Anastasia sehen wollen. Wie auch immer, nun räumte Katja Edgars Keller aus. Anastasia schlief auf dem Sofa, eiskalt war es ihretwegen im Wohnzimmer, aber Katja schwitzte vom Tragen: Schuhe, Nudeln, Werkzeuge, Holz schleppte sie hoch. Jeden Abend. Was für ein Segen, jetzt in der Bibliothek möglichst nur die Fingerspitzen zu bewegen. Edgars Kram stapelte sie in Kisten aus ihrer Wohnung. Das heißt, sie hatte auch bei sich selbst angefangen aufzuräumen, wegzuwerfen vor allem, Edgar lachte schallend ins Telefon, jetzt kommt dein Chaos noch zu mir! Es klang, als freue er sich. Dennoch schaute Katja sich schuldbewusst in seinem Wohnzimmer um, es sah wirklich aus wie bei ihr, und sagte: Anastasia gefällt's, denn die thronte, inzwischen erwacht, auf der obersten der Kisten, ein Rätsel, wie sie dahin gekommen war, und hielt ihren Kopf mit dem halben grünen Salatblatt in die Höhe wie eine Siegesgöttin die Fahne.

Das Ausmisten tat Katja gut. Wenigstens in den Wohnungen nahm das Chaos ab, während es in der Bibliothek wuchs. Wer wie was wann warum zu wem wofür oder wogegen? Hunde bellten in der Ferne, erste kleine Frühlingsböen raschelten durch die knospenbraunen Zweige vorm Fenster. Manches von 1972 erschien in heutigem Licht als glatte Lüge, dreist ins Gesicht gesagt. Doch klar wurde auch: es war das Licht von heute. Wer wusste, wie es die Dinge übermorgen brechen würde. Heute wühlte

Katja in einem Konglomerat aus Ohnmacht, Scham und Wut, diplomatischen Rücksichten und Staatsräson – zum Teil ein streng geheimer Schlamm, der mächtig stank. Alle Passagiere der entführten Maschine blieben gut versteckt. Der erste von Krüger Genannte galt als tot, dann lebte er wieder, der zweite wurde vermisst, dann wieder gefunden, oder war er ebenfalls tot, wie der wieder aufgetauchte Tote, der derzeit als vermisst galt. In fünf Jahren, mag sein, kehrte er wieder, winkte aus einem Aktendeckel, auf dem »Staatsgeheimnis« prangte, lustig heraus und hatte schon immer 25 Namen gehabt, alle falsch. Dabei waren dies nur die einfachsten Winkelzüge, die offiziellen Dokumente von Nutzbarem freizuhalten.

Die Frage, die Katja vorantrieb, war einfach: wie konnte sie bleiben?

Denn bleiben wollte sie. Das wusste sie jetzt. Es schien ihr nicht länger als Alternative zum Reisen. Reisen gehörte zu ihrem Beruf. Doch was für ein Unterschied: reisen, ganz ortlos, ohne Verankerung, ohne Sicherheit – oder Reisen mit einem Zuhause im Rücken, das stärkt. Vielleicht auch eine Frage des Alters. Katja zumindest fand jetzt, für das Modell *Leben heimatlos* war sie nicht gemacht.

Und noch eine andere, alte Lektion holte sie ein. »Die große und kleine Geschichte kümmern sich nicht umeinander, sie durchdringen sich bloß.« Falsch, Jozef! Falsch, Franz! Jedes Durchdringen schließt Berührung ein, bedeutet Veränderung. Katja war berührt. Das »Unglück« im September 1972 war kein Unglück, auch wenn mancher das gern geglaubt hätte, sondern eine unwahrscheinliche Mischung aus exakter Planung, grober Nachlässigkeit, heiterer Sorglosigkeit; ein riesiges Puzzle mit einem Loch in der Mitte; ein Verlauf, so unwahrscheinlich wahrscheinlich, so geschickt gedacht, so unglaublich aus der Hand gegeben, so exakt kalkuliert, so exakt verkalkuliert, so – menschenhaft.

Kein starkes Schicksal, von oben verhängt und daher sinnvoll, sondern ein Schicksal von unten, aus dem Chaos der Menschen und ihrer Systeme. Seit der Steinzeit baute man Gefäße – für Flüssigkeiten oder zum Wohnen (Höhlen), und Gefäße, damit in ihnen etwas geschah. Sichtbare Gefäße, wie Häuser, Tunnel, Schiffe. Und unsichtbare. Das Gefäß München, selbst unsichtbar, setzte sich aus vielen sichtbaren zusammen: Stadien, Häuser, Flughafen, Helikopter. Das waren die größeren Gefäße, sie enthielten Menschen. Dazu kamen kleinere Gefäße, mit Kugeln gefüllt. Dazu Menschen, die Gedanken enthielten. Menschen, die Fehler enthielten. Menschen, die Blut enthielten. Was für – Spiele.

Katja lief zu ihrem Tisch zurück, klappte die Zufallsbücher zu. Immerhin eines hatte sich geklärt. Wo sie bleiben wollte, brauchte sie nicht mehr zu fragen. Vier Monate Recherche. Das Ergebnis knapp und klar. Sie lachte leise auf. Es hieß: Zuhause ist, wo dir auch die Katastrophen gehören.

12

(45. Stock)

Die Lampe funkelte, nur das Grün aus Pauls Augen übertraf ihr Licht, Katja umarmte ihn. Wo warst du denn?, ich warte hier schon seit einer Viertelstunde, so schön ist dein Zimmer nun auch wieder nicht. Tut mir Leid, sagte er. Sie fühlte und roch ihn, dachte, Zufall, alles Zufall, auch er. Klar, dass auch ihre Begegnung dieser seltsamen Knotenbildung folgte. Palstek? Webleinstek? Oder doch nur ein Slip? Schon waren sie draußen, die Fontänen der Unibrunnen blitzten. Sie gingen eng nebeneinander, bogen in die Schellingstraße, eine Flucht halbhoher Häuser, die Straßenmündung flankiert von Bushaltestellen, Universitätsglas, einem Blumenkiosk am U-Bahnausgang, den es schon immer an dieser Stelle gegeben zu haben schien. Die ersten Poster des neuen *Matrix*-Filmes hingen aus. Auch das alte kleine braune Café in der Amalienstraße war noch da, in dem es den besten Nusszopf der Stadt gab, den dicksten Bäcker, die verrauchteste, dunkelste und braunste Stube aller Zeiten, obwohl auch sie umgebaut hatten. Zufall, sagte Paul, das ist Vernetzung zwischen Menschen. Im Nusszopfcafé war es, kein Zufall, so voll, dass sie gegenüber in der *News Bar* landeten, die Anfang der 90er ein Tante-Grete-weiße-Gartenstühlchen-Café verdrängt hatte, um das es nicht schade war, denn dort gab es sowieso keinen Garten und geschmeckt hatte nichts. Die *News Bar* hingegen strahlte im Ambiente der mittleren 90er, mehrere Fernsehapparate hingen über der Bar besserer Aktienzeiten, Papprosen und bronzefarbene Blütenlampen wedelten an den Wänden.

Heute kam Paul Katja vor wie ein Frischling. Die blonden

Haare hingen vom Mittelscheitel gerade nach unten, das eckige Gesicht, die große, eckige schwarze Brille mit dickem Rahmen – wie immer. Doch dann: die Streifen. Gestreiftes Hemd, darunter, Katja wusste es, gestreiftes T-Shirt, gestreifte Unterhose. Seit neuestem behauptete er, seine Mutter sei aus Holland, da habe man ein ganz und gar gestreiftes Land, ob ihr das nicht aufgefallen sei, ich war noch nie dort, sagte Katja, und er lachte, als wäre das ein Witz. Alles parzelliert, selbst die Brötchen hätten eckige Muster, nur die Fenster in Amsterdam seien groß und vorhanglos. Wenigstens gehört hatte Katja davon, so dass sie, auf dem zu kühlen Lachs in einem zu kühlen Bagel mit Frischkäse kauend, nicken konnte: wann fahren wir? Doch Paul winkte der Bedienung zu, zwinkerte geradezu vertraulich, leichthin sagte er, wann du willst, aber nur, wenn du die Kamera nicht zu Hause lässt, »zu Hause«, sie gluckste, nur weil es weniger Kisten in der Wohnung gibt, ist das noch lange kein Zuhause, wohl wahr, sagte er, und Katja hörte den feinen Spott seiner Stimme, war sich aber nicht sicher, ob er sich gegen sie oder ihn richtete. Die Bedienung, ein hübsches, dunkelhaariges Mädchen, war herangetreten und flüsterte mit Paul, er schien hier jeden zu kennen, ganz anders als Katja, die doch in dieser Stadt aufgewachsen war, für einen Augenblick wurde sie neidisch. Doch wie Pauls Gesicht strahlte! Da kam zu ihrem Neid gleich noch etwas hinzu. Wenn Katja etwas hasste, dann Freunde, die mit anderen Frauen flirteten. Betrug! Das war übertrieben, sie wusste es genau, empfand es aber so. Was redeten die nur, Katja strengte sich an, hörte aber nur ein paar englische Brocken, etwas wie wait, till you see, oder see what you get. Natürlich lief Musik, an anderen Tischen wurde gesprochen, da blieb ihr kaum etwas übrig, als demonstrativ Desinteresse zu bekunden. Vielleicht bemerkte Paul wenigstens das.

Katja starrte aus dem Fenster. Münchner Fassaden – selbst die gingen ihr jetzt auf die Nerven – Bombenlücken und Auffüllmanöver, Winkelzüge, Duckmäuserei. So weit ging sie, ja, das bildete sie sich hier ein. Der Stadt nahm sie übel, dass sie einmal selbstverständlich war und dann vom Sockel der Zeitlosigkeit gestürzt. Katja schielte – Paul und die dunkelhaarige Bedienung, geradezu herzig, oder wie sollte sie dieses Gebalze nennen? Eindeutig. Er schien ein Faible für Bedienungen zu haben. Diese hier allerdings lief jetzt weg. Katja stand ebenfalls auf, Paul hatte sich halb von ihr, Katja, weggedreht und schwiemelte der Kleinen hinterher. Unglaublich. Hätte sie ihn jetzt nicht schon gut gekannt, wäre sie gegangen. He Paul, zischte sie hinüber, ja, lächelte er sie treuherzig an und sagte tatsächlich noch im selben Atemzug, ach Katja, warte doch bitte einen Augenblick. Seine Wangen waren rot, aufgeregt. Meine Güte, dachte Katja, forget it, und ärgerte sich sofort über sich selbst, jetzt fing sie auch mit englischen Floskeln an wie die beiden eben, war sie denn von allen guten Geistern verlassen, also sagte sie, ich geh jetzt aufs Klo!

Das war nie falsch.

Zum Glück, eine Kabine frei. Katja setzte sich ohne Vorsichtsmaßnahmen auf die Brille, was sie sonst nie tat, aber diesmal wollte sie länger bleiben und Bakterien waren ihr egal. Sie brauchte eine Regel. Starrte auf die Tür. Nicht mal Graffiti. Da fiel es ihr ein: sie würde die Kacheln zählen. Wie Schafe! Sie selbst war ja eines. Wenn sie fertig war, würde sie aufstehen, sich die Hände waschen, rausgehen und schauen, ob Paul noch da war. Wenn er weg war, ihm eine reinhauen – Katja stöhnte, Blödsinn! Wenn er weg war, ja, was dann? Und wenn er da war, ihm eine reinhauen. Noch nie in ihrem Leben war sie so eifersüchtig gewesen. Furchtbar. Also würde sie ihn fragen, was los war. Und damit sie das konnte, würde sie sich hier erst einmal beruhigen. Ein Klo war dafür bekanntlich der beste Ort, sie zeigte auf sich, 1. Schaf. Machte links unten neben der Tür weiter, 2, 3, 4, …

Paul wedelte dem Mädchen einen 20 Euro-Schein hin. Katja glaubte Wörter wie »Taschengeld« und »nimm schon« zu hören. Da war sie am Tisch, die beiden hielten verlegen inne. Katja, sagte Paul, wo warst du nur so lange, ich habe mir schon fast Sorgen gemacht. Darf ich vorstellen, das ist Steffi Halesch, das Katja Berewski. Steffi streckte die Hand aus, automatisch schlug Katja ein. Wir verhandeln gerade, sagte Paul und zeigte auf ein verbeultes Alu-Leder-Ding auf dem Tisch. Offensichtlich von Steffi angeschleppt. Eine Wasserflasche, sagte Paul feierlich, für meine Expedition. Katja staunte. Expedition? Und was wusste diese Steffi davon? Und warum wusste sie, Katja, von nichts?

Ah, gewiss, auch dieser Paulus war ein Saulus. Hinter ihm öffneten sich Höhlen, manche groß, manche klein, manche dunkel, andere aber leuchtend mit fremden Gegenständen und Menschen gefüllt, das zog sie an, machte ihr aber auch Angst, dann fragte sie sich, ob Alleinsein nicht doch viel einfacher war und alles andere sie überforderte. Steffi musste andere Gäste bedienen, Katja sah genau, dass sie Paul zuzwinkerte, als sie vom Tisch ging. Paul wandte sich zu Katja, mit prüfendem Blick, sie hielt stand, setzte sich und fragte nichts.

Die Flasche, das musste sie sich zugeben, gefiel ihr, altes abgegriffenes Leder, unten Blech, verbeult.

Schweigend warteten sie auf Pauls Tortellini, beide in Gedanken. Katja hätte sich lieber die Zunge abgebissen, als als erste die Stimme erhoben. Die Börsenkurven auf den Bildschirmen über der Bar zappelten nach oben, nachdem sie am Vortag deutlich nach unten gezeigt hatten. Hinter den roten Plastikrosen an der Wand glühten ein paar Birnchen auf. Es war warm in der *News Bar*, rauchig, jeder Tisch besetzt. Über allen Stühlen hingen dicke Jacken und Mäntel, auf der Bank neben ihnen lag ein kleines hellbraunes Hündchen, so eng zusammengerollt, dass es schwer war, Kopf und Hinterteil zu unterscheiden. Es atmete leicht. Ich glaube nicht, sagte Paul, dass du dir vorstellen kannst, wie schnell man in etwas hineingerät. Seine Stimme klang nachdenklich. Aber du kannst es?, fragte Katja. Zu ihrer Überraschung sagte er sofort ja, ein helles Ja, und weißt du warum?

Sie war gespannt, wollte er ihr jetzt etwas über das Mädchen erzählen? Oder folgte seine Familiengeschichte, obwohl Katja allmählich daran zweifelte, dass es diese Familie jemals gegeben hatte, denn nie kam sie in Pauls Erzählungen vor. Ich war mal bei einer Geiselnahme dabei, sagte Paul stolz, beinahe hätte Katja gefragt, meinst du deine Hochzeit, um endlich etwas darüber zu erfahren, aber da sagte er schon, in Hammelburg. Davon hatte sie noch nie gehört, solltest du aber, rief Paul, oder willst du nicht Journalistin sein, dort veranstaltet die Bundeswehr Sondertraining für Journalisten. Spar's dir, hätte Katja am liebsten gesagt, andererseits wollte sie wissen, was es mit dem Mädchen und der Expedition auf sich hatte, also murmelte sie nur »ehem« und unterließ jede Anspielung auf seinen Bauch, dem ein Training sicher gut täte. Dabei hätte sie es ruhig sagen können, denn Paul hörte ihr gar nicht mehr zu, murmelte nur, da hatte ich wirklich Angst.

Er schaute in Katjas Augen, scannte sie geradezu, aber sie glaubte, dass darin nichts von ihren Gefühlen zu sehen sei, nur das Spiegelbild der Fernseher von gegenüber. Hammelburg, ein von den Nazis zu Waffenübungen geräumtes Dorf, sagte Paul nun mit festerer Stimme, Häuser x-fach zerschossen, aber noch da, sogar mit Ortsschild am Eingang, Straße, Bäume, die Bundeswehr hält es von Unkraut und Baumtrieben in den Häusern frei, und macht dort Übungen für Soldaten, wie man in Bürgerkriegsgelände vordringt, Dörfer erobert. Dabei sprechen alle nur englisch, sagte er, stell dir vor, sehr realistisch, sogar in den Details. Wenn du als Journalist dabei bist, wirst du gefangen genommen, in ein Haus gesperrt, gefesselt, an den Tisch gesetzt, sie stoßen dir Gewehrkolben in den Rücken, halten sie dir unter die

Nase, aus heiterem Himmel, du darfst dich nicht rühren, fünf Stunden lang, aber du weißt vorher nicht, wie lange es geht, und sie nehmen Frauen raus und vergewaltigen sie, also tun natürlich nur so, sagte er fast entschuldigend, du hörst sie schreien, und einer aus deiner Gruppe dreht bestimmt durch, und sie nehmen ihn raus und erschießen ihn. Was für Patronen werden denn benutzt?, fragte Katja halb erstaunt, halb beeindruckt. Ja, das ist raffiniert, sagte Paul, natürlich falsche Munition, aber mir wurde vorher ein Gerät umgehängt, wie ein Hosenträger, er machte eine entsprechende Handbewegung an seinem Körper, um es Katja zu zeigen, der aus kleinen Leuchtplaketten bestand, die nehmen schon lange keine Platzpatronen mehr, sagte er, sondern Lasergewehre, damit zielen sie auf die Plaketten, ich glaube, ich bin zweimal im Bauch verwundet worden und einmal einen Streifschuss am Kopf, die Plaketten leuchten bei einem Treffer, dann weißt du es – und der Schütze auch. Damals habe ich Angst gehabt, richtige greifbare Angst, wieder prüfte er Katja mit einem schnellen suchenden Blick. Sie schwieg. Es ist eine unglaubliche Stimmung, Schweiß und Angst, fuhr Paul fort, weißt du, man kann Angst riechen, das können nicht nur Hunde, das können auch wir, denn wir stinken nach Angst und riechen die Angst der anderen und bekommen noch mehr Angst davon. Es ist das Schlimmste, sagte er leise und strich mit der Fingerkuppe über eine der Beulen der Flasche, das Schlimmste, in die Hände anderer Menschen zu geraten. Sie können mit dir machen, flüsterte Paul, was ihnen einfällt. Das jagt dir eine Angst ein jenseits von allem, was du je empfunden hast. Und du musst als Geisel mit ihnen in einem Raum sitzen, stundenlang, gefesselt, in deinem eigenen Dreck, neben deinem erschossenen Freund, den Terror der Gewehre und des Nichtwissens ertragen, dein eigenes Schwanken zwischen Hoffnung und Angst, Willkür preisgegeben, totaler Willkür, totaler Verfügungsmacht. Er sprach stockend jetzt, so saßen auch wir da, zusammengekauert, still, mit all unseren Beschädigungen, jeder damit für sich ganz allein.

Allein, exakt so wie sie sich gefühlt hatte auf dem Klo! Katja ärgerte sich. Paul lenkte sie ab mit seiner Geschichte, aber die Eifersucht sauste wie Alkohol durch ihr Blut, sie schmeckte sie im Mund, spürte sie in der Brust; sie war wütend auf ihn, er ignorierte es und wickelte sie ein mit einem Thema, das sie interessieren musste, als habe er es sich eigens aufgehoben für sie, wenn er merkte, dass es Streit geben würde und ablenken wollte.

Hast du mitgemacht bei den Vergewaltigungen, fragte sie kühl.

Er schüttelte den Kopf. Die waren nur vorgetäuscht. Davon gehe ich aus, alles war vorgetäuscht. Aber, er schluckte, ich war zu feige, mich überhaupt von meinem Platz zu rühren. Niemandem habe ich geholfen. Zu feige, er schüttelte den Kopf, mich auch nur im Spiel erschießen zu lassen.

Steffi brachte einen Latte und einen Tee, Paul achtete nicht auf sie, Katja sagte geistesabwesend danke. Es sei schizophren, flüsterte er, wie man hineingerate, ja, das sage er noch einmal, denn nicht nur die Todesangst habe ihn davon abgehalten einzugreifen, sondern eine Art Gewöhnung. Übrigens habe er nicht die geringste Lust, vielmehr deutlich Abscheu empfunden bei den Schreien der Frauen, nein, Gewöhnung und vermutlich etwas wie Identifikation mit denen, die ihn und diese Frauen quälten. Das habe ihn am meisten erstaunt und, im Nachhinein, erschreckt.

Suchst du solche Situationen?

Welche?, sagte er, Katja trank und wartete, Situationen, in denen Kugeln fliegen?, fragte Paul, dabei strich er sich die Haare aus der Stirn. Ich glaube nicht. Steffi habe ich eine Wasserflasche abgekauft, keine Pistole, bist du eifersüchtig? Katja schluckte und schüttelte den Kopf, er lachte, eine alte Expeditionsflasche aus Glas. Schwer und unpraktisch, aber mit echtem Leder überzogen, und das unten hier, er klopfte auf den Teil, den Katja für Blech gehalten hatte, ist ein Alubecher, man kann ihn abziehen und daraus trinken. Alles aus der Flasche soll erstaunlich frisch schmecken, hat sie mir erklärt.

Und wozu brauchst du das Ding? Wieder Hammelburg?

Zwei Minuten später wiederholte sie ungläubig, was Paul geantwortet hatte: eine Expedition in den Osten? Katja hielt sich die Hand vor den Mund, aber es nützte nichts, das Lachen war zu stark. Eine Expedition! Nach Litauen und Estland, mit Wüstenflasche!

Paul war verletzt. Du bist immer gereist, ich bin mit Frau und Kindern hier gesessen, der ganze Osten ist mir unbekannt, rief er pathetisch. Katja winkte ab, schluckte, holte Luft. Aber das Reisen nützt nichts, rief sie, als sie ihr Lachen halb im Griff hatte, wie meinst du das?, sagte er nachtragend, und sie antwortete, wenn du durch eine Wand gehen willst, kannst du auch hier bleiben. So wie du, gab er ihr sofort zurück, sie spürte, sie hatte ihn getroffen, ihm die Bedienungsflirterei heimgezahlt, also waren sie quitt, da tat er ihr mit einem Mal fast Leid, wie er so am Tisch saß, bedröppelt vor seiner Flasche, und bevor sie wusste, was sie sagte, sagte sie: ich bleibe deinetwegen hier, weißt du das nicht?

Paul lachte, was ist, Kanu, deine Augen stehen ja starr, als gehörten sie einer Maus vor der Schlange! Bist du so erschrocken über deinen eigenen Satz? Er griff nach ihrer Hand, Katja senkte den Blick. Was hast du vorhin gedacht?, fragte Paul leise, so dass nur sie es hören konnte, du hast mich angeschaut, als fräßest du mich gleich. Ich habe endlich einen Namen für dich gefunden, sagte sie, Aladin. Lauter Höhlen um dich herum, große, dunkle, helle, und viel zu viele Frauen darin!

Aladin, er ließ den Namen auf der Zunge zergehen (wunderbar, sie war eifersüchtig!). Weißt du, rief er, dass Leute angeblich nur deswegen zusammen im Bett liegen, weil sie früher in

Höhlen geschlafen haben und es dort allein gefährlich ist? Dabei ist es für den Sex besser, keineswegs unter einer Decke zu schlafen, und er lachte, weil er stets auf zwei Decken beharrte, aber als Katja fragte, sagte er, nein, ich lache, weil ich das Wasserbett weggegeben habe. Das ganze Wasserbett gegen die Wasserflasche? – Katja war empört, und Paul sagte, ja, es ist ein unvorteilhafter Deal, aber ich dachte, er würde dir gefallen, und, er lachte erneut, es ist die Art Deal, die man als Vater macht. Es dauerte, bis Katja begriff. Da ..., das ist deine Tochter? Daran, wie Paul nickte, erkannte sie, dass er stolz war. Sie findet dich sympathisch, sagte er, weil du solange auf dem Klo warst, um uns allein zu lassen.

Katja schluckte.

Die Börsenzahlen liefen, Münder bewegten sich, Nachrichten überdeckten, was gesagt wurde, Katjas und Pauls Hände berührten sich kurz, als sie zahlten, Steffi winkte von der Kaffeemaschine am Tresen, Katja winkte zurück, das Mädchen sah wirklich charmant aus, endlich, vor der Bibliothek, fragte Katja, warum hast du mir ausgerechnet jetzt von Hammelburg erzählt? Er antwortete wie aus der Pistole geschossen: zwei Gründe. Nach Hammelburg gab es einen Riesenkrach mit meiner Frau. Ich war ihr zu viel weg, ich sollte zu Hause bleiben, wozu war ich schließlich Bibliothekar. Seither bin ich nirgends mehr allein hingefahren, stell dir vor! Gute zehn Jahre. Und zweitens: weil du genau so viel Angst hast wie ich. Wovor?, fragte Katja so beiläufig sie konnte, dabei musterte sie die vorbeizischenden Autos, tröstlich, die waren immer da, Paul grinste, seine breite Hand klopfte Katja auf die Schulter: vor dir selbst, ma chère, vor dir selbst.

Ein paar Stunden später trug sie den schwarzen Nylon-BH, bestickt mit fuchsiafarbenen Blättern und Ranken, durchgehend über Busen und Rücken verteilt, doch an den Warzen alles frei bis auf ein, zwei dünne rote Linien wie Ornamente, wie Fingerspuren. An den Trägern waren gestickte Ranken so aufgenäht, dass sie überstanden, ihr leuchtendes schreiendes Rot direkt auf der Haut, wodurch betont wurde, dass der Busen verdeckt war. Katja lag auf dem Rücken, Paul kniete vor ihr, spreizte ihr die Beine, legte sich ihre Füße auf die Schultern, hielt sie an den Knien, zog sie noch ein Stück zu sich heran, geöffnet, schutzlos, feucht, beugte sich nach vorn, beugte sich in sie, stieß zu, tat es mehrfach, tat ihr weh, machte ihr Lust, presste, als er merkte, dass sie fast nicht mehr konnte, ihre Knie gegen ihre Brust, und sagte, kühl und mit festem Blick auf sie, dass er nicht genug bekommen könne von ihr.

Als sie aufwachte, trug sie den BH noch immer, 4.54 Uhr, leise stand sie auf. Schon lange hatte sie nicht mehr nachts allein an einem Fenster gesessen. Es war dunkel, erstaunlich dunkel, Katja hellwach. Nächte sind riesig, und in manchen Nächten fühlt man es. Nachts wurden Leben entschieden; Nächte waren Lifte, plötzlich fuhr man in einen 45. Stock, den es nicht gab, unten und oben verkehrten sich, Nächte waren nicht opak, Nächte waren glitschige Flächen, in denen man sich nicht spiegelte – man rutschte. Nächte wollten nicht nur das Gesicht, sondern den ganzen Körper. Man wurde löchrig wie ein Ding, konnte in ihre Dunkelheit eindringen, als wären sie Wasser, sank zwischen neugierig starrenden Fischen aufrecht nach unten – Nacht. Paul verbarg sich unter der Bettdecke, er hatte eine alte Matratze aus dem Keller geholt, das Wasserbett, völlig entwässert (es hatte mehrere Ventile, man schloss einen Schlauch an, hielt einen Eimer darunter), lag in der Küche, abholbereit, eine dicke rote Plastikwolke – hier niedergegangen. Das Ende einer Epoche, überraschend schnell. Pauls Kopf dunkel auf dem Kissen, ein Wusch Schatten, Haar. Die Beine ein Hügel, verwischt, die Arme spurlos verschwunden. So war es auch mit der Erinnerung, nur Bruchstücke, Abdrücke von Dingen in einem Raum, nicht die

Dinge selbst mit ihren unwiderruflichen Strukturen aus Kratzern, Rissen und Falten, wie die Abdrücke ihres Beckens, die Mulde der Schulter im Bett. Und daneben sein Körper, da war er, lag, warm und leise atmend, lag da, sie spürte die Vergänglichkeit des Momentes, seine Zartheit. »Jetzt«. Jetzt: sie konnte aufstehen und ihn berühren.

13

(Betten und Flugzeuge)

8.41 Uhr, wie jeden Arbeitsmorgen. Über die Ludwigstraße
wehte ein lauer Wind, ein paar Krokusse in den Betonkübeln
am Unicafé reckten die ersten gelben und violetten Blütenbe-
cher in die Abgasluft. Paul ging hier so schnell er konnte. Der
Weg von der U-Bahn in die Bibliothek war zu kurz, um etwas
zu denken, zu hässlich, um langsam zu gehen. Kaum betrat er
die große Eingangshalle, beschleunigte er den Schritt, ließ den
Aufzug links liegen und verschwand mit wehenden Jackenschö-
ßen im Keller. Die Cafeteria war noch geschlossen, auch die
Werkstatt musste er aufsperren. Paul war erleichtert, er war hier
gern allein, dann roch es am intensivsten nach Kleister, Farben
und Papier. Ein Codex aus dem 15. Jahrhundert stand aufgeschlagen in einer Buchstütze, das Blattgold der Kapitelinitiale
bröckelte. Der Papierbrei in dem Schälchen daneben war über
Nacht eingetrocknet. Paul griff nach einem Pinsel, so dünn, dass
man sich vorstellen konnte, damit 127 Gesichter auf eine Ka-
kaobohne zu malen, und blickte nachdenklich auf die Ahlen,
Pinzetten, Feilchen, nagelartigen Kratzer und Skalpelle neben
dem alten Buch. Scharf genug, um einzelne Papierschichten abzuheben. So hatte sie es gemacht, bei ihm. Rita, seine kühle,
dann wieder hilflose, am Ende durchtriebene Rita. Die jammerte, wenn sie wegen einer seiner seltenen Reisen einmal allein
schlafen sollte. Die nie jammerte, wenn sie allein schlief, weil sie
verreiste. Vielleicht schlief sie dann nicht allein! Paul ärgerte
sich: diese verdammte alte Eifersucht. Und dann die Aktion letzte Woche – da konnte er sich gleich noch mehr ärgern, über sich
selbst. Sagte er doch glatt zu ihr: behalt unseren Kram. Dabei

ging es ihr gar nicht schlecht. Seit einem halben Jahr managte sie einen Kräutergroßhandel, mit Erfolg. Was für eine Überraschung! Und da sagt also er, Soysal: behalt du unsere Sachen. Eigentlich hatte er es sich so schön zurechtgelegt. Er gibt ihr den gesamten Krempel. Sie kann sich nicht beschweren. Sie steht in seiner Schuld. Und er steht vor den Kindern da wie das große Opfer und der große Spender. Paul griff nach einem der kleinen Messer. Völlig bescheuert. Die Kinder waren 23 und 18, kannten ihre Mutter und ihn, bildeten sich ihr eigenes Urteil – längst. Sein Handy klingelte, er drückte den Ausknopf, ging zur Tür. Und, was hatte Rita gemacht: sich ausgesucht, was sie behalten wollte und den Rest einfach bei ihm angeliefert. Was heißt angeliefert: ausgeschüttet, im Treppenhaus. Stundenlang hatte er an dem Abend geschleppt und sich dabei geschworen, nie mehr, nie mehr. Der große Spender – nichts blieb von diesem Bild. Der große Resteverwerter. Der Mülleimer. Ausgenutzt fühlte er sich, abgeschoben, allein.

Heute warst du aber langsam, sagte sie flapsig, als er sie hereinließ. Sie war geschminkt, als sei es neun Uhr abends. Silberglimmer unter den Augen, hellroter Lippenstift und ein T-Shirt, das mehr aus Ausschnitt als aus Stoff zu bestehen schien. Dünn wie Rita. Dunkle Haare. Er war der einzige Helle in der Familie. Aber Rita hatte ihn nicht betrogen. Dafür war Steffi zu früh erschienen, er lachte bitter. Na komm schon, sagte sie, so war's auch nicht gemeint.

Sie studierte BWL. Ein pragmatisches Kind, mit Händlerinstinkt. In der *News Bar* jobbte sie vor allem, um Kunden für ihren Freund und dessen Vater aufzutreiben. Für Exzentriker, von Exzentrikern, pries sie ihn an, Mögliches und Unmögliches! Ställe, alte Cottages, halbe Dörfer habe er mit seinen Antiquitäten gefüllt. Putzen, putzen, stöhnte Steffi und verdrehte leidend die Augen. Wie sieht's aus, sagte sie, willst du etwa die Flasche zurückgeben?

Sie hatte Semesterferien, fuhr nächste Woche nach England. Was gibt's, Daddy Frosch, rück raus mit der Sprache, ich muss gleich weiter.

Daddy Frosch, irgendwann hatte sie angefangen, ihn so zu nennen. Wenn er ihrer Meinung nach herumsaß wie ein Trauerkloß. Zuviel aß. Jetzt sagte sie: deine neue Freundin, oder?

Und?, fragte Paul.

Diese Tochter hätte ihn als 20jährigen fertig gemacht. Ein Rätsel, wie aus dem kleinen netten Mädchen mit schwarzen Zöpfen diese Frau hatte werden können. Frau, Frau, schrie etwas in seinem Kopf. Wie war man jemals auf die Idee gekommen, dass Väter das nicht wahrnahmen? War man jemals auf diese Idee gekommen?

Was ist das für ein Parfum?

Douglas, Eigenmix. Ich gieße alle Proben zusammen, in einem alten Flacon von Henry. *Mix and go.*

Das machst du?

Und du?, grinste sie ihn an. Hat sie Familie?

Einen alten Vater. Sie ist Fotografin.

Cool, sagte Steffi, sie saß auf einem der Reparaturtische, schlenkerte mit den Beinen. Hohe schwarze Stiefel, braunrotgrün gestreifte Strümpfe. Ich, sagte Paul, möchte dir das Wasserbett schenken. Was?, rief Steffi, und eine Sekunde später: glaube ich nicht. Sie schlenkerte schneller. Da war es wieder, das kleine Mädchen. Es machte Paul gute Laune.

Ihre Augen leuchteten. Megacool. Meinst du das ernst?

Paul warf ihr den Schlüssel zu seiner Wohnung hin, hol es dir ab, ich will das Ding nicht mehr sehen, wenn ich heute Abend nach Hause komm.

Warum?

Ablenkend sagte Paul: Katja hat mich gestern draufgebracht.

Wirklich? Steffi sprang vom Tisch. Ich hatte den Eindruck, sie würde mich gleich erdolchen, aus Eifersucht.

Paul grinste, sie ist eifersüchtig, aber gibt es auf keinen Fall zu.

Gerade das gefiel ihm. Er genoss es. Erzählte wenig aus seiner Vergangenheit und flirtete, wenn Katja es sah. Er flirtete sowieso gern, aber mit Katja im Schlepptau noch lieber, denn es tat ihm gut, wie eifersüchtig sie wurde, so eifersüchtig wie er jahrelang auf Rita war.

Wie krieg ich da eigentlich das Wasser rein?, fragte Steffi.

Während Paul es ihr erklärte, dachte er, das ist meine Rache. Erstaunlich eigentlich, dass es funktioniert. Man quält jemanden dafür, wie man von einem anderen gequält worden ist. Und es befriedigt. Dafür brauchen der alte Drangsalierer und das neue Opfer sich weder zu kennen noch viel gemeinsam zu haben. Reicht schon, dass es zwei Frauen sind. Kurz schämte Paul sich. Doch die Leere in seiner Magengrube war – angenehm. Ein schlechtes Gewissen? Das gehörte dazu. Das steigerte den Genuss. Außerdem: schadete jemandem, was er tat? Die Schrauben am anderen zu drehen – zu fühlen, dass das ging – Balsam war das.

Schrauben?, schnaubte Steffi, wo sollen denn da Schrauben sein?

Paul schüttelte den Kopf, Ventile, Steffi, Ventile!, und lächelte seine Tochter an. Gestern in der *News Bar*, als Katja gar nicht mehr aus dem Klo kommen wollte, hat er gedacht, dass Rache wie eine Schaukel schwang, eine Schaukel im Herzen, zwischen den beiden Kammern. In jedem Menschen gab es sie.

Steffi stand in der Tür, Fro-osch …

Ah! Paul wartete schon darauf. Seine Tochter verhandelte Liebe über Geld. Von wem hatte sie das wohl gelernt? Jedes Mal schnitt sie das Thema anders an. Diesmal war es besonders schwierig, nach dem Geschenk.

Daddy, ich arbeite jetzt als Continuity. Das Continuity – Steffi zog die Stirn kraus, jetzt weiß ich nicht mehr, es heißt vielleicht auch Utility. In den Ferien in England, die machen einen Film, und ich bin das Mädchen für alles. Sie lachte laut heraus, so 'ne Insel ist teuer.

Musst sie ja nicht gleich kaufen.

Puh, Paul, maulte sie und rollte die Augen.

Am Ende gab er ihr etwas, noch zu dem Wasserbett hinzu. Mit einer Auflage: sie durfte das Bett nicht verkaufen. Ehrenwort, sagte Steffi, darauf käme ich nie, das ist mein Erinnerungsstück.

Sie verabschiedete sich mit einem Kuss, stockte, schien etwas verlegen, weißt du, das rote Bett, das war wirklich immer ein bisschen wie du.

Übertreib nicht Steffi, rief Paul und sie grinste, denn sie wusste, dass sie übertrieb. Er sah ihr nach. Das dumme Bett. Erst ein Riesenstreit. Soziologie im 17. Semester! Es reicht, schrie Rita. Wie soll das weitergehen? Steffi war fünf. Am Ende wälzte er Stellenangebote, wurde Bibliothekar. Der einzige Grund dafür: Geld. Schon während der Ausbildung gab es ein kleines Gehalt. Zur Feier der Versöhnung kaufte er das Wasserbett. Er erinnerte sich daran, wie großartig es ihm schien, als er es das erste Mal gefüllt hatte. Steffi sprang krähend darauf herum. Paul seufzte. Es war ein Bild seiner selbst: wie er gern gewesen wäre – weich, beweglich, frech.

Meine Güte, dass ihm das nicht früher eingefallen war! Weich, frech, beweglich – wie Brian. Vor Jahren hatten sie sich auf einem Symposion zur Genetik von Nutzpflanzen, organisiert von der Bibliothek, kennen gelernt. Brian nervte. Extrawünsche hier, Extrawünsche dort. Eine Diva. Und ein Mann mit abwechslungsreichem Lebenslauf. Brian, der damals nach einigem ernsthaften Trinken erzählte, wie es war, in einem Flugzeug entführt zu werden. Herbst '72, selbst erlebt. Paul hätte sich vor den Kopf schlagen wollen. Was für eine Koinzidenz. Brian – exakt der Mann, den er, Paul beweglich vor Katja, frech im Erfinden, jetzt brauchen konnte!

Pfeifend sperrte Paul die Restaurationswerkstatt ab. 9.25 Uhr – keiner da. Diese Schlitzohren. Das konnte er auch. Er brauchte ein neues Bett. Und die internationale Telefonauskunft. Im Gehen zog er sich die Jacke über, nichts wie zum Marienplatz. Katjas Eifersucht war ja schön und gut. Aber was ihn irritierte: sie klebte an ihrer Recherche. Hielt sich zurück, vor ihm. Dass sie ihre BHs nicht auszog, war nur das offensichtlichste Zeichen. Sex, von einem sanften Würgen in der Kehle begleitet, die Zähne zusammengepresst. Es tat ihm weh, das zu sehen, es machte ihm Angst, jedes Mal für ein paar Sekunden, und dann setzte es wieder diese Gier in Gang, eine Gier wie die jähe Lust, eine seltene Blume am Wegrand auszureißen, ein Auto gegen einen Baum zu fahren, nur um es zu tun. Er würde sie aus der Reserve locken. Die Recherche beschleunigen, unbedingt. Alles andere auch. Von Mal zu Mal machte dieses Verstecken ihres Busens ihn wilder. Da drehte sie doch schön an seinen Schrauben! Hielt ihn am Gängelband. Also durfte, nein musste auch er sich etwas mehr einfallen lassen. Brian – gerade recht für eine kleine Katja-Manipulation, Unsinn, Katja-Förderung.

Vor der Bibliothek zog Paul sich den Schal enger um den Hals. Der Himmel wirkte wie ein Napf von Milch, bläulich schattiert am Rand, die Mitte voller Schleier. Pauls Schattenkopf hüpfte lustig weit weg von Paul über das Pflaster. Er war dünn wie Morgenschatten sind, doch selbst an ihm sah man deutlich den zum Pfeifen – fast wie zum Küssen – gespitzten Mund.

8.50 Uhr. Ein Zettel, verziert mit einem AU!-schreienden Zahn, klebte an ihrem Briefkasten. Die mindestens 25jährige Sprechstundenhilfe, die ihre Zahnspange mit Grazie trug – sie schminkte sich in dazu passenden Silbertönen – sagte nur, diesmal ist es aber ein kleines Paket. Stimmte. Toni hatte das letzte Band Express geschickt, eine Videokassette, kaum war Katja in ihrer Wohnung, wählte sie seine Nummer. Das Telefon klemmte sie sich zwischen Schulter und Kinn, stellte die Narzissen, die sie eben gekauft hatte, in eine Vase und ließ Wasser hinein. Toni würde fragen, wie geht es dir, Toni würde nicht ernsthaft eine Antwort erwarten, Toni würde wissen wollen, kann ich eingeladen sein bei dir, wie beim letzten Mal?, genau so drückte er sich aus, sie würde zurückfragen, ist es denn noch nicht gut?, und hören, wie er die Luft einsog, vermutlich rauchte er, während sie sprachen, wie soll das gut sein?, sagte er dann, das weißt du doch. Gewiss, würde sie seufzen, Tonis Geschichten, sie verstand ihn ja, wir, würde sie sagen, machen es bald. Es klingelte, klingelte, weil sie beide Hände voll hatte, ließ sie es klingeln, da hob er doch noch ab, Toni, rief sie erstaunt, ja, sagte er munter, was ist denn passiert? Sie stammelte, nichts, aber ich dachte …, du wärst noch nicht da. Und deswegen rufst du an, er lachte aus vollem Hals, wunderbar. Toni, sagte Katja ernst, geht es dir gut oder hast du getrunken? Er kam aus dem Lachen gar nicht mehr heraus, ja, gut geht es mir und schon klingst du, als müsse man gleich einen Krankenwagen bestellen. Hör mir bloß damit auf, sagte sie, davon hab ich genug, hab ich dir schon gesagt, dass Vater im Krankenhaus war? – und du, du warst bei einer Frau, gib's zu.

Das Paket ist angekommen, oder? Das Band kannst du behalten, es ist ein Geschenk.

Katja fuhr sich mit der Hand durch die Haare, Toni, sagte sie ernsthaft, ich finde es nicht gut, dass du deinem Schmerz hinterherläufst, ich mache das nicht mehr mit, diese Sessions, du weißt schon.

Gut, sagte er trocken, das passt. Das hat sich auch erledigt.

Du nimmst mich auf den Arm!

Hmm, brummte es in der Leitung. Seit Monaten geht es mir besser, aber seit Wochen schlafe ich schlecht, auch diese Nacht, kein Auge habe ich zugedrückt, hier – er grummelte – ohne Frau, wenn du's wissen willst, und jetzt habe ich die Lösung. Katja dachte, dass sie davon vielleicht etwas lernen konnte und sagte gespannt: schieß los, und er sagte: habe eben die Mail mit meiner Kündigung getippt! Seine Stimme klang triumphal. Sofort schossen Katja tausend Einwände durch den Kopf, wie kannst du das tun, denk an deine Pension, du bist älter als ich, wer soll dich noch anstellen, doch sie hörte sich sagen, du könntest ein Hotel aufmachen, und sie meinte es ernst. Für durchziehende Paare, fragte er, und sie sagte: ja, exakt, das ist doch nicht schlecht, es ist doch die Wahrheit, und außerdem lenkt es dich ab. Beste, dich und deinen neuen Freund lade ich als erste ein, rief Toni, und Katja widersprach diesem »deinen Freund« nicht, im Gegenteil, beschwingt stellte sie nach dem Gespräch die Osterglocken auf die letzte nicht ausgepackte Umzugskiste und schob das Band in den Rekorder. Es flackerte, grisselte, das Stadion erschien, oval, erleuchtet, von schräg oben gesehen, rundum Dunkelheit. Das olympische Feuer leuchtete groß, aber auch schief; die Spiralen auf den Fahnen waren kaum zu erkennen. Eine Schäfflertanzgruppe stellte sich bereit, Münchner Bläserbuben spielten auf. Die Fahnenträger aller Nationen zogen ein, bunt durcheinander folgten ihnen die Athleten. Die Abschlussfeier der XX. Olympischen Sommerspiele in München begann. Das nächtliche Ende der Spiele.

Halb acht. Der Pause am 5./6. wegen fiel die Endfeier auf den 11. September, einen kühlen, regnerischen Montag. Robert Lembke, seit drei Jahren Geschäftsführer des Deutschen Olympiazentrums, bekannt für Sprüche wie »wenn die Menschen nur über Dinge reden würden, von denen sie etwas verstehen – das Schweigen wäre bedrückend«, moderierte die gekürzte Show im Fernsehen. Die Herbstnacht schien den stockdusteren Mund aufzureißen, das Stadion glitzerte darin wie ein falscher Zahn. Israel und einige arabische Staaten fehlten. Als das olympische Feuer zu Trompeten- und Paukenklang erlosch, wurde das Bild für Sekunden vollkommen dunkel. Alle Zuschauer erhoben sich, um der Opfer des Anschlags zu gedenken. Die Stadionbeleuchtung blieb ausgeschaltet. Dann flammte vom leeren Schuttberg über den See zum Theatron ein Regenbogen aus fünf heliumgefüllten Stratofil-Schläuchen auf. Fuchsberger, der auch die Abschlussfeier moderierte, musste Geräusche erklären, die bei der Eröffnungsfeier noch niemandem aufgefallen wären. Etwa der Krach beim Anspringen der Flutlichtanlage. Alle waren nervös. Die Kartenpreise für diese Feier waren auf dem Schwarzmarkt rapide gesunken. In Lederhosen und Dirndln stand man zum Schuhplatteln bereit, lange geprobt, nicht getanzt. Man hatte sich nicht vorstellen können, dass Issa und seine Leute es ernst meinten, hatte nicht verstanden, woher sie kamen, war zu stolz und zu naiv, überfordert, starr, erschrocken nun, voller Furcht.

Katja betrachtete die Bilder und musste an das Interview mit Fuchsberger denken, das sie schon vor ein paar Wochen gelesen hatte. Seine schusssichere Kabine schwebte über dem Stadion. Ihre Tür ließ sich nur von innen öffnen. Das war schon bei der Eröffnungsfeier so. Eine beruhigende Sicherheitsmaßnahme, damals. Nun ein beunruhigendes Zeichen. Ständig drohte Gefahr. Die Hinterköpfe der Ehrengäste, fein säuberlich vor Fuchsberger aufgereiht, gerieten in Bewegung, August Everding, Regisseur der Feier, drehte sich zur Kabine, presste einen Zettel gegen ihr Sicherheitsglas: »Nicht identifizierte Flugobjekte im Anflug auf das Olympiastadion – möglicherweise Bombenabwurf – sag, was du für richtig hältst.«

Fuchsberger hatte gesagt, dass er bis heute von dieser Situation träume. Vor dem 5. September hatte man Anschläge erwogen und etwas dagegen getan. Die Angst verschwand. Nach dem 5. September war sie wieder da. Überall. Und hell, denn sie warf ein großes Licht. Jede Abweichung, jede Panne, jede Frage wuchs darin riesenhaft und gefährlich heran, streckte tausend Finger aus. Was tun? Fuchsberger öffnete seine Kabine und holte Everding herein, doch auch er wusste nur: auf dem Radar der Münchner Luftüberwachung war elf Meilen nordwestlich von Ulm in 2000 Meter Höhe ein ungemeldetes Flugzeug mit direktem Kurs auf das Stadion erschienen. Der Diebstahl eines Privatflugzeuges war gemeldet. Vielleicht dieses – vielleicht flog es ins Stadion, gezielt. Flugzeug im Anflug auf ein Gebäude voller Menschen, dieses Bild – am 11. September 1972. Eine Alarmrotte des Jagdgeschwaders JG 74 startete auf Befehl des Ministers Georg Leber vom Flugplatz Naumburg/Donau. Auf Höhe von Augsburg wurde die Maschine wieder geortet. Wäre sie nicht kurz hinter der Stadt von ihrem Kurs abgewichen, hätte es zu einem Waffeneinsatz kommen müssen. Georg Leber. Der Mann, der erst im Februar ein Millionenlösegeld an die palästinensischen Entführer einer Lufthansamaschine gezahlt hatte (und alle Geiseln kamen frei). Dieser Mann sprach bis heute von drei sehr langen Minuten in seinem Leben am Abend des 11. September 1972. Das Flugzeug, eine finnische Passagiermaschine, deren Radarsystem ausgefallen war, hatte sich verirrt.

In München aber saß Fuchsberger in seiner Kabine und musste sich entscheiden. Es war merkwürdig für Katja, die Aufzeichnung der Feier mit dem Wissen um diese Situation anzuschauen. Der Frieden war verloren; jetzt schien das Schlimmste das Wahrscheinlichste. Drückte Fuchsberger den Mikroknopf, sagte, »meine Damen und Herren, bewahren Sie Ruhe, wir müssen das Stadion evakuieren«? Was für eine groteske Ansage. Alle hatten die Bilder vom 5. September im Kopf. Eine Panik war programmiert.

Chance. Glück. Fuchsberger schwieg. Leber in Bonn wartete. Natürlich war all das nicht zu sehen. Zu sehen war nur das Publikum, es saß im Dunkeln, versuchte sich zu freuen, ahnte nichts. Der Terrorismus der globalisierten Welt hatte begonnen, auch wenn man es damals noch nicht so hätte benennen können. Allerdings: viel Phantasie brauchte man dafür nicht. Katja sah den dunklen Bildschirm, den künstlichen Regenbogen, den Schuttberg, leer.

Und dahinter die Angst. Vielarmig entwarf sie Bilder wie von selbst, warf sie gegen den nächtlichen Himmel wie gegen eine innere Wand, gemacht aus Narben und Gerüchten, ja, das war der Himmel geworden.

14

(Streiten)

Ein rosiger Sonntagmorgen, glasigblau die Luft. Der Schmutzfilm auf den Pflastersteinen so glitschig, dass er das Licht reflektiert. Sie geht nicht auf Straßen, sondern auf langen durchwachsenen Anschnitten von rohem Speck. Ein paar Glocken läuten. Es riecht nach kaltem Frühling. Fast alle Narzissen in fast allen Betonkübeln blühen. Bald ist Ostern. Sie möchte bei Paul sein, aber erkennt sich kaum darin, wie er lebt. Wie sie lebte, mit ihm. Die Straßenbahn an der Ecke zur Maximilianstraße schiebt Funken schlagende Bögen über sich her. Sie möchte in der Hand behalten, was passiert, aber das geht nicht. Links vorm Rathaus ein Abgang, nur in die U-Bahn. Sie ist fast allein. Die Rolltreppen fahren langsam, unten ist alles blau und grau und dann hellorange, die Bahnen kommen nur im Zehn-Minuten-Takt. Sie hat Zeit, auf die Gleise zu sehen, die Schwellen werden von Nieten gehalten, halbrund wie die Wirbel im hellen Rücken eines Kindes, das im Sand wühlt. Sie wirken verletzlich, und sind es nicht. Paul ist in den letzten Wochen ungeduldig gewesen, angestrengt. Streit mit der Ehefrau. Erst sagte er ihr, sie solle alles behalten, also sortierte sie aus und ließ ihm den Müll, so Paul, wieder habe sie, Rita, ihn reingelegt. Katja konnte verstehen, dass er so empfand, aber Ritas Verhalten verstand sie auch. Zudem schickte sie nicht nur Müll zurück. Doch Paul! Ungeduldig fragte er nach Olympia, das kam ihm nicht schnell genug voran, dann schmollte er, weil sie nicht fotografierte, aber wenn sie auf eine Fotoreise ging (einmal im Februar, die Auftragslage ohne Toni war dünn), kam es ihm auch nicht recht, denn dann war er ja eine Woche allein.

Schließlich fragte er gar nicht mehr nach ihrer Recherche, Katja war sich nicht sicher, ob er sein Interesse an ihr verlor oder woran es lag, und wollte wieder, dass er fragte. Schönes Durcheinander! Bei allem war Paul in sich gekehrt. Scherze über seine niederländische Mutter machte er noch, doch selbst die klangen gequält. Andere quälte er ab und an ebenfalls ganz gern, siehe Rita, siehe Riesenkrach. Und wenn es um ihn ging? Katja fand, er erlebte seine Trennung erst jetzt, in ihrem Geleitschutz, aber dafür war sie nicht da. Ein ärgerlicher Frühling, verglichen mit dem schönen Herbst, ein Frühling voll bitteren grünen Saftes.

Der Bahnsteig war fast leer, doch die U6, in die Katja stieg, quoll über. An einem Sonntagmorgen Ende März! Eigentlich nichts los. Doch alles in dieser Stadt schien zu klein zu werden. Katja hielt sich ruhig und wartete auf das satte Gelb der Poccistraße. Die Station war mit kleinen, sechseckigen Kacheln verkleidet, Boden, Säulen, Wände, niedrig hing die Decke auf den Kopf. In der Jackentasche fühlte sie nach den olympisch gestreiften Zuckerstücken für Paul, fünf Stück, ein kleiner Blumenstrauß, Süßigkeit, die sich hoffentlich hielt. Dass Edgar Jozefs Zuckererbe an die Krügerin weitergegeben hatte, ärgerte Katja noch immer. Alles schacherten die Älteren untereinander umher, damit sie, die Jüngeren, es erst bekamen, wenn sie selbst mindestens 70 waren. Katja betastete die fünf Stücke in ihrer Tasche, sie hatte sie in einen kleinen Gefrierbeutel gepackt. Erstaunlich, wie frisch sie noch aussahen. Diesmal wollte sie sie nicht nur zeigen, sondern verschenken.

Außerdem musste sie Max anrufen. Seit Wochen schob sie es vor sich her. Vielleicht sollte sie ihm von Jozef erzählen, um ihn freundlich zu stimmen? Erzählen, wie Jozef empört rief, die haben den Bügel kürzer gemacht!, und die frisch reparierte Brille in die Ecke feuerte, wie er schimpfte, die haben den Abstand zwischen Auge und Glas manipuliert.

Erzählen, wie Linda, die den Abendtisch deckte, ruhig antwortete, das kann so schlimm nicht sein.

Ein Unterschied wie Tag und Nacht ist das, rief Jozef ungeduldig dazwischen, immerhin das haben wir beim Schießen gelernt, wenn wir auch sonst nichts gelernt haben.

Gib nicht so an, du hast doch kaum geschossen! Linda trug eine Hose, Revolution!, und fühlte sich sichtlich wohl.

Du musst gerade reden.

Ja, ich muss reden. Wie war das zum Beispiel mit den Hühnern?

»Zum Beispiel« sagte sie wie in Anführungszeichen.

Welche Hühner?, rief Jozef, noch immer empört, welche Hühner?

Na, die wir in den Jahren nach dem Krieg Weihnachten gegessen haben, jedes Weihnachten eines, nicht wahr? Und wer konnte kein Blut sehen und ihnen die Hälse nicht durchschneiden, wer?

Jozef wedelte mit der Hand in der Luft, was hat das damit zu tun?

Da hab ich sie eben erschossen, sagte Linda. Du bist ja jedes Mal vor dem Huhn weggerannt, also hab ich deine alte Pistole aus dem Geheimfach in deinem Schreibtisch geholt, das sprang ja quasi von selbst auf, das Huhn gepackt, die Augen zugemacht, und geschossen.

Du meine Güte, sagte Jozef. Das arme Huhn!

Er setzte sich aufs Sofa, eine der Sprungfedern quietschte empört.

Und deswegen gab es jeden Heiligabend Frikassee?

Jetzt hast du's verstanden.

Jozef saß, die Brille in der Hand, still da und wirkte unglücklich. Doch unvermittelt hellte sein Gesicht sich auf: Einmal, rief er, hat's Weihnachten gar kein Huhn gegeben, sondern so einen Fisch.

Ja, sagte Großmutter, da war nämlich keine Kugel mehr in der dummen Pistole, da hab ich schnell zum Markt laufen müssen und nehmen, was sie übrig hatten.

Da hat das Huhn überlebt, seufzte Jozef, Gott sei Dank.

Genau das ist, was ich auch tue, überleben!, rief Paul. Katja hatte ihm die Zuckerstücke hingelegt, er verstand Olympia, den Rest nicht, was nichts machte, es reichte Katja vollkommen, dass sie noch etwas anderes damit verband. Wie so ein Zucker sich auflösen kann, sagte Paul, total mutieren. Er lag nackt auf dem Bett und rieb seinen Schwanz, sie sah wohl, dass da was mutierte, aber sie wollte nicht. Angezogen saß sie ihm im Sessel gegenüber. Leider hatte sie ihre Kamera nicht dabei, vielleicht sollte sie dazu übergehen, statt Menschenmengen einzelne Menschen zu fotografieren. Eines auf jeden Fall wusste sie inzwischen: wie sie Paul warten lassen konnte, wie sehr er das wollte. Und es gefiel auch ihr, sie hatte etwas übrig für Verzögerungen, das sah man ja an ihrem Leben.

Ich habe einen anonymen Anruf bekommen, sagte Katja.

Und? War's spannend?

Ja.

Er sah sie an, und sie ließ ihn sehen, dass ihre Augen seinen Körper abtasteten, Stück um Stück. Hygiene schien in Nuklear- und Bioterrorzeiten besonders wichtig zu werden, jedes Mal, wenn man sich bedroht fühlte und doch von Ordnung träumte, schnippelte man die Körper der Söhne an. Katja war noch immer verblüfft, wie ästhetisch diese Hygiene aussah, wie schön sein Schwanz, groß oder klein, stets ein richtiger Schwanz, kein Zipfel in Wurstpelle, nicht eine pockige Austernschale, keine Schrumpelbanane, stärker gefaltet als die Nackenhaut eines 90jährigen und viel ungesünder gefärbt – nein, ein bonsaisteifer Schwanz, ganz Schwanz, sagte sie Paul, ich mag dich so, als Bild deiner selbst auf dem Bett.

Aber ich bin es direkt, willst du es nicht ausprobieren?

Er bot mir den in Fürstenfeldbruck gedrehten und seither verschwundenen Film an, gegen 5000 Euro.

Paul pfiff, richtete sich halb auf. Katja sagte ihm, dass sie abgelehnt hatte, solche Informationen nicht wollte. Zudem das Geld gar nicht hatte.

Jemand beobachtet also deine Recherche?

Sie nickte. Es wunderte sie nicht, bei allem, was mit »München« im Argen lag. Sie dachte an Franz, Afrika.

Eine neonblaue Dose mit Reiscrackern stand neben der Matratze, auf der sie schliefen. Das neue Bett hatte acht Wochen Lieferzeit. Ohne das Wasserbett wirkte das Zimmer verwaist. Paul seufzte, ich seh schon, mit dir ist heute nichts los. Dann frühstücke ich – Pause – erst. Schon stand er, zog sich Boxershorts und T-Shirt über und ging Richtung Herd. Katja sah den blonden Flaum an seinen Beinen. Das neue Küchenlinoleum hatte Paul inzwischen schon wieder herausgerissen. Jetzt lag da helles Parkett, selbst geölt. Hübsch. Jeden Sonntag briet er Speck, normalerweise lachten sie dabei über das SonntagmorgenzwischendenSesselnGefühl, umarmten sich. Heute setzte Katja sich allein auf die leere Matratze. Sie war noch warm. Katja zog den Rock aus, die Schuhe, den Pullover, legte sich hin und wartete. Mit dampfendem Teller stolzierte Paul herein, glücklich, der beste Augenblick der Woche! Manchmal kam dieser Mann ihr vor wie ein Junge, vielleicht gerade weil er älter war als sie: dann staunte sie über seine Jugend, den weichen Rücken, weichen Hintern. Als er gegessen hatte, legte er sich zu ihr, sie wusste nicht, was sie wollte, tat nichts, er zog eine Augenbraue hoch, suchte ihren Blick, sie schüttelte den Kopf, stand auf. So hatte sie den besten Sex mit ihm, wenn er schon aufgegeben hatte, wenn er glaubte, er kriegte es nicht mehr – wenn ihm die Kontrolle entglitt, im Vorfeld schon.

Du sagst nichts, befiehlt sie ihm, du schaust einfach zu. Sie geht zum Fenster, zieht den Vorhang vor, knipst die kleine Lampe am Bett an und beginnt sich anzuziehen. Slip und BH trägt sie noch, auch ein T-Shirt, jetzt geht sie zu ihrer Handtasche auf dem Sessel, nimmt eine Strumpfhose heraus. Schwarz, transparent, mehr wird Paul davon nicht mitbekommen, vorerst. Katja streift den engen Rock darüber, geht ohne Schuhe aus dem Zimmer, schließt die Tür hinter sich, dreht sich im Flur um die eigene Achse und kommt sofort wieder herein. So schnell, dass klar ist, dass sie an ihrer Kleidung nichts verändert haben kann. Einmal um sich gedreht hat sie sich, um sich selbst zu verändern. Setz dich auf, sagt sie zu ihm, schau mir zu! Sie steht am Rand der Matratze und sieht Paul lange an. Dann lässt sie ihn unter den Rock fassen, ihre Beine hinaufstreichen, hinauf und herab, es erregt ihn, erregt sie. Ihre eigenen Hände streichen auch darüber, die Strümpfe sind glatt, der sanfte, glänzende Stoff. Ihre Hände begegnen sich, streicheln sich und Katjas Beine dazwischen, aber sie macht sie nicht auf. Als sie seine Erregung nicht mehr nur sehen, sondern auch in seinen Händen spüren kann, hakt sie mit einer schnellen Bewegung den Rock auf, lässt ihn fallen, steigt über Paul, sagt zu ihm: zieh dich aus. Mit gespreizten Beinen steht sie über ihm, er streift die Shorts ab, hastig, sie sagt zu ihm, alles, richtig auszuziehen, aber bleib liegen dabei. Er windet sich aus dem Shirt, liegt nackt, still. Das Zimmer ist durch das ausgeblendete Licht verändert, wie ein Hotelzimmer sieht es aus. Dort, in einem Hotelzimmer, kniet sie sich über ihn, in Strumpfhose und Slip, greift seinen Schwanz an der Wurzel und senkt sich auf ihn herab. Sie spürt, wie erstaunt er ist, ohne Hindernis in sie eindringen zu können, ein Ruck geht durch ihn, denn er ist in ihr, ehe er sich versieht, ein Schlag, den auch Katja überall fühlt. Sie trägt einen im Schritt geteilten String, das Mittelstück der Strumpfhose hat sie herausgeschnitten. Sie spürt, wie Paul der Instinkt packt zuzustoßen, sofort, mehr, zu stoßen bei dieser geschenkten Gelegenheit, entstanden aus Liegen, Schauen, Laszivität – wie er sich nicht mehr halten kann, rammelt, sie ansteckt, dass sie sich bewegt. Und sie bewegt sich, als schaue ihnen jemand zu, als hätten sie ein Publikum, spürt ihre Brüste flach werden, als sie Arme und Hände von ihm löst und rückwärts nach hinten nach seinen Beinen tastet, um sich abzustützen. Sie presst ihn innen in sich gegen die vordere Bauchwand, und sie selbst findet weniger und weniger Halt, die Katja, die sie normalerweise ist, rutscht, verschwindet, schnell und beweglich klappt sie nach vorn, als er kommt, packt sein schweißiges Gesicht, wirft sich darauf, mit den Brüsten, deckt ihn zu, bis er fast erstickt, dass er fast erstickt, in ihr drin, und spürt, wie sie mit den Beinen an seinem Körper glitscht, den insektenartigen glatten bestrumpften Beinen.

Sie bleiben liegen, schauen sich nicht an, denn da ist diese Leere in den Augen. Katja zumindest fürchtet sie, jedes Mal, wenn sie auf sie stößt, bemächtigt sich ihrer ein eigenartiges Gefühl der Verlassenheit, wie in Träumen, in denen man mit Freunden ein Fest feiert, aus Übermut losgeht, und dabei immer weiter vom gemeinsamen Haus abirrt, obwohl man nichts anderes will als dabei zu sein. Erst nachdem sie sich entknotet haben, gefällt sich Katja auch selbst wieder in ihrer Verpackung, ihr ganzer Körper ein langer glänzender Strumpf, als sie darüber lacht, kehrt sie zu sich zurück. Sag mal, fragt sie Paul neckend, doch zärtlich ins Ohr, warum schwimmen Schiffe eigentlich? Er ist so überrascht, dass sie es wiederholen muss. Ja, warum?, sagt er grübelnd und dreht sich auf den Rücken. Sein Bauch fließt Richtung Hüften. Der hübsche Schwanz ist noch feucht, von sich selbst. Sie haben, wie immer, ein Kondom benutzt.

Pauls Kopf, auf die im Nacken verschränkten Hände gestützt, schwimmt nun obenauf. Weil Holz leichter ist als Wasser, sagt Pauls weit entfernter Mund, zögert. Hmm, fügt er nach einer Pause an, aber die meisten Schiffe sind aus Stahl und schwimmen doch. Katja nickt, also hat es etwas mit der Form zu tun? Genau, sagt Paul und stellt die Beine an wie jemand, der gleich aufstehen will. Sie schließen Luft ein, Luft ist leichter als Wasser, ihre Luftkammern kompensieren das Gewicht des Stahls. Hmm, murmelt nun Katja, das kann es nicht sein, sie werden ja beladen. Mit der erstaunlichen Flinkheit der Dickleibigen setzt Paul sich auf, er hat in den letzten Wochen drei Kilo zugenommen, weil es ihm gut geht?, weil es ihm schlecht geht?, schon das kann Katja nicht sagen. Warum willst du das bloß wissen, murmelt er gereizt und stützt die Ellbogen auf den Knien auf, ich nenne dich liebevoll Kanu, aber du, du bohrst nach. Mit einem Ruck steht er auf, du bist eine ... eine zwanghafte Perfektionistin. Ach, sagt Katja leichthin in Pauls Rücken, bei meinen Fotos schon, du hast Recht. Aber bei Männern ..., wäre ich es da nur mal.

Er steht am Fenster, dreht sich nicht um, zieht nur den Vorhang zurück. Auftrieb und Verdrängung, seufzt Katja nach ein paar Minuten, hat mir einer meiner Bettfreunde erklärt, deswegen ist es mir jetzt wohl wieder eingefallen. Was für ein Zufall, ruft Paul, sie sieht nur seine nackte Silhouette gegen das Frühlingslicht, du liegst mit mir im Bett und denkst an andere, seine Stimme klingt bitter, Katja ist überrascht und um sich zu verteidigen fragt sie schnell zurück, ist das bei dir etwa nicht so? Und dann, leiser, Auftrieb und Abtrieb, darum geht es doch.

Er dreht sich um, sie liegt, unten nackt, oben mit T-Shirt und BH, auf der Seite.

Sie schauen sich an.

Was magst du an mir?, fragt er unvermittelt, jetzt setzt auch Katja sich auf. Was soll sie sagen? Die Wahrheit? Aber wie lautet die? Einfach zurückfragen? Sie weiß nicht, warum sie das nicht tut, es wäre besser als das, was ihr einfällt, obwohl es mit der Wahrheit, wie sie sie empfindet oder weiß, zu tun hat. Plötzlich schämt sie sich ihrer halben Nacktheit, angelt mit dem Fuß nach ihrem Slip. Es ist schön mit dir, sagt sie möglichst beiläufig, hier, unsere Abende, der Sex – warum fragt er auch gerade heute, warum reicht ihm das Geschenk nicht – Sex, der einen aus dem eigenen Leben herauszieht. Ohne ihn steckt man so tief drin, dass das Leben einem gar nicht mehr gehört. Doch im Sex wird man eine Boje, kann schwimmen und auftreiben, fast darauf hüpfen.

Du hast es ja heute mit dem Wasser, sagt Paul.

Natürlich ist er enttäuscht.

Aber sie hat es mehr für sich als für ihn gesagt, denn unverhofft weiß sie, warum sie den alten Strumpfhosentrick mit ihm ausprobiert hat. Sie wollte technischen Sex, ihm wehtun wollte sie für den Satz, dass er nicht genug bekomme von ihr. Weil sie testen will, ob es noch stimmt. Weil sie es noch einmal hören will, eigentlich. Immerzu es hören will. Und sich selbst testen, denn sie weiß nicht, ob sie diesen Satz auch sagen könnte. Jetzt wird sie traurig darüber und über diesen Morgen. Sie trägt ihren Lieblings-BH, unten orange, oben gelb, der Busen fällt beinahe von selbst aus den Halbschalen, für weite Ausschnitte im Sommer. Man hakt ihn zwischen den Brüsten auf. So weit sind sie nicht gekommen.

Katja zog sich an. Wenn ein Waran von der Decke segelt, hat jeder seinen eigenen Instinkt, wie er sich in Sicherheit bringt. Das Vieh stinkt aus dem Maul, dass man davon umfällt, bleibt man aber stehen, hat man, schwupps, das Monster auf dem Arm, es linst einen an wie Medusa und verzieht das zahngespickte Maul zu einem Grinsen, das einem den Atem nimmt.

Sehr praktisch das mit dem Sex, sagte Paul und fischte ein paar Socken aus dem Schrank. Jeder seiner Griffe zeigte Katja, dass sie hier nicht länger erwünscht war. Sie begann, sich leise zu bewegen und flach zu atmen. Paul merkte es nicht. Katja atmete wieder lauter. Www, sagte Paul, world wide wichsen, das fällt einem doch gleich auf, www, bombs, egos, dormitories, das ist die neue Trias, am besten macht man's mechanisch und schläft jede Nacht anderswo. Katja hob erstaunt die Augen, wie kommst du denn nun darauf? Nur um mir vorzurechnen, warum Sex unnötig ist, sie schmunzelte, und das gerade von dir, der du von einer Frau in die Arme der nächsten läufst, ach, was sage ich, taumelst, und dazwischen noch mit jeder Bedienung flirtest, die dir unterkommt.

Ah, sagte er gedehnt, stört dich das?

Nein, ich tue nur so. Wenn du ein Hähnchen wärst, würde ich dir den Hals umdrehen.

Aber ich bin keines!, sagte er hämisch.

Katja schwieg, Paul kam auf sie zu, packte sie an den Handgelenken, fest, sehr fest. Gib zu, dass du eifersüchtig bist!

Das fehlt dir wohl noch in deiner Sammlung. Katja schüttelte sich frei, er ließ auch sofort locker. Kontrollfreak! Nichts erzählst du. Treibst Spielchen mit mir. Willst mich herumkommandieren.

Er schien erstaunt. Zumindest schaute er so.

Außer dem Anruf gab es auch einen Brief, sagte Katja. Paul hatte sich auf einen Stuhl gesetzt und band seine Schuhe. Er war vollständig angezogen, nur die Haare hingen ihm noch etwas in die Stirn. Einen Brief, wiederholte sie, mit einer Spur aus der Flugzeugentführung. Einer der Passagiere, Brian Gibbs, sitzt in Hongkong. Die Adresse ist auch dabei. Morgen fliege ich.

Paul richtete sich auf. Etwas Unausgesprochenes stand sehr real im Zimmer. Katjas Abreise. Sofort. Realer als das zerwühlte Bett.

Der Brief ist von mir, nickte Paul. Ich hatte Lust, dir etwas zu schenken.

Katja fixierte die Wüstenflasche hinter ihm im Regal. Unbeseelte Gegenstände fallen stets genau dann vom Tisch, wenn man besonders sensibilisiert ist für Geräusche und für die eigene Unbeholfenheit und um keinen Preis will, dass sie herunterfallen. Doch, eine Art Peng!, haste gehört. Exakt so stand die Flasche da. Ob Paul ihr, Katja, etwas schenkte, aus denselben gemischten Motiven heraus wie sie?

Schenken, was soll das denn heißen?, sagte Katja Richtung Flasche.

Was es immer heißt, antwortete Paul kühl.

Eine Reihe Jozefscher Wörter schoss Katja durch den Kopf, Unglück, Unheil, unglaublich! Wie hast du diesen Mann in Hongkong gefunden, sagte sie, ich such' mir die Hacken ab und du …

Ihre Zähne funkelten weiß, die Lippen rot, sie hatte viel Blut im Kopf. Er sah es und lachte trotzdem, jetzt hatte er Lust weiterzumachen, jetzt hing sie an seinem Haken. Man muss so eine Bibliothek eben zu benutzen wissen, sagte er, dort kann man alles finden. Grün blitzend schaute er Katja an.

Arroganter Pinsel! Katja brauchte einen Stuhl. Sie kochte, dabei wurde sie blass. Das bestätigte alle ihre Vorwürfe. Setzte noch eines drauf. Nicht nur, dass er sich einmischte. Ach, das war es nicht. Schlimmer: er versuchte, sie zu dirigieren. Zu manipulieren. Sie starrte noch immer an seinem Kopf vorbei auf die Alubeulen. Vom Hals der Flasche war nichts zu sehen, es hätte Katja vielleicht getröstet, Glas verband und trennte, es tat beides, doch hier sagte Paul, so, ich muss jetzt, meine Beste, aufbrechen, eine Familiensache, heute Abend wird es bestimmt spät. Wir treffen uns dann vor deiner Abfahrt wohl gar nicht mehr.

Soll ich mich jetzt bedanken?, fragte Katja.

Ihr Herz war in ihrer Kehle, ihr Kopf in ihren Händen, ihr Magen in ihren Füßen.

Paul sagte, tu, was dir gefällt. Ich wollte dir helfen, vielleicht betrachtest du es mal so?

Sie reagierte nicht. Er schüttelte den Kopf, ganz wie einer, der denkt, Frauen – alle wahnsinnig.

Katja stand vor ihm, betrachtete seine hellbraunen, frisch polierten Schuhspitzen und flüsterte, ich geh' jetzt wohl besser. Ihr helfen. Albern.

So war es: er hatte ihre Abfahrt gewollt.

So war es: er schickte sie weg.

So war es: los haben wollte er sie.

So fühlte der ganze Morgen sich an. Die ganzen vergangenen Wochen tauchte das in ein neues Licht. Ihr Bauch begann zu schlagen, als sei ein Pferd darin eingesperrt, Katja rannte hinaus, innen – außen ging sie ganz normal, dessen war sie sich sicher, fast.

Reisen 2

Daystar, Nightstar – zehn Minuten, und die elektrischen Beleuchtungen sprangen an, zehn Minuten, und die dreckigen Fassaden des Tages verschwanden, zehn Minuten, und Häuser, bunt bekleidet wie chinesische Glücksgötter, schwebten über der Bucht, blinkten fett, blinkten weich. Katja fühlte sich wohl, wach strich sie durch die Stadt, es war schön, wieder unterwegs zu sein. Ein vertrautes Gefühl, und doch anders, sie hatte hier so viel Zeit für sich wie kaum je bei einem Auftrag. Toni, die letzte Woche im Dienst, hinter einer Zigarillowolke in seiner Klause, deren Tür in der Regel offen stand, so dass der Rauch im Gang hängen blieb, hatte gar nicht anders gekonnt, als ja sagen zu Katjas Bericht über das postpostmoderne Hongkong, das an Südchina klebte wie der Hoden am Börsenstier. Toni lachte noch schallend, da wühlte Katja sich schon einen rundum betonierten Weg entlang, der sich durch die ersten und zweiten Stockwerke der Hochhäuser ringelte, unter ihr Autos, über und neben ihr Chinesen zu Fuß. Ihre offizielle Arbeit war getan, wie eine Touristin lief sie herum. Im Ganzen marinierte Entenküken standen glänzend braun, Augen und Schnabel perfekt erhalten, in den Küchenfenstern der Restaurants, unter baumelnden Pekingenten, die vor Honig zu tropfen schienen. Tropfte tatsächlich etwas einem kleinen Küken auf den Kopf, fiel es um, dann merkte auch der Letzte, dass es tot war, und die Chinesen lachten und zeigten aus der erstaunlich rumpelnden, grünweißen Straßenbahn mit dicken Fingern darauf. Katja staunte, wie geschickt eine ältere Frau den Schwertfisch erst schuppte, dann durch Ziehen am Schwanz eine im Fisch steckende lange Knochenpfeife entfernte, und erst jetzt den Kopf mit dem langen Schwert daran abriss. Am meisten allerdings staunte sie über sich selbst. Die Pekingenten schienen ihr brezenbraun, die Bewegung der Schwertfischerin erinnerte sie an eine Frau vom Viktualienmarkt, die Straßenbahnen sahen schäbig aus, weil sie sie mit den dicken weißblauen Münchens verglich. Selbst die Dämmerung nahm Katja nur als kurz wahr, weil sie es inzwischen anders gewöhnt war. Es gab ein Zuhause; es veränderte ihren Blick. Kaum dachte sie daran, erschien Pauls Gesicht, sie freute sich darüber, doch gleich fiel ihr auch der Streit vom letzten Sonntag wieder ein. Sie meldete sich nicht bei ihm, sollte er schmoren – nachdenken sollte er.

Daystar und *Nightstar*, die alten Fähren zwischen dem Festland Kowloon und der Insel Hongkong, kreuzten ununterbrochen. In Kowloon waren die Hochhäuser niedriger, billiger die Hotels, in ein paar Gassen zwitscherten Vögel in Käfigen. Katja rührte in einem Tee, der in einem amerikanischen Magnum-Pappbecher serviert worden war. Die Bedienung, ganz lächelndes Gesicht, lächelte noch mehr, als Katja fragte, was die schleimige süße Masse auf dem Becherboden sei. Katja lächelte ebenfalls so sehr sie konnte und ließ den Rest stehen, denn schon fuhr gegenüber ihr Bus, vollklimatisiert, blau und bequem. Er raste durch den Tunnel unter der Bucht, kletterte dann, tockernd aber stetig, einen der steilen Hügel Hongkongs hinauf. Nirgends war Erde zu sehen, nur Beton, Beton bedeckte die Bergflanken neben der Straße, Bäume stießen wie seltsame Plastiken durch seine Decke, man hatte Angst, die ganze Insel rutsche ins Wasser, Beton also den gesamten Weg hinauf, Katja wurde fast schlecht, Betonserpentinen im Bus zur High Hill Road elf.

Elf. Die Zahl hallte wider, dick und groß, fuhr Karussell in Katjas Kopf, blieb haften, stellte sich vor ihr auf, überall sah sie sie. Brian Gibbs, Hausnummer elf, Wohnung 123. Nie und nimmer war das ein realer Name. Dass in der 123 die 11 × 11 um eine

Ziffer verpasst war, beruhigte Katja. Dass hingegen der 5. September 1972 der 11. Tag der olympischen Spiele in München war, wunderte sie nicht mehr, seitdem sie auf die Elf aufmerksam geworden war. Die Gesamtsumme des 5. 9. 1972 ergab 33, dreimal die Elf. Folgerichtig schien ihr auch, dass U3, U6 und S2 1972 zum Olympiagelände hinausgefahren waren, Quersumme 11. Am 11. 9. fand die Abschlussfeier der Spiele statt. Am 29. 10. wurde die Boeing entführt, Quersumme von 29 ist 11. Elf Passagiere saßen in ihr. Zählte man das Datum der Entführung zusammen, kam man auf 2011. Darin kehrte der 11. 9. 2001 versteckt wieder, 11 und 9 ergaben 20, man musste nur erneut eine Elf anhängen. In der letzten ZDF-Sendung vom 5. 9., mitten in der Nacht, hatte sich der müde Hauptkommentator versprochen: man werde ihn weiter dokumentieren, »diesen schwarzen elften September«. Elf israelische Sportler waren getötet worden.

Katja stand vor einer gigantischen Amöbe. 33 Stockwerke hoch, oben und an den Seiten rund gebaut, links ein paar niedrigere, ebenfalls scheibenartige Gebäudeannexe, eine Amöbe mit Amöbengefolge. Bestimmt mehrere tausend Wohnungen. In der Mitte der Mutteramöbe klaffte ein riesiges Loch, ein paar Löcher schlossen sich seitwärts an. Doch das Haus war keineswegs eine hochkant gestellte Scheibe Emmentaler, sondern ein nach Feng-Shui-Grundsätzen errichtetes gesundes Gebäude, erklärte die Tafel am Eingang in einem Dutzend Sprachen. Tatsächlich schimmerte das Gebilde etwas silbrig im frühen Nachmittagslicht, für einen Augenblick dachte Katja an eine aus einem Fantasy-Film gefallene, noch immer um ihr leeres Zentrum kreisende CD. Das Mittelloch, groß genug, um von einem Flugzeug durchquert zu werden, wie von Beschleunigung verzerrt. Böse Geister sollten durch es abziehen. Katja wunderte nicht, dass jemand wie Brian Gibbs hier wohnte. Zumindest nach allem, was sie über ihn annahm. Eingeweiht in ein abgekartetes Spiel, war er in Beirut in die Boeing der Lufthansa gestiegen. Er wusste, dass sie entführt werden würde. Ob die so genannte »Entführung« in der Maschine nachgestellt worden war? Zwei springen auf, reden von einer Bombe an Bord, der Pilot gibt widerstandslos nach, lässt die Entführer an den Funk? Katja hielt es für wahrscheinlich, dass etwas dieser Art stattgefunden hatte. Es war dann leichter, für jeden, seine Rolle zu spielen. Alle Passagiere hielten still. Natürlich war jeder trotz der Absprachen aufgeregt, schließlich wusste man nie, ob die andere Seite sich daran hielt. Doch dann lief es wie gedacht, ein Steward, aufgeregt, steckte sich eine Zigarette an, die Entführer und der Co-Pilot rauchten ebenfalls. Eintracht im Cockpit – eine Mutmaßung. Katja hatte ja nichts gefunden, nicht schwarz auf weiß. Doch jetzt, gleich, hatte sie ihn.

Nr. 11, Blick über die Bucht. Jeder Berg, jedes Hochhaus rundum hing voller Werbung, blinkende bunte Lämpchen setzten sich zu Osterhasen zusammen, zu gigantischen Eiern, alle Häschen öffneten die Lippen, bleckten lange Schneidezähne und zeigten übertrieben lange europäische Nasen.

Wie der Herr so's Gescherr.

Nicht an Paul denken, weiter jetzt.

Eine Chinesin machte einen kleinen Knicks an der Tür und verschwand. Nach ein paar Minuten führte sie Katja in Brians Arbeitszimmer (zugleich das Wohnzimmer – Hongkonger Wohnungen waren klein). Er sprang von seinem Computer auf, was kann ich für Sie tun? Katja musste sich auf das in hellem Seidengrün bezogene Sofa setzen, Gibbs rückte sich einen halbhohen chinesischroten Schemel zurecht. Er wirkte elegant, schwarze Hose, schwarzes Shirt mit Reißverschluss, graudunkel-weißschwarz gemustertes Jackett. Drahtig wie einer, der jeden Morgen zwei Stunden joggt und Knäckebrot aus großen Cellophantüten isst. Goldener schmaler Ehering links und eine Uhr, deren Mechanik im Plastikgehäuse tickte wie ein falsches Herz. Katja stellte sich vor, wie er sonntags im Trainingsanzug auf seinen langen dünnen Beinen durch den Vorgarten stakte, Unkraut jätete oder den Grill putzte von dem Fest am Abend zuvor mit Freunden, die die Frau eingeladen hatte. Da kann ich Ihnen nicht helfen, sagte er. Das hatte sie erwartet. Die Frau, deren Kopf auf dem Körper saß wie eine Stecknadel auf einem Faden, brachte frisch gebrühten Tee. Nun sind Sie so weit gefahren, aber ..., Brian hielt die Hände, Handflächen nach außen gedreht, vor die Brust, zuckte die Schultern.

Katja dachte, außerdem hat er keinen Vorgarten hier.

Schon was er in Beirut getan hatte, wollte er nicht sagen. Er sei Ingenieur, immer schon gewesen. Und Forscher.

Forscher, antwortete Katja, das trifft sich doch gut.

Die Lichter der Gebäude gegenüber zuckten lautlos über die Wand hinter Brians Kopf wie riesige schwammige Eidechsen. Mich würde diese Lichtdusche nervös machen, sagte Katja, ich drehe mich davon weg, sagte er, wie von allem anderen auch, antwortete sie schnell, aber wenn stimmte, was sie von ihm dachte, war das zu plump für ihn, und tatsächlich reagierte er gar nicht, als sei er zu alt, so etwas zu hören, dabei war er erst knapp über 60, was Katja irritierte, doch vielleicht sah er nur jünger aus, als er war.

Katjas Kopf tat weh, es musste an dem Tee liegen, den sie in Kowloon getrunken hatte, der eben servierte schmeckte allerdings auch bitter, unwillkürlich verzog sie das Gesicht. Brian bemerkte es wohl, für den Bruchteil einer Sekunde spielte ein amüsierter Zug um seinen Mund. Den Stier bei den Hörnern packen – Katja dachte an Paul und lächelte ihr Gegenüber an, als wäre es jung, hübsch. Eine weit nach vorn gezogene Nase in einem weit nach vorn gezogenen Gesicht, wie ein Vogel auf dem Ausguck prüfte es Katja, drei Augen versuchten, sie zu durchleuchten, die Hakennase war das schärfste davon.

Was geht Sie an, was '72 passiert ist, junge Frau! Doch Brians Stimme klang etwas milder. Ich bin über 40, protestierte Katja und ärgerte sich, unverschämt, wie oft sie in letzter Zeit ihr Alter betonen musste, um ernst genommen zu werden, diese Generation hatte doch eine Meise! Es geht mich an, sagte sie, denn ich lebe, anders als Sie, mit und nicht gegen meine Vergangenheit. Erzählen Sie mir nichts, sagte er siegessicher, so wie Ihr Leben sieht ein Leben nur aus, wenn man zulässt, dass Angst es beherrscht.

Katja versuchte, ihren Schrecken zu verbergen, wie konnte er wissen, was sie insgeheim vielleicht selbst dachte. Wie konnte er überhaupt etwas von ihr wissen? Eben erst hatte sie ihm ihren Namen gesagt, ihren Beruf. Mit gezieltem Griff fischte er ein Handy aus der Tasche seines Sakkos, drückte ein paar Tasten und hielt es Katja hin, ihr eigenes Konterfei grinste sie an, »Fotojournalistin«, mehrere Pfeile für *Profile, Life, Contact.* Das, sagte Brian, macht Ihnen hier jedes Gerät.

Sie beruhigte sich, er wusste nichts, er täuschte sich zudem. Und wenn man lebt wie Sie, fragte sie, sich nie eingesteht, dass man Angst hat, geht es einem dann gut?

Er zuckte die Schultern. Man muss sich mit dem Leben anstecken, aber das muss nicht schlimm sein. Er nahm einen Schluck Tee aus seiner hübschen rotgoldenen Tasse. Jeder kann was für sich finden dabei, das ist eine Binsenwahrheit, aber Binsen sind Gräser und wachsen daher kompliziert, so dass selbst solch eine Wahrheit, die jeder weiß, vergessen wird, nicht wahr?

Er schaute Katja auffordernd an, unentschlossen rührte sie in ihrem Tee, sie hätte gern getrunken, denn ihr Kopfweh wurde schlimmer. Brian holte Honig in einer silbernen Schale, der Löffel war völlig verklebt. Als er stand, konnte Katja sehen, was bis eben von seinem Kopf verdeckt worden war: haarige, bizarr wie Schlösschen mit Türmen und Erkern geformte Gebilde flackerten über einen ultraflachen Computerschirm. Federbüsche, Helme, futuristische Bösartigkeiten zogen sich zusammmen, streckten sich wie Zungen, stellten Wirbel, Borsten, rautenförmige

Einbuchtungen und Balkone zur Schau, wie Brüste hingen sie an ihnen, sprangen und wippten und sprangen zurück.

Grassamen!, sagte Brian trocken, und als Katja verständnislos den Kopf hob, fügte er hinzu, so nehme ich an der Vergangenheit teil. In Graskapseln ist sie aufgehoben, für die Ewigkeit, übersteht 2000 Jahre oder zwei Millionen, das gefällt mir. Er setzte sich wieder, nickte Katja zu. Es war eine echte Entführung, zumindest für mich. Nehmen Sie Honig in den Tee, dann ist er besser. Übrigens habe ich seither Angst vor Flugzeugen und wohne so weit weg vom Flughafen wie möglich (Katja vergegenwärtigte sich die Karte von Hongkong, was Brian sagte, stimmte, war aber kein Kunststück, denn der neue Flughafen lag weit entfernt von der ganzen Stadt).

Vorsichtig hob sie den Kopf, dennoch hatte sie das Gefühl, eine ganze Lkw-Ladung rutsche dabei von innen gegen ihre Stirn.

Geschichte ist natürlich etwas künstlich Zusammengesetztes, sagte er, das wissen Sie doch, junge Frau?

Offensichtlich dozierte Brian gern. Hätte nicht auch noch Katjas Hals wehgetan, hätte sie gleich nachgesetzt, »und was heißt dann echt für Sie?« So aber ließ sie ihn reden: viele Stimmen, sagte er, viele. Doch eben nur jene, denen es gelungen ist, sich Gehör zu verschaffen. Einige lauter als andere. Die meisten von damals sind tot. Und die Wahrheit wird immer dünner. Er lachte auf, ich habe beobachtet, wie Sie mich gemustert haben. Es gefällt mir. Sie glauben mir kein Wort. Ich mir auch nicht. Wenn wir uns darauf einigen können, er lehnte sich nach vorn, dann … Katja nickte und hütete sich erneut, ihn zu unterbrechen. Wahrheit ist an Zeit gebunden, an Fotos, an das Zeugnis der Druckseite, er verzog den Mund ohne zu lächeln, aber was soll ich Ihnen das erzählen. 1972 also.

Nur der Oktober, erwiderte Katja. Der Tee schmeckte mit Honig nicht besser. Sie schob ihn weg.

Die Tage unseres Lebens verschwinden, sagte Brian bestimmt. Sie haben weniger Substanz, als wenn sie erfunden worden wären. Fiktion kann haltbarer sein als die Wirklichkeit, er fuhr mit der Linken in die Luft, denken Sie nur an Anna Karenina auf den Gleisen, oder Macbeth in seinem Schloss.

Macbeth, der erste Terrorist, sagte Katja, verstehe. Sie schaute Brian an: alles Fiktion, darauf können wir uns einigen.

Brian, verschmitzt, ließ die Mundwinkel nach oben schnellen, nicht ungeübt, Frau Berewski, I see.

Zum ersten Mal lächelten sie sich an. Wenn man etwas erzählen will wie den Herbst '72, kann man nichts erzählen, solange man die Bewegung nicht mitmacht, sagte Brian.

Welche Bewegung?

Die einer Bombe.

Kurz und knapp: einer Bombe.

Er schaltete sein Handy aus. Einer Explosion, sagte Katja, exakt. Deswegen bin ich hier.

Die Frau mit dem rosigen Babygesicht auf dem fadenförmigen Körper servierte neuen Tee. Katjas Kopf pochte, die Nase kribbelte, vielleicht war sie auf etwas in der Wohnung allergisch. Brian sagte, sie solle den Tee trinken, ein eigenartiges Gebräu, aber gesund. Und man gewöhne sich daran. Leise setzte er nach: alles hat seinen Preis. Kommen Sie, ich zeige Ihnen etwas.

Sie standen an seinem Computer. Brian drückte zwei drei Tastenkombinationen, sehr schnell, und ein Bild erschien, das Katja gut kannte: General Ulrich K. Wegener, 1972 als Verbindungsoffizier des Bundesgrenzschutzes mit Genscher in München, in der Folge der Ereignisse mit Gründung und Aufbau der Antiterroreinheit GSG 9 beauftragt. Er, sagte Katja, exakt – er hat mich auf die Spur gebracht. In einer Fernsehdokumentation, vor kurzem gedreht, sagt er zu der Entführung vom Oktober '72, dass eine Absprache zwischen der Bundesregierung Brandt und

dem Schwarzen September bzw. der PLO nicht unwahrscheinlich ist. Genauer: dass ein derartig abgesprochenes Vorgehen
sich mit der Denkart der Zeit durchaus gedeckt hätte.

Sie schaute prüfend zu Brian.

Er nickte.

Für die Bundesregierung also, fuhr Katja sachlich fort: in Kooperation mit den Palästinensern eine Flugzeugentführung vor-
täuschen. Sich dann erpressen lassen, gegen alle Staatsräson. So
die Attentäter von München loswerden, bevor es eine reale Entführung gibt, mit der sie freigepresst werden.

Sie tippte Brian leicht auf die Schulter, Hans-Jochen Vogel
übrigens, Münchner Oberbürgermeister bis kurz vor Beginn
der Spiele, streckte die Arme mit nach oben gedrehten Handflächen aus, ganz wie Sie vorhin, um Brandts Reaktion auf Fragen nach dem 29.10. vorzuführen.

Für eine Sekunde betrachtete Brian seine Hände, hob dann
den Blick: und wenn ich geholfen hätte bei einer fingierten Flugzeugentführung, wäre das so skandalös? Herausfordernd grinste er Katja an. Wie können Sie sich zum Richter machen, Frau
Berewski? Gerade das machte *ich* nicht, sagte er zufrieden. Gezielte Irreführungen und blanke Lügen als legitime Mittel zur
Erreichung politischer Zwecke kennen wir seit den Anfängen der
überlieferten Geschichte. Die bewusste Leugnung von Tatsachen
und das Vermögen, die Wirklichkeit zu verändern, er hob die
Stimme, sind im tiefsten Sinn menschlich.

Er machte eine Pause. Nicht human, aber menschlich, bestätigte er sich selbst.

Katja wartete. Brian fuhr sich mit der Zungenspitze über die
Lippen. Und!, hob er an. Man überließ die drei Befreiten einer
anderen Geschichte. Die wurden ja schließlich nicht in einen luft-
leeren Raum hinein verabschiedet. Es ist bekanntlich schwer, von
dieser Erde zu verschwinden. Besonders wenn man gesucht wird.
Und ganz besonders, wenn der, der einen sucht, Mossad heißt.

Er kicherte leise, stand auf und führte Katja zum Sofa zurück. Jeder wusste doch, sagte er fast plaudernd, wenn man sie gehen ließ, würde die Geschichte ihren Fortgang nehmen. Der israelische Sicherheitsdienst sorgte sich sofort um die drei Fedajin. Schon mal daran gedacht, dass das im Geheimen vielleicht jedem der Beteiligten, von den Fedajin abgesehen, am liebsten war? Schließlich erlaubte es allen, von der offiziellen Bühne abzutreten. Aus den Schlagzeilen heraus.

Was?, halt, sagte Katja, Sie überspringen da etwas. Sie sagen, dass das Ganze nicht nur eine abgekartete Entführung war, ausgehandelt zwischen der Bundesregierung und dem Schwarzen September, sondern auch – Katja schluckte, mit Israel? Israel soll eingeweiht gewesen sein und zugestimmt haben?

Sie setzte sich und griff gedankenverloren zum Honiglöffel. Das war ja haarsträubend. Darauf war sie nicht gekommen. Allerdings, in gewisser Weise schien es logisch. Alles abgesprochen, wiederholte Katja stockend, zwischen Palästinensern, Israel und Deutschland?

Sie schüttelte den Kopf.

Er lachte geradeheraus, Kind, ich sage gar nichts. Ich denke hier nur mal laut nach. Genau wie Sie.

Katja rührte in ihrer Tasse. Sie brauchte Zeit, sich an das neue Bild zu gewöhnen. Je länger sie es betrachtete, umso überzeugender sah es aus.

Im Übrigen, bei Ihrer Faktensehnsucht, schnarrte Brian, wissen Sie, wie es zwischen den Staaten weiterging?

Nur vage, musste Katja zugeben. Sie erinnerte sich, dass Israel sofort gegen die Freilassung der drei Attentäter protestiert hatte.

Brian nickte. Im Juni '73 flog Brandt als erster deutscher Bundeskanzler nach Israel. Die Ereignisse vom September 1972 waren nicht offizielles Gesprächsthema. Beigelegt. Das sind die Fakten. Das lässt sich in jedem Geschichtsbuch nachlesen.

Er lachte: Ein enges Verhältnis zwischen Israel und Deutschland, nicht wahr? Vielleicht sollten wir uns das genauer ansehen.

Stimmt, sagte Katja, interessant ist, wie es nach den Olympiaereignissen so rasch dazu kam.

Schlagartig dämmerte ihr, worauf Brian hinauswollte.

Sie meinen …, sagte sie leise, Brandt betrieb ein doppeltes Spiel?

Brian lächelte nur.

Brachte die Palästinenser mit der Freilassung ihrer Mitglieder dazu, sich auf den deutschen Plan einzulassen, dachte Katja laut weiter. Aber Golda Meir war eingeweiht und stimmte zu. Offiziell natürlich protestierte sie. Brandt wurde auf diese Weise die Fedajin in deutschen Gefängnissen los, ein offensichtlicher Gewinn. Der Schwarze September hatte seine Kämpfer zurück und konnte sie als Helden inszenieren, Bilder davon habe ich gefunden. Auch ein Gewinn. Und Golda Meir …

… die im Übrigen, unterbrach Brian sie, noch in der Woche des Attentats palästinensische Flüchtlingslager hatte bombardieren lassen!

… erhielt freie Hand im Umgang mit den Befreiten. Noch ein Gewinn. Aus einem deutschen Gefängnis hätte man sie schlecht entführen können.

Brian wiederholte, ich sage nichts. Aber als Gedankenspiel ist das erlaubt. Und sogar notwendig. Man kann ja auch erwägen: die Bundesrepublik wurde durch Entlassung der Fedajin drei unbequeme Zeugen los, die das – eventuelle, ich betone das – Versagen der Sicherheitskräfte in Fürstenfeldbruck hätten belegen können.

Hmm, dachte Katja laut nach. Und Tote schweigen am besten.

Brian berührte den niedrigen hellbraunen Tisch zwischen ihnen, zog mit dem Zeigefinger eine schnurgerade Linie. Also, sagte er mit berechnender Stimme, nehmen wir das von Ihnen entworfene Szenario. Brandt betreibt ein Doppelspiel. Erst eine Absprache mit der PLO. Entführung, Freilassung der Fedajin, Freilassung der Geiseln. Dann aber weiht er Meir in diese Pläne ein. Sie stimmt zu. Die Vorteile für alle Beteiligten liegen auf der Hand. Aber – seine Augen funkelten listig –, wir müssen annehmen, dass die PLO das durchschaute.

Was?, rief Katja und holte Luft. Gerade erst hatte sie sich an die Doppelspiel-Version gewöhnt, da drehte er die Spirale noch eine Windung weiter.

Ja, natürlich, sagte Brian, der größte Fehler ist, den Gegner für dumm zu halten.

Sie sah, wie er sich freute, ich nenne das Stufe drei, sagte er mit volltönender Stimme und zeichnete mit dem Finger drei Kreise auf den Tisch: Brandt, Meir und die PLO. Brandt agierte nach zwei Seiten, die Palästinenser rechneten damit und inszenierten die Entführung trotzdem. Die Bilder von der Siegesfeier in Beirut waren es allemal wert. Aus palästinensischer Sicht, meinen Sie nicht?

Könnte sein, antwortete Katja, zögernd, als habe sie durchaus noch Zweifel. Sie wollte ihn aus der Reserve locken. Hören, was er wusste. Doch Brian strich sich langsam durchs Haar. Vielleicht ist es einfach so, sagte er, ein kleineres geht in einem größeren Thema auf. Wissen Sie, ich fahre ja nur Zug? Ja, das wissen Sie schon. Ich denke an die Wassertropfen auf einer Scheibe. Der Zug fährt an, und sie beginnen, über die Scheibe zu laufen, die kleinen Tropfen langsamer, die großen schneller. Und warum?

Mehr Masse, sagte Katja und fischte nach der Flasche Mineralwasser in ihrem Rucksack.

Exakt. Es sieht übrigens aus wie Spermien in riesenhafter Vergrößerung. Alle laufen auf ihrem eigenen Weg, aber hat ein Kleiner das Pech, von einem Großen eingeholt zu werden, wird er geschluckt, dafür allerdings darf er dann mit dem Großen schneller mitlaufen.

Ist das jetzt eine politische Lektion?

Was denn sonst! Alle laufen parallel, alle in eine Richtung, und doch ist jeder anders unterwegs. Brian trank einen Schluck seines Tees, zwinkerte Katja zu, man gewöhnt sich daran. Zudem gaben sowohl die Lösungen der Stufen 2 oder 3 jedem der München-Kämpfer eine faire Chance. Jeder konnte gegen den Mossad kämpfen, sich schützen, verstecken. Einer hat es ja auch bis heute geschafft.

Und die anderen?, fragte Katja und lehnte sich auf dem schmalen Sofa zurück. Es war angenehm, Brian reden zu lassen. Auf diese Weise fand sie noch am meisten heraus. Noch einer, der gern kontrollierte. Das erkannte sie auf Anhieb. Solange er glaubte, alles im Griff zu haben, erzählte er. Sie schlug die Beine übereinander. Hier also! Auf einem schmalen seidengrünen Sofa in einer Wohnung in Hongkong, in diesem Licht, das Werbehäschen warfen, bei einem alten Mann, einem Grassamenforscher, liefen für diesmal die Fäden zusammen. Sie glaubte ihm, weil er ihr nicht sagte, so war es, sondern zeigte, wie man denken konnte. Was möglich war. Die Grassamen drehten wie Projektile. Denken, sagte sich Katja, Zug um Zug, wie in einem Schachspiel. Alternativen erfinden. Das war das letzte Puzzleteilchen, das sie brauchte. Ein Puzzleteilchen, das, wenn man es einsetzte, das gelegte Bild nicht vervollständigte, sondern es in Bewegung versetzte. Sie verstand, nein, fühlte, dass Wahrheit tausend Arme hatte, tausend Gesichter. Das war kein Verlust. Es war schön. Wenn sie auch ertragen musste, dass manches sich nicht aufklären ließ. Ertragen, die eigene Machtlosigkeit zu fühlen. Wahrheit, tausendundeine Version, so viel größer als man selbst.

Sie dachte an Paul, aber nur kurz.

Könnten Sie vielleicht die Heizung herabdrehen, bat sie Brian, mir ist so heiß. Er stand auf.

Sehen Sie, sagte er, als er am Thermostat neben der Tür zum Flur drehte, Sie haben recherchiert, aber zum Schicksal der drei überlebenden Fedajin haben Sie nicht viel gefunden. Dabei ist es nicht mehr gesperrt. Aber das ist wie mit Poes Brief.

Welcher Brief?

Ach, eine alte Sache, eigentlich eine Trivialität: was offen daliegt, wird übersehen. Interessiert kein Schwein, grinste Brian. Man kann die Geschichte der Mossadaktionen gegen die Täter vom September '72, Ausführende und Hintermänner, betonte er, im Internet abrufen, wenn man ein paar Umwege geht. Aber ich erzähle sie Ihnen. Alle drei?, fragte Katja, ja, sagte er, alle drei, obwohl eine ja noch offen ist, Jamal Al-Gashey lebt noch, irgendwo, ein Leben lang versteckt.

Sie trank von ihrem Wasser. Und staunte. Agentenfilme waren ein müder Abklatsch dessen, was sie zu hören bekam. Katja war froh, nur zu hören, nicht sehen zu müssen. Brian sprach nun wie ein Buch. Artikuliert, in ganzen Sätzen. Er lehnte an der Wand neben dem Thermostat, gestikulierte, wurde lebhaft. Die mutmaßlichen Drahtzieher des Olympiaattentates waren Fatah Abu Daud, Abu Iyad und Ali Hassan Salameh, enger Vertrauter Arafats, bekannt auch als der Rote Prinz. Abu Daud wurde am 1.8.81 in Warschau schwer angeschossen, überlebte aber. Abu Iyad kam am 14.3.91 in Tunis um. Katja sah, wie Mossadagenten in einem weißen Buick durch Beirut kreuzten, sah einen von ihnen, der sich als Engländer ausgab, zum Nachtfischen das Hotel verlassen, entdeckte Ehud Barak, den späteren Premierminister Israels, als Frau verkleidet, mit schwarzer Perücke, Make-up und zwei Handgranaten als Brüsten in einem Taxi, sah zwei Froschmänner aus einem israelischen Boot gleiten und mit schweren Packen von Pulver und Zeitzündern an einem verlassenen Strand an Land steigen, sah einen der Drahtzieher des Attentates von München für Monate im Ostberliner Palasthotel residieren, sah ein paar Stasioffiziere und Mitglieder der olympischen Delegation der DDR merkwürdig rasch durchs Olympiadorf huschen (unbewiesen, aber er glaube das, rief Brian), hörte von der Ermordung des Roten Prinzen an einem Januartag des Jahrs '79, als er zur Geburtstagsfeier seiner dreijährigen Nichte fuhr, wunderte sich nicht mehr, wunderte sich wieder. Action-Geschichten, die in Brians etwas ältlichem Deutsch besonders seltsam wirkten. Aber vielleicht passte eben dies. Alles wie aus einer anderen Zeit. Alles so umständlich – real.

Er winkte sie zu sich ans Fenster. Unter ihnen lag die Bucht, dunkles Wasser, rosa und gelb umkränzt wie in einem Hockney-Schwimmbadbild. Selbst hier oben war der Baulärm von der Disneyworldinsel zu hören, Brian stieß Katja an: wissen Sie, die Chinesen bauen die Insel aus Hühnchenmehl. Sie haben in den letzten Jahren hier so viele Millionen Hühner schlachten und wegwerfen müssen. Pest. Alles Sondermüll. Damit schütten Sie die Insel auf. Und brauchen Gras, viel festes Gras, das darauf wächst. Dafür forsche ich.

Katja grinste ihm offen ins Gesicht. Komisch, sagte sie, am Ende fahren sie um eine kleine Insel und werden prüfen, ob da Gras wächst. Dabei sind Sie jahrelang um Afrika gefahren.

Für den Bruchteil einer Sekunde hoben sich seine Augenbrauen, woher kennen Sie den Ausdruck?

Nun, sagte Katja spitzbübisch, wir hatten so jemanden in der Familie.

Und dem forschen Sie jetzt nach?

Nein.

Dann fragen Sie ihn. Wo war er, Pullach?

Er ist Anfang '90 gestorben.

Brian nickte. Katja senkte die Augen. Man durchschaut das eigene Leben nicht, auch wenn andere das von einem glauben, sagte Brian. Er klang traurig.

Katja warf ihm einen schnellen Blick zu. Sie hatte Geheimnisse regelmäßig außen gesucht, so dass sie sie fotografieren konnte, und obwohl sie mit der Kamera längst gelernt hatte, dass Geheimnisse nur als Abschatten eines inneren Vorganges erschienen, hatte sie es geschickt vermieden, so von sich selbst und ihrem Leben zu denken. Doch Geheimnisse bewegten sich weder außen noch innen, sondern auf Spiralbahnen wie in der Falte eines Kleides, eines Hemdes, oft auf Bauchhöhe, dort schlug, sagte man in China, das zweite Herz. Katja stellte sich vor, dass es dieses Herz war, das alle Geheimnisse seines Besitzers kannte, sie ernährte und durch sich fließen ließ, und legte sich die Hand auf den Bauch.

Ich glaube, murmelte Brian, ganz mit sich beschäftigt, es diente einem guten Zweck. Terroristen frei, Deutsche geschützt, und die Fedajin als lebende Beweise des Versagens beseitigt. An jenem Tag Ende Oktober …, er griff vorsichtig nach Katjas Arm. Sie sind blass, ist Ihnen nicht gut? Sie schüttelte den Kopf. Für einen Augenblick kam Brian ihr vor wie eine freundliche Raupe mit quellenden Augen, rosa Ohren, vollen, wässrigen Lippen, die eifrig sprachen: die Geschichte der Welt, ausgewählt von Brian in Hongkong – Fakt und Fiktion, Mythos und Beweis, Deutung und Bild! Doch dann, seufzte Brian, schüttelt irgendjemand das Rohr, die Steinchen fallen neu zusammen, und alles ist anders.

Er redete wie einer, der viel allein ist. Erst nichts, dann alles.

Katja hörte die Eingangstür schlagen. Meine Hausfrau geht, sagte er, dann lachte er, doch seine Stimme kippte fast, wurde leise. Es hätte neue Anschläge gegeben. So wurden weitere Opfer verhindert. Das war doch kein Fall für Verhandlungen, man musste etwas tun.

Katja spürte, sie sollte zustimmen, er wollte ihre Absolution, aber sie hustete nur. Sofort veränderte sich Brians Gesichtsausdruck. Das verstand Katja erst gute 24 Stunden später. Er beherrschte die Landessprache, hatte Nachrichten gehört, nur Katja wusste von nichts.

Als sie aufbrach, stolperte sie beinahe über ein Spielzeug neben der Zimmertür. Draußen war es dunkel geworden. Sie gab der Murmel in der Spitze des Holzturmes einen Stoß, die Kugel verschwand in einen Tunnel, schoss beschleunigt heraus und rollte eifrig klappernd die nach unten immer weiter ausschwingende Bahn hinab. Wie Ihr Kopf, Katja zeigte auf die Spirale, dann auf Brian, bedankte sich, er schaute perplex, das war ihr gelungen, grüßen Sie mir Pa..., sagte er, stockte, Pullach, nein, ich meine München und streckte ihr mit einem glitzernden Lachen die Hand hin, so entschlossen spontan, es fiel ihr auf.

Die Tür klackte ins Schloss und glich sofort wieder den anderen 50 Türen auf dem Gang. Katja schwitzte, ihr Hals schmerzte. An der Bushaltestelle suchte sie das CD-Haus ab, konnte aber Brians Wohnung nicht mehr identifizieren, also auch nicht erkennen, ob Licht brannte bei ihm, ob er ihr aus dem Dunkel seiner Wohnung nachschaute, ob er telefonierte, jetzt. Grüßen Sie Pa...? Regenwolken hingen am Berg, und auch ein Teil des Feng-Shui-Hauses war im Nebel verschwunden.

Sie schaute sich um, entdeckte den Bus, der die Serpentine herabkam, beeilte sich nicht. Die alte Getriebenheit war fort. Bei Brian hatte sie gespürt, wie lange 30 Jahre waren. Eine Ewigkeit. Auch Max sah sie jetzt. Sie hatte Anteil an seinem Leben, aber deutlich konnte sie erkennen, wo ihr Part aufhörte. Wo Max' eigenes Handeln begann. Jetzt kannte sie die ganze Geschichte. Jetzt wusste sie, wofür sie sich entschuldigen würde. Es war weder gigantisch groß noch wahnsinnig klein.

An der Bushaltestelle standen einige weiß vermummte Gestalten, alles, auch die Gesichter vollkommen verborgen in weißen Overalls, Helmen und Atemschutzmasken. Sie bewegten sich lautlos, übernatürlich hell in dieser Umgebung. Weiß war hier die Farbe der Trauer? Die Vermummten sprühten den Asphalt ab, das Wasser schäumte in allen Farben des Regenbogens auf, wenn es in den Lichtstrahl einer der Lampen geriet, mit denen die Sprüher in jeden Winkel leuchteten. Katja war sehr zufrieden mit ihrem Besuch. Die Flauheit im Magen, das schwere Gefühl im Kopf würden vergehen. Sie musste einfach ins Bett. Der nächste Bus sollte in 15 Minuten kommen. Die Lampen hingen an langen Kabeln, die sich schwarz über die Gehwege wanden. Vorsichtig stieg Katja darüber. An den Bewegungen, mit denen die Figuren ihre Schläuche anhoben, dann schwenkten, konnte sie sehen, dass es Frauen waren.

Am nächsten Morgen ging es ihr besser. Auf der Straße am Hotel: der Geruch von Vanille, das Rufen der Antiquitätenhändler, das schnelle hohe Kichern einiger Chinesen. Leider noch immer Schmerzen im Hals, die Nase verstopft, Ingwer, kandiert, geschnitten, scharf, Katja kaute gegen die Grippe an, gegen die fiebrige Müdigkeit von gestern. Zwischen ihr, wie sie war, und ihr, wie sie hier war, klaffte ein Spalt. Die Kamera ließ sie im Hotelzimmer. Reload Katja, Augen auf, input, kein output. Abwarten, sehen, was sich ergab, einen Tag in Hongkong hatte sie noch.

Sie nahm den Zug nach Shenzhen, ging einkaufen, ein Handy, blaue Buchstaben, rosa Display, andere gab es nicht. Paul, dachte sie. Dann Max. Dann: mein Bericht. Machte Notizen, fuhr früh zurück, packte ihren Koffer, checkte mitten in der Stadt ein und setzte sich in ein Crossover-Restaurant.

Der servierte Kaffee spiegelte, wenn auch trübe. Katja rührte darin. Das Licht, das in München zu dieser Stunde allmählich in ein reifes Gelb-Rosa überging, nahm hier die Farbe von Lychees an, ein Hauch lila und fasrig durchscheinender Glasigkeit. Als Katja die Kaffeetasse an den Lippen spürte, aber nichts schmeckte, wurde ihr klar, wie verstopft ihre Nase samt aller Nebenhöhlen schon sein musste. Sie reagierte allergisch auf blühende Gräser, warum nicht auch auf Grassamen, davon hatte Brian bestimmt genug in den Schubladen gehabt. Doch für eine Allergie dauerte das jetzt zu lange. Komische Figur, dieser Brian.

Man begegnet sich immer zweimal im Leben, sagte Jozef gern, dann zwinkerte er, doch sicher ist es nicht. Sicher ist, lächelte er, die Wangen rot, man begegnet sich immer wieder selbst, das ist gnadenlos und schön, du bist dein eigenes Geschenk, und dein Fluch, und es liegt an dir, was du daraus machst.

Katja tauchte ihr Satéspießchen in die Erdnusssauce und fragte sich, was ihr jetzt von ihr selbst begegnet war, gelangte aber zu keinem Ergebnis. Das Hühnerfleisch schmeckte wattig, auch das war vermutlich bereits der Einfluss des Fiebers, das sie einhüllte wie ein Schuh, vorn spitz und eng, nach hinten weit, aber auch dunkel, und überall Pauls Gesicht. Sie war müde, doch seltsam glücklich, nicht obwohl, sondern weil sie nichts Definitives gefunden hatte, keine Antwort, dafür das Gefühl einer warmen nachgiebigen Auflösung. Die Recherche gescheitert und darin gelungen, die Wahrheit nicht gefunden, dafür etwas über ihre Herstellung gelernt, und dabei über sich. Palmen glitzerten im Licht.

Sie nahm die Zitronenscheibe aus dem Mineralwasser und lutschte sie aus. Paul. Zehn außerordentliche Sekunden lang fixierte sie begeistert die Wolken von der Farbe gebrühter Krabben, die schnell und tief hängend näher kamen, als gebe es über Katjas Kopf eine himmlische Autobahn. Grenzen verwischten sich, schlagartig wurde es dunkel. Die ersten runden Regentropfen, zäh wie Honig, zerplatzten auf dem Pflaster, Katja stand sicher und warm im erleuchteten Inneren des Restaurants, unter den Windböen blähten sich die Bäume an den Hügeln der Stadt wie Riesenzellen, Staub, von dem sie sich fragte, woher er stammte, Hühnchenstaub?, jagte in Geschwadern durch das gelbgraue, vom Wind gepeitschte Licht. Katja dachte, dass die Frauen in den Masken, die die Straßen abgespritzt hatten, froh sein würden, der prasselnde Regen nahm ihnen Arbeit ab.

Wenn ich mit Ihnen über Geschichte spreche, meinen wir doch nicht, was wirklich passiert ist, oder? Brian hatte am Fenster gestanden, Katja fand seine Frage unverschämt und schob die Teetasse an den Rand des Tisches, fast kippte sie. Er zeigte auf die Tasse, sagte, exakt!, dieses Chaos aus Teilchen, geordnet und doch bewegt und in einer Sekunde aufgelöst, und gab der Tasse einen Stoß, sie fiel, aber der Boden war weich, sie blieb ganz, nur auf dem Teppich wuchs ein dunkler Fleck. Mit »Geschichte« meinen wir Aufräumen, fuhr er fort, als wäre nichts geschehen, die Umstände, ihrer natürlichen Neigung folgend, ziehen es vor, verknotet zu bleiben.

Der Regen klang wie Trommeln, wie Xylophon. Ein silberner Schleier hing vor den bodentiefen Fenstern des Cafés, die Scheiben beschlugen, so dampften die Feuchtigkeiten der Stadt von unten und oben aufeinander zu, Sturzbäche rannen die Straßen hinab. Doch schon liefen wieder welche draußen herum. Ihre Hände wühlten tief in Mantel- und Jackentaschen, als beherbergten sie Zwerge bei sich oder hätten eine ekstatische Affäre mit ihren Innenfuttern. Auch die Sprüherinnen waren dabei, Katja begriff endgültig, dass sie die Straßen nicht mit Wasser, sondern mit Desinfektionsmittel absprühten. Ihr Kopf war verdammt schwer und verdammt langsam, und sie fragte sich, ob sie richtig gehört hatte, beim Abschied, da hatte Brian also gerufen, und grüßen Sie Pa..., Pa wie Paul? Katja war so müde gewesen, dass ihr erst jetzt, fast 24 Stunden später aufging, wie merkwürdig diese Bemerkung tatsächlich war, auch wenn Brian am Ende nur München sagte, grüßen Sie München. Doch das war noch befremdlicher! Woher wusste er, dass sie dorthin zurückkehren würde? Von seinem Handy bestimmt nicht; und auch seine frühe Bemerkung über ihre Angst, das klang doch verdammt ... nach Vorabinformation ..., nach einer undichten Stelle ganz in ihrer, Katjas Nähe.

Sie stöhnte, raffte sich auf. Mangels Karte funktionierte ihr Handy nicht, doch neben den Toiletten gab es ein Telefon. Er hob sofort ab.

Schöne Grüße von Paul, sagte sie.

Er war so überrascht, dass es ihm herausrutschte, ah, dann wissen Sie es jetzt.

Ja, von Ihnen.

Mist! Aber er lachte, ich habe Paul gleich gesagt, dass das nicht gut geht.

Brian erzählte von dem Symposion in München. Aus irgendwelchen Gründen hatte er damals erwähnt, dass er 1972 bei einer Flugzeugentführung dabei war. Paul merkte sich das Datum, denn es war sein Geburtstag. Als Katja mit ihrer Recherche auftauchte, erinnerte er sich daran, inszenierte sich. Von wegen »man muss eine Bibliothek nur zu benutzen wissen«.

Lächerlich! Und doch, Katja war froh. Eine harmlose Aufklärung. Dumm nur, wie sehr das kurze Gespräch mit Brian sie angestrengt hatte. Zurück am Tisch griff sie nach der englischen Zeitung, auf die sie bereits vorhin gestarrt hatte. Längst war die Nachricht gelesen, aber Katja hatte sie nicht zugelassen, spürte nur ihr Wimmeln in sich, klebrig, unangenehm, wie Mücken, die Eier ablegen. »Epidemic Danger. South East Asia high risk zone.« Die Weißgekleideten spritzten überall, die Straßen schwammen. Epidemie – »a new unknown virus«. Katja war schwindelig, sie hatte Fieber, fühlte sich eingesogen in einen weißen leeren Trichter, schwamm im Wasserschwall aus einem der Schläuche, eine auf seinen Wirbeln zufällig mitgerissene Münze, schloss die Augen, gab nach, nur ein Geräusch peitschte sie voran, wie Schritte auf einer Treppe, sie spürte, dass sie im Flughafen ankam, eincheckte, sank in ihren Flugzeugsitz, daystar, nightstar, schlief, schlief.

Er fuhr sie herum als sei sie ein Brötchen, bleich wie Tiefkühlteig war sie gewiss. Das Fieber hatte den ganzen Nachmittag über zugenommen. Ziegenbart amüsierte sich köstlich, als er sie vom Röntgen abholte, um sie in ihr neues Zimmer zu bringen:

ein paar Tage nur, haha, das haben schon viele gesagt! Da klingelte, Katja war froh, sein Handy, er trat ein paar Schritte hinter Katjas Rollstuhl, dabei hätte sie selbst laufen können, aber das Krankenhauspersonal beharrte darauf, sie herumzufahren, ehrlich gesagt war sie froh darum, ihre Knie fühlten sich an wie frisch geschlagene Sahne. Also saß sie jetzt eben im Rollstuhl mitten auf dem Krankenhausgelände, fürs Röntgen gab es ein extra Gebäude, ihr Zimmer sollte ebenfalls abseits liegen, in dem flachen Trakt ganz am Rand. Verschiedenste Häuser in Würfel- und Kubusformen wuchsen hier aus dem Rasen, im Schatten des gigantischen Riegels, dem eigentlichen Krankenhaus, vor 35 Jahren auf die grüne Wiese gestellt. Der Riegel glitzerte wie eine silbern verpackte Riesenschokolade mit einer Unmenge vorgestanzter Fensterstückchen. Katja war sehr müde, doch auch beruhigt, da Ziegenbärtchen einen normalen Krankenhauskittel und eine der hellblauen, das Gesicht nur halb bedeckenden Masken trug, die er, ein paar Schritte nur von ihr entfernt, sogar nach unten schob, um besser sprechen zu können. Schon vorhin hatte er scheinbar oder wirklich unbeschwert vor sich hin gepfiffen (las er keine Nachrichten?), ganz anders als die Schwester am Empfang heute Mittag, Isokleidung von Kopf bis Fuß – als fahre sie zum Mond. Die Röntgenbilder hielt Katja auf dem Schoß, ihre eigene Lunge. Es dämmerte, in der Ferne konnte sie eine Reihe großer Bäume ausmachen, der Rasen war frühlingshaft grün, wirkte aber unecht im Lampenlicht, das hier Tag und Nacht brannte. Zivi Ziegenbart schob wieder, brechen Sie mir unter der Schutzkleidung, die Sie gleich bekommen, nur nicht zusammen! – unverwüstlich munter, der Kerl. Er bugsierte seine Patientin auf die Schleuse eines lang gestreckten flachen Gebäudes zu, schön brav sein!, brüllte er zum Abschied, ein paar Tage nur, haha!

Ziegenbärtchen, murmelte Katja noch, da las sie, was über ihr stand: SEUCHENSTATION. Gelbe Buchstaben, schwarzer Hintergrund. Die doppelflügelige weiße Tür vor ihr öffnete sich automatisch, Katja rollte sich hinein, eine zweite, exakt identische Tür versperrte zwei Meter vor ihr den Weg, die Tür hinter ihr schloss sich schon wieder, lautlos, schnell. Käfig zu. Da saß Katja nun. Dunkelheit war kein Ausdruck für das, was sie umfing. Das war Finsternis.

Pechrabenschwarz war das.

Sie hörte sich atmen, spürte die Enge des Raums. Irgendetwas lief hier schief. Schweiß brach ihr aus. Sie wollte schreien, aber ihr Hals schmerzte zu stark, sie dachte, beruhig dich, langsam atmen, langsam. Sie machte die Lider zu. Diese Dunkelheit war wenigstens vertraut. Allmählich ließ sich die Panik in den Magen zurückschlucken. Als Katja die Augen wieder aufschlug, war sie, Katja, selbst tiefschwarz, geräuschlos, kein Körper mehr, nur noch ein Kopf in einer Glaskugel. Nach einer Weile entdeckte sie, immerhin, ein kleines rotes Licht rechts über sich: EXIT. Und aus der Decke kam eine Stimme, weiblich, getragen, in seltsamem Singsang:

Ziehen Sie die Schuhe aus.

Alles, was Sie an sich haben. Auch die Unterwäsche.

Werfen Sie alles in den Sack links.

Nehmen Sie den Overall auf dem Stuhl rechts.

Legen Sie ihn an.

Licht, rief Katja, wo ist hier das Licht, doch niemand reagierte. Sie tastete nach dem Stuhl; Augen, die sich an die Dunkelheit einer Schleusenkammer gewöhnten, mussten erst noch erfunden werden. Sie fluchte. Durst, Jetlag, Fieber, Gefangenschaft. Das Fieber einer Grippe, flüsterte sie sich beruhigend zu. Es war seltsam, nicht nur nichts zu sehen, sondern auch nichts zu hören bis auf die eigenen Geräusche, ziehen, atmen, das Tappen der nackten Füße auf dem kalten Boden.

Wenn Sie fertig sind, drücken Sie den grünen Knopf neben der Tür.

Katja dachte gar nicht daran. Sie setzte sich und wartete. Sollten die ruhig sehen, wie es ihren Patienten hier erging. Was sie ihnen zumuteten. Wie sie sie darben ließen.

Dabei hatte sie sich freiwillig eingeliefert, sich das ganze Schlamassel auch noch selbst eingebrockt. Schon die Hongkongreise. Das Fieber dort. Der Husten hatte noch auf dem Rückflug angefangen. Und sie wusste ja: neues Virus, Epidemie. Entscheidend sei, wie die Weltgesellschaft sich verhalte, stand in den Zeitungen. Klar war: die Weltgesellschaft hatte Angst. Ein Anschlag? Ein Unfall in einem Versuchslabor? Durchgeknallte Wissenschaftler? Arabische Terroristen? Gerüchte kursierten. Ruhe bewahren, hieß es offiziell. *Chance*, dachte Katja, heißt das auch Pech? In Deutschland war sie eine der ersten, doch man hatte (doch wohl – hoffentlich doch) Erfahrung mit ähnlichen Fällen aus früheren Jahren. Bioterrorismus, murmelte die Stewardess, oder war es nur »Berufsrisiko«?, dabei seien die Ängste stets größer als die Wirklichkeit, wie bei diesem weißen Pulver vor ein paar Jahren. Was?, hatte Katja müde gefragt. Anthrax, war prompt zurückgekommen. Katja hatte es schon fast vergessen gehabt. Wir nicht, sagte die Stewardess, wir sind exponiert. Eine das Flugzeug umgreifende Armbewegung: reinste Virenschleudern das! Dankend lehnte Katja das Menü ab. Eine Viertelstunde später war die Stewardess zurück, mit einem Obstsalat.

Vitamine, bestimmt hat Sie nur eine Grippe erwischt!

Katja griff zu. Die Stewardess, eine Asiatin, schien Zeit zu haben. Infektionskrankheiten, verkündete sie lächelnd, gelten in Europa traditionell als Übel aus dem Osten. Die meiste Zeit hätten dabei Juden das Fremde verkörpert.

In kleinen Fetzen löste Katja die Folie von der Salatschüssel.

Nun seien arabische Terroristen dran. Eine Kette von Bildern führe über den Terror von 2001 zu Angst vor Infektionen. 2001 sei die Verbindung von Flugzeugen, Arabern und Anthrax hergestellt worden, einer Infektionskrankheit, angeblich tief aus Asien.

Melonenschnetzel. Katja schaute enttäuscht. Melone, pfui Teufel!

Die Stewardess beugte sich zu ihr: und? Ihre Stimme klang so viel versprechend als biete sie Katja einen Whisky an. Und? – maximales Horrorszenario: ein mit Virus x infizierter arabischer Terrorist läuft durch eine amerikanische Einkaufsmall. Absolute Täterschaft, absolute Globalisierung, absolute Opferung, absolutes Vorurteil.

Oh Gott, sagte Katja, woher haben Sie denn das?

Fortbildung. Um Passagiere zu beruhigen.

Wie?, sagte Katja, mich?

Die Stewardess lächelte. Natürlich! Schauen Sie: die Angst vor einer Vergiftung ist immens. Aber geschürt durch die Globalisierung. Also automatisch übertrieben. Machen Sie sich keine Sorgen!

Immens beruhigend. Katja vermutete, die Stewardess habe höheres Fieber als sie, und löffelte drei Melonenstücke. Dass sie nichts schmeckte, war ein Vorteil. Schniefend sah sie an ihrer schlafenden Sitznachbarin vorbei aus dem Fenster. Eine lang gezogene Morgendämmerung leuchtete Hügel, Städte, Flüsse aus, ganz rot – als fliege Katja auf Lindas Gesticktem umher, auf einer großen Tischdecke. Locker, blasig, schien die Welt aus Splittern und Folien leuchtend zusammengelegt. Wie eine Nadel wäre Katja gern eingetaucht, sie sehnte sich nach Dunkelheit, Ruhe, doch die gelben Blütenstempel, roten Blätter und Fäden, all dieses Sich-Strecken und Bewegen, Sich-Falten, Ineinanderkriechen und Wieder-Hervorkommen, hörte nicht auf, auch wenn sie die Augen schloss, wenn sie die eigene heiße Stirn berührte, weich wie Stoff, ein fiebriger Traum – und exakt so, fiebrig, mit Schüttelfrost, kam sie in der Heimat an.

Als Katja tags darauf bei ihrer Hausärztin erschien, hielt diese ein Fax in Händen, das die verschiedenen Symptome beschrieb. Katja hatte alle. Let it be, wollte sie sagen, die Bäume draußen sahen kahl und glitschig aus, die Ärztin sagte, Tropeninstitut. Mit U-Bahn und Bus fuhr Katja hin. Der Zivi an der Aufnahme lachte schallend, als er sie sah: wer hat Ihnen denn diese Maske gegeben? Die filtert die Luft, die Sie einatmen!, die schützt Sie, nicht die anderen. Gern hätte Katja protestiert, warum sollte sie nicht geschützt werden, aber eigentlich wollte sie sich nur möglichst schnell setzen. Halsschmerzen, Nase rot, Kopf zu. Man konnte doch sehen, dass sie eine Grippe mit sich herumschleppte, aber natürlich glaubte ihr niemand, vieles sieht gleich aus, murmelte ein vorbeieilender Praktikant, die weißen Kittelschöße flatterten hinter ihm her.

Rote und braune Schalensitze, altes Linoleum, hohe, vor Jahrzehnten mit gelber Ölfarbe gestrichene Wände. Ganz wie das Einwohnermeldeamt, wären da nicht die Wandbilder gewesen. Sterntalerillustration? Ein Mädchen nur im Nachthemd stand auf einer verschneiten nächtlichen Straße mit ausgestreckter Hand vor einem Mann in weißem Mantel und roter Nikolausmütze. Schnee rieselte auf beide. Unter ihnen wimmelten Viren, fleischrot, in einem bläulich unterlegten Kreis. Selbst als Zeichnung sah das bedrohlich aus. Und erst das nächste Bild: ein rötlich unterlegter Kreis, offensichtlich ein Stück Haut, besetzt mit großen, erhobenen Pusteln. Einige davon aufgeplatzt. 150 Jahre alt, dachte Katja, aber, wie sie eben in Hongkong gelernt hatte, die Mikrowelt war zäh. Und lebendig! 1000 Jahre waren da nichts. Diese Welt führte einen eigenen Krieg. In ihm waren Menschen großartig praktische Maschinen: Futter, Transportmittel, Waffe und Brutstätte in einem. Das war eine Erfindung! Noch nicht einmal annähernd hatte die Menschheit so etwas zu Stande gebracht. Vermutlich war die Welt doch von einem Bakterien- und Virengott geschaffen.

Die Ärztin ließ Katja husten, Klopfschall sonor, diktierte sie

dem assistierenden Arzt im Praktikum. Der schimpfte, Ihretwegen, Frau Beresko, haben wir das Institut geschlossen! Vom
Flur allerdings war jede Menge Krach zu hören, zwei Männer
traten ein, die Köpfe unter Hüten verschwunden, die Katja an
Balaklavas denken ließen, Augen hinter engen Schlitzen, Münder versteckt. Sie war zu müde, um sich wirklich zu fürchten,
von fern hörte sie ein Lachen, da rollte man sie schon über den
Gang. Undeutlich sprach jemand mit ihr durch seine weiße, den
ganzen Kopf umschließende Maske; wie ein Imker sah er aus.
Man wolle Katja verlegen, schob sie (sie glaubte, zwei Polizisten
durch den Gang flitzen gesehen zu haben, grüne Hosen und
Jacken, und fragte sich, wie ernst es wohl um sie stand) unter
den bereits vergilbten Schautafeln entlang, auf denen spitzbär-
tige, würdevoll blickende Männer mit Hebeln und Loten neben
handgroßen Fliegen standen. Monströse, graubraune Kauwerk-
zeuge knickten über realistisch dargestellten Hautpartien ein,
nie hatte Katja den Menschen als so nackt wahrgenommen. Sie
vermutete, dass sie all dies nicht richtig einordnete, es durcheinander warf (Polizisten? – eine Halluzination), dachte, dieses
verdammte Fieber, da traf die Luft des Aprilmittages ihr Gesicht
wie eine Kugel aus Eis. Mit den Füßen voran schob jemand sie
in den Sanker, Katja schloss die Augen, sah Viren in ständiger
Mutation, anonym, egoistisch, schnell – eine bevölkerte, uner-
müdliche, unerschöpfliche Welt, die sich drehte, ununterbrochen drehte, un…

Jessas Maria, da sitzt ja eine!

In der geöffneten Tür stand eine Schwester in voller Isola-
tionsmontur (Einmaloverall, Kopfmaske), umflossen von einer
Mandorla blendend weißen Lichts. Mit raschen, fast hektischen
Bewegungen zog sie Katja aus der Schleuse, warum kommen Sie
denn nicht raus! Katja wurde behandelt, als habe sie sich un-
rechtmäßig eingeschlichen.

Da war kein Licht, sagte Katja heiser.

So ein Klump, dauernd kaputt!

Schon wurde Katja erneut geschoben, dabei redete die Schwester mit der zu forsch klingenden Stimme der älteren, um ihre Autorität fürchtenden Stationsleiterin ununterbrochen auf sie ein: Verdachtsfälle, jaja, bei der Menge der Flüge jeden Tag aus Asien kein Wunder, Zimmer mit Blick ins Grüne, natürlich ein Einzelzimmer, Schutz der anderen vor Ihnen, aber auch Schutz für Sie vor anderen, die Kapazität, ein kleineres Problem, heute gelöst, man habe, eben fertig geworden, die Schwester klang erschöpft, eine Glaswand durch das Zimmer gezogen, das Beste unter den gegebenen Umständen – übergangslos drückte sie sich so vornehm aus – ja, das einzig Angemessene, oder?

Sie drängte Katja in die nächste Schleuse, diesmal ein einfaches graues Doppeltürsystem, von Hand zu bedienen. Das Zimmer öffnete sich auf den Krankenhauspark, doch natürlich waren Fenster und Tür verriegelt. Zum Flur eine breite Scheibe, mit Durchreiche. Links eine weitere Glaswand, hinter ihr eine ältere Frau. Die Schwester bedeckte Katjas Körper mit Formularen, als wäre Katja eine Art Geburtstagskind, ein Archivstück, seltenes Exemplar einer bedrohten Spezies. Dabei hielt sie sorgsam Abstand, endlich war auch das Bett gemacht, dankbar kroch Katja hinein. Sie erhielt Reste des Abendessens und Wasser; eine neue Schwester zog die dicken gelben Vorhänge an Fenster und Gartentür zu – nicht dass wir morgen früh die Presse hier haben, sagte sie erstaunlich heiter, schlafen Sie gut.

Katja hatte Angst. Mehrere Male war sie nahe daran, Paul anzurufen. Doch noch immer fehlte ihr eine Handykarte, und im Zimmer gab es kein Telefon, als könne selbst ein Apparat sich unheilvoll bei ihr anstecken und schreckliche Viren durch die Leitungen kriechen lassen. Beim Trinken zitterte ihre Hand, das ist nur das Fieber, versuchte sie sich zuzusprechen, das ist nur Grippe, ganz normal, aber eine andere Stimme sagte, bald ist es aus mit dir, wirst schon sehen, jetzt haben sie dich hier, jetzt haben sie dich erwischt, jetzt bist du so alt wie deine Mutter, jetzt bist du bald tot. Katja hing am Tropf, dehydriert von dem langen Flug, vom Fieber, vom endlosen Unterwegssein, der Heimatlosigkeit. Das Armband an ihrem linken Arm pumpte sich in regelmäßigen Abständen auf, nur im Sitzen bekam sie einigermaßen Luft. Kaum legte sie sich hin, hörte sie pochende Geräusche im Ohr auf dem Kissen, ganz als stiege jemand in Clogs eine Treppe hinab – auf sie zu, auf sie zu. Wenn sie die Augen schloss, wurde es schlimmer, öffnete sie sie, schien das Fenster, trotz des geschlossenen Vorhanges, zu leuchten, als stehe ein Gespenst an der Scheibe, wolle herein.

6.00 Uhr, Gerenne auf dem Flur: menschliche Gesichter, Schwestern und Ärzte, schauten durch die Scheibe auf Katja, stumm bewegten ihre Münder sich, wie bei Fischen, doch Katja fühlte genau: der Fisch war sie, sie saß im Aquarium, wurde bestaunt, schnappte nach Luft. Nur der Morgen schien ähnlich, auch er glitschte über die Oberfläche der Zeit, als wäre er ein Fisch, seltsam kühl und fremd. Katja hatte die Symptome einer Grippe, doch die Ärzte suchten etwas Anderes, warteten, ob es sich noch einstellte, aus ihrem Körper herauskrieche, als wäre der ein Gefäß, Katja eine Zuchtstation, dabei hatte sie die Symptome einer Grippe, die Ärzte sagten, ja, wiegten die Köpfe und sagten, es könnte ... Diese Sätze beendeten sie nicht, nur ihre Augen flackerten, Katja wusste nicht, ob vor Angst oder Aufregung, Angst oder Gier auf den spektakulären Fall. Berewski, Temperatur 39,2, notierte die Schwester aufs Krankenblatt. Katja war übel und heiß, doch wenigstens wurde sie versorgt. Das hielt ihre Sorge im Zaum, solange eine Schwester herumwuselte, man kümmerte sich, tat etwas mit ihr. Aber kaum war sie allein, schlich ihre Angst umher wie eine Katze vor einem ausgeräumten Mauseloch, eine Katze auf der Suche nach einem Platz, wo sie mit ihrem neuesten Opfer spielen und sich niederlassen und im Spiel sich spiegeln kann. Wenn die Tür kurz aufsprang, für eine Schwester in Sicherheitsmontur, klangen die Rufe vom Gang wie von einem anderen Planeten – die Welt der Gesunden, so nah, so fern.

Am Nachmittag durfte Katja duschen, als sie ins Bett zurück schlüpfte, hatte man es verschoben, nun sah sie im Liegen durch das Fenster, durch das man ihr auch die Speisen reichte, in großen schwarzen Klebebuchstaben ISOLA auf der gegenüberliegenden Wand. ISOLA – wie auch Hongkong eine Insel war, umgeben von jeder Menge künstlicher Inseln, aufgeschüttet aus Hühnchenmehl, man dachte, es könne nur Fieberwahn sein, wenn man das hörte. Auch die Nachbarin hinter der Glasscheibe hatte geduscht, zu ihrem roten Morgenmantel trug sie nun Pantöffelchen in unübertrefflichem Rosa, wie schrecklichschön mussten die Wechseljahre sein.

Katja trank viel, aß nichts. Das förderte die Verdauung. Denn aufgefressen und verdaut werden mussten die Viren in ihrem Körper doch. Alle westlichen Modelle von Krankheit fassten es so: Feinde dringen in dich, aber dein Körper ist voller Abwehrwaffen, Feinde fliegen in dich wie Flugzeuge in Hochhäuser, denn die Stadt ist ein Körper, also ist auch der Körper eine Stadt, die Bilder bestätigten sich gegenseitig, neue Viren, hypermoderne bedrohliche Flugzeuge zerstören deine Organe, aber du musst sie besiegen, wie du Flugzeuge besiegst in einem Videospiel. Doch Katjas Körper war mit dem, was er verdauen sollte, überfordert, überfordert von allem, was in ihn geworfen worden war durch die Augen und Ohren und von all den Meilen, die er flog und den Menschen, auf die er stieß, und den unendlichen elektronischen Adressbüchern und den Orten und Koffern und Umzugskisten und Menschen von früher und Paul von jetzt, das konnte er nicht verdauen.

Edgar hatte angerufen, Paul nicht, doch wie sollte er anrufen, er wusste nicht, dass Katja hier lag, und obwohl sie das wusste, wünschte sie sich, er möge anrufen, von einem magischen Instinkt geleitet erraten, dass sie aus Hongkong zurück war, sie suchen, in der ganzen Stadt nach ihr forschen, hier ankommen, denn sie wollte, dass er sich Sorgen um sie machte, und was sie die ganze Zeit weggeschoben hatte, dass er ihr fehlte, in Hongkong schon gefehlt hatte, jetzt drängte es machtvoll hervor, bestimmt lag auch das am Fieber, das tanzte und sich wehrte und doch langsam zerlegt wurde und alles schwerer machte, und plötzlich war Katja zufrieden, fast glücklich, wenn es Glück ist, müde und schwer und sehnsüchtig zu sein.

Dritter Tag.

Vorm Fenster marschierten Schwestern vorbei wie Ameisenarbeiterinnen, eifrig auf unsichtbar markierten Wegen folgten sie Leben und Sterben in ihrem Bau. Draußen waren sie ernst; wenn sie zu Katja kamen, säuselten sie. »Jetzt nehmen wir«, sie sagten es wirklich noch, Katja fand es sogar schön, denn sie fühlte sich besser. Das Fieber sank. Sie bat die Schwester, ihr eine Zeitung zu bringen und etwas Süßes; im Erdgeschoss des Haupthauses gab es eine Einkaufsstraße, dort glich das Krankenhaus einer Bahnhofs-Mall. Mit einem Mars kehrte die Schwester zurück. Das ließ auf Humor schließen. Die Schwester machte das Bett, Katja stand kauend daneben, da öffnete sich die stets streng verriegelte Schleusentür und, dünn wie ein Gespenst, tänzelte Edgar herein.

Lautes Hallo, »was haben wir denn hier!«, Schubsen und Schieben, sofort war er hinausgedrängt. Katja sah ihn heftig gestikulierend auf dem Gang stehen, so zerbrechlich und doch zäh war er ihr noch nie erschienen. Sie saß schon hinter der Besuchsscheibe mit der Sprechanlage und machte ihm Zeichen, sich zu beruhigen. Endlich lenkte er ein, setzte sich und rief Katja durch die Anlage zu, so laut, dass die ganze Station es hören konnte, ich bin froh, dass du das hast!

Sie fasste es kaum. Bevor sie noch nach Luft geschnappt hatte, sprach er schon weiter, seine Wangen glühten, als habe er ebenfalls Fieber, ja, sagte er, das ist nicht schlimm, was du hast, nur eine Grippe! Erst glaubte ich, du hast dasselbe wie Marlene, jetzt wäre es auch bei dir ausgebrochen, du bist doch jetzt in ihrem Alter.

Alter, ah, dachte Katja. Das verstand sie, das hatte sie selbst schon gedacht. Alles andere war ihr völlig neu. Marlene krank? Edgar nickte, doch, deswegen hat sie sich umgebracht, letztendlich. Vielleicht eine Erbkrankheit, er zögerte und fuhr sich durch die zu einer Bürste geschnittenen Haare, als suche er den Namen, habe ich dir nie davon erzählt?

Edgar schien nachzudenken. Katja sagte, mir geht es übrigens besser, er antwortete, ja, das haben sie mir eben hier auf dem Gang schon gesagt, räusperte sich und fuhr fort, ich hatte Angst, du hast es auch. Deswegen habe ich dir nie davon erzählt. Er wirkte aufgeregt. Natürlich, sagte er, bin ich aufgeregt! Als sie mich anriefen, Krankenhaus sagten, glaubte ich, jetzt ist es passiert, jetzt hat es das Kind erwischt. Er seufzte. Und dann reden die von Virus, und das nur eventuell, da kann ich nur lachen!

Katja wunderte sich über die Fähigkeit seines alten Gesichtes, in Sekundenbruchteilen, ohne Übergang, den Ausdruck zu wechseln. Es schien in die eigene Kindheit zurückzuspringen, Katja sah Edgar als Knaben vor sich, das Augenblau, die kleinen Kräusel auf der Stirn, und gleich wieder als alten Mann, das Augenblau, die tiefen Wellen in der Haut.

Was für eine Krankheit soll Mutter denn gehabt haben?

Er schaute unglücklich, ich habe den Namen vergessen. Nun habe ich so lange geschwiegen. Dass er mir nicht mehr einfällt. Und soviel Angst davor gehabt. Edgar schüttelte den Kopf.

Katja nickte, unsicher, was sie glauben sollte. Konnte es sein, dass er hie und da etwas erfand? Vielleicht veränderte sich sein Gehirn, das geschah doch im Alter. Warum erzählst du mir das jetzt, fragte sie, und er sagte, jetzt bist du ein paar Monate älter als sie, jetzt kriegst du's nicht mehr. Dann bin ich ja beruhigt, antwortete Katja, mir langt schon der Zirkus hier.

Das stimmte. Nach der Virendusche der letzten Tage regte sie nichts mehr so schnell auf.

Edgar durfte ohne Schutzanzug vor der Scheibe sitzen und mit Katja sprechen. Das war ein Fortschritt, für sie. Aber vielleicht doch ein wenig gefährlich, für ihn. Du solltest wieder gehen, sagte sie, bevor vielleicht du dir hier noch etwas einfängst, man ist nie sicher in so einem Krankenhaus. Vorsichtig lugte er den Gang auf und ab, legte den Kopf schräg und beugte sich vor. Seine Jacke öffnete sich leicht, in der Innentasche hockte Anastasia, sie ist heute Morgen zu mir ins Bett gekrochen, sagte Edgar, da wusste ich gleich, dass du gesund wirst. Er zwinkerte Katja schelmisch zu, ganz wie der alte Jozef, jetzt habe ich sie dir mitgebracht, dass du sie streicheln kannst. Ich hatte ja keine Ahnung, dass sie mich nicht zu dir lassen. Nach einer kleinen Pause leise: ich bin so froh, dass du gesund wirst.

Ich bin froh, dass du gekommen bist, sagte Katja. Für einen Augenblick sah sie ihren Vater unter dem Apfelbaum liegen. Auf seinem Bauch thronte Anastasia, als wäre das der Mittelpunkt der Welt. Edgars Augen waren geschlossen. Das Bild erschreckte Katja, sie war froh, ihn lebendig und eifrig den Flur hinunterstapfen zu sehen und blickte ihm noch nach, als er schon um die Ecke gebogen war. Die Schwester rief für Katja unten im Empfang an, ein Taxi, auf Katjas Rechnung, sie wollte sichergehen, dass ihr Vater gut nach Hause kam. So schnell wie möglich, dachte Katja, werde ich Max anrufen und mich entschuldigen, soll er sagen, was er will. Ihr Herz pochte, sie kroch wieder ins Bett.

Vierter Tag.

Die Nachmittagsvisite entschied, dass sie an einer normalen Grippe litt, aber noch eine Nacht auf der Station ausruhen sollte, in einem Einzelzimmer im normalen Trakt. Schlechtes Gewissen des Personals? Oder doch ein Rest Unsicherheit?

Ein Umzug ganz ohne Schleuse. Fieber 38,2, oh, wie normal. Im Gang standen Tische und Stühle aus Plastik wie Gruppen kleiner Skelette, dazwischen Patienten, die heimlich rauchten. Die Farben der Blumen in den Fenstern erinnerten an Himbeersaft. Hauptgebäude – hier gingen die Lichter nie aus. Katja wanderte zur so genannten »Bar«: zwei zusammengerückte Tische, auf denen Thermoskannen mit heißem Wasser standen, garniert von einer Auswahl zwischen fünf Fruchttees. Katja verabscheute Fruchttee. Obwohl das Krankenhaus von so vielen neuen Forschungszentren umbaut war als brauche es, ein Riesenplanet, jeden Monat einen neuen Mond, ließen sich von hier oben die Berge betrachten, eine abendliche Kulisse, die wie eine Fototapete wirkte. Da wurde es laut, Stimmen riefen, Türen schlugen, ein gelb lackiertes Bett bog um die Ecke, ein Tross von Ärzten und Schwestern folgte. Zwei nackte Füße spitzten unter der Decke heraus, oben saß ein Mundschutz und darüber eine weiße, wie aus Papier gefaltete Krone, eine Art Fächer, der auch die Haare verdeckte. Rundum wurde geflüstert: berühmter Sportler, gelbes Bett, damit man ihn überall erkennt, welches Radteam ist das noch mal?, rief Zivi Ziegenbärtchen, Quatschkopf, flüsterte eine Schwester zurück, die auf Zehenspitzen stand, das war Roger Federer! Warum ist er nicht in der Schweiz geblieben? Wir haben hier die besten Ärzte … Das ist doch nicht wahr … – da war der Kranke lautlos auf seinen lautlosen Gummirädern an ihnen vorbeigerollt, theatralisch – er verwandelte den Krankenhausflur in eine Art Bühne, wobei er selbst reglos lag, einen verklärten Zug um den Mund. Katja lachte, natürlich, ein Sportler, niemand sonst mehr taugte so zum Helden. Das gesamte Personal und alle Patienten, die sich bewegen konnten, standen im Flur, die Zivis winkten dem Bett hinterher; ohne dass jemand es bemerkte, schlüpfte Katja ins Schwesternzimmer und nahm sich einen Kaffee. Damit konnte sie nun nicht auf den Flur zurück. Zu heiß zum Gleich-Trinken war er zudem. Katja schaute sich um. Auf dem Tisch lag ein grell pinkfarbenes Buch. Was Schwestern so lasen? Der Titel, *Anthrax*, erschreckte Katja, hastig legte sie das Buch zurück, wollte beinahe nachsehen, ob das Pink, ansteckend, auf ihre Finger abgefärbt hatte. Nonsens! Sie blätterte darin.

Es handelte von Angst. Dem Bedürfnis nach Angst, der Lust daran. In welchen Bildern Angst erschien. Sie las: der Träger des Mikroorganismus wird mit diesem identifiziert. Er wird identisch mit der Gefahr. Wird ausgeschlossen, ohne Rücksicht behandelt. Ein Mensch als Ungeziefer. Als Gift.

Na so was, sagte eine männliche Stimme.

Katja, vertieft in ihre Lektüre, hatte die Tür nicht gehört. Jetzt war sie ertappt.

Ach Sie, rief sie erleichtert.

Ziegenbärtchen erinnerte sich nicht, grinste aber.

Ich lese hier, sagte Katja, und trinke Kaffee.

Er setzte sich. Und, wie finden sie es?

Katja zitierte: den phantasmatischen Räumen der Angst folgend, wandelt Terrorismus sein Gesicht. Verstehen Sie das?

Er zuckte die Schultern. Muss ich das verstehen? Sie sind doch krank.

Reizend, sagte Katja.

Sie trank einen Schluck Kaffee. Fast kalt. Prüfend schaute sie Ziegenbärtchen an. Er schien müde.

Haben Sie sich angesteckt?

Unsinn, sagte er mit geschlossenen Augen. Man steckt sich nur an, wenn man Angst davor hat. Ganz einfach. So ist unser Immunsystem. Einen Rüffel habe ich bekommen.

Warum?

Er winkte ab. Purer Terror!

Unsinn, sagte jetzt sie.

Doch! Jeden Tag haben die neue Ideen, was ich tun soll. Und nicht tun darf. Das ist Terror! Terrorismus von der schlimmsten

Sorte. Er runzelte die Stirn, sagte zitierend: Terrorismus ist eine der schlimmsten Möglichkeiten der Phantasie.

Steht das auch hier?

Er schaute sie an. Wollen Sie das Buch ausleihen?

Danke, sagte Katja und stand auf, ich bin gesund, ich darf morgen gehen.

Er seufzte, ich nicht!

Komischer Satz, sagte Katja nachdenklich, da eben von Ihnen. Man kann ihn umdrehen. Eine der schlimmsten Möglichkeiten des Terrorismus ist Phantasie.

Er schaute sie an als wäre sie vom Mond. Katja musste lachen. Übrigens, sagte sie schon in der Tür, meine Phantasie sagt mir: ohne Bart sähen Sie besser aus!

Er tritt vom Spiegel zurück, reibt mit ausgestrecktem Arm Dampf ab.

Sein Gesicht! Eine schreckliche Karikatur dessen, was es einmal war. Gerade noch kann er die feste Kinnlinie erkennen, die kobaltblauen Augen und eine Andeutung der dunklen Haarfarbe, die so gut mit seiner blassen Haut kontrastierte. Aber das ganze Ding ist zerdrückt und faltig und in sich zusammengefallen wie ein teures Kleidungsstück, in der Wäsche ruiniert. Das sehen die anderen. Die Augen eingesunken, die Haut von Netzen überzogen, kleine Säcke hängen vom Unterkiefer, das Haar ist so dünn, dass die rosa Kopfhaut durchscheint.

Dampf wirbelt durch das gekippte Badfenster hinaus. Jetzt sieht er auch Schultern, Brust und Bauch. Seine Haut ist noch nass. Er friert, bleibt aber stehen, nimmt sich Zeit für seinen Blick. Zwei Typen von Menschen gibt es, denkt Edgar, solche, die einfach alles ertragen, und solche, die kämpfen. Halt – und solche wie Marlene, die nichts aushalten wollten, nicht kämpften, sondern verschwanden. Immer wieder hat er sich gefragt, wie es ist, wenn man etwas zum letzten Mal tut und das weiß.

Zum letzten Mal das Abendessen richtet. Zum letzten Mal dem Kind die Bettdecke feststeckt, zum letzten Mal es umarmt. Zum letzten Mal im Arm seines Mannes liegt. Ihn küsst, am Abend, zur Tür geht und sagt, bis später, und weiß, so wird es nicht sein. Wie ist es, wenn man weiß, dass man nicht wiederkehrt. Sie muss froh gewesen sein. Bis heute ist er sprachlos dazu, an einer bestimmten Stelle, innen, wo er nachdenkt und manchmal träumt, und die Marlene heißt. Nur ein Aspekt der Frage »das letzte Mal …« ist ihm näher gerückt. Wie gnadenlos das Alter ist. Das hat sie sich erspart. Wie auch die Krankheit. Vielleicht. Aber wie konnte es sein, dass ihm deren Name nicht mehr einfiel? Und er sich so unsicher war. Sie hatte doch so etwas von ihrer Mutter erzählt. Sich beschwert, dass alle in ihrer Familie in ihren 40ern starben. Aber, er nickte traurig, selbst wenn es so war, erklärte es etwas?

Die Schultern im Spiegel zuckten, als wolle der Körper mit Edgars Gedanken mitsprechen. Noch glatt, na ja, an einigen Stellen. Die Lippen blass, aber voll wie eh und je. Reize des Alters, er lachte leise, die kräftige Essenz der Reife, des Gewachsenseins – Blödsinn. Eher eine exakte und schmerzliche Mischung aus Zartheit und herrischem Verhalten, Verschlossenheit und Wissen, Grobheit und Sensibilität. Als habe ein guter Koch alles nach einem unwiederholbaren Rezept zusammengerührt, einzigartige Zutaten, die sich nicht rekonstruieren ließen, vor allem weil sie längst vernichtet waren, der Koch ebenso wie das Rezept.

Simpel.

Simple Wahrheiten freuten ihn nun. Früher hatten sie ihn geärgert. Doch Gedanken waren Ornamente, ein Luxus, der in komplizierten Aufbauten auf jungen, gesunden Körpern wuchs. Kaum wurde man krank, fielen sie in sich zusammen, und war man alt, wurden die Gedanken dünn wie Ästchen. Harscher Schnee. Man selbst ein Hirsch darauf. Wie beides fühlte er sich manchmal, Schnee und das Tier, das schlottrig mit grauem Fell und einem Geweih aus schwächelndem Filigran darüber stakte. Filigran, ganz wie die Adern auf seinem Kopf. Der immerhin war noch da. Komm schon Berewski, sagte sich Edgar, vielleicht wirst du zarter durchs Alter, und alles Einfache, das du früher verachtet hast, kehrt wieder zurück.

Vielleicht hatte es all die Zeit auf ihn gewartet.

Marlene. Blumen mochte sie, Narzissen und Jungfer in Grün. Vielleicht wäre auch sie gern so gewesen – leicht, biegsam. Aber die Geschichte, ihre Geschichte, ließ das nicht zu, nicht ihr Geburtsjahr 1923. Doch von ihrer Kindheit, ihrer Familie, war kaum je die Rede. Und Franz, der einzige Verwandte, den sie je einführte, der Einzige, der etwas hätte sagen können, sagte nichts.

Er hätte ihn härter drängen müssen. Und dann war es mit einem Mal zu spät. Edgar dachte, Franz sitzt in Pullach, ab und an fliegt er nach Bonn und hilft beim Aufbau der GSG 9, ansonsten schiebt er eine ruhige Kugel. Und dann, bei Lindas Beerdigung, fiel ihm auf, wie dünn Franz geworden war. Zu dünn, als dass es nur Eitelkeit hätte sein können, dabei aber an den Beinen und im Gesicht aufgeschwemmt. Jeder dachte an Aids, doch Franz hatte eine Autoimmunstörung der Nierenfunktion. Vergiftete sich langsam selbst. Edgar besuchte ihn mehrfach im Krankenhaus, fragte aber, scheu, nicht nach Marlene. Franz war zappelig, zog über jeden her. Elsbeth, schimpfte er heiser, wetten, dass die sich jetzt rundum testen lässt, auf alles, was sie sich bei mir hätte holen können. Und Bücher zu Glomerulonephritis wälzt! Alt werden will die, um jeden Preis!

Edgar knöpfte sein Hemd zu, schlüpfte in seine Hose. Glomerulonephritis, das wusste er noch. Und Marlenes Krankheit vergessen. Wenig, zu wenig hatten sie miteinander gesprochen. Franz fehlte ihm ebenfalls. Erinnerungen veränderten sich, wenn man wusste, dass man den erinnerten Menschen nie wieder sah.

Abgeschlossenes Sammlungsgebiet. Klang zynisch, war traurig. Er nahm sich die Zeitung vom Küchentisch und legte sich aufs Sofa. Wenigstens wurde Katja wieder gesund. Er suchte die Meldungen über das neue Virus. Sie waren auf Seite 5 gerutscht, in die Auslandsberichte. Im Münchenteil fand er noch eine Notiz, Flugnummern wurden aufgezählt, wer in diesen Maschinen saß und jetzt Beschwerden hatte, sollte sich umgehend melden. Edgar seufzte. Umgehend! Zweimal hatte er der Gesundheitspolizei Katjas Wohnung aufsperren müssen und zusehen, wie dort alles desinfiziert wurde. Die Beamten schauten beim zweiten Mal etwas verlegen, waren aber nicht gesprächig.

Edgar streichelte Anastasias kühlen Rücken. Sie saß reglos auf seinem Bauch. Vorsichtig drehte er sie, so dass ihr Gesicht zu ihm zeigte, betrachtete es mit fast liebevoller Trauer und sagte, was hältst du davon?

Anastasia, ja, die blieb ein Leben lang stumm, in wilder majestätischer Langsamkeit, allein ihren Gesetzen überlassen, bestimmt von Schwerkraft und Materie. Er bewunderte sie. Wenn sie die erdfarbenen, innen violetten Lippen öffnete, war es das Lächeln einer kleinen Waldblume und der Ewigkeit.

Da war er wieder bei ihr: Marlene. Sie beide, frisch verliebt, Anfang der 50er. Staunen beschlich ihn. Wie sie sich verhielten, was für Sorgen sie hatten. Wie er glaubte, sie sei garantiert noch Jungfrau. Wie er so eifersüchtig wurde bei ihr wie bei keiner anderen. Sie war ein paar Jahre älter als er und keinesfalls schüchtern. Wie er kontrollierte, wenn sie einen ihrer Freunde besuchte, ob sie auch wieder herauskam um elf Uhr nachts, ja, da stand er im Schatten auf der gegenüberliegenden Straßenseite und folgte ihr, ohne dass sie es wusste.

Edgar knirschte mit den Zähnen, was gut funktionierte, obwohl nicht mehr alle seine eigenen waren. Und dann die Karauschensuppe! Perverse Idee. Karausche! Damit fing es schon an. Der Name klang besser, als der Fisch schmeckte. Karpfenschleimig, klein. Marlene hatte einen Bekannten, der wiederum einer Bekannten gegenüber behauptete, er koche die beste Karauschensuppe der Welt. Kein Wunder, dachte Edgar, wahrscheinlich weltweit der Einzige, der Karauschensuppe kochte! Die umworbene Bekannte des Bekannten behauptete sofort, Karauschensuppe sei widerlich. Moorkarpfen! Modrig bis in den Zellkern. Die beiden wetteten. Er würde kochen, sie kosten, wenn es die beste Suppe war, äßen sie sie gemeinsam. Das kleine Problem, dass er keine Küche hatte und sie ihre nicht dafür hergeben wollte, lösten sie mit Marlenes Hilfe, die ihnen ihr Zimmer samt Kochecke überließ. Und auch noch wegging, damit sie dort in aller Ruhe ihr Werk verrichten konnten.

Und wirklich, es gab keine Sexorgie, wäre es das doch nur gewesen (1954, bei einer ältlichen Vermieterin), nein, die beiden kochten tatsächlich. Jedes Mal, wenn Edgar in seiner Erinnerung an diese Stelle kam, begann er, die Karauschen zu riechen. Nicht, dass er damals dabei gewesen wäre. Nicht einmal Marlene war ja dabei. Aber: Karausche, gelagert, geschuppt, gekocht, zerlegt, geseiht. Er schnüffelte, ja, da war es auch jetzt: Fischgeruch. Die beiden Kochenden hatten eine Menge Spaß, die Suppe gelang, der Mann jedenfalls gewann die Wette, die Frau aß alles auf, herrlich. So weit der Bericht.

Als Marlene nach zwei Tagen zurückkehrte, hatte die Vermieterin die Tür der Fisch-Wohnung aufbrechen lassen. Sie entschuldigte sich nicht. Man habe sonst etwas befürchtet! Auch alle anderen Mieterinnen hatten sonst etwas befürchtet. Marlene entschuldigte sich und bezahlte anstandslos das neue Schloss.

Schon das reichte.

Doch was ihn bis heute wirklich irritierte, nein verstörte, folgte erst noch. Neben dem Gasherd fand Marlene ihren Seidenschal. Edgar liebte ihn: sein Wasserblau glich dem seiner Augen, und immer wenn er Marlene mit dem Tuch sah, hatte er das Gefühl, etwas von ihm begleite sie. Die Köche hatten die Karauschen in den Schal gewickelt, sie damit abgetrocknet, die Innereien herausgezogen, die Bäuche poliert, was auch immer – mit zugehaltener Nase trug Marlene das edle Stück in den Müll. Ihm, Edgar, erzählte sie nichts. Er hatte lange nachfragen müssen, bis sie es zugab.

Da fing er erneut an, sich die »Freunde« in Marlenes Wohnung vorzustellen. Wie sie die Fische unters Wasser hielten, die glitzernden Schuppenkörper bewunderten. Wie der Koch nach einem Tuch rief, die Hilfsköchin suchte, Marlenes Schubladen aufriss, kicherte, mit dem Po wackelte. Er hasste jede Sekunde davon. Doch langsam wurde ihm klar, dass seine Wut sich gegen Marlene richete. Dass er hasste, wie sie sich nicht wehrte.

Das hätte ihm schon damals Sorgen machen sollen. Machte es auch. Aber die falschen. Statt über sich nachzudenken, dachte er über Marlene nach, die Frau, die er bald heiraten würde. Sie bot keinen Widerstand, nahm hin, was ihr zustieß, war traurig, sagte aber nichts dazu. Sich unterwerfen, vielleicht sogar mit einer gewissen Lust – das war Erklärung eins dafür. Weil sie Edgar als erstes einfiel. Er verwarf sie sofort und einigte sich mit sich selbst auf Erklärung zwei: Marlene war bereit, jeder noch so überflüssigen Freundschaft jedes Opfer zu bringen. Er nicht, aber bei ihr konnte er das hinnehmen.

Alles war gut, die Sache vergessen. Bis nach dem »Autounfall«. Er zitterte noch immer, wenn er daran dachte: der Schock, die eigene Ungläubigkeit. Und die Unmöglichkeit, es sich zu erklären.

Auch die Geschichte von Suppe und Schal änderte nichts daran, ja hatte vielleicht nicht einmal damit zu tun. Und doch kehrten Edgars Gedanken oft zu ihr zurück. Bei manchen Paaren war der erste Streit solch ein Einschnitt; man erinnerte sich daran, weil der Partner schlagartig so anders wirkte – weil man sah, wo man sich getäuscht hatte in ihm. Ka-rau-sche, flüsterte Edgar. Marlene war damals früher als geplant aus ihrer Wohnung ausgezogen, obwohl die Mieterin und auch die anderen Bewohner sich mit ihr versöhnten. Doch nie hatte seine Frau ihm erklärt, warum sie so geduldig war. Oder so – schüchtern? Hatte sie Angst, sich zu wehren? Was ihm wehtat: sie vertraute ihm nicht. Bis heute zweifelte Edgar. Marlenes Schweigsamkeit, ihre Unabhängigkeit, ihre Bedürfnisse – hatte er sie je verstanden?

Er schaute in den Garten. Die Narzissen blühten gelb wie Eifersucht und Erinnerung in einem, wiegten die Köpfe im Wind. Er selbst gehörte eher zu den Mineralien. Sesshaft. Wollte an einem Fleck bleiben, seinen Ort besetzen, dort eingehen, sterben, verschwinden. Strebte von einer Reglosigkeit zur nächsten. Dachte an Marlene, aber die alten durchsichtigen Ereignisse konnten den Körper nicht mehr verletzen. Sie bewahrten ihn vor dem Sturz in eine Zukunft, die nur mehr kurz sein konnte.

So war es.

Doch seit Wochen war es anders.

Plötzlich führte etwas in seinem Kopf weiter wie auf einem nach innen verlegten Gleis. Als habe die Reglosigkeit sich selbst eingeholt und schiebe nun dieses Gleis aus sich heraus. Grotesk. Zugleich sehr einfach. Simpel geradezu.

Schon hielt er den Hörer in der Hand. Die Bäume im Nachbargarten rauschten. Edgar, mit 16 in München eingetroffen, war noch jung genug, um sich, anders als sein Vater, an den föhnigen Wind der Stadt zu gewöhnen. Begann er zu blasen, sprangen im Leibesinneren Funken über, die Nerven wurden gespannt. Wehte es ordentlich, meinte man, die ganze Welt verschluckt zu haben und ihr Rumpeln im Bauch zu hören, als wäre man schwanger mit ihr, der Bauch dick, der Kopf klein, nach hinten geworfen, um einen aufrecht zu halten. Die Luft, klar, blau, hämisch, machte Figuren und Zeichen, die kein Vernünftiger lesen konnte. Wenn man die Autotür berührte, zischte und funkte es, und Strom lief durch einen hindurch. So musste es sein.

Den Hörer hielt er schon in der Hand, mit der anderen strich er sich rasch noch einmal durch das stoppelige Haar. Vorwahl Freiburg. Wenigstens das Blau der Augen, die Hakennase, waren da; in guten Augenblicken hatte er eh und je etwas von einem Vogel gehabt, scharf, hellwach. Susanne würde er fragen, ob sie sich der Erbkrankheit Marlenes entsinnen könne. Denn er misstraute seiner Erinnerung. Warum fiel ihm der Name der Krankheit nicht mehr ein? Susanne würde ihm helfen. Und noch etwas. Edgar sah Franz und Elsbeth vor sich an der Rezeption seiner Kanzlei, sie sprachen über ihn, Edgar, ohne ihn zu bemerken. Er arbeitet sich zu Tode, schimpfte Franz, wenn es um den Intellekt geht, da ist er gut! Aber seine Faulheit ist subtiler, eine Faulheit der Seele. Genau, antwortete Elsbeth, dass er Susanne ziehen ließ, kommt nur daher. Ja, rief Franz, er kann sich nicht aufraffen, etwas zu verändern. Edgar, an die Wand gelehnt, fand widerlich, wie einig sie sich waren. Der braucht sein Haus und dass alles gleich bleibt, sagte Franz, wie andere Leute es brauchen, in der Arbeitszeit Zeitung zu lesen. Und hängt an seiner Gerechtigkeit. Als ginge es im Leben darum! Aber, protestierte nun endlich Elsbeth, darum muss es ihm gehen! Quark, rief Franz, Gerechtigkeit hin oder her, seine intellektuelle Energie ist erstaunlich; seine emotionale Intelligenz minimal.

Lange hatte er sich darüber geärgert; ihre Worte taten ihm weh, weil sie einen wunden Punkt trafen. Sie hatten Recht und Unrecht zugleich. Niemand von außen konnte in ein Paar hineinsehen. Das hatte er in seinem langen Juristenleben gelernt! Er brauchte Susanne nichts von seinen Zweifeln an seiner Erinnerung zu sagen, exakt. Wenn sie fragte, welche Erbkrankheit?, davon hast du nie gesprochen, war alles klar. Dann würde er schnell ablenken. Etwa auf Katja. Im Krankenhaus, hinter ihrer Scheibe, hatte sie ganz gut ausgesehen. Inzwischen war sie in ein

Einzelzimmer verlegt worden, sie hatten telefoniert. Und was hatte diese einzige Tochter da gesagt, Freiburg gepriesen, Vögel, das Zusammenleben von Vögeln und Schildkröten, und etwas, das verdammt nach »lieben« klang.

Er: Susanne lieben?

Katja: tust du doch. Und nicht wenig!

Er: was? Etwa sehr?

Er wählt. Jetzt, als alter Mann hat er manchmal das Gefühl, einen Fluss hinuntergetragen zu werden und zu beobachten, wie sein Leben am Ufer, links und rechts, einmal als kleine Stadt, dann nur als Haus oder auch als Aktenberg, als Müllplatz oder schattiges Sommerwäldchen, gut und schlecht und beides unauflösbar miteinander vermischt, vorüberzieht. Die Strömung ist nie stark, immer aber unerbittlich, manchmal spürt er Schlick unter den Füßen, dann wieder schwimmt er frei. Nirgends darf er anhalten, doch ein Stück liegt noch vor ihm, krautige Pflanzen treiben im Wasser, tiefgrüne Blätter strecken sich unter der Oberfläche, und auch er, ja, er bewegt sich, Eddi on the move, denkt er lächelnd, und weil diese Wörter gerade da sind, sagt er sie, mitten hinein in ihr zerstreut klingendes: Ja?

Spirale

Leichtfüßig die Stufen hinab, Katja, wie von einer Schleuder geschnellt. Die Kranken keuchten herauf, Katja duckte sich in die Station, stopfte die Atemschutzmaske in die Tasche, jetzt rief sie keiner mehr zurück.

Am Kiosk kaufte sie eine Karte für ihr Handy, Minuten später stand sie in der U-Bahn, lehnte sich an die Tür. Darüber hing das vertraute Fahrschema, alle Strecken gerade. In der Wirklichkeit, oben, alles gekrümmt. Der Empfang war hervorragend, Türen quietschten, Leute sprachen, Türen klackten, sie hörte es kaum. Sie hörte seine Stimme. Oben gebogen, gewachsen; unten gezeichnet, einfacher gemacht, erinnerbar. Sie war sich nicht sicher, was sie fühlte. Alles ging so schnell. Die U-Bahn fuhr nie denselben Weg hin und zurück.

Sie hatte sich entschuldigt, halb hatte er es angenommen, halb war sie abgeblitzt. Max. Wütend sein auf ihn, sich verlassen fühlen, verraten, sich schuldig fühlen, etwas bedauern, sich sehnen, begreifen, ausprobieren – all das war er für sie. Am Ende hatte sie gesagt, ich habe gehört, du gehst weg. Ja, wir gehen, nach Rotterdam. Viel Glück, Max, hatte sie geflüstert, und er hatte gesagt, Katja, genau dein Segen hat mir vermutlich die ganze Zeit gefehlt.

War er so ironisch geworden? War er es nur mit ihr?

Das Licht in der Bahn wechselte. Voller Geschichte steckte diese Stadt für sie, das machte den Ort so schwierig und leicht zugleich, ein Schwimmbecken, Katja unter Wasser und holte doch Luft. Wie '72 schob die Bahn einen nach Moder und Plastik riechenden Wind vor sich her, wie damals wehte Föhn von den Bergen, die waren nur etwas kleiner geworden, die Gletscher weiter geschmolzen. Mäuse und Ratten, die Nachfahren der Nachfahren der Nachfahren der Olympiaratten, 120. Generation mindestens, huschten davon – phosphoreszierendes Fell, neue Mimikry.

Die kleine und große Geschichte kümmern sich nicht umeinander, sie durchdringen sich bloß! Das Familienmantra. Die Berewskis murmelten es, wenn es ihnen gut ging, wenn ihnen nichts anderes einfiel, wenn Besuch kam, der von nichts eine Ahnung hatte, wenn sie Geburtstage feierten, und wenn sie viel tranken oder sich langweilten oder sich necken wollten, stritten sie sich darüber, was schlimmer war, berühren oder durchdringen! Ob Durchdringen Berührung voraussetzte? Ob Berühren Durchdringung ausschloss?

Er war im Bett gestorben. Er war noch warm, fast. Edgar war dabei gewesen, hatte Katja angerufen, Franz. Da standen sie nun, zu viert. Zu viert hatten sie eine von Lindas selbst gestickten Tischdecken unter ihn gebreitet. Katja hatte gezögert, ihn zu berühren. Sie hatte nur an der Tischdecke gezogen. Draußen im Gang lagen seine Zuckerstücke, hier er. Das Gesicht bleich, die Augen geschlossen. Schweigend standen sie bei ihm. Nur sie vier. Als hielte die Zeit für einen Augenblick an. Kein Arzt unterwegs, kein Beerdigungsinstitut. Zeit sollte er haben. Katja spürte deutlich den Raum, in dem sie war. Der Diwan der Meirs stand, wie immer, am Fenster. Nichts verändert, und doch: der Raum war neu. Jozef, im Bett gestorben, obwohl es so viele Gelegenheiten in seinem Leben gegeben hatte, nicht im Bett zu sterben, sondern in irgendeinem Graben, auf irgendeinem Pferd, in irgendeinem Lkw, an irgendeiner Front, in irgendeinem Straßenkampf, an irgendeiner Verletzung, an Hunger, Sehnsucht, Krankheit, Demütigung. Franz und Katja standen nebeneinander, ihnen gegenüber Linda, sah aus, als wäre sie gar nicht da, und Edgar, der mit gesenktem Kopf vor sich hinmurmelte. Katja blickte suchend umher, weil sie nicht wusste, was sie tun sollte, da wurde Franz' rundes Gesicht runder, da wirbelten die Augenbrauen, da stand Franz – ohne Schuhe – schon fast auf den Zehen, ja, streckte sich und rief, wisst ihr, wenn die kleine und große Geschichte sich durchdringen, wer dabei die blauen Flecken bekommt? Und die Runzeln und die feuchten Augen? Er machte eine effektvolle Pause, sah der Reihe nach Linda, Edgar, Katja an und flüsterte, schaut morgens in den Spiegel, macht die Augen auf und seht, wie die Geschichte euch knetet, ja seht, rief er, wie sie euch liebt!

Dann lachte er, bis alle lachten, leise, doch heiter – wie seltsam, da an Jozefs Totenbett, traurig und freudig, als machten sie Jozef ein Geschenk, das war tatsächlich Katjas Gefühl, sie gaben dieses Lachen Jozef mit auf den Weg, sie glaubten ihm nun, sie verstanden ihn, endlich, »wie sie euch liebt«, und Franz, die vollen Lippen, die Katjas ähnelten, weit gespannt, flüsterte noch einmal, ja, das hätte Jozef auch gefallen, wie sie euch liebt – weil das alles ist, was sie von der Liebe weiß.

Pocci. Gelb, niedrig, die hässlichste Station der Stadt. Am Ausgang ritt ein Männchen auf einem eckigen schwarzen Hund mit riesigen Zähnen, ritt den Hund als wäre er ein Pferd. Katja kaufte eine Zeitung, es war Freitag, da gab es Wohnungsanzeigen, schweren Herzens, leichten Herzens sprang sie die Treppe hinauf. Der Himmel war orange von Saharastaub. Manchmal konnte hier Wüste sein, Nordafrika. Unten rauschte die U-Bahn, vor Katja stieg die Straße leicht an, die Wipfel der Pappeln bogen sich im Wind, die Wolken über dem dunkelgrauen Straßentrog färbten sich von gelb zu schwefelgrün. Es roch nach Blitzen. Ölschwarz standen die Äste im ersten Laub, das Gras neben den Bäumen nahm die Farbe des Himmels an. Die Straße war vollkommen leer, die Kanten der Häuser ragten mit präzisen Ecken aus sich selbst hervor.

Auch die bauchigen Stämme der Bäume wölbten sich auf, manche von ihnen älter, als Katja je werden konnte.

Wie hatte sie nur das Ende von Franz' Satz all die Jahre hindurch vergessen können!

Die ersten Tropfen fielen.

Jedes Ding warf einen festen Schatten, kleiner als es selbst, und schien sich davon zu lösen.

Eine Gruppe Jugendlicher stürmte Katja entgegen, stürzte sich kreischend die Treppe zur Bahn hinab.

Mitten auf dem Gehweg fiel ein Mantel zu Boden. Katja zog sich den Pulli über den Kopf, das Shirt. Sie zögerte einen Augenblick, hakte den BH auf, ihre runden Brüste tanzten hoch, sackten ein Stück zurück.

Der Asphalt duftete von Nässe. Licht schweifte umher, entschwand, kehrte wieder.

Jemand aus einer Wohnung ein paar Häuser weiter rief ihr etwas zu. Sie hörte nicht, die Kleidungsstücke um sich gestreut, das gelbe Shirt, der beige Mantel, der rote BH, ein grüner kleiner Stoff, der aussah wie ein Atemschutz. Katja wühlte im Rucksack, holte die Kamera heraus, schützte sie mit der Hand. Regen berührte ihre Haut, Regen berührte die Straße, ihre Füße berührten Regen und Straße, das Bild berührte, was da war, Regen, Straße und Fuß. Erst gut getarnt, dann riesig, schnell und schlangenhaft – lass Spiel, lass los, der Liebe Lauf, sperrt auf ihr Maul und schillert grün, und kommt einmal, heiß und alt, und ist ein gut genährtes Krokodil!

Heiter drehte Katja sich um. Ein Wagen hielt neben ihr, der Fahrer wunderte sich über die Farbe der Augen, die ihn musterten. Ein helles, zugleich verletzliches Grün, doch gesprenkelt mit goldenem Braun, wie ein Busch, der in der Sonne steht, grün und rostig gefleckt, Glied einer Kette, zufrieden damit, beschnitten und doch gewachsen, immer wieder. Das, sagte er, sollten sie fotografieren. Katja schüttelte den Kopf. Ich suche eine Wohnung hier in der Gegend, wissen Sie was? Er lachte, verrücktes Huhn!

Katja nickte begeistert, da haben Sie Recht!

Ihre Füße waren nass, aber warm. Wasser lief an ihr herunter. Das Auto hupte und bog ab.

Der vorliegende Roman ist eine Phantasie nach wahren Ereignissen. Hinweise auf die Geschehnisse vom September – November 1972 beruhen einerseits auf historischen Fakten, das heißt jenen Rekonstruktionen, Interpretationen und Erinnerungen eines wirklichen Geschehens, die so zu nennen wir übereingekommen sind. Dazu gehört Gesperrtes, Undurchdringliches, Verzerrtes. Ich habe darauf mit Erfindung reagiert – fiktive Figuren in das Geschehen eingeführt, wo es Leerstellen aufwies, wo es mir Anlass bot. Doch ohne meine Quellen hätte ich niemanden und nichts erfinden können. Einen Einstieg in das Thema bietet die Monographie *One Day in September* von Simon Reeve (2000); auch der Dokumentarfilm gleichen Titels von Kevin Macdonald (2000) ist beachtenswert. Mir waren Zeitungs- und Zeitschriftenartikel vor allem aus dem Jahr 1972 besonders nützlich, ebenso Fernsehmitschnitte von Nachrichten, Diskussionssendungen sowie Features deutscher und internationaler Sender aus dieser Zeit. Für Unterstützung und Auskunft danke ich insbesondere Michael Schmitt und dem ZDF-Magazin, Magdi Gohary, Gunhild Hoffmeister, Norbert Wolf, Walther Tröger und anderen. Personen des öffentlichen Interesses werden mit ihren realen Namen genannt. Alle anderen Figuren sind frei erfunden.

Inhalt

Spirale 9

Olympia 1 21

1 U-Bahn 23
2 26. August 1972, 15.00 Uhr MEZ 34
3 Stadion, Stadion 47
4 Kommst du mir beuschen? 69
5 Geschenke 77
6 Das Sammeln, der Zucker, die Heimat 89
7 Platos Kaffeebad 100
8 Stummes Intermezzo, 5. September 1972, Nachmittag   113
9 Heimôdili 119
10 6. September, morgens 133
11 Wie mächtig ein Drache ist 145
12 Erzählen 157

Reisen 1 165

Olympia 2 231

1 »München« 233
2 Ritter und Krabben 244
3 Herr Soysal ist kein Scheusal 257
4 Fürstenfeldbruck 274
5 Nichts als Zufall 289
6 Paarweise 307

7   Weiße Blitze 325

8   Schwebendes Verfahren 347

9   Katjas Kiste 362

10 Das Altenexperiment 379

11 Zuhause 391

12 45. Stock 402

13 Betten und Flugzeuge 413

14 Streiten 424

    Reisen 2 437

    Spirale 483